SICHERER HAFEN

SUNCOAST SOCIETY
BUCH 1

TYMBER DALTON

LESLI RICHARDSON

Übersetzt von
LITERARY QUEENS

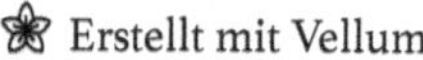 Erstellt mit Vellum

INHALT

HOLEN SIE SICH IHR KOSTENLOSES BUCH!

Tragen Sie sich in meine E-Mail Liste ein, um als erstes von Neuerscheinungen, kostenlosen Büchern, Sonderpreisen und anderen Zugaben zu erfahren.

https://geni.us/jungfrauunddervampir

Dieses Buch ist für Steph. Sie weiß, warum.

KAPITEL EINS

Irgendjemand – sie konnte sich nicht erinnern, wer – hatte einmal zu Clarisse Moore gesagt, wie glücklich sie sich schätzen könne, mit Bryan Jackson zusammen zu sein.

Wenn diese Person mich jetzt nur sehen könnte.

Clarisse kauerte sich in der Wartehalle des Busbahnhofs tief in ihren Sitz, die Beine angezogen, um ihre Füße warm zu halten. Die Jeansjacke, die sie über ihrem Kapuzenpulli trug, war der kalten Januarbrise aus Ohio, die jedes Mal, wenn sich die Tür öffnete, durch die Hallte wehte, eindeutig nicht gewachsen. Und an diesem frühen Dienstagmorgen öffnete sich die Tür auffallend oft, was sie noch nervöser machte.

Der Bus würde erst in zwanzig Minuten kommen. Clarisse konnte nicht umhin, den Parkplatz immer wieder nach Bryans Auto abzusuchen. Er würde sie auf keinen Fall gehen lassen, ohne sich ihr in den Weg zu stellen.

Buchstäblich.

Wenn er seine Fäuste nicht einsetzen würde, käme sie damit zurecht. Mrs. Moore hatte ihre Tochter nicht dazu erzogen, ein Sandsack zu sein. Beim ersten Mal bekam er einen

Freifahrtschein, weil sie ihn nicht anzeigen wollte. Damals entschuldigte er sich und zügelte seine Wut für ein paar Monate, bis er schließlich nach und nach dazu zurückkehrte. Immer extremer war seine Wut in den letzten Monaten geworden, bis er am vergangenen Morgen schließlich komplett ausgerastet war.

Eine dritte Chance würde er nicht bekommen.

Inzwischen hatte Bryan bereits festgestellt, dass alle ihre Sachen weg waren. Sie hatte ihre Habseligkeiten in einem Lagerraum auf der Westseite von Zanesville verstaut. Raquel würde sich um Bart, ihren Hund, kümmern, bis sie woanders Fuß gefasst hatte und zurückkehren würde, um ihn und ihre Sachen zu holen.

Clarisse vermutete, dass Bryan sich am meisten über das Bankkonto ärgern würde. Immerhin hatte sie ihm hundert Dollar gelassen – und war damit großzügiger gewesen, als sie hätte sein sollen, wenn man bedachte, wie er ihr Erbe verprasst hatte. Von den ursprünglichen Hunderttausend waren ihr zehn Riesen geblieben, von denen sie neun bereits auf ein neues Bankkonto eingezahlt hatte. Tausend hatte sie in bar mitgenommen.

Sie konnte es nicht riskieren, Kreditkarten zu benutzen.

Raquel hatte Clarisse angefleht, dieses Mal Anzeige zu erstatten.

Widerstrebend hatte sie es getan.

Er hatte sie am Montagmorgen windelweich geprügelt. Sie hatten ihn nicht verhaftet, weil es keine Zeugen oder Beweise gab und ihr Wort gegen seines stand; er beteuerte seine Unschuld. Die Polizei eröffnete einen Fall und nahm ihre Aussage auf. Sie erwirkte eine einstweilige Verfügung gegen ihn, und der Staat schickte ihn in bezahlten Verwaltungsurlaub.

Gegen sie sprach die Tatsache, dass Bryans Vater mit dem Polizeichef – Bryans Chef – befreundet war. Am späten Nachmittag rief ein Unbekannter auf ihrem Handy an und bedrohte sie, verlangte, dass sie die Klage fallenließ. Sie weigerte sich. Clarisse hatte auf Raquels Couch gesessen, als der Anruf kam. Nachdem sie aufgelegt hatte, trat sie ihr Handy kaputt. Der Vertrag lief auf Bryan. Warum zum Teufel sollte sie es haben wollen, wenn er sie damit aufspüren konnte?

Dann waren die Worte *FETTE SCHLAMPE* in ihre Autotür gekratzt, als sie später am Abend zum Haus zurückkehrte. Sie hatte nur zehn Minuten dort verbracht. Clarisse war vorbeigekommen, um das Auto abzustellen und sich ein letztes Mal nach den Dingen umzusehen, die sie nicht zurücklassen konnte. Raquel war nur wenige Minuten nach ihr gekommen. Clarisse rannte ins Haus, dann durch die Hintertür hinaus und durch ein kleines Waldstück, falls jemand die Straße beobachtete.

Ja, so paranoid war sie. Und das zu Recht.

Er hatte das Auto auf seinen Namen zugelassen, obwohl sie es mit ihrem Erbe bezahlt hatte – jetzt musste er es wohl neu lackieren lassen. Das geschah ihm recht. Sie wollte auch nicht, dass er seine Drohung wahr machte, das Auto als gestohlen zu melden, wenn sie damit wegfuhr. Sie wusste nicht, ob er damit davonkäme oder nicht, aber sie wollte es nicht riskieren.

Auf diese Weise war es also am einfachsten. Ein Neuanfang, ein neues Leben. Sie würde sich nicht mehr anschreien lassen müssen, weil sie seine Hemden nicht richtig gefaltet hatte. Keine respektlosen Schikanen mehr wegen ihrer barocken Figur.

Das war in letzter Zeit sein Lieblingsthema gewesen; die einzige Tatsache, die sie an sich selbst nicht umgehend ändern konnte, um seine Wut zu zügeln. Ihre Hüften waren immer rund, ihre Oberschenkel immer voll gewesen. Mit ihren ein Meter achtundsechzig war sie nicht fett, nur reichlich rund und kurvig, aber immer noch kein passendes Gegenstück zu Bryans gewaltigen Muskelpaketen von über einhundert Kilo, die er auf sie losgelassen hatte, weil sie ihm widersprochen und gesagt hatte, er solle sich verpissen.

Wie Raquel gesagt hatte, würde er so oder so ausflippen, und je weniger Gründe sie ihm gab, desto mehr musste er erfinden. Und der Hauptgrund war dann schlussendlich der eigentliche Streit.

Wie dem auch sei, sie wusste, dass sie schnell wegmusste. Die einstweilige Verfügung würde sie nur für kurze Zeit schützen. Er hatte immer damit gewitzelt, dass er sie umbringen könnte, ohne dass es jemand mitbekäme, dass sein Vater ihn aus jeglichen Schwierigkeiten herausholen würde, dass sie ihm niemals entkommen oder ein Versteck finden könnte, wo er sie nicht fände. Vielleicht säße er schon im Gefängnis, wenn sie zurückkam, um Bart und ihre Sachen zu holen.

Sie tastete nach dem Schlüsselbund in der Tasche ihrer Jeans, nach den Schlüsseln, die sie verzweifelt gesucht und schließlich in einer kleinen Schachtel voller Erinnerungsstücke gefunden hatte. Geliebte Erinnerungen an ein altes, fast vergessenes Leben. Drei Schlüssel, die hoffentlich zu ihrer Freiheit führen würden.

Der Bus kam. Sie packte ihre Taschen und machte sich auf den Weg nach draußen. Nachdem der Fahrer ihr Gepäck verstaut hatte, stieg Clarisse ein. Erleichtert ließ sie sich in ihren Sitz sinken und versuchte, sich zu entspannen.

Clarisse hatte sich selbst immer für relativ klug gehalten, was es für sie noch unerklärlicher machte, dass sie sich in einen so kontrollsüchtigen, manipulativen und gefährlichen Mann wie Bryan Jackson verliebt hatte.

ALS DER BUS an einer Haltestelle im südlichen Ohio zum Stehen kam, sehnte Clarisse sich nach einer richtigen Toilette. Der Fahrer versicherte ihr, dass genug Zeit sein würde, also stieg sie aus und ging hastig in das Häuschen an der Haltestelle. Als sie fertig war, wusch sie sich erleichtert die Hände.

Sie zuckte zusammen, als sie einen Blick in den Spiegel warf. Das Veilchen sah schrecklich aus, das Auge war immer noch fast zugeschwollen, ihre blauen Augen ganz rot vom Weinen. Zum Glück hatte er ihr nicht die Nase gebrochen. Die aufgeplatzte Oberlippe tat höllisch weh. Sie wusste, ohne hinzusehen, dass die schwarz-blauen Blutergüsse über ihren Nieren nur langsam verschwinden würden – ebenso wie die Abdrücke auf ihren Oberschenkeln und ihrer Brust, wo er sie getreten hatte, als sie zusammengerollt auf dem Boden gelegen war.

Sie zog ihre Baseballkappe tiefer ins Gesicht und machte sich nicht die Mühe, ihr langes, schwarzes Haar am Hinterkopf hindurchzustecken. Sie konnte ihren Kopf gebeugt lassen. Ihr Haar verbarg die schlimmsten Wunden.

Zurück im Bus ließ sie sich auf ihrem noch warmen Sitz nieder. Zum Glück hatte sie keinen Sitznachbarn. Sie zog sich die Kapuze des Sweatshirts, das sie unter ihrer Jacke trug, noch zusätzlich über den Kopf und starrte den ganzen Vormittag aus dem Fenster, während der Bus nach Süden rollte.

Ihr letzter Blick auf den Mittleren Westen. Keine eisigen Winter mehr. Sie würde Bart wahnsinnig vermissen, bis sie ihn holen konnte, aber jetzt war es wichtiger, schnell von hier zu verschwinden.

Mit dem Leben davonzukommen.

Sie hatte überlegt, ob sie fliegen sollte. Aber Bryan hätte vielleicht den Flughafen angerufen, also hatte sie sich dagegen entschieden. Sie wusste nicht, wie das alles funktionierte, aber er hatte ihr gedroht, er würde sie auf jeden Fall aufspüren und verhindern, dass sie in etwas anderem als einem Leichensack entkam. Er wusste, dass sie es verabscheute, mit dem Bus zu fahren. Sie hatte sich geschworen, nie wieder in einen Bus zu steigen, nachdem sie nach der Highschool mit zwei ihrer Freundinnen eine nicht so gute Reise quer durchs Land unternommen hatte.

Vielleicht würde es ihn ablenken. Er mochte Polizist sein, hoffentlich bald Ex-Polizist, und ja, er arbeitete in der Computerabteilung, aber er war kein verdammter Hellseher. Mit dem alten Führerschein ihrer Mutter bewaffnet, konnte sie Bryan ein wenig aufhalten, indem sie einen anderen Namen benutzte und die Fahrkarte bar bezahlte. Zum Glück hatte sie den Führerschein aufgehoben und in der Schachtel mit dem Schlüsselbund gefunden.

Clarisse versuchte, nicht an ihre Mutter und ihren Vater zu denken. Es schmerzte zu sehr. Sie ging mit dem Wissen, dass sie es nicht riskieren konnte, ihre Gräber ein letztes Mal zu besuchen, es sei denn, Bryan käme ins Gefängnis.

Obwohl sie so erschöpft war, konnte sie nicht schlafen. Stattdessen sah sie zu, wie die Meilen und die Landschaft vor dem Fenster vorbeizogen, während der Tag zum Abend wurde und der Bus sich Columbia, Virginia, näherte.

Die sechs Stunden, die sie auf den Bus nach Myrtle Beach warten musste, verbrachte sie damit, die Anzahl der Snackpakete in einem der Automaten zu zählen – immer und immer wieder.

Eine willkommene Taubheit hatte sich in ihr eingestellt. Emotionale Losgelöstheit. Erschöpfung.

Wenigstens übertünchte das ihren Schmerz ein wenig.

Dann merkte sie, dass sie nicht schlafen konnte. Jedes Mal, wenn ein Auto neben dem Bus hielt und für längere Zeit stehen blieb, hielt sie den Atem an und spähte in den Wagen, um erkennen zu können, ob Brian oder einer seiner Freunde hinter dem Steuer saß.

Als der Bus Myrtle Beach erreichte, hatte sich Clarisse'

Erschöpfung in zittrige, paranoide Angst verwandelt. Der Begriff ›Schlafentzugspsychose‹ schwirrte ihr durch den Kopf, als sie mit ihren Taschen zu Füßen und dem Führerschein ihrer Mutter in der Hand am Ticketschalter wartete, bis sie an der Reihe war. Das blaue Auge und die aufgeplatzte Lippe erwiesen sich an diesem Punkt als Vorteil. Sie sah ihrer Mutter so ähnlich, dass die Schalterbeamten sie nicht in Frage stellten.

Wieder tastete sie in ihrer Tasche nach den Schlüsseln und stellte erleichtert fest, dass sie noch da waren.

Schnell wurde diese Handlung zu einer nervösen, beruhigenden Gewohnheit. Sie wagte nicht, die Schlüssel aus der Tasche zu nehmen, aus Angst, sie fallen zu lassen und zu verlieren. Es war dumm zu glauben, dass sie überhaupt funktionieren würden, aber es war ihre einzige Chance.

Wenigstens war sie so vernünftig gewesen, nicht die ganze Reise auf einmal zu kaufen. Sie wollte nicht, dass Bryan an ihrem Zielort auf sie wartete. Ja, er könnte sie aufspüren, wenn er so weit käme, aber hoffentlich würde er in Rapid City herumlaufen und nach ihr suchen.

Clarisse hatte vor ihrer Abreise das Haustelefon benutzt, um einen alten Highschool-Freund anzurufen, der in Rapid City lebte. Sie hatte ihn gewarnt, dass Bryan vielleicht nach ihr suchen würde. Clarisse sagte, sie würde vielleicht in diese Richtung fahren, nach Spokane, wo ein anderer alter Freund lebte.

Roter Hering. Nannte man das nicht so?

Sie schloss die Augen und schreckte auf, als der Beamte hinter dem Schalter nach ihr rief.

Clarisse schob sich vor. »Tallahassee, bitte.« Nur eine Strecke noch. Sie hatte auf den Tafeln nachgesehen. Jetzt einen Bus nach Tallahassee nehmen oder noch fünf Stunden auf einen nach Miami warten. Der Bus nach Tampa fuhr in drei Stunden, aber das war zu nah an ihrem endgültigen Ziel, als dass sie sich damit sicher fühlen könnte.

Wie viele Stunden, wie viele Tage waren vergangen, seit sie

sich aus dem Staub gemacht hatte? Die Zeit verschwamm. Sie wusste nicht genau, welcher Tag heute war, nur dass sie in den vierundzwanzig Stunden seit dem Tag, an dem Bryan sie am frühen Montagmorgen fast zu Tode geprügelt hatte, bis zu dem Tag, an dem sie am frühen Dienstag in Columbus in den Bus gestiegen war, kein Auge zugetan hatte. Nicht mehr als ein Nickerchen war seitdem für sie drin gewesen. Das hieß, es musste mindestens Mittwoch sein.

Sie dachte, sie sei im Bus eingenickt. Entweder das oder ihr Verstand war weg. Auf der letzten Etappe ihrer Reise nahm ihr die Erschöpfung den letzten Rest an Kraft.

»Wohin?«, fragte der Fahrkartenverkäufer in Tallahassee.

»Haben Sie etwas nach Tarpon Springs?« Clarisse schwankte auf ihren Füßen, während das Mädchen nachschaute.

»Ja, ein Bus, der nach St. Petersburg fährt, hält dort auf dem Weg. Er fährt in zwei Stunden ab.«

»Perfekt.«

CLARISSE HOFFTE, dass Onkel Tads Boote immer noch im selben Hafen vor Anker lag. Sie wagte es noch nicht, das Wegwerfhandy zu benutzen. Sie hatte es auf dem Weg zum Busbahnhof in Columbus gekauft, damit ihre Anrufe schwerer nachzuverfolgen wären. Jetzt, irgendwann nach Mitternacht am Donnerstagmorgen, konnte Clarisse vor Erschöpfung kaum noch sprechen, als der Taxifahrer sie absetzte.

Clarisse jauchzte vor Erleichterung, als sie die *Dilly Dally* an ihrem Liegeplatz entdeckte. Der dreißig Meter lange Kutter war ein schöner Anblick.

Vielleicht der schönste Anblick auf der ganzen Welt.

Oh, Gott sei Dank!

Sie hatte keinen Plan B. Dieser hier war ihr *einziger* Plan, und im Nachhinein fiel ihr ein, dass sie von Ohio aus den Jachthafen hätte anrufen können.

Aber das spielte jetzt keine Rolle mehr. Sie war hier, und die *Dilly* auch.

Clarisse hängte sich ihre Reisetasche und ihre Handtasche über die Schulter, zerrte am Griff ihres großen Koffers und machte sich vorsichtig auf den Weg zu dem vertrauten Steg. Sie kämpfte mit ihren Taschen und schaffte es schließlich irgendwie, sie an Bord zu bringen, ohne dass sie im Wasser landeten. Ihre Hände zitterten, als sie die Schlüssel aus der Tasche zog. Sie betrachtete das Schloss der Tür zum Steuerhäuschen.

Bitte, bitte, bitte ...

Mit beiden Händen steckte sie den Schlüssel ins Schloss. Dann schloss sie die Augen, und ...

Er drehte sich.

Clarisse schrie auf. Schnell hievte sie ihre Taschen durch die Tür ins Steuerhaus, schloss und verriegelte sie hinter sich. Die ganze Zeit über liefen ihr Tränen über die Wangen. Sie zog ihr Gepäck durch die Hauptkabine hinunter in die kleine V-Koje im Bug, wo sie normalerweise wohnte. Trotz der Enge zwang sie ihre Sachen hinein und schloss die Tür hinter sich. Drinnen war es kalt, aber angenehm im Vergleich zu Columbus. Sie wollte nicht riskieren, das Licht einzuschalten oder den Motor anzuwerfen, um zu heizen. Clarisse wusste nicht, ob die *Dilly* an den Landstrom angeschlossen war, und ehrlich gesagt, war sie auch viel zu müde, um nachzusehen.

Offensichtlich hatten sich Onkel Tads haushälterische Talente verbessert. Ansonsten war alles noch wie eh und je.

Clarisse ließ sich auf die Pritsche fallen, ohne Jacke oder Sweatshirt abzulegen, und versank sofort in Dunkelheit.

IHRE TRÄUME FÜHRTEN sie zurück in die Highschool, wo sie die Sommer und Wochenenden mit Onkel Tad und Tante Karen verbrachte, um Garnelen zu fangen, zu shoppen, am Boot zu arbeiten und einfach Spaß zu haben. Bevor sie mit ihrer Mutter und ihrem Vater nach Columbus gezogen war.

Bevor sie Bryan kennengelernt hatte.

Bevor Tante Karen und dann später ihre Eltern gestorben waren.

Seit fast zwei Jahren hatte sie nichts mehr von ihrem Onkel gehört. Sie machte sich Sorgen, dass er vielleicht umgezogen war oder das Boot verkauft hatte. Ihn anzurufen war keine Option, denn Bryan kontrollierte und überwachte alle Fest-netz- und Mobiltelefone. Bevor sie Columbus verließ, hatte sie es riskiert, Onkel Tads alte Telefonnummer von Raquels Handy aus zu wählen. Sie erhielt eine Nachricht, dass die Nummer nicht mehr vergeben war.

Sie hatte Raquel nichts davon erzählt, weil sie befürchtete, dass ihre Freundin sie davon abhalten würde, nach Florida zu gehen, auf eine wilde Jagd ins Nichts.

Aber die *Dilly* befand sich noch immer hier in ihrem alten Liegeplatz.

Wenigstens etwas hatte sich für sie zum Guten gewendet, endlich. Wäre sie in Columbus geblieben, irgendwo im Umkreis von tausend Meilen von Bryan, hätte er sie umge-bracht. Davon war sie zutiefst überzeugt.

Clarisse schlief den ganzen Vormittag und den ganzen Tag über. Sie rührte sich nicht einmal, als das Boot sanft schaukelte und kurz nach fünf Uhr am Nachmittag zwei Männer an Bord kletterten.

KAPITEL ZWEI

»Oh, *Captain*, wie sieht die Tagesordnung aus?«, fragte Sullivan Nicoletto seinen Partner spielerisch.

Brant MacCaffrey hob eine Augenbraue und sah ihn an. »Für jemanden, der in *mein* Gebiet eindringt, bist du ganz schön mutig, nicht wahr?«

Sully grinste. »Du weißt, dass es mir Spaß macht, Mac.«

»Wenn du versuchst, mich zu verarschen, finde ich vielleicht ein paar neue, interessante Möglichkeiten für dich, das Wochenende auf dem Wasser zu verbringen.« Er schnappte sich eine Kiste mit Lebensmitteln vom Steg und reichte sie Sully über die Reling.

»Solange ich es an Land wiedergutmachen kann, ist alles in Ordnung.« Sully zwinkerte ihm zu, seine grauen Augen funkelten.

Mac startete die Dieselmotoren und ließ sie im Leerlauf. Fünfzehn Minuten später, als alles in der Kombüse verstaut und die gewohnte Routine abgeschlossen war, überprüfte Mac die Messgeräte und stellte das Navigationssystem ein. »Okay, leg los und wirf an. Ich will vor der Ebbe beim Seezeichen sein.«

Sully löste die Leinen, rollte sie ordentlich zusammen und verstaute sie. Dann nahm er seine übliche Position auf dem Dollbord ein, während Mac das Boot sanft aus dem Liegeplatz steuerte.

»Alles klar?«, rief Mac.

Sully behielt den letzten Stapel im Auge. »Okay, jetzt.«

Mac benutzte die Bugstrahlruder, um den Kutter im Hafenbecken zu wenden. Das Schiff lief aus dem Jachthafen und tuckerte im Leerlauf den Anclote-River-Kanal in Richtung Golf von Mexiko hinunter. Eine Stunde später fuhren sie ins offene Wasser und beobachteten die Sonne, die vor ihnen am Horizont unterging. Mit dem nächsten Schiff in Sichtweite, das mehrere Meilen entfernt war, waren sie praktisch allein. Mac stellte den Autopiloten und die Radaranlage ein, bevor er sich an Sully wandte.

»Und?«

»Und was?«

Mac hielt ein Lederhalsband hoch. »Zwinge mich nicht, es dir zu sagen.« Sully rollte mit den Augen, griff aber nach dem Halsband.

»Oh, roll nicht mal mit den Augen, Kumpel«, warnte Mac spielerisch. »Das bringt dir weitere zehn ein.«

Sully ließ sich das Halsband anlegen, dann drehte er sich um, damit Mac ein kleines, silbernes Schloss an der Schnalle befestigen konnte. »Was jetzt?«, fragte Sully.

Mac zeigte auf die Tür zum Steuerhaus. »Du weißt, was ich will.«

Sully ging nach draußen zum Geländer, beugte sich vor, legte seine Hände darauf und spreizte die Beine. »So?«

Nachdem er ein paar Gurte aus einer Ablage geholt hatte, trat Mac hinter Sully. »Verdammt richtig.« Mit flüssigen, geübten Bewegungen fesselte er Sullys Handgelenke sicher an das Geländer.

Sully schaute über seine Schulter zu Mac. »Es ist kalt hier draußen.«

Mac drückte seinen Körper gegen Sullys Hintern und packte die Hüften seines Geliebten. »Ja, aber du bist verdammt heiß, Kumpel.« Er griff nach Sullys Jeans, öffnete sie und schob sie ihm über die Hüften. Sully hatte sich entblößt. In der kühlen Abendluft kribbelte sein nackter Hintern mit Gänsehaut.

Mac fuhr mit seinen Händen über Sullys Hintern und drückte seine Backen. »Das wird dich ganz schnell aufwärmen.« Er trat zur Seite und versohlte ihm den Hintern, sodass die Haut rot und warm wurde.

Sully schloss fest die Augen. »Verarsch mich nicht, Mann«, stöhnte er. Mac lachte und drückte seine Hüften gegen Sullys Arsch. »Rache ist eine Schlampe, und ich bin es auch.« Er griff wieder um den anderen Mann herum. Diesmal packte er Sullys harten, pochenden Schwanz und drückte ihn zusammen. »Die kalte Luft scheint dir nicht allzu viel auszumachen.« Sully versuchte, seine Hüften gegen Macs Hand zu pressen, aber Mac drückte noch fester zu, was Sully ein schmerzhaftes Stöhnen entlockte. »Uh-uh. Nein, das wirst du nicht tun. Du kommst, wenn ich es sage, und ich bin noch nicht bereit, dich kommen zu lassen.« Sully stöhnte wieder.

Drei Dinge fielen Clarisse sofort auf, als sie erwachte – die Motoren liefen, das Boot schaukelte, was hieß, dass es nicht mehr am Steg lag – und ihr ganzer Körper tat höllisch weh.

Sie stöhnte, als sie sich langsam aufsetzte und mit den Händen das Gesicht rieb, dann warf sie einen Blick auf ihr Handy, um zu wissen, wie spät es war.

Verdammt.

Schockiert stellte sie fest, dass sie mehr als zwölf Stunden geschlafen hatte. Trotz protestierender Muskeln öffnete sie die Tür zu der kleinen Bugkabine und sah sich an Deck um. Niemand war zu sehen.

Sie wollte gerade die Treppe von der Kombüse zum Steuerhaus hinaufsteigen, als sie durch die offene Tür des Steuerhauses zwei Männer an Deck erblickte. Keiner von beiden war ihr Onkel. Der erste Mann ...

Oh, Scheiße.

Sie duckte sich, ihr Herz raste und ihre Muskeln schrien bei der plötzlichen Bewegung. In dem schummrigen Licht konnte sie die beiden nicht gut erkennen, aber sie sahen beide gut aus. Ein kleinerer, braunhaariger beugte sich über das Geländer und schob seine Jeans über seinen Hintern, und der andere ...

Oh, Baby!

War das ein *Halsband* um den Hals des Braunhaarigen?

Der blonde Mann drückte seine Hüften gegen den nackten Hintern des anderen. Dann öffnete er den Reißverschluss seiner Jeans und griff nach etwas. Sie sah zu, wie der blonde Mann seinen Schwanz mit Gleitmittel einschmierte, bevor er ihn in den anderen Mann schob. Ihre Kehle wurde trocken, als sie sah, wie sich sein fester Arsch zusammenzog und entspannte, als er in seinen Partner stieß.

»Gott, du fühlst dich an, als wärst du größer geworden«, sagte der andere Mann.

Blondie lachte. »Du bist in letzter Zeit einfach nicht genug gefickt worden. Du musst öfter mit mir auf das Boot gehen.« Er lehnte sich nah heran und drückte seinen noch immer bekleideten Oberkörper gegen den Rücken des anderen Mannes. »Ich nehme deinen Schwanz, ohne zu zögern. Und ich beschwere mich auch nicht. Sag mir nicht, dass du jammerst?«

Der andere Mann stemmte seine Hüften nach hinten, um sich noch tiefer aufzuspießen. »Ich kann alles nehmen, was du mir gibst, Kumpel. Zeig's mir.«

Blondie grinste. »Ich hatte gehofft, dass du das sagen würdest.«

Auf einmal wurde Clarisse schlagartig klar, dass sie im Freien stand. So gern sie den beiden gutaussehenden Kerlen auch zuschauen würde, so sah sie doch ein, dass das vielleicht keine gute Idee war.

Sie drehte sich um und ging in Richtung der vorderen Bugkabine. Dort lag der vertraute blaue Plastikumschlag, in dem sich die Bootsregistrierungs- und -dokumentationspapiere befanden. Clarisse schnappte ihn sich, rannte zur vorderen Kabine und schloss leise die Tür. Leider hatte sich eines nicht geändert – der Riegel der Kabinentür funktionierte immer noch nicht. Zwar blieb die Tür geschlossen, aber abschließen ließ sie sich immer noch nicht. Sie quetschte ihren Koffer in den Raum zwischen dem Bett und der Unterseite der Tür. Verkeilt an der Unterseite der Koje würde er jemanden zumindest für ein paar Minuten aufhalten. Nicht, dass die dünne Kabinentür standhalten würde, wenn einer dieser muskulösen Kerle sie eintreten wollte.

Sie wagte es, das kleine Leselicht einzuschalten. Mit zitternden Händen öffnete sie den Umschlag.

Staatliche Fischlizenzen und -genehmigungen, Bootsregistrierungs- und -dokumentationspapiere, die Kapitänslizenz und diverse andere Genehmigungen und Dokumente.

Der neue Besitzer der *Dilly*: Sullivan Nicoletto, zweiundvierzig. Der Kapitän: Brant MacCaffrey, achtunddreißig. Postfachadresse in Tarpon Springs.

Sie fragte sich, wer wer war.

Clarisse schloss die Augen und kämpfte gegen eine weitere

Träne an. Es war sicher ein Schuss ins Blaue gewesen, aber als sie die *Dilly* in ihrem Liegeplatz gesehen hatte, dachte Clarisse, dass sich ihr Schicksal vielleicht gewendet hatte.

Wo war Onkel Tad?

Sogar über das tiefe Dröhnen der beiden Dieselmotoren unter Deck hörte Clarisse, wie einer der Männer etwas rief. Sie schob die Dokumente zurück in den Umschlag und schaltete das Licht aus.

Hoffentlich sind sie nicht an mir interessiert. Ein nervöses Kichern entrang sich ihr. Anscheinend war sie gestresster, als sie gedacht hatte; an dieser Situation war überhaupt nichts lustig.

Vielleicht hatte die Erschöpfung sie endgültig überwältigt. Sie war körperlich und seelisch am Ende. Bryan hatte ihr so oft Untreue vorgeworfen, dass sie versucht gewesen war, es wirklich zu tun, falls sie überhaupt jemanden finden würde, der an einem ›festen Mädchen‹ wie ihr interessiert war. Und als sie jetzt dastand und diesen beiden Kerlen zusah …

Lecker.

Clarisse rollte sich in der Koje zusammen. Die Kabine fühlte sich wärmer an als zuvor. Sie mussten die Heizung aufgedreht haben.

Warum waren sie draußen an Deck?

Es war nicht so kalt wie in Columbus, aber immer noch kühl genug da draußen. Warum nicht die Vorteile der warmen Koje unter Deck nutzen?

Hoffentlich würden sie sie nicht entdecken. Die Hauptkabine hatte eine viel größere Koje, in der zwei große, gutaussehende Kerle leicht Platz finden konnten …

Meine Güte.

Sie schüttelte den Kopf, um sich zu sammeln. Sie hoffte, dass sie in der winzigen Bugkabine sicher war. Aber jetzt hatte sie ein Problem.

Sie musste pinkeln.

Sie hielt den Atem an, schob den Koffer beiseite und spähte vorsichtig durch die Kabinentür. Keine Spur von den Männern.

Genau dort war die vordere Bugklappe und sie duckte sich hinein. Bei ausgeschaltetem Licht erleichterte sie sich und wollte gerade nach der Spülung greifen, als sie innehielt.

Verdammt noch mal. Das würden sie vielleicht hören.

Sie riss die Bugklappe und erhaschte einen Blick auf Blondies Hintern, der immer noch an Deck lag.

Hastig wusch Clarisse sich die Hände.

Nun, wenn sie noch beschäftigt waren, konnte sie vielleicht ein weiteres Bedürfnis stillen – ihren Hunger. Sie schlich zurück in die Kombüse, wo sie den Kühlschrank überprüfte und zwei Flaschen Wasser herausholte. Aus einer Schachtel auf dem Tresen nahm sie ein paar Packungen Erdnussbuttercracker und drei Bananen mit, bevor sie zurück in die Koje schlich.

***

Mac überlegte, ob er Sully losbinden und ausziehen sollte, aber dafür war es ein bisschen zu kühl. Stattdessen griff er unter die Vorderseite von Sullys Hemd, fand seine Brustwarzen und kniff sie fest.

Anhand von Sullys scharfem, zischendem Atem wusste Mac, dass er nahe dran war.

»Komm verdammt noch mal noch nicht«, knurrte Mac ihn an. Er stieß seinen Schwanz tief in seinen Geliebten hinein, sein eigener Höhepunkt näherte sich schnell.

Sullys Kopf kippte zurück gegen Macs Schulter. »Verdammt noch mal, wo hast du das gelernt?«

»Bei dir.«

»Oh, ja.« Sully lachte. »Du bist ein guter Schüler.«

Mac kniff ihm in den Nacken. »Mein Meister ist ein verdammt guter Lehrer.«

»Du kannst so viel schleimen wie du willst. Du darfst trotzdem noch nicht kommen.«

»Arsch.«

Mac ließ Sullys Brustwarzen los und packte seine Hüften. »Darauf kannst du wetten.« Hart und schnell rammte er seinen Schwanz in ihn hinein, bis er mit einem Schrei zum Höhepunkt kam. Atemlos legte er seine Arme um Sully. »Ich werde dir dieses Wochenende das Hirn rausvögeln.«

»Ich dachte, du musst fischen?« »Wer sagt, dass ich nicht beides tun kann?«

Sully drückte seine Hüfte gegen Mac und ließ sie kreisen, der erschlaffende Schwanz des anderen Mannes steckte noch immer in seinem Hintern. »Zum Glück habe ich ein paar Jogginghosen dabei. Sonst würde ich mir den Hintern abfrieren.«

»Ich hätte sie aufmotzen und den Stoff am Arsch um ein Loch erweitern sollen.« Mac ließ seine Hand auf den immer noch harten Schwanz des anderen Mannes sinken. »Du hast dreißig Sekunden, um zu kommen, oder du musst warten, bis ich das nächste Mal wieder Lust darauf habe, das zu machen.« Er begann zu pumpen, während Sully die Augen zufielen und er seine Hüfte fester gegen seinen Partner presste. Sofort erwachte Macs Schwanz wieder zu neuem Leben.

»Mmm, ja, ich bekomme einen Nachschlag«, sagte Mac. Er schlang seine Finger fester um Sullys Schwanz und pumpte weiter.

Angestrengt stieß Sully seine Hüfte zwischen Macs Hand und Macs Schwanz hin und her. Gerade als er dachte, dass er es nicht mehr schaffen würde, durchzuckte ihn sein Höhepunkt und benetzte Macs Hand mit seinen Säften. »Fuck yeah!«, stöhnte er.

Mac ließ ihm ein paar Sekunden Zeit, bevor er Sullys Hüften erneut packte und seinen Schwanz in seinen Hintern stieß. »Du Glückspilz, du hast es gerade noch geschafft. Das kommt davon, wenn du mich so quälst, bevor wir auf das gottverdammte Schiff kommen. Du hast mich heute Morgen verdammt geil gemacht ... ah!«

Wieder sackte er zusammen und stützte sich an Sully ab, während er versuchte, zu Atem zu kommen. Nach einem Moment zog er sich zurück und gab Sully einen kräftigen Klaps auf den Hintern. »Bin gleich wieder da.«

»Du lässt mich hier zurück?«

Mac lachte. »Ich gehe mich waschen. Kümmere mich gleich um dich.« Er ging um den Sortiertisch herum. »Hey, wenigstens ist es zu kalt, als dass ich dich abspritzen könnte.«

»Das würdest du nicht tun!«

»Vielleicht doch. Mein Boot, meine Regeln. Das ist der Deal.« Er grinste. »Ich habe dir gesagt, dass Rache eine Schlampe ist, und ich bin es auch.« Er machte sich nicht die Mühe, seine Jeans zuzumachen. Er ging unter Deck zum Achterschiff und machte sich frisch. Dann schloss er seinen Hosenstall, wusch sich die Hände, griff nach der Kiste mit dem Proviant und zögerte, bevor er eine Banane herauszog. Er kehrte an Deck zurück.

»Hey, hast du schon was gegessen?«, fragte er Sully. Sully blickte ihn an. »Das ist ein seltsamer Themenwechsel.«

Mac machte sich nicht die Mühe, Sully loszubinden. Er lehnte sich neben ihn in die tiefe Dämmerung und schälte die Banane. »Es sind nur noch drei Bananen übrig. Hast du schon welche gegessen? Ich dachte, ich hätte mehr mitgenommen.« Er brach ein Stück ab und reichte es Sully, nachdem er selbst einen Bissen genommen hatte.

Sully schüttelte den Kopf, kaute und schluckte. »Nö.«

Sie aßen die Banane auf. Mac warf die Schale über Bord.

»Na ja, was soll's.« Er streichelte Sullys Hintern. »Du fühlst dich ein bisschen kühl an, Kumpel.«

»Ach nee.«

Mac fing wieder an, ihm auf den Hintern zu klopfen, bis Sullys Fleisch warm und rosa wurde. Erst dann widmete er sich den Fesseln und machte ihn los. »Geh dich sauber machen.« Als Sully sich von der Reling abwandte, packte Mac ihn beim Sweatshirt, zog ihn an sich und drückte seine Lippen auf die des anderen Mannes. »Ich werde es lieben, deinen Arsch dieses Wochenende zu benutzen. Du wirst nächsten Monat viel unterwegs sein. Das ist nicht fair.«

»Das Leben ist nicht fair.« Sully grinste. »Wir müssen einfach kreativ werden.«

CLARISSE KAUERTE in der V-Koje und betete, dass man sie nicht entdeckte. Wie sollte sie Onkel Tad finden? Vielleicht wüsste der Hafenmeister etwas.

Schlimmer noch, wohin sollte sie jetzt gehen? Sie hatte immer noch mehr als fünfhundert Dollar in bar, aber auf die anderen Gelder auf dem neuen Konto würde sie erst in ein paar Tagen zugreifen können. Sie war schon so lange aus Florida weg, dass sie hier außer Onkel Tad niemanden mehr kannte, es sei denn, einige der Stammgäste hatten noch einen Liegeplatz im Jachthafen.

Jetzt würde sie Raquel anrufen und zugeben müssen, dass dies eine Sackgasse war. Sie fühlte sich so müde, todmüde, geistig, körperlich und emotional erschöpft. Vielleicht hätte sie einfach bleiben und sich von Bryan umbringen lassen sollen.

Kein Kampf mehr, kein Leid mehr. Dann wäre sie wieder mit ihrem Vater und ihrer Mutter zusammen, richtig?

Hoffentlich.

Sie schloss die Augen und legte ihren Kopf auf ein Kissen. Nein, es war eindeutig die Erschöpfung. Sie wollte nicht tot sein. Wonach sie sich sehnte, war, frei zu sein, und das war schon so verdammt lange her, dass sie vergessen hatte, wie sich das anfühlte.

Ruckartig öffnete sie die Augen. Sie musste wieder eingeschlafen sein, denn sie sah durch das winzige Hafenfenster, dass es Nacht geworden war. Sie hörte die Männer nicht, nur das Geräusch der Dieselmotoren.

Was hatte sie geweckt?

Ihr Herz raste. Irgendetwas musste geschehen sein. Ihre Instinkte aus all der Zeit, die sie hier an Bord verbracht hatte, meldeten sich.

Sie schloss die Augen, lauschte und versuchte, alte, vertraute Geräusche wahrzunehmen. Die Dieselmotoren – sie klangen ruhig, keine Probleme. Aber etwas …

Dann hörte sie es wieder und erkannte es sofort. Die Umwälzpumpe für den hinteren Ködertank war verstopft oder hatte Luft angesaugt, sodass der automatische Abschaltknopf blockiert war. Das kam manchmal vor. Sie wartete darauf, dass einer der Männer unter Deck gehen und den Stecker ziehen würde. Normalerweise benutzte Onkel Tad die hintere Umwälzpumpe nur, wenn es unbedingt nötig war.

Eine Minute verging, dann eine weitere. *Worauf zum Teufel warten sie noch? Wie konnten sie das nicht hören?* Bei Überhitzung könnte es zu einem Kurzschluss kommen, dieser Kurzschluss würde möglicherweise einen Brand im Motorraum verursachen. So oder so würde die Pumpe kaputtgehen.

Sie setzte sich auf und wartete, während sie an ihren Nägeln kaute. Das Geräusch wurde immer schriller.

Als sie Lärm aus der Hauptkabine hörte, wurde ihr klar,

warum die Männer nicht reagiert hatten.

Hatte diesen Arschlöchern denn niemand gesagt, dass man immer auf der Hut sein musste?

Sie wartete mehrere Minuten lang. Als sie es nicht mehr aushielt, riss sie ihren Koffer aus dem Weg und hämmerte im Vorbeilaufen gegen die Kabinentür. »Steht auf! Die Pumpe läuft heiß!«

WIE VOM BLITZ getroffen schreckte Mac auf. Er schlug mit dem Kopf so hart gegen das Schott, dass er vor Schmerz aufjaulte und fluchend zurück auf die Koje fiel, während er sich an den Hinterkopf fasste.

Sully zerrte an seinen Fesseln. »Wer zum Teufel ist das?«

»Ich weiß es nicht!« Während er eine Hand auf der rasch anschwellenden Beule an seinem Hinterkopf hatte, löste Mac mit der anderen Sullys Handgelenksmanschetten und griff nach einer Jogginghose. Die Männer stürzten aus der Kabine und versuchten währenddessen, sich anzuziehen. Als sie die Hauptluke der Kabine erreichten, sahen sie, dass die Abdeckung des Maschinenraums hochgeklappt war und erhaschten einen Blick auf den Kopf einer Frau, der gerade durch die Öffnung verschwand.

»Scheiße!«, knurrte Sully. Er übernahm die Führung und riss im Laufen an den ledernen Handgelenksmanschetten. Hastig kletterte er vor Mac die Leiter hinunter. Die Frau hatte das Licht im Maschinenraum eingeschaltet und steckte bereits mit dem Kopf voran in der Nische hinter dem Backbordmotor, in der sich die elektrischen Anschlüsse befanden.

Mac griff nach den Ohrenschützern, die er in der Luke

aufgehängt hatte, und stellte fest, dass sie fehlten.

Was sollte der Scheiß?

Dann hörte er das kreischende Geräusch, was er vorher nicht gehört hatte. Okay, er war abgelenkt gewesen, aber trotzdem.

Sully wollte der Frau folgen, aber Mac packte ihn beim Arm und schüttelte den Kopf. Sully hätte ihn bei dem Motorengeräusch sowieso nicht gehört.

Nach einem Moment verstummte das Kreischen, und die Frau tauchte wieder auf. Ja, sie trug die Ohrenschützer und hielt eine Taschenlampe in der Hand. Die Taschenlampe, die sonst auch an der Luke hing.

Wer zum Teufel war sie?

CLARISSE HATTE den Stecker gefunden und zog so fest sie konnte an dem Kabel. Als es sich aus dem Anschlusskasten löste, schaltete sich die Zusatzpumpe ab. Den Schalter im Radkasten umzulegen, hätte nichts gebracht, denn wenn der Heizungsschalter klemmte, überbrückte er den An- und Aus-Schalter. Es hätte doppelt so lange gedauert, die verdammte Sicherung zu finden und sie herauszuziehen, aber das hätte beide Pumpen ausgeschaltet. Onkel Tad hatte immer geflucht, dass er seinen Schwager das verdammte Ding nie hätte einbauen lassen sollen.

Alte Gewohnheiten lassen sich nur schwer ablegen. Obwohl sie nicht schlank war und seit Jahren keinen Fuß mehr auf das Boot gesetzt hatte, war es für Clarisse kein Problem, sich vorsichtig aus der Nische herauszuschlängeln. Sie schob sich um die Rückseite des Backbordmotors herum und wich dem Auspuffkrümmer aus. Selbst mit den Ohrenschützern war es immer noch verdammt laut.

Die beiden Männer starrten sie fassungslos an. Sie warf ihnen nur einen kurzen Blick zu und schob sich an ihnen vorbei, ohne ihren Blick zu erwidern. Dann hängte sie die Taschenlampe und die Ohrstöpsel wieder an ihren Platz, bevor sie die Leiter zum Deck hinaufkletterte.

Furcht breitete sich in ihr aus. Sie rannte zur V-Koje und hoffte, dort als Erste anzukommen. Vielleicht konnte sie durch die Tür mit den Männern reden und sie würden sie nicht als blinden Passagier oder Einbrecher oder was auch immer verurteilen, da sie ihnen den Arsch gerettet hatte.

ALS SEIN ANFÄNGLICHER Schock nachgelassen hatte, rannte Mac ihr hinterher. Es gelang ihm, ihre Jacke zu packen und sie zurückzureißen. »Halt! Warte, wer zum Teufel bist du?«

Sie wehrte sich heftig. In dem engen Gang musste er beide Arme um sie schlingen, um sie zurück in den Hauptbereich der Kajüte zu ziehen. Trotzdem gelang es ihr, ihm mit ein paar gute Tritte gegen das Schienbein versetzen. Zu seinem Glück trug sie Turnschuhe.

»Hör auf, dich zu wehren! Wir werden dir nicht wehtun!« Er drängte sie in die Kombüse und schob sie in Richtung Tisch. Sully drängte sich hinein und versperrte ihr den Fluchtweg. Sie wandte sich von den beiden ab, ihr langes Haar verdeckte ihr Gesicht. »Es tut mir leid! Bitte ruft nicht die Polizei!« Sie krümmte sich zu einem kleinen Ball gegen Wand des Schotts.

»Bist du auf der Flucht vor den Bullen?«, fragte Sully. Sie schüttelte den Kopf.

Die Männer tauschten einen Blick aus. Sie konnten ihr Gesicht immer noch nicht sehen.

Während Sully sie festhielt, rutschte Mac langsam auf die andere Seite der Kabine. Sie erschauderte. Mein Gott, sie kam ihnen so bekannt vor.

Dann fiel es ihm ein. Betsy. Sie verhielt sich ähnlich wie seine kleine Schwester, als er sie das letzte Mal lebend gesehen hatte.

Bevor ihr Mann sie umbrachte.

Sully wollte noch etwas sagen, aber Mac hob eine Hand. Seine Joe-Friday-Cop-Routine würde jetzt nicht passen. »Was hast du gemacht? Im Maschinenraum?«

Sie sah sie immer noch nicht an, ihr Haar verdeckte ihr Gesicht. »Die Umwälzpumpe für den hinteren Ködertank. Man kann sie nicht benutzen. Sie bleibt stecken, weil sie falsch verkabelt wurde. Ich habe den Stecker gezogen, das ist alles. Ich hörte sie laufen. Wäre sie durchgebrannt, hätte der Kurzschluss einen Brand verursachen können.«

Mac spürte Sullys durchdringenden Blick, weigerte sich aber, seinen Partner anzusehen. Nur jemand, der das Boot genau kannte, konnte das wissen. Er hatte es dummerweise vergessen, obwohl Tad ihn davor gewarnt und vorgeschlagen hatte, einen Elektriker zu engagieren, um es zu reparieren.

»Sieh mich an«, befahl Mac sanft.

Sie zuckte wieder zusammen, aber sie neigte den Kopf gerade so weit, dass er ein Auge durch ihr Haar sehen konnte. Immer noch nicht genug, um ihr Gesicht zu sehen.

»Danke«, sagte er.

Das Mädchen erstarrte. »Gern geschehen«, sagte sie schließlich.

Mac packte ihr Handgelenk, fest, aber nicht so, dass es wehtat. Er griff nach ihrem Kinn und zögerte, als sie zusammenzuckte.

»Ich werde dir nicht wehtun«, sagte er. »Ich verspreche,

keiner von uns beiden wird dir wehtun.« Als sie sich entspannte, neigte er ihr Kinn nach oben, so dass sie ihn ansehen musste.

Mac hörte Sullys scharfes Einatmen, als sie einen ersten Blick auf ihr Gesicht – und ihre Verletzungen – werfen konnten. Jemand hatte ihr die Scheiße aus dem Leib geprügelt. Kein Wunder, dass sie solche Angst hatte.

»Wer hat dir das angetan?«, knurrte Sully.

Mac spürte, wie sie zitterte. Er ließ ihr Kinn los, verschränkte aber seine Finger mit ihren.

»Bryan. Mein Freund. Ex.«

Ihre sanfte, verängstigte Stimme brach Mac das Herz. Er wollte seine Arme um sie legen, sie beschützen, sie nie wieder loslassen.

Und er kannte nicht einmal ihren Namen. Verdammt, sie kam ihm aber bekannt vor, als hätte er sie schon einmal gesehen.

»Du gehst nicht zu ihm zurück«, knurrte Sully. Bei Sully wusste Mac, dass das ein Befehl war, keine Bitte oder gar eine Frage.

Wenigstens waren sie auf derselben Seite.

Sie schüttelte heftig den Kopf. »Nein, aber ich muss irgendwann in den nächsten Wochen nach Columbus zurückkehren, um die rechtlichen Dinge zu regeln und meine Sachen zu holen.«

»Ich komme mit«, bot Mac sofort an. *Was zum Teufel?* Er war selbst überrascht über seine Reaktion.

Sully hob eine Augenbraue, als er die Worte hörte. Okay, das würde ihn ein paar Peitschenhiebe kosten, wenn sie wieder an Land waren, aber das wäre es wert.

Das Mädchen schüttelte den Kopf und zog ihre Hände langsam zurück. »Nein. Ist schon gut. Tut mir leid, ich wusste nicht, dass euch die *Dilly* jetzt gehört.« Sie tauchte eine Hand in ihre Jackentasche und zog einen Ring mit drei vertraut aussehenden Schlüsseln heraus, legte sie auf den Tisch und schob sie Mac vorsichtig zu. »Die wirst du brauchen.«

Er warf einen Blick auf die Schlüssel, griff aber nicht danach. »Lass uns zurückgehen. Wer bist du? Woher hast du die Schlüssel zu meinem Boot?«

»Clarisse Moore. Es gehörte früher meinem Onkel Tad.« Sie blickte sich kurz um, ihr Blick wanderte über Sully und landete schließlich bei Mac, bevor sie sich wieder dem Tisch zuwandte. »Ich habe hier viel Zeit verbracht, als ich aufwuchs. Ich wusste nicht, wo ich sonst hingehen sollte. Ich habe keinen anderen Zufluchtsort, an dem Bryan mich nicht finden könnte. Ich wusste, dass es weit hergeholt war. Es tut mir leid.«

Jetzt wusste er auf einmal, warum sie ihm bekannt vorkam. Tad hatte ihm Bilder von ihr gezeigt. »Ich bin Brant MacCaffrey. Du kannst mich Mac nennen, das tun alle. Das ist Sullivan Nicoletto, mein Partner.«

»Sully«, sagte er von dort, wo er stand.

»Ich werde gehen, sobald wir wieder im Hafen sind. Ich werde arbeiten, solange ich hier bin, mir meinen Lebensunterhalt verdienen. Ich kann alles: putzen, Krabben fangen, sortieren, Wache halten.« Sie seufzte. »Ich nehme an, ihr wisst nicht, wie ich Onkel Tad erreichen kann, oder?« Die Männer tauschten einen wissenden Blick aus. »Was?«

»Wir haben dir ein paarmal geschrieben«, sagte Sully. »Tad gab uns deine Adresse. Er ist in einem Pflegeheim. Er hatte einen Schlaganfall.«

Den Schock auf ihrem Gesicht hätte sie auf keinen Fall vortäuschen können. »Wann?«

»Letzten März«, sagte Sully ihr. »Du hast unsere Briefe nie bekommen?«

Clarisse schüttelte den Kopf. »Nein.« Sie schloss die Augen und fluchte. »Bryan hat sie wahrscheinlich vor mir gesehen und weggeworfen. Geht es Onkel Tad gut?«

Sully schien die Situation als sicher genug einzuschätzen,

um sich zu setzen; er ließ sich neben Mac in der Nische nieder. »Er ist auf der rechten Seite teilweise gelähmt. Er kann gehen, aber er ist sehr schwach. Er musste das Boot verkaufen, und wir machten ihm ein Angebot. Wir besuchen ihn immer wieder. Wir waren mit ihm befreundet, bevor er den Schlaganfall hatte.«

Sie verspürte ein wenig Hoffnung und eine Menge Schuldgefühle. »Ist er in der Nähe?« »Nettes Heim, südlich von Tarpon.«

Sie vergrub ihr Gesicht in den Händen und ließ sich schluchzend auf den Tisch fallen.

Mac griff wieder über den Tisch und tätschelte ihr sanft den Arm. »Ist schon gut, Clarisse. Vor ihm liegen noch viele Jahre. Ihm gefällt es dort, wo er ist. Wir können dich zu ihm bringen, wenn wir wieder an Land gehen.«

Dieses Mal wich sie nicht zurück. Als sie ein paar Minuten später nicht mehr weinte, reichte Sully ihr eine Packung Taschentücher, die sie dankbar annahm. Sie putzte sich die Nase und holte tief Luft. »Es tut mir leid. Ich bin eingeschlafen. Als ich aufwachte, waren wir schon unterwegs und ich habe euch an Deck gesehen.« Sie errötete. »Ich wollte nicht einfach so hereinplatzen. Gott, hätte ich mein Leben noch schlimmer verpfuschen können?«

»Lass uns zurückgehen«, sagte Sully. Mac lehnte sich zurück und überließ ihm die Kontrolle über das Gespräch, nachdem sie sich beruhigt hatte. »Wo kommst du her?«

»Ich habe gerade ein paar Tage in Bussen aus Columbus, Ohio, verbracht. Welcher Tag ist heute?«

»Donnerstagabend«.

»Ich bin am Dienstagmorgen früh losgefahren.« Sie blickte auf die Schlüssel, die immer noch auf dem Tisch lagen. Mac hatte sie noch nicht eingesteckt. »Ich schätze, das bedeutet, dass ich gestern Abend spät oder heute früh hier angekommen bin. Ich habe wirklich das Zeitgefühl verloren.«

»Hattest du niemanden in Columbus, bei dem du bleiben konntest? Eltern? Freunde?« »Meine Eltern sind vor ein paar Jahren bei einem Unfall gestorben. Die einzige Freundin, die Bryan mir gelassen hat, ist Raquel, sie hat ein Baby. Ich wollte nicht, dass sie ihre Familie gefährdet. Er hätte mich bei ihr sowieso gefunden, wahrscheinlich hätte er dort als Erstes nachgesehen.«

»Hast du ihn angezeigt?«

Nervös zerriss sie das Taschentuch. »Ja.« Sie schnaubte. »Sie haben meinen Bericht aufgenommen. Das wird *sehr viel* bringen. Wir lebten außerhalb von Columbus, in Maxwell, in der Nähe von Zanesville. Er ist dort Polizist. Computerabteilung.«

»In Maxwell?«

»Ja.«

Mac meldete sich zu Wort. »Nun, Kleines, du bist auf jeden Fall am richtigen Ort gelandet. Sully war früher Polizist ...« Bei ihrem schockierten, ängstlichen Gesichtsausdruck hielt er inne. Sie löste sich von den beiden, zog sich wieder in die Ecke zurück und versuchte, mit dem Schott zu verschmelzen. »Hey, was ist los?«

Sie schüttelte ängstlich den Kopf. »Ich habe den Ausdruck auf ihren Gesichtern gesehen. Sein Vater ist mit dem Polizeichef befreundet. Zwei seiner Cousins arbeiten auch dort. Ich habe keine Hoffnung, dass er Anklage erhoben wird. Sie haben ihn nach der Anzeige in ›bezahlten Verwaltungsurlaub‹ versetzt. Das ist Bullenjargon und bedeutet, dass sie meinen Papierkram unter den Tisch kehren und ihn freilassen werden. Schon wieder.«

Ihr wütender Blick blieb auf Sully haften. »Polizisten halten immer zusammen. Das taten sie beim ersten Mal, und das werden sie auch dieses Mal tun. Als seine Cousins beim letzten Mal mein blaues Auge sahen, haben sie beide gelächelt und sich weggedreht.« Sie schnaubte angewidert. »Er hat mir gesagt, dass sie mir nicht glauben würden, wenn ich Anzeige erstatte.«

Mac tauschte einen Blick mit Sully aus. »Clarisse, vertrau mir, du bist bei uns sicher«, versicherte Mac ihr.

Sie löste ihren Blick keine Sekunde von Sully. »Nein, danke für das Angebot, aber ich werde mir etwas suchen, wenn wir wieder im Hafen sind. Es tut mir leid, dass ich euer Wochenende ruiniert habe.«

Sully lehnte sich langsam zurück und versuchte, ein wenig Platz für sie zu schaffen. Mac vermutete, dass er das schon einmal gesehen hatte – diese überwältigende Furcht bei einem Opfer. »Clarisse«, sagte er leise, »ich verspreche dir, falls dein Ex auftaucht, werde ich der Erste sein, der ihm eine Kugel in den Kopf jagt, wenn er versucht, dich anzugreifen.«

Sie brach in Tränen aus. »Er sagte, er würde mich umbringen! Er sagte mir, wenn ich ihn jemals verlasse, würde er mich jagen und töten und niemand würde ihn aufhalten oder beweisen, dass er es getan hat! Dass er das schon einmal getan hat und damit davongekommen ist!«

Mac stupste Sully an, der daraufhin aus der Kabine kletterte. Mac wechselte den Platz und setzte sich neben sie, zog sie in seine Arme. Zuerst wehrte sie sich. Dann schmiegte sie sich an ihn und weinte noch bitterlicher.

»Ist schon gut, Schatz«, sagte Mac. »Ich verspreche dir, wir werden nicht zulassen, dass er dir wehtut. Das schwöre ich. Wir können auf uns selbst aufpassen und dich beschützen.«

Nach zehn Minuten weinte sie sich in seinen Armen in den Schlaf. Sully starrte sie traurig an. »Scheiße«, flüsterte er. »Sie ist völlig durch den Wind.«

»Das wärst du auch«, schoss Mac zurück.

»Ich meinte auch nicht, dass sie keinen Grund hat. Sie war tagelang auf der Flucht, in Angst, musste ständig auf der Hut sein. Sie ist über den Punkt der Erschöpfung hinaus.«

Mac strich ihr vorsichtig das Haar aus dem Gesicht. Verdammt, wenn ihr Gesicht so schlimm aussah, fragte er sich, wie schlimm ihre anderen Verletzungen sein mochten.

Als hätte Sully seine Gedanken gelesen, sagte er: »Brant, sie ist nicht Betsy. Du kannst sie nicht retten, wenn sie beschließt, zu ihm zurückzugehen.«

Mac verzog das Gesicht. »Spar dir deinen verdammten Psychologie-Scheiß.« Er schlüpfte vorsichtig aus der Kabine und nahm sie in seine Arme. »Mach bitte die Tür der V-Kabine auf.«

Es war sehr eng, aber Mac schaffte es, sie in die Koje zu legen, ohne dass sie mit dem Kopf gegen die Wand schlug. Sully holte eine Decke für sie aus ihrer Kabine. Dann schlossen sie die Tür hinter sich und gingen wieder nach oben an Deck. Mac schloss die Maschinenraumluke und kontrollierte den Autopiloten und das Radar. Er hatte nur zehn Minuten unter Deck bleiben wollen, mehr als genug Zeit, um zu spielen.

Noch immer ohne Hemd fröstelte er, als er den Autopiloten ausschaltete, neue Zahlen in das GPS eintippte und das Boot wendete. Sully kam aus der Kabine heraus. Er war angezogen und hatte ein Hemd und eine Jacke für Mac dabei.

»Danke.« Er zog sich an.

»Gehen wir rein?«, fragte Sully.

»Äh, ja. Ich glaube, das müssen wir, oder? Wir müssen sie zu einem Arzt bringen.«

Einen Moment lang war Sully still. »Du weißt nicht, ob sie das überhaupt will. Oder ob sie es sich leisten kann.«

»Das muss sie!«

Sully sah ihn an, seine Stimme war ruhig und gelassen. »Beruhige dich und geh mir aus dem Weg. *Jetzt.*«

Mac starrte ihn an. »Wage es *ja* nicht, jetzt mit mir zu streiten. Du kannst mich dafür verprügeln, wenn wir zu Hause sind, aber verdammt, ich lasse nicht zu, dass sie abhaut und getötet wird! Nimm es von meinem Geld, wenn du musst, aber sie wird zu einem verdammten Arzt gehen und sich durchchecken lassen.«

Sully beobachtete ihn lange. Als er das Wort ergriff, klang

seine Stimme ruhig. »Du widersprichst mir, Sklave. Du merkst, dass du dich gefühlsmäßig zu sehr auf jemanden einlässt, den du nicht einmal kennst. Sie ist erwachsen. Denk daran, dass sie wahrscheinlich ausflippen wird bei dem, was wir tun.«

Mac sackte in seinem Stuhl zusammen, als die volle Wucht von Sullys Worten auf ihn einschlug. Er griff nach einem Schlüsselband, das an einem Haken hing. Daran baumelte ein kleiner, silberner Schlüssel. »Es tut mir leid, Meister.« Er winkte ihn herüber. »Ich weiß, dass wir noch auf dem Schiff sind, aber du hast recht. Ich bin zu emotional bei dieser Sache. Ihr müsst euch darum kümmern.«

Sully beugte sich vor, damit Mac das Halsband öffnen und abnehmen konnte. Dann legte er seine Hand in Macs Nacken, berührte seine Stirn mit Macs und drückte ihm einen Kuss auf die Lippen. »Wir sind uns einig, dass wir sie beschützen müssen ...«, sagte Sully zu ihm. »aber wir können sie nicht überwältigen.«

»Ich möchte trotzdem mit ihr gehen, wenn sie ihre Sachen holt.«

»Das sollten wir klären, wenn es so weit ist. Es ist zu früh, das jetzt zu entscheiden.«

»Bitte?«

»Wenn es so weit ist, ja, dann erlaube ich es dir.«

Mac umarmte ihn und vergrub sein Gesicht an Sullys Schulter. Mac hatte Mühe, nicht an Betsy zu denken, daran, wie sie ausgesehen hatte, als er sie gefunden hatte, fast tot und bis zur Unkenntlichkeit verprügelt.

Sully flüsterte ihm ins Ohr: »Erinnere dich nur immer wieder daran, dass sie nicht Betsy ist. Sie ist Tads Nichte, und wir werden sie beschützen. Wir werden nicht zulassen, dass ihr etwas zustößt, aber du musst mich das regeln lassen. Okay?«

»Ja, Meister.«

Im Morgengrauen hörten sie, wie sie sich bewegte. Sie waren immer noch drei Meilen von der Hauptmarkierung entfernt. Sully arbeitete in der Kombüse und bereitete das Frühstück vor. Er ging zu ihrer Kabine und klopfte an. »Willst du ein paar Rühreier und Würstchen? Wir haben genug. Ich habe extra mehr gemacht.«

Nach einem Moment kam ihre zögerliche Antwort. »Ja, bitte. Danke. Ich bin gleich da.«

Er hasste es, dass sie ihn beim Auftauchen misstrauisch beäugte, wie ein Kind, das einen Hund beobachtet, der es schon einmal gebissen hat, aber trotzdem in seiner Nähe sein muss.

Seine Stimme war sanft und gleichmäßig. »Wie trinkst du deinen Kaffee?« »Mit Milch und Zucker, wenn ihr welche habt. Wenn nicht, trinke ich ihn auch schwarz.«

Er schenkte ihr eine Tasse ein und stellte sie auf den Tisch, nicht so nah, dass sie sich ihm nähern musste, um sie zu erreichen. Nachdem sie sich wieder hingesetzt hatte, stellte er die Milch und den Zucker auf die Tischkante.

Mac steckte seinen Kopf durch den Türrahmen. »Guten Morgen! Hast du gut geschlafen?«

»Gut, danke.«

Clarisse beobachtete beide Männer. Gestern Abend, als sie zusammengebrochen war, waren sie beide ohne Hemd gewesen. Mac war etwas größer und kräftiger als Sully, beide Männer waren offensichtlich gut in Form, und Mac hatte Nippel-Piercings. Aber an diesem Morgen war Sullys Hals nicht mehr mit einem Halsband umschlossen.

Sie vermutete, dass das Halsband höchstwahrscheinlich bedeutete, dass Mac ihre seltsame kleine Beziehung leitete. Das gab ihr irgendwie ein Gefühl der Sicherheit, auch wenn es dumm war, so über jemanden zu denken, den sie gerade erst kennengelernt hatte. Vielleicht lag es daran, dass seine süßen braunen Augen sie anzuziehen schienen.

Aber sie traute Sully nicht. Keinem Polizisten. Sie konnte einem Polizisten nicht trauen. Mac jedoch ... irgendetwas an ihm beruhigte sie.

»Du kommst mit uns nach Hause«, sagte Mac. »Geh duschen und zieh dich um, dann bringen wir dich zu Tad.«

Sie wollte zuerst Nein sagen, ihre Hilfe ablehnen, doch dann wurde ihr klar, was für eine dumme Idee das war. Sie konnte nirgendwo hin und hatte keine Ahnung, wo ihr Onkel lebte. Wenn sie ihr etwas antun wollten, hätten sie es mitten im Golf getan und dann ihre Leiche entsorgen können, anstatt sie an die Küste zurückzuschleppen, nur um sie in ihrem Haus zu belästigen. Abgesehen davon waren sie nach dem, was sie gesehen hatte, offensichtlich schwul.

»Okay, danke.« Sie versuchte, nicht zusammenzuzucken, als Sully ihr einen Teller mit Essen vorsetzte. »Danke schön.«

Mac kehrte ins Steuerhaus zurück. Sully brachte Mac einen Teller, kehrte dann zurück und setzte sich mit seinem Frühstück ihr gegenüber. Sie warf einen kurzen Blick auf ihn. Braunes Haar, ein wenig grau an den Schläfen. Durchdringende graue Augen. Er versuchte nicht, sie zum Reden zu überreden, und dafür war sie sehr dankbar.

Nach fünfzehn Minuten ergriff er das Wort. »Also, wie viel hast du letzte Nacht gesehen? Von uns an Deck?«

Erschrocken blickte sie auf. Er trug ein Lächeln, das sie als verspielt bezeichnen konnte. Sie errötete und wandte den Blick ab. »Genug. Es tut mir leid.«

Als er sanft ihren Handrücken berührte, zwang sie sich, nicht zurückzuweichen.

»Ich hoffe, wir haben dich nicht erschreckt. Uns so zu sehen.«

Sie schüttelte den Kopf. Nein, sie hatte sich nicht erschrocken. Sie versuchte, das plötzliche Pochen in ihrem Unterleib zu unterdrücken. Was für eine völlig unangemessene Reaktion auf ihre Erinnerung an den Anblick der beiden Kerle ...

Wow.

»Du hast mich nicht erschreckt«, gelang es ihr. »Ich meine ...« Sie musste schlucken, um Spucke zu bilden. »Ich habe Angst, aber nicht vor euch.« Sie schloss die Augen. »Ich komme mir nur so verdammt dumm vor, weil ich ihn nicht gleich beim ersten Mal verlassen habe.«

Seine Finger legten sich um ihre Hand. Er drückte sie sanft, bevor er sie wieder losließ.

»Wir meinten es ernst, als wir sagten, wir würden dich beschützen.« Er hielt inne. »Wir haben ein sehr großes Haus, viel Platz. Wenn dir unsere Beziehung nichts ausmacht, wenn dich das nicht stört, können wir uns etwas einfallen lassen.«

Bevor sie antworten konnte, stand er auf und brachte seinen leeren Teller zur Spüle. Verlockend. *So* verlockend. Warum musste er ein verdammter Polizist sein?

»Macs Schwester wurde ermordet«, sagte Sully, als er am Waschbecken stand. Er drehte sich um und lehnte sich gegen den Tresen. »Er mag in mancher Hinsicht überheblich wirken. Ich wollte dir nur erklären, warum er sich an dich geklammert hat. Ihr Mann hat sie ermordet. Mac hatte sie gefunden; sie war noch nicht tot. Der Typ hatte sie zu Tode geprügelt. Nach einigen Tagen wurden die lebenserhaltenden Maßnahmen eingestellt.«

Er ließ sie darüber nachdenken, während er die Treppe zum Steuerhaus hinaufstieg.

Sie beendete ihr Frühstück und wusch ihr Geschirr ab. Dann kramte sie ihre Zahnbürste und Zahnpasta hervor und ging zur Toilette. Im Tageslicht wurde ihr klar, wie schrecklich und erbärmlich sie aussah. Ihr Auge war nicht mehr so geschwollen, aber die furchtbaren lila und grünen Blutergüsse sahen fast noch schlimmer aus. Die aufgeplatzte Lippe schmerzte. Gott sei Dank hatte sie noch alle ihre Zähne. Sie zog ihre Jeans herunter, um auf die Toilette gehen zu können, und bemerkte, dass auch diese blauen Flecken zu verblassen begannen, obwohl sie immer noch hässlich aussahen.

Sie zog sich um, fühlte sich geringfügig besser und trug reichlich Deodorant auf, um den schlimmsten Gestank zu beseitigen. Als sie in die Hauptkabine zurückkehrte, waren die Männer immer noch im Steuerhaus. Sie erinnerte sich daran, den Umschlag mit dem Papierkram zu ersetzen, und kletterte zu ihnen hinauf.

Beide Männer lächelten ihr freundlich zu. Sie bemerkte, dass sie an Anclote Island vorbeigefahren waren. Im Leerlauf würde es noch eine halbe Stunde dauern, bis sie den Jachthafen erreichten.

Sie drängte sich um die Männer herum, so dass sie auf Macs anderer Seite stand, während er sie von Sully trennte. Sie beobachtete ihre Augen, wie sie ihre Verletzungen untersuchten.

Das Mitleid, das sich in ihnen spiegelte.

»Wir wollen dir einen Deal vorschlagen«, sagte Sully. Mac blieb still. »Bitte, hör uns an. Du kannst bei uns bleiben. Es gibt nur ein paar Dinge, die wir brauchen. Nicht viel.«

Sie spannte sich wieder an. »Nein, ich werde irgendwo hingehen. Ich werde ...«

»Kann ich ausreden?«

Sie nickte.

»Wie du gesehen hast, haben Mac und ich eine ungewöhnliche Beziehung. Wir verlangen nur Respekt, keine Billigung oder Beteiligung von dir. Du wirst Dinge sehen, die dich vielleicht verstören, aber alles ist einvernehmlich. Wir erwarten nicht, dass du irgendetwas davon tust, sondern nur, dass du uns sein lässt, wie wir sind. Wir erwarten von dir, dass du unsere Privatsphäre respektierst und nicht mit anderen über unser

Privatleben redest. Wir werden dich beschützen, aber du darfst keinen Kontakt zu deinem Ex haben. Du musst auf uns hören und tun, was wir sagen, wenn es um diese Situation geht. Du musst absolut ehrlich zu uns sein, denn das ist eine feste, unumstößliche Regel in unserem Haus. Lügen ist absolut nicht erlaubt.«

Sie wartete darauf, dass er fortfuhr. Als er nichts mehr sagte, fragte sie: »Das war's?«

»Das ist der wichtige und nicht verhandelbare Punkt. Du kannst Miete zahlen, oder du kannst für uns arbeiten. Du bringst niemanden mit, ohne uns vorher Bescheid zu sagen, damit wir nicht ...« Er zwinkerte ihr zu. »Natürlich, damit wir nicht geoutet werden, sozusagen. Du kannst kommen und gehen, wie du willst, aber wenn du weggehst, meldest du dich, damit wir wissen, dass es dir gut geht. Es macht nur Sinn, wenn du bei uns bleibst. Es wird dir guttun, deinen Onkel in der Nähe zu haben, und wir können dir ein Zimmer geben.«

»Für euch arbeiten?«

»Mac auf dem Boot helfen. Du kennst dich ja schon aus.« Er lächelte. »Das war nicht zweideutig gemeint. Zu Hause kannst du uns auch unter die Arme greifen. Ich könnte Hilfe gebrauchen. Wir zahlen bar und tauschen Zimmer und Verpflegung gegen Hausarbeit.«

»Hausarbeit?«, fragte sie nervös.

Sully lächelte. »Ja, Hausarbeit. Du weißt schon, abwaschen, Besorgungen machen, staubsaugen. Keine Blowjobs.«

Sie stieß ein müdes Lachen aus, bevor sie sein Lächeln erwiderte. »Okay.« Sully streckte seine Hand aus. »Abgemacht?«

Sie nickte und reichte ihm zögernd die Hand. »Abgemacht. Ich danke euch.«

KAPITEL DREI

Sie kehrten in den Hafen zurück. Clarisse schien in ihre alten Muster zu verfallen; sie kletterte auf die Backbordbrüstung, während Mac die *Dilly* rückwärts in den Liegeplatz glitt. Sie achtete darauf, dass sie nirgendwo anstieß, griff nach den Leinen, sprang auf den Steg und wickelte das Seil geschickt um die Klampe. Sully hielt sich an der Steuerbordseite fest.

Sully reichte ihr die Hand, als sie auf das Deck springen wollte. Ihm entging nicht, dass sie zögerte, bevor sie schließlich die Hand ausstreckte und sie ergriff. Sobald sie wieder auf den Beinen war, zog sie ihre Hand aus seiner.

Sie hatte immer noch Angst.

Trotz ihrer Verletzungen war sie wunderschön, mit ihren blauen Augen und dem langen schwarzen Haar, das ihr bis über die Schultern reichte, was zusammen mit ihren süßen runden Kurven seinen Schwanz aufweckte. Dünne Frauen hatten ihm nie gefallen. Trotz seiner ehrlichen Beteuerungen hatte seine Ex-Frau mit ihrem Gewicht gekämpft, ständig trainiert und Diäten gemacht, war die ganze Zeit über mies gelaunt und griesgrämig und nie zufrieden mit sich selbst.

Clarisse war eine schöne Frau. Eine echte Frau. Eine Frau, die sich vor ihm fürchtete.

Mac half ihr mit ihrem Gepäck. Nachdem sie das Boot gesichert und die *Dilly* an den Landstrom angeschlossen hatten, gingen sie zu Macs Wagen.

Sie musste zwischen den beiden sitzen. Sully entging nicht, dass sie dazu neigte, näher an Macs Seite des Sitzes zu bleiben, während der fuhr. Er versuchte sie aus den Augenwinkeln zu beobachten, während sie zum Haus fuhren.

Sie lebten in einem kleinen, privaten und eingezäunten Wohnviertel. Ihr Haus am Spring Bayou – ein großes, einstöckiges Stelzenhaus auf einem riesigen Doppelgrundstück – lag am Ende einer Sackgasse. Mac parkte neben Sullys Jaguar-Limousine und stellte den Wagen ab.

Clarisse starrte sie fassungslos an. »Ihr wohnt *hier*?« Sie wusste, dass die Lage allein schon bedeutete, dass das Haus teuer sein musste.

Mac lächelte. »Sei es auch noch so bescheiden und all dieser Mist.«

Clarisse bemerkte, dass Sully Mac nicht mit ihren Taschen half. Sie wollte nach ihrer Reisetasche greifen, aber Mac winkte sie ab. »Ich mache das schon, Süße. Das ist meine Aufgabe. Du gehst mit ihm nach oben.«

Sully war bereits die Hälfte der Treppe hinaufgestiegen. Ein großer geschlossener Raum füllte den Raum unter dem Haus aus. »Gerätekammer, Fitnessgeräte und Lagerraum«, erklärte er und zeigte auf den Raum im Erdgeschoss.

Sie nickte und folgte ihm.

Sully schloss die Tür auf und geleitete sie ins Foyer, wo er die Alarmanlage deaktivierte. Die Einrichtung war weder besonders anspruchsvoll, noch besonders schäbig. Diese Männer lebten gut, und das Haus schien makellos zu sein. Ein strukturierter Berberteppich, weiße Wände mit erdfarbenen Akzenten, schöne Fotos an den Wänden. Viele Landschaften, aber auch ein paar Männer zusammen. Ein insgesamt sehr maskulines Ambiente.

Als Mac mit ihrem Gepäck zur Tür hereinkam, sah er Sully an.

»Bring sie in das größere Gästezimmer«, sagte er zu Mac. »Das mit dem Bad.« Er ging hinüber zu einer Durchreiche in der Küche und legte seine Schlüssel ab. »Kann ich dir etwas zu trinken oder zu essen bringen?«

Sie schüttelte den Kopf und schritt langsam durch das große Wohnzimmer. Diese Männer hatten sich ein schönes Leben aufgebaut. Bilder von den beiden zeigten ein glückliches, sehr verliebtes Paar.

In einem saß Mac auf einem Zaun, während Sully neben ihm stand. Sie sahen sich an, mit unverhohlener Liebe in ihren Blicken …

Clarisse unterdrückte ein Schluchzen. So hatte sie sich noch nie gefühlt. Und schon gar nicht mit Bryan.

Sie versuchte, ihre Gefühle zu zügeln. Erschöpft und halb erschlagen fühlte sie sich kaum zurechnungsfähig und brauchte eine Dusche.

Mac kam von dem Ort zurück, an den er ihr Gepäck gebracht hatte. Clarisse drehte sich zu ihm um, um ihn anzusprechen, doch dann bemerkte sie, dass seine ganze Aufmerksamkeit auf Sully gerichtet war.

Sie blickte zu Sully und stellte fest, dass er Mac anstarrte. Nach einem langen, fast peinlichen Moment sprach Sully mit ruhiger, fester Stimme. »Zwinge mich nicht, es dir zu sagen.«

Als Macs Blick nervös in ihre Richtung schweifte, durchströmte sie ein schreckliches Gefühl. Vielleicht hatte sie diese Männer furchtbar falsch eingeschätzt.

Ohne nachzudenken, trat sie einen Schritt zurück, näher an die Haustür.

Mac sprach endlich. »Bitte?«

Sully lehnte sich gegen den Tresen und verschränkte die

Arme. »In Ordnung. Aber denk daran, dass es eher früher als später passieren muss. Kurze Hosen, wenn du darauf bestehst, aber das bedeutet, dass du mir fünf Schläge schuldest.«

Mac nickte, bevor er in einem anderen Raum verschwand.

Sully lächelte. »Wir haben dich gewarnt, wir haben einen … etwas anderen Lebensstil.« Er ging in die Küche. Sie hörte, wie er herumwühlte, dann lief Wasser, und einen Moment später gluckerte der Kochtopf.

Sie bewegte sich nicht. »Inwiefern anders?«, fragte sie schließlich. Ihre Stimme klang viel zu schwach für die höhlenartige Kathedralendecke.

Er starrte sie von der anderen Seite der Theke an. »Wie aufgeschlossen bist du?«

Sie spürte, wie ihre Angst etwas nachließ. »Einvernehmliche Erwachsene. Wenn ihr mich nicht zu irgendetwas zwingen wollt, werde ich wahrscheinlich nichts dagegen haben.«

Er lächelte wieder. Obwohl sie ihm nicht traute, musste sie zugeben, dass die Art, wie sich seine Lippen kräuselten, sein Gesicht weicher machte und die Winkel seiner grauen Augen auf spielerische Weise verzogen. »Ein Mädchen ganz nach unserem Geschmack also.« Er verschwand in der Küche, wo sie ihn nicht sehen konnte.

Aus den Augenwinkeln wurde sie auf eine Bewegung aufmerksam. Mac war ins Wohnzimmer zurückgekehrt. Er trug Shorts und sonst nichts.

Sonst *fast* nichts.

Beim Anblick seiner nackten Brust schlug etwas in ihrem Herzen. Ja, er hatte goldene Nippel-Piercings. Sie bemerkte auch, dass seine Brust komplett rasiert war. Aber das war nicht das Ungewöhnliche.

Das maßgefertigte Lederhalsband um seinen Hals mit einem kleinen Silberschloss an der Schnalle erregte ihre Aufmerksamkeit.

Sully trat aus der Küche. »Und?« Clarisse sah ihn an. »Und was?«

»Nicht du, Süße.« Er sah Mac eindringlich an.

Mac kniete auf dem Boden. In diesem Moment wurde ihr die Situation klar. Wie auch immer ihre Beziehung aussehen mochte, Sully hatte die Kontrolle, nicht Mac, ungeachtet dessen, was sie auf dem Boot gesehen hatte.

Sully ging zu Mac hinüber und stellte sich neben ihn, strich mit der Hand durch sein blondes Haar. »Mac und ich haben eine komplexe Beziehung. Ich bin sein Meister, er mein Sklave.« Sullys Hand blieb auf Macs Kopf, seine Finger gruben sich in sein Haar. »Wir sind also Partner, Liebhaber und noch mehr als das. Es ist einvernehmlich. Wir leben schon seit einigen Jahren so.«

Während sie die beiden anstarrte und überlegte, was sie erwidern sollte, sah sie, wie Mac sich vorbeugte, die Augen schloss und seinen Kopf an Sullys Oberschenkel lehnte. Sie bemerkte, dass beide Männer an ihren linken Händen passende Armbänder trugen wie Eheringe.

»Es ist in Ordnung, Clarisse«, versicherte Sully ihr. »Du kannst jetzt ausrasten, wenn du willst.«

»Das ist nicht lustig, Meister«, murmelte Mac.

Clarisse bemerkte eine Veränderung in Macs Stimme, als ob er sich plötzlich entspannt hätte.

Sully muss ihren Gesichtsausdruck bemerkt haben. »Tut mir leid. Ich will dir keine Angst einjagen, aber da du hier leben wirst, musst du verstehen, wer wir sind. Normalerweise sieht uns niemand außerhalb dieses Lebensstils so. Wie du sehen kannst, genießt er das genauso wie ich.«

Ihre Gedanken wirbelten durcheinander. Sie wusste nicht, was sie sagen sollte.

»Was du auf dem Boot gesehen hast«, fuhr Sully fort, »ist nur ein Aspekt dessen, was wir tun. Mir gehört das Boot. Mac ist der Kapitän. Ich habe beschlossen, dass wir als Kapitän nach seinen Regeln spielen können, wenn ich mit ihm rausfahre. Ich kann nicht immer mit ihm rausfahren. Manchmal macht es mir Spaß, mich zurückzulehnen und ihn seinen Spaß haben zu lassen. Er genießt es, gelegentlich zu toppen. Das bringt Abwechslung in die Sache.«

Clarisse starrte ihn an.

Sully ließ ihr einen Moment Zeit, da er offensichtlich merkte, dass sie die Informationen noch verarbeitete, bevor er fortfuhr. »Wie ich schon sagte, werden wir niemals erwarten, dass du mitmachst. Aber wenn du neugierig bist und mehr erfahren willst, beantworten wir gern deine Fragen oder helfen dir weiter. Nach ein paar Tagen wirst du dich hoffentlich wohler dabei fühlen. Natürlich erwarten wir, dass du niemandem etwas über diesen Aspekt unserer Beziehung erzählst.«

Sie nickte.

»Normalerweise hätte ich Mac gesagt, dass wir uns unauffällig verhalten werden. Aber unter den gegebenen Umständen, weil du für die absehbare Zukunft bei uns sein wirst, möchte ich lieber von Anfang an offen sein, anstatt zu verbergen, was und wer wir sind.« Er tätschelte Macs Kopf. »Zeig Clarisse ihr Zimmer und sorge dafür, dass sie alles bekommt, was sie braucht. Danach müssen wir beide duschen und uns anziehen, damit wir sie zu Tad bringen können.«

Er stand auf und schenkte ihr ein Lächeln. »Ich habe schon alles für dich vorbereitet. Komm, hier entlang.«

Er führte sie einen Flur entlang zu einem Schlafzimmer. Zuerst dachte sie, dass sie vielleicht in das Hauptschlafzimmer gegangen waren. In dem Haus, in dem sie mit Bryan gelebt hatte, gab es kein so großes Hauptschlafzimmer.

Mac ging zur Badezimmertür und knipste das Licht an. »Ich habe Bittersalz für dich, das du ins Wasser geben kannst. Das wird gegen den Muskelkater helfen. Ich habe Handtücher und etwas Shampoo und Spülung für dich bereitgelegt. Ich werde mit dir eine Einkaufsliste machen, mit Dingen, die du magst und willst, damit ich sie das nächste Mal kaufen kann, wenn ich komme. Ich habe auch einen Einwegrasierer und etwas Rasierschaum dazugestellt.« Er schenkte ihr ein entschuldigendes Lächeln. »Ich habe kein Rasiergel, tut mir leid.«

Sie fühlte sich wie betäubt, auf eine gute Art. »Das ist okay. Das reicht mir.« Alles, was ihr dazu verhelfen konnte, sich zu rasieren und sich nicht mehr wie ein Yeti zu fühlen, war ein Segen.

»Lass deine schmutzigen Klamotten und die Handtücher für mich auf dem Flur liegen«, sagte er über die Schulter, als er hinausging.

»Was?«

»Ich mache die Wäsche«, sagte er vom Schlafzimmer aus. »Und den größten Teil des Kochens. Ich putze auch.« Er hielt inne. »Ich muss mit Sully sprechen. Er wird wahrscheinlich wollen, dass du einen Teil davon übernimmst. Wie auch immer, wir können das später klären. Tad wird sich so freuen, dich zu sehen. Er hat dich wirklich vermisst und spricht die ganze Zeit von dir.«

Damit ging er hinaus, schloss leise die Schlafzimmertür hinter sich und ließ sie mit einem verdammt schlechten Gewissen zurück.

Onkel Tad war ihr einziger lebender Verwandter neben ein paar entfernten Cousins, die sie nicht einmal kannte. Sie hätte Bryan die Stirn bieten und einen besseren Kontakt halten sollen. Er hätte das nie allein durchmachen müssen.

Nun, Jammern und Klagen würde sie auch nicht schneller ans Ziel bringen. Sie sortierte schmutzige und saubere Kleidung in ihrer Tasche und warf sie ins Badezimmer. Aber das fühlte sich nicht richtig an. Sie fühlte sich wieder schuldig, diesmal, weil sie Mac ihre Wäsche aufbürdete. Sie versuchte, den Stapel ein wenig aufzuräumen.

Das musste die Erschöpfung sein.

Sie gab auf, zog sich aus, drehte sich um und betrachtete sich im Spiegel des Badezimmers.

Was für ein Chaos.

Als sie sich umdrehte, sah sie die riesigen violett-grünen Blutergüsse um ihre Nieren herum, zusätzlich zu all den anderen.

Das war der endgültige Schlag für ihre Psyche. Sie brach in Tränen aus und schluchzte lautstark. Wie hatte sie ihr Leben nur so sehr aus dem Ruder laufen lassen, dass es zu diesem Punkt kam? Wie lautet nochmal dieser dumme Spruch, sich auf die Freundlichkeit von Fremden zu verlassen? War sie wirklich so tief gesunken?

Ein Klopfen ertönte an ihrer Zimmertür. Sie öffnete sich einen Spalt und Sully rief leise nach ihr.

»Clarisse? Geht es dir gut, Schatz?«

Mac hatte sogar einen Bademantel an die Rückwand der Badezimmertür gehängt. Sie schnappte es sich und zog es an. »Ja«, rief sie, während sie schniefte. Sie wischte sich mit den Händen über das Gesicht.

»Kann ich reinkommen?«

»Ja.« Sie ging hinaus ins Schlafzimmer.

Er steckte den Kopf durch den Türspalt. »Geht es dir wirklich gut?«

Sie begann zu bejahen, brach dann aber wieder in Tränen aus und sackte auf das Ende des Bettes zusammen. Er kam herein und setzte sich neben sie. Trotz ihres früheren Zögerns ließ sie es zu, dass er seinen Arm um sie legte, während sie sich an ihn schmiegte. Mac erschien in der Tür zum Schlafzimmer.

»Wir versprechen, dass er dir nicht mehr wehtun wird«, sagte Sully leise. »Ich schwöre es.« »Es tut mir leid. Ich ... es ist nur so ... es ist furchtbar. Ich sehe aus wie ein Sandsack.« »Ich werde dir einen Vorschlag machen. Bitte, bedenke, dass ich Polizist war. Zehn Jahre lang.« »Okay.«

»Hat jemand Fotos von deinen Verletzungen gemacht?

Warst du im Krankenhaus?« »Meine Freundin Raquel hat Bilder gemacht. Die Polizisten auch. Ich erinnere mich nicht ob im Krankenhaus jemand fotografiert hat oder nicht.«

»Soll ich noch ein paar Fotos schießen zur Sicherheit? Nur für den Fall, dass du sie später brauchst?«

Sie wollte es nicht, obwohl sie wusste, dass es eine gute Idee war. Aber sie befürchtete, dass die Akte und die Beweise verloren gegangen waren und Bryan freigekommen war, auch wenn man ihr versichert hatte, dass das nicht passieren würde.

Er fuhr fort. »Ich kann dir den Rollfilm geben, um sie entwickeln zu lassen. Ich brauche die Fotos nach dem Aufnehmen auch nicht zu sehen.«

Sie atmete tief und zitternd ein. »Es ist wahrscheinlich besser, wenn jemand anderes sie hat. Für den Fall.«

Mac betrat den Raum. Als er sprach, wurde seine Stimme wurde vor Wut tiefer. »Ich sage dir, wenn dein Freund hier auftaucht, werden wir ihn verdammt noch mal umbringen, das schwöre ich dir. Wir werden ihm keine Gelegenheit mehr geben, dir wehzutun.«

Sully warf ihm einen Blick zu, der offensichtlich bedeutete, die *Klappe zu halten*. »Ich werde einen neuen Rollfilm einlegen. Das können wir auch gleich hier machen. Mac holt dir ein großes Handtuch, damit du zugedeckt bleibst.«

Sie nickte.

Er tätschelte sanft ihren Schenkel, bevor er das Zimmer verließ.

Mac holte ein großes Handtuch aus dem Bad und schaltete alle Lichter im Zimmer an. Sie fühlte sich gerührt, dass er das Handtuch hielt und wandte seinen Blick ab, als sie den Bademantel auszog und das Handtuch um sich schlang. Als er die blauen Flecken auf ihren Oberschenkeln sah, holte er scharf Luft.

»Verdammter Mistkerl«, flüsterte er. »Dieser Wichser.«

Sie konnte seinen Blick nicht erwidern. Stattdessen

musterte sie sein Halsband. »Es tut schon nicht mehr so weh wie neulich.« Andererseits vermutete sie, dass ihre Erschöpfung einen Großteil ihrer Schmerzen überdeckt hatte.

Sully kam herein, während er die Kamera einstellte, und hielt kurz inne, als er ihre Blutergüsse sah. Es hätte ihn nicht schockieren sollen, wenn man bedenkt, was er als Polizist gesehen hatte, aber das tat es.

Eine Welle der Wut wallte in ihm auf. Das Arschloch, das ihr das angetan hatte, würde nicht ungestraft davonkommen. Es machte ihn wütend, dass ein Mann einer Frau so etwas antun konnte.

Das brachte seine eigenen Alpträume zurück.

Sie hob ihren Blick zu ihm, nur ganz kurz, dann wandte sie ihn schnell wieder ab.

Er holte tief Luft, um sich etwas zu beruhigen.

»Fangen wir mit deinem Rücken an. Setz dich auf das Bett und lass das Handtuch offen, okay?«

Sie nickte. Mac trat zurück und hielt ihr Gewand bereit, um es ihr anzuziehen, sobald sie fertig waren.

Mac hat ein großes Herz. Sully konnte sich leicht vorstellen, wohin das führen würde, wenn sie noch länger mit ihnen zusammen wäre. Er wollte verhindern, dass sich die Vergangenheit wiederholte.

Sully machte die Bilder und kämpfte mit seiner eigenen Wut, als er die blauen Flecken auf ihrem Rücken sah. Die Digitalanzeige der Kamera bestätigte die Aufnahmen. Er speicherte eine Sicherheitskopie von jedem Bild, während er sie gleichzeitig auf den Film übertrug. Er fotografierte jeden Arm, dann ihre Beine. Er konzentrierte sich auf ihre süßen blauen Augen durch den Sucher.

Lähmende Angst brodelte knapp unter ihrer Oberfläche, vermutete er. Dann war es an der Zeit, ihren Körper zu fotografieren.

»Wo hat er dich am schlimmsten getroffen? Vielleicht können wir den Rest zudecken.«

Ihr Gesicht rötete sich. »Überall.«

Er kniete vor ihr nieder. »Wenn du nicht willst, dass ich ...«

»Es ist okay.« Sie holte tief Luft. »Vielleicht wird es später helfen, ihn dingfest zu machen.« »Ich werde es schnell machen. Ich verspreche es.«

»Okay.«

»Lass mich erst mal den Fokus einstellen, bevor du das Handtuch fallen lässt.« Er bereitete sich, so gut er konnte, vor und sagte ihr dann, sie solle das Handtuch weglegen. Er schoss schnell und kämpfte gegen die Galle in seiner Kehle an. Nach dem dunklen Violett einiger blauer Flecken über ihren Brüsten zu urteilen, vermutete er, dass sie vor ein paar Tagen fast schwarz gewesen sein mussten. »Okay, das war's.«

Sie wickelte das Handtuch um sich selbst, während Mac hereinstürmte, um ihr den Bademantel überzustreifen. Sully bemerkte die Tränen in Macs Augen.

Clarisse anscheinend auch.

Das machte sie fertig. Sie brach wieder in Tränen aus. Diesmal tröstete Mac sie. Als sie sich wieder beruhigt hatte, versuchte Sully, ihr ein tröstendes Lächeln zu schenken, obwohl er vermutete, dass seine Wut ihm einen harten Blick beschert hatte.

»Nimm ein schönes heißes Bad, und lass dir Zeit. Willst du eine Aspirin oder so? Wir haben auch heißen Tee.«

Sie nickte. »Das wäre toll. Danke.«

Mac sprang auf und rannte los, um sie zu holen, und ließ Sully mit ihr allein. Er kniete wieder vor ihr nieder. »Lass dir Zeit. Wir können ihn bis heute Abend um acht besuchen. Wir werden sehen, ob wir mit ihm zu Abend essen können.«

»Okay.«

Er ließ sie allein.

Clarisse saß einen Moment lang da, bevor sie ihre Beine

zum Stehen bringen konnte. Sie fragte sich, warum sie die Schlafzimmertür schließen sollte. Sie waren schwul, was machte das schon für einen Unterschied?

Vielleicht könnte sie Sully eines Tages vertrauen. Aber nicht jetzt. Nicht so bald. Sie spürte, dass er kein Axtmörder war. Trotzdem war es ihr unangenehm, ihm ihre Seele zu offenbaren.

Mac war eine ganz andere Geschichte. Sie vertraute ihm, spürte instinktiv, dass er eher sterben würde, als dass er zuließ, dass ihr jemand etwas antat. In Anbetracht der Tatsache, dass die Männer alles waren, was sie hatte, war sie bereit, ihnen zu vertrauen.

Sie war gerade in die Wanne gekrochen und bequem ins Wasser eingetaucht, als Mac an die Badezimmertür klopfte.

»Ich habe dein Aspirin und deinen heißen Tee.« »Ist schon gut. Komm einfach rein.«

»Bist du sicher?« »Ja.«

Er öffnete die Tür und steckte vorsichtig seinen Kopf hinein. »Ich wusste nicht, ob du Zucker in deinem Tee möchtest, also habe ich welchen mitgebracht.« Er ging hinein und stellte alles auf den Tresen. Er reichte ihr zwei Kapseln und eine kalte Flasche Wasser. Als sie die Medizin ausgetrunken hatte, nahm er die Flasche zurück und reichte ihr den Tee. »Zucker?«

»Nein, das ist schon okay.« Er setzte sich auf den Rand der großen Wanne, nachdem er ihr den Becher gereicht hatte. Sie machte sich nicht die Mühe, sich zu bedecken oder tiefer in das Wasser zu sinken. Es war zu anstrengend, und ehrlich gesagt, wollte sie sich nicht verausgaben und spüren, wie ihre Muskeln schrien.

Er sah aus, als ob er etwas sagen wollte, aber er hielt sich zurück. »Was ist los?«

»Können wir dich zum Arzt bringen? Wir zahlen auch.«

Sie wurde rot und schüttelte den Kopf. »Ich habe mich in

der Notaufnahme untersuchen lassen, bevor ich mich selbst entlassen habe. Sie haben meine Rippen geröntgt und gesagt, ich würde nicht sterben. Es wäre dumm gewesen, Zeit in einem Krankenhaus zu verschwenden, wenn ich mich hätte bewegen können.«

»Hast du keine Schmerzen?«

Sie lachte und löste Schmerzen in ihren Rippen aus. »Doch, schlimmere als je zuvor in meinem Leben. Aber ich habe eine hohe Schmerztoleranz. Ist schon okay. Ich habe mir einmal die Hand in der Takelage aufgeschlagen. Als Onkel Tad umdrehen und zum Dock fahren wollte, habe ich ihn nicht gelassen. Ich habe sie einfach für ein paar Stunden in Eis gelegt und weiter sortiert. Meine Mutter war stinksauer, aber mein Vater war stolz auf mich.« Sie betrachtete ihre linke Hand, während sie sie untersuchte.

Eine leichte Narbe zog sich über ihre Handfläche. »Das ist mir passiert, als ich eines Nachts einen Zitronenhai an Land gezogen habe. Es brauchte zehn Stiche, um sie zu schließen, als wir zurückkamen, aber ich habe sie mit Schmetterling-Pflaster verbunden und Onkel Tad nicht sehen lassen, wie schlimm mich der Hai erwischt hat.«

Mac nahm sanft ihre Hand in seine, küsste sie und fuhr mit seinen Fingern vorsichtig über die Narbe. »Wie lange hat er dich schon geschlagen?«

Sie hat ihre Hand nicht weggezogen. »Verbal? Vom ersten Tag an. Körperlich war es erst das zweite Mal. Und auch das letzte.«

»Du willst nicht, dass ich dich zum Arzt bringe?« »Nein, aber danke. Ich weiß es zu schätzen.«

Mac ließ ihre Hand los und stand auf. »Du wirst doch nicht zu ihm zurückgehen, oder?«

»Verdammt, nein.« Sie seufzte. »Ich muss aber Bart holen.« »Bart?«

»Mein Hund. Meine Freundin Raquel kümmert sich für

mich um ihn.« Ein schrecklicher Gedanke durchfuhr sie. »Er ist klein und wird in der Box gehalten. Wird Sully mich ihn zurückbringen lassen?« Dann fing sie an zu weinen. »Er ist mein Baby. Er ist der einzige Grund, warum ich bei Verstand geblieben bin. Bryan hat ihn mir überlassen, nachdem er mich das erste Mal geschlagen hat. Ich glaube, er hat ihn als Friedensstifter benutzt. Er ist ein wirklich guter Hund.«

»Ja. Ich kümmere mich darum, Schatz. Mach dir keine Sorgen.« Er ging auf die Badezimmertür zu. »Nimm dir so viel Zeit, wie du brauchst. Überstürze nichts.« Er zog die Badezimmertür hinter sich halb zu.

Clarisse nippte an ihrem Tee und schloss die Augen. Sie war hier sicher und relativ geborgen. Sie würde nicht einmal versuchen zu sagen, dass sie zu diesem Zeitpunkt klarem Verstand war, denn sie fühlte sich immer noch wie eine Fremde in ihrem eigenen Körper. Das lag zum Teil an der Erschöpfung, dem Stress und den Schmerzen, zum Teil an der Angst.

Sie stellte den Becher auf den Wannenrand und sank langsam tiefer ins Wasser.

KAPITEL VIER

Nach dem Duschen warteten Sully und Mac darauf, dass Clarisse aus ihrem Schlafzimmer kam. Mac wärmte ihr eine Suppe auf und schenkte ihr noch eine Tasse heißen Tee ein. Sie setzte sich an den Tresen, ohne die Männer anzusehen.

Ihr feuchtes Haar hatte sie hinter die Ohren gesteckt. Das ließ die blauen Flecken noch schlimmer aussehen. »Hast du Make-up dabei?«, fragte Sully.

Sie schüttelte den Kopf. »Er hätte mich kein Geld dafür ausgeben lassen, selbst wenn ich Make-up tragen würde, was ich normalerweise nicht tue.« Sie errötete. »Ich hatte ein paar billige Puder und Lippenstifte, aber ich habe sie nicht mitgenommen. Ich wollte den Platz in meiner Handtasche nicht verschwenden, als ich ging. Das hätte hier sowieso nichts gebracht.«

Mac und Sully hatten sich Shirts und Jeans angezogen. Mac trug sein Halsband nicht mehr. An seiner Stelle lag eine schwere, silberne Halskette. Sully griff in seine Gesäßtasche, zog seine Brieftasche heraus und reichte Mac eine Kreditkarte.

»Lauf zu Walgreens. Dort gibt es eine Make-up-Abteilung. Sag dem Verkäufer, dass deine kleine Schwester einen blassen Teint hat und ein paar Basics braucht. Besorge gutes Zeug. Gib aus, was du ausgeben musst. Nimm auf jeden Fall auch einen starken Abdeckstift. Sag ihr, sie hat eine Brandnarbe oder etwas anderes, das versteckt werden muss.«

Clarisse begann zu protestieren. Sully setzte sich über sie hinweg. »Wenn Tad dich so sieht, wird er sehr verärgert sein. Das möchte ich ihm lieber nicht zumuten. Hoffentlich freut er sich zu sehr, dich zu sehen, um zu merken, wie schwer du verletzt bist.« Er sah Mac an. »Wasserfeste Wimperntusche.«

Mac nickte, schnappte sich seine Schlüssel und verschwand aus der Tür, bevor sie wieder etwas einwenden konnte.

Clarisse erstarrte vor Angst. Intellektuell wusste sie, dass Sully ihr nicht wehtun würde. Gefühlsmäßig wollte sie nicht ohne Macs tröstende, sichere Gegenwart sein.

Sully lehnte sich an den gegenüberliegenden Tresen und milderte seine Stimme. »Es tut mir leid, dass ich mich so einmische, aber du wirst sehen, dass ich recht habe. Wenn du dich wie ein geschlagener Hund benimmst, während du versuchst, deine Verletzungen zu verbergen, wird das nicht gut für Tad sein.«

Er hatte natürlich recht.

»Ich werde es dir zurückzahlen«, sagte sie.

»Nein, das wirst du nicht.« Er ließ sie allein in der Küche.

Eine Stunde später kam Mac mit einer Plastiktüte voller Kosmetika zurück.

»Ich stehe nicht so auf Make-up.« Sie nahm ein Fläschchen mit Abdeckstift in die Hand. »Mit dem Großteil dieser Sachen kenne ich mich nicht aus.«

»Keine Sorge. Die Dame am Schalter war sehr hilfsbereit und hat mir erklärt, wie man es aufträgt.« Er entdeckte die Quittung und schnappte sie sich, bevor sie einen Blick darauf werfen konnte. Sully kehrte in die Küche zurück, und Mac reichte ihm die Quittung und die Kreditkarte. Dann nahm Mac sie mit in ihr Badezimmer und beaufsichtigte sie, während sie alles sorgfältig auftrug. Er half ihr ein wenig, prüfte das Ergebnis und rief Sully herein, als sie fertig war.

Er nickte zustimmend. »Man kann es immer noch sehen, aber es ist nicht mehr so schlimm.« Er reichte ihr eine Sonnenbrille. »Du kannst auch die hier benutzen. Sie gehört mir. Lass uns gehen.«

Sie nahmen Sullys Jaguar. Es war ihr ein wenig peinlich, als Mac darauf bestand, dass sie auf dem Vordersitz saß, während er hinten Platz nahm. Sully fuhr. Fünfzehn Minuten später fuhren sie auf den Parkplatz eines sehr hübschen Pflegeheims.

Mac sprang heraus und öffnete ihre Tür, dann rannte er herum und öffnete Sullys Tür für ihn. Sully wartete, bis sie näher kam, um seine Hand auf ihren Rücken zu legen. Sie zuckte zusammen, zwang sich aber, nicht zurückzuweichen.

»Es ist wirklich schön dort. Du wirst sehen.« Er ging mit ihr hinein, während Mac sie begleitete. Sie blieben an der Rezeption stehen, wo die diensthabende Krankenschwester Sully und Mac ein breites Lächeln schenkte.

»Hey! Ich dachte, ihr wolltet dieses Wochenende angeln gehen.« Sie runzelte ein wenig die Stirn, als sie Clarisse musterte.

Clarisse spürte, wie ihr die Hitze ins Gesicht stieg, denn sie wusste, dass das Make-up und die Sonnenbrille nicht alle Verletzungen verbargen. Sie betrachtete den makellosen Kachelboden.

»Das waren wir «, sagte Sully, »aber wir hatten unerwarteten Besuch. Mandy, das ist Clarisse Moore, Tads Nichte.« Clarisse sah auf.

Mandys Augen weiteten sich vor Überraschung. Clarisse sah, wie das Misstrauen der Krankenschwester sofort in Mitleid umschlug. »Oh, Schatz! Er wird so froh sein, dich zu sehen! Geht den Gang zurück. Ich glaube, er ist in seiner Wohnung.«

»Danke.« Sully führte sie vom Schreibtisch weg und einen Flur entlang. In der hellen und luftigen Einrichtung roch es leicht nach Orangen. »Tad hat ein kleines Appartement. Er kocht immer noch ein zwischendurch selbst, wenn er nicht gerade mit seinen Schwestern flirtet.«

Clarisse konnte nicht anders, als zu lachen. Das klang wie Onkel Tad.

Sie schlängelten sich durch das Gebäude und hielten vor einer Tür mit der Nummer 125. Dieser Flügel erinnerte mehr an ein Wohnhaus als an ein Krankenhaus. Am Eingang befand sich eine Krankenpflegestation, aber ansonsten deutete nichts auf eine medizinische Einrichtung hin. Sully klopfte.

»Verdammt, ich sagte doch, dass ich keine Lust auf Bingo habe! Heute Nachmittag läuft ein *Dukes of Hazzard*-Marathon im Fernsehen!«

Die Tür öffnete sich. Clarisse wusste nicht, wer mehr geschockt war, sie oder Onkel Tad. Er sah dünn und alt aus, eine Hälfte seines Gesichts hing schlaff und unbeweglich herab.

Nach einem Moment der Verblüffung flüsterte er: »Verdammte Scheiße!« und umarmte sie schwach, sodass sie sich nicht traute, zuzudrücken, weil sie ihn nicht verletzen wollte.

»Hallo, Onkel Tad«, sagte sie matt.

Er hielt sie auf Armeslänge, runzelte kurz die Stirn und lächelte dann. »Bitte sag mir, dass du den Hurensohn verlassen hast.«

Sie schniefte. »Ja.«

Er umarmte sie noch einmal, dann ergriff er ihre Hand und führte sie in eine kleine Sitzecke. Er ließ sich langsam auf das Sofa sinken und zog sie mit sich hinunter. Mac und Sully ließen sich auf zwei Stühlen nieder. Die Wohnung war klein, aber aufgeräumt. Eine Essecke für vier Personen stand an einem Fenster, und eine offene Tür führte zu einem kleinen

Schlafzimmer. Durch eine weitere Tür gelangte man in das Badezimmer.

»Reecie, du hast mich zu Tode erschreckt, kleines Mädchen.« Er hob seine Hand zu ihrem Gesicht, als wolle er ihre Wange streicheln, dann senkte er sie. »Das spielt keine Rolle mehr. Du solltest mir lieber sagen, dass du hierherziehst.«

Sully meldete sich zu Wort. »Sie lebt bei uns.«

Clarisse bemerkte, dass er »leben« und nicht »wohnen« sagte.

Tad nickte. »Gut.« Er grinste. »Diese Jungs sind die Besten, aber das hast du wahrscheinlich schon selbst gemerkt.«

Sie saßen den ganzen Nachmittag mit ihm zusammen und unterhielten sich. Kurz vor dem Abendessen reichte er Mac ein Bündel Geldscheine. »Warum gehst du nicht mit Reecie ins Plaka's und holst uns etwas zu essen? Ich wette, sie hat ihr Gyros vermisst.«

Mac wollte das Geld ablehnen, aber Sully warf ihm einen Blick zu. »Geh schon. Ich bleibe hier bei Tad.«

Clarisse vermutete, dass ihr Onkel ein paar ungestörte Minuten wollte, um mit Sully über die Umstände ihrer Ankunft zu sprechen. Sie wehrte sich nicht, als Mac seine Finger in die ihren steckte und ihr von der Couch aufhalf. »Willst du das Übliche, Tad?«, fragte er.

»Ja. Fahr auch bei Hellas vorbei. Hol uns etwas zum Nachtisch aus der Bäckerei.«

Nachdem sie gegangen waren, drehte sich Tad zu Sully um, sein Gesicht war hart. Sully vermutete, dass der ältere Mann mit ihm allein sprechen wollte.

»Versprich es mir, Junge«, sagte Tad. »Versprich mir, dass du den Bastard bezahlen lässt.«

»Das werde ich.«

Tad lehnte sich zurück und schloss die Augen. »Sie trägt nie Make-up. Deine Idee?«

»Ich wollte dich nicht schockieren.«

Er schnaubte. »Es braucht schon mehr als das, um mich zu schockieren. Ich bin nur froh, dass sie lebend rausgekommen ist. Ich hatte immer Angst, dass dieses Arschloch sie umbringen würde. Verdammter gemeiner Hurensohn. Verdammter Tyrann. Wird sie wirklich bei dir leben?«

»Solange sie will. Du hast mein Wort.«

Tad zog eine Augenbraue zu Sully hoch. »Weiß sie schon von euch beiden?«

Sully lachte. »Ja. Wir haben ihr die Grundlagen erklärt. Das war auch nötig, meinst du nicht?« Sie hatten Tad nicht alle Details ihrer Freizeitbeschäftigung erzählt, aber er wusste, dass Sully und Mac mehr als nur eine durchschnittliche Beziehung hatten.

Tad erhob sich langsam von der Couch. »Ich nehme an.« Er machte sich auf den Weg zur Küchenzeile, um Teller zu holen. Sully stand auf, um ihm zu helfen. »Weißt du«, sagte Tad, »ihr zwei könntet auf lange Sicht gut für sie sein. Sicherheit. Sicherheit. Jemand, auf den man sich verlassen kann.«

Sully nahm ihm mehrere Teller ab und stellte sie auf den Tisch. »Worauf wollst du hinaus?«

Er drehte sich um. »Ich sage nur, es hat etwas für sich, wenn ein Mädchen ein paar starke Männer in ihrem Leben hat.« Seine Augen funkelten. »Wenn du verstehst, worauf ich hinauswill.«

Sully befürchtete, dass er das tat, aber er ließ das Thema

fallen. Tad fühlte sich offenbar damit zufrieden, seinen Teil zu sagen.

Clarisse starrte aus dem Fenster, als Mac sie zum Dodekanes-Boulevard fuhr und einen Parkplatz fand. Es war Jahre her, seit sie das letzte Mal in den Sponge Docks gewesen war. Zu ihrer großen Überraschung trugen viele der Restaurants und Geschäfte immer noch dieselben Namen und Schilder und in einigen Fällen sogar dieselben Waren. Er führte sie zu Plaka's, wo sie ihre Essensbestellung aufgaben. Während sie warteten, gingen sie ein paar Türen weiter zu Hellas und kauften in der dortigen griechischen Bäckerei einige Dinge für den Nachtisch. Er setzte sie an einen Tisch und kaufte ihr eine Cola. Nachdem er sich gesetzt hatte, reichte er ihr zwei Aspirin.

»Nimm die, Süße. Du brauchst sie. Du siehst aus, als ob du Schmerzen hättest.« Sie widersprach ihm nicht, nahm die Tabletten dankbar und spülte sie herunter.

»Danke.«

Er drückte sanft ihre Hand. »Lass uns auf dich aufpassen, okay?« »Ich glaube nicht, dass ich mich daran gewöhnen kann, einen Sklaven zu haben, Mac.«

Er grinste. »Na ja, so kann man das nicht sehen, Schatz. Betrachte mich eher als treu ergebenen Diener.«

Clarisse blickte zu ihm hinüber und bewunderte sein freundliches, leichtes Lächeln und seine klaren, sanften braunen Augen.

Sicher.

Sie schaute sich um, bevor sie wieder den Tisch studierte.

Ihr Haar hing wie ein Vorhang rechts und links neben ihrem Gesicht, was ihr half, sich in der Öffentlichkeit etwas sicherer zu fühlen. »Ich verspreche, dass ich meinen Beitrag leisten werde. Bitte sag Sully, dass ich das ernst meine.«

»Hey, Schatz, das ist uns egal. Wir haben dir doch gesagt, dass wir uns etwas einfallen lassen werden.« »Ich kann einen Job finden, zumindest einen Teilzeitjob, um die Miete zu bezahlen.« »Clarisse.«

Ihr Kopf hob sich bei seinem scharfen Ton, und die Angst spannte ihren Körper an.

Er drückte erneut ihre Hand, seine Stimme war sanft. »Hör auf damit. Mach dir keine Sorgen. Es ist in Ordnung.«

Auf dem Schiff hatte sie einen Hauch von Mac gesehen, so wie er mit Sully umgegangen war.

Bestimmend.

Nachdem sie ihre Cola ausgetrunken hatte, holten sie ihre Bestellung bei Plaka's ab. Mac bestand darauf, alles zu tragen und stapelte das Essen auf seinen Arm, um ihr die Tür des Jaguars zu öffnen.

»Hör zu«, sagte er, als sie protestierte, »Sully würde mir den Hintern versohlen, wenn er mich beim Faulenzen erwischen würde. Solange ich es schaffe, machst du deine Türen nicht selbst auf, Mädchen.«

Sie errötete. »Ich bin nicht behindert.«

»Entgegen aller gegenteiligen Gerüchte bin ich ein Gentleman.« Er ergriff ihre Hand, führte sie an seine Lippen und küsste sie. »Und ich kümmere mich um *meine* Dame.«

Der besitzergreifende Ton in seiner Stimme ließ eine weitere angenehme Hitze über ihr Gesicht und ihren Körper rasen. Wenn er nur nicht schwul wäre, würde sie gern seine Lady sein. In der Zwischenzeit würde sie sich glücklich schätzen, ihn zumindest auf diese Weise zu haben.

Es spielte keine Rolle. Sie hatte nicht die Absicht, für eine lange, lange Zeit eine neue Beziehung einzugehen. Wenn überhaupt.

Ein blauer VW-Käfer hatte neben ihnen geparkt. Mac ertappte sie dabei, wie sie ihn ansah. »Was?«

»Ich habe diese kleinen Autos schon immer geliebt. Ich werde mein Geld sparen und mir in ein paar Jahren eins kaufen. Ich wollte eins, aber Bryan hasste sie. Er kaufte mir einen Chevy, er sagte, er sei praktisch.«

Mac untersuchte das Auto. »Praktisch, wirklich?«

»Ja. Er verabscheut ausländische Autos. Seinem Vater gehörte ein Chevy-Autohaus, bevor er in Rente ging.« Sie starrte das Auto an, bis er den Jaguar startete. »Jetzt kann ich alles bekommen, was ich will.« Sie lachte. »Na ja, ich muss mir alles kaufen, was ich mir leisten kann. Aber sobald ich mir einen leisten kann, hole ich mir einen.«

Als sie das Pflegeheim erreichten, überprüfte Clarisse im Auto ihr Make-up und frischte es auf, bevor sie in Onkel Tads Zimmer zurückkehrten. Sie hatten ein tolles Abendessen und einen netten Besuch. Als sie gingen, fühlte sich Clarisse erschöpft und dem Zusammenbruch nahe. Zu Hause verabschiedete sie sich von den Männern, ging direkt in ihr Zimmer und schloss die Tür hinter sich.

DIE MÄNNER VERGEWISSERTEN SICH, dass Clarisse fest schlief, bevor sie in ihr Schlafzimmer gingen. Sully schloss und verriegelte die Tür, verband seinen MP3-Player mit der Stereoanlage im Schlafzimmer und stellte einen Mix ein, den er gern hörte. Er drehte die Lautstärke ein klein wenig auf.

»Brauche ich einen Knebel?«, fragte er Mac.

Mac hatte sich bereits ausgezogen und seine silberne Halskette durch sein Halsband ersetzt. Er hatte den Rattan-Stock geholt, kniete mit gesenktem Kopf auf dem Boden und wartete auf Sully. »Nein, Meister«, antwortete er leise.

»Wie viel schuldest du mir?«

»Fünf dafür, dass ich Shorts tragen durfte, Meister. Dann mein Ausbruch auf dem Boot, meine Widerrede auf dem Boot und mein Ausbruch in ihrem Schlafzimmer.«

Sully betrachtete ihn. »Es hat uns beide schockiert. Ich lobe dich dafür, dass du sie beschützen willst. Was meinst du, wie viele sollte ich dir geben?«

»Normalerweise bekomme ich fünfundzwanzig für eine Widerrede. Das wären also fünfundsiebzig zusätzlich zu den fünf.«

Sully war froh, dass Mac den Kopf gesenkt hatte und nicht sehen konnte, wie sich seine Augenbrauen vor Überraschung wölbten. »Warum so viele? Erläutere deine Beweggründe.«

»Ich habe widersprochen. Die Ausbrüche sind dasselbe wie ein Widerspruch.« »Du bist also bereit, achtzig Schläge in Kauf zu nehmen?«

»Ich werde so viele nehmen, wie der Meister mir gibt.«

»Und wenn ich sage, dass ich dir hundert geben werde?«

»Dann brauchen wir vielleicht doch den Knebel.«

Sully nahm den Stock und berührte damit Macs entblößten Hintern. Mac zuckte nicht, verkrampfte nicht. Sully wusste, dass er auf die Schläge vorbereitet war, die jetzt jeden Moment folgen würden. »Auf das Bett, Arsch nach vorn«, befahl Sully leise.

Mac kam dem sofort nach.

Sully wartete, zog es in die Länge. Dann versetzte er ihm in rascher Folge acht harte Schläge, härter, als er normalerweise zuschlagen würde. Schläge, die sofort Striemen auf Macs Pobacken hinterließen und verdammt nahe daran waren, zu bluten.

Mac verkrampfte, aber er schrie nicht auf.

Sully ging zur Kommode, nahm eine Flasche Gurkenlotion, spritzte etwas davon in seine Handfläche, setzte sich dann auf die Bettkante und trug sie liebevoll auf Macs Haut auf.

»Das ist alles, was du bekommst.«

»Danke, Meister.«

»Willst du wissen, warum ich dir nur acht gegeben habe?« Er wusste, dass Mac nicht fragen würde, aber er musste neugierig sein. Wenn Sully ihm sagte, er solle ihm eine bestimmte Zahl geben, war das normalerweise die Zahl, die er dann auch lieferte.

»Ja, Meister. Bitte.«

Sully arbeitete die Lotion sanft in Macs Haut ein. »Fünf für die Shorts. Und fünf für jeden Tag, an dem du dich entscheidest, zu Hause Kleidung zu tragen, automatisch, bis du dich entscheidest, wieder nackt zu gehen. Einen Schlag für die Widerrede, einen für den Ausbruch, als du gesagt hast, du würdest mit ihr nach Ohio fahren, ohne mich vorher zu fragen, einen für den Ausbruch in ihrem Schlafzimmer. Hart, weil du bereit warst, einhundert für deine Taten zu nehmen. Schnell, weil ich dich nicht quälen wollte.« Er trug mehr Lotion auf und spürte, wie Mac sich unter seiner Hand entspannte, während er seine Haut sanft massierte.

»Ich bin stolz auf dich, weil du sie beschützen wolltest. Ich möchte aber, dass du vorsichtig bist. Du weißt, dass ich nicht zulassen werde, dass sie verletzt wird. Du musst mir in dieser Sache vertrauen. Sie ist nicht Betsy.«

»Ich weiß, Meister. Es tut mir leid.«

»Das ist okay.« Er verschloss die Flasche. »Erledigt.«

Mac rollte sich vorsichtig auf den Rücken und beschwerte sich nicht über die Schmerzen. Er würde sich nie beschweren. Er hatte sich noch nie beschwert.

Mac hat auch nicht Rache für die Bestrafung auf dem Boot genommen. Sully hatte damit gerechnet und war bereit, sie zu akzeptieren, aber Mac genoss seine begrenzte Zeit als Top hauptsächlich in Form von sexuellem Vergnügen, nicht von Sadismus.

Sully ging ins Bad, schaltete die Stereoanlage und das Licht aus und legte sich zu Mac ins Bett. Nicht viele Dinge brachten Mac außerhalb einer Session zu Tränen. Normalerweise nicht einmal eine Bestrafung. In dieser Nacht spürte Sully, dass Mac mehr brauchte als einen Meister.

Er brauchte seinen Geliebten und seinen Freund.

Sully schlang seine Arme um Mac. »Lass es raus, Brant«, befahl er. »Halte es nicht zurück.«

Zuerst verkrampfte sich Mac, dann entspannte er sich gegen Sully, während seine Tränen versiegten.

»Sie ist nicht Betsy«, flüsterte er in Macs Ohr. »Sag dir das immer wieder. Sie ist nicht Betsy, und sie wird nicht sterben. Das werden wir nicht zulassen.«

Mac umklammerte Sully, weinte und zitterte vor lauter Wut. »Scheiße, Sul. Er hat sie windelweich geprügelt.«

Sully wusste, wie schwierig es für Mac gewesen war, seine Gefühle in der Nähe von Clarisse den ganzen Tag unter Kontrolle zu halten. Er wusste besser als jeder andere, wie schwer es für Mac war, sie verletzt und angeschlagen zu sehen, ihr beim Make-up zu helfen und zu versuchen, vor Tad den Schein zu wahren.

Nach zwanzig Minuten weinte er sich schließlich in den Schlaf. Sully schloss die Augen und drückte ihm einen Kuss auf die Stirn. Wenn ihm vor Jahren jemand gesagt hätte, dass er diesen Mann so lieben würde, wie er es tat, hätte er ihn umgehauen. Die Leute fragten ihn, wie er in seinen Büchern komplexe und schwammige Geschlechterrollen in Beziehungen so realistisch darstellen konnte. Es war leicht für ihn.

Er hat es gelebt.

DER ALBTRAUM SPIELTE sich jedes Mal auf die gleiche Weise ab. Das Wissen, dass es ein Traum war, half Mac nicht, ihm zu entkommen. Er hatte früher an diesem Tag mit Betsy gesprochen, die ihm bestätigte, dass er um sechs Uhr vorbeikommen sollte, um ihr beim Umzug zu helfen. Ihr Mann war übers Wochenende mit einem Kumpel zum Angeln auf die Keys gefahren. Wenn das Arschloch am späten Sonntag zurückkam, würde Betsy sicher in Macs Wohnung sein.

Als er um fünf vor sechs ankam, war das Licht aus, aber ihr Auto stand in der Einfahrt.

Er versuchte die Tür zu öffnen, fand sie aber verschlossen.

Die Angst ließ sein Herz rasen, als er versuchte, sie anzurufen, und hörte das Klingeln des Telefons aus der Wohnung. Dann versuchte er es auf ihrem Handy.

Auch das hörte er leise durch die Tür klingeln.

Scheiße.

Er hämmerte an die Tür. »Bets! Mach auf, Schatz. Du machst mir Angst.«

Er umrundete das Haus. Alle Jalousien waren zugezogen und das Hintertor verschlossen. Äußerst ungewöhnlich.

In der Hoffnung, dass er sich irrte und es sich um einen falschen Alarm handelte, kehrte er zur Haustür zurück, rief den Notruf an und teilte mit, dass er die Tür aufbrechen würde.

Obwohl der Disponent ihm riet, zu warten, trat Mac die Tür ein und schrie, als er Betsy mit dem Gesicht nach unten in einer Blutlache im Wohnzimmer vorfand.

Er schrie den Disponenten an, einen Krankenwagen zu schicken, und überprüfte dann ihren Puls. Mein Gott, sie atmete noch.

Gerade noch so.

Sie stöhnte.

»Oh, Schatz«, rief er. »Bitte halte durch! Bets, du musst

durchhalten, sie kommen.« Es sah aus, als hätte jemand mit einem Baseballschläger auf sie eingeschlagen, ihr Gesicht war nicht wiederzuerkennen, ihr Haar war blutverschmiert, das Haus zertrümmert.

Anders als in jedem anderen Traum, in dem er diesen schrecklichen Nachmittag erlebt hatte, öffnete sie heute Abend, als er sie in seine Arme nahm, die Augen. Es waren nicht die braunen Augen von Betsy, sondern die blauen von Clarisse.

SULLY SPÜRTE, wie Mac aufschreckte. Er hatte schlaflos dagelegen, weil er dies erwartet hatte. Seit Macs letztem Albtraum über Betsy waren Monate vergangen. Er hatte vermutet, dass der unerwartete Eintritt von Clarisse in ihr Leben eine Rückkehr von Macs Flashbacks auslösen könnte. Sully schlang seine Arme um seinen Geliebten, als Mac zu weinen begann.

»Es ist okay, Kumpel«, beruhigte Sully. »Lass es raus.«

Mac weinte sich schließlich wieder in den Schlaf, was Sully schließlich erlaubte, sich zu entspannen und seine Augen zu schließen. Mac träumte es nie zweimal und schlief nach dem Aufwachen immer den Rest der Nacht durch. Sie hatten beide ihre Dämonen.

In manchen Nächten tauchte er in Form einer Frau auf, die aussah, als wäre sie noch nicht einmal volljährig, die während einer Drogenrazzia eine 9-mm-Halbautomatik auf ihn richtete und ihm in den Bauch schoss, bevor er ihr den Hinterkopf wegpustete. Jason erschoss ihren Freund, aber erst, nachdem dieser Sully eine Kugel ins Bein gejagt hatte. Hätte Sully nicht abgedrückt, hätte der nächste Schuss der Frau ihn wahrscheinlich getötet.

Er fühlte sich nie schuldig, weil er sie getötet hatte, denn sie hatte auch eine 38er in ihrer Handtasche, zusammen mit Crack im Wert von mehr als drei Riesen. Er hatte nur die Wahl zu schießen. Aber das hat die Träume nicht gestoppt.

Das tat nur das Gefühl von Macs Körper in seinen Armen.

KAPITEL FÜNF

Clarisse wachte kurz vor der Morgendämmerung auf und fühlte sich desorientiert, hatte Schmerzen und war zu Tode erschrocken. Sie war in einem Albtraum gefangen gewesen, in dem Bryan sie gefunden hatte und sie folterte.

Sie setzte sich weinend auf und versuchte sich daran zu erinnern, wo zum Teufel sie war.

Mac.

Sobald sie an ihn dachte, wurde ihre Welt ruhig, ein Gefühl der Sicherheit kehrte zurück. Mit einem schmerzhaften Grunzen schwang sie langsam ihre Füße über die Bettkante und stand vorsichtig auf.

Alles tat weh. Nicht so schlimm wie am Tag zuvor, aber es tat weh. Eine ganze Nacht Schlaf in einem guten Bett hatte sehr geholfen.

Sie benutzte das Badezimmer und zog sich den Bademantel an, bevor sie leise ihre Zimmertür öffnete. Das Haus war düster und still.

Clarisse ärgerte sich darüber, dass sie Mac nicht gefragt

hatte, wo er das Aspirin aufbewahrte, und schlich vorsichtig in die Küche, um so leise wie möglich die Schränke zu durchstöbern.

MAC SCHLÜPFTE zu seiner üblichen Zeit aus dem Bett und ging ins Bad. Als er zurückkam, schlüpfte er in ein Paar Shorts. Sully warf Mac einen spitzen Blick zu.

»Ich nehme die Fünf, Meister«, sagte er leise.

Ohne ein weiteres Wort ging Sully in Richtung Badezimmer. Mac öffnete und schloss leise ihre Schlafzimmertür, um Clarisse nicht zu stören. Zweifellos würde sie noch stundenlang schlafen. Er bog um die Ecke in die Küche, und zu seiner Überraschung wäre er beinahe in sie hineingelaufen, sodass beide erschraken.

Ihr entsetzter Gesichtsausdruck, als sie schrie, brach ihm das Herz. Als sie merkte, dass er es war, brach sie schluchzend an ihm zusammen. Er schlang seine Arme um sie, hielt sie fest und versuchte, sie zu beruhigen. Durch den Lärm angelockt, erschien Sully leise in der Tür. Da sie mit dem Rücken zu ihm stand, wusste sie nicht, dass er da war.

Sully runzelte die Stirn und sah dann traurig aus. Er hielt drei Finger hoch.

Mac nickte dankbar. Sully nickte als Antwort und verschwand wieder.

Mac hob sie hoch und trug sie zur Couch, wo er sie festhielt und tröstete, während sie sich die nervösen Tränen aus dem Leib wischte. Nur drei Schläge? Er würde viel mehr brauchen, um ihr das zu erleichtern. Sully muss sich heute Morgen großzügig gefühlt haben. Mac hatte mindestens zehn erwartet, wenn nicht mehr, um ihm diese Art von unerlaubtem, nicht verhandeltem Kontakt mit ihr zu erlauben.

Nach zehn Minuten schniefte sie in seinen Armen. »Es tut mir leid, dass ich so eine Nervensäge bin, Mac.«

»Du bist keine Nervensäge. Warum entschuldigst du dich?«

»Ich sollte mich euch nicht so aufdrängen.«

Er drehte ihr Gesicht nach hinten, um ihr in die Augen sehen zu können. Trotz ihrer Wunden konnte er nicht anders, als sich vorzubeugen und sie zu küssen.

Der plötzliche Drang erschreckte ihn.

»Du bist nicht aufdringlich, Süße. Du wirst bei uns wohnen und wir werden uns um dich kümmern, und du kannst in der Nähe von Tad sein. Hör auf, dich zu stressen.« Er half ihr auf die Beine, nachdem er ihr einen züchtigen Kuss auf die Stirn gegeben hatte. »Es tut mir leid, dass ich dich erschreckt habe.«

»Habe ich dich geweckt?«

»Nein. Ich stehe immer so früh auf.«

»An einem Samstag?«

Er führte sie in die Küche. »Jeden Tag. Ich schlafe nicht aus. Was hast du gesucht?«

»Aspirin.«

Er lächelte, öffnete einen Schrank, den sie noch nicht durchsucht hatte, und reichte ihr die Flasche. »Es ist alles da drin. Bist du bereit für Kaffee und Frühstück?«

Sie errötete, als sie ein paar Kapseln ausschüttelte und ein gefülltes Glas Wasser nahm. »Du musst nicht für mich kochen, Mac.«

Mit einer sanften Berührung neigte er ihr Kinn, sodass er ihr in die Augen sehen konnte. »Ich möchte es aber.«

Sie setzte sich an die Theke und unterhielt sich mit ihm, während er kochte. Er brachte einen Becher Kaffee für Sully in ihr Schlafzimmer. Als Mac zurückkam, erklärte er. »Er mag es, allein zu sein, wenn er zum ersten Mal aufwacht. Das hilft ihm beim Nachdenken, beim Schreiben. Das macht seinen Kopf frei.«

Sie nahm einen Schluck von ihrem Kaffee. »Was schreibt er?«

»Vieles. Belletristik und Sachliteratur. Er reist auch ziemlich viel. Er gibt Strafverfolgungs- und Autorenseminare zu verschiedenen Themen.«

»Was für Themen?«

»Krimis, Thriller, Kriminalromane, Erotik«. Bei letzterem zog sie die Augenbrauen hoch. »Erotik?«

»Ja. Er benutzt ein Pseudonym für diese Dinge, aber es ist kein Geheimnis, dass er der Autor ist. Die Ironie ist, dass er damit langfristig einen guten Batzen Geld verdient.«

Mac stellte ihr Essen vor sich hin, als sie hörte, wie ihre Schlafzimmertür geöffnet wurde. Sully kam in Jeans und T-Shirt heraus und trug seine Kaffeetasse. Sie sah, wie Mac den Kopf senkte, als Sully hereinkam. Sully legte seine Hand in Macs Nacken, seine Hand auf Macs Halsband, und flüsterte ihm etwas zu, das sie nicht hören konnte.

Ihr entging nicht das Lächeln, das Macs Gesicht erhellte, als er leise antwortete: »Ja, Meister.«

Sully reichte Mac seinen Becher, den Mac für ihn auffüllte. Dann wandte sich Sully ihr zu und schenkte ihr ein freundliches Lächeln.

»Wie geht es dir? Hast du gut geschlafen?«

Sie nickte zögernd, immer noch bemüht, den intimen Austausch zu verarbeiten, dessen Zeuge sie gerade geworden war. Unschuldig, aber offensichtlich voller Bedeutung für die Männer. »Mir geht's gut. Immer noch Schmerzen.«

»Bist du sicher, dass wir dich nicht zum Arzt bringen sollen?«

»Es ist schon in Ordnung. Es geht mir gut. Ich sehe nur

verdammt krass aus, das ist alles.« Erleichtert, dass Sully beschlossen hatte, am anderen Ende des Tresens zu sitzen, beeilte sie sich, den Rest ihres Essens zu essen und entschuldigte sich in ihr Schlafzimmer.

Sully beobachtete traurig ihre Abreise und schaute dann zu Mac.

Mac wusste, was er dachte. »Ja, es wird eine Weile dauern, bis sie keine Angst mehr vor dir hat.«

Sully aß zu Ende. »Nimm sie heute mit, wenn ihr danach ist, zu Tad und zum Einkaufen.«

»Meister?«

Sully hob eine Augenbraue. »War ich nicht deutlich genug?« Mac errötete. »Ist es in Ordnung?«

»Ich werde mich heute im Haus einschließen und arbeiten, da wir nicht auf dem Boot sind. Es wird für sie einfacher sein, wenn ich mich rarmache.« Sully stellte sein Geschirr auf dem Tresen ab, damit Mac sich darum kümmern konnte, trat um ihn herum und sagte leise: »Ich meine es ernst. Für heute und morgen gelten die Regeln für die Kleidung noch, aber bis auf die drei, die du vorhin mitgenommen hast, lasse ich dich bis Montag in Ruhe. Dann werden wir das Thema wieder aufgreifen.« Er drückte Mac sanft die Schulter, bevor er die Küche verließ.

Mac aß sein Frühstück, bevor er das Geschirr abwusch. Eine ihrer eisernen Verhaltensregeln besagte, dass Mac nicht mehr tun durfte, als Leuten die Hand zu schütteln oder nur bestimmte, vorher genehmigte Leute, die sie kannten, freundlich zu umarmen, es sei denn, Sully war anwesend oder hatte es vorher erlaubt. Indem er Clarisse so tröstete, wie er es getan hatte, bevor Sully eintraf, hatte Mac sich drei Schläge verdient, was ihn sehr überraschte, denn normalerweise hätte Sully mindestens zehn für diesen Verstoß verlangt.

Es war eine Regel, die Sully strikt durchsetzte, nachdem

Macs Angewohnheit der freundlichen, innigen Umarmungen dazu geführt hatte, dass ein Mädchen in einem der Clubs, die sie besuchten, ein wenig zu freundlich wurde und ihnen Probleme bereitete. In den Jahren seit der Einführung dieser Regel hatte Mac sie nie gebrochen.

Bis jetzt.

Mac duschte, zog sich an und erledigte seine üblichen Aufgaben, während er darauf wartete, dass Clarisse auftauchte. Er glaubte nicht wirklich, dass sie mit ihm einkaufen gehen wollte. Zumindest nicht an diesem Morgen. Nicht, solange sie noch wie die Hölle aussah. Er stellte sich vor, sie würde Tad besuchen wollen.

Eine Stunde später fuhr er sie zu Tad und begleitete sie hinein. Er blieb kurz, um sie zu begrüßen, und verließ sie dann mit dem Versprechen, in zwei Stunden wiederzukommen.

ONKEL TAD LÄCHELTE, als er einen schwachen Arm um ihre Schultern legte. »Du kannst dir gar nicht vorstellen, wie froh ich bin, dass du wohlbehalten zurück bist, mein Schatz.«

Sie zuckte innerlich zusammen. »Ich dachte, du bist mit Mac und Sully befreundet?«

Er machte ein erschrockenes Gesicht, dann lachte er. »Schatz, ich vertraue ihnen dein Leben an. Ich meinte, du bist wieder in Tarpon.« Es gefiel ihr, wie er es sagte; wie der alte Einheimische, der er war, sprach er es ›Tar-pawn‹ aussprach und nicht ›Tarpin‹, wie andere es sagten.

Endlich wurde ihr klar, dass sie es nach Hause geschafft hatte.

Ein Schatten der Wut legte sich über sein Gesicht. »Wie schlimm hat dich das Arschloch verletzt?«

Sie errötete und wandte ihren Blick ab. »Mir geht es gut, Onkel Tad.«

Er schnaubte angewidert. »Wegen mir brauchst du kein Make-up zu tragen. Ich habe gestern mit Sully darüber gesprochen. Ihr Kinder denkt, ich würde ausrasten, wenn ich mich aufrege oder so. Ihr seid genauso schlimm wie diese Jungs.«

Er lehnte sich auf der Couch zurück und schaltete den Fernseher aus. »Ich will dir mal was sagen. Vielleicht bin ich nicht mehr so stark und schnell wie früher, aber mein Verstand ist noch in Ordnung. Wenn du auch nur daran denkst, Sully und Mac zu verlassen, werde ich dich zur Strecke bringen und dir persönlich in den Arsch treten, kleines Mädchen. Habe ich mich klar ausgedrückt? Versprich mir, dass du bei ihnen bleibst.«

Die Hitze in ihrem Gesicht wuchs zu einer Supernova an. »Ja, Sir. Ich verspreche es.«

Er lachte. »Gut. Schön, dass du noch auf mich hörst. Hast du schon gefrühstückt? Was sage ich da? Natürlich hast du das. Mac hätte dich gezwungen, etwas zu essen.« Er seufzte. »Ich wünschte, ich könnte dir eine bessere Heimkehr bieten, kleines Mädchen.«

Sie hatte nichts gegen den Kosenamen. Er und Tante Karen hatten sie beide so genannt, weil sie keine eigenen Kinder hatten.

Sie unterhielten sich fast den ganzen Vormittag, bis ein leises Klopfen an seiner Tür die beiden unterbrach.

»Herein, verdammt noch mal!«, rief er.

Clarisse kicherte und war froh, dass der Geist ihres geliebten Onkels noch intakt war, auch wenn sein Körper ihn im Stich ließ.

Eine junge Frau öffnete die Tür. »Mr. Moore? Ich habe die

Papiere fertig, die Ihre Nichte unterschreiben soll. Kann ich sie mir für ein paar Minuten ausleihen?«

»Hallo, Cindy.« Er stupste Clarisse an der Schulter. »Geh mit ihr. Sie haben die Formulare fertig, auf denen du als meine nächste Angehörige eingetragen bist und so. Ich warte hier auf dich.«

Clarisse folgte der freundlichen, gesprächigen Angestellten durch eine Reihe von Gängen in den Verwaltungstrakt, wo Cindy sie in eine Kabine führte und auf den Stuhl vor ihrem Schreibtisch deutete. Sie holte einen Stapel Papierkram hervor und zeigte Clarisse, wo sie unterschreiben musste. Ein Teil des Papierkrams hatte mit einer Zahlungsgarantie zu tun. Clarisse bemerkte, dass Sully bereits einiges davon ausgefüllt und unterschrieben hatte.

Clarisse wurde rot. »Können Sie mir das erklären? Was passiert, wenn seine Versicherung oder was auch immer ausläuft? Ich habe noch keine Stelle. Gibt es ein staatliches Programm oder so etwas, das seine Rechnung bezahlen würde?«

»Oh, ich bezweifle, dass das ein Problem sein wird. Es ist nur eine Formalität.«

»Sie wissen nicht, was für ein Glück ich habe.«

Cindy runzelte die Stirn. »Ich dachte, Mr. Nicoletto hätte das schon mit Ihnen besprochen.«

»Hätte schon was mit mir besprochen?«

»Die Versicherung Ihres Onkels zahlt nur einen Teil. Den Rest zahlt Mr. Nicoletto. Er hat die Mietkosten für die Wohnung im Voraus bezahlt, als ihr Onkel eingezogen ist, und er begleicht jeden Monat die Differenz der Ausgaben.«

Clarisse' Hand fühlte sich taub an, als sie zittrig die Papiere unterschrieb. »Wirklich?«

»Ja. Oh, und er hat uns gebeten, das Ihrem Onkel nicht zu sagen. Mr. Moore glaubt, dass seine Versicherung und Medicaid alles übernehmen.«

. . .

Mac holte Clarisse kurz nach Mittag ab. Sie hatte bereits mit ihrem Onkel gegessen und den beiden BLT-Sandwiches serviert, während sie unter der Last ihres neuen Wissens um ein Gespräch rang. Sie hatte Cindy gebeten, einen Blick in die Unterlagen ihres Onkels zu werfen, als sie als zweite Bürgin für das Geld aufgenommen wurde.

Sully und Mac waren diejenigen, die diese Wohnung für Tad gefunden und ihm die Aufnahme ermöglicht hatten. Sie schätzte, dass Sully mehr als fünfzigtausend Dollar für die anfängliche Gebühr für die Wohnung ausgegeben hatte, die ihrem Onkel im Wesentlichen ›gehörte‹, zusätzlich zu den fünfzehnhundert Dollar an Pflegekosten, die er jeden Monat zahlte. Das machte bis heute rund hunderttausend Dollar aus.

Wie sollte sie jemals so viel Geld verdienen, um es ihm zurückzuzahlen? Und wie zum Teufel sollte sie jemals einen Job finden, der gut genug bezahlt war, um sowohl ihren Lebensunterhalt als auch die Pflege ihres Onkels zu bezahlen?

Der Gedanke überwältigte sie. Sie kämpfte darum, nicht zu weinen. Sie fühlte sich schuldig, dass Sully all das Geld für ihren Onkel ausgegeben hatte, obwohl sie hier bei ihm hätte leben und sich um ihn kümmern sollen. Ihr Erbe hätte die Kosten für die Wohnung und einen Teil seiner Pflege bezahlt.

Falls Mac ihr Unbehagen bemerkte, behielt er es für sich. Sie bot ihm an, ihm zu helfen, die Einkäufe nach oben zu schleppen, aber er lehnte ab. Sie verschwand in ihrem Zimmer und schloss die Tür hinter sich, um in Ruhe nachzudenken.

SULLY GING DIE TREPPE HINUNTER, um mit Mac zu sprechen, als er bemerkte, dass Clarisse sich in ihrem Schlafzimmer eingeschlossen hatte. »Wie geht es ihr?«

Mac schüttelte den Kopf. »Ich weiß es nicht. Sie kam mir furchtbar ruhig vor, als ich sie abholte.«

Später am Abend, vor dem Abendessen, ließ Sully seine Wohnungstür offen. Er spürte die Anwesenheit von Clarisse in der Tür, noch bevor sie sprach.

»Störe ich dich?«, fragte sie leise.

Er drehte sich um und lächelte. »Nein, Schätzchen. Das ist okay. Komm doch rein.« Sie bewegte sich nicht von der Tür weg. »Kann ich mit dir allein sprechen?«

»Natürlich.«

Zögernd trat sie ein, zog die Tür zu und lehnte sich dagegen, aber sie ging nicht auf ihn zu. Es ärgerte ihn, dass sie ihm nicht vertrauen konnte, aber er wusste, dass er es nicht erzwingen konnte.

»Ich wollte mich bei dir bedanken. Dafür, dass du dich um Onkel Tad gekümmert hast.«

Er fluchte im Geiste. Er hatte Cindy sagen wollen, dass sie Clarisse nichts von der Zahlungsvereinbarung verraten sollte. Das war ihm völlig entfallen. »Tad ist wie Familie.«

Sie wollte ihm nicht in die Augen sehen. »Ich werde einen Weg finden, es dir irgendwie zurückzuzahlen. Ich verspreche es.«

Er bemühte sich, seinen Tonfall weich und ruhig zu halten, obwohl seine Verärgerung durchzubrechen drohte. Verflucht sei ihr Ex, der ihr Vertrauen zerstörte. »Das brauchst du nicht zu tun. Ich will dein Geld nicht.«

Sie schüttelte den Kopf. Ein Hauch von Angst schlich sich

in ihre Stimme. »Nein. Er ist mein Onkel. Ich bin für ihn verantwortlich.«

Sully brachte es nicht übers Herz, sie zu korrigieren, sie daran zu erinnern, dass sie einen Scheißdreck zu tun hatte und einen Fall von Posttraumatische Belastungsstörung zu überwinden hatte. Sie war nicht in der Lage, sich um sich selbst zu kümmern, geschweige denn um Tad. »Clarisse, Schatz, es ist in Ordnung. Mach dir keinen Stress. Ich bitte dich. Für Tad wird immer gesorgt sein. Das verspreche ich dir.«

Ihr Haar verdeckte ihre Augen, aber ihm entging nicht, dass ihr Tränen über die Wangen liefen. »Ich *werde* mich revanchieren«, versprach sie noch einmal leise, bevor sie zur Tür hinausschlüpfte.

Bevor er die Türschwelle erreicht hatte, hörte er, wie sich ihre Zimmertür leise schloss. Als er den Flur hinunterging, in der Absicht, anzuklopfen und mit ihr zu sprechen, hörte er ihr leises Schluchzen auf der anderen Seite.

Mac, dessen Instinkte wie immer bestens geschärft waren, erschien schnell im Eingang des Flurs und runzelte die Stirn. »Was ist los?«

Sully schüttelte den Kopf, hob einen Finger an die Lippen und wartete, bis er Mac nach unten führte, um darüber zu sprechen.

Mac saß auf der untersten Stufe, den Kopf in die Hände gestützt. »Verdammt. Ich will ihr helfen. Ich möchte diesen Hurensohn mit meinen eigenen Händen erwürgen. Was sollen wir tun?«

»Nichts, im Moment. Ich wollte nur, dass du weißt, was mit ihr los ist. Deshalb hat sie sich auch so ruhig verhalten, als du sie abgeholt hast.« Er wollte die Treppe hinaufgehen, aber Mac streckte die Hand aus und berührte Sullys Bein.

»Als du sagtest, sie könne so lange bei uns bleiben, wie sie es brauche, meintest du das auch so, oder?«

Sully setzte sich neben Mac auf die Bank und legte einen

Arm um seine Schultern. »Ja, ich meinte es ernst. Es wird Tad guttun, sie um sich zu haben.« Er schüttelte ihn sanft. »Und ich habe nicht die Geduld, dass du jeden Tag ein Dutzend Mal hin und her rennst, um dich zu vergewissern, dass es ihr gut geht.«

Mac schnaubte vor Lachen und lehnte sich in Sullys Umarmung. »Ich habe verstanden, Meister.«

Sully küsste ihn auf die Stirn. »Es stört mich nicht, dass du dich um sie sorgst. Das ist ganz natürlich. Wenn du die Wahrheit wissen willst, mir liegt auch etwas an ihr.« Er stützte sein Kinn auf Macs Kopf. »Solange wir uns darüber im Klaren sind, wo deine Prioritäten liegen?«

Mac senkte seinen Kopf und legte ihn an Sullys Schulter. »Der Meister kommt in meinem Leben immer an erster Stelle.«

Sully schloss die Augen und holte erleichtert tief Luft. Egal, wie oft Mac es sagte oder schwor, es gab ihm immer noch das gleiche Gefühl, löste die gleichen Emotionen aus. Mac wollte ihn, war nicht bereit, sich zu befreien.

Trotzdem.

»Du wirst immer meine erste Verantwortung sein, Sklave. Immer.« Er küsste Macs Nacken und löste sich von ihm, bevor er die Treppe hinaufstieg.

Clarisse tauchte erst wieder auf, als Mac leise an ihre Zimmertür klopfte und sie zum Abendessen rief. Sobald sie mit dem Essen fertig waren und Mac ihre Hilfe beim Abwasch abgelehnt hatte, verschwand sie wieder.

Sully ging zu Mac hin und legte die Hand auf seine Schulter. »Gib ihr Zeit, sich anzupassen und sich zu entspannen«, sagte er leise, bevor er sich wieder seinem Platz zuwandte.

Eine Stunde später betrat Mac Sullys Arbeitszimmer, schloss die Tür hinter sich und kniete sich auf den Boden neben Sullys Stuhl. Er sprach nicht, senkte nur den Kopf und wartete.

Sully beendete den Absatz, den er gerade schrieb, und speicherte die Datei, bevor er seine Hand auf Macs Kopf legte. »Ja, Sklave?«

»Darf ich dich höflich um etwas bitten?«

»Natürlich.«

»Können wir nach unten gehen? Jetzt? Ich ... brauche es.«

Sully ging davon aus, dass er genau wusste, was Mac brauchte. Bei Clarisse' fragilem Geisteszustand wollte Sully nicht riskieren, sie zu erschrecken. Sie und ihr normales Verhalten ohne vorherige Erklärung mitzuerleben, würde sie in ihrem gegenwärtigen Geisteszustand mit Sicherheit in Panik versetzen. Sie durften ihr Spielzimmer nicht benutzen, sonst würde sie sie hören. Unten, im Trainingsraum, wäre es besser.

»Willst du Bestrafung oder Befreiung?« »Können wir beides tun?«

Wenn Mac dies in Verbindung mit seinem formellen Antrag verlangte, hatte er ernsthafte emotionale Probleme. Sully nickte. »Sind alle deine Aufgaben für heute erledigt?«

»Ja, Meister.«

»In Ordnung. Wir treffen uns in zehn Minuten unten. Du kannst gehen.«

Sully wartete bis Mac ging und atmete tief durch. Er hatte schon früh festgestellt, dass Macs ausgeprägte masochistische Neigung sowohl ein Segen als auch ein Fluch war. Sully entdeckte bald seine eigene sadistische Ader, die sich gut in ihre Dynamik einfügte. Viel wichtiger war aber, dass Mac nicht nur ein Schmerz-Schwein war, auch wenn er es genoss. Er benutzte auch körperlichen Schmerz, um emotionalen Schmerz zu verarbeiten.

Mac bat normalerweise nicht um eine heftige Session, es sei denn, er war innerlich zutiefst verletzt, auch wenn er eine solche ohne Fragen oder Beschwerden hinnehmen konnte und wollte. Ein Teil von Macs bereitwilliger Unterwerfung in ihrer Beziehung war, dass er selten um solche Dinge bat, nur wenn er sie wirklich brauchte. Andernfalls hatte er das Gefühl, dass er um Dinge bitten musste, die dem Toppen von unten gleich-kamen, etwas, das er nicht gerne tat. Der einzige Grund, warum er überhaupt fragte, war, dass Sully ihm befahl, seine tiefsten Bedürfnisse niemals zu ignorieren.

Sully ging ins Schlafzimmer und schnappte sich eine Reise-tasche. Auch wenn er nur nach unten ging, wollte er nicht, dass Clarisse zufällig sah, was er alles brauchen würde. Er nahm seinen MP3-Player, den Rattan-Stock, den er in ihrem Schlaf-zimmer aufbewahrte, Macs Handgelenkmanschetten, die Flasche Gurkenlotion, Handtücher und eine leichte Decke mit. Nachdem er sich vergewissert hatte, dass Clarisse in ihrem Zimmer war, ging er den Flur hinunter in ihr Spielzimmer und tippte schnell den Code für das Schloss ein.

Sie hatten ihr diesen Raum noch nicht gezeigt und wollten ihn ihr auch nicht zeigen, bevor er nicht die Gelegenheit hatte, sich mit ihr zu unterhalten. Hinter der Tür befand sich ihr gut ausgestattetes Privatverlies. Schnell schritt er zu dem hohen Schrank und wählte eine Reitgerte, einen weiteren Stock, einen leichten Flogger, einen schweren Flogger und Fußfesseln.

Er nahm auch einige Gurte mit, die er für den Umbau der Hantelbank benötigte, sowie einige Erste-Hilfe-Materialien.

Nach kurzem Überlegen fügte er einen großen Ballknebel hinzu. Mac wollte, dass er eine Peitsche für die Hiebe benutzte, aber das wäre zu laut. Er würde bei den Stöcken bleiben müssen, was bedeutete, dass er ihn höchstwahrscheinlich schneiden würde.

An der Schlafzimmertür von Clarisse blieb er stehen. »Geht es dir gut?«, rief er ihr zu.

Er hörte ihr Schnipsen. »Ja. Alles in Ordnung.«

»Mac und ich gehen nach unten, um zu trainieren. Kann ich dir etwas bringen?«

»Nein, mir geht es gut.«

Er strich mit den Fingern über den Türknauf. Er wollte hineingehen und sie umarmen, sie trösten, wie Mac es konnte.

Er wusste, dass er das nicht konnte, dass er ihr die Entscheidung überlassen musste, ihm in ihrer eigenen Zeit zu vertrauen. »Wir werden die Tür abschließen. Ich hinterlasse meine Handynummer auf dem Tresen, denn bei der Musik werden wir dich nicht hören können. Ich werde das Display sehen, falls mein Handy klingeln.« Nun, das war nahe genug an der Wahrheit, um keine Lüge zu sein. Sie würde annehmen, dass sie wirklich trainiert oder Sex hatten.

Nicht, dass er Mac verprügelt hätte. »Danke, Sully.«

Er notierte die Nummer auf dem Notizblock und legte ihn neben das Telefon auf den Tresen. Er fröstelte in seinen kurzen Ärmeln, als er die Treppe hinunterging. Im Trainingsraum hatte Mac bereits alle Jalousien geschlossen und das Thermostat ein wenig hochgedreht, um die Kälte aus der Luft zu nehmen. Nackt kniete er mit gesenktem Kopf auf dem kalten Fliesenboden und wartete.

Sully sah, dass er Gänsehaut hatte. »Steh auf. Du erkältest dich noch.«

Mac gehorchte, während Sully die Tür abschloss und seinen MP3-Player einsteckte. Er fand seine ›Heavy Scene‹-Wiedergabeliste, eine Auswahl von Songs, die ihm helfen würden, Mac schnell in den Subraum zu versetzen. Als er den Player an die Stereoanlage anschloss, drehte er die Lautstärke so weit auf, dass Clarisse nichts mehr hören konnte, aber die Nachbarn sich nicht beschweren würden. Er brauchte nur ein paar Minuten, um die Hantelbank vorzubereiten und sie in eine provisorische Fesselbank zu verwandeln.

Er stellte sich vor Mac. »Sieh mich an, Sklave«, befahl er sanft.

Mac hob den Kopf. Seine Augen waren bereits glasig geworden. Es verblüffte Sully immer wieder, wie schnell Mac in den Subraum fiel, schneller als jeder andere, den er getroffen hatte, seit ihrer Zeit in diesem Lebensstil.

»Handgelenke«, befahl Sully.

Mac hob seine Arme, als Sully erst eine, dann die andere Ledermanschette um sie legte, einschließlich der kleinen Vorhängeschlösser.

Er deutete auf die Bank, auf die er ein Handtuch gelegt hatte. »Gesicht nach unten, Sklave.«

Mac gehorchte, ohne zu zögern. Sully befestigte schnell seine Handgelenkmanschetten an den Riemen, wobei der Winkel seine Arme weit und fest spreizte. Dann kniete er sich hinter ihn, befestigte die Fußfesseln, schloss sie und hängte sie an einen weiteren Satz Riemen. Gespreizt waren seine Beine unbeweglich, sodass sein Arsch ein offenes und leichtes Ziel war.

Sully streichelte Macs Hintern. Er trug noch immer Striemen vom Vorabend, blaue Flecken, die normalerweise in ein paar Tagen verheilen würden. Dann zog er seine Hand zurück und verpasste ihm eine harten Klaps auf die linke Arschbacke.

Mac zuckte nicht.

Sully lehnte sich nahe heran, um nicht über die Musik hinwegschreien zu müssen. »Wo bist du, Sklave?«

»Grün, Meister.« Macs Augen hatten sich geschlossen. Sully wusste, dass er bereits begonnen hatte, sich in sein tiefes Inneres zurückzuziehen, wie sie es nannten, wo er loslassen und mit allem fertig werden konnte, was ihn bedrückte.

Das war die einzige Möglichkeit, die er hatte.

Sully zog schnell sein Hemd aus und holte einen kleinen Gummiball aus der Tasche. Er drückte ihn in Macs linke Handfläche und schloss seine Finger um ihn. »Sicherheit, Sklave.«

»Ja, Meister.«

Sully legte ihm den teuren großen Lederknebel an, auf den Mac sicher beißen und durch den er schreien und ohne viel zusätzliche Anstrengung atmen konnte. Als er mit dem Anpassen der Riemen fertig war, streichelte er Macs Haar. »Wo sind wir?«

Mac drehte sein linkes Handgelenk, ihr Signal für Grün.

Sully nahm sich einen Moment Zeit, um seine Arme zu strecken und zu lockern. Dann nahm er den leichten Flogger und begann bei Macs Schultern, arbeitete sich herunter zum Hintern und wieder zurück. Da Mac durch das Ritual bereits in dem Subraum versunken war, hätte Sully auch härter anfangen können und dass wäre für Mac okay gewesen, aber er zog es vor, bei ihrer üblichen Routine zu bleiben.

Nach zehn Minuten war die Haut von Macs Rücken, Hintern und Oberschenkeln rosa geworden. Sully wechselte zu dem schwereren Flogger und machte weiter. Schon bald konnte er an Macs Atmung ablesen, dass er über die Kante zu seinem Subraum gesunken war.

In diesem Moment erhöhte Sully das Tempo. Er benutzte die federnde Reitgerte auf der Rückseite von Macs Oberschenkeln, wobei er zwischen Schlägen mit dem Fänger und Stößen mit dem Schaft abwechselte. Dann schlug er mit dem Rattan-Stock auf Macs Arsch und klopfte ihm zur Warnung noch einmal leicht damit auf den Hintern. Mit der freien Hand drückte er Macs Rücken fest an sich, um ihn in Position zu halten, und verpasste ihm acht Hiebe, so hart wie er konnte, von denen zwei dünne Blutspuren hinterließen.

Er wechselte sofort wieder zum schwereren Flogger, konzentrierte sich auf Macs Schultern und Rücken, schwang leichter über seine Nieren, um Verletzungen zu vermeiden, und dann über die Rückseite seiner Oberschenkel und Waden, wobei er das verletzte Fleisch seines Hinterns aussparte. Nach zwanzig Minuten wechselte Sully zum anderen Stock. Ohne das verletzte Fleisch zu verletzen, steigerte er die Kraft und das Tempo seiner Schläge, während die Musik schwerer und schneller wurde, bis seine letzten bösartigen Schläge mit einem krachenden Crescendo tiefer, klingender Töne ertönten.

Der nächste Song war etwas sanfter, der Mac Zeit zum Durchatmen und Erholen gab, eine Garantie dafür, dass er, wenn er es bis zu diesem Punkt schaffte, wusste, dass sich die Session beruhigen würde.

Normalerweise würde Sully jetzt den leichten Flogger benutzen, aber Macs verkrampfte Hände und die Tränen, die ihm über die Wangen liefen, sagten Sully, dass das nicht nötig war. Mit seinen Händen massierte Sully seinen Geliebten langsam, beginnend mit Macs Armen, von den Schultern über den Rücken bis hin zu den Hüften. Er sprang über seinen Hintern zu seinen Beinen, erst das eine, dann das andere. Dann löste und entfernte er die Fußfesseln und schleppte die Tüte hinüber.

Er nahm sich die Zeit, die Wunden vorsichtig mit Gaze und Antiseptikum zu betupfen. Überall sonst in der Region, wo die Schläge der härteren Werkzeuge am stärksten gewirkt hatten, beruhigte er das heiße, gerötete Fleisch mit der Gurkenlotion. Als die Lieder leiser und sanfter wurden, zog er die Decke über Mac und löste und entfernte seine Handgelenkfesseln, bevor er den Ballknebel entfernte.

Vorsichtig half er Mac von der Bank auf den Boden, wo Sully im Schneidersitz saß und Mac halb auf seinem Schoß liegen hatte. Er nahm ihm den Ball aus der linken Hand.

»Wie geht es uns, Sklave?«

Mac zitterte und drehte sein linkes Handgelenk, zu überwältigt, um noch zu sprechen. Sully drückte Mac fester an sich, legte seine Arme um ihn und tröstete ihn, als eine weitere Runde von Tränen ihn außer Gefecht setzte. Es war schon lange her, dass Mac eine Session wie diese brauchte.

Fast eine halbe Stunde später saßen sie immer noch da. Sully dachte, sein Hintern würde auf den Fliesen taub werden, sogar durch seine Jeans hindurch, aber er würde Mac nicht dazu bringen, sich zu bewegen, bis er bereit war. Schließlich schniefte Mac und zog die Decke ein wenig fester um sich.

Sully grub seine Finger in das Haar des Mannes. »Bist du okay, Brant?« »Ja.« Er drehte sich um.

»Habe ich die Acht bekommen?«

Sullys Mund verzog sich zu einem spielerischen Lächeln. »Ja. Ganz am Anfang.«

Mac blies einen langen, tiefen Atemzug aus, bevor Sully ihm half, sich aufzusetzen. »Ich kann mich nicht erinnern.«

»Glaube ich. War härter und schneller als sonst.« Macs Augen suchten seine. »Was ist mit dir?«

»Was soll mit mir sein?«

Mac sah ihn an und hob eine Augenbraue. Sully liebte diesen neugierigen Blick. »Ich bin nicht so neben der Spur, dass ich nicht merke, dass mein Arsch nicht offen ist, *Meister*.« Er fügte dem letzten Wort eine Prise sarkastischen Ton hinzu.

Sully zuckte mit den Schultern. »Die Hantelbank ist nicht die richtige Höhe, um dich so zu ficken. Willst du mich in die Notaufnahme schleppen müssen, während du versuchst, dich vom Subraum zu erholen, weil ich mir den Rücken verrenke?«

Mit der Decke um sich gewickelt, lehnte sich Mac auf seinen Fersen zurück. »Dann lass mich etwas anderes machen«, schlug er leise vor.

Sully musterte ihn und versuchte zu entscheiden, ob er sich genug erholt hatte oder ob es sich nur um endorphingetriebene Angeberei handelte. Er stand auf und öffnete den Reißverschluss seiner Jeans. Mac beugte sich vor und zog Sullys Schwanz heraus, der bei dem Gedanken, endlich ein bisschen Action zu sehen, schon ganz steif geworden war. Sully schloss die Augen, als Macs heißer Mund sich um seinen Schaft legte, glatt wie Seide und genau wissend, wo jeder Lustpunkt lag. Seine Zunge streichelte und reizte ihn, während Sully seine Hände in Macs Haare grub und begann, tiefer zu pumpen.

Mac blieb bei ihm und nahm ihn tief in seine Kehle, ohne zu würgen. Die Decke rutschte Macs Rücken hinunter und landete auf dem Boden hinter ihm, während er sich an Sullys Oberschenkeln festhielt, um das Gleichgewicht zu halten.

Sully fickte seinen Mund noch härter, als seine Erlösung

immer näher rückte. Mac fügte nur ein kleines Kratzen der Zähne hinzu, was Sullys Höhepunkt auslöste.

»Jetzt, Sklave.« Mac saugte ihn tief ein und schluckte jeden Tropfen, während Sullys Fleisch in seinem Mund pochte, bis es sich schließlich entspannte und schlaffer wurde.

Sully holte ein paarmal tief Luft, um die Kontrolle wiederzuerlangen, dann klopfte er Mac auf den Kopf. »Sehr gut, Sklave. Das ist genug.«

Mac ließ ihn mit einem Schmatzen los, dann lehnte er sich zurück und lächelte. Sully las die Erschöpfung in Macs Augen, obwohl Mac versuchte, eine gute Show abzuliefern. Sully reichte ihm die Hand, half ihm aufzustehen und holte die Decke für ihn.

»Warte an der Tür auf mich«, befahl Sully.

Er steckte seinen Schwanz weg, schloss den Reißverschluss seiner Jeans und zog sein Hemd an, dann sammelte er schnell ihre Vorräte und Macs Kleidung ein und stopfte alles in die Tasche. Er schaltete die Stereoanlage und das Licht aus, schloss die Tür hinter ihnen und legte einen Arm um Macs Taille, um ihn die Treppe hinauf zu stützen.

»Komm, wir bringen dich ins Bett, Kumpel.«

Mac hat nicht widersprochen. Sully spürte, wie Macs Absturz nach der Session einsetzte. Eine normale Session machte Mac geiler als einen College-Burschen, der in einem Erwachsenentheater losgelassen wird. Eine schwere Session wie diese erschöpfte ihn emotional und körperlich, deshalb hatte er darum gebeten.

Morgen früh würde Mac jedoch einsatzbereit sein.

Er brachte Mac wieder nach oben, schloss die Haustür ab und führte ihn in ihr Schlafzimmer. Er zog die Decke herunter, bevor Mac vorsichtig mit dem Gesicht nach unten auf die Matratze kroch.

Sully trat vom Bett weg. Mac schnarchte leise, bevor Sully den Raum durchquert hatte. Er zog sich schnell aus und beschloss, sich morgen früh um den Rest des Inhalts der Tasche zu kümmern. Nachdem er das Bad benutzt hatte, schlüpfte er vorsichtig zu Mac ins Bett und zog die Decke über sie. Er legte vorsichtig seinen Arm über Macs Rücken, ohne das verletzte Fleisch zu berühren, und fiel dann selbst schnell in einen erschöpften Schlaf.

KAPITEL SECHS

Sully wusste genau, dass Mac in dieser Nacht nicht träumen würde. Das tat er nie nach einer heftigen Session. Die Flut von Endorphinen ließ ihn tief und heftig abstürzen und ermöglichte ihm, ungestört zu schlafen.

Und damit auch sich selbst.

Als er am nächsten Morgen aufwachte, spürte er Macs Lippen auf seinem Schwanz. Sully lächelte und vergrub seine Hände in Macs Haar. »Habe ich dir die Erlaubnis dazu gegeben, Sklave?«

Mac machte ein »m-mh«-Geräusch, setzte aber seine Arbeit ohne Unterlass fort.

Wie er vorausgesagt hatte, wachte Mac geiler als die Hölle auf. Das tat er immer nach einer heftigen Session, obwohl sein Körper wund und schmerzhaft war. Sully wünschte, ihre Bootsfahrt wäre nicht unterbrochen worden. Er hatte sich darauf gefreut, sich von Mac befriedigen zu lassen, und hatte immer noch ein erotisches Bedürfnis, das durch die normalen Aktivitäten nicht gestillt wurde.

Mac hielt ihn auf Trab, hielt ihn zurück, las seinen Körper

und ließ ihn nicht kommen. Schließlich krabbelte er auf das Bett und küsste Sully. »Duschen?«

Sully schlang ein Bein um Macs, rollte ihn auf den Rücken und drückte ihn mit den Armen über dem Kopf unter sich. »Was willst du?«, knurrte er. »Sag es mir und hör auf, herumzualbern.« Er vermutete, dass er bereits wusste, was Mac wollte.

Macs Schwanz rieb sich an Sullys Hüfte. »Nur für heute Morgen? Bitte, Meister?«

»Vielleicht sollte ich dich darum betteln lassen.« Es war lange her, dass er sich von Mac toppen lassen hatte, an einem anderen Ort als auf dem Boot.

»Wenn du das willst, werde ich es tun.«

Sully lächelte und setzte sich auf. Er packte Macs Nippel-Piercings und drehte sie. »Ich sollte dich dafür bezahlen lassen, dass du unangemeldet fragst.«

Mac nickte eifrig.

Sully lachte und schwang sich über ihn. »Geh und mach die Dusche fertig, du geile Schlampe.« Er wartete, bis Mac ins Bad ging. Dann kramte er in seiner Kommodenschublade und fand eines von Macs alten Spiel-Halsbändern – eines, das nass werden konnte. Als er ins Bad kam, betrachtete Mac gerade seinen Hintern im Spiegel. Deutlich abgegrenzte schwarze und blaue Linien zogen sich über seine Backen und Oberschenkel.

»Verdammt. Du hast mich gut erwischt, Meister.«

Sully reichte ihm das Halsband und ging auf die Toilette. »Du bekommst, worum du bittest.« Als er fertig war, wandte er sich an Mac. »Und?«

Mac grinste und streckte Sully seinen Finger entgegen. Sully lächelte, drehte sich um und ließ sein Kinn sinken, damit Mac die Schnalle des Halsbandes an seinem Nacken schließen konnte. Sully schnappte sich den Schlüssel vom Tresen, schloss Macs Halsband auf und nahm es ab. »Zufrieden?«

Mac packte ihn und küsste ihn tief, wobei seine Zunge in

Sullys Mund eintauchte. »Noch nicht, aber das werde ich, wenn mein Schwanz in deinem süßen Arsch steckt.«

Sully schloss die Augen und atmete tief und kräftig ein. Er konnte nicht leugnen, dass er es genoss, Mac so weit zu vertrauen, dass er für kurze Zeit die Kontrolle übernehmen konnte. Mac drehte ihn herum und wandte sich dem Spiegel zu. »Hände auf den Tresen«, knurrte er.

Als der Dampf durch das Badezimmer zog, willigte Sully ein. »So?«

Mac schüttelte den Kopf, dann schob er Sullys Füße weiter auseinander. »Genauso.« Er griff zwischen Sullys Beine, umfasste seinen Sack, drückte sanft zu und ließ das weiche Gewicht in seiner Hand rollen. Er drückte seine Brust gegen Sullys Rücken. »Willst du meinen Schwanz in dir haben?«

Sully, dessen Augen immer noch geschlossen waren, ließ den Kopf sinken. »Du weißt, dass ich es will.« Sein steifer Schwanz würde ihn sowieso nicht lügen lassen.

Macs Hand glitt an der Naht seines Hinterns entlang, ein Finger drückte gegen den gewölbten Rand, ohne einzudringen. »Ich hatte dieses Wochenende viel mit dir vor.«

»Das bezweifle ich nicht. Du bist ziemlich kreativ.«

Mac kicherte und klopfte Sully auf den Hintern. »Duschen. Jetzt.«

Sully machte sich nicht die Mühe, sein Lächeln zu verbergen, als er durch das Bad schritt. Mac schnappte sich eine Flasche Gleitmittel und folgte ihm unter die Dusche.

»Gegen die Wand.«

Sully gehorchte.

Mac bestrich seinen Schwanz mit Gleitmittel und arbeitete dann mit seinen Fingern etwas in Sully ein, um ihn zu lockern. »Gefällt dir das?«

Sully schloss die Augen. »Würde ich dich lassen, wenn ich es nicht täte?«

Mac gluckste. »Nö. Du würdest mir das Leben zur Hölle

machen.« Er drückte seine Schwanzspitze gegen Sullys dunkles Loch. Beide Männer stöhnten auf, als Mac sich langsam in Sully eindrang. Als sein Schwanz bis zum Anschlag in ihm steckte, griff er nach Sullys Hüften und stieß langsam zu. »Ich hatte noch gar nicht angefangen«, flüsterte er Sully ins Ohr. »Ich hatte noch viel mehr vor. Was soll ich nur tun, wenn sie mit uns auf dem Boot ist, hmm?«

»Willst du ficken oder reden?«

Mit einem harten Hüftschwung stieß Mac tief zu. »Was denkst du?« Sully versuchte, sich zurückzuhalten, sein eigener Schwanz pochte bei jedem Stoß von Macs Schaft an seiner Drüse. Nach ein paar Minuten verlangsamte Mac sein Tempo und griff um Sullys Taille. Er wickelte seine Arme um Sullys Schwanz.

und streichelte. »Mach es schnell, Mann.«

Bis an die Grenze des bewussten Willens getrieben, bewegte Sully seine Hüften zwischen Macs begabten Fingern und dem Schwanz seines Geliebten hin und her.

»Komm jetzt!«, knurrte Mac.

Es trieb ihn über den Rand. Seine Hände verkrampften sich zu Fäusten an der Fliesenwand, als sein Höhepunkt ihn über-rollte. Mac nahm das als sein Stichwort. Er packte Sullys Hüften wieder und stieß in ihn hinein, bis er mit einem Schrei kam, sein Schwanz pulsierte in dem anderen Mann. Mac bewegte sich einen Moment lang nicht, lehnte sich an Sully, um sich abzustützen, und versuchte, zu Atem zu kommen. Dann zog er sich zurück, drehte Sully um und umarmte ihn, als sie unter das Wasser stiegen.

Mac lehnte seinen Kopf an die Schulter des kleineren Mannes. »Du hättest kein Halsband anlegen müssen«, sagte er leise und wurde wieder zum sanften Mac.

Zum Sklaven.

Sully schloss seine Augen und hielt Mac fest. »Ich weiß, dass du es magst.«

Nach einem Moment griff Mac nach der Seife. Er sank auf die Knie und bearbeitete mit der Seife Sullys Leisten und Arsch, schäumte ihn ein und wusch ihn, bevor er sich um sich selbst kümmerte. Als er zufrieden war, griff er nach dem Halsband. »Vielleicht sollten wir das abnehmen.«

»Warum?«

Mac zuckte mit den Schultern, begegnete Sullys Blick aber nicht.

Sully packte Macs Kinn und zwang ihn, ihn anzuschauen. »Warum?«, fragte er leise, aber bestimmt.

»Das sieht nicht gut aus.«

Sully ließ ihn es abnehmen und aus der Dusche werfen. »Aber es ist direkt auf dem Boot?«

»Das ist etwas anderes.«

»Früher hat dich das nicht gestört.«

»Ich bin es nicht mehr gewohnt, dich so zu Hause zu sehen.«

Gott sei Dank war Mac ein Gewohnheitstier. Es spielte keine Rolle, dass er ein ›starker‹ Mann war. In seinem Herzen war er ein Sklave. Er hatte es eifrig angenommen und genoss es, für seinen Meister zu leben. Mac mochte klar definierte Regeln und Rollen, er genoss die begrenzte Zeit, in der er das Sagen hatte, weil es sich für ihn ganz natürlich anfühlte, auf der *Dilly* das Sagen zu haben.

Zu Hause war es jedoch eine ganz andere Sache, da sich ihre Routine im Laufe der Jahre verändert hatte.

»Dreh dich um«, befahl Sully. »Lass mich deinen Arsch sehen.«

Mac schnaubte amüsiert, während er sich fügte. Sully strich mit seiner Hand über Macs Haut. Die Striemen, die er letzte Nacht aufgerissen hatte, heilten ab. Obwohl sie gequetscht waren, sah er keine Anzeichen einer Infektion. »Wenn wir fertig sind, lass mich noch etwas Salbe darauf tun, bevor du dich anziehst.«

Mac trat unter die Dusche, um sich die Haare zu waschen. »Vielen Dank dafür, übrigens.«

»Jederzeit.« Er stieß ihn in den Bauch. »Du musst dir in den nächsten Tagen deine Strafschläge aufheben. Ich will dir keine neuen geben, bevor du nicht besser geheilt bist.«

Mac zögerte nur ein wenig und verpasste seiner Antwort kaum eine Wendung. »Bist du zu feige, mich zu schlagen?«

»Nein«, knurrte Sully. »Ich mache nicht gern mein Spielzeug kaputt.« Mac erstarrte, dann brach er in Gelächter aus. »Ja, Meister.«

»Du musst sie nicht nehmen, weißt du. Du kannst die Grenzen neu aushandeln, damit es keine Strafe gibt.«

Die erwartete Antwort. »Nein, Meister. Danke, aber ich werde sie nehmen. Ich ändere die Regeln nicht gern.«

»Ich dachte mir, dass du das sagen würdest.« Mac war, wenn auch nicht anders als sonst, süßlich berechenbar.

Es hat nicht geschadet, dass er ein Masochist war.

***

NACH DER DUSCHE zog sich Sully in sein Büro zurück und Mac brachte ihm Kaffee.

Clarisse schlief noch.

Mac bereitete Sully das Frühstück und brachte es ihm ins Büro. Sully war bereits in sein neuestes Manuskript vertieft. »Danke«, murmelte er, während er seinen Laptop-Bildschirm studierte.

Mac zögerte, dann kniete er sich neben Sullys Stuhl und wartete.

Sully hoffte, dass sein Seufzer nicht zu hören war. Er sparte sich seinen Griff und verschränkte seine Finger in Macs Haar. »Ja, Sklave?«

»Was soll ich heute tun?«

Armer Mac, er fühlte sich wirklich unwohl, weil ihre Pläne über den Haufen geworfen wurden. »Hausarbeit, Clarisse zu Tad bringen, dort bei ihr bleiben. Vielleicht lade ich sie zum Essen ein, wenn sie Lust dazu hat.«

Mac sah erschrocken auf. »Was ist mit dir?« »Was meinst du?«

»Dich den ganzen Tag allein lassen?«

Er schob den Frühstücksteller beiseite und klopfte an die Ecke seines Schreibtischs. »Sprich mit mir, Brant.«

Mac hockte auf der Ecke des Schreibtischs. Die erzwungene Gleichheit im Sklavenmodus brachte Mac immer wieder aus dem Gleichgewicht. »Ich versuche, es zu begreifen. Ich gebe zu, dass ich dir die Verantwortung dafür überlassen muss, aber es fällt mir schwer, nicht an Betsy zu denken.«

»Ich weiß. Clarisse vertraut dir. Sie braucht das in ihrem Leben, und ich missgönne es ihr nicht. Ich bin nicht eifersüchtig. Ich vertraue dir.«

Mac verschränkte die Finger in seinem Schoß. »Danke, Meister«, sagte er leise. »Dass du ihr geholfen hast.«

»Wie kommst du darauf, dass ich das nicht tun würde?« Er zuckte mit den Schultern, antwortete aber nicht.

»Brant, sie ist Tads Nichte. Ich würde ihr auf keinen Fall nicht helfen, schon allein aus diesem Grund. Ja, es kotzt mich an, dass sie Angst vor mir hat, aber ich verstehe das und mache ihr keinen Vorwurf. Ich würde mich trotzdem nicht aus der Situation stehlen.«

Mac nahm Sullys Hand, hob sie an seine Lippen und küsste sie. »Danke, Meister.« Er schlüpfte aus dem Schreibtisch und verließ den Raum, wobei er die Tür leise hinter sich schloss.

Sully lehnte sich in seinem Stuhl zurück und verschränkte

die Finger hinter dem Kopf. Was für ein Mischmasch. Warum tat er das? Er hätte sich gestern Morgen, als sie in den Hafen zurückkehrten, einfach mit der Polizei in Verbindung setzen können, ihr helfen können, einen Bericht zu verfassen, und sie in einem billigen Motel in der Nähe von Tad unterbringen können. Das wäre mehr als großzügig gewesen. Und Macs Leben wäre nicht völlig aus den Fugen geraten, seine Albträume aus der Vergangenheit wären nicht zurückgekehrt und hätten ihn heimgesucht.

Er schloss die Augen und dachte an ihre verängstigten blauen Augen. Er würde lügen, wenn er leugnen würde, dass er ihre Angst auslöschen wollte.

Er würde auch lügen, wenn er sagen würde, er fühle sich nicht zu ihr hingezogen.

Jetzt war es zu spät, um auszusteigen.

NACHDEM ER SEIN Frühstück beendet hatte, vertiefte sich Sully wieder in seine Arbeit. Gerade als er in den Rhythmus kam, hörte er, wie sie sich in ihrem Badezimmer nebenan bewegte, die Toilette spülte und das Waschbecken benutzte. Dann öffnete sich ihre Schlafzimmertür, und fast sofort begrüßte sie Macs Stimme, voller gezwungener Fröhlichkeit. Er hatte Macs Weigerung, die täglichen Strafschläge für das Tragen von Kleidung neu zu verhandeln, erwartet. Das hieß aber nicht, dass es ihn nicht überraschte.

Er wartete ein paar Minuten, bevor er seine leere Tasse und den Teller in die Küche trug. Er gab sich große Mühe, sie zu umrunden, um zu vermeiden, dass sie an der Theke saß. »Guten Morgen, Clarisse.« Er riskierte einen Blick auf sie.

»Guten Morgen.« Sie sah ihn nicht an, sondern studierte

die Tasse und den Teller mit dem Essen vor ihr. Ihr Haar hing offen und verdeckte ihr Gesicht.

Sie erinnerte ihn an einen geschlagenen Hund.

Seine plötzliche Wut überraschte ihn. Wenn Bryan Jackson auf seiner Türschwelle auftauchte, würde er den Scheißkerl umbringen. Er bemühte sich, seine Wut im Zaum zu halten, stellte langsam seine Tasse ab und ging um das Ende des Tresens herum zu ihr.

Sie drehte ihren Kopf nicht, sah ihn nicht an. Er spürte Macs plötzliche Anspannung und ignorierte sie.

»Süße«, sagte Sully sanft, »bitte sieh mich an.«

Er wartete ab. Nach einem langen Moment neigte sie ihren Blick zu ihm, hob aber ihren Kopf nicht ganz.

Langsam streckte er die Hand aus und hasste es, dass sie zuckte. Er beobachtete, wie sie sich anspannte, wie ihre Instinkte um die Kontrolle kämpften.

Unerschrocken strich er ihr Haar zurück und steckte es vorsichtig hinter ihre Ohren. Dann fasste er ihr Kinn. Sie wehrte sich nicht, als er ihr Gesicht neigte, und ihre ängstlichen blauen Augen blickten an ihm vorbei zu Mac.

Wieder wartete er ab, bis ihr Blick auf ihm ruhte und nicht mehr wich.

»Darf ich dich um einen Gefallen bitten?«, fragte er.

Sie nickte knapp.

»Würdest du bitte dein Haar hochstecken? Für mich? Du hast wunderschöne Augen.« Er strich ihr mit seinem Finger über die Nasenspitze. »Ich hatte schon immer eine Schwäche für blaue Augen.«

Schließlich, die Andeutung eines Lächelns.

Mac schnaubte hinter ihm. »Ich dachte, du liebst meine Augen.«

Sullys Blick wich nicht von ihrem. »Ich liebe deinen Arsch, Mac. Ja, deine Augen sind schön, aber ihre sind hübsch. Willst du wirklich, dass ich dich ›Hübschauge‹ nenne?«

Ein weiteres Lächeln. Ihre gequetschten Wangen kräuselten sich um ihre Augenwinkel.

Bingo.

»Sie hat *sehr* hübsche Augen«, wiederholte Sully.

Mac kam herüber und verstand offenbar, was Sully erreichen wollte. »Ja, du hast Recht, Meister. Ihre Augen sind auf jeden Fall schöner als meine.«

»Ich meine, ich kann dich zwingen, ein Kleid zu tragen, wenn du wirklich willst, dass ich dich hübsch nenne ...«

»Nein, das ist in Ordnung, Meister.«

Amüsiert schnaubte sie ein wenig. Sully las ihre Körperhaltung, spürte ihre leichte Entspannung.

In diesem Moment schenkte er ihr ein breites, strahlendes Lächeln und trat zurück, aus ihrem persönlichen Bereich heraus. Sie senkte nicht den Kopf, sondern behielt den Blick auf ihm.

»Ich weiß es nicht, Clarisse. Meinst du, ich sollte ihn ein Kleid tragen lassen?«

Ihre Lippen kräuselten sich ein wenig amüsiert. »Ich glaube, er ist eher ein Typ für enge Jeans. Er hat so einen süßen Hintern.« Sie errötete ein wenig, wandte aber ihren Blick nicht ab.

»Ein Punkt für das Mädchen«, stichelte Sully, während er seinen Becher aufhob. Mac hatte ihn geleert. Er drehte sich zu Mac um und hob eine Augenbraue zu ihm. »Du hast Glück, dass ich wohltätig bin. Geh und such dir die engste Jeans, in die du dich hineinzwängen kannst. Keine Unterwäsche.«

Mac sah erschrocken aus, machte sich aber daran, es zu tun, während Clarisse tatsächlich lachte.

Er hatte richtig vermutet – sie hatte ein schönes, klares Lachen. Mit dieser netten Bemerkung kehrte er in sein Arbeitszimmer zurück, ließ aber die Tür einen Spalt offen.

WÄHREND DER NÄCHSTEN Stunde hörte er sie reden, das gelegentliche Lachen von Mac oder Clarisse, das Öffnen und Schließen der Haustür, als sie nach draußen gingen; wahrscheinlich zeigte Mac ihr das Anwesen. Fünf Minuten später sah er durch das Fenster, dass sich etwas im Hof bewegte. Tatsächlich standen Mac und Clarisse an der Uferpromenade und blickten auf den Bayou hinaus. Mac deutete auf etwas. Clarisse nickte.

Sully lächelte. Sie hatte ihr Haar zu einem tiefen Pferdeschwanz zurückgebunden.

Braves Mädchen.

Er würde sie nicht zwingen, würde sie nicht drängen. Aber vielleicht würde diese winzige Lücke in ihrer Abwehr ausreichen, um sie auf den Weg zu bringen, ihm zu vertrauen.

Sie sagte etwas, denn Mac lachte. Dann, einen Moment später, runzelte er die Stirn und zog sie zu sich.

Sully zwang sich, sitzenzubleiben und zuzusehen, und kämpfte gegen den Drang an, nach unten zu rennen.

Um Mac zu helfen, sie zu trösten.

Ihr ganzer Körper bebte unter der Wucht ihrer Schluchzer, als Mac sie ins Gras hinunterführte, wo er sie zärtlich an sich drückte. Sully spürte Schmerzen in seinen Handflächen und merkte, dass er seine Hände zu Fäusten geballt hatte, seine Nägel gruben sich in sein Fleisch.

Sie war tief verwundet worden. Ihre körperlichen Verletzungen heilten bereits, aber wie lange dauerte es, ihre Psyche zu heilen? Um ihr Vertrauen wiederherzustellen und sie an einen Punkt zu bringen, an dem sie wieder ein voll funktionsfähiger Mensch sein kann?

Würde sie jemals aufhören zu zappeln, wenn er sich auf sie

zubewegte? Würde es jemals einen Punkt geben, an dem eine strenge Stimme keine tief verwurzelte Reihe von Schutzreaktionen auslösen würde?

Tads angedeuteter Vorschlag kam ihm wieder in den Sinn. Es war noch viel zu früh, um in diese Richtung zu denken. Leider hatte der Gedanke in seinem Kopf schnell Wurzeln geschlagen und gekeimt, egal wie unpassend er klang.

Tad wusste, dass sie nicht schwul waren, er hatte die Männer schon oft über ihre fast identischen Kopfdrehungen geneckt, wenn sie mit ihren Augen den Weg einer hübschen Frau verfolgten.

Ganz zu schweigen von der Tatsache, dass nach dem, was Clarisse durchgemacht hatte, die letzte Art von Beziehung, die sie je wollte, die einzige wäre, die sie ihr geben konnten.

Er beobachtete, wie Mac ihr einen Kuss auf den Kopf drückte, bevor sie sich aufsetzte und sich über das Gesicht wischte. Er sagte etwas, woraufhin sie nickte.

Vermisste er Frauen? Ja. Nicht Cybil, nicht nach dem, was sie ihm angetan hatte. Es gab Nächte, in denen er im Bett lag und Mac fest neben ihm schlief und sich nach den weichen Kurven eines weiblichen Körpers sehnte.

Nicht, dass er das Mac gegenüber jemals zugeben würde.

Eine weitere Sache, die er nie zugeben würde – er hatte Angst, Mac zu fragen, ob er auch Frauen vermisste, weil er nicht sicher war, ob ihm die Antwort gefallen würde.

***

Sully schloss seine Zimmertür, bevor sie zurückkamen. Er hörte sie im Wohnzimmer reden. Dann öffnete und schloss sich ihre Schlafzimmertür und das Geräusch der Dusche in ihrem Badezimmer.

Ein leises Klopfen ertönte an seiner Tür. »Komm.«

Mac kam herein. »Wir gehen zu Tad, nachdem sie geduscht hat.«

Sully griff in seiner Gesäßtasche nach seiner Brieftasche. Er reichte Mac eine Kreditkarte. »Nimm, soviel du brauchst.«

Mac nahm sie. »Danke, Meister.« Er ging nicht weg. »Was?«

»Bist du wirklich damit einverstanden?«

Sully spürte, wie sich ein kalter Faden der Angst langsam seinen Weg durch seine Seele bahnte. »Warum sollte ich das nicht sein, Sklave?«

»Weil ich nichts tun will, was du nicht gutheißen würdest.«

Er studierte Mac. Er wusste, dass Mac keine Mühen scheute, um mit ihm einen schmalen Pfad zu beschreiten, nicht weil er es verlangte, sondern weil Mac ihm durch die emotionalen Folgen der Schießerei und der Scheidung geholfen hatte und sein Vertrauen behalten wollte. »Ich bin zuversichtlich, dass du mich nicht enttäuschen wirst.«

Mac beugte sich vor und küsste ihn. »Danke, Meister.« Er ging und schloss die Tür hinter sich.

Es war nicht leicht, wieder zum Schreiben zu kommen. Er hörte, wie in der Dusche das Wasser abgeschaltet wurde, und ein paar Minuten später öffnete sich ihre Schlafzimmertür. Er hörte, wie sie sich im Wohnzimmer unterhielten, bevor sich die Haustür öffnete und wieder schloss. Stille kehrte ein. Dann hörte er, wie Macs Wagen ansprang und aus der Einfahrt fuhr.

Allein.

Er versuchte, sich wieder in sein Manuskript zu vertiefen.

GEGEN DREI UHR dreißig hörte er, wie Macs Wagen zurückkehrte. Die Haustür. Stimmen. Das Öffnen und Schließen ihrer Schlafzimmertür. Geräusche aus dem Badezimmer. Und dann …

Nichts.

Sully sah von seinem Computer auf und wartete.

Fünf Minuten später ging er in die Küche. Mac saß am Tresen, ein Kochbuch aufgeschlagen vor sich.

»Ihr seid früh zurück.«

»Sie ist müde. Sie hatte keine Lust, essen zu gehen. Ich habe ihr gesagt, sie soll sich hinlegen und ein Nickerchen machen.«

Er beobachtete Mac, wie er sich die Stirn massierte, ein sicheres Zeichen für Stress. Sully ging um den Tresen herum und rieb ihm die Schultern. »Bist du okay, Brant?«

»Ja.«

»Wirklich?«

»Nein. Ich will den Scheißkerl umbringen. Ist das normal?«

Sully schnaubte amüsiert. »Ja. Ich würde mir Sorgen um dich machen, wenn du es nicht tätest.«

Mac bereitete eines von Sullys Lieblingsgerichten zu, einen pikanten Hühnerauflauf, den er schon lange nicht mehr gekocht hatte. Während des Abendessens hörte Sully, wie Mac an Clarisse' Tür klopfte.

Nichts.

Er klopfte erneut, öffnete schließlich die Schlafzimmertür und trat ein, als er keine Antwort erhielt.

Sully verließ seinen Stuhl und ging den Flur entlang. Er stand direkt vor ihrer Tür und lauschte. Clarisse' tiefe Stimme klang schläfrig. Macs leises, warmes Glucksen. Dann tauchte Mac wieder auf und rannte fast in ihn hinein.

Sully führte ihn in die Küche. »Geht es ihr gut?«

Er sah traurig aus. »Ja. Sie hat fest geschlafen, das arme Ding. Es hat sie eingeholt.«

Ein paar Minuten später setzte sie sich zu ihnen an den

Tisch. Sie hatte daran gedacht, ihr Haar zurückzustecken. Das gefiel Sully. Mac hielt ihr den Stuhl hin, was sie zu überraschen schien.

»Hattest du ein schönes Nickerchen?«, fragte Sully. »Ja, danke.«

Mac unterhielt sich aufgeregt weiter. Sully sah die tiefe Erschöpfung, die ihr ins Gesicht geschrieben stand. Als sie mit dem Essen fertig waren und bevor Clarisse beim Abwasch helfen konnte, stand Sully auf und schnappte sich seinen und ihren Teller. »Süße, beruhige dich, im Ernst. Wir räumen auf. Du musst dich ausruhen.«

Ohne ein Wort zu sagen, ging sie langsam in ihr Zimmer zurück. Die Männer sahen ihr traurig hinterher. Mac nahm die Teller von Sully.

»Gute Show, Meister«, höhnte er.

Sully lächelte und hob die Auflaufform auf. »Vielleicht hatte ich vor, dir zu helfen.«

Mac schnaubte und lachte. »Seit wann spülst du?« »Seit ich spülen will. Ich bin der Meister.«

KAPITEL SIEBEN

Am nächsten Morgen ließ Sully Clarisse bei Mac. Er würde sie zu Tad bringen.

Sein eigenes Ziel – das Haus der Sheriffs. Er parkte auf dem öffentlichen Parkplatz.

Es war ein seltsames Gefühl, als Zivilist hierher zurückzukehren.

Er kam herein und erkannte die Empfangsdame nicht. »Detective Callahan. Sagen Sie ihm, dass Sully hier ist.«

Während er wartete, nahm sie den Hörer ab. Einen Moment später lächelte sie. »Kommen Sie rein. Er sagte, Sie kennen den Weg.« Sie reichte ihm einen Besucherausweis und ließ ihn unterschreiben.

»Danke.«

Er kannte den Weg. Jason übernahm sein altes Büro, obwohl es jetzt anders eingerichtet war. Er klopfte an die offene Tür, und Jason schaute auf. »Hey! Da bist du ja!« Er winkte Sully herein.

Sully schloss die Tür hinter sich und umarmte Jason, dann setzte er sich auf einen der Besucherstühle. Er legte den Rollfilm auf den Schreibtisch seines Freundes. »Du musst mir einen Gefallen tun, Jayce.«

Jason runzelte die Stirn. »Was ist los?« Sully erzählte ihm die Kurzversion der Geschichte. »Heilige Scheiße.« Jason schüttelte den Kopf. »Du machst dir Sorgen, dass der Papierkram verschwinden könnte?«

»Ganz genau. Wenn es nicht schon passiert ist. Kannst du heute Abend vorbeikommen und ihre Aussage aufnehmen?«

»Willst du sie nicht herbringen?«

»Es ist ja nicht so, dass wir hier zuständig wären. Außerdem glaube ich nicht, dass Brant und ich sie jetzt zusammen in eine Polizeistation tragen könnten. Sie würde sich mit Händen und Füßen wehren. Sie ist furchtbar ängstlich. Sie hat sogar Angst vor mir, weil ich Polizist bin.«

Jason lehnte sich zurück. »Wow.« Er sah nachdenklich aus. »Du willst auch nicht, dass sie im System ist.«

»Natürlich nicht. Wenn seine Kumpels Bescheid wissen und nach ihr Ausschau halten, wird er hier in Florida sein und nach ihr suchen. Ich will inoffiziell offizielle Dokumente, falls etwas anderes passiert.«

»Ich würde das für niemanden außer dir tun, weißt du.« »Ich weiß. Ich bin dir sehr dankbar.«

Jason war einen Moment lang still. »Also ... wie geht es Brant?« »Ihm geht es gut. Bei uns ist alles bestens.«

Jason kicherte. »Ich habe gehört, Cybil hat die Scheidung von Nummer Fünf eingereicht.« Sully nickte langsam. »Habe ich auch gehört.«

»Hast du jemals daran gedacht, dass sie dir vielleicht einen Gefallen getan hat? Auch wenn es noch so beschissen war?« Er zuckte mit den Schultern. »Ich meine, du kennst mich, mein Bruder ist schwul. Was die Leute tun, stört mich nicht. Aber ...« Er zuckte wieder mit den Schultern. »Ich will ehrlich sein, ich glaube nicht, dass ich dich jemals so glücklich mit ihr gesehen habe, wie du es mit Brant bist.«

»Ich weiß. Das war ich auch nicht.«

SULLY HIELT auf dem Heimweg bei Publix an und kaufte ein paar Dinge für das Abendessen ein. Er wollte nicht, dass Mac gehen musste und Clarisse noch mehr Stress machte, weil sie allein mit ihm war. Jason und seine Frau Katie würden zum Abendessen vorbeikommen. Eine andere Frau zum Reden zu haben, könnte Clarisse helfen, sich zu entspannen und zu öffnen. Mac war in der Küche und machte das Mittagessen, als Sully zurückkam. Er lehnte sich zu ihm und küsste ihn.

»Ich habe Lebensmittel im Auto, die du ausladen kannst. Wo ist sie?«

Mac sah traurig aus. »Sie ist wieder eingeschlafen. Ich habe sie dazu gebracht, ein kleines Frühstück zu essen, und dann hat sie sich hingelegt, als wir von Tad zurückkamen. Als ich nach ihr sehen wollte, war sie weg.«

»Jason und Katie werden um sieben Uhr zum Abendessen hier sein. Er wird mit ihr reden und ihre Aussage aufnehmen. Nur eine Vorsichtsmaßnahme. Konntest du sie zu einem Arztbesuch überreden?«

Mac schüttelte den Kopf. »Sie will einfach nicht. Ich habe ihr gesagt, dass ich sie zwingen würde, zu gehen, falls sich ihr Zustand irgendwie verschlechtert.«

»Vielleicht sollten wir Dr. Elliot anrufen und ihr einen Termin machen.« Mac runzelte die Stirn. »Deine alte Psychiaterin?«

»Du hast es selbst gesagt, sie hat eine Posttraumatische Belastungsstörung.« Sully holte tief Luft, vorbereitet auf Macs Einwand gegen seine nächste Bemerkung. »Ich habe beschlossen, dass du ab heute in ihrer Nähe angezogen bleibst, bis wir wissen, dass sie die Dinge so handhaben kann, wie sie hier normalerweise ablaufen. Keine Bestrafung. Die, die dich noch erwartet, holen wir ein andermal nach.«

Macs Kiefer krampfte sich zusammen, seine Lippen zogen sich zu einer dünnen, gespannten Linie zusammen. »Darf ich da nicht mitreden?«

»Glaubst du wirklich, dass ich hier falsch liege, Brant? Es ist in ihrem besten Interesse. Ehrlich gesagt, mag ich es nicht, dich für etwas zu schlagen, für das du nicht bestraft werden solltest. Das ist *mir* gegenüber nicht fair, weißt du. Wenn du eine Session willst, brauchst du nur zu fragen, und ich gebe sie dir gern, das weißt du.«

Sully wusste, dass er sich ein zweischneidiges Argument aus dem Arsch gezogen hatte, dem Mac nichts entgegensetzen konnte. »Wann kehren wir zur Normalität zurück?«, fragte Mac schließlich.

»Wenn ich sicher bin, dass es sie nicht erschreckt.«

Er zog sich an seinen Arbeitsplatz zurück und ignorierte, wie Mac ein paar Sachen auf den Tresen knallte. Mac hasste es, wenn Sully plötzlich die Regeln auf diese Weise lockerte. Mac liebte den Aspekt des strikten Dienens und Gehorsams genauso wie den des Sadomasochismus. In diesem Fall würde Mac sich einfach anpassen müssen.

Clarisse wachte um kurz nach zwei auf. Sie ging in die Küche, und als Mac sie hörte, kam er zu ihr.

»Hey, geht es dir besser?«

Sie nickte, sah ihn aber nicht an. Er bemerkte, dass sie eine

Jogginghose und ein langärmeliges Hemd angezogen hatte, obwohl es im Haus so warm war. Wenigstens hatte sie ihr Haar zu einem Pferdeschwanz zurückgebunden.

»Lass mich dir etwas machen, Süße. Was möchtest du?«

»Ich kann das schon selbst.«

Er lächelte. »Ich mache es gern. Ich werde ...«

»Nein! Ich schaffe das!«

Mac wich bei ihrem schrillen Ton einen Schritt zurück. Sully eilte in die Küche. »Was ist los?«

»Es ist alles in Ordnung!«, betonte sie. Dann lehnte sie sich über den Tresen und begann wieder zu weinen.

Die Männer gingen auf sie zu. Sully hielt sich zurück, während Mac sanft seine Arme um sie schlang und sie festhielt. »Shh, du bist okay. Du bist in Sicherheit.«

»Wie konnte mein Leben nur so den Bach runtergehen?«, schluchzte sie.

Sully verließ die Küche. Sosehr sein Herz auch für sie schmerzte, er wusste, dass seine Anwesenheit nicht helfen würde. Sie brauchte Mac, die Sicherheit, die sie bei ihm fühlte. Sully wusste, dass er auf ihrer Liste des automatischen Misstrauens ganz oben stand. Er hoffte, dass sie nach ein paar weiteren Tagen oder Wochen mit ihnen ihre Meinung ändern würde.

Er kehrte in sein Arbeitszimmer zurück, ließ aber die Tür offen, falls Mac ihn brauchen sollte. Er hörte, wie sie sich in der Küche leise unterhielten, dann hörte er, wie Mac etwas für sie kochte.

Ihr leises Lachen.

Draußen im Bayou fuhr ihr Nachbar von gegenüber mit seinem Boot hinaus, wahrscheinlich ein Ausflug nach Anclote Island mit seinen Enkeln, die aus Michigan zu Besuch waren.

Sully schloss die Augen und versuchte, diesen Gedanken zu verdrängen. Kinder. Gott sei Dank hatte er keine mit Cybil. Ja, er hatte von Cybils Scheidung gehört. Direkt aus ihrem eigenen gottverdammten Mund, vor zwei Samstagen bei Haslam's, als er dort zu einer Buchsignierung gewesen war. Mac war unterwegs gewesen. Sie hatte ihn am Ende des Auftritts in die Enge getrieben und nicht ganz so subtil angedeutet, dass sie bald wieder Single sein würde, und ihn gefragt, ob er Lust hätte, sich mit ihr zu treffen, auf einen Kaffee oder zwinker, vielleicht auch mehr? Um der alten Zeiten willen?

Er schnaubte amüsiert. Sie würde keine fünf Minuten mehr mit ihm aushalten. Cybil wollte einen Kerl, den sie herumschubsen und bis auf den letzten Cent und das letzte Quäntchen Energie ausreizen konnte, bis sie ihn loswurde und einen Ersatz fand. Wieso hatte er sie nicht schon früher durchschaut? Ja, es hatte ihn emotional zerstört, als sie ihn auf diese Weise verlassen hatte, als sie herausfand, dass sie zusätzlich zur Scheidung noch monatelang herumgevögelt hatte, während er um sein Leben kämpfte.

Gott sei Dank gab es Mac.

Sully gab zu, dass es ihm eine teuflische Genugtuung war, zu sehen, wie ihr die Kinnlade herunterfiel und ihr Gesicht erblasste, als er sich zu ihr beugte und ihr genau zuflüsterte, was sie tun müsste. Zusätzlich dazu müsste die Hölle zufrieren und die Bucaneers fünf Superbowls hintereinander gewinnen, bevor er überhaupt daran denken würde, sie zurückzunehmen.

Es hatte sich verdammt gut angefühlt, wegzugehen und sie schockiert zurückzulassen.

Er grinste.

Er fühlte sich ein wenig schuldig, als Mac am nächsten Abend nach Hause kam und ihm erzählte, dass sie aufgetaucht war, während er Macs Gesicht beobachtete, um zu sehen, was er dachte. Die freudige Erregung, die ihn durchfuhr, als Mac ängstlich dreinschaute, und dann Macs Erleichterung, als Sully ihn beruhigte und das Gespräch wiederholte.

So eifrig wie sonst nur selten bettelte Mac darum, in dieser Nacht benutzt zu werden, sobald sie zu Bett gingen.

Nein, er würde Mac niemals für Cybil oder irgendjemand anderen loswerden, was das betraf. Er wandte sich wieder seinem Laptop zu und versuchte zu schreiben.

Etwa eine Stunde vor Jasons geplanter Ankunft betrat Mac Sullys Büro und schloss leise die Tür hinter sich. »Wie willst du das handhaben?«, fragte er.

»Sag ihr, dass ein Freund und seine Frau zum Abendessen kommen. Sag ihr aber noch nicht, dass er Polizist ist.«

»Ich?«

»Ja, du.«

Mac runzelte die Stirn. »Ich lüge sie nicht an.«

»Inwiefern ist das lügen?«

»Ihr nicht zu sagen, dass er Polizist ist. Sie wird mir nie wieder vertrauen.« Sully fluchte leise. Mac hatte recht. »Wo ist sie?« »Sie sieht im Wohnzimmer fern.«

Sully stand auf, drängte sich an Mac vorbei und fluchte erneut leise über ihren erschrockenen Blick, als er den Raum betrat. Er schenkte ihr ein Lächeln. »Schätzchen, ein Freund von mir und seine Frau kommen heute Abend zum Essen.«

Sie hatte durch die Kanäle gezappt. Auf seine Worte hin legte sie die Fernbedienung weg und richtete sich auf. »Okay, dann esse ich eben in meinem Zimmer.«

»Nein, Schatz, so habe ich das nicht gemeint. Ich möchte, dass du sie kennenlernst.« Er setzte sich auf einen der anderen Stühle. »Er ist mein ehemaliger Partner. Ich möchte, dass du mit ihm redest und ihm erzählst, was passiert ist.«

Er hasste es, dass ihr verängstigter Hasenblick zurückkehrte. Sie schüttelte den Kopf. »Nein, es ist schon in Ordnung. Mac kann mich zu Onkel Tad bringen ...«

»Clarisse.« Macs strenge Stimme hinter Sully ließ ihn aufschrecken. Er warf einen Blick über die Schulter, aber Macs Blick hatte sich auf sie gerichtet. »Schatz, Jason ist ein guter Kerl. Er wird uns helfen, diesen Hurensohn an die Wand zu nageln. Das verspreche ich.«

Sie war blass geworden, als stünde sie kurz vor einem weiteren Zusammenbruch.

Auf Macs strengen Ton nickte sie zögernd. »Okay«, sagte sie leise. »Braves Mädchen«, beruhigte Mac sie und setzte sich neben sie auf die Couch.

Sully sah ihnen einen Moment lang zu, bevor er leise den Raum verließ und kehrte zu seinem Arbeitsplatz zurück. Er schloss die Tür hinter sich. Sogar durch die Tür konnte er hören, wie sie sich schließlich in die Küche begaben, wie Töpfe und Pfannen klapperten und der Geruch von gekochtem Essen zu ihm herüberwehte.

Ihr Lachen.

Seit er mit Mac zusammen war, hatte er nie Angst verspürt, ihn zu verlieren.

Bis jetzt.

Er schloss die Augen. Trotz ihrer Dynamik konnte Mac kommen und gehen, wie er wollte. Wenn Mac sich in dieses Mädchen verliebte, konnte und wollte er ihn nicht daran hindern, zu gehen.

Selbst wenn es ihm die Seele aus dem Leib reißen würde.

Jason und Katie kamen pünktlich. Katie war eine süße, sanftmütige Bibliothekarin. Sully hatte gesehen, wie sie einen Raum voller ungestümer, zuckersüßer Zehnjähriger bezauberte, ohne ihre Stimme zu erheben. Er hatte keinen Zweifel daran, dass sie Clarisse entspannen konnte.

Clarisse schwebte um Mac herum und benutzte ihn fast wie ein menschliches Schutzschild. Sully hätte das amüsant gefunden, wenn er nicht gewusst hätte, wie schrecklich sie sich fühlte.

Mac setzte sie kunstvoll zwischen sich und Katie. Während das Essen voranschritt, ohne dass ihre Aussage zur Sprache kam, beobachtete Sully, wie sich Clarisse entspannte. Als sie fertig waren und bevor Mac aufstehen konnte, um den Tisch abzuräumen, stand Sully auf. »Redet ihr nur. Ich mache den Abwasch.«

Mac warf ihm einen bösen Blick zu, widersprach aber nicht. Sie gingen ins Wohnzimmer, wo Sully zuhörte, während Jason das Gespräch vorsichtig auf die Ereignisse des Angriffs lenkte. Während sie sich unterhielten, warf Sully einen kurzen Blick ins Zimmer. Jason hatte einen Notizblock herausgeholt und notierte sich Informationen, während sie leise erzählte, was passiert war. Als Jason und Katie zum Gehen bereit waren, hatte sich Clarisse schon wieder etwas entspannt.

Sully begleitete seine Freunde nach unten und ließ Mac bei Clarisse zurück. Sowohl Jason als auch Katie sahen wütend aus.

Jason atmete tief aus. »Gottverdammt, das arme Kind ist total kaputt.« Jason und Katie hatten eine Tochter, die nur ein paar Jahre älter war als Clarisse.

»Jetzt verstehst du, warum ich dich eingeladen habe.«

»Sie kann bei uns bleiben, wenn ihr das lieber ist«, sagte Katie. »Danke, Katie. Ich werde das weitergeben, aber von einem Polizisten zum anderen, wird sie immer noch verängstigt sein. Sie klammert sich an Mac.«

»Wie wäre es, wenn ich sie eines Abends zum Essen ausführe, wenn es ihr besser geht? Ein Frauenabend?«

»Das täte ihr sicher gut. Danke.«

Sie verabschiedeten sich. Als Sully nach oben zurückkehrte, räumte Mac mürrisch auf, was Sully in der Küche vergessen hatte. »Wo ist sie?«

»Sie ist zu Bett gegangen.« Er warf das Geschirrtuch weg und drehte sich zu Sully um, aber bevor Mac auf ihn einschlagen konnte, hob Sully eine Hand.

»Brant, hör mir zu. Sie hat Priorität. Bedräng mich nicht damit. Sie wird sowieso einige deiner Aufgaben übernehmen, was macht es also für einen Unterschied, ob ich oder sie sie erledigt?«

Er setzte zu einer Antwort an, senkte dann aber den Blick. »Das ist etwas anderes. Es ist nicht richtig, dass du so etwas tust. Du bist mein Meister. Das ist *mein* Job.«

Mein Gott, das kann ich heute Abend wirklich nicht gebrauchen.

Gott sei Dank war Mac ziemlich festgefahren in seiner Art, hatte sein seltsam verdrehtes Pflichtgefühl und seinen Stolz, wenn es um Protokolle ging. »Du musst dich zuallererst um sie kümmern. Tun, was das Beste für sie ist. Deine Aufgabe ist das, was ich dir sage. Hör auf, mich von unten zu *toppen*, verdammt noch mal.«

Er hätte Mac nicht ohrfeigen können, um denselben schockierten Blick zu ernten. Mac senkte den Kopf. »Es tut mir leid, Meister«, sagte er leise.

»Gut. Ich habe dir übrigens noch etwas zu erledigen gelassen.« Er schlenderte zu seinem Arbeitsplatz, schloss leise die Tür und verriegelte sie, nachdem er darüber nachgedacht hatte. Seine Nerven lagen blank, zum einen wegen Clarisse' Anspannung während des Essens, zum anderen wegen Macs Unwilligkeit, das verdammte Protokoll zu befolgen. Er verstand, warum es für Mac so wichtig war. Abgesehen von den Einkommensunterschieden sah Mac es ernsthaft als seine Aufgabe an, sich um ihn zu kümmern. Er fühlte sich wie ein Versager, wenn er es nicht tat. Sully verstand das vollkommen.

Das bedeutete nicht, dass es ihn nicht verärgerte, besonders in Anbetracht der Situation.

Um die übliche Schlafenszeit herum hörte er, wie Mac den Türknauf betätigte.

Das war ein klares, stilles Zeichen für Mac, dass er in Ruhe gelassen werden wollte.

Er setzte seine Kopfhörer auf, drehte seinen MP3-Player auf und schrieb bis fast vier Uhr morgens, bis die Wörter über den Bildschirm seines Laptops schwammen und er mehr Zeit damit verbrachte, Fehler zu korrigieren als zu tippen.

Als er seine Zimmertür öffnete, stolperte er fast über Mac. Der Mann war im Flur sitzend eingeschlafen und stützte sich mit dem Kopf an der Wand ab.

Auf der einen Seite irritierte es Sully. Auf der anderen Seite wärmte es ihn. Wenn man noch eine dritte Seite angebaut hätte, würde dort ein Eimer voller Schuldgefühle stehen, weil Mac all die Stunden damit verbracht hatte, auf ihn zu warten. Er hätte dagegen angehen und ihn ins Bett schicken sollen.

Er kniete sich neben ihn und berührte Macs Kinn. Er öffnete ruckartig die Augen.

»Hey, Kumpel«, flüsterte Sully und hoffte, dass sie Clarisse nicht weckten. »Bereit fürs Bett?«

Mac nickte und folgte Sully in ihr Zimmer. Innerhalb weniger Minuten waren sie im Bett und Mac döste bereits wieder. Wo Sully dachte, dass er sofort einschlafen würde, fand er, dass seine unruhigen Gedanken umherwanderten. Mac war ein starker Mann, ein zäher Mann, aber wann immer er sich emotional verletzlich fühlte, übernahm seine sklavische Seite die Oberhand, manchmal in einem ärgerlichen Ausmaß.

Mac sprach nicht gern über seine Gefühle, obwohl er ein

sensibler Mann war. Er zog es vor, dem Rest der Welt eine solide, stille, stoische Fassade zu präsentieren, ein Überbleibsel aus seiner Kindheit. Ein missbräuchlicher, alkoholabhängiger Vater, der seine Mutter und die drei Kinder verlassen hatte, als Mac acht Jahre alt war. Allerdings erst, nachdem er Mac, Betsy und ihre Mutter mehrmals verprügelt hatte. Nur Macs jüngerer Bruder Jim entkam dem Missbrauch, er wurde vier Monate nach David MacCaffreys Weggang geboren.

Als Sully versuchte, Mac zu einer Beratung zu überreden, hatte er sich geweigert. Sully wollte sich nicht dazu herablassen, ihm zu befehlen, dorthin zu gehen, denn dann würde es ihm nichts nützen.

Er schlief ein und versuchte, nicht an Clarisse' misstrauischen Blick zu denken.

KAPITEL ACHT

Clarisse hörte kein einziges Geräusch, als sie am frühen Dienstagmorgen erwachte. Das Abendessen war anstrengend gewesen, aber sie mochte Jasons Frau. Es fiel ihr leichter, ihr Misstrauen gegenüber Sully und Jason beiseitezuschieben, aber es würde einige Zeit dauern.

Intellektuell wusste sie, dass ihr Misstrauen weder gerechtfertigt noch fair war, wenn man bedenkt, dass sie nichts als nett zu ihr gewesen waren.

Vor allem, wenn man bedenkt, was Sully für Onkel Tad getan hatte.

Emotional war das eine andere Geschichte. Sie betrachtete sich im Badezimmerspiegel. Einige der blauen Flecken waren zu hässlichen grünlich-gelben Wolken auf ihrer Haut verblasst, statt zu tiefen, wütenden Violett- und Blautönen. Ihr Auge sah fast normal aus, und ihre Lippe war fast verheilt.

Sie zog sich aus und drehte sich noch einmal zum Spiegel. Entlang ihres Rückens und ihrer Oberschenkel waren die blauen Flecken ebenfalls verblasst – Gott sei Dank – und die schlimmsten Schmerzen hatten nachgelassen. Mehrere Nächte in einem verdammt guten Bett, ohne sich Sorgen um den Tod zu machen, hatten geholfen.

Nach der Dusche zog sie sich an und machte sich auf den Weg in die Küche, als ihr auffiel, dass sie ihr Haar nicht zurückgebunden hatte.

Okay, es machte ihr also nichts aus, das für Sully zu tun.

Hübsche Augen. Die Art und Weise, wie er das gesagt hatte ... Ja, es löste einen warmen, süßen Schauer in ihr aus, den sie noch nie zuvor gespürt hatte.

Obwohl ihr Haar noch nicht getrocknet war, zog sie es zurück und band es locker im Nacken zusammen. Zum Teufel, das war das Mindeste, was sie tun konnte. Eine einfache Bitte von einem Mann, der sich um sie und ihren Onkel gekümmert hatte, obwohl sie ihm nichts entgegengebracht hatte als Misstrauen.

Zumindest war sie ihm diese einfache Geste schuldig, bis sie sich wohler fühlte, ihn als Freund zu bezeichnen.

Im Haus war es dunkel und still. Sie vermutete, dass die Männer noch schliefen. Nachdem sie gesehen hatte, wo Mac den Kaffee und die Filter aufbewahrte, setzte sie eine Kanne auf und ging nach unten, um die Zeitung zu holen, während der Kaffee kochte.

Sie fröstelte in der kühlen Luft und wünschte sich, sie hätte mehr als Jeans und T-Shirt angezogen. Es war noch nicht ganz halb sieben, und die Nachbarschaft lag still und ruhig um sie herum.

Es gab schlimmere Orte zum Leben. Viel schlimmere. Sie fühlte sich schuldig, dass sie das Leben dieser Männer entwurzelt hatte, und wusste, dass sie Geld sparen und ihr Leben auf die Reihe kriegen musste, damit sie sich eine eigene Wohnung leisten konnte – ganz egal, was sie Onkel Tad versprochen hatte. Es würde nicht annähernd so protzig sein, aber solange es eine Klimaanlage und keine Kakerlaken oder Nagetiere gab, würde sie überleben.

Sie brauchte einen Job. Das konnte sie nicht, bevor sie nicht ihren Führerschein geändert hatte. Aber das würde Bryan auf ihre Spur bringen.

Kein Auto. Sehr wenig Geld. Sie vermisste Bart.

Der letzte Gedanke machte sie fertig. Sie setzte sich auf die unterste Stufe und weinte mit dem Kopf in den Händen. Das war eine weitere Sache – sie konnte ihre verdammten Emotionen nicht kontrollieren! Mac hatte sie gewarnt, dass sie mit Stimmungsschwankungen rechnen musste, nach allem, was sie durchgemacht hatte, aber das war einfach lächerlich!

Sie weinte zehn Minuten lang und nahm sich dann wütend vor, sich zusammenzureißen. Sie wollte nicht vor den Männern weinen, wollte nicht wie ein verdammter Vollidiot aussehen. Nachdem sie tief durchgeatmet hatte, kehrte sie mit der Zeitung nach oben zurück, merkte aber, dass sie sich immer noch zu unruhig fühlte, um drinnen zu bleiben. Sie zog sich ein Sweatshirt und eine Jacke an und nahm die Zeitung und einen Becher Kaffee mit nach unten, um sich an die Uferpromenade zu setzen.

Schwache Dampfschwaden zogen über die ruhige Oberfläche des Bayou. Ein schöner Anblick, sehr entspannend. Neben ihrer Tante und ihrem Onkel hatte sie das Wasser am meisten vermisst, als sie nach Ohio gezogen war. Es gab nichts Schöneres als einen ruhigen Morgen auf dem Wasser, wenn die Welt zum Leben erwachte. Onkel Tad hatte sie oft allein auf der *Dilly* im Jachthafen schlafen lassen. Sie hatte behauptet, das sei so, damit sie am Morgen vor einer Reise etwas länger schlafen konnte. Die Wahrheit war, dass sie nicht wusste, wie sie erklären sollte, dass das Wasser sie beruhigte, ohne sich wie ein Idiot zu fühlen. Beruhigend. Das Geräusch der Takelage, wenn das Boot in seinem Liegeplatz schaukelte, die Schreie der Möwen, das tiefe, warme Grollen der Motoren, all das.

Es gab keine Worte, die es angemessen beschreiben konnten.

Die Zeitung lag ungelesen in ihrem Schoß, während sie an ihrem Kaffee nippte und über den Bayou starrte. Jenseits davon lag der Golf. Sie würde gern wieder auf der *Dilly* arbeiten. Harte Arbeit, sicher, aber kein Vergleich. In Ohio auf dem Festland festzusitzen, machte sie unglücklich. Als ihre Eltern ihr von dem Umzug erzählt hatten, hatte sie geschluchzt und darum gebettelt, zurückbleiben zu dürfen. Onkel Tad und Tante Karen hatten ihr angeboten, sie bei sich wohnen zu lassen und die Highschool abzuschließen, aber ihre Mutter blieb hartnäckig, weil sie nicht von ihrem ›Baby‹ getrennt sein wollte.

Um die Wahrheit zu sagen, hatte Clarisse' Mutter ihren Schwager nie gemocht, hatte Tad Moore von oben herab betrachtet.

Mac war so süß, und er hat sich so sehr bemüht, alles gut für sie zu machen.

Und Sully ...

Sie schloss ihre Augen und dachte über seine grauen Augen nach. Er war ein toller Mann, das waren sie beide, auf unterschiedliche Weise. Wie ironisch, dass Mac ein paar Zentimeter größer war und einige Pfunde mehr wog als Sully, er aber hingegen die Rolle des ›Meisters‹ innehatte.

Ich muss mich mehr anstrengen.

Es wäre nur fair, wenn Sully sie rauswerfen würde, wenn sie nicht etwas freundlicher zu ihm sein könnte.

Die Sonne erhob sich über der Baumgrenze und wärmte ihren Rücken und ihre Schultern so sehr, dass sie das Sweatshirt ablegte und die Jacke wieder anzog. Sie saß fast zwei Stunden lang da und hatte die Zeitung fertiggestellt. Ungefähr zu dem Zeitpunkt, als sie wieder ins Haus gehen wollte, hörte sie, wie sich die Haustür öffnete und wieder schloss, gefolgt von einem einzelnen Paar Schritte auf der Treppe. An dem Geräusch erkannte sie Sullys leichteren Schritt.

Clarisse war angespannt.

Eine Autotür öffnete und schloss sich. Dann startete Sullys Jaguar und fuhr los. Als sie sich umdrehte, war er bereits auf der Straße.

Sie hatte nicht einmal versucht, ihn zu rufen, ihm guten Morgen zu sagen oder sich für seine Hilfe zu bedanken.

Sie hatte sich zusammengekauert und gebetet, dass sie nicht bemerkt wurde.

Sie packte alles zusammen und kehrte ins Haus zurück. Mac schenkte ihr ein breites Lächeln, als sie die Küche betrat.

»Morgen! Hast du Hunger, Kleines?«

Sie nickte und ließ sich auf einen der Hocker am Tresen fallen. Sie wollte nach Sully fragen, tat es aber nicht. Es ging sie nichts an, wo er hinging oder was er tat.

Mac unterhielt sich meist einseitig mit ihr, während er kochte. Als er ihr einen Teller mit Speck und Eiern vorsetzte, legte er seine Hand auf ihre. »Geht es dir wirklich gut?«

»Ich fange an zu begreifen, was passiert ist, das ist alles. Und ich vermisse Bart so sehr.« Mit mäßigem Erfolg unterdrückte sie den Drang, zu schluchzen. »Ich war noch nie von ihm getrennt. Ich weiß, es klingt dumm, aber er ist wie mein Baby.«

»Wir werden ihn für dich zurückholen, Süße. So oder so, du wirst nicht allein gehen müssen. Das verspreche ich dir.«

»Ich kann dich nicht bitten, mit mir zu gehen.«

Sein Gesicht und seine Stimme wurden ernst und gebieterisch. »Du fragst nicht. Ich sage dir, ich gehe mit dir.«

»Wird Sully dich lassen?« Sie wünschte, sie hätte die Frage nicht gestellt.

Er drückte ihre Hand, bevor er sich wieder dem Herd zuwandte. »Er wird es nicht wagen, Nein zu sagen.«

MAC ERZÄHLTE NICHT, wo Sully sich aufhielt, und sie fragte auch nicht nach. Mac brachte sie zu Tad und setzte sie dort ab, während er Besorgungen machte. Als er sie abholte und sie nach Hause fuhren, schaffte sie es, zwei Einkaufstüten aus dem Wagen zu holen, bevor er sie aufhalten konnte.

»Nein, ich helfe.« Sie streckte ihm die Zunge heraus und forderte ihn heraus, ihr die Taschen wegzunehmen.

Er lachte. »Okay, in Ordnung. Jetzt nimm die verdammten Taschen, du sture Göre.«

Sein spielerischer Tonfall ließ sie innehalten. Normalerweise würde sie bei solchen Bemerkungen die Zähne zusammenbeißen oder mit einer bissigen Antwort zurückschießen. Aber ...

Es fühlte sich anders an, wenn es von Mac kam. Sie konnte es sich nicht erklären.

Sully kam vor dem Abendessen nach Hause. An Macs verwirrtem Blick erkannte Clarisse, dass er keine Ahnung hatte, wo Sully gewesen war. Sully küsste ihn und drehte sich dann zu ihr um.

»Hattest du einen schönen Tag?«

Sie kämpfte gegen die Instinkte ihres Körpers an. Sie konnte das tun, verdammt. Er war ein netter Kerl. »Ja, danke.«

Er streckte seine Hand aus. »Komm mit mir. Ich möchte dir etwas zeigen.«

Clarisse zögerte, bevor sie ihre Hand in seine legte.

Er lächelte spielerisch und neckisch und führte sie zur Eingangstür, während Mac hinterherlief. »Mac, halte ihr die Augen zu, lass sie nichts sehen. Clarisse, halt dich am Geländer. Ich werde dich nicht fallen lassen.«

Auf diese Weise halfen sie ihr die Treppe hinunter. Sie wusste nicht, was sie erwartete, nur dass Mac auf halbem Weg nach unten ein Lachen unterdrückte.

Sie führten sie über die Einfahrt. Sie erkannte es am Gefühl der Kieselsteine unter ihren Füßen. Als sie hielten, nahm Sully sanft ihre Hand, bevor er ihr etwas in die Handfläche drückte. »Öffne deine Augen, Schatz.«

Ein hellgrüner VW-Käfer stand neben Sullys Jaguar in der Einfahrt. Sie sah sich an, was er ihr in die Hand gedrückt hatte – einen Schlüsselanhänger.

Ein betäubender Schock traf sie, gefolgt von einer Welle von Tränen. Sie spürte, wie Mac seinen Arm um ihre Schultern legte. »Na, wie findest du das?«, sagte Mac. »Na los. Mal sehen, wie du darin aussiehst.«

»Mac, wusstest du, dass er das tun würde?«

Er lächelte und schüttelte den Kopf. »Nö. Aber jetzt weiß ich, was er den ganzen verdammten Tag lang vorhatte.«

Sie wandte sich an Sully. »Ich kann das nicht annehmen.«

Er trat vor und nahm sanft ihre Hände. »Doch – du kannst und du wirst. Dies ist ein Geschenk. Er ist nicht neu, sondern schon sechs Jahre alt, aber immer noch in gutem Zustand. Ich habe es von meinem Mechaniker durchchecken lassen. Der Wagen braucht nicht allzu viel Benzin und wird dir einige Jahre lang genügen. Ich habe ihn vorerst auf meinen Namen zugelassen. Ich bezahle die Versicherung für dich, bis sich die Dinge geklärt haben.«

Sie wischte sich die Tränen aus dem Gesicht und zwang sich, ihn zu umarmen. »Danke.« Sie lehnte sich an ihn und ließ ihren Kopf auf seiner Schulter ruhen. »Du warst so nett zu mir, und ich bin so ein Miststück.«

»Stopp.« Er zwang sie, ihn anzuschauen. »Du bist durch die Hölle gegangen. Du bist kein Miststück. Zwinge mich nicht, dir den Hintern zu versohlen.« Das verräterische Lächeln seiner Lippen täuschte über seine Worte hinweg.

Sie lachte. »Okay. Danke.«

Mac ging voraus und öffnete ihr die Fahrertür, Sully kletterte auf die Beifahrerseite. »Willst du eine kleine Spritztour mit mir machen?«

»Sicher.«

Mac steckte seinen Kopf in die Fahrerkabine. »Essen ist fast fertig.« »Wir sind gleich wieder da«, versicherte ihm Sully.

Sie schnallten sich an und fuhren bis zum Ende ihrer Straße und zurück. Als sie anhielten, wollte er sich gerade abschnallen, als sie ihm die Hand reichte. »Sully ... wirklich. Ich danke dir. Du warst immer nur gut zu mir.

Es tut mir leid, dass ich ... so schwierig bin.«

»Du bist alles andere als schwierig.« Er strich mit einem Finger an ihrem Kinn entlang, was ein warmes Gefühl in ihr auslöste. »Wir müssen nach oben, bevor wir Macs Abendessen ruinieren und ihn wütend machen.«

SULLY LIEẞ sie zuerst die Treppe hinaufsteigen und versuchte, ihren Hintern nicht aus den Augen zu verlieren, während er ihr folgte. Sie war süß. Außerdem war sie aus mehreren Gründen völlig tabu, vor allem wegen des Mannes, der jede Nacht in seinem Bett schlief. Zweitens war sie in keiner Weise jemand, an den er aufgrund dessen, was sie durchgemacht hatte, auch nur im Entferntesten denken sollte. Trotz Tads hartnäckiger Andeutungen war Sully zwar nicht abgeneigt, eine polyvalente Beziehung einzugehen, aber Clarisse würde sich höchstwahrscheinlich nicht auf ihre Beziehung einlassen wollen. Vor allem, wenn man bedenkt, dass sie, um auf Punkt zwei zurückzukommen, bis aufs Blut verprügelt worden war.

Sully blieb in dieser Nacht lange auf und arbeitete. Wenn eine Geschichte rief, dann rief sie. Er hatte schon vor langer Zeit gelernt, zu schreiben, wenn die Worte kamen. Kurz nach Mitternacht hörte er ein Geräusch aus Clarisse' Zimmer. Als er ihre Tür erreichte, schrie sie bereits.

Ohne zu zögern und ohne zu merken, dass er nach einer Waffe gegriffen hatte, die er nicht mehr trug, brach er durch ihre Tür und fand sie allein im Bett.

Ein Albtraum.

Als er sie erreichte und in seine Arme zog, schluchzte sie und klammerte sich an ihn.

»Pst, ist schon gut. Du hattest einen schlechten Traum.« Er streichelte ihr Haar, als sie weinte und vor Angst und Adrenalin zitterte.

Mac rannte mit einem Baseballschläger herein. »Was ist passiert? Was ist denn los?« Sully grinste. »Halt dich zurück. Sie hatte einen Albtraum.«

Er legte den Schläger weg und legte sich zu den beiden ins Bett, um sie zwischen sich zu nehmen, bis sie sich beruhigt hatte.

Sie machte keinen Versuch, sich von Sully zu lösen.

Er schloss die Augen, als er ihr Haar kraulte, an ihrem Shampoo roch und ihren Duft einatmete. »Warum schläfst du heute Nacht nicht bei uns, Süße?«

Ohne ein Wort nickte sie, immer noch zitternd in seinen Armen.

Scheiße.

Sie war furchtbar erschrocken. Was auch immer der Traum gewesen war, er hatte sie mehr als zu Tode erschreckt.

Mac sah besorgt zu, als Sully ihr aus dem Bett half. Sully legte seinen Arm um sie, schmiegte sie eng an seine Seite und führte sie in ihr Schlafzimmer. Ein paar Minuten später lag sie in seinen Armen in ihrem Bett, während Mac neben ihr lag und ihre Hände hielt.

»Danke«, flüsterte sie.

Sully küsste ihre Schulter. »Ist schon gut. Du bist weicher zum Kuscheln als er.«

»Hey«, protestierte Mac, aber er lächelte.

Über ihre Schulter warf sie einen Blick zu Sully, ein schwaches Lächeln auf dem Gesicht. »Es tut mir leid, dass ich so eine Nervensäge bin.«

»Hör auf«, sagte er sanft. »Du bist keine Nervensäge. Geh schlafen und träum was Schönes. Das ist ein Befehl.«

CLARISSE KONNTE sich diesem Befehl nicht entziehen. Sich schützend in Sullys Arme zu schmiegen, Macs tröstende Anwesenheit dort …

Sie fühlte sich geliebt.

Nun, vielleicht nicht geliebt, aber es fühlte sich um einiges besser an als der Terror, mit dem sie aufgewacht war.

In der einsamen, stürmischen See, zu der ihr Leben geworden war, boten diese beiden Männer einen sicheren Unterschlupf.

Sie schloss die Augen und versuchte, nicht an den Albtraum zu denken. An das Gefühl, wie Bryan mit seiner Faust ausholte und auf sie einschlug, als sie sich vom Herd weggedreht hatte, nachdem sie ihm gesagt hatte, er solle sich verpissen.

Seine wütende Stimme, als er sie trat und schlug, dann die Panik, als er seine Hände um ihre Kehle legte und drohte, das Leben aus ihr herauszuwürgen.

Als er endlich aufhörte, sie zu schlagen und zu treten, wie er sich vor ihr niederkniete.

»Ich möchte Hackbraten zum Abendessen. Ich werde zur

üblichen Zeit zu Hause sein. Ich wünsche dir einen schönen Tag.« Sein Ton klang leicht, als hätte er sie nicht gerade windelweich geprügelt.

Das Zuschlagen der Haustür und das Geräusch seines Autos, das aus der Einfahrt fuhr, um zur Arbeit zu fahren, als hätte er ihr nicht gerade gedroht, sie umzubringen.

Sie hatte fast dreißig Minuten lang auf den kalten Küchenfliesen gelegen, bevor sie aufstehen und Raquel anrufen konnte. Raquel war herbeigeeilt, hatte einen Blick auf sie geworfen und trotz Clarisse' Proteste den Notruf gewählt.

Seitdem hatte sie Bryan Jackson nicht mehr persönlich gesehen. Er hatte behauptet, dass es ihr gut ging, als er das Haus verließ, weshalb er beurlaubt und nicht sofort entlassen worden war. Er hatte sich wie ein verzweifelt besorgter Freund verhalten, der sich an demjenigen rächen wollte, der seine geliebte Freundin verprügelt hatte. An dem kalten Morgen seines Angriffs hatte er Autohandschuhe getragen, um keine Spuren zu hinterlassen. Es war keine Überraschung, dass er während seiner Vernehmung abgestritten hatte, welche getragen zu haben.

Seine Aussage gegen ihre.

Ganz zu schweigen von der Beziehung zwischen Bryans Vater und dem Polizeipräsidenten.

Sie versuchte, das alles zu verdrängen und konzentrierte sich auf das beruhigende Gefühl von Sullys Körper an ihrem.

Konnte sie ihm vertrauen?

Es kam ihr in den Sinn, dass die Frage vielleicht lauten sollte, ob sie es sich leisten konnte, das *nicht* zu tun?

KAPITEL NEUN

Clarisse bemühte sich, Sully in den nächsten Tagen näherzukommen. Mac sagte ihr, dass Sully am frühen Freitagmorgen zu einer Konferenz nach Kalifornien fliegen würde. Als ihre blauen Flecken verblassten, brauchte sie weniger Make-up, um sie zu verbergen. Am Donnerstagabend trat sie in Sullys Zimmertür, zögernd, ihn zu unterbrechen.

Er schenkte ihr ein Lächeln, das ihre Seele zum Schmelzen brachte. »Hallo, Süße, komm rein. Was ist los?«

Die Zärtlichkeiten der beiden Männer machten ihr nichts aus. Vielleicht machte es sie schwach, die warmen Streicheleinheiten zu genießen, aber das war ihr egal. Sie fühlte sich bei zwei praktisch Fremden mehr willkommen als in den Jahren, die sie mit Bryan verbracht hatte. Sie trat einen Schritt vor, näher zu ihm. »Falls ich dich nicht mehr sehe, bevor du morgen früh abreist, wollte ich dir nur eine gute Reise wünschen.« Sie holte tief Luft. »Ich werde dich vermissen.«

Er lächelte. »Ich werde dich auch vermissen. Fühlst du dich langsam etwas wohler?«

»Das ist eine Untertreibung.«

»Wenn ich zurückkomme, können wir die Einzelheiten deiner Vereinbarung besprechen. Lass dich dieses Wochenende von Mac verwöhnen. Ich weiß, dass er vorhat, mit dem Boot rauszufahren. Mir wäre es lieber, wenn du mit ihm fährst. Ich will nicht, dass du hier allein bist.«

»Ich komme schon allein zurecht.«

Er lehnte sich in seinem Stuhl zurück. »Es wäre mir trotzdem lieber, dich jetzt nicht hier allein zu lassen.«

Sie spürte, wie sie in seinen grauen Blick stürzte. »Du hast Angst, Bryan könnte mich finden?«

»Lass uns kein Risiko eingehen. Je länger wir nichts von ihm hören, desto besser fühle ich mich. Wenn du nicht mit dem Boot rausfahren willst, kann Mac hierbleiben.«

Eine Chance, wieder auf der *Dilly zu* sein, allein mit Mac?

»Nein, das ist okay. Ich werde gehen.« Sie nutzte die Gelegenheit und lehnte sich zu ihm, umarmte ihn. »Ich danke dir für alles, Sully. Wirklich.«

Er tätschelte ihren Rücken, bevor er sie losließ. »Ist schon gut. Ich hoffe, du hast nicht vor, in nächster Zeit zu gehen.«

»Nein. Onkel Tad würde mir den Hintern versohlen.« Er zwinkerte ihr zu. »Vielleicht würde ich das auch.«

SIE DACHTE über seine Bemerkung nach, als sie sich auf das Bett vorbereitete. Sie vermutete, dass Sully und Mac ihr nicht alle Aspekte ihrer Beziehung gezeigt hatten, wahrscheinlich aus Angst, dass sie schreiend und entsetzt weglaufen würde. Vor ein paar Tagen hätte sie noch zugestimmt. Jetzt fühlte sie sich bei ihnen sicher genug, um zu wissen, dass sie zu ihrem Wort standen. Keiner der beiden hatte sich ihr gegenüber auch nur im Entferntesten unangemessen verhalten, und die Nacht, die sie in ihrem Bett verbracht hatte, war rein platonisch gewesen.

Außerdem waren sie ja schließlich schwul. Die Tatsache, dass Onkel Tad sich mit ihrem Arrangement sicher fühlte, trug viel zu ihrer Beruhigung bei.

Als sie am nächsten Morgen um sechs Uhr aufstand, machte Mac gerade Kaffee und Sully war schon weg. Mac schenkte ihr ein strahlendes Lächeln. »Bist du bereit, wieder aufs Wasser zu gehen, Kleine?«

»Ja.« Sie nahm den leeren, trockenen Becher. »Wann fahren wir?«

»Ich dachte, wir fahren zu Tad, gehen einkaufen und fahren gegen vier Uhr raus, um die Flut zu erwischen.«

Ein erregtes Kribbeln durchflutete sie, zum ersten Mal seit … Jahren.

Raus auf das Boot.

Um drei Uhr luden sie die Ausrüstung und die Vorräte am Dock aus. Als sie aus Macs Truck stieg, schloss sie die Augen und atmete tief ein. Salzwasser, Dieselabgase, Köder.

Zuhause. Gott, wie sie das vermisst hatte! Sie griff in den Kofferraum des Trucks, um ihre Tasche zu holen.

Mac berührte ihren Arm. »Die wirst du brauchen. Warum gehst du nicht und schließt das Boot auf?«

Ihre Dilly-Schlüssel baumelten von seiner Hand.

Sie lächelte, als sie sie nahm. »Du gibst sie mir zurück?«

»Es sind deine Schlüssel.«

»Aber dein Boot.«

Er lachte, als er ihr die Tasche reichte. »Theoretisch ist es Sullys Boot. Aber du gehörst sozusagen zur Familie.«

Sie luden ein, und sie verfiel in die gewohnte Routine, als hätte sie noch nie eine Fahrt verpasst. Im Jachthafen lagen ein paar andere Boote, und zwei der überdachten Slipanlagen waren erweitert worden. Aber sonst hatte sich nicht viel verändert. Sie warf die Leinen aus und beobachtete, wie Mac das Boot geschickt aus dem Jachthafen und in den Kanal steuerte.

Trotz des warmen Nachmittags zwang der kühle Golf-Wind sie bald dazu, ihre Kapuze anzuziehen. Sie stand neben Mac im Steuerhaus und sah zu, wie das Wasser des Golfs an ihr vorbeiging. Er legte einen Arm um ihre Schulter.

»Geht es dir gut?«

Instinktiv lehnte sie sich an seinen warmen Körper. »Ja. So gut wie seit Langem nicht mehr.«

SIE KOCHTE IHNEN DAS ABENDESSEN, während er den Autopiloten einstellte und Wache hielt. Auf der *Dilly Dally* hatte sich in ihrer Abwesenheit nicht viel verändert, außer neuerer Elektronik und einem neuen Autopiloten.

Sie brachte die Teller ins Steuerhaus und aß mit Mac. Er lächelte. »Du siehst entspannt aus.«

»Das bin ich auch.« Die Sonne senkte sich in den Himmel und malte den Horizont in leuchtenden Rot- und Orangetönen. »Ich kann fast alles vergessen.«

Er brach das Schweigen eine Zeit lang nicht. »Woran denkst du?«

Die Antwort, die aus ihrem Mund kam, überraschte selbst sie. »Was ist wirklich in dem anderen Zimmer? In dem verschlossenen?«

Er verschluckte sich an seiner Limonade und brauchte einen Moment, um wieder zu sich zu kommen.

Er lachte. »Du redest nicht um den heißen Brei, oder?«

»Nein.«

Er nahm noch einen Drink, um sich etwas Zeit zu verschaffen. »Wie viel willst du wissen?«

»Wie viel sollte ich denn wissen?« Sie deutete auf seinen Hals, das Halsband mit dem Vorhängeschloss. Er hatte es ausgewechselt, bevor sie das Haus verließen, und trug die schwere Silberkette. Dann, nachdem sie die *Dilly* aus dem Hafenbecken manövriert hatten, hatte Mac das Lederhalsband wieder angelegt. »Es hat mit all dem zu tun, nicht wahr?«

»Ja. Hat es.« Er wandte sich ihr zu. »Willst du die volle und ehrliche Wahrheit oder eine beschönigende Umschreibung?«

»Die volle und ehrliche Wahrheit«.

»Sully und ich stehen auf BDSM. Wir haben unseren eigenen Kerker.« Sie blinzelte. »Wie bitte?«

Macs Lippen verzogen sich zu einem schiefen Lächeln. »Wir haben unseren eigenen Kerker. Ein Spielzimmer. Ich mag es, wenn er mich fesselt und auspeitscht.«

Sie lehnte sich zurück. Er starrte ihr aufmerksam in die Augen und ließ ihren Blick nicht abschweifen. »Peitscht er dich aus?«, flüsterte sie, ohne jegliche Kraft in ihrer Stimme.

»Ja. Wie wir dir schon sagten, wir werden dich nie bitten, bei so etwas mitzumachen.« Er stellte seinen Teller auf dem Armaturenbrett ab. »Wir veranstalten jedoch manchmal Partys, laden Freunde ein, die auch diesen Lebensstil pflegen. Spielpartys. Ich habe mit Sully noch nicht darüber gesprochen, seit du bei uns bist. Nächstes Wochenende haben wir eine geplant. Ich muss herausfinden, ob er absagen will.«

Ihr Mund war trocken geworden. »Du lässt dich von ihm *schlagen*? Warum?«

»Es ist kompliziert. Ich erwarte nicht, dass du das verstehst.«

»Aber du bist stärker als er!«

»Und?«

Ihr Gehirn fühlte sich an, als hätte es jemand kurzgeschlossen. Der Trost schwand aus ihrer Seele.

Er stand auf und nahm ihren leeren Teller. »Kannst du Wache halten?«, fragte er. »Ich gehe abwaschen.«

Sie nickte gefühllos.

Als er zwanzig Minuten später ins Steuerhaus zurückkehrte, fühlte sie sich etwas stabiler. »Also, was ist in dem Raum, den ich nicht sehen sollte?«

»Du wirst nicht lockerlassen, oder?«

»Nein.«

»Ich zeige es dir gern, wenn wir zu Hause sind, wenn du es wirklich sehen willst.«

»Warum das Schloss?«

»Wir sagen den Leuten, dass es Sullys privates Büro ist. Wir wollen nicht, dass dort Leute herumlaufen, die dort nicht hingehören. Wir haben ein paar Vanille-Freunde, die gelegentlich vorbeikommen.«

»Jason und seine Frau?«

»Ja. Er vermutet wahrscheinlich, dass Sully in unserer Beziehung das Sagen hat, aber er weiß nicht alles.«

Das Vertrauen, das sie zu Sully aufgebaut hatte, schwand dahin wie das Kielwasser des Bootes. Glaubte sie, dass er ihr etwas antun würde? Nein. Hatte er sich um Tad gekümmert und war mehr als großzügig zu ihr gewesen? Auf jeden Fall. Hatte er ihr das Gefühl gegeben, willkommen und sicher zu sein? Zweifelslos. Würde sie ihn noch näher an sich heranlassen?

Wahrscheinlich nicht. Nicht, wenn er so etwas mit jemandem machte, der so süß war wie Mac.

Sie löste ihren Blick von Mac und starrte aus den Fenstern. Sie versuchte, die Wärme, Geborgenheit und Sicherheit, die sie in Sullys Armen empfunden hatte, mit dieser neuen Wahrheit in Einklang zu bringen.

»Was ist los?«

»Nichts.« Sie wollte ihre Gedanken für sich behalten. Was Sully und Mac in ihrem Privatleben taten, war eben genau das

– privat. Sie hatte kein Recht, ihre Meinung in deren Beziehung einzubringen. Aber im Laufe des Abends, als er ihre Schleppmuster in das GPS einstellte und sie ihren Shrimp-Run begannen, wollte sie jedes Mal zusammenzucken, wenn ihr Blick auf Macs Halsband fiel.

Armer Mac.

Was hatte Sully ihm angetan, um ihn zu einer solchen Beziehung zu überreden? Konfrontiert mit der Realität der Wahrheit, fiel es ihr schwer, die Aufgeschlossenheit zu bewahren, auf die sie so stolz gewesen war.

Sie sortierte schweigend Shrimps. In der Pause zog sie sich in die Bugkabine zurück, um sich hinzulegen und auszuruhen. Leider ließ sich ihr Gehirn nicht abschalten.

Ihre Gedanken schweiften zurück zu jener ersten Nacht. Trotz ihrer Erschöpfung, Verwirrung und Angst erinnerte sie sich an die Reaktion ihres Körpers, als sie die Männer beobachtete.

Warum fühlte es sich für sie anders an, jetzt, wo sie wusste, dass Sully wirklich das Sagen hatte und was Mac Sully mit ihm anstellen ließ?

Das Wissen, dass es sich um eine irrationale Denkweise handelte, machte es ihr nicht leichter, ihre Meinung zu ändern.

Clarisse schloss ihre Augen und versuchte zu schlafen.

MAC STARRTE hinaus auf das dunkle Wasser. Keine Bootslichter in Sicht, nur die Sterne und der Mond. Er hatte es vermasselt, und er wusste es. Er hatte Clarisse' emotionalen Rückzug gespürt, nachdem sie zugegeben hatte, was hinter der geheimnisvollen Tür Nummer drei lag.

Er hätte abwarten und Sully die Sache erledigen lassen sollen. Auf keinen Fall hätte er sie anlügen können, selbst wenn er es gewollt hätte. Lügen war ihm nach den Jahren mit Sully fremd.

Er hatte genug Shrimps an Bord, um seine Verpflichtung gegenüber dem Köder-Großhändler an Land zu erfüllen. Er legte ein paar Köder aus und steckte die Ruten in die Halterungen an Deck. Es gab nicht viel zu tun, und das lenkte ihn von dem unguten Gefühl ab, das sich in seinem Bauch breitmachte: dass er Clarisse vielleicht von ihnen vertrieben hatte.

Noch vor dem Morgengrauen kam sie aus der Kabine. Er zwang sich zu einem Lächeln und schenkte ihr eine Tasse Kaffee ein. »Wie hast du geschlafen?«

Sie klang zurückhaltend. »Gut.«

Er konnte es nicht länger ertragen. »Können wir darüber reden?«

»Worüber?« An der Art, wie sie sich auf dem Weg zum Steuerhaus an ihm vorbeidrückte, erkannte er, dass er mit seiner Einschätzung genau richtig lag.

»Worüber wir gestern Abend gesprochen haben. Ich weiß, es hört sich seltsam an, besonders wenn man bedenkt, was du durchgemacht hast. Glaube mir, was der Meister und ich zusammen haben, ist in Ordnung. Ich will es so.«

»Das geht nur euch beide etwas an. Es tut mir leid, dass ich gefragt habe. Es geht mich nichts an.« Ihrem Tonfall nach zu urteilen, wusste er, dass er sie nicht bedrängen sollte.

Mir tut es auch leid. Dass ich ein Dummkopf war und nicht auf den Meister gewartet habe, um es zu klären.

Mac hasste die Maske der Vorsicht, die sie das ganze Wochenende über getragen hatte. Aus Furcht, er könnte ihr noch mehr Angst einjagen, bewegte er sich in ihrer Nähe wie auf Eierschalen. Als sie am Sonntagnachmittag zurück nach Tarpon fuhren, betete er, dass er dem Vertrauen, das er zu ihr aufgebaut hatte, keinen irreparablen Schaden zugefügt hatte.

Sie saß auf dem Beifahrersitz und trug Sullys Sonnenbrille, um sich vor dem grellen Licht zu schützen.

Er konnte es nicht mehr aushalten. »Es tut mir leid«, sagte er. »Was denn?«

»Dass ich dir Angst gemacht habe.«

Schließlich drehte sie sich um und sah ihn an. Er wünschte, sie würde die Sonnenbrille abnehmen, damit er ihre Augen sehen konnte. »Du hast mir keine Angst gemacht, Mac.«

Ihr Ton klang gemessen. Er hörte es deutlich in ihrer Stimme, die Art, wie sie jedes Wort abwog, bevor sie sprach.

»Du hast dich von mir entfernt, Schatz. Leugne das nicht, bitte. Ich kann es spüren.«

»Was ihr beide habt, ist eure Privatsache.« Sie zupfte an ihren Fingernägeln. »Ich werde mir einen neuen Job suchen und Geld sparen, damit ich ausziehen und mir ein eigenes Auto kaufen kann, sobald die Sache mit Bryan geklärt ist. Dann könnt ihr zur Normalität zurückkehren, ohne euch Sorgen um mich zu machen.«

Sein Herz setzte einen Schlag aus. Er ging zu ihr hinüber und nahm sanft ihre Handgelenke. »Clarisse, du darfst uns nicht verlassen. Bitte.« Seine eigene Verzweiflung blickte ihn in den Gläsern ihrer Sonnenbrille an. Sie konnte nicht gehen. Das konnte er nicht – wollte er nicht zulassen. Er musste sie beschützen.

Die Art und Weise, wie er es versäumt hatte, Betsy zu schützen.

»Mac, ich stehe eurem Lebensstil im Weg. Du solltest nicht

meinetwegen verbergen müssen, wer ihr seid. Das ist dir gegenüber nicht fair.«

»Würdest du bitte versprechen, mindestens sechs Monate zu bleiben? Sieh, wie es zwischen Meister und mir ist. Du wirst es besser verstehen. Du hast uns noch nie so zusammen gesehen, wie wir normalerweise sind.«

»Ihr könnt nicht so zusammen sein, wie ihr es sonst seid, wenn ich dabei bin.« Er ließ ihre Handgelenke los. Sie hatte recht.

»Du versprichst mir mindestens sechs Monate, und der Meister und ich werden dir zeigen, wie wir normalerweise sind. Dann wirst du sehen, dass es in Ordnung ist. Bitte?«

CLARISSE STARRTE IHN AN, dankbar für den minimalen Schutz, den die dunkle Sonnenbrille bot. Mac war so lieb, wie sollte sie es nur ertragen können, dass Sully ihn schlug?

Wie würde sie auf sich selbst aufpassen?

Sechs Monate. Wenn sie jahrelang Bryans verbalen, mentalen und emotionalen Missbrauch ertragen konnte, konnte sie auch damit umgehen, dass sie sich sechs Monate lang in ihr Zimmer zurückzog, wenn die beiden Männer taten, was auch immer sie taten. Es ist ja nicht so, dass sie irgendetwas davon mit ihr machen würden.

Sechs Monate, um ihren Scheiß auf die Reihe zu kriegen. »Okay. Sechs Monate.«

Er warf seine Arme um sie und drückte sie fest an sich. Sie würde nicht leugnen, dass sich *das* gut anfühlte, tröstlich. Mehr als ein Bruder oder ein Freund.

Clarisse lehnte sich zurück, da sie diesem Gedankengang nicht folgen wollte.

»Danke, Süße«, sagte er. »Du wirst es nicht bereuen. Du wirst sehen, nach sechs Monaten wirst du dich wie ein Teil der Familie fühlen. Du wirst nie wieder gehen wollen.«

Genau das ist es, was ich befürchte.

SULLY SCHLOSS die Augen und ließ seine Gedanken schweifen, als das Auto ihn vom Flughafen nach Hause fuhr. Sein Bein tat höllisch weh. Er hatte weder seinen Stock noch seine stärkeren Schmerzmittel mitgenommen, da er beides seit Monaten nicht mehr gebraucht hatte, aber das Wochenende war lang und anstrengend gewesen und er hatte viel mehr Zeit auf den Beinen verbracht als erwartet.

Er rieb mit der Hand über seinen linken Oberschenkel, direkt über dem Knie, und versuchte, den Schmerz zu massieren. Er konnte es kaum erwarten, nach Hause zu kommen, ins Bett zu fallen und Mac mit seinen talentierten Händen über seine Muskeln arbeiten zu lassen.

Er fragte sich, wie das Wochenende für Clarisse verlaufen war. Er hatte nicht angerufen, weil er wusste, dass Macs Handy auf dem Boot wahrscheinlich keinen Empfang gehabt hätte. In Notfällen hätte Mac das Satellitentelefon benutzt, um ihn anzurufen, selbst vom Wasser aus.

Während sein Bein pochte, versuchte er, sich mit anderen Gedanken abzulenken. Als das Auto ihn kurz nach Mitternacht zu Hause absetzte, wurde ihm von den Schmerzen fast schlecht. Er schleppte sich die Treppe hinauf und stellte seine

Taschen im Flur vor der Haustür ab, damit Mac sie am nächsten Morgen abholen konnte.

Er kramte im Küchenschrank nach der Flasche Oxycodon und stellte erleichtert fest, dass er noch acht Tabletten übrig hatte. Er nahm eine und schluckte sie mit einem Glas Wasser hinunter.

»Meister?« Mac stand in der Küchentür, nackt bis auf sein Halsband. Als er das Fläschchen mit den Schmerztabletten auf dem Tresen entdeckte, wurde sein Gesicht besorgt. »Geht es dir gut?«

Sully schüttelte den Kopf. »Schmerzen. Hilf mir ins Bett, bitte.«

Mac stürzte herbei, legte einen Arm um Sullys Taille und legte Sullys Arm um seine Schultern. Vorsichtig half er ihm, in ihr Zimmer zu humpeln, und setzte ihn sanft auf ihr Bett ab. Dann kniete er sich vor ihn und zog Sully die Schuhe aus.

»Wie lange geht es dir schon so?«, fragte Mac ihn.

»Ich bin heute Morgen aufgewacht und habe mich unter die Dusche gestellt, bis ich wieder laufen konnte. Ich habe den ganzen Tag Aspirin geschluckt. Es war seit Monaten nicht mehr so schlimm.«

»Leg dich hin.«

Sully gehorchte. Mac half ihm, seine Hose auszuziehen, dann holte er eine Tube Salbe aus dem Badezimmer. Er trug sie auf Sullys linkes Bein auf, seine Finger wussten genau, auf welche Muskeln er sich konzentrieren musste, wo er drücken und massieren musste.

Sully stöhnte sowohl vor Schmerz als auch vor Erleichterung, als Macs Aufmerksamkeit in Verbindung mit den Medikamenten die schlimmsten Schmerzen zu lindern begann.

»Hilft das, Meister?«

Sully schloss die Augen. »Ja. Bitte hör nicht auf.«

Mac arbeitete fast eine halbe Stunde lang an seinem Bein. Sully knöpfte sein Hemd auf, während er mit geschlossenen

Augen dalag und versuchte, durchzuhalten, bis der Schmerz so weit nachließ, dass er sich wieder bewegen konnte.

»Du musst es diese Woche ruhig angehen lassen, Meister. Soll ich den Arzt anrufen?«

»Nein. Er wird mich wieder zur Physiotherapie schicken wollen. Ich habe es übertrieben und meinen Stock nicht mitgenommen. Ich habe zu viel Zeit damit verbracht, an meinem Schreibtisch zu sitzen, anstatt zu trainieren.« Er riss ein Augenlid auf. »Wie geht es Clarisse?«

Macs Hände zögerten einen kurzen Moment lang. »Es geht ihr gut.«

Trotz der Schmerzen stützte er sich auf seine Ellbogen. *»Sklave.«*

Mac seufzte und berichtete von ihrem Gespräch. Sully ließ sich auf das Bett sinken und fluchte im Geiste. Er hatte Mac keine ausdrücklichen Anweisungen gegeben, er hatte sie nicht für nötig gehalten. Er würde ihn nicht dafür bestrafen, dass er ihr die Wahrheit gesagt hatte, aber er vermutete, dass das wenige Vertrauen, das Clarisse in ihn gesetzt hatte, bei der Enthüllung über Bord ging.

»Meister?«

»Ist schon gut. Es war richtig von dir, ihr die Wahrheit zu sagen.« »Warum fühlt es sich dann nicht gut an?«

»Ist schon gut.« Mac hob Sullys Bein an und half ihm an Hüfte und Knie. »Das hat wirklich geholfen, danke.«

Mac half ihm, sich aufzusetzen und zog ihm das Hemd aus. »Willst du die Heizdecke?«

»Das ist vielleicht keine schlechte Idee.« Die Schmerzmittel begannen in seinem Körper zu wirken. Er hasste es, sie zu nehmen, aber unter diesen Umständen würde er eine Ausnahme machen.

Mac brachte ihn in die richtige Position, stützte sich mit ein paar Kissen ab, um zu lesen, und schmiegte seinen Körper an Sully, um ihn in einer bequemen Position zu halten. Sully wusste, dass Mac aufbleiben und warten würde, bis er einge-schlafen war, damit er die Heizdecke weglegen konnte und er sich daran nicht verbrennen würde.

Als Sully in den Schlaf fiel, bemerkte er, dass er vergessen hatte, ihre übliche Begrüßungsroutine durchzugehen, da der Schmerz die Oberhand gewann. Er griff schläfrig nach hinten und tätschelte Macs Oberschenkel. »Danke, Brant.«

Mac küsste ihn auf die Stirn. »Immer gern, Meister.«

KAPITEL ZEHN

Als er am nächsten Morgen aufwachte, hatte er noch immer Schmerzen, aber nicht mehr so schlimm wie in der Nacht. Mac war bereits aufgestanden, hatte aber die Heizdecke noch im Bett gelassen. Sully schnappte sie sich, schaltete sie ein und wickelte sie um seinen Oberschenkel.

Verdammtes Bein. Andererseits sollte er sich glücklich schätzen, dass er noch ein Bein hatte. Die Kugel hatte es oberhalb des Knies zerschmettert. Er nahm an, dass er relativ glimpflich davongekommen war.

Aber verdammt, es war ihm noch nicht glimpflich genug.

Mac kam mit seinem Kaffee, einem Glas Wasser und einer Schmerztablette herein. »Das wirst du brauchen, Meister.« Er reichte ihm das Wasser und die Tablette.

Sully nickte, keine Widerrede. Er musste die Schmerzen in den Griff bekommen. Er könnte den Rest des Tages mit rezeptfreien Schmerzmitteln verbringen, wenn er die Schmerzen jetzt unterdrückte. Wenn sie wirkten, würde Mac ihm ein heißes Bad einlassen und sein Bein massieren, um die Muskeln zu lockern.

»Es tut mir leid, dass ich gestern Abend unsere Routine nicht durchziehen konnte«, entschuldigte sich Sully.

Mac lächelte. »Es ist in Ordnung, Meister.«

Sully bemerkte, dass Mac nackt war. »Wo sind deine Sachen?«

Mac wurde rot. »Ich denke, ich sollte ihr zeigen, wie wir wirklich sind. Sie hat mir sechs Monate versprochen.«

Sully hatte zu starke Schmerzen, um zu widersprechen. »Ich werde dich überstimmen, wenn ich es für nötig halte.«

»Ja, Meister.«

Mac verarztete Sullys Bein, dann ließ er ihm ein heißes Bad ein. Sully würde eine Weile darin einweichen. Nach einer weiteren Runde mit Macs Händen würde er vielleicht wieder funktionieren. Als Mac ihm half, in das heiße Wasser zu steigen, griff Sully nach der Hand seines Geliebten. »Hey.« Sully zog ihn an sich, um ihn näher zu sich zu ziehen.

Mac lächelte, beugte sich vor und küsste ihn. »Ich habe dich vermisst.«

»Ich habe dich auch vermisst. Mal sehen, wie ich mich später fühle, und vielleicht führen wir sie heute Abend zum Essen aus.«

»Okay. Rufe mich, wenn du mich brauchst. Und wage es nicht, dich beim Rausgehen zu verletzen.« Mac ließ die Badezimmertür teilweise offen, damit er hören konnte, wenn Sully nach ihm rief.

Sully schloss die Augen. Wie konnte er nur so viel Glück haben? Ihre Beziehung war nichts, was jemals auch nur den Hauch einer Möglichkeit auf seinem Zukunftsradar gehabt hätte. Verdammt, er war dankbar für Brants Anwesenheit in seinem Leben. Besonders in Zeiten wie diesen.

Er ließ sich wieder ins Wasser sinken und bewegte langsam sein Bein, um es etwas zu entlasten.

ALS DER DUFT von Kaffee ihr in die Nase stieg, drehte Clarisse sich um. Sully sollte zu Hause sein, aber sie hatte niemanden gehört, der sich bewegte oder sprach.

Sie könnte in die Küche rennen, um ihren Kaffee zu holen, und sich dann in ihr Schlafzimmer zurückziehen, um Sully so lange aus dem Weg zu gehen, bis er sich in seinem Zimmer eingeschlossen hat, aber sie wusste, dass ihr das auf Dauer nichts nützen würde.

Früher oder später musste sie sich ihm und seiner verrückten Beziehung zu Mac stellen.

Nachdem sie ihren Morgenmantel angezogen hatte, öffnete sie leise ihre Schlafzimmertür. Das Haus war dunkel, aber das Licht in der Küche war an. Als sie um die Ecke in die Küche kam, ließ sie der Anblick von Macs nacktem Hintern innehalten. Er muss ihr erschrockenes »Huch!« gehört haben, denn er drehte sich um und schenkte ihr ein Lächeln, bevor sie sich umdrehen konnte.

»Guten Morgen. Lust auf Frühstück?«

Sie starrte ihn an und konnte ihren Blick nicht von seinem Körper abwenden. Die goldenen Nippel-Piercings, mit denen sie spielen wollte. Die ...

Heiliger Scheiße, er war gut bestückt.

Er sah sie an und hob eine Augenbraue. »Geht es dir gut?«

»Ähm ... äh ... ja. Alles okay.«

Er lehnte sich gegen den Tresen und verschränkte die Arme vor seiner breiten Brust. »Sechs Monate, Süße. Das hast du versprochen. Wenn es dich wirklich stört, ziehe ich mir Shorts an.«

»Ähm ... ja ... ich meine, nein, es stört mich nicht. Ich habe nur nicht erwartet ...« Was? Was hatte sie nicht erwartet? Mac in vollem Sklavenmodus?

Er lachte und griff nach der Tasse, die sie immer benutzte, schenkte ihr Kaffee ein und reichte ihr das Gefäß. »Mich nackt zu sehen?«

»Ja.« Sie nahm den Becher in beide Hände und hoffte, dass er nicht sehen konnte, wie sie zitterten. Er war ... *verdammt*, er sah einfach umwerfend aus!

Sie zwang ihren Blick von seinem Unterleib hinauf zu seinen braunen Augen. »Läuft Sully auch nackt herum?« Das konnte ein Segen und ein Fluch sein. Wenn er nur halb so gut bestückt wäre wie Mac ...

Ohmeingott.

Sie sind schwul ... sie sind schwul ... sie sind schwul ...

»Nein«, sagte Mac mit einem Lächeln. »Normalerweise nicht. Manchmal zwinge ich ihn, das auf dem Boot zu tun. Ansonsten ist er meistens angezogen.« Er deutete auf den Tresen. »Setz dich ruhig. Ich mache Frühstück.«

Es gab weitaus schlimmere Anblicke als Macs Brust und seinen wohlgeformten Hintern, als er am Herd stand und French Toast machte. »Isst Sully mit uns?«

Mac schüttelte den Kopf. »Ich werde dafür sorgen, dass er heute Morgen im Bett bleibt.«

Clarisse errötete. Obwohl Mac sich nicht umdrehte, muss er gemerkt haben, wie das klang, denn er warf ihr einen Blick über die Schulter zu.

»Sein Bein tut ihm heute Morgen wirklich weh. Er kam gestern Abend nach Hause und konnte kaum laufen.«

»Oh. Was ist denn passiert?«

»Alte Verletzung. Er hat seinen Stock nicht mitgenommen.«

Nach einem Moment wurde Clarisse klar, dass sie von ihm keine weiteren Informationen erhalten würde. Gehstock? Sie hatte Sully noch nie einen Stock benutzen sehen, obwohl er merklich hinkte, wenn sie daran dachte.

Sully tauchte erst auf, als sie ihr Frühstück beendet hatte. Mac saß am anderen Ende des Tresens, ein Handtuch auf seinem Sitz.

Als sie mit dem Essen fertig war, merkte sie, dass es sich fast ... nun ja, nicht normal anfühlte, aber sie hatte es geschafft, sich daran zu gewöhnen, Mac nackt herumlaufen zu sehen. Sie sollte sich nicht beschweren. Wenn es ihm Spaß machte, warum nicht? Immerhin hatte sie so einen tollen Ausblick. Nur weil er schwul war, hieß das nicht, dass sie den Anblick nicht genießen konnte.

Sie nahm ihre Dusche. Als sie fertig war und ins Wohnzimmer zurückkehrte, um sich frischen Kaffee zu holen, fand sie Sully auf der Couch.

Mac kümmert sich um ihn und legte sein linkes Bein auf ein Kissen.

»Mir geht es gut«, betonte Sully.

»Nein, geht es nicht. Du kannst kaum laufen und du wirst hierbleiben. Versohl mir den Hintern, wenn du willst, aber ich werde mich nicht rühren.« Mac rückte den Couchtisch nahe an die Couch heran. »Ich bringe deinen Laptop hierher. Bis gleich.« Er verschwand im Flur.

Als Sullys Blick auf ihr landete, stieß sie ein Lachen aus. Er sah todunglücklich aus. Er zuckte mit den Schultern, als wollte er sagen: »Was kann ich schon tun?«

Trotz ihres wiedererwachten Misstrauens lächelte sie. »Es tut mir leid, dass du dich nicht wohlfühlst.«

»Danke. Ich bin selbst schuld, dass ich es so übertrieben habe.«

»Mac sagte, es käme von einer alten Verletzung?«

Sullys Gesicht verfinsterte sich. »Ja. Ich wurde angeschossen. Im Dienst.«

Sie wusste nicht, wie sie darauf reagieren sollte. Bevor sie etwas sagen konnte, tauchte Mac mit dem Laptop und einem Schoß-Tisch für Sully auf. »In Ordnung, was brauchst du noch?«

»Einen neuen Körper?«

Mac lächelte. Er hatte sich eine Jogginghose angezogen, trug aber immer noch kein Hemd. »Ich muss nach unten, um die Wäsche zu holen. Wenn du etwas brauchst, soll Clarisse es für dich holen oder warte auf mich. Geh *nicht* auf die Couch, hörst du mich?«

Sully funkelte ihn an, warf ihm aber noch einen verhöhnenden Salut zu, bevor Mac ging. Clarisse umrundete die Couch. »Kann ich dir etwas bringen?«

»Die Fernbedienung, dort drüben, bitte.«

Sie reichte es ihm und setzte sich auf einen der Stühle. »Hast du deshalb aufgehört? Weil du angeschossen wurdest?«

Sein Gesicht verfinsterte sich wieder. »Ja. Nicht mein bester Tag. Ich hätte nicht dort sein sollen, wurde in letzter Minute gerufen. An dem einzigen verdammten Tag, an dem ich keine Weste trug, hat es mich erwischt.« Er blätterte durch die Kanäle und entschied sich für MSNBC. »Ich wäre fast gestorben. Jede Menge Reha.« Er rieb sich das linke Bein, oberhalb des Knies. Sie entdeckte die blasse, verdrehte Narbe, die an seinem Knie begann, seinen Oberschenkel hinauflief und unter seiner Hose verschwand. »Eine hier, eine in der Magengegend.«

»Es tut mir leid.«

Die Andeutung eines Lächelns. Es machte sein hartes Gesicht sexy und bezauberte sie auf eine Weise, die sie nicht verstand. »Warum? Es ist nicht deine Schuld, dass ich angeschossen wurde.«

»Es tut mir trotzdem leid.« Sie stand auf, ging in die Küche und schenkte sich eine Tasse Kaffee. Sie versuchte, ihre Rückkehr ins Wohnzimmer hinauszuzögern. In Wirklichkeit gab es für sie nicht viel anderes zu tun.

Vielleicht war das die Antwort.

Sie setzte sich wieder auf den Stuhl. »Können wir reden, bevor du dich in deine Arbeit stürzt?«

»Sicher.« Er stellte den Schoß-Tisch und den Computer auf den Couchtisch. »Was gibt's?«

»Unsere Vereinbarung.« Sie räusperte sich. »Was ich tun sollte. Um zu helfen.«

»Warum sprechen wir nicht zuerst über den Elefanten in der Mitte des Raumes?« Sie errötete. Er hatte immer noch dieses sexy Lächeln aufgesetzt. »Wie meinst du das?« »Das Gespräch, das du und Mac am Wochenende auf dem Boot geführt habt.«

Sie spürte noch mehr Hitze in ihrem Gesicht pulsieren. »Ich habe ihm gesagt, dass das eine Angelegenheit zwischen euch beiden ist.«

»Nein, als jemand, der hier wohnt, betrifft es auch dich.« Mac öffnete die Haustür und kam mit einem Wäschekorb herein. Sully rief ihm zu: »Sklave, stell das ab. Jetzt. Komm her.«

Mit verwirrtem Blick stellte er den Korb ab und ging hinüber.

»Hilf mir auf.« Als Mac etwas sagen wollte, brachte Sully ihn zum Schweigen. »Diskutiere nicht mit mir, Sklave. Ich will, dass diese Unterhaltung beendet wird, damit wir mit dem Leben weitermachen können.« Mac half Sully aufzustehen. Dann reichte er ihm einen Gehstock, der an das Ende der Couch gelehnt war. »Folge uns, Schatz«, sagte Sully zu ihr.

Mit den Fingern fest um ihre dampfende Tasse Kaffee gewickelt, folgte sie den Männern in den Flur. An der verschlossenen Tür gab Sully einen Code ein und drehte den Knauf. »Null, eins, eins, drei. Sein Geburtsdatum«, erklärte Sully. »Dreizehnter Januar.« Er stieß die Tür auf und humpelte ins Innere, wo er einen Lichtschalter betätigte.

Als Clarisse an der Tür zögerte, drehte sich Sully um und winkte sie herein. »Es ist in Ordnung«, sagte er in sanftem Ton.

Sie trat ein. Das große Zimmer, das ungefähr die gleiche Größe wie ihr Schlafzimmer hatte, verfügte nicht über ein angeschlossenes Bad. Von ihrem Schlafzimmer durch Sullys

Arbeitsplatz getrennt, war es der letzte Raum am Ende des Flurs. Mehrere große Geräte drängten sich an die schwarzen Wände, und ein großer Schrank nahm eine Ecke ein. Eine Jalousie dämpfte das helle Sonnenlicht draußen. Sie entdeckte mehrere Augenschrauben, die an strategischen Stellen in die Decke geschraubt waren.

Sully folgte ihrem Blick. »Sie sind in den Dachstuhl geschraubt, so halten sie mehr Gewicht aus.«

»Wie viel Gewicht?«

Er zuckte mit den Schultern. »Mindestens zweihundert Kilo. Sie sind mit Metallplatten verstärkt.« Er zeigte auf eine x-förmige Struktur. »Das Andreaskreuz.« Er erklärte, wie es verwendet wurde, und arbeitete sich dann durch den Raum, indem er die Geräte und die grundlegenden Verwendungszwecke nannte. Er hätte ein Seminar über Verwesungsraten oder Blutspritzmuster für eine Gruppe von Polizeikollegen halten können, nicht für BDSM-Möbel.

»Und?«

»Und was?«

»Willst du mehr wissen?«

Sie warf Mac einen Blick zu, sein verzweifelter Gesichtsausdruck entging ihr nicht. Er machte sich Sorgen, dass sie Angst haben könnte, so viel war offensichtlich. »Muss ich das?«

Sully humpelte zu einer der Bänke hinüber und setzte sich mit einem schmerzhaften Grunzen schwer. »Die Sache ist die. Wir wollten nächstes Wochenende eine Party feiern, aber ich habe nichts dagegen, sie abzusagen, wenn es für dich noch zu früh ist.«

Das war nicht ihr Haus. »Ich werde dir nicht vorschreiben, was du unter deinem eigenen Dach tun darfst und was nicht.«

»Darum geht es nicht«, erwiderte Sully. »Ich will nicht, dass du dich unwohl fühlst.«

»Solange mir niemand etwas antut, brauchst du deine Party

wegen mir nicht abzusagen. Ich werde den Fernseher lauter stellen und meine Tür abschließen.«

Mac sah besorgt aus. Sully nickte. »Okay.« Er betrachtete Macs Kleidung. »Warum bist du noch angezogen?«

Mac wurde rot und zog die Jogginghose aus. Jetzt war Clarisse an der Reihe, rot zu werden. Okay, vielleicht hatte dieses Arrangement ja auch seine Vorteile.

»Wenn du irgendwelche Fragen hast, kannst du sie jederzeit stellen«, versicherte Sully ihr.

»Warum musst du ihn schlagen?« »Das *muss* ich nicht.«

»Warum tust du es dann?« Sie sagten, Fragen stellen? Bei Gott, sie würde fragen.

Mac wartete nicht auf eine Antwort von Sully. »Weil es mir gefällt«, sagte er leise und schaute Sully an, als wolle er sich vergewissern.

»Wie kann es jemandem gefallen, geschlagen zu werden?«

»So einfach ist das nicht«, warf Sully ein. »Nur wenn man es mit der Zeit sieht, kann man es verstehen. Bestrafung ist nicht dasselbe wie Spiel. Es geht nicht nur um Schmerz, vieles ist sinnlich.«

Sie zitterte und umklammerte ihren Becher fester.

Sully war noch nicht fertig. »Mac hat immer die Fähigkeit, alles zu stoppen, was ihm nicht gefällt. Er muss einfach nur ›Rot‹ rufen.« Er blickte Mac an. »Das bringt mich zu einem anderen Punkt. Wir wollen dir unseren Lebensstil nicht aufzwingen. Du kannst aber gern zuschauen, wenn die Tür offen ist. Und wenn etwas passiert, das du nicht sehen willst, sagst du es, und wir machen es hinter verschlossene Türen.«

»Weiß mein Onkel, was ihr tut?«

»Nein, eigentlich nicht. Er vermutet, dass ich das Sagen in der Beziehung habe, aber das war's.« Er wies auf Mac, der ihm beim Aufstehen half. »Ich bin heute geistig nicht ganz auf der Höhe, wegen der Schmerzen und der Schmerzmittel. Ich muss dir also noch einmal erklären, was du tun sollst, um mir zu helfen. Im Grunde wirst du meine Verwaltungsassistentin sein. Was die Aufgaben im Haushalt angeht, so kannst du die sie mit Mac aufteilen, wie er es für richtig hält.« Mac wollte widersprechen, aber Sully gebot ihm Einhalt. »Du *wirst* deine Aufgaben mit ihr teilen, Sklave. So hast du mehr Zeit, dich um das Boot zu kümmern, deinen Papierkram zu erledigen und dergleichen. Du hast gesagt, du würdest gern öfter mit dem Boot rausfahren. Jetzt kannst du es.«

Mac nickte schließlich, sah aber nicht ganz glücklich aus. »Ja, Meister.«

Mit Macs Hilfe humpelte Sully den Flur entlang und zurück zur Couch. »Du wirst Mac auf dem Boot helfen, wenn er es braucht. Mac wird dafür eine vernünftige Bezahlung aushandeln. Für das, was du im Haus und für mich tun wirst, zahle ich dir zweihundert pro Woche in bar, und du bekommst freie Kost und Logis und das Auto noch dazu. Ich werde auch deine Versicherung bezahlen. Ist das in Ordnung?«

Sie nickte gefühllos. »Ja, das ist schön.« Das war ein Wert von mindestens achthundert im Monat, zusätzlich zu dem, was Mac ihr zahlte.

Zusammen mit ihren Ersparnissen würde es nicht lange dauern, bis sie sich ein hübsches finanzielles Polster zugelegt hätte. Nach sechs Monaten würde sie mehr als genug haben, um eine kleine Wohnung zu mieten und sich ein eigenes Auto zu kaufen.

»Ich bezahle dich in bar, damit Bryan dich nicht finden kann. Sobald diese Situation geklärt ist, werde ich dein Gehalt so anpassen, dass dein Netto-Einkommen immer noch dasselbe ist.«

»Danke.«

Mac half Sully, sich auf der Couch einzurichten. Mac wollte ihm den Schoß-Tisch reichen, aber Sully winkte ihn ab. »Nein, ich glaube, ich brauche ein Nickerchen.« Sein Gesicht wirkte vor Schmerz verkniffen. »Bis die Schmerztabletten wirken.« Er warf Mac einen ernsten Blick zu. »Macht bis zum Ende des Tages eine Art Hausarbeitsplan. Er muss nicht kompliziert sein, aber ihr solltet euch mit den Aufgaben abwechseln.«

Mac errötete. »Ja, Meister.«

Clarisse folgte Mac in die Küche. Dann entdeckte er den Wäschekorb, der immer noch auf dem Boden stand. »Nun, du könntest mir dabei helfen.« Hinter ihm änderte sie den Kurs und folgte ihm in ihr Schlafzimmer, wo er die Kleidung auf das Bett warf.

Es sah nicht so aus, als würde hier ein Monster leben. Während sie Mac half, die Wäsche zusammenzulegen, warf sie einen Blick in die Runde und versuchte, etwas Ungewöhnliches zu entdecken.

Als er die Tür zu ihrem großen begehbaren Kleiderschrank öffnete und das Licht einschaltete, wurde sie fündig. In der Ecke stand ein kleiner Schirmständer. Darin befanden sich ein Regenschirm, zwei weitere Spazierstöcke, mehrere dünne Holzstücke und ein paar Dinge, bei denen sie, wenn sie sie identifizieren müsste, schwören würde, dass es Reitgerten waren.

Sie schluckte.

Mac folgte ihrem Blick und lächelte. »Bestrafungs-Stöcke. Rattan.« Er zog einen der dünnen, peitschenartigen Stäbe aus dem Ständer und zeigte ihn ihr. »Je nachdem, wie man ihn einsetzt, kann er sich fantastisch anfühlen oder die Haut aufschlitzen und das Fleisch bis auf die Knochen abtöten.«

»Wie kann sich das nur gut anfühlen?« »Dreh dich um«, sagte er sanft.

Sie sah ihn an.

»Ich werde dir nicht wehtun«, versprach er. Zögernd gehorchte sie.

Sie zwang sich, nicht zusammenzuzucken, als er mit dem Rohrstock ihre rechte Schulter zwischen Hals und Arm berührte. »Beweg dich nicht.« Er begann einen sanften, aber rhythmischen Schlag mit dem Holzstab, der überhaupt nicht weh tat. Tatsächlich fühlte es sich eher wie eine Massage als eine Verstümmelung an. Als sie sich entspannte, steigerte er die Kraft ein wenig, bis sie ihre Augen schloss und sich an der Schranktür abstützte. Nach ein paar Minuten wechselte er zu ihrer anderen Schulter und wiederholte den gleichen Vorgang, bis sie sich so sehr entspannte, dass ihr die Augen zufielen, als er aufhörte.

Sie drehte sich um. »Das war's?«

Er schob den Stock in den Ständer. »Hat es weh getan?«

Sie schüttelte den Kopf. Verdammt, es fühlte sich am Ende sogar ziemlich gut an, als sie sich entspannt hatte und ihre Muskeln sich lockerten.

»Vielleicht lässt er mich dich eines Tages mit einer schweren Peitsche bearbeiten. Wenn ich fertig bin, wirst du dich fühlen, als hättest du gerade eine Wellness-Massage gehabt.« Er zwinkerte ihr zu.

Sie half ihm, seine Kleidung wegzuräumen. Als sie eine Schublade öffnete, erblickte sie Lederhosen und ein paar andere intime Kleinigkeiten.

Er bemerkte ihren Gesichtsausdruck. »Tut mir leid, ich hätte dich vor der Schublade warnen müssen.«

Als sie ins Wohnzimmer zurückkehrten, schlief Sully bereits. Mac holte seine Jogginghose aus dem Spielzimmer und führte sie die Treppe hinunter in den Hauswirtschaftsraum, um ihr zu zeigen, wo alles war. Sie starrte auf das Fitnessgerät. Vielleicht konnte sie das nutzen, jetzt, wo ihr Körper nicht mehr schmerzte. Ein wenig von ihrem überflüssigen körperlichen Ballast abbauen.

»Kann ich das benutzen?«

»Natürlich. Bedien dich. Darf ich fragen, warum?« Sie rollte mit den Augen. »Du machst Witze, oder?«

Er runzelte die Stirn und lehnte sich gegen die Waschmaschine. »Nein, das tue ich nicht. Du brauchst nicht zu trainieren.«

Clarisse schnaubte angewidert. »Weißt du, ich weiß das zu schätzen, und es ist nett von dir, aber lass den Quatsch.«

»Clarisse.« Es war der strenge Tonfall, den sie als ›Bootsstimme‹ bezeichnete. »Ich habe es ernst gemeint, als ich es sagte. Du bist schön, so wie du bist. Du brauchst nicht zu trainieren. Willst du das? Das ist in Ordnung. Lass dich bloß nicht dabei erwischen, wie du dich mit Diäten und Sport verrückt machst.«

Die Intensität in seiner Stimme ließ sie erröten. »Wie auch immer«, murmelte sie verlegen.

Er ergriff ihre Hände und zwang sie, ihn anzusehen. »Süße, du bist wunderschön. Ich lüge nicht. Ich mag es nicht, wenn man mir dafür den Hintern versohlt. Wenn du dich anstrengst, um gesund zu sein, finde ich das in Ordnung. Wenn du versuchst, dich in ein dürres, magersüchtiges Waisenkind zu verwandeln, werde ich dich mit Milchreis zwangsernähren.«

»Milchreis, hm?«

»Ja. Eine meiner Spezialitäten.« Er zog sie zu sich, um sie kurz zu umarmen. »Ich mache ihn mit viel Schlagsahne.« Sie schnaubte, dieses Mal amüsiert. Er lachte, als er merkte, was er gesagt hatte. »Haha, sehr witzig.«

EIN WEITERER GRUND, warum Sully die Schmerzmittel hasste, waren die Träume. Unter dem Einfluss des Betäubungsmittels träumte er meist sehr lebhaft. Meistens waren es schlechte Träume, in denen er schwitzte und zitterte, während er die Schießerei noch einmal durchlebte.

Als er auf dem Sofa ein Nickerchen machte, entfernten sich seine Träume ein wenig. In der Nähe stand Jason und befragte einen Mann mit sandfarbenem blondem Haar, der auf der hinteren Stoßstange eines Rettungswagens saß. Der Krankenwagen, der die Schwester des Mannes transportierte, war gerade herausgefahren. Den Blutspuren auf der Kleidung des Mannes nach zu urteilen, war er derjenige, der sie gefunden hatte, nicht derjenige, der ihr etwas angetan hatte.

»Bitte, kann ich gehen? Ich muss bei ihr sein!« Tränen glitzerten in seinen braunen Augen, aber da war kein Blut, das darauf hingewiesen hätte, dass er schuldig war.

»Es tut mir leid, Mr. MacCaffrey. Ich bin fast fertig«, sagte Jason.

Sully hörte zu, als Jason schnell die Standardfragen durchging. Einer der Techniker am Tatort machte Fotos von dem Mann und von den Kratzern unter seinen Fingernägeln.

»Es tut mir leid, Sir. Ich werde Ihr Hemd als Beweismittel mitnehmen müssen.«

Der Mann stand auf und nahm sie ab. Einer der Sanitäter brachte ihm eine Flasche mit Kochsalzlösung, um das Blut von seinen Händen und Armen abzuspülen.

Wenn Sully irgendetwas an seinem Job hasste, dann war es das, die trauernde Verwandtschaft. Er hatte nicht mit ihnen zu tun, sondern kämpfte mit seinen eigenen Erinnerungen, Dämonen und Albträumen, während er versuchte, ihnen bei diesem Prozess zu helfen.

»Ich gehe rein, Jayce«, sagte Sully. Jason nickte. Sully ging zur Eingangstür und zeigte dem uniformierten Deputy, der dort Wache hielt, seinen Ausweis. Beim Anblick der großen Blutlache auf der Tür hielt er inne. Als er das Haus betrat, kämpfte Sully darum, seine Wut im Zaum zu halten. Ein junges weibliches Opfer, das wahrscheinlich von seinem Ehemann angegriffen worden war. An den Wänden hingen viele Fotos;

etliche von ihnen zeigten den Mann, der gerade draußen verhört wurde.

Er konnte es nicht ertragen. Er kehrte zu Jason zurück, der gerade mit MacCaffrey fertig war. »Mr. MacCaffrey, geben Sie mir Ihre Schlüssel. Ich werde Sie fahren. Mein Partner kann uns folgen.«

Jason hob eine Augenbraue und sah ihn an.

Der Mann fummelte in seiner Jeans nach seinen Schlüsseln und reichte sie mit zitternder Hand weiter.

»Sind Sie sicher, dass die Sanitäter Sie nicht ins Krankenhaus bringen sollen?«, fragte er. »Um Sie untersuchen zu lassen?« Er vermutete, dass der Mann kurz vor einem Schock stand.

»Nein. Ich will mit Betsy zusammen sein.«

Jason nickte. »Alles klar. Sie wurde ins Harborside-Krankenhaus gebracht. Ich treffe Sie dort.«

Der Mann führte Sully zu seinem Pick-up, holte eine Reisetasche hinter dem Sitz hervor, kramte nach einem Hemd und zog es an. Seiner Bräune und seinen kräftigen, natürlichen Muskeln nach zu urteilen, war er harte Arbeit im Freien gewohnt. Er kletterte auf den Beifahrersitz und wartete auf Sully.

Als Sully die Fahrertür öffnete, bemerkte er die Stapel zusammengeklappter Kartons und anderer Umzugsgüter auf der Ladefläche des Pick-ups. Er schlängelte sich mit dem Pick-ups zwischen Einsatzfahrzeugen und gekennzeichneten Streifenwagen hindurch, als er aus der Einfahrt fuhr.

»Warum glauben Sie, dass es ihr Mann war, Herr MacCaffrey?«, fragte er leise.

»Weil der Bastard sie schon seit Jahren verprügelt. Ich habe euch doch gesagt, dass ich sie heute Abend raushole.« Er schloss die Augen, während ihm die Tränen über das Gesicht liefen. Er schlug auf das Armaturenbrett. »Ich hätte dafür sorgen müssen, dass sie ihn früher verlässt. Verdammt!« Er brach schluchzend zusammen. »Das ist meine Schuld! Ich hätte für sie da sein müssen!« Er starrte aus dem Fenster. »Sie hat den Wichser kennengelernt, als ich im Irak war. Wäre ich zu Hause gewesen und nicht in der verdammten Army, hätte ich sie diesen Bastard nie heiraten lassen. Oder ich hätte das Arschloch sofort umgebracht, als er sie das erste Mal geschlagen hat.«

»Sie ist erwachsen. Man kann niemanden zwingen, etwas zu tun, wenn er es nicht will.«

»Sie ist meine kleine Schwester!«, stöhnte er. »Ach, Scheiße. Ich muss meinen kleinen Bruder anrufen.«

»Klein?«

»Nun, so denke ich über Jim. Ich bin der Älteste, ich bin achtundzwanzig. Er zwanzig.«

»Haben Sie noch andere Verwandte?«

»Nein.« Er lehnte sich gegen die Tür. »Meine Mutter ist letztes Jahr gestorben. Es gibt nur uns drei.«

Sully hatte Mitleid. Seine eigene Mutter war von ihrem Freund ermordet worden, als er erst siebzehn Jahre alt war.

MacCaffrey zückte sein Handy und teilte seinem Bruder die Nachricht mit. Als er auflegte, starrte er wieder aus dem Fenster.

»Ich kann sie nicht verlieren, Mann. Sie ist mein Leben, das sind sie beide. Sie sind alles, was ich habe.«

Sully blieb mit Brant im Krankenhaus und nutzte seinen Ausweis, um ihnen schneller Zugang zu Informationen und Ärzten zu verschaffen, als es normalerweise möglich wäre. Sully kannte Brant bereits beim Vornamen, als sein Bruder eintraf. Innerhalb von drei Stunden stand die Prognose fest, und sie war nicht gut. Sully rief Jason an, um ihn auf den neuesten Stand zu bringen und ihn zu veranlassen, der Staatsanwaltschaft mitzuteilen, dass die Anklage wahrscheinlich innerhalb weniger Tage in Mord umgewandelt werden würde.

Er wusste, dass er sich persönlich einmischte, wenn er es

nicht tun sollte, aber er konnte es nicht verhindern. Er sah zu viel von sich selbst in dem jüngeren Mann.

Er war die ganze Nacht bei den Brüdern, als Betsy aus dem OP geholt und auf die Intensivstation verlegt wurde. Er begleitete sie bei ihrem ersten Besuch zu ihr, unterstützte sie und half ihnen, sich durch den Behördendschungel zu kämpfen.

Jason versuchte, Sully dazu zu bringen, nach Hause zu gehen, aber er wollte nicht. »Ich kann sie nicht verlassen. Nicht so. Sie brauchen mich.«

Jason schüttelte den Kopf. »Das ist nicht das Gleiche wie bei deiner Mutter. Du musst Abstand halten.«

»Scheiß drauf, sie brauchen jemanden, an den sie sich anlehnen können.« Es ist ja nicht so, dass Cybil ihn vermissen würde.

Wenn sie überhaupt zu Hause war.

Es ist besser, sich darauf zu konzentrieren, jemand anderem durch seinen Schmerz zu helfen, als sich seinem eigenen Schmerz zu stellen. Wenigstens könnte etwas Gutes dabei herauskommen.

Sully hörte den Brüdern zu, wie sie von ihrer Schwester erzählten, und tröstete sie, als die Ärzte ihre endgültige, finstere Prognose stellten. Zu diesem Zeitpunkt war Jason bereits nach Hause gegangen. Sully blieb bei den beiden Männern. Ein uniformierter Deputy war als Wache auf der Intensivstation eingeteilt worden, falls der Ehemann auftauchen sollte. Er war noch nicht verhaftet worden.

»Brant, lass mich dich nach Hause bringen, damit du duschen und dich umziehen kannst.« Er brauchte auch eine. »Sie lassen dich nicht vor morgen früh wieder rein.« Der Mann schien wie betäubt zu sein, gefangen in der Verleugnungsphase seiner Trauer. Sein jüngerer Bruder war eine Stunde zuvor nach Hause gefahren, um zu duschen und sich umzuziehen, und würde bald zurück sein.

Auf der Fahrt nach Norden sackte Brant auf der Beifahrerseite zusammen. »Warum tust du das für uns?«, fragte er heiser. »Nicht, dass ich mich beschweren würde, im Ernst.«

Sully umklammerte das Lenkrad und kämpfte mit seinen eigenen Dämonen. »Weil ich es muss.«

»Wie stehe ich das durch? Ich darf sie nicht verlieren. Sie ist meine kleine Schwester.« »Du setzt immer einen Fuß vor den anderen. Das ist alles, was du tun kannst. Nicht nach vorn schauen, sondern sich nur auf den nächsten Schritt konzentrieren.«

In den folgenden Tagen nutzte Sully einige seiner freien Tage, um bei den Brüdern zu bleiben, sie zu trösten, bei ihnen zu sitzen. Als die Brüder die endgültige Entscheidung trafen, Betsys lebenserhaltende Maßnahmen abzubrechen, legte Sully einen stützenden Arm um jeden der Männer, als sie sahen, wie ihr Leben endete. Er half ihnen bei der Planung der Beerdigung und begleitete sie während der Trauerfeier.

Trotz der schrecklichen Umstände betrachtete er Brant als Freund und wusste, dass er einer der wenigen Menschen war, die ehrlich sagen konnten, dass sie wirklich genau verstanden, was Brant fühlte. Die Wut, die Schuld, die Was-wäre-wenn-Fragen.

Ich hätte da sein und mehr Selbstverachtung *zeigen sollen.*

Das Geräusch von Töpfen und Pfannen in der Küche weckte Sully auf. Als er einen Blick auf die Kabelbox warf, stellte er fest, dass er zwei Stunden lang geschlafen hatte.

Verdammt! So viel zum Thema Arbeit.

Mac hörte, wie er versuchte, sich aufzusetzen, und eilte hinaus, um ihm zu helfen. »Willst du noch eine Schmerztablette, Meister?«

Sully betrachtete das besorgte Gesicht seines Geliebten, der Traum von ihrer Vergangenheit war ihm noch frisch in Erinnerung. Er lächelte, als er Macs Hand ergriff und seine Hilfe annahm. »Nein, es geht mir gut. Ich bin nur wirklich verspannt.«

Mac half Sully, ins Bad zu humpeln, und schnappte sich auf dem Rückweg zur Couch eine Salbentube. Clarisse stand im Brüheneingang und sah zu, wie Mac Sullys Bein verarztete.

Clarisse rückte ein wenig näher. »Was bewirkt das?«

Mac sah nicht auf, als er auf dem Boden kniete und mit seinen Händen die angespannten Muskeln in Sullys Bein bearbeitete. »Der Physiotherapeut hat mir gezeigt, was zu tun ist, und mich gewarnt, dass das vereinzelt passieren kann.« Er warf Sully einen stinkenden Blick zu. »Vor allem, wenn jemand sein Bein nicht so trainiert, wie es eigentlich sein sollte, damit die Muskeln nicht verkrampfen.«

»Er ist schlimmer als jeder Drill-Sergeant«, witzelte Sully. »Man merkt, dass er bei der Army war.«

»Hey, ich höre nicht, dass du dich über das Spiel mit der bösen Krankenschwester beschwerst.«

CLARISSE SPÜRTE, wie ihr Puls in die Höhe schoss, als Sully lächelte und Macs Haar zerzauste. »Okay, da haben Sie mich erwischt, *Schwester* Brant.«

Macs strahlendes Lächeln rührte etwas in Clarisse' Herz. Offensichtlich liebte er Sully, liebte den Mann. Wer war sie, um zu beurteilen, was sie in ihrer Beziehung taten?

Sie konnte einen Anflug von Neid nicht verleugnen. Bryan hatte ihr nie Wertschätzung entgegengebracht.. Schon gar nicht so, wie Sully es bei Mac tat. Sully schien Mac genauso sehr zu lieben, wie Mac ihn liebte.

Sully neigte den Kopf zurück und begegnete ihrem Blick. »Pass auf. Wenn Mac dich in die Finger kriegt, um dir den

Rücken zu massieren, schmilzt du auf dem Teppich zusammen. Er ist großartig.«

Mac errötete. »Danke, Meister.«

SULLY VERBRACHTE den ganzen Tag auf dem Sofa, arbeitete, schlief und sprach mit Clarisse. Zum Abendessen bestellten sie eine Pizza. Zur Schlafenszeit zog sich Clarisse zurück, und die Männer kehrten in ihr Schlafzimmer zurück. Mac überraschte Sully, als er den Rattan-Stock hervorholte und überreichte ihn ihm, kniete dann auf dem Boden neben dem Bett nieder und neigte den Kopf.

»Wofür ist das?«

»Ich schulde dem Meister Schläge.«

Sully versuchte, den Tag in seinem Kopf noch einmal durchzuspielen, soweit er sich durch die Medikamente, die Schmerzen und den Mittagsschlaf daran erinnern konnte. »Okay, ich gebe auf. Aber wofür? Du hast die Klamotten weggeschmissen.«

Mac erzählte von seinem früheren Austausch und der Demonstration mit Clarisse und dem Stock.

Sully dachte darüber nach und ließ Mac einen Moment lang schmoren. »Du hast sie aber nicht wirklich angefasst? Nur mit dem Rattan-Stock?«

»Nur mit dem Rattan-Stock, Meister.«

»Hat es ihr gefallen?«

»Ja, Meister.«

Sully unterdrückte den Drang zu lachen, denn er wusste, dass dies Macs Gefühle verletzen würde. Mac hatte mit dieser kurzen Handlung mehr getan, um ihr Vertrauen zurückzugewinnen, als ihm bewusst war.

»Steh auf und bück dich.«

Mac gehorchte. Sully stand nicht auf. Er richtete den Rattan-Stock von seinem Platz aus und versetzte Mac nur einen Schlag auf den Hintern. »Das ist alles.«

Mac runzelte die Stirn. »Meister?«

Sofort gab er Mac noch einen zweiten. »Das ist dafür, dass du mich verhört hast.«

Mac nahm die ausgeleerte Dose und stellte sie zurück in den Schrank. Erst als sie im Bett lagen, erklärte Sully. »Ich habe dir nur einen Schlag gegeben, weil du das Gefühl hattest, dass du sie brauchst. Du hast keine Regeln gebrochen. Du hast ihr nicht wehgetan. Das hat vielleicht sogar dazu beigetragen, ihre Wahrnehmung zum Guten zu verändern. Du weißt, warum du den zweiten verdient hast.«

»Tut mir leid, Meister.«

Im Laufe der Jahre hatten sie herausgefunden, dass es für Sully am besten war, sich an Mac zu lehnen, wobei der Körper des größeren Mannes sein Bein im perfekten Winkel stützte, um die Schmerzen zu lindern. So gekuschelt, mit Macs Arm um ihn herum, ließ sich Sully nieder und versuchte zu schlafen. Das half nicht nur gegen die Schmerzen, sondern der Kontakt mit Macs Körper half auch, die schlechten Träume zu vertreiben.

Sein sicherer Hafen.

»Danke, dass du dich so gut um mich gekümmert hast, Brant«, sagte Sully. »Ich weiß das zu schätzen.«

Mac strich mit seinem Kinn über Sullys Kopf. »Danke, dass ich dir dienen darf, Meister.«

KAPITEL ELF

Am Mittwochnachmittag protestierte Mac lautstark, als Sully nach unten gehen wollte, um zu trainieren.

»Du musst dein Bein noch ein oder zwei Tage ausruhen, Meister.«

Sully stützte sich immer noch stark auf seinen Stock. »Nicht zu trainieren hat mich in Schwierigkeiten gebracht.«

»Meister, ich will nicht, dass du dir wieder weh tust. Entspann dich heute einfach und ...«

»Stopp, Sklave.«

Clarisse sah bei Sullys scharfem Ton auf. Macs Gesicht rötete sich, bevor sein Blick auf die Tür fiel.

»Bring es und triff mich im Spielzimmer«, befahl Sully. »Jetzt.«

Mac verschwand im Schlafzimmer und kehrte einen Moment später mit einem Rattan-Stock zurück. Er folgte Sully in das Spielzimmer.

Sie ließen die Tür offen.

Clarisse hörte ihre Stimmen. Die Neugierde übermannte sie. Sie ging leise den Flur entlang und spähte durch die offene Tür.

Mac kniete mit gesenktem Kopf auf dem Boden.

»Was habe ich dir über Widerworte gesagt, Sklave?«

»Es tut mir leid, Meister. Ich mache mir Sorgen um dein Bein.«

»Was ist die richtige Art, seine Meinung zu äußern?«

»Ich bitte darum, mit dir zu sprechen.«

»Und hast du?

»Nein, Meister. Ich habe fünfundzwanzig verdient.«

»Auf die Bank. *Jetzt.*«

Mac gehorchte. Sie holte scharf Luft, als er aufstand und sie bemerkte, dass sein Schwanz trotz der Tatsache, dass er gleich Schläge bekommen würde, stolz und steif war.

Heiliger Scheiße!

Mac lehnte sich über eine der Bänke, wo Sully schnell die Schläge austeilte. Rote Streifen zogen sich über Macs Hintern und Oberschenkel, aber sie hörte ihn nicht ein einziges Mal aufschreien.

Der Schmerz in ihren Fingern machte ihr klar, dass sie sich am Türrahmen festgehalten hatte, als würde sie um ihr Leben kämpfen. Sie konnte sich nicht überwinden, zu gehen.

Sully ging durch den Raum und holte eine Tube Lotion, kehrte dann zu Mac zurück und trug sie auf seine Haut auf. Clarisse wusste nicht, wie sie diese zärtliche Geste mit der Bestrafung, die sie gerade erlebt hatte, in Einklang bringen sollte.

Als Sully fertig war, klopfte er Mac sanft auf den Rücken. »Erledigt.«

Mac erhob sich von der Bank und kniete dann wieder vor Sully nieder. »Danke, Meister.«

Sullys Finger verschränkten sich in Macs Haar. »Fühlst du dich besser?«

»Ja, Meister.« Mac schmiegte seine Stirn an Sullys Oberschenkel.

»Ich gehe nach unten, um zu trainieren. Du kannst

mitkommen und auf mich aufpassen, wenn du willst. Ich verspreche, dass ich es nicht übertreiben werde.«

»Danke, Meister. Das werde ich.«

»Dann leg das weg und zieh dir was an.«

Sully reichte Mac den Rattan-Stock. Mac stand auf. Als er Clarisse an der Tür entdeckte, lächelte er. Sie duckte sich in den Flur und lehnte sich an die Wand, um zu Atem zu kommen. Mac erschien mit dem Stock in der Hand.

»Bist du in Ordnung, Süße?«

Sie nickte. Sie konnte ihm nicht in die Augen sehen, aber als ihr Blick auf die Tür fiel, starrte sie auf seinen erigierten Schwanz.

Clarisse schluckte schwer und sah zu Macs lächelndem Gesicht auf.

Er zwinkerte. Dann drehte er sich um und ging den Flur entlang. Die wütenden roten Streifen zogen sich über seinen Hintern hin.

»Geht es dir gut?«

Sullys Stimme ließ sie aufschrecken. Sie drehte sich um. »Ja.«

Er lehnte sich an den Türrahmen, die Arme vor der Brust verschränkt und hielt seinen Gehstock. »Willst du darüber reden?«

»Das geht nur euch beide etwas an.«

Er drückte sich von der Wand ab. »Du wohnst hier. Ich sorge mich um deine Gefühle.«

»Ich habe in dieser Angelegenheit nichts zu sagen.« Sie wandte sich zum Gehen, aber er streckte die Hand aus und berührte ihren Arm. Er griff nicht zu, aber die Geste hielt sie trotzdem auf.

»Clarisse«, sagte er leise, »du musst verstehen, dass er so ist. Was er braucht.«

»Ich weiß nicht, ob ich das kann.« Sie ging zurück in ihr Zimmer und schloss die Tür. Ein paar Minuten später hörte sie die Männer nach unten gehen. Dann drang der leise Klang von Musik durch die Tür.

Der Anblick von Macs erigiertem Schwanz ging ihr nicht mehr aus dem Kopf. Wie konnte Bestrafung ihn *erregen*? Ja, sie verstand die Theorien hinter dem, was sie taten, aber das machte es nicht leichter zu verdauen.

Sie verstand auch nicht, warum es ihr plötzlich so wichtig war, dass sie es tat.

AM NÄCHSTEN NACHMITTAG fuhr sie mit ihrem neuen VW-Käfer und besuchte Onkel Tad allein. Sie versuchte, ihn jeden Tag zu besuchen. Nachdem die schlimmsten Blutergüsse verblasst waren, war es eine Erleichterung, dass sie sich kein Make-up ins Gesicht schmieren musste. Er empfing sie, und sie setzten sich auf die Couch, um zu reden.

»Was hast du auf dem Herzen, kleines Mädchen? Geht es dir gut? Du siehst besorgt aus.« Clarisse zwang sich zu einem Lächeln.

»Es geht mir gut.«

Er grinste, so gut er konnte, denn sein Gesicht war durch den Schlaganfall halb eingefroren. »Wehe, du denkst daran, dich zu bewegen.«

Sie errötete. »Was meinst du?«

Er ergriff ihre Hand mit einer Stärke, die sie ihm nicht zugetraut hätte. »Sully und Mac sind gute Männer. Ich kenne sie schon seit Jahren. Verdammt, ich will mir keine Sorgen machen, dass du auf dich allein gestellt bist und dich in ein Arschloch verliebst, das dir das Hirn rausprügelt und zu Ende bringt, was Bryan angefangen hat!«

»Onkel Tad ...«

»Nein!« Er richtete sich auf, drehte sich zu ihr und schüttelte seinen Finger, als wäre sie ein Kind. »Du warst so besorgt, um meine Gefühle zu schützen? Dann hör mir zu. Du sollst nicht einmal daran *denken*, von dort wegzugehen, oder ich schwöre bei Gott, dass ich einen weiteren Schlaganfall bekomme, nur um dich zu ärgern!« Clarisse versuchte, nicht zu lachen, aber sie konnte es nicht verhindern. »In Ordnung, Onkel Tad. Ich verspreche, dass ich erst einmal bei ihnen bleiben werde.«

»Nein, nicht ›erst einmal‹. Das ist Blödsinn. Du bleibst bei ihnen, bis ich etwas anderes sage, verstanden? Ich will dir keine Schuldgefühle einreden.«

»Schon gut, schon gut. Gut. Ich verspreche es.« War es ein Versprechen, das sie halten konnte?

In der Nacht zuvor hatte sie davon geträumt, dass Mac sie fesselte und ihr den Hintern versohlte, bevor er mit ihr schlief – nicht gerade etwas, was sie erwartet hatte. Einigermaßen besser als die Albträume von Bryan, der sie umbringen wollte, aber als sie aufwachte, hatte sie einen dumpfen, leeren Schmerz im Herzen.

Ganz zu schweigen von einem unangenehm erotischen Pochen und der Feuchtigkeit zwischen ihren Beinen.

Tad lächelte, anscheinend wusste er, dass er die Schlacht gewonnen hatte. »Schon besser.«

AM SAMSTAG, dem Morgen der Party, half Clarisse Mac in der Küche bei den Vorbereitungen. Sie wusste immer noch nicht, wie sie die Nacht überstehen würde. Sully lud sie ein, zuzusehen und sich unter die Gäste zu mischen, wenn sie wollte. Wenn sie sich wohler fühlte, konnte sie sich den Abend über in ihrem Zimmer einschließen. In jedem Fall waren die Gäste bereits über ihre Anwesenheit informiert worden, sodass es keine Missverständnisse geben würde.

Mac lieh ihr seinen MP3-Player und Sullys Kopfhörer mit Geräuschunterdrückung, die er manchmal bei der Arbeit benutzte. Zusammen mit dem Fernseher wäre es unmöglich, dass sie etwas hören könnte ... wenn sie es wollte.

Um acht Uhr an diesem Abend hatte Mac das Wohnzimmer umgeräumt. Er stellte ein paar der Bänke aus dem Spielzimmer ins Wohnzimmer und schloss Sullys Zimmertür ab.

Mac sah gut aus in Jeans und einem schwarzen Button-up-Hemd. Er trug immer noch seinen Lederhalsband. Sully hatte sich ähnlich angezogen, nur mit einem weißen Hemd.

Sie hatte den Mac-Traum noch mehrere Male gehabt, und jedes Mal endete er auf dieselbe Weise, nämlich damit, dass Macs süßer Schwanz in ihren begierigen Körper eindrang. Das würde im wirklichen Leben nie passieren, verdammt. Trotz seiner süßen Beteuerungen, dass er sie hübsch fand, war er – hallo – schwul.

Dazu kam noch seine offensichtliche Hingabe an Sully, und sie fühlte sich ein wenig eifersüchtig, aus einer ganzen Reihe von irrationalen Gründen, die sie weder erklären noch leugnen konnte.

Das Haustelefon klingelte um Viertel vor neun. Sully nahm ab und gab den Code für das Tor ein, um den Anrufer hereinzulassen. Mac zog Clarisse in eine Umarmung.

»Die ersten Gäste sind da. Du kannst gern bleiben oder gehen. Es liegt ganz bei dir.«

Die Neugierde hatte sie übermannt. »Ich bleibe noch eine Weile.« Sie hatte eine Jogginghose und ein weites T-Shirt von Mac angezogen, das ihr fast bis zu den Knien hing.

Mac ließ sie in der Küche zurück und ging die Treppe hinunter, um die Gäste zu begrüßen. Sully hatte den Fernseher aus gemacht und Musik aufgelegt. »Neugierig?«

Sie errötete. »Ja.«

Er humpelte herüber. »Dir ist doch klar, dass ich ihn liebe und nie etwas tun würde, was ihm schaden könnte, oder?«

Sie nickte, als seine grauer Augen sie aufspießte. Ein unstillbares Bedürfnis, Macs Beziehung zu Sully zu verstehen, hatte sie übermannt. Sie war Bryans Misshandlungen gern entkommen. Warum sollte sich jemand freiwillig einer Bestrafung aussetzen?

Warum vertraute er Sully so blind? Und warum konnte sie das nicht?

Und warum zum *Teufel* war ihr das so wichtig?

Mac kehrte mit ihren Gästen, einem Mann und einer Frau, zurück. Mac trug eine große Sporttasche. Die Frau trug einen Trenchcoat, unglaublich hohe Stöckelschuhe und einen schwarzen Lederkragen um den Hals. Der Mann trug eine blaue Jeans, ein Chambray-Shirt und eine braune Lederweste. Beide sahen wie ganz normale Menschen aus.

Sully stellte sie vor. »Clarisse, das sind Bob und Jenna.«

Sie schüttelte ihnen die Hand und tauschte einen Gruß aus, bevor Sully sie ins Wohnzimmer führte. Jenna schlüpfte aus ihrem Mantel, den Mac ihr abnahm. Darunter trug sie ein schwarzes Lederkorsett, das ihre Brüste nach oben drückte und ihre Brustwarzen freiließ. Ihr mit Rüschen besetzter kurzer Rock zeugte davon, dass sie kein Höschen trug, sondern nur einen Strapsgürtel und Strümpfe. Sie erinnerte Clarisse an eine pornografische Ballerina.

Clarisse verstand, warum Mac alle Möbel mit dekorativen Überwürfen überzogen hatte.

Als weitere Gäste eintrafen, half Mac ihnen mit ihren Sachen. Ein Ehepaar, Alex und Doreen, wobei Doreen ihrem Mann offensichtlich unterwürfig war. Auch hier trug Alex eine

Hose und ein Hemd mit Knöpfen und hätte auf dem Weg zum Abendessen sein können. Doreen trug kniehohe Stiefel und einen weiten Rock, der ihr bis zu den Knien reichte. Sie hatte ihre lockere Bluse bis zur Taille aufgeknöpft, um das schwarze Bustier darunter zu enthüllen. Um ihr linkes Handgelenk trug sie ein silbernes Armband mit Glöckchen, die bei jeder ihrer Bewegungen bimmelten.

Bei dem letzten Paar hatte die Frau das Sagen. Der Mann, Mike, trug ein großes Lederhalsband, das sein Kinn hochhielt und unangenehm aussah.

Clarisse blieb in der Küche und hörte zu, beobachtete und fühlte sich skeptisch und neugierig zugleich.

Die Frau, Yvette, hatte kurzes, hochgestecktes, leuchtend orangefarbenes Haar. Sie umarmte Mac und ließ ihren Arm um ihn gelegt, während sie mit Sully sprach. Dann sah sie Mike an. »Was stehst du da rum, Junge?«

»Tut mir leid, Ma'am.« Er begann, sein Hemd aufzuknöpfen.

»So ist es besser.« Yvette richtete ihre Aufmerksamkeit wieder auf Sully und Mac, während der Mann sich entkleidete, seine Kleidung ordentlich zusammenlegte und sie auf den mitgebrachten Rollkoffer legte, um sich dann vor ihr niederzuknien.

Er trug ein Ledergeschirr, das um seine Taille und zwischen seinen Beinen hindurchlief und …

Clarisse versuchte, nicht zu starren. Sie konnte sich nicht zurückhalten. Der verruchte Metallkäfig, bestehend aus mehreren Ringen, umschloss seine Eier und seinen Schwanz.

Yvette verschränkte ihren Arm mit Macs. Clarisse wollte hinübergehen und sie von ihm wegschieben.

Dann sah Sully Clarisse von der anderen Seite des Raumes aus an. »Mac, bring mir etwas zu trinken, bitte«, befahl er.

Yvette ließ seinen Arm los und er ging in die Küche. Sully

unterhielt sich noch immer mit der Frau, aber sein Blick wich nicht von Clarisse.

Mac ging in die Küche und machte Sully einen Drink. »Alles in Ordnung, Süße?«

»Ja. Ich werde einfach hier stehen bleiben und eine Weile zuschauen«, versuchte sie zu scherzen, ihren Blick immer noch auf Sully gerichtet, unfähig, ihn abzuwenden.

Er klopfte ihr auf den Rücken, bevor er an Sullys Seite zurückkehrte. Sully nahm das Getränk entgegen, bedankte sich und befahl ihm, sich neben ihn auf den Boden zu knien. Dabei hob er eine Augenbraue zu Clarisse, bevor er sich wieder Yvette zuwandte.

Clarisse wurde rot.

Wenn sie es nicht besser wüsste, wäre es so, als hätte er ihre Gedanken gelesen und ihre Eifersucht gespürt, als sie sah, wie freundlich die andere Frau mit Mac umging.

Clarisse nahm sich einen Teller mit Essen und lehnte sich an den hinteren Tresen, um zu essen, damit sie das Wohnzimmer nicht sehen konnte. Einen Moment später kam Jenna mit einer Flasche Wein herein und suchte nach einem Korkenzieher.

Clarisse half ihr, in den Schubladen zu kramen, fand es und reichte es ihr. »Hier, bitte sehr.«

»Danke.« Sie stellte die Flasche auf den Tresen, um sie zu öffnen. »So eine Party hast du bestimmt noch nie gesehen.«

Ihr freundliches Lächeln ließ sich nicht verleugnen. Clarisse reichte ihr die Hand, und sie hielt die Flasche, während Jenna den Korken aufdrehte. »Dem kann ich nur zustimmen.«

»Wir beißen nicht.« Sie kicherte. »Na ja, eigentlich beißt Yvette schon, aber nur Leute, die gebissen werden wollen.«

»Ich verzichte.«

»Ich auch. Ich bin eine sinnliche Schlampe, keine Schmerz-Schlampe«, sagte sie und kicherte wieder. Der Korken gab mit einem *Knall* nach. Jenna reichte Clarisse den Korkenzieher. »Danke für die Hilfe. Du kannst mich gern alles fragen, ich rede gern über den Lebensstil. Bob und ich veranstalten den örtlichen Munch.« Auf Clarisse' offensichtlich verwirrten Blick hin lächelte Jenna. »Es ist wie ein Vanille-Dinner, bei dem wir uns treffen, essen und reden.«

Seltsam. Das war kein Sammelalbum oder Bowling. Hier ging es um Peitschen und Ketten. »Danke, ich werde es mir merken.«

Jenna kehrte ins Wohnzimmer zurück, während Clarisse fertig aß.

Bleiben oder gehen? Sie fühlte sich in ihrer Jogginghose und ihrem T-Shirt unscheinbar, altbacken und underdressed – overdressed, um genau zu sein. Die Frauen sahen alle wunderschön aus, hatten Haare, Make-up und Nägel gemacht. Sie hatte nur ihr Haar gebürstet und zu einem Pferdeschwanz hochgesteckt.

Sie schlich sich durch die hinteren Schiebetüren nach draußen und ging um die Veranda herum zur Treppe. Sie hatte eine Ladung Wäsche im Trockner, die fertig werden sollte. Sie nahm sich Zeit mit dem Sortieren und Falten, dann schnappte sie sich Papiertücher und Reinigungsspray und begann, die Waschmaschine und den Trockner abzuwischen, obwohl sie es nicht nötig hatten. Sie reinigte das Bad im Erdgeschoss. Sie ließ einen Eimer Wasser einlaufen und begann mit dem Fliesenboden, als sie Schritte auf der Treppe hörte.

Die Tür ging auf. »Bist du hier drin, Süße?«, rief Sully. Sie spannte sich an. »Ja, ich bin hier.«

Er schloss die Tür hinter sich und ging in den Waschkeller. »Du musst das nicht heute Abend machen«, sagte er leise.

Clarisse entschied sich für erzwungene Spießigkeit. »Das ist schon in Ordnung. Heute Abend wird niemand hier unten sein. Ich wollte es heute machen und wurde abgelenkt.«

»Das ist nicht nötig.« »Es muss trotzdem gemacht werden.«

»Clarisse«, sagte er freundlich.

Sie spannte sich an und zwang sich, langsam und gleichmäßig weiterzuatmen. »Was?«

»Bitte sieh mich an.«

Sie drehte sich um. Würde er doch nicht so gut aussehen. Sullys hartes Gesicht zeugte von Entschlossenheit und eisernem Rückgrat, sein Lächeln wärmte sein Gesicht, wenn er es einsetzen wollte.

»Antworte mir wahrheitsgemäß. Geht es dir gut?«

»Ja. Ich gewöhne mich gerade an alles.«

»Ich werde sie Mac nicht mehr anfassen lassen.«

Sie blinzelte.

Sully lächelte über ihre offensichtliche Überraschung. »Du sahst aus, als ob du ihr den Arm ausreißen wolltest.«

Clarisse errötete, schnappte sich den Wischmopp und wischte fleißig den Boden. Da sie nicht wusste, was sie darauf erwidern sollte, hielt sie den Mund.

SULLY BEOBACHTETE SIE UND WUSSTE, dass er sie nicht drängen sollte. Er war sich nicht sicher, ob er ihre Reaktion richtig gedeutet hatte, bis er das sagte.

Ohne ein weiteres Wort kehrte er zur Party zurück, während sich in seinem Kopf eine Idee formte. Sie war eifersüchtig, hatte Gefühle für Mac. Er verdrängte seinen Neid, dass diese Gefühle nicht ihm galten.

Er könnte sie jedoch zu seinem Vorteil nutzen.

Als Clarisse nach oben zurückkehrte, hatte Sully Mac bereits ausgezogen, während Yvette Mike an eine der Bänke im Wohnzimmer fesselte und begann, ihn heißzumachen. Sully erzählte Mac nichts von seinem kurzen Gespräch mit Clarisse. Eine Stunde später, während Doreen mit Clarisse sprach, befahl Sully Mac, seine Hand- und Fußfesseln zu holen.

Doreen quietschte. »Oh! Sully wird mit Mac spielen! Ich liebe es, ihnen beim Spielen zuzusehen!« Doreen hatte ihre Bluse abgelegt, aber ihr Bustier entblößte ihre Brüste nicht so wie das von Jenna. Wie eine hochhackige Naturgewalt ergriff sie Clarisse' Arm und führte sie ins Spielzimmer, um Sully und den anderen zu folgen.

Sully hatte auf Doreens Enthusiasmus gezählt, so wie sie sich mit Clarisse angefreundet hatte, um Clarisse ins Spielzimmer zu bekommen. Wenn das nicht geklappt hätte, wäre er bereit gewesen, mit Mac im Wohnzimmer zu spielen, obwohl das ihre Routine verändern würde.

Mac holte die gewünschten Utensilien, während Sully sein Hemd aufknöpfte und es über einen Stuhl drapierte. Er sah Clarisse nicht an, konnte aber einen Blick auf sie erhaschen, wie sie danebenstand und Doreens pausenloser Erzählung der Geschehnisse im Golf-Flüsterton lauschte. Er schloss seinen MP3-Player an das kleine Lautsprechersystem im Zimmer an und stellte einen seiner Lieblings-Szenen-Mix ein.

Als Mac mit dem Gesicht nach unten auf der Bank lag, befestigte Sully sein Handgelenk daran und kniete sich neben ihn, damit er ihm ins Ohr flüstern konnte. Er wusste, dass Clarisse ihn zwischen der Musik und Doreen nicht hören konnte.

»Ich möchte, dass du heute Abend Rot rufst.«

Mac trug bereits seinen Ballknebel und sah Sully mit deutlich sichtbarer Verwirrung an.

»Stell mich nicht infrage, Sklave. Wenn ich vom Rattan-Stock zur Single-Tail-Peitsche wechsle, lass mir ein paar Schläge und rufe dann Rot. Verstanden?«

Mac zögerte, dann drehte er seine linke Hand, ihr Signal für Grün oder Ja.

Sully klopfte ihm auf die Schulter und ignorierte die Fragen in Macs Augen und seine hochgezogene Augenbraue. Er befestigte Macs Fußgelenkgurte an der Bank und schnappte sich einen leichten Flogger, um mit dem Aufwärmen zu beginnen.

Er kämpfte gegen den Drang an, sich zu beeilen, und hoffte, dass Mac nicht so weit im Subraum versank, dass er sich nicht mehr an sein Kommando erinnern konnte. Er ließ sich Zeit, schaute immer wieder nach, obwohl er wusste, dass er Mac später eine Entschuldigung und ein Wiederholungsspiel schuldig war. An einer Stelle hielt er inne, um zwischen Macs Beine zu greifen und seine Eier zu quetschen.

Macs Hüften stemmten sich gegen ihn, er wollte mehr, er wollte sich fallen lassen. Sully gab ihm einen Klaps auf den Hintern. »Noch nicht, Sklave. Später.«

CLARISSE KONNTE Doreens sanfte Stimme nicht überhören, als sie Sully beim Spielen mit Mac beobachtete. Clarisse hatte keinen Zweifel daran, dass Mac es genoss, aber das mit dem gesunden Menschenverstand und ihren eigenen Erfahrungen in Einklang zu bringen, bereitete ihr immer noch Schwierigkeiten.

Sullys Rückenmuskeln kräuselten sich bei jedem Schlag, als er abwechselnd den Flogger und die sinnlichen Stöße seiner Hände einsetzte. Der Atem blieb ihr in der Kehle stecken.

»Sie sehen wunderschön zusammen aus, nicht wahr?«, flüsterte Doreen. »Er bringt Mac so tief in die Subtrance, es ist unglaublich. Ich wünschte, ich könnte das auch, so tief gehen wie Mac.«

Sully legte den Flogger weg und nahm einen Rattan-Stock in die Hand, ähnlich dem, den er zuvor bei Mac benutzt hatte. Sie zuckte bei jedem harten Schlag zusammen, aber sie beobachtete, wie Sully harte Schläge auf seinen Hintern mit leichteren abwechselte, die daran erinnerten, wie Mac es an ihr demonstriert hatte, über seine Schultern und die Rückseiten seiner Oberschenkel. Nach zehn Minuten wechselte Sully zu einer vier Fuß langen Peitsche.

Clarisse zuckte zusammen. Doreen deutete ihre Reaktion richtig und klopfte ihr auf den Arm. »Mac liebt diese Stelle. Das ist sein Lieblingsteil.«

Sully machte ein paar Probeschläge in der Luft, um seine Distanz und seinen Schlag abzuschätzen, bevor er loslegte und Mac mehrmals hintereinander auf den Hintern schlug. Dann hob Mac seine linke Hand so weit, wie es der Griff zuließ. Er schüttelte seinen Hintern schnell auf und ab.

Sully hörte sofort auf. Er entfernte Macs Ballknebel und beugte sich vor. Clarisse konnte sie wegen der Musik nicht hören. Sully schaute sie an. »Geh bitte in unser Badezimmer und nimm die Tube Salbe von der Theke, die Mac für mein Bein benutzt.«

Clarisse beeilte sich, es zu tun. Als sie zurückkam, hatte Sully Macs rechtes Bein losgebunden und ausgestreckt und massierte es, aber Macs Ballknebel war wieder an seinem Platz.

Sie reichte Sully die Tube und sah zu, wie er die Salbe in seine Hand spritzte und mehrere Minuten lang Macs Wade behandelte. Wie konnte sie diese zärtliche Behandlung mit der sadistischen Geißelung in Einklang bringen, die er ihm verpasst hatte?

Nach einigen Minuten senkte Sully Macs Bein. »Besser, Sklave?« Mac drehte seine linke Hand.

»Willst du, dass ich weiterspiele oder aufhöre?« Mac drehte wieder seine Hand.

Sully hängte Macs Fußfessel wieder ein und nahm einen Flogger in die Hand.

Clarisse kehrte auf ihren Platz neben Doreen zurück. Nach ein paar Minuten lehnte sich Sully zu Mac und flüsterte ihm etwas zu. Macs Arsch hatte inzwischen angefangen, sich in der Luft zu drehen, sein steifer Schwanz sehnte sich nach Erlösung.

Was auch immer Sully zu Mac sagte, es brachte den gefesselten Mann dazu, so laut zu stöhnen, dass Clarisse ihn über die Musik hinweghören konnte.

Sully kehrte auf seinen Platz hinter Mac zurück, doch dabei ließ er seinen Blick einen Moment lang wissend auf Clarisse ruhen, bevor er sich umdrehte und mit seiner rechten Hand unter Macs Hüfte griff. Mit der linken Hand begann er, Mac den Hintern zu versohlen. Hitze stieg in Clarisse' Gesicht auf, als sie erkannte, was er tat – er versohlte Mac.

»Woher wusste Sully, dass er aufhören musste?«, fragte Clarisse Doreen, um ihre Aufmerksamkeit von den beiden Männern abzulenken.

»Mac hat Rot gerufen«, sagte Doreen. »Das ist wirklich selten. Er muss sich sehr verkrampft haben. Das, was Mac mit seiner Hand gemacht hat, das ist ihr Code. Ich glaube, das war erst das dritte Mal, dass ich Mac bei Rot gesehen habe, und die können ziemlich heftig werden.«

Clarisse verdaute das, während Sully sein Spiel mit Mac beendete. Mac spannte sich an, sein Rücken krümmte sich und ein lautes Stöhnen drang durch den Knebel aus seinem Mund. Als er schließlich schlaff auf der Bank lag, holte Sully ein Handtuch und machte ihn sauber. Er trug eine andere Lotion auf Macs gerötetes Fleisch auf, nahm Mac die Handschellen ab und massierte ihm Arme und Beine, bevor er ihn sich aufsetzen ließ. Er wickelte eine Decke um den anderen Mann und hielt ihn fest, während Mac auf der Bank saß und sich an Sully lehnte, die Augen geschlossen.

Für einen kurzen Moment wünschte sich Clarisse, sie wäre

in Sullys Armen, als sie sich an die Nacht erinnerte, die sie mit den beiden verbracht hatte.

Oder besser, in Macs Armen zu liegen.

Alex sah Doreen an und winkte sie nach draußen, indem er ihr den Finger entgegenstreckte. Sie ergriff Clarisse' Arm. »Willst du uns beim Spielen zusehen?«

Clarisse blickte zurück zu Mac und Sully. Sully hatte ebenfalls die Augen geschlossen, sein Gesicht in Macs Haar vergraben, während er etwas flüsterte.

Sie wollte bleiben. Sie wollte ein Teil von ihnen sein.

Und ein Teil von ihr konnte es nicht ertragen, ihnen zuzusehen, ohne dabei zu sein.

Sie hatte eigentlich keine Lust, Doreen beim Spielen zuzusehen, aber es war eine gute Ausrede, um zu gehen. Sie folgte Doreen aus dem Zimmer.

ALS SIE ALLEIN IM Spielzimmer waren und Sully wusste, dass Mac den größten Teil seiner Sinne wiedererlangt hatte, ließ er ihn auf der Bank sitzen und drehte die Musik auf. Macs braune Augen folgten ihm.

»Was?«, fragte Sully.

Mac zog eine Augenbraue in die Höhe. »Es liegt mir fern, den Meister infrage zu stellen.«

Sully ging zur Tür des Spielzimmers, warf einen Blick in den Flur, um sich zu vergewissern, dass die Luft rein war, schloss die Tür und wandte sich Mac zu. »Ich wollte etwas beweisen. Ich wollte dich auch nicht dazu zwingen, ihr eine Lüge zu erzählen.«

»Du wirst sie also anlügen?«

Sully zuckte mit den Schultern. »Ich habe nicht gelogen. Sie hat mich nicht gefragt, was passiert ist. Ist doch klar, dass ich mich um einen Beinkrampf gekümmert habe, oder?« Er zwinkerte.

Mac lachte und schüttelte den Kopf. »Verdammter Mistkerl, du bist ein hinterhältiger Scheißkerl, nicht wahr?«

»Wie bitte?«

»Du bist ein hinterhältiger Mistkerl, *Meister*.« Sully hielt drei Finger hoch.

»Das ist es wert«, sagte Mac. »Willst du sie mir jetzt geben oder später?«

»Morgen. Geh dich waschen. Du kannst ein paar Shorts anziehen, wenn du willst. Doreen sollte in ein paar Minuten um Gnade betteln.«

CLARISSE KEHRTE an ihren Platz in der Küche zurück, wo sie über den Tresen blicken und das Geschehen im Wohnzimmer aus sicherer Entfernung beobachten konnte. Alex benutzte mehrere Seile, um Doreen, die sich ausgezogen hatte, kniend auf einer der Bänke zu fesseln. Er begann, sie mit einer ordentlichen Tracht Prügel aufzuwärmen.

Sully tauchte als Erster wieder auf und schenkte sich ein Glas Eistee ein. »Geht es dir gut?«, fragte er Clarisse.

»Prima.«

Er schenkte ihr eines *dieser* Lächeln, bevor er ins Wohnzimmer zurückkehrte.

Als Mac aus dem Schlafzimmer kam, hatte er die Unterhose ausgezogen und ein Paar Shorts angezogen. Er ging in die Küche und stellte sich neben Clarisse.

»Bist du in Ordnung?«

»Mir geht es gut!« Sie merkte, wie kurz sie sich anhörte und atmete tief durch. »Tut mir leid. Sully hatte mich schon gefragt.« Sully half Alex dabei, etwas mit Doreen zu machen. Als Sully zur Seite trat, sah sie, dass er einen Vibrator in der Hand hielt, den er zwischen Doreens gespreizte und gefesselte Beine schob.

Eine weitere irrationale Welle der Eifersucht – oder war es Neid – durchflutete sie.

»Was macht er?«, flüsterte sie Mac zu.

Mac legte seinen Arm um ihre Schultern. »So hilft Sully mit. Das macht es für den Sub intensiver.«

Alex stand vor Doreen und zwickte und drehte ihre Brustwarzen, während sie sich gegen ihre Fesseln stemmte.

Dann der strenge Befehl von Sully. »Wage es nicht, jetzt zu kommen. Du hast noch keine Erlaubnis.«

Doreen quietschte vor Frustration und begann zu betteln. »Bitte, Sir? Bitte lass mich kommen!«

»Nein. Du kommst erst, wenn ich es dir sage.«

Tränen liefen der Frau über das Gesicht, als die beiden Männer sie gnadenlos quälten. Sully sagte: »Halt, bis ich es sage.«

»Ich kann nicht ...«

»Das wirst du, oder dein Meister wird deinen Arsch auspeitschen.«

Ihre Hüften zuckten, während sie versuchte, dem Vibrator zu entkommen, den Sully gegen ihre Klitoris drückte. »Halt«, befahl er.

Clarisse drückte sich instinktiv näher an Mac, unfähig, die Gefühle und das Verlangen, das sie durchströmte, im Zaum zu halten.

»Bitte, Sir! Bitte lass mich kommen!« Doreens Flehen stieß auf taube Ohren, während Sully sie weiter quälte.

Schließlich sagte er: »Na gut, komm *jetzt*!«

Doreen schrie und stöhnte, als sich ihr Rücken krümmte und ein explosiver Höhepunkt sie durchfuhr. Sully ließ nicht locker und presste den Vibrator weiter gegen sie. »Noch mal, komm jetzt!«

Sie schrie wieder, schluchzte und zappelte und versuchte, sich von dem hinterhältigen Gerät zu befreien, aber Sully und Alex waren noch nicht fertig mit ihr. Alex half ihr, sich festzuhalten, während Sully den Vibrator wegzog und ihn mit der anderen Hand ersetzte. »Komm noch einmal, jetzt!«

Ihre Schreie lösten sich in heiseres Schluchzen auf, als er sie vier weitere Male in kurzer Folge kommen ließ, bevor er aufhörte. Als sie schlaff auf der Bank zusammensackte, verließ Sully den Raum. Alex trat ein und übernahm, legte seinen Arm über ihren Rücken und flüsterte ihr zu.

Clarisse, deren Gehirn wirbelte, merkte, dass sie sich ständig an Mac lehnte.

Mac schüttelte sie sanft. »Alles in Ordnung?«

»Ist sie wirklich so oft gekommen?«

Mac lachte. »Oh, ja. Sie liebt es, so zu spielen, besonders bei ihrem Job. Das gibt ihr die Möglichkeit, ihren Stress abzubauen.«

»Warum? Was macht sie?«

»Sie ist Staatsanwältin für Strafsachen beim Bezirksgericht. Und Alex ist Anwalt für Familienrecht.«

Clarisse versuchte, diese Information zu verarbeiten. »Wo ist Sully hin?« Sie hatte das Gefühl, dass sie kaum sprechen konnte.

»Wahrscheinlich wäscht er sich die Hände.«

Igitt.

Okay, damit war sie fertig. Sie löste sich von Mac, murmelte eine Entschuldigung und kehrte in ihr Zimmer zurück, wo sie die Tür hinter sich schloss und verriegelte.

Was sollte der Scheiß?

Sie schaltete ihren Fernseher ein und benutzte zur Sicherheit den MP3-Player und die Kopfhörer. Sie konnte sich auf nichts anderes konzentrieren als auf die Sehenswürdigkeiten und Geräusche des Abends.

Mac.

Die Art und Weise, wie Doreen Sully anflehte, kommen zu dürfen. Die Eifersucht, die sie wegen Mac empfunden hatte.

Okay, verdammt, ja, die Eifersucht, die sie empfunden hatte, als sie Sully mit Doreen gesehen hatte.

Es machte keinen Sinn. Nichts davon machte Sinn. Sie sollte angewidert oder zumindest ungerührt sein, oder? Jedenfalls nicht ...

Geil.

Sie schloss ihre Augen und zog sich ein Kissen über den Kopf. Irgendwann schlief sie ein, aber sie träumte von Sully und Mac, die sie abwechselnd fickten, während sie an eine Bank gefesselt war. Als sie aufwachte und die Kopfhörer abnahm, hörte sie nichts außer dem Fernseher. Die Uhr zeigte drei Uhr dreißig, und als sie den Fernseher ausschaltete, war es still im Haus.

Vorsichtig öffnete sie ihre Zimmertür auf und spähte hinaus. Das Haus stand leer, dunkel und still. Offenbar hatten sie schon aufgeräumt, denn das Wohnzimmer war wieder normal eingerichtet und die Bezüge entfernt worden.

Clarisse schloss die Tür und zog sich aus, bevor sie unter die Decke schlüpfte, während ihre Gedanken sich im Kreis drehten.

KAPITEL ZWÖLF

Am nächsten Morgen lehnte Clarisse an der Küchentür und sah Mac beim Abwaschen zu. Seltsam. Was sagte es über sie aus, dass sie einen nackten Mann mit Halsband, der Geschirr spült, schnell als normales Element in ihrer Welt ansah?

»Was hast du auf dem Herzen?«, fragte er und erschreckte sie. »Was?«

Er wandte sich vom Waschbecken ab und lächelte verspielt. »Was geht in deinem hübschen Hirn vor, Kleines?«

An der Hitze in ihrem Gesicht konnte sie erkennen, dass sie errötete. »Ehrlich?«

Sein Lächeln verblasste. Er trocknete sich die Hände am Geschirrtuch und lehnte sich gegen den Tresen. »Immer. Absolute Ehrlichkeit, das weißt du doch. Das ist Gesetz in diesem Haus.«

Sie versuchte, ihren Blick nicht auf seinen Schwanz zu richten und daran zu denken, wie sie davon geträumt hatte, dass er tief in sie eindrang ...

Clarisse setzte sich an den Tisch. »Wie kannst du zulassen, dass er dir das antut?« »Was tun?«

»Dich so behandelt, wie er dich behandelt?«

Mac zog seinen Stuhl hervor, über dem ein Handtuch hing, und setzte sich ihr gegenüber. Seine Stimme wurde weicher. »Mich wie behandelt?«

Als sein Schwanz sicher unter dem Tisch verschwunden war, sah sie ihm in die Augen. »Du bist sein Sklave.«

Ein Hauch von Lächeln kehrte in sein Gesicht zurück. »Das ist sozusagen der Sinn der Sache. Hattest du das nicht schon längst geahnt?«

»Wie kannst du das tun? Wie kannst du ihn dein ganzes Leben bestimmen lassen.« »Ich liebe ihn.«

»Woher weißt du, dass er dich nicht eines Tages rauswirft?«

Mac zuckte mit den Schultern und lehnte sich in seinem Stuhl zurück. »Das weiß ich nicht. Ich weiß das genauso wenig, wie er weiß, dass ich nicht eines Tages aufstehen und gehen werde. Ich werde nicht als Geisel gehalten, falls du das noch nicht bemerkt hast. Ich bin aus freien Stücken hier. Wir vertrauen einander und wir lieben uns.«

Sie konnte nicht aufhören, Fragen zu stellen. »Die Dinge, die du ihn mit dir machen lässt, wie auf der Party, und sogar im Alltag. Fühlst du dich dadurch nicht ... benutzt?«

Er grinste. »Das ist ja auch der Sinn der Sache. Zumindest für mich. Ich will ihm dienen.«

Sie wusste nicht, was sie mehr beunruhigte, dass er damit so einverstanden zu sein schien oder dass sie in letzter Zeit davon träumte, sich von Mac fesseln zu lassen und einige dieser Dinge mit ihr zu tun. »Er bestraft dich!«

»Manchmal nicht hart genug, Süße.«

Als sie schockiert schwieg, grinste er. »Ich liebe das. Verstehst du das nicht? Ich vertraue ihm. Einschließlich der letzten Nacht kann ich an einer Hand abzählen, wie oft ich ein Safeword für etwas anderes als Probleme mit der Ausrüstung gebraucht habe. Sully, er ist viel vorsichtiger als ich. Für meinen Geschmack geht er manchmal nicht weit genug. Er ist ein Schwarzseher.«

Sie schwieg wieder fassungslos.

Er lehnte sich nach vorn, die Ellbogen auf dem Tisch, die Hände verschränkt. »Ich mag den Schmerz. Hast du nicht bemerkt, dass ich ihn manchmal anstachle, damit er mich bestrafen muss?«

Sie nickte. Sie hatte beobachtet, wie Macs Augen funkelten, wenn Sully den Finger hochhielt, um die Schläge nach einem Vergehen zu zeigen. Es war ihr Verdacht gewesen, aber sie hatte ihn nicht aussprechen wollen, wusste nicht, ob das ein Tabuthema war oder nicht.

»Er weiß, dass ich es tue. Schätzchen, ich liebe ihn. Und was noch wichtiger ist, ich vertraue ihm. Es gab Zeiten, in denen er mich weitergebracht hat, als ich dachte, dass ich es aushalten könnte, und ich habe kein Safeword benutzt, und ich bin verdammt froh, dass ich es nicht getan habe. Wenn ich ein Safeword gebe, dann normalerweise wegen einer Fehlfunktion der Ausrüstung oder weil ich einen Krampf bekomme oder weiß, dass etwas ernsthaft nicht stimmt. Ich spreche selten ein Safeword wegen dem, was er mit mir macht.«

»Aber er tut dir weh.«

»Ja. Ist das nicht toll?« Sein verspieltes Lächeln machte ihre Knie weich.

Sie zitterte. Er griff über den Tisch, gerade so weit, dass seine Finger ihren Handrücken berührten. »Nicht jeden turnen Schmerzen an. Wie Doreen letzte Nacht, sie ist keine Schmerz-Schlampe, sie mag Fesselspiele und erzwungene Orgasmen. Ich mag Schmerzen. Vanille-Sex ist für mich nicht das Richtige. Er steht auf Kontrolle. Er braucht das. Er gibt mir, was ich brauche, und ich gebe ihm, was er braucht. Es funktioniert für uns. Jeder Mensch, der diesen Lebensstil pflegt, tut dies aus einem anderen Grund und auf eine andere Art und Weise.«

Er lehnte sich wieder zurück und zog seine Hand zurück.

»Ich meine, ich mag es auch, ab und zu auf dem Fahrersitz zu sitzen. Deshalb hat er sich entschieden, ihn mir zu überlassen, wenn wir mit dem Boot unterwegs sind. Er vertraut mir genauso sehr wie ich ihm, und ab und zu macht ihm das Spaß.«

»Aber er *benutzt* dich!«

»Verdammt ja, auf eine gute Art. Das ist es, was ich will. Er benutzt *nur* mich. Er treibt es nicht mit jedem, der ihm gefällt. Er braucht mich so sehr, wie ich ihn brauche.«

»Was ist mit letzter Nacht? Doreen.«

Er zuckte mit den Schultern. »Er hat mitgeholfen. Das stört mich nicht. Es beruhigt mich zu wissen, dass er mir genauso vertraut wie ich ihm, weshalb er mir die Verantwortung auf dem Boot überlässt. Ich bin der einzige Mensch, dem er so vertraut. Und es bringt Abwechslung, gibt ihm eine Auszeit, die er sicher genießen kann.«

»Warum nicht zu Hause? Warum wechselt ihr euch nicht ab?«

Macs Gesichtsausdruck wurde traurig. »Er ist in vielerlei Hinsicht verletzt worden, nicht nur durch die Schießerei. Es ist nicht meine Aufgabe, seine Geheimnisse zu verraten. Ich kann sagen, dass er einen verdammt guten Grund hatte, nicht vertrauen zu wollen. Ich mache ihm keine Vorwürfe. Ich war für ihn da, um ihm zu helfen, die Scherben aufzusammeln, und ich hatte das Glück, ihm zu beweisen, dass er mir vertrauen kann.« Er sah sie an. »Er hat mir genug vertraut, um mir zu glauben, als ich mich ihm anvertraut habe.«

Das konnte sie nicht verarbeiten. »Du hast ihn *gebeten*, dich zu seinem Sklaven zu machen?« »Ja.«

Sie konnte das immer noch nicht glauben. »Du hast nichts.«

»Ich habe Sully. Er ist mein Meister. Das ist alles, was ich brauche. Er ist alles, was ich brauche. Wenn ich ihn habe, wird er sich um den Rest kümmern. Das ist alles, was ich wissen muss.« Ihr Gesichtsausdruck muss ihren Unglauben verraten haben. »Außerdem hast du selbst gesehen, dass nicht alles, was wir tun, mit Meister und Sklaven zu tun hat. Vieles in unserem Leben ist ganz normal. Weißt du, was er mir zu unserem ersten gemeinsamen Weihnachten geschenkt hat?«

Sie schüttelte den Kopf.

Er lächelte. »Ich bin an diesem Morgen aufgestanden, und ja, wir waren zu diesem Zeitpunkt schon Sklave und Meister, und da stand eine Corvette in der Einfahrt. Nicht neu, aber fast.«

»Aber auf wessen Namen war sie zugelassen?« Sie rang um Verständnis, um die neue Sehnsucht in ihrer Seele mit dem hartnäckigen Widerstreben in ihrem Verstand in Einklang zu bringen.

»Auf seinen. Ich gehöre ihm. Alles, was mir gehört, ist sozusagen seins. Die Sache ist die, ich habe ihn nie um ein neues Auto gebeten. Am Wochenende zuvor waren wir auf einer Autoshow, und da habe ich eines gesehen. Ich habe es mir angeschaut. Ich habe nie gesagt, dass ich mir ein solches Auto wünschte, ich habe nie eine Meinung dazu geäußert. Ich habe mir die Corvette nur ein paar Minuten lang angeschaut, und obwohl ich in meinem Herzen wusste, dass ich mir eine wünschte, habe ich es ihm nie gesagt.«

Verwirrung machte sich breit. »Woher wusste er es dann?«

Mac grinste. »Genau das ist der Punkt! Er kennt mich manchmal besser, als ich mich selbst kenne. Er wusste, als er mich beobachtete, dass ich einen wollte. Ich habe nicht einmal bewusst etwas getan. Er wusste es einfach.«

Sie dachte an den VW in der Einfahrt. »Hat er daher von dem Käfer gewusst?«

»Nein, das war ich. Ich gebe zu, dass ich ihn auf die Idee gebracht habe. Ich wusste, dass er vorhatte, dir ein Auto zu kaufen, und ich habe ihm erzählt, was du über Käfer gesagt hast.«

Ein Teil von ihr fühlte sich erhaben darüber, dass die Männer sich genug um sie sorgten, um das für sie zu tun. Ein

Teil von ihr fühlte sich … enttäuscht. Sully hatte also doch nicht ihre Gedanken gelesen.

Sie verdrängte diesen letzten Stich aus ihren Gedanken. »Was ist, wenn er dich mit nichts vor die Tür setzt?«

Er zuckte mit den Schultern. »Das könnte er, aber er wird es nicht. Rechtlich gesehen haben wir eine Vereinbarung, dass ich bestimmte Dinge bekomme, wenn wir uns trennen.«

»Die *Dilly*?«

»Ja, unter anderem.« »Macht dir das keine Angst?« »Warum sollte es?«

Es gelang ihr nicht, das Thema so zu begreifen, wie sie es gehofft hatte. Sie stand auf und schritt in der Küche umher. »Woher weißt du das? Woher willst du wissen, dass du nicht aufs Kreuz gelegt wirst? Auf die schlimme Art«, fügte sie hinzu.

»Gar nicht.«

»Es ist also völlig in Ordnung für dich, dass er die Kontrolle über dich hat?

Mit der sehr realen Möglichkeit konfrontiert, neu anfangen zu müssen?«

Er zuckte mit den Schultern. »Ich kann mir immer noch einen Job suchen, wieder zur Schule gehen, um meinen Master-Abschluss zu machen, irgendetwas.«

Ihr fiel auf, wie wenig sie über die Männer wusste. »Du warst auf dem College?«

»Ja. Sully hat mich dazu überredet. Ich hatte kein Interesse, aufs College zu gehen, aber er befahl es mir. Ich meldete mich in der Woche nach meinem Highschool-Abschluss bei der Army und ging ein paar Wochen später ins Ausbildungslager. Ich hatte kein Interesse an einem College.«

»Was hast du studiert?«

»Meeresbiologie. Sully sagte, ich könne mir jedes Hauptfach aussuchen, aber ich müsse einen Abschluss in irgendetwas machen.« Er grinste. »Du siehst also, ich bin kein armes, dummes Arschloch ohne Möglichkeiten. Mir wurde ein Praktikum bei Mote Marine angeboten. Ich habe es abgelehnt, obwohl Sully wollte, dass ich es mache.«

»Er *hat* dich *gezwungen,* zur Schule zu gehen?«

Er grinste. »Ja, wie furchtbar ist *das* denn? Verdammter Sadist.« Clarisse versuchte, das zu verarbeiten. »Du bist Meeresbiologe?« Er hob eine Augenbraue. »Nein. Ich bin ein Sklave.«

Sie blinzelte und versuchte, sich einen Reim darauf zu machen. »Warum würdest du deine Karriere aufgeben, um das zu tun?«

»Ich vertraue ihm. Das ist es, was ich für den Rest meines Lebens tun möchte, ihm zu dienen.« Er musterte sie. »Hast du jemals jemandem wirklich vertraut?«

Sie begann zu antworten, hielt dann aber inne und dachte darüber nach.

Er nahm das Gespräch wieder auf. »Ich vertraue ihm, dass er mir die Augen verbindet, mich an ein Kreuz bindet, mich auspeitscht und mich von niemandem anfassen lässt. Ich vertraue ihm, dass er die Stromrechnung bezahlt und mir Essen kauft. Ich vertraue ihm, dass er mir nicht die *Dilly* unter dem Hintern weg verkauft. Ich behaupte nicht, dass dieses Vertrauen über Nacht auf magische Weise entstanden ist. Wir waren nicht vom ersten Tag an so, wie wir jetzt sind. Am Anfang hatten wir ziemlich ausgeklügelte Grenzen. Im Laufe der Jahre haben wir dann fast alles fallen lassen und durch Sicherheitsvorkehrungen ersetzt. Irgendwann muss man den Schritt wagen und darauf vertrauen, dass man erwischt wird. Im Gegenzug bin ich sehr gern bereit, ihm zu dienen.«

Ein Krieg tobte in ihr. »Er war Polizist. Wie soll ich einem von denen jemals trauen!« Ein altes Argument und eines, von dem sie wusste, dass es nicht mehr stichhaltig war, aber es blieb die Ausweichposition ihrer misstrauischen Gedanken.

Eine, die ihr Verstand bequem umschiffen konnte, auch wenn ihr Herz die Wahrheit dieses Glaubens bestritt.

»Nicht alle Polizisten sind wie Bryan«, sagte Mac. »Die meisten von ihnen sind es nicht. Die meisten von ihnen sind anständige, fürsorgliche Leute, die sich ihrer Arbeit widmen. Ich sage nicht, dass sie keine Fehler machen, aber die meisten von ihnen verletzen keine Menschen.«

Sie verschränkte die Arme vor sich. »Er ist immer noch ein verdammter Bulle. Die halten zusammen. So ähnlich wie die Mafia, nicht wahr?« Jede Ausrede, jede Lüge, die sie sich einreden konnte, um die neuen und widersprüchlichen Gefühle zu verleugnen, die um die Vorherrschaft kämpften.

Alles, um zu verhindern, dass sie sich selbst die Wahrheit eingestehen musste.

Mac schüttelte traurig den Kopf. »Nein, Babe. Nicht einmal annähernd. Nicht so.« Er schloss die Augen. »Wenn Sully Betsys Mann mit bloßen Händen hätte töten können, hätte er es getan. Es hat ihn fast so sehr zerrissen wie mich, als sie starb. Er kannte mich damals nicht einmal. Ich war der Bruder des Opfers. Er kam jeden Tag ins Krankenhaus und saß bei mir und meinem Bruder, redete mit uns. Als wir sie schließlich von den lebenserhaltenden Maßnahmen abmeldeten, war er bei uns, als es passierte. Er war auch während des Prozesses und der Verurteilung des Arschlochs für uns da.«

Er öffnete seine Augen. Sie bemerkte, dass sie zu hell aussahen, als ob er vielleicht den Tränen nahe war. »Vielleicht ist das die Antwort auf deine Frage. Wie kann ich ihm vertrauen? Weil er mit mir durch die Hölle gegangen ist, als ich für ihn noch ein Teil des Jobs war. Wie kann er mir vertrauen? Weil ich mit ihm durch die Hölle gegangen bin, als unsere Positionen vertauscht waren, und mich geweigert habe, ihn aufgeben zu lassen.«

Er stieß sich vom Tisch ab und verließ die Küche.

Sully brach am nächsten Morgen früh zu einer Konferenz auf. Obwohl Clarisse das Thema nicht wieder aufgriff, kämpfte ihr Gehirn noch immer damit, einen Sinn darin zu sehen. Moderne Frauen sollten stark und unabhängig sein und nicht unter der Fuchtel von irgendjemandem stehen wollen, richtig? Sie hatte jahrelang unter Bryans Wut zu leiden gehabt, unter seiner Kontrolle und seinem Missbrauch.

Warum also wollte sie sich Mac an den Hals werfen? Und an Sully, in geringerem Maße.

Am nächsten Tag konnte sie es nicht mehr ertragen. Nach dem Mittagessen suchte sie Mac im Arbeitszimmer des Wohnzimmers auf, wo er vor seinem Computer saß – natürlich nackt – und Papierkram für die *Dilly* bearbeitete.

Mac sah auf, als sie hereinkam. Sie spürte, wie sich eine vorsichtige Maske senkte.

Etwas, das sie bei ihm noch nie gespürt hatte. »Darf ich dich unterbrechen?«, fragte sie leise. Er nickte.

»Ich möchte verstehen. Das zwischen dir und Sully. Warum du das mit ihm machen kannst.«

»Ist das wichtig? Sully hat dir gesagt, dass du so lange bei uns bleiben kannst, wie du willst. Wenn er das sagt, meint er es auch so. Ich stimme ihm zu.« Er lachte. »Siehst du? Er *hat* mich nach meiner Meinung gefragt.«

Sie holte tief Luft. »Ich möchte verstehen, was ihr beide habt. Ich will es einfach irgendwie verstehen.«

»Warum? Das geht nur mich und ihn etwas an. Wir haben dir bereits gesagt, dass wir dich niemals zwingen werden, so ein Teil von uns zu sein. Solange du uns unser Ding machen lässt und respektierst, was und wer wir sind, ist es okay.«

Ihr Gesicht fühlte sich heiß, eilig und pochend an, während ihr Puls pochte. »Ich möchte verstehen«, sagte sie vorsichtig, »weil ich es nicht verstehe. Aber ich will es.«

Er beobachtete sie mehrere lange, schweigende Augenblicke hinweg. Ihr Gesicht erhitzte sich noch mehr unter seinem steten Blick. »Schließe die Augen«, befahl er sanft.

Das tat sie.

»Nicht wieder öffnen«, sagte er mit derselben sanften, festen Stimme.

Sie hörte, wie er seinen Stuhl zurückschob und aufstand. Sie versuchte, nach ihm zu lauschen, aber das Fehlen von Kleidung machte es unmöglich.

Dann spürte sie seinen Atem in ihrem Nacken. Als er in der Nähe ihres linken Ohrs flüsterte, zuckte sie zusammen. »Vertrauen entsteht nicht über Nacht.« Er wich zurück.

Ihr Atem kam in rasenden Atemzügen, die sie nur mit Mühe kontrollieren konnte. Wo würde er als Nächstes sein? Was würde er tun?

Dann in ihr rechtes Ohr: »Vertraust du mir, dass ich dir nicht wehtun werde?« Sie nickte.

Seine Finger strichen sanft über ihren linken Arm und ließen sie erschaudern. »Beweg dich nicht«, flüsterte er. »Sprich nicht, bis ich es sage.«

Seine Finger verschwanden. Dann wiederholte er die Aktion an ihrem rechten Arm und zog seine Finger zurück.

Einen Augenblick lang war nichts zu hören.. Kein Geräusch, keine Bewegung, kein Hauch von Atem.

Sie zuckte zusammen, als sie die sanfte Liebkosung seiner Lippen, warm und feucht, an ihrem Nacken, oberhalb ihres Dekolletés, spürte.

Ihr Puls pochte in ihrer Kehle. Sein Mund verschwand.

»Was fühlst du?«, fragte er. »Sag es mir.«

Sie rang um eine Antwort. »Ich weiß es nicht. Was soll ich denn fühlen?«

»Das kann ich dir nicht sagen. Was fühlst *du*?«

»Geil.« Sie errötete noch tiefer, aber sein leises, amüsiertes Kichern wärmte sie noch mehr.

»Ich kann mir vorstellen, dass du das fühlst.« Dann streichelte er beide Arme mit seinen Fingern. Sie kämpfte gegen den Drang an, zu stöhnen. »Was noch?«

»Angst«, platzte sie heraus.

Seine Finger zögerten. »Vor mir?« »Nein.«

»Wovor dann?« »Ich weiß es nicht.«

»Das ist doch ein guter Anfang, oder?« Seine Finger verschwanden, und sie spürte, wie er zurücktrat. Als Nächstes sprach er von vorn zu ihr. »Furcht verhindert Vertrauen. Du musst lernen zu vertrauen, auch wenn du nur einen Fuß vor den anderen setzt.« Sie hörte, wie er sich setzte. »Du kannst deine Augen jetzt öffnen.«

Er saß nun wieder am Computer und starrte auf den Monitor. Sie fühlte sich wie erstarrt, unvollständig, am Rande von etwas, und sie wusste nicht, was.

»Das ist alles?«

»Was meinst du?«

Da müsste doch noch mehr sein, oder? »Du hast nicht ... da war nicht ...« Er grinste. »Ich habe mir schon zehn mit dem Rattan-Stock verdient.«

Clarisse kämpfte und verlor gegen ihre Frustration. »Verdammt, ich will Antworten, keinen verdammten Yoda!«

Er lehnte sich zurück. Sie sah ein Stirnrunzeln, eine Andeutung des Ausdrucks, den er auf dem Boot trug. »Man muss lernen, wann man angemessen vertrauen kann. Du kannst nicht alles haben, was du willst. Ich sage nicht, dass man jedem immer vertrauen soll, nicht einmal auf dieselbe Weise.«

Er wandte sich ihr zu. »Wenn du damit sagen willst, dass du willst, dass ich dich mit ins Bett nehme und dir das Hirn rausvögel, weil du geil bist, kann ich das nicht tun, egal wie sehr ich es will. Sully und ich haben Grenzen in unserer Beziehung. Wir überschreiten sie nicht, ohne sie vorher zu besprechen und zu vereinbaren. Das gehört dazu, wenn man Vertrauen zueinander hat.«

Ihr das Hirn rausvögeln? Sie schluckte, um ihren trockenen Mund zu befeuchten. Das war *genau* das, was sie von ihm wollte, Gott steh ihr bei, und die Tatsache, dass sich sofort eine Flut von Feuchtigkeit zwischen ihren Beinen sammelte, bestätigte es. »Ich habe dich nicht darum gebeten«, sagte sie. Aber verdammt, sie wollte, dass er es tat.

Er lächelte mit einem leichten, wissenden Zug auf den Lippen. »Das wäre nicht nötig gewesen.« Er wandte sich wieder dem Monitor zu. »Wenn du vertrauen kannst – wirklich, zutiefst vertrauen – dann können wir vielleicht weiterreden.«

»Kannst du nicht mein ... was auch immer sein? Mein Dom? Kannst du nicht mit mir spielen, so wie Sully mit Alex und Doreen gespielt hat?«

»Ist das etwas, was du willst?« Sie konnte es nicht aussprechen. Sie nickte. »Vielleicht eines Tages.«

Er sagte nichts weiter. Er konzentrierte sich wieder auf seine Arbeit, und ihr wurde klar, dass das Gespräch beendet war. Auf wackeligen Beinen ging sie in ihr Zimmer und schloss die Tür.

***

Nachdem sie gegangen war, lehnte sich Mac zurück und atmete tief ein. Sein Schwanz pochte, härter als je zuvor. Er wagte nicht, ihn zu berühren, nicht einmal zu kratzen, aus Angst zu explodieren. Das würde ihm fünfundzwanzig Extrapunkte einbringen, zusätzlich zu den zehn, die er für das bekommen würde, was er mit ihr gemacht hatte, für den Kuss in ihrem Nacken.

Er würde nichts lieber tun, als in ihr Schlafzimmer zu

gehen und ihr zu befehlen, sich auszuziehen und die Beine zu spreizen und die ganze Nacht mit ihr zu verbringen.

Er schloss die Augen und atmete mehrmals tief durch, um sich zu beruhigen. Weil er es wollte, genau deshalb konnte er es nicht. Er wollte nicht riskieren, was er mit Sully hatte.

Sie vertrauten einander. Er würde es nicht missbrauchen.

Kurz vor Mitternacht rief Sully vom Flughafen aus an. Als er kurz nach ein Uhr in ihr Schlafzimmer kam, wartete Mac nackt auf den Knien, den Rohrstock vor sich auf der Tür.

Sully hielt kurz inne, als er die Schlafzimmertür hinter sich schloss. »Was ist hier los?«

Mac hob seinen Blick nicht. »Ich schulde Meister zehn Schläge.«

Sully beobachtete ihn immer noch, ging um ihn herum und begann, sein Hemd auszuziehen. »Was hast du getan?«

Mac zuckte innerlich zusammen angesichts des vorsichtigen Tons in Sullys Stimme. Angesichts der vorsichtigen Angst. Er schloss die Augen und erzählte von seinem Gespräch mit Clarisse. Wie er ihren Nacken geküsst hatte.

Das war zehn wert. Verdammt, es war fünfundzwanzig wert, es noch einmal zu tun. Aber es war es nicht wert, Sully deswegen emotional zu verletzen.

Nichts war das wert.

Sullys Stimme klang weich und warm. »Auf das Bett. Arsch über die Kante.«

Mac beeilte sich, dem Befehl nachzukommen. Er hatte sich kaum in Position gebracht, als Sully ihn mit dem Rattan-Stock hart auf den Hintern schlug.

Er schloss die Augen und erwartete den zweiten Schlag, aber er kam nicht. Stattdessen streichelte Sullys Hand, warm und sanft auf seiner Haut, das Mal. »Das ist alles, was passiert ist?«

»Ja, Meister ...« *Zack!*

Mac spannte sich an. Die Schläge fühlten sich heute Abend härter an, aber nicht so schnell.

Sully würde es hinauszögern.

Sullys Hand streichelte wieder. »Wie hast du dich dabei gefühlt, sie so zu küssen?«

»Ich konnte meinen Schwanz eine Stunde lang nicht anfassen, so verdammt hart war er.«

Zack!

Die Art und Weise, wie sein Schwanz jetzt an der Bettdecke rieb, war auch nicht gerade hilfreich. »Bist du hart, Sklave?«

»Ja, Meister.«

Zack!

Noch sechs, und seine Augen brannten bereits vor Tränen. *Verdammt!*

»Du hättest sie doch gleich mit ins Bett nehmen können, oder?« »Ja, Meist...« *Zack!*

Mac hatte Mühe, seine Atmung und seinen widerspenstigen Schwanz zu kontrollieren. Verdammt, er war so verdammt geil, dass er es kaum aushalten konnte.

»Du willst doch kommen, oder?«

»Ja, Meister!« Er spannte sich an, erwartete den Schlag, aber er kam nicht. »Steh auf.«

Mac hatte keine Zeit, über die Änderung der Routine nachzudenken. Er fügte sich. »Nimm deinen Schwanz. Mit beiden Händen.«

Er gehorchte.

»Fang an zu streicheln, aber du kommst erst, wenn ich es dir sage, sonst setzt es noch mal was.«

Mac streichelte seinen Schwanz und versuchte, Sully dabei nicht aus den Augen zu lassen.

Sully trat hinter ihn und versetzte ihm einen weiteren Schlag. Macs Rhythmus geriet ins Stocken, als er sich nur noch mühsam zurückhalten konnte.

In schneller Folge fielen die restlichen Schläge. »Jetzt«, befahl Sully.

Macs Höhepunkt explodierte, seine Säfte beschmierten seine Hände, während der Schmerz in seinem Arsch ihn hart und schnell über den Rand trieb.

Sully stellte sich neben ihn. »Zeig es mir.«

Zitternd vor Erschöpfung und Erleichterung, hob Mac seine Hände. »Leck sie sauber, Sklave.«

Mac tat es, wünschte sich, dass Sully kommen würde und hatte Mühe, nicht wieder hart zu werden.

Sully griff hinüber und zog an einem von Macs Nippel-Piercings, dann am anderen. »Du warst ein guter Junge für mich, nicht wahr?«

»Nur das, Meister. Was ich dir gesagt habe.«

Sully streichelte Macs Wange sanft und zärtlich. »Das freut mich. Du weißt, Ehrlichkeit wird immer belohnt.« Er stellte sich vor Mac, öffnete den Reißverschluss seiner Hose und legte seinen Schwanz frei. »Ich weiß, was du willst. Mach schon. Auf die Knie.«

Mac fiel auf die Knie, packte Sullys Hüften und lutschte gierig seinen Schwanz. Das Gefühl der Hände seines Geliebten, die sich in seinen Haaren festkrallten und ihn hielten, während er seinen dicken Schwanz in seine Kehle stieß, verstärkte Macs bereits wieder wachsende Lust.

»Schlucke jeden Tropfen, Sklave«, befahl Sully.

Sully fickte sein Gesicht, hart, rammte seinen Schwanz in Macs Mund. Mac blieb bei ihm, ohne eine Sekunde zu verlieren, vorsichtig, um ihn nicht mit seinen Zähnen zu verletzen und gab schließlich den Kampf auf, seinen eigenen Schwanz weich zu halten.

Mac schloss die Augen und genoss jede Sekunde. Härter und schneller, bis er die Veränderung in Sullys Tempo spürte.

»Jetzt, Sklave.«

Mac saugte hart, schluckte und stöhnte über den

Geschmack seines Meisters in seiner Kehle. Sully blieb ruhig, der harte, feste Griff in Macs Haar veränderte sich, er strich zärtlich über Macs Kopfhaut, als Sullys dickes Glied an Macs Zunge weich wurde.

Mac würde die ganze Nacht so knien, wenn Sully ihn ließe.

Nein, Clarisse verstand nicht einmal annähernd, warum er sich Sully hingeben konnte. Er vermutete stark, dass ihre unterwürfigen Bedürfnisse nicht annähernd die seinen waren. Er wusste auch, dass sie kein Schalter war. Sie würde weich und anschmiegsam sein wollen, ein leichtes sinnliches Spiel, das am Ende in Kuscheln überging.

Konnte sie jemals wirklich so leben, wie sie es taten? Waren sie überhaupt in der Lage, ihr zu geben, was sie wollte und brauchte?

Schließlich tätschelte Sully Macs Kopf. »Sehr gut. Guter Junge. Jetzt lass mich frei.«

Widerwillig tat Mac das und gab seinem Schwanz einen letzten Kuss, bevor er sich zurücklehnte und Sully ansah.

»Wie willst du die Striemen erklären?«

»Die Wahrheit, Meister. Ich habe ihr gegenüber bereits erwähnt, dass ich mir zehn verdient habe.«

»Aber nicht warum?«

Er schüttelte den Kopf.

Sullys Blick fiel auf Macs Schoß, wo sein Schwanz in der Luft wippte. Sully lächelte. »Hol dir deine Handgelenkmanschetten.«

Eine Welle der Erregung durchfuhr Mac, als er sich aufraffte, es zu tun. Sully zog sich fertig aus, legte den Stock weg und schaltete das Licht aus. Durch die Jalousien drang Mondlicht, genug, um etwas zu sehen. Mac brauchte nur einen Moment, um die Fesseln um seine Handgelenke zu schließen und sich an das Ende des Bettes zu stellen.

»Leg dich hin. Auf den Rücken.« Sully hielt etwas hinter ihm.

Mac war durch den unerwarteten Befehl, seine Schuhe zu holen, zu sehr abgelenkt gewesen, um zu bemerken, was Sully mitgenommen hatte. Als Mac auf dem Bett lag, zeigte Sully ihm den Vibrator. Nicht der größte, aber ausreichend.

Sein Schwanz pochte.

Sully lachte, als er sich zwischen Macs Beine kniete. »Du weißt, was ich auf Lager habe, nicht wahr?«

»Ich hoffe es, Meister.«

Sully grinste. »Du weißt verdammt genau, dass Ehrlichkeit immer belohnt wird. Du bist ein sehr guter Junge gewesen. Du hättest mir einfach verschweigen können, was passiert ist. Ich hätte es nie erfahren. Aber du hast es gesagt, weil du wusstest, dass ich dich bestrafen würde.« Er drückte auf den Regler und der Vibrator erwachte zum Leben. Macs Atem stockte, als das Summen den Raum erfüllte. »Ich möchte, dass du nie einen Grund hast, mir nicht die absolute Wahrheit zu sagen.«

Sully umfasste die Spitze von Macs steifem Schwanz mit der linken Hand, während er mit der rechten den Vibrator an der empfindlichen Stelle an der Unterseite der Eichel ansetzte. Macs Hüften zuckten unwillkürlich, aber er wandte seinen Blick nicht von Sully ab.

»Du darfst kommen«, sagte Sully leise.

Mac schloss die Augen und warf den Kopf zurück, als das Gefühl ihn übermannte. Sully wusste genau, dass Mac sich nie lange zurückhalten konnte, und als Sully den Vibrator an der Unterseite von Macs Schwanz entlangführte, wurde seine Erregung immer stärker.

»Sag mir, wann du kommst«, befahl Sully.

Macs Augen drückten sich fest zusammen, seine Welt verschwand, als er seinen Schwanz in Sullys warmer Hand spürte und sich dem Gefühl hingab. Nach einer weiteren Minute war er so weit. »Ich komme, Meister«, keuchte er, als die Explosion ihn durchfuhr. Sully drückte den Vibrator fest gegen die Unterseite des Kopfes und entlockte Mac einen weiteren

Schrei, als sich sein Höhepunkt zu steigern und sogar noch zu verdoppeln schien. Nach einer gefühlten Ewigkeit ließ der Druck nach, bis Sully schließlich den Vibrator entfernte und ihn ausschaltete.

Ausgelaugt und erschöpft lag Mac keuchend auf dem Bett. Dann spürte er Sullys Handfläche an seinen Lippen. Er öffnete seinen Mund und leckte die Hand seines Geliebten sauber, ohne die Augen zu öffnen. Als Sully seine Finger zwischen Macs Lippen drückte, saugte Mac liebevoll an ihnen und bearbeitete mit seiner Zunge Sullys Hand, als wäre es sein Schwanz.

Nach einem Moment verschwand die Hand, aber er spürte, wie Sully seine Hände vom Bett löste. Dann legten sich Sullys Arme um ihn und zogen ihn an sich. Mac kuschelte sich eng an seine Seite, die Fesseln immer noch um seine Handgelenke.

»Ich liebe dich, Brant«, flüsterte Sully.

Mac drückte ihn fest an sich. »Ich liebe dich auch, Sul. Mein Gott, du hast keine Ahnung, wie sehr ich dich liebe.«

Ein leiser Atemzug entwich Sully. Mac deutete es als Erleichterung. Er wusste, dass Sully manchmal immer noch mit seinen eigenen Ängsten kämpfte. Er wusste auch, dass er für den Rest ihres Lebens alles tun würde, um Sully zu beweisen, dass er sein Vertrauen niemals missbrauchen würde.

Sully küsste ihn auf den Scheitel. »Lass uns morgen ein bisschen ausschlafen, okay?«

Mac lächelte. »Okay.«

KAPITEL DREIZEHN

Am nächsten Nachmittag machte Sully ein Nickerchen. Sein Bein machte ihm immer noch zu schaffen, und er musste sich ausruhen. Mac öffnete ein Bier und ging ins Wohnzimmer. Clarisse saß lesend in einem der Sessel. Mac ließ sich an seinem üblichen Platz auf dem Sofa nieder, auf seinem Handtuch sitzend. Auf dem Couchtisch legte er einen roten Ordner ab.

Er nickte ihr zu. »Mach ihn auf. Ich habe bereits mit Sully gesprochen. Du musst es sehen. Es könnte dir helfen zu verstehen.«

Als Clarisse feststellte, dass die Mappe voller persönlicher Papiere war – Testamente, Vollmachten und andere Dinge –, schloss sie sie sofort. »Ich kann das nicht durchsehen. Das sind eure privaten Sachen.«

»Lies es«, sagte er leise. »Bitte.«

Das wollte sie nicht. Es fühlte sich an, als ob sie in dem privatesten und intimsten Teil ihres Lebens eindringen würde.

Dann machte sie sich Vorwürfe. Wie könnte es privater sein als das, was sie täglich oder auf der Party erlebte?

Mac beobachtete, wie sie den Ordner öffnete.

Sullys Testament lag obenauf. Sie blätterte es durch und stockte, als sie erkannte, dass alles, was er besaß – eine beträchtliche Summe – im Falle von Sullys Tod vollständig an Mac ging, mit einer Bestimmung, sich um Tad zu kümmern, falls er noch am Leben war. Die Vollmacht umfasste sowohl medizinische als auch finanzielle Entscheidungen und übertrug Mac die volle Kontrolle über alles.

Die Mappe enthielt ähnliche Papiere für Mac und übertrug die Befugnisse an Sully. Eine große Lebensversicherung auf Sully, die Mac als alleinigen Begünstigten auswies. Die Autos und Grundstücke waren in einem Trust mit den beiden Männern als alleinigen Begünstigten angelegt worden. In den Urkunden für das Haus und mehrere Miet- und Gewerbeimmobilien wurde Mac als Miteigentümer über den Trust aufgeführt. Und eine Art Ehevertrag, ein privater, notariell beglaubigter Vertrag zwischen ihnen, in dem sie festlegten, wie sie ihr Vermögen aufteilen würden, falls sie sich jemals trennen sollten, unabhängig davon, wer die ›Scheidung‹ wollte.

Mac bekam einen beträchtlichen Betrag. Dann fiel ihr eine Zahl auf, die sie beunruhigte. »Warum bekommst du nur fünfundzwanzig Prozent eures Bankkontos?«

»Weil ich nur etwa zwanzig Prozent beitrage. Er war großzügig. Ich war bereit, mich mit einer kleinen Summe oder sogar mit zehn Prozent zufriedenzugeben. Er wollte sicherstellen, dass wir es gerecht aufteilen. Mit seiner Rente, seinen Sozialleistungen, seiner schriftstellerischen Tätigkeit und seinen Auftritten als Redner verdient er in einem guten Jahr verdammt viel mehr als ich, Süße.«

»Was bedeutet dieser ganze Mist?« Sie schloss die Mappe und legte sie auf den Tisch.

»Ich wollte, dass du siehst, dass es nicht so ist, wie es auf den ersten Blick scheint. Er hat sich viel Mühe gegeben, um sicherzustellen, dass ich geschützt bin. Deshalb hat er die Lebensversicherung abgeschlossen. Nochmals, Sully hat das getan, nicht ich. Er wollte sichergehen, dass ich geschützt bin, wenn ihm etwas zustößt, und dass keine entfernten Verwandten auftauchen und versuchen können, das Erbe zu übernehmen. Das ist der einzige Grund, warum ich bei den Immobilien und dem Trust dabei bin. Das wollte ich nicht. Ich wollte, dass ihm alles gehört, aber der Anwalt hat gesagt, dass es bei den Immobilien besser wäre, wenn wir beide daran beteiligt wären, weil es den anderen vor dem Finanzamt bewahren würde, falls einer von uns stirbt, und es würde helfen, andere Probleme zu vermeiden.«

»Verwandte wie wer?«

»Sullys Ex-Frau, zum einen. Sie ist mit einem Cousin von ihm befreundet. Ich würde ihnen alles zutrauen. Verdammte Schlampe.« Seine Miene verfinsterte sich, als er einen weiteren Schluck von seinem Bier nahm. »Mein Bruder ist damit einverstanden. Er würde sich nicht einmischen.«

»Ex-Frau?« Sie wusste nicht, dass Sully verheiratet gewesen war.

»Ja.« Er lehnte sich zurück und schlug die Beine übereinander. »Sie hat ihm die Scheidungspapiere vorgelegt, als er nach der Schießerei im Krankenhaus lag. Er konnte kaum die Augen öffnen, und sie zwang ihn, alles zu unterschreiben. Zum Glück habe ich ihm geholfen, die Scheidung rückgängig zu machen, weil er nicht bei Verstand war.«

Wut stieg in ihr auf.

Die Tatsache, dass jemand Sully auf diese Weise ausnutzen würde, brachte sie auf die Palme.

Mac war noch nicht fertig. »Er hat mir gesagt, ich könnte dir erzählen, wie wir zusammengekommen sind«, sagte er leise. »Ich denke, du solltest es hören.«

Clarisse nickte.

»Es begann vor fast neun Jahren.«

Mac saß am Mittagstisch und schlug die Zeitung mit den Stellenanzeigen auf. Seine Stimmung verdüsterte sich mit jedem Fehlschlag. Er wollte sich nicht wieder verpflichten, selbst wenn die Army ihn zurücknehmen würde. Er würde ohne Zweifel im Gefängnis landen, nachdem er einen Vorgesetzten verprügelt hatte. Seit dem Tod von Betsy kämpfte er jeden Tag darum, aus dem Bett zu kommen, und dann war es ein Kampf, um nicht jemanden zu töten, bis er jeden Abend ins Bett ging. Er konnte die Wut nicht loswerden.

Die Schuld.

Die Kellnerin, Lisa, kam herüber und füllte seinen Kaffee wieder auf. »Wirklich eine verdammte Schande, nicht wahr?«

Wenn sie ihm auf den Sack gehen wollte, war heute nicht der richtige Tag dafür. »Was ist?«, knurrte er.

Sie warf ihm einen seltsamen Blick zu. »Hast du nicht gehört?«

Er knallte seinen Stift auf den Tresen. »*Was* gehört?«

Ihre Augen weiteten sich. »Oh mein Gott! Du weißt es nicht.« Sie setzte die Kanne ab, ihre Stimmung änderte sich. »Schätzchen, gestern Abend gab es eine Schießerei. Eine Drogenrazzia in einer Bar ging schief.«

Ein Schauer lief Mac über den Rücken. Er wollte es nicht hören, aber er fragte trotzdem. »Was ist passiert?«

»Dieser befreundete Detective. Derjenige, der den Fall deiner Schwester bearbeitet hat. Er liegt auf der Intensivstation des Harborside-Krankenhauses. Sie wissen nicht, ob er es schaffen wird.«

Mac erinnerte sich nicht mehr an die Fahrt nach St. Pete. Er kannte den Weg zur Intensivstation und erkannte glücklicherweise zwei der Mitarbeiter, die vor der Station Wache hielten.

Sie fanden ihren Vorgesetzten, der mit dem Pflegedienst sprach und Mac hereinholte. Das US-Gesetz HIPAA sei verdammt, Sully war ein Polizist, einer ihrer Brüder, und sie akzeptierten kein Nein als Antwort.

Es war niemand sonst da, keine Familie, keine Freunde. Einer der anderen Detectives, ein Freund von Sully, ging mit ihm hinein und erklärte ihm die Grundlagen.

Mac erinnerte sich daran, wie hohl und fast tot er sich fühlte, als er quer durch den Raum ging, um neben Sullys Bett zu stehen. Bewusstlos, an ein Beatmungsgerät angeschlossen, mit Schläuchen, Infusionen und Monitorleitungen überall.

Einen Moment lang dachte er an die Zeit zurück, als Betsy in einem Bett in dieser Wohnung lag, dann verdrängte er diesen Gedanken.

Mac wollte nicht zugeben, was er fühlte. Er hatte Sully in den letzten Monaten mehrmals anrufen wollen, war aber nie dazu gekommen. Er hatte viel an ihn gedacht, vor allem in den letzten Wochen, als sich der Todestag von Betsy näherte. Am Anfang hatten sie ständig miteinander geredet, mehrmals in der Woche, nach Betsys Beerdigung sogar mehrmals am Tag. Dann ließ Mac die Dinge schleifen, rief Sully nicht mehr zurück.

Er wollte nicht zugeben, dass er mit seiner Wut, seiner Trauer und seinen Schuldgefühlen zu kämpfen hatte.

Er wollte nicht, dass Sully dachte, er sei auf der Suche nach Almosen oder Mitleid.

Und hier lag er in einem Bett mit verdammten Schläuchen und Drähten in ihm. Der einzige Mensch, der ihn zu verstehen schien, der die richtigen Worte gefunden hatte und *wusste*, was er durchgemacht hatte, weil er einen geliebten Menschen auf ähnliche Weise verloren hatte. Die Wut.

Die Schuld.

Liebe. Er wollte zusammenbrechen und weinen und Sullys Hand halten und ihm gestehen, dass er ihn liebte, auch wenn es vielleicht seltsam und merkwürdig war. Der Detective, der auf der anderen Seite des Bettes stand und hilfsbereit Details über Sullys Zustand herunterleierte, machte das unmöglich.

Das galt auch für den Ehering an Sullys linker Hand.

Mac wusste nicht einmal, was das für ihn bedeutete. Er war nicht schwul, und doch lag hier ein Mann, mit dem er gern den Rest seines Lebens verbracht hätte, wenn er nur eine halbe Chance bekäme. Ein Mann, der ihm ausgeredet hatte, sich umzubringen, der mehr als eine Nacht bei ihm gesessen und ihn beobachtet hatte, bis er wieder nüchtern wurde. Der Mann, der den Notruf gewählt hatte, mit ihm im Krankenwagen ins Krankenhaus gefahren war und dort drei Tage bei ihm geblieben war, ihn dann nach Hause gefahren hatte und eine Woche bei ihm geblieben war, nachdem er beschlossen hatte, nach der Verurteilung von Betsys Mann die vielen Aspirin mit einer Flasche Jack Daniel's zu vertreiben.

Ein Mann, der ihm Hoffnung gegeben hatte. Freundschaft.

Der selbst dann noch an ihn glaubte, als sein eigener Glaube verschrumpelt und gestorben war.

Nach dem Ende seines zehnminütigen Besuchs führte der Detective Mac zurück in den Warteraum. Er bat darum, Sullys Frau zu sprechen. Er glaubte sich zu erinnern, dass ihr Name Cybil war, aber er hatte sie nie getroffen. Nachdem einige der Angestellten unangenehme Blicke ausgetauscht hatten, sagten sie Mac, dass sie nicht da sei und wahrscheinlich nicht wieder-kommen würde.

In Mac stieg schützende Wut auf. Er zog Sullys Partner zur Seite, um mit ihm unter vier Augen zu sprechen. Er war bei Betsys Fall hilfreich gewesen, aber Mac fühlte sich ihm nicht annähernd so nah. »Was ist hier los?«

Der Detective, Jason Callahan, blickte sich um und senkte seine Stimme noch mehr. »Sie ist dabei ihn zu verlassen, okay? Er wusste es nicht, aber sie hatte vor, nächste Woche die Schei-dung einzureichen. Sie hat einen anderen kennengelernt.« Er sah angewidert aus. »Das hat sie uns alles erzählt, während wir darauf gewartet haben, dass er die Operation übersteht. Nachdem er die OP überstanden hatte und stabil war, hat sie sich aus dem Staub gemacht. Wir hatten den Eindruck, dass sie hofft, dass er nicht durchkommt, weil es ihr das Leben leichter machen würde. Schlampe.«

»Wer kümmert sich um ihn?«

Er zuckte mit den Schultern. »Wir sind seinetwegen hier.« »Das ist nicht das, was ich meine.«

»Er hat keine enge Familie, wenn du das meinst.« »Kann ich bleiben und helfen? Bitte!«

Jasons Gesichtsausdruck wurde weicher. Er wusste, dass Sully und Mac eng befreundet waren. »Das würde er nicht von dir erwarten.«

»Bitte?«

»Okay. Wir werden mit den Angestellten sprechen.«

Jason überzeugte Cybil, die Erlaubnis zu unterschreiben, dass Mac in ihrer Abwesenheit helfen durfte, Sully zu betreuen.

Um es ihr leichter zu machen, hatte er erklärt. So konnte sie in ihrem Geschäft arbeiten und musste nicht den ganzen Tag im Krankenhaus verbringen.

Mac bewunderte, wie geschickt Jason mit der Schlampe umging. Sie hatte den Papierkram unterschrieben und war froh, eine Last weniger zu haben. Von Jason erfuhr Mac, dass sie zehn Jahre älter war als Sully und er ihr dritter Ehemann war. Ihre ersten beiden, die viel älter waren als sie selbst, waren beide eines natürlichen Todes gestorben, sodass sie recht gut versorgt war.

Die scheinbar endlosen Stunden zogen sich hin, bis Sully vier Tage später endlich die Augen öffnete.

Mac saß an seiner Seite. Ungeachtet dessen, wie es für andere aussehen mag, weinte Mac offen und hielt Sullys Hand. Sully konnte wegen des Beatmungsgeräts nicht sprechen, aber er sah Mac an. Als Mac seine Hand drückte, drückte Sully zurück.

Mac wich selten von seiner Seite. Gut, dass er auf Tads Boot pennen konnte, denn er hatte im Grunde alles verloren und musste seine Wohnung räumen, da er keinen Job hatte. Als Cybil eines Nachmittags hereinkam und von Sully verlangte, die Scheidungspapiere zu unterschreiben, wollte Mac sie aufhalten, konnte es aber nicht. Sie hatte gedroht, Mac als Sullys Ehefrau aus dem Zimmer entfernen zu lassen und ihm den Zutritt zum Krankenhaus zu verbieten.

Sie hätte es tun können.

Mac dachte schnell genug, um eine Krankenschwester und einen Arzt als Zeugen zu holen, die bezeugen konnten, dass Sully aufgrund seiner Medikamente und seines körperlichen Zustands nicht in der Lage war, den Papierkram zu unterschreiben.

Während Sully körperlich stärker wurde, zog er sich emotional zurück. Der betäubende Schock, als ihm die Scheidungspapiere zugestellt wurden, brachte ihn ins Trudeln, und Mac wusste nicht, wie er ihn da wieder herausholen sollte. Aber verdammt, er konnte mit ihm mitfühlen.

Eines Abends, als Sullys Polizeifreunde nach ihrem täglichen Besuch gegangen waren, zog Mac seinen Stuhl zu Sullys Bett hinüber. Das Pflegepersonal hatte Mac erlaubt, am Bett zu bleiben, da Sully in ein normales Zimmer verlegt worden war. Sully hatte sie darum gebeten, besonders nach Cybils Benehmen.

»Bist du okay?«

Sullys graue Augen wirkten tot und distanziert. Mac wusste, dass das nicht nur an den Schmerzmitteln lag. »Ich will, dass es vorbei ist. Das ist alles verdammter Schwachsinn. Wozu die Mühe?«

Mac wollte beichten und wusste, dass er es nicht konnte. Sully hatte aufgehört, seinen Ehering zu tragen, aber Mac wusste nicht, ob Sully ihn jemals so wollen würde, wie Mac ihn wollte. »Du hast mir gesagt, das Leben geht weiter, ein Schritt nach dem anderen. Das hast du mir gesagt.«

»Ich habe mich geirrt. Das ist verdammter Blödsinn.«

»Nein, ist es nicht.« Mac wollte um ihn weinen. Er hatte die Abgründe von Sullys Mitgefühl und Liebe für andere gesehen, seine Gefühle, seine Selbstlosigkeit. Dieser Mann war eine leere Einöde. »Du darfst mich nicht aufgeben, Mann.«

»Das ist unwichtig. Ich habe kein Zuhause. Ich habe keine Frau. Ich kann mich nicht um mich selbst kümmern. Ich kann nicht mehr draußen arbeiten, das weiß ich. Sie werden mir einen Schreibtischjob geben, wenn ich Glück habe, wahrscheinlich Invalidität, Rente und Sozialleistungen, und mich ausmustern.« Er sah Mac an. »Was für einen Unterschied macht das schon?«

»Ich kümmere mich um dich. Ich werde dir helfen, gesund zu werden.« Er war fast verzweifelt. Wie konnte er es beweisen? »Bitte, Sul, du warst für mich da mit Bets. Lass mich dir helfen, das durchzustehen. Du hast mich nicht aufgegeben. Ich werde dich nicht aufgeben, ich schwöre.«

Zwei Monate später, nach einer ausgiebigen Reha und einer Runde mit einem Anwalt, der Sully vor Cybil schützen sollte, half Mac Sully, durch die Tür ihrer neuen Wohnung zu gehen. Sie hatten erreicht, dass die Scheidungsvereinbarung gekippt wurde. Cybil musste Sully die Hälfte des Wertes des Eigenkapitals des Hauses zahlen. Das würde ihm helfen. Mac und Sullys Anwalt waren mit einem Gerichtsbeschluss, Deputys und Jason Callahan in die Wohnung gegangen und hatten so viele persönliche Gegenstände von Sully sichergestellt, wie sie konnten.

Sully war immer noch eine leere Hülle. Schlimmer noch, er war versunken in blinde Wut.

Mac nahm es nicht persönlich. Eines Abends, als Sully auf der Couch lag und fernsah, fiel er beim Versuch, allein aufzustehen, hin. Er bekam einen Wutanfall, der in fast hysterische Tränen ausartete. Mac nahm ihn in den Arm, sein Herz brach für diesen Mann, seinen Freund.

Seinen Seelenverwandten.

Und er konnte es ihm nicht einmal sagen.

»Lass mich hier liegen, Brant«, schrie Sully. »Wie verdammten Abschaum. Das ist alles, was ich bin.«

Mac zwang ihn auf die Beine, einen von Sullys Armen um seine Schultern gelegt, und ins Bett. Er half ihm beim Ausziehen, wie er es sonst immer tat, während Sully immer noch schimpfte und tobte, schwankend zwischen Wut und Angst.

Als er schließlich in Wut geriet, schrie er Mac an. »Lass mich verdammt noch mal in Ruhe!«

Mac wandte sich gegen ihn. »Nein! Ich werde nicht zusehen, wie du dein verdammtes Leben aufgibst. Du wirst wieder gesund, und wenn du gesund bist, wirst du herausfinden, wie es weitergehen soll. Wann kapierst du endlich, dass ich dein Freund bin und dich liebe und dass ich nirgendwo hingehen werde, egal, wie sehr du mich darum bittest?« Sein Atem blieb ihm im Hals stecken. Näher war er einem Geständnis noch nicht gekommen.

Sullys Abendmedikamente hatten gewirkt, was seine ohnehin schon schlechte Laune noch verstärkte. Er griff sich durch seine Boxershorts in den Schritt und schrie: »Fick dich! Du kannst meinen Schwanz lutschen. Das Leben ist scheiße. Ich wünschte, sie würden mich verdammt noch mal sterben lassen!«

Mac hatte keine Zeit, sich über die Konsequenzen Gedanken zu machen, denn die Einladung war so gut wie jede andere. Er fesselte Sullys Handgelenke an das Bett. »Du sagst mir, ich soll deinen Schwanz lutschen, Sul?«

»Ja!« Sully grinste. Sullys Pupillen hatten sich geweitet, das Schmerzmittel wirkte jetzt. »Du willst hier bei mir bleiben, verdammt? Dann mach dich nützlich und lutsch meinen gottverdammten Schwanz, Arschloch!«

Mac grinste. »Okay.« Er hatte es noch nie getan, aber er musste zugeben, dass er schon oft davon geträumt hatte, während er Sully beim Baden half oder ins Bad ging. Bevor Sully protestieren konnte, riss Mac Sullys Boxershorts herunter und saugte gierig an seinem Schwanz.

Sully wurde still und ruhig. Mac, der Sullys Schwanz nicht losließ, wechselte die Position und kniete sich zwischen die Beine des Mannes, damit er ihn ansehen konnte. Schock, Unglaube und ... mehr als ein Anflug von Lust zeichneten Sullys Gesicht.

Nach ein paar Minuten sank Sullys Kopf auf das Kissen und er begann, seine Hüften im Takt mit Macs Mund zu bewegen. Als Sullys Hände sich in seinen Haaren verhedderten, schloss Mac seine Augen und verlangsamte seine Bewegungen, um sich zu entspannen.

Er dachte daran, wie gern er sich einen blasen ließ und was die Mädchen mit ihm machten und was er mit Sully tat. Er war überhaupt nicht peinlich berührt.

Über die Konsequenzen würde er später nachdenken.

Nach ein paar Minuten fing Sully an, leise »Fuck, fuck, fuck« zu murmeln. Mac packte seine Hüften und hielt ihn fest, als Sullys Körper sich anspannte, dann stöhnte Sully auf, als er zum Höhepunkt kam. Heißer Samen floss über Macs Zunge. Wieder hatte er keine Zeit, darüber nachzudenken, als er jeden Tropfen schluckte. Es fühlte sich richtig an.

Es fühlte sich gut an.

Sully bewegte seine Hände nicht, sondern ließ sie auf Macs Kopf ruhen. Anhand des rauen Geräuschs von Sullys Atem wusste Mac, dass er noch wach war. Mac ließ schließlich seinen Schwanz los und lehnte seine Wange an Sullys Hüfte. Er bewegte sich nicht, hatte fast Angst, zu atmen.

Sully bewegte seine Hände immer noch nicht.

Nach langen, ängstlichen Minuten flüsterte Sully: »Das habe ich noch nie gemacht«.

Mac lachte. »Willkommen im Club. Ich auch nicht.« Er fühlte, dass es vielleicht sicher war, seinen Kopf zu heben und zu schauen. »Ich werde mich auch nicht dafür entschuldigen. Du bist der erste Mann, mit dem ich je zusammen war. Ich weiß nicht, warum du, warum ich dich liebe, aber ich liebe dich. Du wirst also eine Weile mit mir zusammenbleiben. Wenn du mir sagen willst, ich soll mich verpissen, dann werde ich das tun. Aber lass mich wenigstens bei dir bleiben, bis du wieder auf den Beinen bist. Das bin ich dir schuldig, weil du mich am Leben erhalten und nicht sterben lassen hast. Wenn du mir sagst, dass ich das nie wieder tun soll, und so tun willst, als wäre es nicht passiert, na gut, dann akzeptiere ich auch das. Ich werde mich sogar entschuldigen, wenn du willst. Ich werde nicht lügen und sagen, dass ich es nicht genossen habe, als ich es tat.«

Sullys graue Augen richteten sich auf ihn. Zum ersten Mal schienen sie weniger tot zu sein als in den letzten Monaten. »Du liebst mich?«

»Ja. Ich dachte, ich stehe nur auf Mädchen. Und ich stehe auch auf Mädchen. Aber ich liebe *dich*. Also schwul, bi, was auch immer mich ausmacht, es ist mir egal. Ich weiß nur, dass ich *dich* liebe.« Er holte tief Luft. »Willst du jetzt, dass ich gehe?«

Sully schüttelte langsam den Kopf. »Nein«, flüsterte er schließlich. »Ich will nicht, dass du gehst.«

Mac spürte, wie ihm ein erleichterter Seufzer entwich. »Gut, denn ich will auch nicht gehen.«

»Was ist dann passiert?«, fragte Clarisse.

Mac zuckte mit den Schultern und nahm einen weiteren Schluck von seinem Bier.

»Ich schlief ein und wachte am nächsten Morgen auf, und wir fühlten uns beide irgendwie unwohl. Seine Schmerztabletten hatten nachgelassen, und ich dachte: ›Oh Scheiße, hoffentlich habe ich es nicht versaut.‹ Wir redeten, redeten noch mehr. Es war ein langer Weg zwischen damals und heute. Ein guter Weg. Kein perfekter Weg. Wir sind wie jeder andere in einer Beziehung. Es gibt gute und schlechte Zeiten. In unserem Fall gibt es nur sehr wenige schlechte Zeiten, und sie sind im Vergleich zu den Problemen vieler Menschen gering. Das Gute ist es immer wert.«

Mac sah normal und natürlich aus, mit einem Halsband, Nippel-Piercings und sonst nichts.

Er hatte auf jeden Fall den Körper dafür. »Wie bist du sein Sklave geworden?« »Das geschah schon sehr früh. Eines Tages rannte ich nackt aus dem Badezimmer, und er scherzte, dass ihm der Anblick gefalle. Also fing ich an, nackt herumzulaufen.« Er lächelte, als er einen weiteren Schluck nahm. »Das führte zu noch interessanteren Dingen.«

»Aber woher wusstest du, dass du devot bist?«

»Woher weißt du, dass du ein Mädchen bist? Ich bin nicht mit jedem so, falls du es noch nicht bemerkt hast. Nur mit ihm. Und selbst dann tauschen wir ein wenig. Auf dem Boot bin ich der Top und er der Bottom.«

»Du meinst, er ist dein Sklave.«

»Scheiße nein. Er ist immer mein Meister. Top und Bottom kann etwas anderes sein als Dom und Sub oder Meister und Sklave. Er lässt mich auf dem Boot die Oberhand haben. Ich darf das Sagen haben. Wie an dem Tag, als wir dich gefunden haben, er ist aber immer noch mein Meister und ich gehorche ihm. Er würde nie versuchen, seinen Willen durchzusetzen, wenn wir spielen und ich das Sagen habe. Das hat mit

Vertrauen zu tun. So kann ich meine Bedürfnisse befriedigen und das Sagen haben, und er kann sich entspannen und die Kontrolle auf sichere Art und Weise abgeben.«

Sie wischte sich mit den Händen über das Gesicht. »Ich verstehe nicht, warum du manchmal nur die Kontrolle haben willst.«

»Als wir das Boot noch nicht hatten, hatten wir eine andere Vereinbarung, etwa ein Wochenende im Monat oder so, dann haben wir getauscht. Ich mag diese Struktur, zu wissen, dass ich in bestimmten Fällen das bin und tue, und den Rest der Zeit ist er derjenige, der das macht. Das habe ich an der Army geliebt, das Protokoll, die Abläufe. Ich habe einige der Arschlöcher gehasst, unter denen ich gearbeitet habe, und dass auf mich geschossen wurde. Der Meister gibt mir, was ich brauche und will.«

»Das hat meine Frage nicht beantwortet, woher du es weißt.«

Er zuckte mit den Schultern. »Ich liebte es, mich um ihn zu kümmern, für ihn da zu sein. Ich wollte nicht aufhören. Als er geheilt war, begann ich, andere Dinge für ihn zu tun. Ich ließ ihn sich auf das Schreiben und später auf die Kurse konzentrieren, die er gab. Das machte mich glücklich. Es hat ihn glücklich gemacht. Hättest du mir vor ein paar Jahren gesagt, dass ich damit glücklich sein würde, hätte ich dich für verrückt erklärt. Und schon dreimal bei einem Mann.« Seine Stirn runzelte sich in Konzentration.

»Der Meister und ich ... scheißen auf Etiketten. Sie sind genau das, besser für Kleidung oder Nahrungsinhalte als für Menschen. Wir sind nicht schwul. Wir sind nicht auf der Suche nach Männern. Wenn wir einen süßen Kerl sehen, ja, klar, dann machen wir vielleicht eine Bemerkung zueinander. Aber es ist nicht so, dass mein Schwanz dann hart wird. Wenn eine schöne Frau vorbeikommt, dann regt sich mein Schwanz. Und der des Meisters auch.«

Er sah ihr in die Augen, und sie spürte, wie sich zwischen ihren Beinen glühende Hitze bildete. »Ich schaue in die Augen des Meisters und möchte auf die Knie fallen und ihn anflehen, mich zu ficken. Er ist der einzige Kerl, der das bei mir tut. Du kommst vorbei und mein Schwanz schreit nach Aufmerksamkeit und versucht mich zu überreden, dich zu ficken. Glaub mir, ich wünschte, ich könnte es, denn ich würde es sofort tun.« Er trank das Bier aus, bevor er aufstand und in die Küche ging.

Seine Worte klangen ihr in den Ohren. Sie waren nicht schwul.

Ein dumpfer Schock durchflutete ihren Körper. Als eine verrückte Hoffnung aus dem weiten linken Feld auftauchte und um Aufmerksamkeit schrie, schlug sie sie zurück. Sie wollte nicht dorthin gehen. Sie wollte ihren Hut nicht an unmögliche Hoffnungen hängen und sich das Herz brechen lassen. Sully und Mac waren einander treu ergeben. Nur ein Schwachkopf konnte das übersehen.

Sie wünschte sich, dass jemals jemand so für sie empfinden würde.

***

SULLY SPÜRTE, wie sein Telefon neben ihm auf dem Bett vibrierte und ihn aus seinem Nickerchen riss. Ohne hinzusehen, tastete er danach und ging ran. »Nicoletto.«

»Hey, Sul. Ich bin's, Jason.«

Sullys Bein schmerzte noch immer, aber nicht so sehr wie am Vortag. »Was ist los?«

»Du kennst mich, ich kann mich nicht um meine eigenen Angelegenheiten kümmern. Ich habe etwas nachgeforscht.«

»Was?«

»Ich habe etwas Interessantes über Officer Bryan Jackson herausgefunden.« Der Schlaf verließ Sullys Körper. »Was?«

»Ed und Lorraine Moore starben vor drei Jahren bei einem tragischen Unfall mit Fahrerflucht. Ihr Auto stürzte eines Abends eine Böschung hinunter. Lackkratzer zeigten, dass ein anderes Fahrzeug beteiligt war.«

Sully drehte sich um. Jason hatte seine volle und ungeteilte Aufmerksamkeit. »Clarisse' Eltern?«

»Ja. Am selben Tag, etwa eine Stunde bevor die Unfallstelle entdeckt wurde, meldete Officer Jackson sein Auto als gestohlen. Es wurde nie gefunden.«

Sully kaute das in Gedanken durch. »Verdammter Mistkerl.«

»Ja. Hör dir das an. Ich habe den Unfallbericht von der Sheriff-Stelle in Licking County angefordert. Ein Zeuge hat berichtet, dass ein Auto mit der gleichen Farbe wie Jacksons Auto die Gegend verlassen hat, ungefähr zu der Zeit, als sich der Unfall ereignet hat, aber es war dunkel und sie haben weder das Kennzeichen noch die Marke oder das Modell erkannt oder den Unfall gesehen.«

»Er hat sie getötet?«

»Er hatte ein Alibi. Er saß auf dem Revier und füllte einen Bericht über das Auto aus. Davor ist er auf einem Überwachungsvideo zu sehen, wie er bei Walmart einkauft, zusammen mit einem Kreditkartenbeleg mit Zeitstempel. Sein Auto wurde auf dem Parkplatz gestohlen, was ebenfalls auf dem Video festgehalten wurde, aber der Täter wurde nie identifiziert.«

»Hat denn niemand daran gedacht, diesen Mist zusammenzusetzen?«

»Jacksons Vater und der Polizeichef dieses charmanten kleinen Ortes sind zusammen zur Schule gegangen.«

Sully schloss die Augen und kniff sich in den Nasenrücken. »Clarisse erhielt eine hunderttausend Dollar schwere Lebensversicherung, als sie starben.«

»Das könnte er gewusst haben. Sie waren damals schon ein paar Jahre zusammen.«

»Höchstwahrscheinlich. Verdammter Mistkerl.«

Wenn sie geblieben wäre, wie lange hätte es gedauert, bis Clarisse einen ›Unfall‹ gehabt hätte? Und noch wichtiger: In welcher Gefahr befand sie sich jetzt, da sie Jackson angezeigt hatte?

NACH DEM ABENDESSEN rollte sich Clarisse auf einem Ende der Couch zusammen und sah fern. Sully tauchte aus seinem Versteck auf. »Was dagegen, wenn ich mich zu euch setze?«

»Es ist dein Haus.«

Er ließ sich am anderen Ende der Couch nieder. »Geht es dir gut?«

»Ja.« Sie versuchte, sich auf die Show zu konzentrieren und nicht auf Sullys Anwesenheit. Nach ein paar Minuten räumte Mac die Küche auf und kam zu ihnen. Anstatt auf der Couch zu sitzen, setzte er sich neben Sully auf den Boden.

Clarisse spürte, wie ihr Herz einen Sprung machte, als sie sah, wie Sully zärtlich über Macs Haar strich. Macs Augen fielen zu, als er sich an Sullys Bein schmiegte.

Sie wollte das. Die Verbundenheit, die Nähe. Die Zärtlichkeit. Die Liebe.

Es fiel ihr schwer, sich auf die Fernsehsendung zu konzentrieren. Ein Teil von ihr wollte auf die Couch krabbeln und mit Sully kuscheln.

Als die Show zu Ende war, tippte Sully Mac auf die Schulter. Mac erschrak.

Er war eingeschlafen. »Schlafenszeit, Kumpel«, sagte Sully.

Mac nickte verschlafen und stand auf. »Gute Nacht, Süße«, sagte er zu Clarisse.

»Nacht.«

Sully schenkte ihm ein Lächeln. »Wir sehen uns morgen früh.« Mac folgte ihm in ihr Schlafzimmer und ließ Clarisse mit ihren eigenen Wünschen allein.

Sie ging mit einem Buch ins Bett. *Chances Taken*, von einem gewissen S. N. MacCaffrey.

Sie lächelte. Sully schrieb auch unter seinem eigenen Namen, sowohl für seine Sachbücher und einige seiner belletristischen Werke. Für die erotischen Werke benutzte er jedoch sein Pseudonym. Dies war das erste Mal, dass sie eines seiner Bücher gelesen hatte. Es berührte sie, dass er Macs Nachnamen als Pseudonym benutzte.

Drei Stunden später gähnte Clarisse, aber sie war so in das Buch vertieft, dass sie es nicht aus der Hand legen konnte. Es war nicht einfach nur Erotik, sondern eine herzzerreißende, emotionale, schöne und sexy Romanze zwischen zwei Männern, die sich liebten, aber das Leben und die Umstände hielten sie auseinander. Glücklicherweise gab es ein Happy End. Aufgrund der Tiefe des Schreibens und des Geschicks, mit dem die Geschichte um die intensiv erotischen Szenen herum gewoben wurde, wusste sie, dass Sullys stille Wasser sozusagen tief waren.

Als sie das Buch zuklappte, war sie überrascht, dass es fast fünf Uhr morgens war. Sie schloss die Augen und schlief ein, während sie über das Buch nachdachte und sich fragte, ob sie jemals *ihr* Happy End finden würde.

KAPITEL VIERZEHN

Am nächsten Tag, vor dem Mittagessen, rief Sully Clarisse in sein Büro und überreichte ihr ein neues Mobiltelefon.

»Wofür ist das?« Sie untersuchte das Gerät; ein teures Telefon mit allem Schnickschnack.

»Es läuft auf meinen Namen. Wenn die Anrufer-ID anspringt, zeigt sie mich an. Ich warne dich, es ist ein GPS-Tracker eingebaut, auf den ich von meinem Computer aus zugreifen kann.«

Furcht machte sich breit. »Warum?«

»Ich ziehe es vor, zu wissen, dass wir dich finden können. Wenn das Telefon an ist, kann ich es verfolgen. Wenn du nicht das Problem mit Bryan am Hals hättest, wäre es etwas anderes. Ich bezahle dafür, und du kannst es so oft benutzen, wie du willst. Aber ich bestehe darauf, dich zu finden. Ich bin für dich verantwortlich. Tad würde mich umbringen, wenn dir etwas zustößt. Geh und zieh dich an. Jeans, nichts Ausgefallenes.«

»Warum?«

»Du und ich gehen aus.«

Als Sully einige Minuten später zu ihr in die Küche kam, trug er eine metallene Aktentasche.

Dieser Ausflug war offenbar auch für Mac eine Neuigkeit. Macs Augenbrauen wölbten sich. »Was ist hier los?«

»Ich gehe mit Clarisse ein paar Stunden weg. Wir werden unterwegs etwas essen. Komm schon, Baby.«

Mac starrte ihn an. »Wolltest du, dass ich mitkomme?«

»Du hast viel zu tun, unter anderem musst du den Papierkram für das Monatsende erledigen, nicht wahr?« Er hielt die Tür für Clarisse auf.

»Ja, Meister«, sagte Mac.

Clarisse folgte Sully nach unten, wo er ihr die Beifahrertür des Jaguars aufhielt. Er schloss die Aktentasche im Kofferraum ein, bevor er sich hinter das Lenkrad setzte. Sie bemerkte, dass er seinen Gehstock mitgebracht hatte.

»Wohin gehen wir?«, fragte sie.

»Du wirst schon sehen.« Ein verspieltes Lächeln kräuselte seine Lippen. Er blinzelte. »Nervös?« »Sollte ich das sein?«

Er ergriff sanft ihre Hand und verschränkte seine Finger mit ihren, bevor er sie an seine Lippen führte. Er küsste ihren Handrücken. »Ich verspreche dir, dass ich sterben würde, um dich zu beschützen.«

Ein tiefer Schauer durchlief sie bei der Tiefe seiner Stimme, den Gefühlen in seinen Worten. Sie wusste instinktiv, dass er es ernst meinte.

Wenn sie ihr Gehirn nur dazu zwingen könnte, das Memo zu akzeptieren.

Das Radio in seinem Auto war auf den Sechzigerjahre-Kanal eingestellt. Als sie aus der Einfahrt fuhren, setzte Sully seine Sonnenbrille auf. »Du kannst gern den Kanal wechseln, wenn du willst.«

»Nein, das ist schon okay. Alles in Ordnung.« Sie wusste nicht, worüber sie reden sollte, hatte aber auch nicht das Bedürfnis, das Schweigen zwischen ihnen zu überbrücken. Sie hatte die gleiche Art von Beziehung zu Mac, konnte Seite an Seite mit ihm auf dem Boot oder in der Küche arbeiten, ohne dass sie reden musste.

Nur mit Mac fühlte sie sich frei, eine spielerische Beziehung zu ihm zu haben, die Hüften zu schwingen oder spontan mit ihm zu tanzen, wenn ein Lieblingslied in der Stereoanlage lief.

Sie war sich nicht sicher, ob sie diese Art von Interaktion mit Sully haben sollte.

Andererseits sollte sie sich vielleicht auch bei Mac etwas zurückhalten. Sie waren nicht ihre Männer, konnten nie etwas anderes als Freunde sein. Ihr Herz an sie zu verlieren, vor allem weil sie wusste, dass sie nicht schwul waren, würde ihr am Ende nur Schmerzen bereiten.

Clarisse ließ sich auf ihrem Sitz nieder und beobachtete die vorbeiziehende Landschaft. Dreißig Minuten später fuhren sie auf den Parkplatz eines Waffenladens und Schießstandes in New Port Richey.

Nervöse Anspannung erfüllte sie. Sie ahnte, was der metallene Aktenkoffer enthielt. »Was machen wir hier?«

Ohne seine Sonnenbrille abzunehmen, sah er sie an. »Du musst in der Lage sein, dich zu verteidigen.«

»Warum? Was hast du gehört?« Sully hatte den Fall übernommen und sich mit dem für sie zuständigen Detective in Ohio in Verbindung gesetzt.

Einzelheiten interessierten sie nicht.

»Nichts. Ich traue dem schleimigen Mistkerl nicht. Ich würde mich nicht wohl dabei fühlen, dir Zugang zu meinen Waffen zu geben, ohne zu wissen, dass du sie sicher handhaben kannst.«

»Wie viele hast du denn?« Er lächelte. »Genug.«

Er ging vorn um das Auto herum, um ihr die Tür zu öffnen. Sie bemerkte, dass er hinkte und legte seine Hand auf die Motorhaube und die Kotflügel, um sich zu stützen. Er holte seinen Stock vom Rücksitz, bevor er die Aktentasche und eine Reisetasche aus dem Kofferraum holte. Drinnen lächelte der Mann hinter dem Tresen, als er Sully erkannte.

»Hey, Sul. Habe dich seit ein paar Monaten nicht mehr gesehen.«

»Ich war beschäftigt, Gus.« Er legte die Aktentasche auf den Tresen, schloss sie auf und öffnete sie. Darin lagen, eingebettet in Schutzschaum, drei Handfeuerwaffen. Sie wusste genug, um zu erkennen, dass es sich bei einer um einen Revolver und bei den beiden anderen um halb automatische Pistolen handelte, aber darüber hinaus hatte sie keinen Schimmer.

Der Angestellte brachte Sully drei Kisten mit Munition und mehrere Zielscheiben. »Such dir eine aus, sie sind alle offen.«

»Danke.«

Sully trug alles und führte den Weg durch eine Tür zum Schießstand. »Hast du schon mal mit so einem Ding geschossen?«

»Als ich ein Kind war, brachte mir Onkel Tad bei, wie man mit einem Luftgewehr schießt.« »Die Antwort wäre also nein?« Er drehte sich um. Seine Mundwinkel verrieten den Schalk, der ihm im Nacken steckte.

Sie lächelte. »Nein.«

Sein Lächeln wurde breiter. »Okay.« Er nahm zwei Schutzbrillen und Ohrenschützer aus der Tüte. Dann hängte er eine der Zielscheiben an die Leine und führte sie bis zum Ende des Schießstandes. Noch bevor er die Abzugssperren an den Waffen entfernte, erklärte er sie ihr. Die erste Pistole war eine 9 mm, die zweite eine Kaliber .45 und der Revolver ein Kaliber .38. Er erklärte die Sicherheitsmechanismen, wie man sie lädt und wie man schießt. Dann entriegelte er sie und führte sie vor.

»Ich bin sicher, Tad hat dir erklärt, dass du jede Waffe, auch eine ungeladene, immer so behandeln sollst, als wäre sie geladen.«

»Ja.«

Er lud das Magazin der 9 mm und setzte seine Schutzbrille und die Ohrenschützer auf. »Setz die auf«, befahl er und nickte ihr zu.

Das tat sie.

Er sagte ihr, wo sie stehen sollte, aus dem Weg. Dann leerte er das Magazin in die Zielscheibe. Die meisten Schüsse waren Volltreffer. »Hast du gesehen, wie ich stand und die Waffe gehalten habe?«

»Ja.«

Er nahm das Magazin heraus und reichte es ihr zusammen mit der Waffe. »Lade sie.«

Mit zitternden Händen tat sie es, während Sully sie bei Bedarf ermunterte. Als es an der Zeit war, das Magazin in die Waffe zu stecken, legte er seine Hände über ihre.

»Vergiss nicht, zu atmen. Dann hältst du den Atem an, bevor du langsam den Abzug betätigst.«

Er trat hinter sie und legte seine Arme um sie, während sie die Waffe vorbereitete. Clarisse kämpfte gegen den Drang an, sich gegen ihn zu lehnen, in seine Umarmung zu fallen. Er half ihr, ihre Hände und Arme richtig zu positionieren, bevor er ihr aus dem Weg ging.

»Okay.«

Sie entsicherte die Waffe, holte tief Luft, drückte ab und schrie. Der Rückstoß erschreckte sie mehr als das Geräusch. Die Art, wie Sully schoss, ließ es leicht aussehen. Sie warf einen Blick auf ihn, der seitlich an der Trennwand lehnte und die Arme vor der Brust verschränkt hatte. Er nickte zustimmend.

Sie holte tief Luft und leerte innerhalb einer Minute das Magazin, warf es dann aus und legte es zusammen mit der Waffe auf den Tresen.

Sully nickte erneut und nahm die Waffe an sich. »Gute Arbeit, Schätzchen.«

Ihre Hände pochten. Er führte die Zielscheibe zu ihnen zurück. Ihre Schüsse unterschieden sich deutlich von denen von Sully, denn ihre trafen nie die Mitte der Zielscheibe. Er hängte eine neue Zielscheibe auf.

»Was meinst du mit guter Arbeit? Ich kann nicht gut zielen.«

»Du hast das Ziel getroffen. Ich melde dich nicht bei der Olympiade an, Kleine. Ich möchte, dass du sicher mit einer Waffe umgehen kannst.«

»Warum haben wir Mac nicht mitgenommen?« Der Ausdruck auf seinem Gesicht, als sie gingen, hatte sie beunruhigt. Als ob er sich übergangen fühlte.

Sully runzelte die Stirn, seine Hände zögerten nur eine Sekunde, als er das Magazin in die .45er lud. »Mac hasst Waffen.«

»Er schießt nicht gern?«

»Er hat Flashbacks.« Sully blickte sie an. »Er war drei Jahre lang im Irak.« Es gab eine Menge, was sie nicht über die Männer wusste. Sie wusste, dass Mac eine Weile in der Army gewesen war, hatte ihm aber keine Fragen dazu gestellt, weil sie spürte, dass er nicht gern darüber sprach.

»Warum geht ihr zwei heute Abend nicht ins Kino?«, schlug Sully vor. »Was?«

»Um wiedergutzumachen, dass du ihn allein gelassen hast.« »Das ist verdammt unheimlich.«

»Was?«

»Dass du meine Gedanken liest.«

Er gab ihr ein Zeichen, zurückzutreten, während er sich in Schussposition begab. »Was soll ich sagen? Das ist so ein Dom-Ding.« Sein Mund verzog sich zu einem amüsierten Lächeln.

Sie sah zu, wie er das Magazin entleerte. Wieder trafen alle seine Schüsse fast oder genau in der Mitte. Er half ihr, die .45er zu laden und sah ihr beim Schießen zu. Als sie fertig war, legte sie sie auf den Tresen.

»Tu mir einen Gefallen, Süße. Bitte heb die Hülsen auf. Mein Bein tut mir weh.«

»Okay.« Während sie das tat, lud er die .45er für sie nach. »Du magst die Sig nicht, oder?«, fragte er. »Was?«

»Die Neun-Millimeter.« »Nein.«

»Du sahst aus, als hättest du Angst.«

Sie zuckte mit den Schultern, als sie die Patronen auf den Tresen legte. Er ließ sie noch drei Magazine mit der .45er schießen, bevor er zum Revolver wechselte. Sie mochte ihn nicht viel mehr als die 9 mm, aber als die Stunde zu Ende war, merkte sie, dass sie sich Sully näher fühlte und entspannter in seiner Nähe war als jemals zuvor. Als sie ihm half, die Waffen wieder zu verriegeln und zu verstauen, fiel ihr auf, dass sie sich seit ihrer Ankunft nicht ein einziges Mal nervös in seiner Nähe gefühlt hatte.

Er strich ihr ein verirrtes Haar hinters Ohr. »Wie wäre es, wenn wir uns einmal in der Woche zu einem Shooting verabreden würden?«

Sie grinste. »Date?«

Er schlang seine Arme um sie und zog sie zu sich. »Mac verbringt die meiste Zeit mit dir. Vielleicht würde ich mich ab und zu über deine Gesellschaft freuen.«

Sie spürte in seinem grauen Augen etwas, das tiefer ging als einfache Freundschaft.

Oder war es vielleicht nur Wunschdenken ihrerseits? »Okay. Das würde mir gefallen.«

Er küsste sie auf die Stirn. »Ich denke, dass das alles übertrieben ist, aber es würde mich umbringen, wenn dir etwas zustoßen würde, weil wir dich nicht angemessen beschützt haben«.

Sie entspannte sich in seinen Armen, legte ihre Stirn an seine Brust und schloss die Augen. Ihre Gedanken schweiften zurück zu der Party, zu der Art, wie Mac sich ihm hingegeben hatte, zu dem Vertrauen, das er in Sully hatte.

Wie könnte sie Sully gegenüber jemals zugeben, dass sie sich das auch wünschte?

»Danke, Sully.«

»Lass uns essen gehen.« Er ließ sie los und setzte seine Sonnenbrille auf, bevor er ihre Sachen zusammensuchte.

Der Moment ist vorbei.

SULLY DACHTE an den Anruf von Jason zurück. Er hatte keine Beweise. Er wusste instinktiv, dass Clarisse nichts mit dem Tod ihrer Eltern zu tun haben würde, und sie vermutete wahrscheinlich auch nicht, dass Bryan Jackson es war. Als sie an einem Tisch im Restaurant saßen, beschloss er, die Lage zu testen. Nachdem er ein paar Minuten mit ihr geplaudert hatte, warf er die Frage in den Raum.

»Und was haben deine Eltern von Bryan Jackson gehalten?«

»Sie hassten ihn. Ich habe sogar zweimal mit ihm Schluss gemacht, bevor wir endgültig wieder zusammenkamen.« Sie sah traurig aus. »Ich hätte auf sie hören sollen.«

»Warum warst du dann mit ihm zusammen?«

Der Blick von Clarisse fiel auf den Tisch. Ihm entgingen nicht die Tränen, die ihre Augen füllten. »Er kam persönlich, um mir die Nachricht von ihrem Unfall zu überbringen. Er war auf dem Revier, als es passierte.« Sie schniefte und wischte sich mit der Serviette über die Augen, als ihre Stimme sank. »Er hat darauf bestanden, es mir zu sagen. Ich ... ich bin zusammengebrochen. Er nahm mich auf und hielt mich zusammen, half mir, die Beerdigung und die Vorbereitungen zu planen.«

Sie holte tief Luft und zwang sich zu einem Lächeln. »Es war, als ob ich eine ganz andere Seite von ihm gesehen hatte, oder? Das war natürlich, bevor er mich das erste Mal geschlagen hat. Er war so lieb. Er hat nicht versucht, romantisch mit mir zu sein oder so, er war einfach da.«

Sie begegnete Sullys Blick. »Er kam vorbei, um nach mir zu sehen und sich zu vergewissern, dass es mir gut geht. Nach ein paar Wochen lud ich ihn zum Essen ein und wir kamen wieder zusammen. Ich dachte, ich hätte einen anderen Mann gesehen. Ich dachte, er hätte vielleicht seine Wut in den Griff bekommen. Er sagte, er habe wirklich hart daran gearbeitet, sich zu ändern. Eine Zeit lang verhielt er sich ganz anders. Nach sechs Monaten oder so kam der alte Bryan wieder zum Vorschein. Langsam, mit kleinen Dingen hier und da. Als ich merkte, dass er sich nicht wirklich geändert hatte, war ich nicht stark genug, um ihn dazu zu bringen, wieder zu gehen. Ich habe mich damit abgefunden.«

Sully nickte und fuhr mit den Fingern durch das Kondenswasser auf seinem Glas. »Das ist verständlich.« Es bestätigte auch seinen Verdacht, dass sie nichts mit dem Tod ihrer Eltern zu tun hatte.

»Nein, ist es nicht«, schoss sie wütend zurück. Sie blickte sich um und senkte ihre Stimme. »Ich habe mich verdammt *dumm* verhalten. Ich habe mir von ihm alles gefallen lassen, und als ich mich bereit fühlte, wieder zur Schule zu gehen und meinen Abschluss zu machen, konnte ich es nicht, weil ich ihm die Kontrolle über mich überlassen hatte. Er wollte mir nicht das Geld geben, um zur Schule zu gehen. Als ich ihm sagte, dass ich ihn rauswerfen würde, schlug er mich und bedrohte mich das erste Mal.«

»Du bist *nicht* dumm, Clarisse.«

»Hör auf damit. Ich bin dumm. Ich bin dumm, und ich hatte Angst, dass ich es allein nicht schaffe, und dann hatte ich Angst, dass er mich umbringen würde. Wer hätte mich denn sonst gewollt? Verdammte fette Tussi, alles, was ich anlocken kann, ist ein Psycho-Bulle als Freund...«

Sully griff über den Tisch und packte ihr Kinn. »Hör auf«,

flüsterte er. »*Wage es nicht,* jemals wieder so über dich selbst zu reden. So wahr mir Gott helfe, Mädchen, ich werde dir diese Zicken aus deinem herrlichen Fell prügeln.« Er legte ihr einen Finger auf die Lippen. »Es ist mir scheißegal, was dieses Arschloch dir erzählt hat. Wem willst du denn glauben? Einem lügenden Psychopathen oder jemandem, der bereit ist, dir eine Waffe in die Hand zu drücken?« Ein spielerisches Lächeln ließ seine Lippen zucken.

Schließlich lächelte sie. Daraufhin berührte er ihre Nasenspitze, bevor er sich wieder in seinem Stuhl niederließ. Sein Blick bohrte sich in sie. »Baby, ich werde eine Menge tolerieren, glaub mir. Aber ich meine es ernst, wenn ich dich noch einmal so reden höre, *werde* ich dich übers Knie legen.«

Einen Moment lang sah sie schockiert aus, dann lächelte sie. »Versprochen?« Er lachte und nahm einen Schluck Wasser. »Das kannst du glauben.«

Nachdem ihr Essen gekommen war, musterte sie ihn nervös. »Mac hat mir erzählt, wie ihr euch kennengelernt habt.«

»Ich habe ihm gesagt, dass es in Ordnung ist. Ich möchte, dass du verstehst, dass hinter dem, was wir haben, viel mehr steckt, als es scheint. Ich liebe ihn, er liebt mich.«

»Ich habe *Chances Taken* gelesen.«

Er schmunzelte. »Was hältst du davon?«

»Was war zuerst da? Deine Beziehung zu Mac oder das Schreiben?«

Er zuckte mit den Schultern und lehnte sich in seinem Stuhl zurück. »Ich schreibe schon seit der Highschool.«

»Die Erotik?«

»Das kam, nachdem ich mit Mac zusammenkam.« »Es ist gut. Sehr emotional.«

»Ich bin froh, dass es dir gefallen hat.«

»Darf ich dich etwas Persönliches fragen?« »Sicher.«

»Wie bist du bei einem Mann gelandet, wenn du nicht schwul bist?«

Er zuckte mit den Schultern. »Es ist einfach passiert. Ich kann es nicht erklären. Manchmal muss man es einfach zugeben, wenn man jemanden liebt, und sich nicht darum kümmern, was die anderen denken.« Er richtete seinen spitzen Blick auf sie. »Es ist, wie es ist.«

ALS SIE VON ihrem gemeinsamen Nachmittag zurückkehrten, ging Sully nach oben, um die Waffen zu reinigen, und schickte Clarisse zu Mac. Sie fand ihn im Hinterhof bei der Gartenarbeit.

»Hey. Hattet ihr Spaß?«

Sie beobachtete seine Augen. »Sully hat mich zum Schießen mitgenommen.«

Ihr entging nicht die Wolke, die durch seinen Gesichtsausdruck zog. »Dachte ich mir schon, als ich den Waffenkoffer sah.«

»Er hat vorgeschlagen, dass du und ich heute Abend ins Kino gehen oder so. Gemeinsam.«

Die Wolke lichtete sich, seine Augen leuchteten. »Hat er, ja?« »Ja.«

»Wie wäre es, wenn du mir beim Kochen hilfst und wir zu Hause bleiben und einen Film schauen? Wir können den Fernseher anschreien, ohne alle zu verärgern.«

Clarisse kicherte. Sie hatte eines Abends entdeckt, dass sie das mit Mac gemeinsam hatte, als sie beide damit anfingen und Sully mit ihren lebhaften Kommentaren zum Lachen brachten. »Okay. Das klingt gut.«

Sie kehrte ins Haus zurück und zog sich um, um zu trainieren. Das Ellipsentrainer war sowohl ihr Lieblings- als auch ihr meistgehasstes Gerät. Nach zwanzig Minuten erschien Sully, ebenfalls in Trainingssachen. »Was dagegen, wenn ich auch trainiere?«

»Natürlich nicht.«

Er stellte die Hantelbank auf und begann, seine Beine zu trainieren. Er trug kein Hemd, was ihr erlaubte, die Narbe auf seinem Bauch anzustarren. Sie hatte sie während der Party nicht bemerkt, da ihre Aufmerksamkeit an diesem Abend mehr auf Mac als auf Sully gerichtet war.

»Warum willst du trainieren?«, fragte er sie.

Sie errötete, hielt den Timer auf dem Ellipsentrainer an und nutzte die Pause, um einen Schluck Wasser zu trinken. »Bitte fang nicht damit an. Mac hat mir schon die ›bring dich nicht um, um dünn zu werden‹-Lektion erteilt.«

Sully blickte zu ihr hinüber. »Er hat recht. Du bist schön, so wie du bist.«

Ihr Gesicht fühlte sich noch heißer an. »Ich wäre hübscher, wenn ich dünner wäre.«

Die Gewichte klirrten, als er stehen blieb und sich aufsetzte. »Warum sagst du das?«

Clarisse zuckte mit den Schultern und stieg wieder auf den Heimtrainer. »Weil es die Wahrheit ist.«

»Ist das noch mehr von Bryan Jacksons Schwachsinn?«

»Nein«, schoss sie zurück. »Es geht darum, dass ich die Wahrheit kenne. Ich bin verdammt fett.« Sie stieg runter vom Gerät und stapfte wütend zur Tür.

Sully fing sie ab, packte ihren Arm und drehte sie herum. »Hör mir zu, was habe ich dir gesagt, dass du nicht so reden sollst?«

Ihre Augen weiteten sich. »Das würdest du nicht tun!«

Er schlug ihr auf den Hintern, nicht hart genug, dass es wehtat, aber der Schock über seine Aktion betäubte sie. Seine

Stimme sank zu einem tiefen Knurren. »Ich lüge nie, wenn es darum geht, was ich tun werde, Süße. Das war ein Warnschuss.« Er zog sie näher zu sich. »Du *bist* wunderschön, und Bryan Jackson ist ein verdammter Idiot. Ende der Diskussion, verstanden?«

Sie konnte immer noch nicht glauben, dass er ihr einen Klaps auf den Hintern gegeben hatte. Sie nickte. Er lächelte und hüllte sie in eine Umarmung. »Wir finden dich wunderschön, Süße«, murmelte er in ihr Haar. »Wie Mac dir gesagt hat, wissen wir eine schöne Frau zu schätzen, wenn wir eine sehen. Er küsste sie auf den Kopf, bevor er sie losließ und zur Hantelbank zurückkehrte. Willst du dein Training beenden?«

Sie nahm sich einen Moment Zeit, um zu Atem zu kommen, bevor sie mit rasenden Gedanken zum Ellipsentrainer zurückkehrte.

Nach dem Abendessen verschwand Sully in sein Büro, um zu arbeiten. Mac überließ Clarisse die Wahl des Films. Sie entschied sich für einen Thriller, den sie noch nicht gesehen hatte, aus ihrer umfangreichen DVD-Sammlung.

Eine Stunde später kuschelte sie auf der Couch neben Mac, der sich kurze Hosen angezogen hatte, und sprangen bei den gruseligen Stellen auf und fügten dem Dialog ihre eigenen bissigen Kommentare hinzu.

Als der Abspann ablief, umarmte Mac sie. »Das sollten wir öfters machen.«

»Vielleicht könnte das unsere Form einer Datenight sein?«

Er lächelte und drückte ihr einen Kuss auf die Stirn. »Klingt gut für mich.«

KAPITEL FÜNFZEHN

Bereits einen Monat nach ihrer Ankunft schien sich Clarisse eingelebt zu haben.

Sully wusste, dass sie immer noch Vorbehalte gegen ihn hatte, aber sie hatte aufgehört, um ihn herumzuzappeln und hatte sogar angefangen, ihn spontan zu umarmen.

Das gab ihm Hoffnung.

Er blickte nicht auf, als Mac eines Abends leise in ihr Schlafzimmer kam und sich neben seinen Sessel am Fenster kniete, in dem er gelesen hatte. Er streckte die Hand aus und streichelte Macs Haar. »Was ist los?«

»Darf ich mit dir sprechen, Meister?«

Sully lehnte sich zurück und studierte Mac. Formaler Kniefall, Hände auf den Knien, Kopf gesenkt. »Schieß los«, sagte Sully zu ihm. Sein Magen krampfte sich zusammen, er erwartete das Schlimmste. *Ich will nicht mehr,* oder *ich will mit Clarisse zusammen sein.* Ersteres würde ihm das Herz brechen.

Letzteres würde seine Seele zermalmen.

Er wusste, dass Mac eine viel engere Beziehung zu Clarisse hatte als er, aber er hatte gehofft, dass sie ihm nach ihrem gemeinsamen Nachmittag vielleicht genauso vertrauen würde, wie sie Mac vertraut hatte.

Vielleicht war die Zeit dafür abgelaufen. »Ich liebe dich, Meister.«

Sully schloss die Augen und fürchtete sich. *Jetzt kommt es.*

»Ich möchte mein Leben mit dir verbringen«, fuhr Mac fort. »Ich hoffe also, dass dich das nicht wütend macht, aber du hast mir gesagt, ich soll ehrlich sein.«

Bring es hinter dich, Brant, dachte Sully. *Bitte, zieh es nicht in die Länge.*

»Ich bin in Clarisse verliebt.«

Das war's. Aber Mac war noch nicht fertig.

»Ich wollte wissen, ob du mir erlauben würdest, es ihr zu sagen.«

Hm? »Was?« Hatte er ihn richtig verstanden?

Mac zuckte zusammen. »Bitte sei nicht böse! Ich liebe dich immer noch, und wenn du Nein sagst, verstehe ich ...«

»Warte. Whoa. Noch mal zurück. Sie weiß nicht, was du fühlst?« Mac schüttelte den Kopf. »Ich wusste, dass ich erst mit dir reden muss.«

Sully musterte ihn mehrere Minuten lang. »Und wenn ich Nein sage?« Macs Schultern sanken ein wenig. »Dann wäre das dein Wille.« »Und wenn ich Ja sage?«

Er hörte Macs Atem stocken. »Das ist dann auch dein Wille.«

Sully stand auf. »Nimm dein Halsband ab und komm her.« Er setzte sich auf das Ende ihres Bettes, während Mac sich bemühte, den Anweisungen Folge zu leisten. Als Mac neben ihm saß, schaute Sully ihn an. »Was willst du, Brant?«

»Ehrlich gesagt? Ich fände es toll, wenn wir drei zusammen wären. Wenn sie uns so haben will. Uns beide.«

»Uns beide?« Mac nickte.

Sully brauchte einen Moment, um seine Gedanken zu ordnen. »Du wärst nicht eifersüchtig?«

Mac schüttelte den Kopf, ein verschmitztes Lächeln zog über sein Gesicht. »Ich weiß, dass du sie auch liebst. Ich kann es in deinen Augen sehen.«

»Du bist noch nicht so weit, mich loszuwerden?«

»Verdammt, nein!« Mac sah schon bei dem Gedanken daran entsetzt aus. Seine Reaktion ließ Sully aufatmen. »Ich liebe dich! Ich kann dich nicht verlieren.«

Sully musterte ihn. »Sie müsste mit unserer Art zu leben einverstanden sein. Ich kann nicht aufhören, für sie so zu sein, wie ich bin. Das kannst du auch nicht. Und ich werde dich nicht aufgeben.«

»Ich möchte, dass du sie heiratest«, sagte Mac.

Nun, das war eine Überraschung. »Wirklich?«

»Ja.« Mac streckte die Hand aus und berührte das Knie seines Geliebten. »Du besitzt mich. Und sie würde dir auch gehören. So sollte es auch sein. So will ich es haben.« An der Art, wie Macs Schwanz zu zucken begann, erkannte Sully, dass er die Wahrheit sagte.

»Du hast dir das gut überlegt.«

»Es ist alles, woran ich denken kann.« Er begegnete Sullys Blick wieder. »Sul, als wir beschlossen haben, zusammen zu sein, meinte ich es für das ganze Leben.« Er verschränkte seine Finger mit denen von Sully. »Ich gehöre zu dir. Als ich mich dir hingegeben habe, war das für die Zeit, in der du mich haben willst. Sie wird das nicht ändern.«

Sully überlegte es sich. »Hier zu Hause würde ich über euch beiden stehen. Die Bootsregeln gelten immer noch.«

Mac schlang seine Arme um ihn. »Danke!« »Danke mir noch nicht. Du weißt nicht, ob sie Ja sagen wird.«

»Ich fühle es, Sul. Sie will genauso sehr bei uns sein, wie wir sie hier haben wollen.« »Ich werde die Initiative ergreifen.«

»Okay!«

»Zieh eine kurze Hose an. Lass dein Halsband offen.« Macs Augen weiteten sich. »Jetzt?«

»Ja. Warum?«

»Ich meine ... jetzt gleich?« »Jetzt.«

»Bist du sicher, dass wir sie nicht erschrecken werden?«

»Wir erschrecken sie jetzt oder wir erschrecken sie später. Ich würde es lieber hinter mich bringen. Ich möchte nicht die nächsten Monate damit verbringen, sie aus der Ferne zu lieben, um sie dann zu verlieren, weil sie geht und nicht weiß, was wir fühlen.« Er seufzte. »Das würde zu sehr wehtun.«

Mac grinste breit. »Du liebst sie *wirklich*! Ich wusste es!«

Sully streichelte das Gesicht des anderen Mannes, ließ seine Finger auf seinem Kinn ruhen. »Ich habe dich zuerst geliebt. Und ich will dich nie verlieren.«

Mac ergriff seine Hand, küsste Sullys Finger und schmiegte seine Hand an seine Wange. »Ich kann dich nicht verlieren. Du bist der Erste, der Einzige, der mich je verstanden hat. Der Einzige, dem ich je vertraut habe.«

Es gab nicht viele wirklich warme und kuschelige Momente in ihrer Beziehung, aber dies war einer von ihnen. Sully beugte sich vor und küsste ihn, dann umarmte er ihn. »Wir sind uns doch einig, dass wir zuerst kommen müssen, oder? Ich will ihretwegen nicht gefährden, was wir haben, ganz egal, was wir für sie empfinden.«

Mac umarmte ihn noch fester. »Auf jeden Fall.«

Sully berührte die Stirn von Mac und schloss die Augen. »Ich hatte Angst, dass du mir sagen würdest, dass du gehst.«

Mac lachte schallend. »Auf keinen Fall, Kumpel. Mich hast du dein Leben lang an der Backe. So leicht wirst du mich nicht los.«

Clarisse hatte sich auf dem Sofa zusammengerollt und sah fern, als die Männer ins Wohnzimmer kamen. Nervös beäugte sie sie, als sie sich aufsetzte. »Was ist denn hier los?«

»Wir müssen reden«, sagte Sully und nahm am anderen Ende der Couch Platz. Mac setzte sich auf den Couchtisch.

»Reden?« Clarisse spürte, wie sich Angst in ihrem Herzen

breit machte. Jetzt war es so weit. Sie würden sie bitten zu gehen oder ihr sagen, dass es nicht funktionierte, gerade als sie anfing, sich zu entspannen und das Gefühl hatte, dass sie vielleicht in irgendeiner Weise Teil ihres Lebens sein könnte. Sie schluckte den ekligen, kalten, metallischen Geschmack in ihrer Kehle hinunter. Ein Geschmack, den sie gut kannte und den sie seit der Trennung von Bryan nicht mehr erlebt hatte.

Furcht.

Mac und Sully tauschten einen Blick aus. Sully richtete seinen grauen Blick auf sie. »Lebst du gern hier? Ganz ehrlich?«

Unfähig, den Kloß der Angst in ihrem Hals genug zu bändigen, um zu sprechen, nickte sie. »Hast du die Absicht zu gehen?«

Sie schüttelte den Kopf.

Seine Lippen formten sich zu dem sexy Lächeln, das sie jedes Mal zum Schmelzen brachte. »Gut, denn wir wollen nicht, dass du gehst. Wir wollen sogar, dass du bleibst. Für immer.«

Sie konnte ihn nicht richtig verstanden haben. »Für immer?« Mac sah verzweifelt hoffnungsvoll aus. Er nickte. Sie richtete ihre Aufmerksamkeit wieder auf Sully. »Was meinst du?«

»Ich weiß, dass du nicht in mich verliebt bist. Das ist mir klar. Ich bitte dich nicht um deine Liebe, nur um dein Vertrauen. Was Mac und ich haben, ist selbst nach unkonventionellen Maßstäben anders. Wir wollen dir die Chance geben, für immer bei uns zu bleiben.«

Sie versuchte, das zu verdauen. »Dauerhaft?«

»Ja. Mac hat dir etwas zu sagen.«

Mac sah schockiert aus, als hätte er nicht erwartet, dass Sully ihm den Ball zuspielen würde. Er nahm einen tiefen Atemzug. Mit einer sanften Stimme, die nicht nach ihm klang, sagte er: »Ich liebe dich, Clarisse.«

Sie lächelte. »Ich liebe dich auch, Mac.« »Nein, ich meine, ich bin *in* dich *verliebt*.«

Sie war sich sicher, dass sie ihn nicht richtig verstanden hatte. »Was?«

»Er hat es mir gerade gesagt.« Sully wartete auf ihre Antwort. Sie betrachtete sein Gesicht, dann das von Mac und dann wieder Sullys. Er sah nicht wütend aus. Um die Wahrheit zu sagen, er sah …

Zufrieden aus?

Endlich sprach er wieder. »Wir sind ein Pauschalangebot, Schätzchen. Du bekommst das eine, du bekommst auch das andere. Ich werde nie versuchen, dich zu zwingen, mich zu lieben, egal, wie sehr ich dich liebe. Ich bitte dich nur um dein Vertrauen. Im Gegenzug schwöre ich dir, dass wir dich nie im Stich lassen werden.«

Noch immer fassungslos versuchte Clarisse, Macs Geständnis zu verarbeiten. »Du bist in mich verliebt?«

»Ja«, sagte er leise.

Sie starrte Sully an und wusste nicht, was sie sagen sollte.

Er kam ihr zuvor. »Es gibt keinen Grund, uns heute Abend eine Antwort zu geben. Wir werden dich niemals zwingen, das zu tun, was wir tun. Aber Mac wird immer mein Sklave sein. Daran ändert sich nichts, es sei denn, er beschließt, dass er es nicht mehr will. Wir lieben uns, und obwohl wir wollen, dass du ein Teil unseres Lebens bist, werden wir einander nicht aufgeben. Wenn du das Gefühl hast, dass du das akzeptieren kannst und ein Teil von uns sein willst, würden wir dich mit offenen Armen empfangen.«

»Ich brauche etwas Zeit dafür.« In Wirklichkeit wollte sie sich in Macs Arme stürzen und Ja sagen.

»Natürlich.«

Sie starrte Sully an, dann Mac. »Wenn ich Ja sagen würde, was würde das bedeuten?« Ihr Herz pochte in ihrer Brust, als sie Macs hoffnungsvolle braunen Augen begegnete. Sie liebte ihn, und es wäre eine Lüge, wenn sie es leugnen würde.

»Das müssen wir besprechen. Mac wird immer mir gehören, solange er sich dafür entscheidet. Ob du damit klarkommst, in seinem Leben an zweiter Stelle zu stehen – das kannst nur du entscheiden.«

Einer ihrer Träume über die Männer, die sie mitgenommen hatten, kam ihr mit kristallklarer Deutlichkeit wieder in den Sinn. Sie zwang sich, so laut zu sprechen, dass sie sie hören konnten. »Was wäre, wenn ich mit euch beiden zusammen sein wollte? Oder wenn ihr beide mit mir zusammen sein wolltet?«

Die Männer tauschten einen Blick aus, den sie nicht deuten konnte. »Du müsstest mir erst einmal vertrauen können«, sagte Sully. »Wir wissen beide, dass wir noch nicht so weit sind.«

»Ich vertraue dir.«

Er hob eine Augenbraue und sah sie an. »Ich weiß, dass du mir nicht wehtun wirst.« Er schwieg.

Als sie schließlich den Blick senkte, verschränkte sie die Hände in ihrem Schoß. »Ich vertraue dir.«

»Nicht so, dass man mir vertrauen müsste, um eine Beziehung zu mir zu haben, wie Mac es tut.«

»Was ist, wenn das etwas ist, das ich will?« »Ist es denn so?«

Sie zuckte mit den Schultern.

Mac sprach leise. »Dieses Wochenende ist die Spielparty. Wir könnten sie mitnehmen. Ich habe unsere Reservierung noch nicht abgesagt.«

Sully musterte ihn einen Moment lang und nickte dann. »Okay. Dann schlage ich Folgendes vor. Du kommst mit uns zu der Spielparty am Wochenende. So kannst du es in unserer Welt versuchen. Schau, ob du wirklich glaubst, dass du zu uns passen kannst, bevor du dich festlegst. Ich verspreche, dich nicht zu verletzen, sondern dir nur einen Vorgeschmack zu geben, wie es sein könnte.«

Er lehnte sich zurück. »Und noch etwas musst du verstehen: Ich werde unsere Beziehung erst dann auf die nächste Stufe heben, wenn du mir voll und ganz vertraust und dich an mich bindest.«

»Was bedeutet das genau?«

Er beugte sich wieder vor, seine grauen Augen waren durchdringend. »Mac wird dich nicht ficken, wenn ich es nicht zuerst tue. Ich werde dich nicht ficken, bevor du nicht mit mir verheiratet bist. Ich heirate aus Liebe. Und ich werde dich nicht heiraten, wenn ich nicht weiß, dass du mich auch wirklich liebst. Habe ich mich klar ausgedrückt?«

Sie schluckte schwer. »Ja.«

»Ehrlich gesagt, kann ich dir nicht sagen, wie das zwischen dir und Mac funktionieren wird. Ich bin selbst noch dabei, mir über die Logistik klar zu werden. Lass uns das Thema bis nach der Spielparty am Wochenende auf Eis legen. Wenn es dann immer noch ein Problem ist, können wir weiterreden. Ich verspreche dir eines: Du hast *immer* ein Zuhause bei uns. Für immer. Selbst wenn sich in unserer Beziehung nichts ändert sollte. Das Einzige, was mich dazu bringen würde, dich zu bitten zu gehen, wäre, wenn du uns anlügst oder dich mit einem anderen Mann einlässt. Du kannst bleiben, solange du uns gehörst und uns allein, wenn auch nur in unseren Herzen und nicht in unserem Bett. Keine Bedingungen. Verstanden?«

»Okay.«

Sully stand auf und ließ sie allein. Macs Augen suchten ihr Gesicht ab. »Ich liebe dich, Süße. Aber er ist mein Leben und ich kann ihn nicht verlieren. Es tut mir so leid. Wenn du es mit uns aushältst, verspreche ich dir, dass wir dich glücklicher machen werden als jede andere Frau auf der Welt.«

»Ich würde dich mit ihm teilen.«

Er lächelte. »Nicht wirklich. Er wird dich mit mir teilen.« Sie zitterte, aber sie erkannte, dass es sich um ein Gefühl der Sehnsucht und nicht der Angst handelte.

Er streckte die Hand aus und strich ihr ein verirrtes Haar

hinters Ohr. »Ich weiß, es ist seltsam, aber denk darüber nach. Bitte? Stell Fragen. Sprich mit uns.« Er beugte sich vor und küsste sie, zärtlich, liebevoll. Als er sich zurücklehnte, lächelte er. »Jeder Schlag ist es wert«, flüsterte er, bevor er aufstand und Sully in ihr Schlafzimmer folgte.

CLARISSE BRAUCHTE ZEIT, um die neuen Informationen zu verarbeiten. Sie verbrachte eine lange, schlaflose Nacht, in der sie das Gespräch in ihrem Kopf noch einmal durchspielte.

In der sie über Macs Kuss nachdachte.

Um ehrlich zu sein, liebte sie Mac auch. Und vielleicht sogar Sully.

Am nächsten Morgen machte sie sich auf den Weg zu Onkel Tad. Kaum war sie eingetreten, nagelte er sie fest. »Was ist los?«

»Was meinst du?«

»Ich kenne diesen Blick, kleines Mädchen. In deinem Kopf brodelt etwas. Was ist los?«

Wie sollte sie *darüber* sprechen?

Tad überraschte sie erneut. »Du denkst besser nicht daran, umzuziehen. Du hast es mir versprochen.«

Sie lachte. Nein, *das* war nicht das Problem. »Ich weiß. Ich denke nicht daran, umzuziehen.«

»Was zum Teufel ist dann los?«

Sie errötete und wusste nicht, wie sie es ansprechen sollte. Nicht sicher, ob er es gutheißen würde. Als sie es nicht zugeben konnte, lachte Tad. »Bitte sag mir, dass einer oder beide dieser Jungs dich angemacht haben?«

Ihre Augen weiteten sich vor Schreck und sie starrte ihn an.

»Was?«

Er grinste. »Ach, komm schon. Sie sind beide verrückt nach dir, gib es zu.« Clarisse blieb stumm.

Tad lehnte sich nahe heran. »Hör mir zu. Das Leben ist kurz. Wenn sie dich lieben, dann genieße es und scheiß auf das, was die anderen denken.«

Er ließ das Thema fallen, zu ihrer großen Erleichterung. Sie blieb noch ein wenig länger, aber sein zufriedenes Lächeln und sein funkelnder Blick machten deutlich, dass er absolut nicht in der Lage war, einen unparteiischen Rat zu geben.

Bevor sie zum Haus zurückkehrte, machte sie einen Umweg über den Howard Park und fuhr den ganzen Weg zum Strand hinaus. An einem windigen, kühlen und bewölkten Wochentag hatte sie den Ort für sich allein. Sie fand eine Bank mit Blick auf den Golf und starrte auf das kabbelige, graue Wasser hinaus.

Eine Chance, ihre Träume zu verwirklichen. Für ihr ganz persönliches Happy End.

War sie mutig genug, es zu ertragen? Konnte sie auf diese Weise leben? Sich freiwillig einem anderen ausliefern, wo sie doch so sehr darum gekämpft hatte, frei zu sein? Was *war* Freiheit?

War es, um jeden Dollar zu kämpfen, den sie verdienen musste, und allein und auf sich gestellt zu leben, oder war es, sich von zwei Männern versorgen zu lassen, die zweifellos dafür sorgen würden, dass es ihr an nichts fehlte.

Warum konnte es nicht nur einer von ihnen sein? Oder keiner von ihnen ...

Ihr wurde klar, was sie gedacht hatte. Mac oder Sully.

Aber sie stellten sie nicht vor die Wahl. Vielleicht liebte Sully sie nicht so, wie Mac es tat, aber er wollte sie trotzdem in seiner Nähe haben. Das war doch etwas, oder?

Immer noch verwirrt und unsicher, was sie tun sollte, kehrte sie zu ihrem Käfer zurück und fuhr nach Hause.

KAPITEL SECHZEHN

Mac nahm sie am Freitagnachmittag mit zum Einkaufen in ein Geschäft für Erwachsene in Clearwater, das neben sexy Club- und Tanzkleidung auch Neuheiten und Filme verkaufte.

An der Tür blieb sie stehen. Sie war nicht prüde, das ist sicher, aber sie war noch nie an einem solchen Ort gewesen.

Mac bemerkte ihr Unbehagen. Er verschränkte seine Finger mit ihren und drückte zu. »Vertraust du mir?«

Sie nickte und ließ sich von ihm hineinführen.

Nur mit Mühe konnte sie dem Drang widerstehen, sich umzudrehen, hinauszugehen und ihn zu bitten, sie nach Hause zu bringen. Es gab ein paar Schaufensterpuppen, die – um den Begriff locker zu verwenden – knappe Kleidung trugen, von der sie wusste, dass sie ihr furchtbar stehen würde. Ihr Körper war zu groß und rund, um so etwas jemals zu tragen.

Eine freundliche Verkäuferin kam auf sie zu. Mac übernahm das Reden. Da Clarisse kaum mehr tun konnte, als das Angebot des Ladens anzustarren, sagte Mac der Frau, was er wollte, und sie zeigte ihnen mehrere Kleiderständer.

Mac beriet sich mit der Frau, suchte einige Sachen aus und

reichte sie Clarisse. »Gehen und probieren Sie sie an. Welche Schuhgröße haben Sie?«

»Was?«

»Ihre Schuhgröße?« »Neununddreißig.«

Er wandte sich an die Verkäuferin. »Stiletto-Pumps, schwarz, Basic.«

»Ich kann mit Stöckelschuhen nicht laufen!« »Hast du es jemals versucht?« »Mac, sieh mich an. Ich bin zu …«

»Wenn du jetzt ›fett‹ sagst, versohle ich dir den Hintern, so wahr mir Gott helfe.«

Ihr blieb der Mund offen stehen. *Genau* das wollte sie sagen, aber sie wollte ihm die Genugtuung nicht gönnen. »Ich wollte ungeschickt sagen. Ich habe noch nie hohe Absätze getragen. In flachen Schuhen bringe ich mich schon fast um.«

»Dann wird es Zeit, dass du es lernst.«

Die Angestellte kam mit zwei Schuhkartons zurück und zeigte Mac den Inhalt. Er zeigte auf einen. »Perfekt.«

Clarisse betrachtete die Kleidungsstücke, die er für sie ausgesucht hatte, um sie anzuprobieren. »Ich weiß nicht, wie ich die anziehen soll«, gab sie schließlich zu.

Die Angestellte lächelte. »Ich werde Ihnen helfen.« Sie führte Clarisse in die Umkleidekabine, während Mac Platz nahm und auf den Beginn der Show wartete.

Das erste Korsett sah wunderschön aus. Die Angestellte schnürte ihr den Rücken zu. Es zwang sie, aufrecht zu stehen. Als sie sich umdrehte und sich im Spiegel betrachtete …

Ihr Mund klaffte auf. Sie war nicht dünn, aber das Kleidungsstück gab ihr eine Form, von der sie nie wusste, dass sie sie hatte. »Wow!«

»Das steht Ihnen wunderbar«, sagte die Verkäuferin. »Sie haben eine perfekte Taille, eine Sanduhrfigur. Ich wünschte, ich hätte Ihre Hüften.«

»Ich gebe sie Ihnen gern. Ich wünschte, ich hätte weniger davon.«

Die Frau schüttelte den Kopf. »Nein, abgemagert würden Sie nicht gut aussehen. Ihre Proportionen sind perfekt.« Sie grinste. »Ihrem Mann scheint Ihre Figur nichts auszumachen. Er sabberte förmlich, als er diese Röcke für Sie aussuchte.«

Clarisse errötete noch mehr. Die Frau half ihr in einen Lederrock und die Schuhe. Die Schuhe passten, aber auf den fast zehn Zentimeter hohen Absätzen kippte sie fast um. Während die Verkäuferin ihr den Arm stützte, wankte Clarisse hinaus, um das Outfit Mac zu zeigen.

Er stand bei ihrem Auftritt, seine Kinnlade fiel vor Schreck herunter.

Sie wusste es. Es war dumm gewesen zu glauben, dass sie das durchziehen könnte. Sie ...

Er überbrückte die Distanz zwischen ihnen mit zwei Schritten, zog sie in seine Arme und küsste sie mit einer Leidenschaft, die ihr nicht nur den Atem raubte, sondern sich anfühlte, als hätte er ihr die Seele aus den Zehenspitzen gesaugt. Fassungslos fiel sie fast um, als er sie losließ, bis er sie festhielt und ihr Halt gab.

Die Verkäuferin lachte. »Ich vermute, Sie nehmen die Schuhe?«

»Ja«, sagte Mac heiser. »Wahrscheinlich auch den Rest, wenn sie darin so gut aussieht.«

Clarisse konnte ihren Blick nicht von ihm abwenden. »Wie viele Schläge hat dich das gerade gekostet?«, flüsterte sie.

Er grinste. »Das ist mir egal.«

Er küsste sie erneut, bevor er sie in die Umkleidekabine zurückschickte. Als sie eine Stunde später fertig waren, hatte er ihr sieben verschiedene Outfits gekauft, die sie beliebig kombinieren konnte, sowie zwei Paar Schuhe. Er lächelte, als er der Verkäuferin eine Kreditkarte vorlegte, um den Verkauf abzurechnen.

Als sie wieder im Auto saßen, konnte er sich ein Grinsen nicht verkneifen. »Du sahst da drin sehr mitgenommen aus,

Süße.« Er beugte sich vor und küsste sie erneut. »Aber du hast auch umwerfend gut ausgesehen.«

Clarisse konnte nicht aufhören, an den ersten Kuss zu denken. Vor allem, weil ihr Höschen dadurch ziemlich feucht geworden war. »Drei Küsse. Dafür wird er dich grün und blau schlagen, nicht wahr?«

»Das hoffe ich sehr.«

SULLY BESTAND AUF EINE MODEL-SESSION, als sie zurückkamen. Er setzte sich auf die Couch und Mac half ihr, den Weg von ihrem Schlafzimmer zum Wohnzimmer in ihren Stöckelschuhen zu bewältigen. Sie war sich nicht sicher, ob Sullys Gesichtsausdruck bedeutete, dass sie ihm gefielen oder nicht, bis sie das letzte Outfit vorführte. Dann stand er auf und ging zu ihr hinüber.

»Sie sind alle wunderschön. Ich denke, du solltest das hier morgen auf der Party tragen.«

Sie errötete. »Warum dieses?«

»Ich glaube, darin wirst du dich am wohlsten fühlen.« Obwohl es das am wenigsten einschränkende Outfit war, fühlte sie sich in dem kurzen Spandex-Rock, der kaum ihren Hintern bedeckte, und dem ledernen Neckholder-Top, das ihre Brüste nach oben drückte und sie zwei Körbchengrößen größer erscheinen ließ, praktisch nackt.

»Wohlfühlen?«

Seine Mundwinkel verzogen sich zu einem Lächeln. »Uneingeschränkt. Aber trage das erste Korsett und den Lederrock im Auto auf dem Weg dorthin. Die sind sozusagen straßenzugelassen. Das hier kannst du anziehen, wenn wir da sind.« Dann beugte er sich vor und küsste sie sanft auf die Lippen. Nicht so leidenschaftlich wie Mac, aber er entfachte immer noch ein Feuer in ihr.

Mac hatte eine weitere Überraschung für Clarisse. Er ließ sie auf der Couch sitzen und gab ihr eine lange, sinnliche Fußmassage, bevor er ihre Zehennägel lackierte.

Er trug Shorts, doch ihr entging nicht die dicke Beule, die sich vorn abzeichnete. »Ich finde, diese Farbe sieht sexy an dir aus«, sagte er, während er sorgfältig ihre Zehen bemalt.

Das tiefe Metallic-Rot sah wirklich hübsch aus. Als sie nicht antwortete, sah er besorgt auf. »Du magst die Farbe, nicht wahr?«

Sie brachte ein Lächeln zustande. »Doch, ich mag die Farbe.«

Das erleichterte ihn. »Meister sagte, das könnte eine besondere kleine Routine zwischen dir und mir werden, vor Spielpartys.«

Das war ihr recht, denn die Fußmassage hatte sie außerordentlich geil gemacht und gleichzeitig fast zum Einschlafen gebracht.

Als Sully Clarisse an diesem Abend gute Nacht sagte, ermahnte er sie, sich gut auszuschlafen. In ihrem Schlafzimmer kniete Mac bereits, den Rattan-Stock vor sich auf dem Boden.

»Wie viele?«

Mac hob nicht den Kopf. »Ich habe sie dreimal geküsst. Zweimal im Laden und einmal im Auto. Es tut mir leid, Meister. Sie kam aus der Umkleidekabine und ... es tut mir leid. Es gibt keine Entschuldigung.« Er seufzte. »Aber das ist es wert.«

Sully lächelte, als er sein Hemd aufknöpfte. Wäre er dabei gewesen, hätte er zweifellos dasselbe getan, wenn er sie nicht gegen die Wand der Umkleidekabine gedrückt hätte.

»Ich werde jetzt etwas tun, was ich noch nie getan habe, Sklave.« »Meister?«

»Du bekommst heute Abend drei Schläge. Einen für jeden Kuss. Ich will dich nicht striegeln und dann eine gute Spielparty vergeuden, weil du zu wund zum Spielen bist. Den Rest werde ich morgen Abend aus dir herausholen.« Er ließ sein Hemd in den Wäschekorb fallen. »Oder du nimmst sie alle heute Abend und spielst morgen Abend nicht. Du hast die Wahl.«

Mac blinzelte verwirrt. »Meister?« »Du hast die Wahl«, wiederholte Sully.

Nach einem Moment sagte Mac: »Darf ich dir eine Frage stellen?« »Sicher.«

»Ich dachte, du wolltest auf der Party sowieso hart mit mir spielen.« Sully setzte sich auf das Bett, nachdem er seine Hose ausgezogen hatte. »Das ist keine Frage ... Aber du hast recht.« Sully sah Mac zu, wie er darüber nachdachte.

»Nicht, dass ich mich beschweren würde, und ja, ich werde die Schläge auf der Party einstecken, aber warum?«

»Habe ich dich jemals absichtlich Scheitern lassen, Sklave?«

»Nein, Meister.«

»Habe ich dich jemals in eine Situation gebracht, in der du nicht anders konntest, als eine Strafe zu verdienen?«

»Nein, Meister.«

»Ich habe dir gesagt, du sollst mit ihr einkaufen gehen. Ich hätte auch gehen sollen, aber ich wollte arbeiten, denn morgen ist ein verlorener Tag. Hätte ich mir das ein wenig besser überlegt, hätte ich das wahrscheinlich vorausgesehen. Deshalb habe ich keine Lust, dich für etwas zu bestrafen, wofür ich letztendlich verantwortlich war. Verstehst du?«

»Ich verstehe, aber ich bin nicht einverstanden. Ich hätte sie nicht küssen dürfen.«

Sully grinste. »Ja, als ob *das* möglich gewesen wäre.« Er deutete auf seinen Schwanz, der steif geworden war. »Komm hier rüber und kümmere dich um mich. Wenn du fertig bist, gebe ich dir deine Striemen.«

Mac gehorchte eifrig, während Sully sich auf dem Bett entspannte. Mac kniete auf dem Boden zwischen Sullys Beinen und fuhr mit seiner Zunge langsam an Sullys Schwanz entlang. Sully griff nach unten und packte Macs Haare fest. »So ist es gut, Sklave. Lutsch meinen Schwanz.«

Macs Erregung nahm zu. Er bearbeitete den Schaft mit seinen Lippen, langsam, und zog ihn für Sully heraus, so wie er wusste, dass er es mochte. Im Laufe der Jahre war er ein Experte darin geworden, Sullys Körper zu lesen, zu wissen, wo er lecken und wann er saugen musste, wie er seine Berührungen richtig timen musste, um das Vergnügen des Mannes zu maximieren.

Er war stolz auf seine Arbeit.

Er berührte Sullys Sack, streichelte sanft seine Eier, leckte sie, spürte, wie sich die Spannung des bevorstehenden Höhepunkts in Sully aufbaute. Er zog sich ein wenig zurück, gerade genug, um das Vergnügen zu verlängern, bevor er ihn tief in sich aufnahm und seine Erlösung auslöste.

Seine Hüften stemmten sich gegen Macs Gesicht, als er kam, und er stöhnte, als seine heißen Säfte in Macs Kehle flossen. Nach ein paar Augenblicken lockerte sich Sullys Griff um sein Haar. Mac ließ seinen Schwanz los, lehnte sein Gesicht an Sullys Oberschenkel und wartete darauf, dass er sich erholte.

Sully tätschelte ihm schließlich den Kopf. »Sehr gut, Sklave. Ausgezeichnet. Nimm den Stock. Arsch auf das Bett.«

Mac gehorchte, als Sully sich aufsetzte und ihm den Rattan-Stock abnahm. Dann versetzte er ihm, ohne lang zu zögern, drei Hiebe auf den Hintern, schmerzhafte Schläge, die die Haut nicht verletzten. Er steckte den Stock weg und holte die Lotion. Mac brauchte sie nicht immer, aber die Nachbehandlung war ein vertrauter und angenehmer Teil ihrer Routine geworden.

Macs Schwanz stieß gegen Sullys Oberschenkel, als sie sich im Bett zusammenrollten.

»Bist du geil, Sklave?« »Ja, Meister.«

»Gut. Ich möchte, dass du morgen Nacht gut und geil bist. Jetzt geh schlafen.« »Ja, Meister.«

AM NÄCHSTEN ABEND stiegen sie in den Jaguar. Mac fuhr, und eine Stunde später fuhren sie in eine umzäunte Einfahrt. Die Gegend war ländlich, das Grundstück stark bewaldet, Nachbarn gab es kaum. Mac sprach mit jemandem über die Gegensprechanlage. Einen Moment später öffnete sich das Tor und sie fuhren hindurch.

Clarisse spürte, wie ein weiterer Anfall von Nervosität drohte. Konnte sie das tun? Wirklich? Trotz Sullys Zusicherungen, dass er ein Safeword respektieren würde, spürte sie, wie sich erneut Zweifel einschlichen.

Dies war eine Chance, ihre Fantasien wahr werden zu lassen, und eine, die sie nicht aufgeben wollte, bevor sie nicht die Möglichkeit hatte, sie zu verwirklichen. Sully und Mac sahen düster, geheimnisvoll und gut aus. Beide trugen Jeans und schwarze Hemden mit Knopfleiste. Mac trug sein Lederhalsband, das mit einem Vorhängeschloss verschlossen war.

Die Einfahrt schlängelte sich durch den Wald, bis sie eine große gerodete Fläche erreichten. Von dem, was sie von dem Wald sehen konnte, vermutete sie, dass es sich um eine Baum-Farm handelte. Vor einem großen Gebäude, das wie eine Scheune aussah, waren bereits mehrere Autos geparkt. Die Fenster eines nahe gelegenen Hauses waren dunkel.

Clarisse wartete darauf, dass Mac ihr die Hintertür öffnete

und ihr hinaushalf. Sie warf einen nervösen Blick auf die Grasfläche, die sie auf ihren Absätzen zwischen dem Auto und der Scheune überwinden musste. Sully ging um das Auto herum und nahm sie ohne viel Aufhebens in seine Arme und trug sie.

Sie sah ihm in die Augen und spürte, wie ihr Herz bei seinem amüsierten Gesichtsausdruck schlug.

»Bist du bereit für heute Abend, Baby?«, murmelte er. Sie nickte, ihr Mund war plötzlich trocken.

Mac folgte ihnen, nachdem er ein paar Dinge aus dem Kofferraum geholt hatte. Sie hatten einen gedeckten Teller mitgebracht, wie alle anderen auch, und zwei Tüten mit Dingen, die Sully für das nächtliche Spiel für notwendig erachtete, darunter auch das Outfit, das sie nach Sullys Wunsch anziehen sollte.

Sully stellte sie auf die Beine, als sie einen Betonweg erreichten, der zu einer kleinen Tür am Ende der Scheune führte. Er hielt seinen Arm um ihre Taille, während sie zum Eingang wankte. Mac hatte einige Zeit damit verbracht, ihr zu helfen, das Gehen auf den Absätzen zu üben, aber sie fühlte sich alles andere als sicher. Ein Mann, der ein Klemmbrett in der Hand hielt, begrüßte sie draußen, überprüfte ihre Namen in einer Liste und hieß sie willkommen.

Eine Frau saß an einem Schreibtisch im kleinen Eingangsbereich und checkte sie ein. Sully nahm Clarisse am Arm und führte sie durch eine Tür mit Vorhängen in einen großen Umkleideraum.

Spinde säumten die Wände, und mehrere Leute waren dabei, sich umzuziehen. Ein paar von ihnen begrüßten Sully und Mac mit Namen. Clarisse versuchte, nicht zu starren, und scheiterte kläglich. Die Leute waren in verschiedenen Stadien des An- und Ausziehens – Bustiers, Korsetts, Strumpfhosen – und das waren nur ein paar der Männer.

Mac verstaute ihre Ausrüstung in einem Schließfach, während Sully sie in einen anderen Raum führte. Mac folgte ihnen und trug den Auflauf, den er gemacht hatte. Ein paar Leute standen bereits um einen gedeckten Tisch, der in einer entfernten Ecke aufgebaut war.

Der riesige Spielraum verblüffte sie. Das riesige Gebäude war in einen Kerker verwandelt worden. Es gab einige Bereiche mit Vorhängen, aber der größte Teil des Raums war offen, sodass jeder zuschauen konnte.

Worauf habe ich mich da eingelassen?

Sully führte sie zu einem Stuhl in einer ruhigen Ecke, ließ sie Platz nehmen und kniete sich vor sie. Mac stand hinter ihm und sah zu. »Ich werde dich für den Abend am Halsband festhalten, Schätzchen. Nur eine Formalität.«

Angst packte sie. »Warum?«

Er lächelte. »Nichts wird einen Idioten davon abhalten, dich anzubaggern, wenn er sich dazu entschlossen hat, aber die meisten Leute hier verstehen die Botschaft, dass du vergeben bist, wenn du ein Halsband trägst. Es ist kein Sperrhalsband. Es ist eins von Macs alten Spielhalsbändern.«

Es gehörte Mac? Irgendwie machte das die Vorstellung noch angenehmer. Sie nickte.

Mac reichte Sully das Halsband, und er legte es ihr um den Hals. Es war viel zu locker, selbst am kleinsten Loch. Er nahm es ab, zog ein Taschenmesser heraus, stach ein neues Loch hinein und versuchte es erneut. Nicht zu eng, nicht zu locker.

Das zufriedene Grinsen auf Macs Gesicht wischte alle Ängste in ihrem Herzen weg. »Ist das okay? Ist es bequem?« fragte Sully.

Sie nickte und ertastete mit ihrer Hand ein kleines Schildchen, das am Halsband befestigt war. Sie konnte es nicht lesen, aber sie betastete es. »Was steht da?«

Sully lächelte, seine grauen Augen hielten sie gefangen. »Mein.«

Sie schnappte nach Luft. Die besitzergreifende Art, mit der er es gesagt hatte, raubte ihr den Atem. »Noch etwas«, sagte er.

»Heute Abend wirst du mich mit ›Sir‹ ansprechen, wenn du mit mir redest. Ich werde dich ›Mädchen‹ nennen. Das ist die einzige Formalität, auf die ich bestehen werde. Hast du das verstanden?«

»Ja, Sir. Warum willst du nicht, dass ich dich Meister nenne, wie Mac es tut?«

Wenn sie es nicht besser wüsste, würde sie schwören, dass er … traurig aussah. Er streckte die Hand aus und strich ihr sanft über die Wange. »Weil ich nicht dein Meister bin, Herzchen. Du bist nicht meine Sklavin. Der heutige Abend ist nur dazu da, um zu sehen, wie es dir gefallen wird. Ich nehme die Beziehung und die Verantwortung, die ich mit dem Sklaven als sein Meister habe, ernster als eine Ehe. Für uns ist das nicht nur ein Rollenspiel. Verstehst du?«

Die Emotionen überschlugen sich in ihr. Sie nickte.

Er lächelte und wischte den traurigen Ausdruck aus seinem Gesicht. »Braves Mädchen.« Er reichte ihr die Hand und half ihr aufzustehen. »Komm, wir stellen dich vor.«

Doreen und Alex kamen an. Als sie Clarisse erblickte, kreischte Doreen vor Freude und umarmte Clarisse so fest, dass sie fast von den Füßen fiel. Zum Glück stand Sully mit seinen Händen an ihrer Taille da und hielt sie aufrecht.

»Ich bin so froh, dass du es geschafft hast! Du wirst heute Abend einen Riesenspaß haben!« Clarisse war sich nicht sicher, ob sie sich an jeden erinnern würde, den Sully ihr vorgestellt hatte.

Vielleicht, wenn sie sich daran erinnerte, was sie trugen, denn das war es, was ihr im Gedächtnis geblieben war. Wenn ja, könnten sie ihr Gedächtnis mit Beschreibungen wie ›schmerzhaft aussehender Metallkäfig an seinem Schwanzmann‹ oder ›die Frau mit den gepiercten Brustwarzen und den daran befestigten Glöckchen‹ auf Trab bringen. Alle waren freundlich und hießen Clarisse willkommen. Als sich das Ankunftszeitfenster schloss und der offizielle Beginn der Party

näher rückte, zogen sich immer mehr Leute von der Straßen-
kleidung in eine breite Palette von um, die von relativ zahm bis
zu völlig nackt mit Accessoires reichte.

Häufig an gepiercten Körperteilen aufgehängt.

Sie fragte sich, ob Sully Mac dazu bringen würde, sich
umzuziehen, aber er tat es nicht. Yvette und Mike tauchten auf,
ebenso wie Bob und Jenna. Yvette hatte Mike nackt und zusammengekauert vor sich. Yvette grinste über Clarisse' verwirrten
Gesichtsausdruck. »Ich wette, du hast so etwas noch nie gesehen, oder? Dreh dich um, Junge. Zeig ihr deinen hübschen
Arsch.«

Mike drehte sich um, sodass sein Hintern zu sehen war.
Über die Rückseiten seiner Oberschenkel lag eine lange Holz-
klammer, mit einem Loch in der Mitte, durch das seine ...

Clarisse spürte einen mitfühlenden Schmerz in ihrem
eigenen Unterleib. Das Gerät drückte seine Eier und seinen
Schwanz fest zusammen. Yvette hatte seine verklebten Handgelenke an jedem Ende des Geräts befestigt.

»Es ist ein Humbler«, rief Yvette vergnügt aus. Dann
wirbelte sie ihn herum, umfasste seinen Kopf mit ihrem Arm
und zog ihn hoch. Er zuckte zusammen, als sein Schwanz und
seine Eier von dem Gerät gedehnt wurden. »Er ist mein braver
Junge, nicht wahr?«

»Ja, Ma'am!«, keuchte er.

Sie ließ ihn wieder in seine gebeugte Haltung zurückkehren. »Er hat mir auf dem Weg hierher widersprochen. Normalerweise lasse ich ihn das nicht so früh am Abend tragen,
aber ich habe ihn vor die Wahl gestellt, das hier zu tragen,
oder ich wollte Ray und Oot ihren Spaß mit ihm haben
lassen und ihn am Spieß braten. Er hat sich für das hier
entschieden.«

»Ray und Oot?«

»Du hast sie noch nicht kennengelernt, Mädchen«, sagte
Sully. Er entdeckte jemanden am anderen Ende des Gebäudes.

»Tatsächlich, da sind sie. Komm, wir stellen dich vor, bevor sie anfangen zu spielen.«

Yvette hielt Sully auf. »Hey, kann ich später mit Mac spielen?« Sie grinste. »Ich habe einen extra Humbler mitgebracht.«

»Tut mir leid. Ich habe heute Abend meine eigenen Pläne für ihn.«

»Verdammt. Ach so.« Sie klopfte Mac auf die Schulter. »Du Glückspilz.«

Als sie sich auf den Weg zum anderen Ende des Gebäudes machten, murmelte Mac: »Ja, ich habe verdammt noch mal Glück. Danke, Meister.«

»Glaubst du wirklich, ich würde sie nach dem letzten Mal wieder mit dir spielen lassen?« »Ich hoffe nicht.«

»Was ist passiert?«, fragte Clarisse.

Mac trat auf ihre andere Seite. Mit leiser Stimme sagte er: »Ich musste eine Woche lang im Sitzen pinkeln. Diese Psychoschlampe lässt Sully wie den Weihnachtsmann aussehen. Es war eines der wenigen Male, in denen ich vor Schmerzen das Safeword gerufen habe. Sie lässt den Marquis de Sade wie ein Schätzchen aussehen.«

»Sie weiß, dass Mac eine Schmerzschlampe ist«, fügte Sully leise hinzu, »und sie wollte unbedingt sehen, wie weit sie gehen kann. Mike verträgt keine harten Stöße, und sie wollte es ausprobieren.« Er sah Mac an. »Du bist derjenige, der zugestimmt hat, mit ihr zu spielen. Ich habe dir gesagt, dass es deine Entscheidung ist. Ich habe dir auch die Möglichkeit gegeben, mich die Session rot ausrufen zu lassen, wenn du dich erinnerst, aber du hast gesagt, du willst die Kontrolle darüber haben.«

»Ja, und wenn ich das nächste Mal darauf bestehe, kannst du mir gern in die Eier treten und mich an Yvette erinnern.«

Clarisse zitterte. »Du wirst doch nicht zulassen, dass sie mir etwas antut, oder?« Sully blieb stehen und drehte sie zu sich um, seine Miene finster, seine Stimme ernst.

»Niemand außer Mac und mir fasst dich *jemals* an. Das ist ein Versprechen.«

Als sie weitergingen, hielt ein anderer Mann Sully an, um ihm eine Frage zu stellen.

Clarisse beugte sich zu Mac vor. »Was ist ein Spießbraten?«

Er lachte, als er sich an ihr Ohr schmiegte und flüsterte: »Eine meiner liebsten Fantasien, in denen du im Mittelpunkt stehst und zusiehst, wie Meister dich fickt, während du meinen Schwanz lutschst.«

Sie schnappte nach Luft, und bei dieser Vorstellung wurden ihr fast die Knie weich.

Mac gluckste. »Alles in Ordnung, Süße?« »Ja«, quiekte sie. *Frage beantwortet.*

»Geht es dir gut? Du wolltest doch eine ehrliche Antwort, oder?« Sein böses, spielerisches Grinsen verriet ihr, dass er genau wusste, welche Wirkung seine Worte auf sie hatten.

»Mir geht's gut.« *Nur geiler als die Hölle.*

Sully beendete das Gespräch mit dem anderen Mann und sie setzten ihren Weg zum Ende des Gebäudes fort.

Die Männer, Ray und Oot, kramten in zwei Reisetaschen. Eine fast nackte Frau, die nur ein Ledergeschirr trug, kniete in der Nähe und wartete auf sie. Sully stellte Clarisse den Männern vor. Ray hatte wunderschöne haselnussbraune Augen und anscheinend naturblondes Haar, so wie es aussah. Oots kohlschwarzes Haar war hochgesteckt, und seine hellblauen Augen funkelten vor guter Laune. Anhand des Halsbandes um Oots Hals vermutete Clarisse, dass Ray das Sagen hatte.

»Bist du sicher, dass du es eingepackt hast?«, fragte Ray gereizt.

Oot kramte in einer anderen Tasche. »Ich weiß, dass ich das habe, Meister. Es muss hier sein.« Er begann, die Tasche zu leeren und holte Reitgerten, Stöcke, Schlitten und andere Gegenstände heraus.

»Oh, hier ist es«, sagte Ray und zog ein kleines Gerät aus seiner Tasche. »Das tut mir leid, Kumpel. Es hat sich in einem Handtuch verfangen.«

Oot lehnte sich auf seinen Fersen zurück. »Ich dachte, ich hätte für einen Moment den Verstand verloren.«

Ray grinste. »Du meinst, du hast es nicht?«

Die Männer lachten. Ray stand auf, während Oot die Reisetasche wieder einpackte. Ray forderte die Frau auf, aufzustehen.

»Komm her, Kätzchen.« Er befestigte das Gerät an einem Platz, der wie geschaffen für ihr Geschirr war ... genau zwischen ihren Beinen. Als es anfing zu summen, erkannte Clarisse, dass es ein Vibrator war.

»Du kommst erst, wenn ich es dir sage, oder ich mache deinen Arsch rot. Daddy Saul hat mir dieses Wochenende freie Hand gelassen, Mädel.«

Die Frau stöhnte und rutschte von einem Fuß auf den anderen, während sie sich bemühte, sich zu fügen.

Ray drehte sich wieder zu Sully und Mac um und schüttelte ihnen und Clarisse die Hand. Er war ein wenig kleiner als Sully.

Als sein Blick auf Clarisse fiel, wanderte er an ihrem Körper auf und ab,

die offensichtlichen Fragen in seinem Blick blieben unausgesprochen. Stattdessen sagte er: »Hast du Pläne für den Abend oder bist du nur hier, um dich zu unterhalten?«

»Das werde ich spontan entscheiden. Mein Mädchen war noch nie auf so einer Spielparty.«

Bei Sullys Worten, dem besitzergreifenden Ton in seiner Stimme, durchfuhr Clarisse ein heißes Gefühl.

Sein Mädchen.

Sully und Ray unterhielten sich ein paar Minuten lang, bevor Sully sie und Mac wegführte. Er übergab sie an Mac.

»Geh und zieh sie um.« Dann ging er weg, um mit jemand anderem zu sprechen.

Zeit, die Klappe zu halten. Sie schaute zu Mac hoch, obwohl der Höhenunterschied durch ihre Absätze nicht so ausgeprägt war.

Er lächelte und legte seinen Arm um ihre Taille. »Komm, wir ziehen dich um.«

Die Umkleidekabine war fast leer. Clarisse spürte, wie sich ihre Haut erneut rötete, als er sie zu ihrem Spind führte und eine ihrer Taschen herauszog.

»Behalte die Schuhe an und zieh den Rock aus«, sagte Mac.

Leichter gesagt als getan. Sie versuchte, nicht zu wackeln, als sie sich aus dem engen Kleidungsstück herauswinden wollte. Er kniete sich vor sie und zupfte am Saum, dann ließ er sie seine Schultern benutzen, um sich abzustützen, als sie aus dem Kleidungsstück trat.

Er lachte. »Was ist das?« Er schob einen Finger unter ihr schlichtes Baumwollhöschen und zerrte ein wenig daran.

Ihr Gesicht musste zu diesem Zeitpunkt einen dunklen Farbton angenommen haben. »Unterwäsche«, schoss sie zurück. »Wie nennt man die?«

Er zwinkerte ihr zu. »Weg damit.« »Das kann doch nicht dein Ernst sein!«

Sein Gesicht wurde weicher. »Ich werde dich nicht zwingen. Es ist deine Entscheidung.«

Ihr Herz raste, als er sie anstarrte. Wenn sie eine Chance haben wollte, die Dinge auf ihre Art zu tun, musste sie die Dinge auf ihre Art tun. Außerdem trug sie immer noch mehr Kleidung als die Hälfte der anderen Teilnehmer.

Er stand auf und beugte sich vor, sein Mund war nahe an ihrem Ohr. »Der Meister und ich versprechen, dass dich niemand außer uns berühren wird. Ich schwöre es.«

Es war nicht nur das, obwohl das einen großen Teil davon ausmachte. Andererseits lag sie, nachdem sie einige der Anwesenden gesehen hatte, in Bezug auf die Körpertypen in der Mitte des Spektrums. Es gab Frauen – und Männer –, die viel größer waren als sie und viel weniger trugen und sich offensichtlich völlig wohl dabei fühlten. So wie sie herumliefen, fühlten sie sich anscheinend nicht verlegen, warum also sollte sie es sein?

Sie schloss die Augen, hakte ihre Daumen in den Gummibund und zog sie herunter. Mac kniete sich wieder hin und ließ sie sich auf ihn stützen. Sie öffnete die Augen erst, als er ihr den anderen Rock über die Beine zog und in Position brachte. Sie spürte einen kühlen Luftzug, der ihre zugegebenermaßen feuchte Pussy berührte.

Als sie sich traute, die Augen zu öffnen, war Mac aufgestanden und lächelte. »Du bist wunderschön, Süße«, flüsterte er. Er half ihr aus dem Korsett. Als sie sich bewegte, um ihre Brüste mit den Händen zu bedecken, ergriff er sanft ihre Handgelenke und zog sie weg, beugte sich vor und leckte ihre rechte Brustwarze, dann die linke.

Er lächelte. »Das ist jeden verdammten Schlag wert und noch mehr.«

Er half ihr mit dem Oberteil und schloss es für sie. Dann trat er einen Schritt zurück und bewunderte sie. Er ergriff ihre Hand und legte sie auf die Vorderseite seiner Jeans. Sie spürte seinen großen, steifen Schwanz, der sich deutlich vom Jeansstoff abhob und nach Freiheit verlangte.

»Das ist es, was du mit mir machst, Babe«, flüsterte er. »Das macht keine andere Frau hier heute Abend mit mir. Wenn du das nächste Mal daran denkst, dich selbst runterzumachen, dann denk daran.« Er drückte ihre Hand, formte sie um die Form seines Gliedes. Dann ließ er sie los, schnappte sich beide Taschen und führte sie zurück in den Spielraum.

Sully unterhielt sich gerade mit Alex, als Clarisse mit Mac aus der Umkleidekabine kam. Sie konnte den Ausdruck in Sullys Gesicht nicht lesen, die Maske, die er aufsetzte.

Sie taumelte auf Macs Arm durch die Halle, stand nervös vor Sully und versuchte, seinen Gesichtsausdruck zu entziffern. Er streckte ihr die Hand entgegen.

»Lass uns spielen gehen, Mädchen«, sagte er sanft.

Nach einem ängstlichen Blick auf Mac legte sie ihre Hand in Sullys und überließ ihm die Führung über sie. Sie löste sich aus der Sicherheit von Macs Seite.

»Kannst du mir vertrauen?«, fragte Sully leise. Sie hatte keine andere Wahl. »Ja, Sir.«

Er lächelte und strich ihr über die Wange. »Gutes Mädchen. Dein Safeword ist Rot. Wenn du das sagst, hört alles sofort auf. Hast du verstanden?«

»Ja, Sir.«

Er verschränkte seine Finger mit ihren und führte sie zu etwas, das wie eine lange Trapezstange aussah. Er nickte Mac zu, der zur Wand hinüberging und einen Schalter betätigte. Ein Motor brummte und die Stange senkte sich ein wenig, hing aber immer noch fast zwei Fuß über ihrem Kopf.

Sully stellte sich vor sie. »Sklave, bring mir die Aufhängungen.« Seine Augen wichen nicht von den ihren.

»Ja, Meister.« Mac wühlte in einer der Taschen und fand, worum Sully gebeten hatte, und präsentierte sie ihm.

Sie sahen nicht so aus wie die ledernen Handgelenkmanschetten, die sie bei Mac gesehen hatte. Sie waren ganz anders, stark gepolstert und mit einer kurzen Metallstange versehen, die über die gesamte Breite der Manschette verlief.

Als er ihr die erste an die linke Hand schnallte, erkannte sie, dass die Metallstange ein in die verstärkten Fesseln eingebauter Haltegriff war. Sie konnte ihre Finger um die Stange wickeln und sich festhalten.

»Suspensionsschuhe«, antwortete Sully auf ihre unausgesprochene Frage. »Ich musste ein kleineres Paar bestellen. Ich dachte, die von Mac wären zu groß.«

Er schnallte ihr den anderen um und ließ sie den Zustand überprüfen.

Während Sully das tat, befestigte Mac zwei Gurte an der Stange. Sie baumelten von der Stange und endeten in ungewöhnlich aussehenden Schnappverschlüssen.

»Zieh ihr die Schuhe aus, Sklave«, befahl Sully leise. Er schlang seine Arme um sie und küsste sie, während Mac gehorchte. Sie schloss die Augen und genoss seinen sanften Kuss, weich und süß, nicht so leidenschaftlich wie der von Mac im Laden, aber er lenkte ihre Aufmerksamkeit von ihren Nerven und ihrer Angst.

Als sie barfuß vor ihm stand, hob er ihren linken Arm an und befestigte ihn an der Stange, dann zog er den Gurt fest, um das überschüssige Spiel zu entfernen. Er wiederholte den Vorgang mit ihrem rechten Arm.

Ihr Herz pochte in ihrer Brust.

»Greife mit deinen Fingern nach oben. Taste nach den Snaps.«

Das tat sie. Was sich so anfühlte, als gäbe es keinen Spielraum, war in Wirklichkeit gerade so viel, dass sie ihre Finger leicht um sie wickeln konnte.

»Zieh die Panic-Snaps herunter«, befahl Sully.

Als sie sich lösten, erschrak sie. Mac legte seine Hand in die Mitte ihres Rückens, um sie zu beruhigen. Gut, dass sie nicht auf den Absätzen stand, sonst wäre sie umgekippt.

Sully lächelte und schloss sie wieder an. »Panic-Snaps. Sie lösen sich, auch wenn sie unter Spannung stehen. Ich wollte, dass du das siehst.«

Es beruhigte sie ein wenig, zu wissen, dass sie nicht völlig bewegungsunfähig war. Sie vertraute darauf, dass Sully und Mac aufhören würden, wenn sie das Safeword benutzte, aber das Wissen, dass sie die Macht hatte, auszusteigen, wenn sie wollte, verringerte ihre nervöse Anspannung.

Der Betonboden fühlte sich unter ihren Füßen kühl an.

Sully stand vor ihr, fasste ihr Kinn und neigte ihr Gesicht zu seinem. »Willst du spielen, Mädchen?«, fragte er sanft.

Sie nickte.

Sein Griff wurde fester. Nicht schmerzhaft, aber bestimmend. »Sag es.« »Ich möchte mit dir spielen, Sir.«

Er beugte sich vor und strich mit seinen Lippen über ihre. »Wenn ich dich frage, wie es dir geht, sagst du grün, gelb oder rot. Du rufst jederzeit gelb oder rot, wenn du es brauchst, verstanden?«

»Ja, Sir.«

»Braves Mädchen.« Er entfernte sich einen Moment, dann trat er hinter sie. Mac nahm Sullys Platz vor ihr ein und stand so dicht vor ihr, dass sie die Hitze spürte, die von ihm ausging, sogar durch seine Kleidung hindurch. Seine braunen Augen glühten vor Leidenschaft. Dann spürte sie Sullys Hände an ihrer Taille, seine Finger strichen sanft über ihr nacktes Fleisch zwischen Rock und Oberteil. Über ihre Hüften, über ihren Hintern, entlang ihrer Oberschenkel. Auf dem Weg nach oben erwischte er den Saum ihres Rocks und zog ihn bis zu den Hüften hoch und entblößte sie.

Sie errötete.

Mac berührte ihr Kinn. »Sieh mich an«, flüsterte er. Sie tat es, unfähig, den Blick abzuwenden, selbst wenn sie es wollte.

Sully streichelte langsam ihre Beine, ihren Hintern und wanderte hinauf zu ihren Hüften. Als er seinen Körper an ihren Rücken drückte, wusste sie, dass sie sich die harte Beule, die sie durch seine Jeans spürte, nicht eingebildet hatte. Seine Hände glitten um ihre Taille, zu ihrem Bauch, und zogen sie fest an sich.

»Ich werde mit dir spielen, Mädchen«, grummelte er in ihr Ohr. »Ich möchte, dass du mir vertraust. Es wird ein bisschen weh tun, aber ich verspreche dir im Gegenzug viel Vergnügen, wenn du es für mich tust.«

Sie zitterte in seinen Armen. »Okay.«

»Leg deinen Kopf an meine Schulter und schließe die Augen.« Das tat sie.

»Halte sie geschlossen, es sei denn, ich sage dir, dass du sie öffnen sollst.«

Seine Hände glitten über ihren Bauch zu ihren Brüsten, wo er sie über ihrem Halfter umfasste. Seine Lippen federten an ihrem Hals entlang, die Zähne knabberten sanft an ihrer Haut und streiften sie. Sie spürte, wie ein zweites Paar Lippen über ihr Schlüsselbein strich, ihren Hals hinunter bis zwischen ihre Brüste.

Mac.

Sullys Hände hoben sich von ihren Brüsten. Sie spürte, wie das Halfter gelöst und geöffnet wurde. Sullys Hände kehrten zurück, seine Finger fanden und kneiften ihre Brustwarzen, zwickten sie zwischen seinen Fingern, rollten sie, bis sie harte Spitzen waren. Ihre Hüften drehten sich unwillkürlich gegen Sully und verlangten nach mehr, während ein Kribbeln der Hitze direkt zu ihrer Klitoris schoss.

Sie stöhnte leise auf, als Sully zurücktrat und die kühle Luft gegen ihr Fleisch strich. Er legte ihr eine Augenbinde über die Augen, während Macs Finger Sullys ersetzten.

Sully nahm ihren Hintern in seine Hände und drückte zu. »Ich werde jetzt anfangen, Mädchen«, sagte er. Dann gab er ihr eine Ohrfeige mit der bloßen Hand. Nicht hart, aber genug, um sie zusammenzucken zu lassen.

Mac stellte sich mit seinen Händen vor sie, während Sully ihr den Hintern versohlte. Ihr Körper kämpfte damit, die sich überlagernden Botschaften zu verstehen. Das Vergnügen von Macs Fingern an ihren Brustwarzen duellierte sich mit dem Stechen von Sullys Hand auf ihrem Hintern, als er die Kraft seiner Schläge allmählich erhöhte.

Dann hielten beide Männer inne und holten sie fast schockartig in die Realität zurück. Mac trat ein, legte seine Hand in ihren Nacken und neigte ihren Kopf nach vorn, so dass er an seiner Schulter ruhte. Er ließ seine Hand an ihrem Platz, während er ihr etwas zuflüsterte.

»Wie geht es dir, Mädchen?« »Grün«, keuchte sie.

Sie spürte, wie etwas Hartes, Flaches und Kühles ihren Hintern berührte. Dann ein stechender Klaps.

Sie erkannte, dass es ein Paddel war. Als sie instinktiv ihre Hüften davon wegdrehte, glitt Macs andere Hand zwischen ihre Beine und spielte mit ihrer Klitoris.

Sie stöhnte, als die Schläge des Paddels härter wurden und Macs Finger tiefer in ihre Pussy eindrangen. Sie ließ ihre Hüften kreisen und versuchte, Mac näherzukommen, um ihn noch tiefer hineinzuziehen.

»Fühlt sich das gut an, Baby?«, flüsterte Mac ihr ins Ohr. »Ja!«

Nach einem Moment hielt Sully inne und Mac zog seine Hand zurück. Sie stöhnte enttäuscht auf. Sully packte sie an den Haaren und zog sanft daran, sodass sie ihren Kopf nach hinten kippen musste.

»Willst du mehr, Mädchen?« Seine Stimme war leiser geworden, tiefer, ernster. »Ja!«

»Wenn ich dir mehr Lust gebe, musst du auch mehr Schmerz ertragen. Das eine geht heute Abend nicht ohne das andere.«

Scheiße, ja. Bis jetzt hatte er ihr nicht wirklich wehgetan, das Stechen des Paddels war bereits verklungen.

Aber verdammt, ihr Kitzler pochte fast schmerzhaft und bettelte um Erlösung. »Ja!«

Er knabberte an ihrem Ohrläppchen. »So ist es brav.« Er ging weg.

Mit der Augenbinde konnte sie nicht erkennen, wo die beiden Männer standen. Nach einem Moment zuckte sie zusammen, als sie etwas an ihrer Klitoris spürte. Sully sprach vor ihr. »Ich lasse diese Schläge von meinem Sklaven ausführen.« Er küsste sie, dann flüsterte er ihr ins Ohr: »Wenn du in jeder Hinsicht mit uns zusammen sein willst, wirst du dich daran gewöhnen müssen, dass wir dich beide toppen.«

»Ja!«

Sie spürte, wie Mac ihren Hintern mit seiner Hand streichelte, liebevoll, zärtlich. Dann legte er etwas, von dem sie vermutete, dass es eine Reitgerte war, auf ihren Hintern.

»Jetzt«, sagte Sully. Ihre Welt leuchtete hinter der Augenbinde auf, als ein starker Vibrator ansprang und Mac ihr gleichzeitig mit etwas viel Geilerem als dem Paddel auf den Hintern schlug.

Sully flüsterte ihr ins Ohr. »Komm noch nicht, Mädchen.«

Sie wimmerte, weil sie es wollte, weil sie es brauchte, und spürte einen weiteren stechenden Schlag auf ihren Hintern. Der Schmerz dämpfte ihr Vergnügen gerade so weit, dass sie ihren aufsteigenden Orgasmus in den Griff bekommen konnte, aber als sie versuchte, ihre Hüften vom Vibrator wegzudrehen, schlug Mac ihr erneut auf den Hintern und drückte sie wieder darauf.

»Komm nicht«, warnte Sully erneut, lauter, tiefer.

Sie spürte, wie ihr die Tränen kamen, mehr aus Frustration als aus Schmerz, aus dem verzweifelten Wunsch nach Erleichterung und dem noch verzweifelteren Wunsch, Sully zu gehorchen.

Mac wechselte die Stärke der Schläge ab, solche, die sie kaum berührten, und stechende, schmerzhafte Hiebe, die sie aufschreien ließen und sie noch stärker auf den Vibrator drückten, den Sully gegen ihre Klitoris drückte.

Sie konnte es nicht mehr ertragen. »Bitte, lass mich kommen!« »Flehe mich an.«

»Sir, bitte! Lass mich kommen! O Gott, lass mich kommen!«

Mac schlug sie härter, dann streichelte er ihren Hintern mit seiner Hand.

»Nein«, flüsterte Sully, während er mit einer Hand abwechselnd ihre Brustwarzen streichelte. »Du kannst noch nicht kommen. Du hast nicht genug gebettelt.«

»Bitte!« Sie schluchzte verzweifelt. »Bitte!«

Der Schmerz und das Vergnügen verschmolzen zu einer Einheit, während sie darum kämpfte, zu gehorchen. Gerade als sie wusste, dass sie es nicht mehr aushalten konnte, hielt Mac an und trat näher. Er schlang seinen Arm um ihre Taille.

»Komm, Mädchen«, befahl Sully.

Sie schrie, der stärkste Orgasmus, den sie je in ihrem Leben gehabt hatte, explodierte in ihr, ihre Knie gaben nach, aber Mac hielt sie mit beiden Armen fest.

Gerade als sie sich davon zu erholen begann, drückte Sully den Vibrator noch fester gegen sie. »Noch mal. Komm jetzt, Mädchen!«, befahl er.

Sie schluchzte, als sie spürte, wie ein weiterer Stoß sie traf, nicht so stark wie der erste, aber fast, und ihr die Kraft raubte. Ihr überempfindlicher Kitzler schrie aus Protest, als er den Vibrator gegen sie wackelte, während Mac ihre Brustwarzen kniff. »Einmal noch, Mädchen. Komm jetzt!«

Clarisse wurde in Macs Armen schlaff, als der Höhepunkt sie durchflutete. Dann schaltete Sully den Vibrator ab und löste die Klammern an ihren Armen. Er nahm sie Mac ab und trug sie zu einem Stuhl in der Nähe. Dort schmiegte er sie an seine Brust, während er sich setzte und sie beruhigte. Mac nahm ihr die Augenbinde ab und legte eine Decke über sie. Sully wickelte sie fest um sie herum.

Er küsste sie auf die Stirn. »Sehr gut, Mädchen«, murmelte er. »Das war mein sehr, sehr gutes Mädchen.«

Clarisse fühlte sich, als wäre sie aus allen Nähten geplatzt. Sie schloss die Augen und weinte, vor Erleichterung, vor Glück, vor Gefühlen, die sie nicht einmal ansatzweise benennen konnte. Es war ein kathartisches Gefühl, eine Befreiung, wie sie sie noch nie erlebt hatte, nicht nur körperlich, sondern auch emotional.

Sully wiegte sie sanft in seinen Armen. »Es ist okay«, flüsterte er, sein Gesicht in ihrem Haar vergraben. »Lass es alles raus, Baby. Es ist okay.«

Sie blieb zusammengerollt in seinen Armen, wollte sich nicht bewegen, wollte nicht, dass der Moment endete, wollte nicht denken, wollte nur fühlen und die Lawine der Gefühle genießen, die sie durchströmte.

Damit er sich um sie kümmert.

Mac griff unter die Decke, fand ihre Handgelenke und entfernte die Fesseln. Dann rieb er ihre Handgelenke. Sie vermutete, dass sie morgen dort wund sein würde, und ihre Arme, ganz zu schweigen von ihrem Arsch, aber …

Verdammt! Es hat sich gelohnt.

Sie sah Sully an. In seinen grauen Augen las sie Sorge. »Geht es dir gut, Süße?«, fragte er.

»Ja.«

Er küsste sie erneut auf die Stirn und schmiegte sie noch fester an sich. »Ich hoffe, du magst mich morgen noch.«

Sie lächelte. »Das werde ich.« Mac sah ebenfalls besorgt aus, aber sie warf ihm einen Blick zu und er beugte sich zu einem Kuss vor. »Ich danke euch. Euch beiden.«

Er lächelte, als er ihren Halfter für sie verschnürte. »Ich würde sagen, es war mir ein Vergnügen, aber ich glaube, du hattest den meisten Spaß.«

Sie ließ ihren Kopf an Sullys warmer Brust ruhen und schloss die Augen. »Das war … wow.«

»Wow ist eine übliche Reaktion«, scherzte Sully.

Nachdem sie sich bequem genug gefühlt hatte, um sich aufzusetzen, übergab Sully sie an Mac. »Mach sie sauber und lass sie ihre Unterwäsche wieder anziehen.«

Als er ihr erschrockenes Gesicht sah, lachte Sully. »Ich habe die Schlüpfer-Abdrücke gesehen, Süße. Hol ihr auch etwas zu essen.« Er drückte ihre Schulter, während er aufstand und zu einem Mann hinüberging, der versuchte, seine Aufmerksamkeit zu erlangen.

Mac hatte anscheinend ihre Sachen zusammengesucht, während sie sich mit Sully erholte, denn die Bar war jetzt von jemand anderem besetzt. Clarisse wickelte die Decke fest um sich und ließ sich von ihm durch die Garderobe in das private Badezimmer führen.

»Willst du duschen?«

»Nein, es geht mir gut.« Er zwang sie, sich über den Tresen zu beugen, während er ihre Haut mit Lotion eincremte. Das kühle Gefühl der Lotion, kombiniert mit seinen sanften Fingern, weckte erneut ihr Verlangen.

Dann zuckte sie zusammen, als er über eine wunde Stelle fuhr.

»Tut mir leid, Süße. Ich habe dich nicht geschnitten, Gott sei Dank. Ich hatte Angst, dass ein paar dieser Schläge zu hart waren.«

Nachdem er fertig war, drehte sie sich um und sah in den Spiegel. Ihr rosafarbener Hintern war von dunkleren roten und violetten Streifen gezeichnet. Mac folgte ihrem Blick.

»Morgen früh wirst du wund sein«, sagte er mit einem neckischen Lächeln.

Er half ihr beim Umziehen und zog ihr die Schuhe wieder an. »Was jetzt?«, fragte sie.

»Du musst etwas Wasser trinken, sonst wirst du dehydriert sein. Und auch etwas essen.«

»Danach?«

Er umarmte sie und wackelte spielerisch mit den Augenbrauen. »Ich bekomme die Scheiße aus mir herausgeprügelt.«

KAPITEL SIEBZEHN

Mac ließ sie sich auf ihn stützen, als sie zum Haupt-Spielraum zurückkehrten. Zu diesem Zeitpunkt benutzten schon mehr Leute verschiedene Teile der Ausrüstung. Nachdem sie ihre Erfahrung hinter sich gelassen hatte und ihre Nerven beruhigt waren, besaß Clarisse nun eine gewisse Ruhe und war mehr als nur neugierig. Yvette ließ Mike auf dem Boden knien, scheinbar frei von seiner Fesselung, aber mit Hand- und Fußgelenkmanschetten und einer Kapuze. Sie hatte eine Lederleine an seinem Halsband befestigt.

Doreen meldete sich, als Mac Clarisse half, das Essen aus dem Korb zu holen. »Wie geht es dir? Hattest du Spaß?«

Da sie nicht unhöflich sein wollte, aber auch noch nicht wirklich reden wollte, begnügte sich Clarisse mit einem Nicken.

Doreen grinste. »Du bist ein Glückspilz! Ich darf als Nächste spielen.« rief Alex ihr vom anderen Ende des Raumes zu. Doreen umarmte sie, bevor sie sich auf den Weg machte.

Clarisse verfolgte ihren Weg. Sully und Alex standen neben einer Bank.

Sie spürte, wie ihr Herz schlug, als Doreen sich entkleidete und eifrig ihren Platz auf der Bank einnahm, während Sully und Alex sie fesselten.

Mac spürte, dass sie sich unwohl fühlte, und führte sie zu den Stühlen, die an den Wänden in der Nähe des Buffets standen. »Du musst etwas essen, Süße.«

Eifersüchtig? *Verdammt*, ja. Der Gedanke, dass Sully mit einer anderen Frau so redete, wie er mit ihr geredet hatte, sie berührte ...

Dummkopf. Auf ihn darfst du nicht eifersüchtig sein. Das hielt sie aber nicht davon ab, eifersüchtig zu sein.

Mac konnte sie nicht ablenken, sosehr er sich auch bemühte. Er gab sich auch verdammt viel Mühe. Sully und Alex quälten Doreen. Sully versohlte sie eine Weile mit der bloßen Hand und anderen Hilfsmitteln, bevor er den Vibrator hervorholte. Nach fast einer halben Stunde bettelte Doreen mit gesenktem Kopf, flehte und weinte.

Clarisse wandte den Blick ab, als Sully sich zu Doreen beugte und ihr etwas zuflüsterte, und sie schrie auf, als sie ihren Höhepunkt erlebte.

Sie konnte es nicht ertragen, Sully so mit ihr zu sehen. Die warmen Gefühle, die sie nach ihrer Session mit ihm empfunden hatte, verschwanden wie Pusteblumen in einem Hurrikan.

»Ich muss auf die Toilette gehen«, sagte sie zu Mac. Er half ihr aufzustehen und ins Bad zu gehen, dann stand er draußen und wartete auf sie.

Sie hatte sich versprochen, es nicht zu tun, zu versuchen, nach ihren Regeln zu spielen, aber sie weinte trotzdem. Das Kaugummi und die Gänseblümchen auf der Oberseite dieses Arrangements – zwei süße, gut aussehende Männer, die sie den Rest ihres Lebens mit ihnen verbringen lassen würden – hatten eine dunkle und dornige Unterseite. Den BDSM-Aspekt konnte sie akzeptieren. Wenn das, was sie erlebt hatte, das Schlimmste war, was es geben konnte, war das kein Problem.

Aber wenn sie ein Teil davon sein wollte, konnte sie sie nicht teilen. Nicht auf diese Weise.

Mac klopfte an die Tür. »Alles in Ordnung, Süße?«

»Ja, ich bin in einer Minute fertig.« Sie ging ins Bad, spritzte sich kaltes Wasser ins Gesicht und versuchte ein Lächeln, von dem sie hoffte, es sei echt. Als sie wieder auftauchte, sah Mac besorgt aus.

Sully ging hinüber. »Bist du okay?« »Ja.«

Er runzelte die Stirn, verlangte aber nicht mehr von ihr. Er ging um sie herum ins Bad, schloss die Tür hinter sich und verriegelte sie.

Wahrscheinlich wäscht er sich die Hände.

Dieser Gedanke trieb ihr fast wieder die Tränen in die Augen.

Mac spürte ihren Stimmungsumschwung. »Schatz, sprich mit mir.« »Mir geht es gut.«

»Bitte?«

»Mac, mir geht es gut!«, schnauzte sie. »Hör auf zu fragen.« Er schüttelte den Kopf. »Du siehst nicht so aus.«

Alex hatte Doreen in eine Decke eingewickelt, während er mit ihr sprach und sie im Arm hielt.

Mac fand es wahrscheinlich in Ordnung, weil Doreen eine Frau war. Sie fragte sich, ob er es genauso akzeptieren würde, wenn Sully mit anderen Männern spielen würde.

Im Laufe der nächsten Stunde nahm Sully an mehreren Sessions mit Menschen teil und half ihnen, so wie er es bei Alex und Doreen getan hatte. Jedes Mal, wenn er eine andere Person berührte, spürte Clarisse, wie sich ihr Magen auf unangenehme Weise verkrampfte. Mac versuchte, sie zum Reden und Lachen zu bringen, aber er verstummte schließlich, als er merkte, dass sie nicht in der Stimmung für seine spielerischen Kommentare war.

Nach der letzten Session verschwand Sully wieder im Bade-zimmer. Clarisse stand auf und ging zum Buffet unter dem Vorwand, einen Snack suchen zu wollen. Sie zuckte zusam-men, als Sully sie an der Schulter berührte.

»Was ist los?«

»Nichts!« Sie löste sich von den Männern und wankte zu der großen Kühlbox, in der Wasserflaschen auf Eis gestellt waren. Mac stürzte herbei und öffnete die Kühlbox für sie, holte eine Flasche aus dem eiskalten Wasser, öffnete sie und reichte sie ihr.

»Danke.«

Er fragte nicht noch einmal nach. Als sie ihn und Sully ansah, trugen sie fast identische Ausdrücke – Besorgnis. Sully wandte seinen Blick nicht von ihr ab. »Sklave, hol unsere Sachen und mach dich bereit.«

»Ja, Meister.« Er ging mit einem letzten Blick auf Clarisse hinaus.

Sully führte sie zu den Sitzen hinüber und setzte sich zu ihr. »Sprich mit mir«, befahl er sanft.

Ihr Blick wanderte zu Doreen und Alex hinüber, bevor sie zu ihm zurückkehrte. »Es ist alles in Ordnung.«

»Du lügst.«

»Ich lüge nicht. Ich bin nur müde, das ist alles.« »Willst du gehen?«

Nein, ich will nur, dass das Bild von deiner Hand in Doreens Möse aus meinem Kopf verschwindet.

»Erst wenn Mac spielen darf.«

Er studierte sie einen Moment lang. »Okay. Möchtest du mir mit ihm helfen?«

Dieses kleine Detail reichte aus, um sie aus ihrer misslichen Lage zu befreien. »Helfen?« Seine Lippen verzogen sich zu einem Lächeln. »Du wirst der erste Mensch sein, die mir hilft, ihn zu toppen. Für ihn wird es heute Abend auf jeden Fall heftig werden. Du wirst keine Safeword-Rechte bekommen.

Das Einzige, was du tun kannst, wenn du es nicht aushältst, ist, dich aus der Session zurückzuziehen. Aber ich schulde ihm etwas, und ich möchte, dass er es genießt.«

Ihr Mund wurde trocken. »Was muss ich denn tun?« »Was ich dir sage.«

Das würde sie von ihrer Eifersucht ablenken. »Was zum Beispiel?«

Er zuckte mit den Schultern, sein Gesicht verfinsterte sich für einen Moment. In diesem Moment fiel sein Blick auf seine Hände. »Es gibt Dinge, die ich nicht für ihn tue, auch nicht nach den Bootsregeln.« Er sah sie an. »Wenn du es willst, dann lasse ich dich.«

Für jemanden, der sich normalerweise ziemlich direkt verhielt, machte sie sein abwartendes Verhalten langsam wütend. »Sag es einfach.«

»Ich werde dich nicht anlügen. Ich werde ihn ziemlich brutal rannehmen. Er braucht es. Er erwartet es. Es wäre noch besser für ihn, wenn du ihm einen blasen würdest. Er liebt dich. Es würde ihn in die Umlaufbahn schicken. Ich werde ihn heute Abend nicht knebeln, also wird er weinen und schreien.«

Ihr Herz pochte. Sullys Augen konzentrierten sich auf sie und versuchten, ihre Reaktion zu lesen.

Sie nickte.

»Gut.« Er stand auf und reichte ihr die Hand. »Kümmern wir uns um unseren Jungen.«

Die Trapezstange, wie sie sie sich vorstellte, war wieder frei. Mac kam aus der Umkleidekabine mit ihren Taschen. Er hatte sich umgezogen.

Nun, Kleidung ist ein relativer Begriff, denn er war nackt, bis auf sein Halsband, die Aufhängung wie die, die sie getragen hatte, und ein Ledergeschirr um seine Taille, das zwischen seinen Beinen verlief.

Clarisse stand an die Wand gelehnt, wo Sully sie zurückgelassen hatte. Macs Augen hielten die ihren fest, als Sully die

Höhe der Stange einstellte und Mac daran festhielt. Sie stellte fest, dass er bei Mac ganz andere Gurte verwendete als bei ihr. Sie hatten zwar immer noch Panic Snaps, waren aber anders konstruiert, sodass Mac sie nicht erreichen konnte, um sich zu lösen. Sully kurbelte auch die Stange viel höher, als er es bei ihr getan hatte, sodass Macs Arme eng über seinen Kopf gestreckt waren.

Mac wandte den Blick nicht von ihr ab, bis Sully ihm eine Augenbinde anlegte. Er flüsterte in Macs Ohr. Sie beobachtete, wie sich Macs Schwanz, der durch einen Ring im Gurtzeug steckte, sich langsam aufbaute. Er drehte sein linkes Handgelenk, wobei sich die ganze Manschette verdrehte.

Sully sprach weiter mit ihm, während er eine Hand über Macs Brust gleiten ließ. Er drehte erst einen Nippel-Piercing, dann den anderen.

Macs Schwanz war voll erigiert.

Sully ließ seine Hand langsam über Macs Bauchmuskeln gleiten, griff nach Macs Schwanz und drückte fest zu. Mac zuckte zusammen, nickte aber. »Ja, Meister«, hörte sie ihn sagen.

Sully löste sich von Mac, knöpfte sein Hemd auf und legte es über einen Stuhl in der Nähe, auf dem er mehrere bösartig aussehende Werkzeuge ausgebreitet hatte. Er winkte Clarisse zu sich herüber.

Er beugte sich vor und flüsterte: »Zieh deine Schuhe aus, Süße.«

Dankbar kickte sie sie sich von den Füßen.

»Du stellst dich vor ihn. Ich möchte, dass du mit seinen Brustwarzen spielst, mit deinen Fingernägeln über ihn fährst, aber nicht an seinen Schwanz und seine Eier gehst, bis ich es dir sage. Du kannst ihn auch küssen, wenn du willst. Wenn ich so weit bin, zeige ich auf die Tür, und dann kannst du dich über ihn hermachen. Aber vorher nicht.« Er griff nach ihr und strich ihr eine Haarsträhne hinters Ohr. »Du musst das nicht tun, wenn du nicht willst.«

»Ich will es.«

»Willst du ein Handtuch, um hineinzuspucken?«

Es ist Zeit, ihm ein wenig zurückzugeben. »Ich nehme ein Handtuch, aber ich bin ein gutes Mädchen. Ich schlucke.«

Sully presste die Lippen zusammen, bevor er in Gelächter ausbrach und sie umarmte. »Ich liebe dich, Süße. Du bist bezaubernd.«

Sie stellte sich vor Mac und wartete darauf, dass Sully sich in Position brachte. Sully beugte sich vor und sprach leise in Macs Ohr. »Ich habe eine Überraschung für dich, Sklave. Du bekommst heute Abend eine Bestrafung und eine Belohnung.«

Mac neigte seinen Kopf zu Sullys Stimme, stellte aber keine Fragen. Clarisse hörte, wie Sullys bloße Hand auf Macs Hintern schlug. Macs Kiefer spannte sich an, aber er gab keinen Laut von sich.

Als sie die Hand ausstreckte und mit ihren Fingern sanft über seine Brustwarzenringe strich, keuchte er erschrocken auf. »Clarisse?«

Sie beugte sich vor und küsste ihn. Sully steigerte das Tempo und die Stärke seiner Schläge, während er Macs Arsch mit seiner Hand rötete. Als sie Macs Brustwarzen fester drehte, stöhnte er leise auf.

Sully wechselte zu einem schweren Flogger und schlug auf Macs Rücken und Schultern sowie auf seine Oberschenkel. Sie zog ihre Nägel über sein Fleisch, nicht hart, aber genug, um ihm Geräusche zu entlocken, die Sullys Schläge nicht verursachten.

Obwohl sie sich der Leute bewusst war, die um sie herumstanden und sie beobachteten, verließ ihr Blick nie Macs Gesicht. Sein Mund öffnete sich, seine Zunge leckte gelegentlich über seine Lippen, wenn Sully eine Pause einlegte. An einem Punkt hielt Sully an. Er trat hinter Mac, packte ihn fest an den Haaren und riss seinen Kopf zurück.

»Wo sind wir, Sklave?« »Grün, Meister«, keuchte er.

Sully biss ihm in den Nacken, hart, und hinterließ einen Abdruck. Dann nahm er eine Wasserflasche und hielt sie an Macs Lippen, ließ ihn einen Schluck trinken, bevor er wieder auf ihn losging. Er wechselte zu einem Paddel, und die lauten Schläge ließen Clarisse vor Mitleid zusammenzucken. Als Nächstes kam eine Reitgerte. Mac konnte nicht anders, als darauf zu reagieren, er krümmte sich gegen die Schläge und gab gemischte Schmerzenslaute von sich. Sully wechselte zu einem Rattan-Stock. Das war der Moment, in dem Macs Schreie qualvoll wurden, während sein Schwanz hart zwischen seinen Beinen pochte und Tropfen von klarem Sperma die Eichel bedeckten.

»Nicht kommen, Sklave«, befahl Sully streng, während er Macs Arsch mit dem Rattan-Stock verwüstete. »Komm nicht, oder ich werde dies auf deinen verdammten Schwanz anwenden.«

Mac zuckte gegen die Fesseln, die Ausrüstung klapperte, seine Finger waren fest um die Stangen in den Aufhängungen gewickelt, aber er schrie nicht rot.

»Wem gehörst du?«, bellte Sully. »Dir, Meister.«

»Was bist du?«

»Ich bin dein Sklave, Meister. Ich gehöre dir.« »Wem gehört dieser Arsch?«

»Dir!«

Macs Gesicht verzog sich bei jedem Schlag vor Schmerz. Als Clarisse mit ihren Daumen über seine Brustwarzen strich, keuchte Mac vor Verlangen.

Sully versetze ihm mehrere harte Schläge mit dem Rohr-stock, härter als die anderen, bevor er wieder näher trat.

»Wie geht es uns?«

Mac schnappte nach Luft. Er drehte seine linke Hand. »Sag es.«

Er tat es schließlich, auch wenn seine Stimme leise und undeutlich klang. »Grün, Meister.«

Sully begann sofort wieder mit dem Rattan-Stock auf ihn einzuschlagen. Sie drückte ihre Lippen auf die von Mac und war überrascht, als er ihren Kuss begierig erwiderte, ganz so, als ob sie einen sicheren Hafen und Erleichterung vor dem Ansturm bot.

Sie spürte sein Stöhnen auf ihrer Zunge, während er sie küsste, bis Sully den Satz schließlich mit dem Rattan-Stock beendete.

Sully sprach wieder. »Mädchen, tritt nicht auf eine Seite von ihm, ohne vorher die Hand zu heben, damit ich weiß, dass du es bist.« Das war die einzige Warnung, die sie hatte, bevor sie das laute Knallen einer Peitsche hörte. Mac schrie auf, sprang, stemmte sich gegen die Fesseln und ließ die ganze Stange wieder wackeln.

Sully schritt ein und drückte Macs Füße mit seinen weiter auseinander. »Beweg dich nicht, Sklave. Du hast die Strafe verdient, schon vergessen?«

Ein weiterer Knall, und Mac schrie erneut auf, sein Kopf sank auf Clarisse' Schulter.

»Safeword, wenn es sein muss, Sklave«, befahl Sully. Mac drehte seine linke Hand.

Sully grinste. »Das hätte ich nicht gedacht.« Er schlug ihn vier weitere Male. »Noch kein Safeword?«

Mac drehte seine linke Hand, während seine Hüften in die leere Luft stießen, sein Schwanz war steif und fast lila.

Sully rückte seine Position zurecht und begann mit regelmäßigen, zeitlich abgestimmten Stößen. Mac schrie auf, weinte, zitterte. Clarisse umfasste seinen Nacken mit ihrer Hand, wiegte seinen Kopf an ihrer Schulter, so gut sie konnte, und versuchte ihn zu beruhigen, während er bei jedem Schlag schrie.

Nach ein paar Minuten hielt Sully an. »Tritt zurück, Mädchen«, befahl Sully sanft.

Nur widerwillig ließ sie Mac los. Sully ging um Mac herum und fasste ihm ans Kinn. »Gibst du schon auf? Soll ich weitermachen?«

Er drehte sein Handgelenk.

»Sag es!«, schrie Sully ihn an, als er Macs Kinn losließ.

Macs Kopf hing herunter, Schweiß tropfte von ihm. »Grün«, murmelte er, seine Stimme war undeutlich.

Sully packte Mac an den Haaren und zog seinen Kopf hoch. »Sag mir, was du willst.«

»Fick dich! Grün!«

Clarisse schnappte besorgt nach Luft. Macs Antwort schien Sully jedoch zu amüsieren. Er streichelte Macs Haar und küsste ihn. »Mach, was du willst, Sklave.« Er kehrte in seine Position hinter Mac zurück, wartete, bis Clarisse ihre Position wieder eingenommen hatte, und stürzte sich wieder brutal auf ihn. Mac schrie, stemmte sich gegen die Fesseln, während ihm Tränen über das Gesicht liefen. Jeder Schlag entlockte Mac ein weiteres markerschütterndes Heulen. Es dauerte nicht lange, da fluchte er über Sully und beschimpfte ihn mit allen erdenklichen Schimpfwörtern, während er an den Fesseln zerrte.

Aber er hat kein Safeword benutzt. Sully gab die Beleidigungen so gut zurück, wie er sie aufnahm, unterbrochen von Sticheleien zum Safeword.

Macs Standardantwort darauf: »Fick dich! Grün!«

Er schrie ymmer noch, als Sully näher kam und fast ohne zu zögern zur Reitgerte griff und Clarisse in die Augen sah.

Er zeigte auf die Tür.

Noch immer fassungslos von dem, was sie gesehen hatte, sank sie vor Mac auf die Knie und schluckte seinen Schwanz, um ihm ein gewisses Maß an Vergnügen zu bereiten.

Sully schrie: »Komm *jetzt*, Sklave!« Er verwüstete Macs Arsch mit schnellen, harten Schlägen.

Macs Hüften stemmten sich gegen ihr Gesicht, während sein Schwanz zuckte und anschwoll. Seine heißen Säfte explodierten aus ihm und flossen fast schneller ihre Kehle hinunter, als sie mithalten konnte. Als er in den Fesseln schlaff wurde, befürchtete sie, dass er ohnmächtig geworden war, aber Sully war bereits mit einer Decke zur Stelle, wickelte sie um ihn und stützte ihn. Er nahm Mac die Augenbinde ab.

Sullys Gesicht war eine unleserliche Maske, seine Stimme heiser. »Gutes Mädchen«, flüsterte er. »Hilf mir, ihn auszuhaken.«

Sie sprang auf und lief zum Schalter, um die Stange herunterzulassen, damit sie die Gurte erreichen konnte. Mac weinte und schluchzte in Sullys Armen. Als die Stange niedrig genug war, um sie zu erreichen, löste sie die Gurte. Sully legte Macs Arm über seine Schultern und seinen eigenen um Macs Taille und zog den größeren Mann halb weg.

»Bring unsere Sachen«, rief er über seine Schulter.

Sie packte schnell ihre Sachen zusammen und lief ihnen in die Umkleidekabine hinterher.

Sully hatte Mac auf eine der Bänke gesetzt. Er war in sich zusammengesunken, den Kopf in Sullys Schoß, weinte nicht mehr, aber er zitterte.

Clarisse hatte ihre Schuhe noch nicht wieder angezogen. Sully warf ihr einen Blick zu. »Bitte bring mir eine Flasche Wasser.« Sie gehorchte. Sully drehte den Deckel auf und nahm Macs Kopf in eine Hand, hob ihn so weit an, dass er die Flasche an Macs Lippen setzen konnte. »Trink, Kumpel«, befahl Sully, sein sanfter Tonfall war das genaue Gegenteil von dem, den er während der brutalen Schläge benutzt hatte.

Mac nahm einen kleinen Schluck.

»Nein, Brant«, sagte Sully. »Mehr. Du musst trinken.«

Mac tat es schließlich und legte seinen Kopf in Sullys Schoß. Er öffnete seine Augen immer noch nicht.

Sully nickte in Richtung einer der Reisetaschen. »Da sollten ein paar Shorts und ein T-Shirt drin sein. Hol sie, bitte. Und ein Handtuch und den Reißverschlussbeutel mit der Salbe.«

Sie hat sie gefunden. »Wo willst du sie haben?«

»Im Badezimmer.« Nachdem sie die Sachen auf den Waschtisch gelegt hatte, stupste Sully Mac vorsichtig auf die Füße und führte ihn ins Bad.

Er schloss die Tür. Sie spürte, wie ihr das Herz in die Hose rutschte, weil sie ausgeschlossen war. Sully rief laut. »Clarisse?«

»Ja?«

»Ich dachte, du wärst direkt hinter uns. Komm her.«

Ihre Seele erhellte sich, als sie mit den beiden eintrat und die Tür hinter sich schloss. Mac stand, wenn auch gefährlich schwankend auf seinen Füßen und stützte sich auf dem Tresen ab. Seine Augen waren immer noch geschlossen.

»Nimm ihm das Geschirr ab, Baby«, befahl Sully leise.

Sie tat es, indem sie unter der Decke tastete und versuchte, auf seinen Rücken aufzupassen. Sully zog die Decke hoch und stieß ein leises Zischen aus.

»Scheiße, Brant. Warum zum Teufel hast du kein Safeword benutzt?«

»Das war nicht nötig«, antwortete er, wobei seine Stimme immer noch undeutlich klang.

Clarisse begann zu schauen. Sully berührte ihre Schulter und schüttelte den Kopf. »Nicht heute Abend, Babe. Setz dich auf den Waschtisch und lass ihn sich an dich lehnen. Lass die Augen geschlossen.«

Sie tat es. Mac schlang seine Arme um ihre Taille und legte seinen Kopf in ihren Schoß. Sie vergrub ihr Gesicht in seinem Haar und sah nicht hin, als Sully ihm die Decke wegnahm und etwas tat. Mac stöhnte ein paarmal vor Schmerz auf. Sie vermutete, dass Sully seine Wunden verband.

Sully ergriff ihre Hand. »Halt mal.« Er legte ihre Hand gegen Macs Rücken. Sie spürte etwas unter ihren Fingern. »Es ist sicher, hinzusehen.«

Er hatte einen großen, nicht klebenden Verband über Macs Rücken gelegt und ihn mit Klebeband fixiert. Rund um den äußeren Rand des Verbandes waren wütende Striemen und rote Flecken zu sehen.

»Damit sein Hemd nicht an ihm klebt«, erklärte Sully, während er den Verband befestigte. »Die Salbe wird helfen, eine Infektion zu verhindern.« Er griff nach dem T-Shirt, zog es Mac vorsichtig über den Kopf, und sie half ihm, seine Arme hineinzulegen. Dann rollte Sully es langsam über Macs Oberkörper, wobei er darauf achtete, dass sich der Verband nicht löste.

Er hob die Shorts auf und tippte auf Macs rechtes Bein. »Anheben.«

Mac gehorchte. Sully wiederholte es mit seinem linken und schob die Shorts vorsichtig an Macs Beinen hoch und an ihren Platz. »Bleib hier bei ihm. Ich bin gleich wieder da.« Er ließ die Tür offen, während er in der Tasche kramte und den Rattan-Stock, die Gerte und die Peitsche fand, die er benutzt hatte. Er wischte sie mit antibakteriellen Tüchern ab, verstaute sie in der Tasche und packte den Rest der Ausrüstung ein.

Er schaute durch die Badezimmertür. »Kannst du dich um die Taschen kümmern, Süße?«

»Ja.« Sie strich mit ihren Fingern durch Macs Haar.

Sully schob ihre Schuhe in eine der Taschen, zog sein eigenes Hemd wieder an, ließ es aber aufgeknöpft, griff dann nach der Decke und legte sie wieder über Mac. »Komm schon, Brant«, sagte er. »Zeit, dich nach Hause zu bringen.«

Mac öffnete schließlich seine Augen. Sully half ihm, sich aufzurichten und stützte ihn beim Gehen. Clarisse folgte ihnen. Auf dem Weg zur Tür schnappte sie sich die Taschen und sie machten sich auf den Weg durch das taufeuchte Feld zum Jaguar.

Sully führte Mac zur hinteren Beifahrertür. »Scheiße. Schatz, die Schlüssel sind in meiner linken Vordertasche. Kannst du sie holen?« Sein linker Arm war um Macs Taille geschlungen.

Sie sah sich um, fand sie und schloss das Auto auf. »Leg die Taschen in den Kofferraum«, sagte er. »Hol dein Portemonnaie heraus, damit du deinen Führerschein hast.« Er half Mac auf den Rücksitz und schlüpfte neben ihm hinein. Mac lehnte sich sofort vor, legte seinen Kopf in Sullys Schoß und schlief ein.

Sully schnallte sich an. »Kannst du noch fahren?« »Ja, alles gut.«

Er zog die Hintertür zu, als sie den Kofferraum öffnete, um ihre Handtasche zu holen. Einen Moment später stellte sie den Sitz, die Spiegel und das Lenkrad des Jaguars ein. Als sie einen Blick in den Rückspiegel warf, konnte sie Sullys Gestalt in der Dunkelheit ausmachen. Er hatte seine Arme um Mac gelegt und beugte sich vor, um ihn zu küssen.

Ohne ein weiteres Wort zu verlieren, startete sie den Wagen und fuhr langsam die Einfahrt hinunter.

Sie glaubte, sich der Interstate zu nähern, als Sully sprach. »Weißt du noch, wie du nach Hause kommst?«

Ihre Hände klammerten sich an das Lenkrad. »Ja.«

Er war ein paar Minuten lang still. »Geht es dir gut?« »Ja.«

Wieder Schweigen. Dann: »Du musstest uns von unserer schlechtesten Seite sehen.« »Schlechtesten?«

»Selten spielen wir härter als so. Sehr selten.« Er stieß ein kurzes Lachen aus. »Wenn wir so hart spielen, endet es normalerweise damit, dass ich ihn ficke. Normalerweise schlage ich ihn so, wenn er über einen Spielbock oder eine Bank gebeugt ist, nicht im Stehen.«

»Warum hast du dann heute Abend so anders gespielt?«

»Weil ich wollte, dass du daran teilnimmst. Damit du siehst, wie es ist. Um dir die Chance zu geben, es von beiden Seiten zu sehen.« »Um zu sehen, ob ich es ertragen kann?«

Er verstummte für einen Moment. »Das kann man wohl sagen.« »Warst du deshalb so hart zu ihm?«

»Nö. Ich habe dich gewarnt, manchmal braucht er es so hart.«

Es fiel ihr immer noch schwer, das zu verarbeiten, aber ihr Gehirn war der Akzeptanz schon ein Stück nähergekommen, auch wenn sie es nicht verstand. »Du warst doch nicht so hart zu ihm, nur weil ich da war, oder?«

»Nein.« Er war noch eine Weile still. »Wenn du ein Teil von uns sein willst, musst du akzeptieren, wer wir sind, nicht nur die Teile von uns, die du akzeptieren willst. Genauso wie wir alles akzeptieren werden, was du bist.«

»Ich werde nie in der Lage sein, solche Prügel einzustecken wie er.«

»Ich weiß, dass du das nicht kannst. Ich würde dich auch nie zwingen, so etwas zu nehmen. Du bist nicht er. Ich konnte nicht glauben, dass du heute Abend so weit gegangen bist.« Wieder Schweigen. »Es tut mir übrigens leid.«

Sie warf einen Blick in den Rückspiegel. Im Scheinwerferlicht eines entgegenkommenden Autos sah sie seine grauen Augen auf sie gerichtet. »Was denn?«

»Dass ich dich heute Abend so sehr gedrängt habe. Ich habe dir gesagt, ich würde dir nicht wehtun. Aber du hast das leichtere Zeug so gut verkraftet, dass ich sehen wollte, wie weit wir dich bringen können.«

»Es war okay.« Morgen könnte sie Schmerzen haben, aber das war es wert. »Ich sagte doch, ich habe eine überdurchschnittlich hohe Schmerztoleranz.«

»Es tut mir immer noch leid. Ich hoffe, du hasst mich nicht.«

In der Innenstadt von Tarpon musste sie an einer Ampel anhalten. Sie drehte sich um und sah ihn über den Sitz hinweg an. »Ich hätte mich in Sicherheit gebracht, wenn ich es nicht ausgehalten hätte. Ich hasse dich nicht für das, was du mir angetan hast.«

»Aber du hasst mich doch.«

Nur ein Idiot könnte das Bedauern in seiner Stimme überhören. »Nein, ich hasse dich nicht. Hör auf, mir Worte in den Mund zu legen. Hat mich die Sache mit Mac schockiert? Ja. Ich soll nicht lügen, also werde ich es nicht tun. Es hat mich zutiefst schockiert. Was du mit mir gemacht hast ...« Sie schüttelte den Kopf. »Ich habe keine Worte, um es zu beschreiben.«

»Wow?«

Sie lachte und wandte sich zum Fahren, als die Ampel auf Grün schaltete. »Ja, *wow*, das reicht.« »Was hat dich dann später so aufgeregt?«

Sie wollte es nicht zugeben. »Nichts.« Er antwortete nicht.

»Ich muss nur mit allem fertig werden, das ist alles«, fügte sie hinzu. Er musterte sie, sagte aber nichts.

Im Haus weckte Sully Mac so weit auf, dass er die Treppe hinaufsteigen konnte. Clarisse brachte die Taschen ins Haus und zögerte im Wohnzimmer. Schließlich stellte sie sie auf der Couch ab, ging in ihr Zimmer und zog sich um.

Sie war zu müde, um noch etwas zu tun, und wollte gerade ins Bett fallen, als Sully leise an ihre Tür klopfte.

»Ja.«

Er öffnete sie. Er hatte seine Jeans ausgezogen und trug nur noch ein Paar Boxershorts. »Ich wollte gute Nacht sagen, und das hast du gut gemacht.«

Sie errötete. »Danke.«

Er zeigte auf ihren Hals. »Willst du das noch?« Das Halsband. Sie hatte es vergessen.

Sie nickte. Er nahm es ihr ab, dann trat er zu ihr und zog sie in eine lange, feste Umarmung zu sich. »Du musst nicht versuchen, heute Abend oder morgen oder in einem Monat den Sinn der Dinge zu verstehen. Es gibt kein Verfallsdatum für dieses Angebot. Ich habe dir bereits gesagt, was mich dazu bringen würde, dich zu bitten, zu gehen. Ob du ein Jahr oder ein Leben lang bleibst, solange wir die einzigen Männer in deinem Leben sind, ist uns das egal.«

»Danke.«

Er drückte ihr einen Kuss auf die Stirn. »Ich würde dich ja fragen, ob du heute Nacht bei uns schlafen willst, aber er wird geil aufwachen.«

Sie schnaubte. »Das bezweifle ich.«

»Nein, im Ernst. Am nächsten Morgen ist er ...« Er lächelte. »Eines dieser Dinge, die du über uns lernen musst.« Er drehte sich um und schloss leise die Tür hinter sich, als er ging.

Clarisse starrte auf die geschlossene Tür. *Geil?*

Sie vermutete, dass sie noch viel über die Männer lernen musste. Die Frage war nur, ob sie das Risiko eingehen konnte, auf den verrückten Vorschlag einzugehen.

Oder könnte sie es riskieren, *nicht* auf das Angebot einzugehen?

KAPITEL ACHTZEHN

Am nächsten Morgen schlief Clarisse lange. Ihre Arme taten ihr ein wenig weh, und sie hatte ein paar blaue Flecken am Hintern, aber ansonsten fühlte sie sich gut. Mac war bereits wach und bereitete das Frühstück vor. Er grinste, als sie die Küche betrat. Ihr war nicht entgangen, dass er ein T-Shirt und Shorts trug.

»Da ist unser Schlafmützchen. Pfannkuchen?« Er zog sie in eine lange, feste Umarmung.

Er tat so, als hätte er schon drei Kannen Kaffee getrunken. »Du bist wirklich munter.«

»Ich fühle mich gut.«

»Wie ist das möglich?«

Er gab ihr einen Kuss auf ihre Nasenspitze. »Geschlafen wie ein Stein, morgens schön aufgewacht, und das Leben ist gut.«

Sein ansteckendes Lächeln brachte sie zum Lächeln. »Trotz letzter Nacht?«

»Wegen ihr. Und weil eine bestimmte Person letzte Nacht in meinen sexy Träumen aufgetaucht ist.« Er winkte ihr mit den Augenbrauen zu, bevor er sich wieder dem Herd zuwandte.

Sully ließ sich nicht blicken. »Er ist wieder eingeschlafen«, erklärte Mac mit einem verschmitzten Grinsen. »Ich habe ihn heute Morgen erschöpft.« Er setzte sich zu ihr an den Tresen und verschlang sein Essen.

Sie starrte ihn ungläubig an. »Wie kannst du heute Morgen überhaupt laufen?«

»So wie mein Körper ist. Ja, ich habe Schmerzen, aber das ist okay. Aber es macht mich verdammt geil.« Er lachte.

Sie stellte nichts mehr infrage, dachte nicht mehr so viel nach.

AM NÄCHSTEN NACHMITTAG, fast sechs Wochen nachdem Clarisse sie zum ersten Mal getroffen hatte, kündigte Sully an, dass Mac sie am nächsten Tag nach Columbus bringen würde, um sich mit den Ermittlern zu treffen und ihre Sachen zu holen ... und Bart. Mac nahm sie mit ins Einkaufszentrum, um ihr ein paar neue Sachen zu besorgen, darunter ein schönes Kleid, das ihr seiner Meinung nach gut stehen würde.

Clarissa konnte nicht essen, ihre Nerven waren ein einziger, äußerst schmerzhafter Knoten, der drohte, jede Nahrung, die sie zu schlucken versuchte, schnell wieder hochzuwürgen.

Sully schickte Mac, anstatt selbst zu fahren, da Sully sich auf eine Konferenz vorbereiten musste und in zwei Tagen nach New York reisen würde. Er fuhr sie zum Tampa International. Wegen den Bestimmungen der Transportsicherheitsbehörde konnte Sully sie nicht weiter als bis zum Hauptterminal begleiten. Er umarmte Mac und flüsterte ihm etwas ins Ohr, bevor er ihn losließ. Mac lächelte, nickte und drückte Sully einen letzten Kuss auf die Lippen. Sie bemerkte das ID-Armband an Macs Handgelenk. Sein anderes Tageshalsband trug er in

Verbindung mit dem silbernen Kettenhalsband um seinen Hals.

Clarisse beobachtete die Interaktion der Männer und erschrak über den melancholischen Stich, der durch ihre eigene Seele fuhr.

Sully lächelte sie an, bevor seine Miene ernst wurde. »Pass auf dich auf.« Er nahm ihre Hände in seine. »Hör auf ihn, okay? Tu, was er sagt. Lass dich von ihm beschützen. Er wird sich um dich kümmern.«

Sie nickte und blinzelte die Tränen zurück. Sie würde Sully viel mehr vermissen, als sie erwartet hatte.

Dann überraschte er sie – er schlang seine Arme um sie und drückte sie fest an sich. »Ich werde dich vermissen«, flüsterte er ihr ins Ohr.

»Ich werde dich auch vermissen.«

»Ich habe ihm Anweisungen gegeben, sich zu benehmen, nur damit du es weißt. Nichts Persönliches. Ich möchte nicht, dass einer von euch beiden in Verwirrung gerät. Wenn wir nächste Woche alle zu Hause sind, werden wir darüber reden.« Er drückte ihr einen Kuss auf den Kopf, bevor er sie losließ.

Wenn sie doch nur diese letzte kleine, dumme, sture Angst und Eifersucht loslassen und ihm voll und ganz vertrauen könnte, so wie sie Mac vertraut hatte.

Mac schnappte sich ihre Handgepäckstücke und führte sie durch die erste Kontrolle zur Einschienenbahn des Flughafenterminals. Er fing ihren Blick auf und zwinkerte ihr zu. »Es wird alles gut, Schatz.«

Sie wünschte, sie könnte sich so sicher sein. Mac war ein großer Kerl, der offensichtlich auf sich selbst aufpassen konnte. Bryan war riesig, kräftig.

Und besaß eine Waffe.

Dreißig Minuten später waren sie durch die Sicherheitskontrolle gekommen und saßen am Gate, während sie auf ihren Flug warteten. Als der Flug begann, fühlte sie sich mehr als bereit für einen Drink, um ihre Nerven zu beruhigen, auch wenn sie wusste, dass das keine gute Idee war. Außerdem hatte sie kein Bargeld dabei und vermutete, dass Mac ihr keinen Alkohol kaufen würde, selbst wenn sie darum bitten würde.

Er strich mit seinen Fingern auf der Armlehne über ihren Handrücken. »Ich weiß, dass du Angst hast«, sagte er sanft. »Aber es wird alles gut werden. Du wirst ihn wahrscheinlich nicht einmal sehen.«

Sie nickte und starrte aus dem Fenster.

In Atlanta mussten sie das Flugzeug wechseln, bevor sie nach Columbus weiterflogen. Je näher sie kamen, desto nervöser wurde sie. Wenn Bart nicht wäre, würde sie ernsthaft in Erwägung ziehen, alles zu dazulassen, sogar die Bilder ihrer Eltern. Es war einfach nur dumm, nicht wert, ihr Leben oder das von Mac dafür zu riskieren.

Natürlich käme Bryan frei, wenn sie nicht noch einmal mit der Polizei und der Staatsanwaltschaft sprechen würde.

Mac verschränkte seine Finger mit ihren, als das Flugzeug zum Landeanflug ansetzte. Er sprach nicht, da er ihre wachsende Anspannung spürte.

Sie überließ den Männern die Pläne und war bereit, alles mitzumachen, was sie beschlossen. Mac wollte ihre Sachen gleich am nächsten Morgen holen, damit sie die Stadt sofort verlassen konnten, nachdem sie notfalls mit der Polizei gesprochen hatten. Sie mieteten ein Auto und fuhren dann zum U-Haul-Parkplatz, wo Sully bereits einen Lkw für Mac reserviert hatte. Clarisse fühlte sich nervös und unruhig, als sie zu dem Motel fuhren, das Sully ausgesucht hatte. Mac hatte sie eingecheckt. Sie entspannte sich erst, als sie die Tür hinter sich verschlossen und verriegelt hatten.

Während Mac Sully anrief, ließ sie sich auf ihr Bett fallen und schloss die Augen. Sie zuckte erschrocken zusammen, als Mac sie Sekunden später an der Schulter berührte.

»Hast du Hunger?«

Sie wollte gerade Nein sagen, doch dann schlug ihr der Duft von Pizza entgegen und ihr Magen knurrte. »Heilige Scheiße, wo kommt das denn her?«

Er hielt zwei Pizzakartons in der Hand und setzte sich auf das Ende ihres Bettes. »Du bist schon seit zwei Stunden weg.«

»Auf keinen Fall!«

»Auf jeden Fall. Es ist nach sieben.« Er reichte ihr ein paar Servietten. »Es tut mir leid. Ich konnte nicht länger warten. Ich bin am Verhungern. Ich hoffe, es macht dir nichts aus, dass ich bestellt habe.«

Sie setzte sich auf und wischte sich mit den Händen über das Gesicht. »Ich kann nicht glauben, dass ich einfach so eingeschlafen bin. Ich habe sogar den Boten verschlafen?«

Er öffnete die Kartons. »Ja.«

Er hatte alles bestellt, was sie mochte. »Danke, Mac.«

»Wir haben dir gesagt, dass wir uns um dich kümmern werden. Sully und ich meinen es ernst.« Er nahm einen Bissen.

Sie wusste, dass sie es ernst meinten. Ein Teil von ihr fühlte sich schuldig, dass sie bereit waren, sich um sie zu kümmern, ohne dass sie die Beziehung weiter vorantrieb. Im Gegenzug verlangten sie nichts von ihr, außer ihr Vertrauen, ihre Ehrlichkeit und ihre Liebenswürdigkeit.

Warum konnte sie Sully vertrauen, dass er ihr den Hintern versohlt, dass er sie nicht rausschmeißt, aber sie konnte ihm nicht vertrauen, dass er ihn besitzen würde?

So erschöpft sie auch war, um Mitternacht wälzte sie sich noch im Bett hin und her. Mac war in seinem Bett eingeschlafen, und sie konnte nicht anders, als sich auf die Seite zu legen und ihn zu beobachten. Das flackernde Licht des Fernsehers ließ Schatten über ihn tanzen. Er schlief auf der Seite, ihr zugewandt.

Sie dachte an die Spielparty, an die Dinge, die sie ihr angetan hatten, an die Dinge, die sie Sully geholfen hatte, Mac anzutun. Der Blowjob.

Sie könnte ihn haben. Alle beide. Clarisse schloss die Augen, als Sullys Worte in ihrem Gedächtnis auftauchten. Sie würde lernen müssen, ihm voll und ganz zu vertrauen, wenn sie wirklich Teil von ihnen werden wollte.

Sie erinnerte sich an die böse Eifersucht. Das hat sie über ihre Grenzen gebracht.

Als sie ein paar Minuten später die Augen wieder öffnete, fand sie Mac vor, der sie anstarrte. »Hey«, flüsterte er.

Sie errötete und war froh über den dunklen Raum. »Hey.« »Kannst du nicht schlafen?«

»Nein. Ich bin zu nervös.«

Er rückte weiter von ihr weg und tätschelte die Matratze neben sich.

Er trug ein Paar Boxershorts und ein T-Shirt. »Komm her.« »Du wirst Ärger bekommen.«

»Nicht viel. Er hat mir ein wenig Spielraum gegeben. Es ist okay.«

Ihr Bedürfnis und ihre Nerven schoben ihre Schuldgefühle beiseite. Sie warf die Decke zurück, wechselte das Bett und kuschelte sich an ihn. Sein vertrauter Duft tröstete und beruhigte sie, während sie sich an ihn schmiegte.

Als er seinen Arm um sie legte, fühlte sie sich sicher und geborgen. »Schlaf, mein Schatz. Das wird schon wieder. Spätestens übermorgen fahren wir wieder nach Hause. Wenn wir unterwegs sind, wird es dir besser gehen.«

Sie musste zugeben, dass es richtig war, das Haus der Männer ihr Zuhause zu nennen. Es könnte für immer ihr Zuhause sein.

Das könnten *ihre* Männer sein.

Sie war sich nicht sicher, ob sie schlafen würde, aber als sie die Augen wieder öffnete, lag sie allein im Bett und graues Licht kroch um die Ränder der Motel-Vorhänge. Sie hörte Mac im Bad reden. Wahrscheinlich telefonierte er mit Sully. Ein paar Minuten später setzte die Dusche ein. Sie schwang ihre

Beine über die Bettkante. Sie wollte mit der Dusche warten, bis sie mit dem Umzug fertig waren, aber sie musste Raquel anrufen, um ihre Pläne zu besprechen. Sie hatte sie angerufen, nachdem sie sich bei Mac und Sully eingerichtet hatte, um ihr mitzuteilen, dass sie gut angekommen war und was passiert war.

»Mädchen, ich bin so froh, von dir zu hören! Geht es dir gut?« »Ja. Hat er dich belästigt?«

»Er hat einmal angerufen, und ich glaube, er ist auch ein oder zweimal vorbeigefahren, aber in den letzten Wochen hat er sich nicht gemeldet. Bist du bereit, den kleinen Welpen zu holen?«

»Ja. Wir rufen dich in einer Stunde an, um uns zu treffen.«

»Das ist perfekt, denn ich muss ihn sowieso von Tonya abholen. Er hat versucht, John zu fressen. Tonya ist Single.«

Clarisse schloss ihre Augen und versuchte, nicht zu weinen. »Es tut mir leid, dass ich dich und John da mit hineingezogen habe.«

»Hör mir zu, das war schon lange abzusehen. Ich wünschte, du hättest dich schon beim ersten Mal gegen ihn gewehrt. Dann säße er im Gefängnis und du wärst schon frei.«

Clarisse hörte, wie sich die Dusche schloss. »Ich weiß. Wir sprechen uns später. Ich muss los.« Sie hängte gerade auf, als Mac mit einem Handtuch um die Taille herauskam.

Er lächelte. »Guten Morgen, Dornröschen. Ich werde in ein paar Minuten fertig sein.« Er warf ihr sein Handy zu. »Ruf Meister an und sag ihm guten Morgen, okay?« Er kehrte ins Bad zurück und schloss die Tür. Die Striemen auf seinem Rücken vom letzten Wochenende waren bereits gut verheilt.

Sully, der offenbar auf ihren Anruf gewartet hatte, ging fast sofort ran. »Hast du gut geschlafen?«

Sie errötete, wollte erst Ja sagen, entschied sich dann aber für die volle Wahrheit. »Zuerst nicht. Mac hat mir angeboten, mit ihm zu kuscheln.« Sie wartete auf einen abweisenden Ton, aber er überraschte sie wieder einmal.

»Gut.«

»Du bist nicht verärgert?«

Er lachte. »Ist deine Frage, ob ich Mac bestrafen werde?«

»Ja.«

»Natürlich werde ich das, aber nicht für das, was du denkst. Ich danke dir übrigens.« »Für was?«

»Weil du mir die Wahrheit gesagt hast. Mac ist der Erste, der dir sagt, dass du immer belohnt wirst, wenn du mir die Wahrheit sagst, besonders wenn du weißt, dass es eine Strafe geben wird.«

Die Art und Weise, wie er das letzte Wort fast säuselte, löste eine Kugel aus flüssiger Hitze zwischen ihren Beinen aus. Seine Stimme klang wie auf der Spielparty.

Sie schloss die Augen und versuchte, sich zu konzentrieren. »Danke, dass er mit mir kommen durfte.«

Sein Ton wurde ernst und bestimmend. »Wenn du wirklich glaubst, ich hätte dich allein dorthin gehen lassen, hast du noch einen weiten Weg vor dir, um zu lernen, mir zu vertrauen, nicht wahr?«

Sie wollte nicht antworten, aber sie spürte seinen Blick sogar durch das Telefon hindurch. »Ja«, gab sie leise zu.

Sein leises Glucksen rührte sie. »Gutes Mädchen. Wenigstens gibst du es zu. Pass auf dich auf, wir sprechen uns später. Ich liebe dich.« Dann legte er auf, bevor sie antworten konnte.

Sie starrte auf das Telefon.

MAC FUHR DEN MIETWAGEN, einen U-Haul-Truck, während Clarisse still auf dem Beifahrersitz saß und aus dem Fenster starrte. Vertraute Dinge zogen vorbei, und sie konnte sich nur darauf konzentrieren, was sie nicht sah. Wie besessen warf sie einen Blick in den Seitenspiegel auf die Straße hinter ihnen.

»Ist schon gut, Süße. Es folgt uns niemand.« Überrascht schaute sie ihn an. »Ich bin kein Gedankenleser, aber man muss kein solcher sein, um zu sehen, wie aufgeregt du bist.«

Sie nickte.

Sie riefen Raquel noch einmal an, als sie die Lagereinheit erreichten. Es würde nicht lange dauern, bis die beiden die Wohnung leer geräumt hätten. Nur zwei Möbelstücke, der Rest waren Kartons und Müllsäcke mit ihrer Kleidung. Sie hatte sich nicht die Mühe gemacht, sie zu ordnen, sondern sich für schnell und einfach entschieden.

Mac nahm ihr den Schlüssel für das Vorhängeschloss ab und öffnete die Tür, studierte die Ladung. »Du hast nicht gescherzt, dass es nicht viel ist.«

»Ich hatte keine Zeit, um herumzualbern. Ich wusste, dass ich raus musste, bevor er hinter mir her war. Es gibt ein paar Dinge, die ich gern mitgenommen hätte, aber das ist mein Leben nicht wert.«

»Kluges Mädchen.« Sie arbeiteten schnell. Weniger als dreißig Minuten später war er schloss das Vorhängeschloss an der Hintertür des Trucks an, bevor er den Schlüssel einsteckte. »Wo treffen wir deinen Freund?«

Sie gab ihm den Weg vor. Er fuhr zweimal um den Block, während Clarisse nervös nach einem Zeichen von Bryan Ausschau hielt. Sie glaubte zunächst nicht, dass Raquel da war, bis ihr Telefon klingelte.

»Bist du das in dem U-Haul?«

»Wo bist du?«

»Ich habe Tonjas Auto genommen. Ich bin eine Weile herumgelaufen, bevor ich hierherkam. Er kann mir nicht gefolgt sein. Ich habe das Baby bei ihr gelassen und mein Auto vor ihrem Haus geparkt. Sie bewahrt ihren Wagen in der Garage auf, also trug ich ein anderes Hemd und einen Hut.« Das Fenster auf der Fahrerseite eines blauen Honda Pilot, der weit entfernt vom Discounter im Schatten geparkt war, wurde heruntergekurbelt. Eine Hand kam zum Vorschein und winkte ihnen zu.

Clarisse quietschte. Sie packte Macs Arm und zeigte auf ihn. »Da!«

Mac fuhr den Truck neben den Honda. Clarisse sprang heraus und Raquel umarmte sie herzlich. Er stand ein paar Meter entfernt und scannte ständig die Umgebung, während sich die Frauen umarmten.

»Das ist Mac?«, fragte Raquel grinsend. »Ja. Mein Held. Einer von ihnen.«

Clarisse bemerkte, dass Mac tatsächlich errötete. Er streckte seine Hand aus und sie schüttelten sich. »Freut mich, dich kennenzulernen.«

»Bist du bereit, den kleinen Welpen wiederzuhaben?«

»Bin ich!« Clarisse folgte ihr zum hinteren Teil des Geländewagens.

Immer noch nervös achtete Mac genau auf alles Verdächtige. Sully hatte ihm eingebläut, worauf er achten musste, auf Verhaltensmuster, die darauf hinwiesen, dass sie beobachtet wurden. Mit einiger Überraschung bemerkte er das winzige Fellknäuel, an das Clarisse gekuschelt war. Und sie weinte.

»Wo ist der Hund?«, fragte er verwirrt, denn er war sich sicher, dass es sich um eines seiner Kauspielzeuge handeln musste.

Raquel lachte, als sie eine Drahtkiste aus dem Kofferraum des Hondas hob und sie ihm reichte. »Das *ist* der Hund.«

Es kann nicht mehr als drei Pfund wiegen.

»Nein, im Ernst. Das ist kein Hund. Das ist ein Hors d'oeuvre für einen Hund.«

Clarisse lachte, während sie schniefte. Das Fellknäuel leckte ihr eifrig das Gesicht ab. »Bart ist ein Miniatur-Yorkie. Ich habe dir doch gesagt, dass er klein ist.«

»Ich dachte, du meinst klein wie ein Cockerspaniel. Das ist nicht klein, das ist ein Wattebausch.«

Er lud die Box und eine für die Größe des Hundes viel zu große Kiste mit Hundezubehör hinten in den Lastwagen.

»Ich will euch nicht hetzen«, sagte er, »aber wir müssen weiter.«

Clarisse umarmte Raquel erneut. »Ich werde dir mehr Informationen geben, sobald ich kann. Nimm diese Telefonnummer. Es ist ein Wegwerfhandy. Ich sage dir Bescheid, wenn ich sie ändere.«

Raquel überreichte ihr einen Beutel mit Post. »Deine Bankdaten sind auch drin. Es ist alles im Postfach gelandet.«

Als sie wieder im Wagen saßen und sich auf den Weg machten, sah Mac Clarisse an. Sie hatte ein strahlendes, glückliches Lächeln, vielleicht das erste echte Lächeln, das er von ihr gesehen hatte, seit sie sich kennengelernt hatten. Der kleine Hund schien von ihr völlig hingerissen zu sein und wedelte mit seiner kleinen Rute. Er sah aus wie ein kleiner, echter Teddybär.

Auf keinen Fall würde Sully jemals etwas dagegen haben, dass sie ihn behielt. Mac hatte sich darüber Sorgen gemacht, weil er wusste, dass Sully aufgrund von Allergien kein großer Hundefreund war, aber Bart war kaum ein Hund.

Bart ließ sich auf ihrem Schoß nieder und starrte Mac an einer Ampel an. Mac streckte die Hand aus, aber Clarisse schüttelte den Kopf. »Er beißt. Er hasst Männer.«

Mac zögerte. »Beißt?«

»Ich glaube, Bryan hat ihm etwas angetan, als er noch ein Welpe war, auch wenn er es nie zugegeben hat. Er verabscheut alle Männer. Ich muss ihn zu einer weiblichen Tierärztin bringen.«

»Er knurrt nicht.«

»Nein. Er beißt einfach.«

Dann, als wollte er sie der Lüge überführen, sprang Bart von ihrem Schoß und hüpfte aus ihren Armen auf den Sitz. Mac machte sich darauf gefasst, gebissen zu werden, was in Anbetracht der Größe des Hundes viel weniger wehtun würde als so ziemlich alles, was Sully ihm angetan hatte. Doch stattdessen krabbelte das Fellknäuel auf seinen Schoß.

Ein Hupen erregte seine Aufmerksamkeit. Die Ampel hatte grünes Licht gegeben. Clarisse sah fassungslos aus. »Er ... er hat das noch nie gemacht!«

Mac versuchte zu fahren, ohne das kleine Viech zu zerquetschen. »Okay, können wir das in ein paar Minuten klären? Nimm ihn bitte , bevor er verletzt wird.«

Sie beugte sich vor und schnappte sich Bart, der sofort zappelte und wimmerte und versuchte, wieder zu Mac zu gelangen.

»Ich glaube es nicht!«, sagte sie.

Mac lächelte. »Sagt man nicht, dass Hunde gute Menschenkenner sind?«

Zurück im Hotel lud Mac die Sachen aus, die sie für Bart brauchte, während sie das Zimmer aufschloss. Sie musste duschen und setzte Bart nervös auf den Boden.

Er machte sich auf den Weg zu Mac. Er setzte sich zu Macs Füßen und sah ihn mit wedelnder Rute an.

Er hob den Hund hoch und kraulte ihm den Kopf. Bart belohnte ihn prompt mit einem Schlabbern an der Hand. »Okay, siehst du? Er wird sich nicht in einen Psycho-Piranha-Hund verwandeln. Geh duschen. Es ist schon nach neun.«

Zwanzig Minuten später kam sie aus dem Bad und sah Mac auf dem Bett liegen und fernsehen, während Bart sich an seine Brust schmiegte.

»Ich kann es immer noch nicht glauben.«

»Spar dir den Unglauben, Süße. Wir müssen jetzt los. Nimm ihn, damit ich duschen kann.«

Sie ging hinüber und hob den Hund auf. »Warum hast du so lange gewartet mit der Dusche?«

Er begann zu sprechen, zögerte, dann sah er sie an. »Wie viele Details willst du? Ich hatte sozusagen eine kleine Angelegenheit zu erledigen.«

Sie errötete. »Entschuldigung. Ist das Teil der Strafe, die Sully erwähnt hat?« Er grinste. »Für dich ist das jeden Schlag wert. Er hat mich vor die Wahl gestellt. Alles hat seinen Preis, weißt du.«

»Hättest du es nicht trotzdem tun können, ohne es ihm zu sagen?« Es hätte ihr nichts ausgemacht, ihm zu helfen.

Mac schüttelte langsam den Kopf. »Niemals. Das werde ich nicht tun. Niemals. Er vertraut mir, und ich vertraue ihm.« Er streckte die Hand aus und strich ihr über die Wange. »Das ist etwas, bei dem du entscheiden musst, ob du damit leben kannst.«

»Auch wenn du weißt, dass du bestraft wirst?«

»Ah, aber vergiss nicht, dass er mich auch in gewisser Weise belohnt hat, indem er mir die Wahl ließ. Hätte ich mir ohne Erlaubnis einen runtergeholt, hätte ich ein schlechtes Gewissen. Das werde ich nicht tun. Lieber ein kurzes Stechen mit dem Rohrstock als ein schlechtes Gewissen, bis ich gestehe. Das ist es nicht wert, dass Sully mir nicht traut.«

Das Zimmermädchen hatte ihr Zimmer bereits gereinigt. Als Mac aus dem Bad kam, hatte Clarisse Barts Kiste auf ihrem Bett stehen, der Hund war drin und es lief der Food-Network-Sender im Fernseher.

»Wofür ist das?«, fragte er und zeigte auf den Fernseher.

»Er mag es. Es ist sein Lieblingssender. Er findet, Bobby Flay ist der Hammer. Er wird nicht bellen, wenn wir weg sind.«

Mac schüttelte ungläubig den Kopf, brachte sie aber dazu, zur Tür hinauszugehen.

Mac hatte einen Anzug angezogen, und verdammt, wenn er in dem offensichtlich teuren und maßgeschneiderten Outfit nicht gut aussah. Er konnte leicht als Anwalt durchgehen. Sully hatte da keine Kosten gescheut. Mac war am Steuer des Mietwagens und folgte ihren Anweisungen zur Polizeistation in Maxwell.

Sie wollte gerade aussteigen, als er ihr Handgelenk festhielt und wartete, bis sie seinen Blick erwiderte. »Nein, du wartest, bis *ich* die Tür öffne.«

Clarisse spürte, wie eine weitere dieser geschmolzenen Wellen durch sie hindurchging. Sie nickte, unfähig zu sprechen.

Wieder lächelt Mac spielerisch. »Braves Mädchen.« Dann küsste er ihre Hand, bevor er sie losließ und ausstieg. Er ging um sie herum, öffnete ihre Tür und hielt ihr die Hand hin. Als sie sie nahm und ausstieg, beugte er sich vor und sprach leise in ihr Ohr. »Du überlässt mir die Führung. Wenn sie mit dir allein sprechen wollen, lässt du sie mich nicht hinauswerfen. Lüge nicht und sag ihnen, dass ich dein Anwalt bin. Lass dich nicht beirren. Okay?«

Es hatte ihr die Sprache verschlagen. Sie nickte.

»Braves Mädchen«, wiederholte er. Er schloss den Wagen ab. Mit seiner Hand, die sanft auf ihrem Rücken ruhte, begleitete er sie in die Lobby.

Ein kurzer Brechreiz überkam sie. Furcht. Nervosität. Sie wollte nach draußen flüchten und Mac anflehen, sie da rauszuholen, bevor Bryan sie entdeckte. Er schien es zu spüren und drückte ihr die Hand auf den Rücken, gerade genug, um sie daran zu erinnern, dass er sie nicht gehen lassen würde.

Als Mac der Empfangsdame erklärte, warum sie dort

waren, wies sie sie an, im Wartebereich Platz zu nehmen, während sie den Ermittler anrief. Zehn Minuten später saßen sie in Detective Calverts Büro. Clarisse erkannte sofort am Gesichtsausdruck des Mannes, dass es ein Problem gab.

Anscheinend auch Mac. »Was ist hier los?«, fragte Mac, um auf den Punkt zu kommen.

Calvert schüttelte den Kopf. »Miss Moore, wir haben Probleme, Ihren Rollfilm zu finden ...«

»Verdammt noch mal! Ich wusste es!«, schrie Clarisse. Sie wollte aufstehen, aber Mac hielt sie am Handgelenk fest und zog sie sanft in ihren Stuhl zurück.

»Bleib hier«, befahl Mac ruhig, dann sah er den Detective an, ohne ihr Handgelenk loszulassen. »Was meinen Sie mit Schwierigkeiten, den Rollfilm zu finden? Wird das nicht alles im Computer gespeichert?«

Der Detective griff zum Telefon und tätigte mehrere Anrufe, von denen der letzte sehr wütend klang. Er legte den Hörer auf und sah sie entschuldigend an. »Wir arbeiten daran. Die IT-Abteilung geht die Server-Backups durch, um die Daten wiederherzustellen, aber es wird mindestens bis morgen dauern ...«

»Morgen?« Clarisse schrie praktisch auf. Sie wollte schon vor zehn Minuten von dort weg. Sie versuchte, ihre Hand aus Macs hartem Griff zu befreien, aber er rührte sich nicht. »Wir müssen hier weg! Ich will nicht dabei sein, wenn dieses Arschloch eine weitere Chance bekommt mich umzubringen!«

»Clarisse.« Macs ruhige, strenge Stimme zog sofort ihre Aufmerksamkeit auf sich. Sie war identisch mit dem Ton, in dem Sully im Club mit ihr sprach. Er fing ihren Blick ein. »Warte.« Ohne ihre Hand loszulassen, zog er mit der anderen sein Handy heraus und wählte Sully an. Nach einem kurzen Moment, in dem er ihn auf den neuesten Stand brachte, nickte er. »Gut. Wir sehen uns dann.«

Clarisse zitterte in Macs Griff, als er sein Telefon weglegte. »Er ist unterwegs und wird morgen früh hier sein.«

»Sully?«

Er lächelte. »Nun, ganz sicher nicht die Zahnfee, Süße.« Er sah den Detective an. »Um wie viel Uhr sollen wir morgen früh hier sein?«

ZEHN MINUTEN SPÄTER, nach weiteren Entschuldigungen des Detectives, saßen sie wieder im Auto und fuhren von der Polizeiwache weg. Sie sackte auf dem Beifahrersitz zusammen und schluchzte, während Mac ständig in den Rückspiegel schaute. Er verbrachte dreißig Minuten damit, durch den Osten von Columbus zu kurven, bevor er schließlich zu ihrem Motel fuhr. Inzwischen war es weit nach Mittag und er war am Verhungern, aber sie war zu nervös gewesen, um zu frühstücken. Nachdem er sie sicher in ihrem Zimmer eingeschlossen hatte, bestellte er Sandwiches bei einem nahe gelegenen Laden, der lieferte.

Clarisse rollte sich auf dem Bett zu einem engen Ball zusammen, mit glasigem Blick und Bart an die Brust gedrückt. »Er wird mich umbringen«, flüsterte sie. »Er wird mich finden und umbringen. Dieses Geld bedeutete ihm mehr als alles andere. Er wird mich umbringen. Er ist total verrückt.«

Mac streichelte ihr Bein. »Er wird dich nicht umbringen. Das werden wir nicht zulassen. Du darfst ihm das nicht durchgehen lassen. Wir müssen die Anklage durchziehen.«

Als es ein paar Minuten später an der Tür klopfte, schrie sie fast auf. »Ist schon gut. Das ist das Essen.« Er vergewisserte sich, dass es tatsächlich das Essen war, bevor er die Tür öffnete und das Essen bezahlte.

Sully rief vom Tampa-International-Flughafen aus an und

gab seine Flugdaten durch, bevor er an Bord ging. Sein Flugzeug würde um zwei Uhr morgens Ortszeit in Columbus ankommen. Clarisse sprach kaum und stocherte nur in ihrem Mittagessen herum.

Er wollte Bart für sie Gassi führen, weil er wusste, dass das kleine Fellknäuel bald sein Geschäft würde verrichten müssen, als er in seiner Kiste eine kleine Metallpfanne, eine Art Brownie-Pfanne, entdeckte. Gefüllt mit Zedernspänen. »Was ist das?«, fragte er und zeigte auf sie.

»Seine Katzentoilette.« »Seine was?«

Endlich, der Anflug eines Lächelns. Sie streichelte den kleinen Hund. »Er ist katzenklotauglich. Wie eine Katze. Ich musste es tun, weil Bryan mir, als ich ihn bekam, sagte, dass er ihn umbringen würde, wenn er im Haus sein Geschäft verrichtet hätte.« Sie schmiegte sich schützend an ihn. »Ich dachte, wenn man das bei Katzen machen kann, warum nicht auch bei Hunden? Ich werfe die Zedernspäne in das Blumenbeet, nachdem ich die Kacke rausgeholt und sie ins Klo gespült habe.

»Verdammt. Jetzt habe ich alles gesehen.« Er hatte sich Shorts angezogen und streckte sich auf seinem Bett aus. Bart wälzte sich aus ihren Armen und rannte zum Rand des Bettes. Da er zu klein war, um herunterzuspringen, blieb er dort stehen und bellte.

Mac drehte sich um, griff nach dem Hund und brachte ihn zu seinem Bett. Dort rollte sich Bart auf Macs Brust zusammen und starrte Clarisse an.

Sie lachte, dann zog ein Stirnrunzeln über ihr Gesicht. »Warum die Gewitterwolken, Süße?«

»Wird Sully wirklich damit einverstanden sein, dass ich ihn behalte?«

Mac lächelte. »Ja. So oder so, ich werde dafür sorgen.«

Auch wenn ich selbst die Schläge für ihn übernehmen muss.

Sie sahen fern, unterhielten sich, und sie schlief ein. Er

bestellte chinesisches Essen zum Abendessen, und dann schlief sie wieder ein. Er stellte den Wecker, um sich um Mitternacht wecken zu lassen. Clarisse verschlief ihn. Er hasste es, sie zu wecken, aber um halb eins rüttelte er sanft an ihrer Schulter. »Hey, Süße, wir müssen zum Flughafen fahren und den Meister holen.«

Sie versuchte, sich umzudrehen. »Kann ich nicht hier bleiben?«, murmelte sie.

Er setzte sich neben sie. »Schatz, auf keinen Fall werde ich dich hier allein lassen. Selbst wenn ich es täte, würde mich mein Meister auf dem verdammten Flughafen öffentlich dafür verprügeln.«

Clarisse studierte ihn. »Ist es schwer, so zu leben? Mit dem Wissen, dass er dich bestrafen kann?«

Er lächelte und zuckte mit den Schultern. »Es ist nicht viel anders als bei der Armee, nur dass es viel mehr Spaß macht, ich ziemlich oft Sex habe und mit dem Mann leben kann, den ich liebe und der mich liebt. Er bestraft mich nur, wenn ich die Regeln breche.«

»Aber er schlägt dich!«

»Ich weiß, dass es für dich schwer zu begreifen ist, aber ich verstehe das. Wenn er mir Dinge durchgehen lassen würde, wäre ich stinksauer. Gehorsam ist nur eine Facette unserer Beziehung. Du weißt das. Du hast es gesehen.« Er streichelte ihr Kinn. »Wir werden später mehr darüber reden.«

Er wollte aufstehen, aber sie hielt seinen Arm fest. »Wenn ich ... wenn ich mich entscheide, dass ich das mit euch machen will ... muss es dann immer so sein?«

Mac behielt die Uhr im Auge. Sie hatten ein wenig Zeit für diese Sache. Er setzte sich wieder. »Süße, du hast gesehen, wie wir sind. Es ist ein Geben und Nehmen, keine Einseitigkeit. Er weiß, was meine Bedürfnisse sind und was wir tun, erfüllt sie. Wenn wir ausgehen, sind wir Vanille. Fast.« Er lächelte. »Warum denkst du, dass er dich nicht ficken will,

Baby? Er will dir sein Herz nicht schenken, wenn er nicht weiß, dass er dein Vertrauen, deine Liebe und eine Verpflichtung von dir hat. Nicht nach dem, was er mit Cybil durchgemacht hat.«

»Sein Herz?«

»Hast du nicht verstanden, was wir dir gesagt haben? Wir lieben dich. *Wir beide.* Wir sind *in* dich verliebt. Was glaubst du, was er gemeint hat?« »Er ist auch in mich verliebt?«

Er nickte langsam. »Das war dir nicht klar?«

Clarisse' Gedanken überschlugen sich. Sie hatte es nicht bemerkt, zu sehr war sie von der Tatsache eingenommen, dass Mac ihr seine Gefühle gestanden hatte. Sie hatte die wahre Bedeutung von Sullys leisem Geständnis völlig übersehen.

»Ich dachte, ich bedeute, dass er … mich liebt. Nicht, dass er *in* mich verliebt ist.« Er lächelte. »Er liebt dich genauso sehr wie ich.« Er stand auf. »Zieh dir eine Jogginghose an, Schatz. Du brauchst dich nicht zu verkleiden.« Sie bemerkte, dass er Jeans und ein Button-up-Hemd trug, dazu das ID-Armband an seinem Handgelenk. Das hat er nie abgenommen.

»Kann ich Bart mitbringen?«

»Warum auch nicht?«

Zwanzig Minuten später machten sie sich auf den Weg zum Flughafen. Mac ließ sie warten, bis er ihr wieder die Tür öffnete, und sie kuschelte Bart unter ihre Jacke, als sie ins Terminal gingen. Beschützend und besitzergreifend hielt Mac seine Hand auf ihrem Rücken, so wie er es auf der Polizeiwache getan hatte. Er sah sich die Ankunftstafeln an und fand die Flugsteignummer und den Ort, an dem sie vor der Sicherheitskontrolle warten konnten. Zehn Minuten nach der Ankunft von Sullys Flug entdeckten sie ihn. Er hatte seinen Stock dabei, die Laptoptasche hing über seiner Schulter.

Clarisse' Herz pochte. Er *liebte* sie. Macs Erklärung hatte ihre Welt verändert.

Dennoch blieb dieser nagende Zweifel. Sully vertrauen? Er

hatte sie nicht um ihre Liebe gebeten, nur um ihr Vertrauen. In gewisser Weise war das eine noch größere Bitte.

Sully entdeckte sie. Sie traten zur Seite, als Mac ihn grüßte.

Sully legte seine Hand in Macs Nacken, während Macs Stirn an Sullys Schulter lehnte. Sully flüsterte etwas und Mac nickte. Dann zog Sully ihn in eine feste Umarmung.

Ihr Herz klopfte noch heftiger. Irgendetwas an dieser Geste, die gleichzeitig zärtlich und bestimmend war, zog sie an. Sie wünschte, er hätte sie auch so begrüßt.

Als die Männer auseinandergingen, reichte Sully Mac seinen Laptop und wandte sich ihr zu. Er sah müde aus, aber er lächelte. »Geht es dir gut, Süße?«

Ihre Kehle fühlte sich trocken an. Sie nickte. Sie hatte Bart unter ihrer Jacke eingekuschelt, und er nutzte diesen Moment, um seinen Kopf herauszustrecken.

Sullys Augen weiteten sich. »*Was* ist das?« Mac lachte. »Das ist Bart.«

»*Das* ist dein Hund?«

Sie nickte erneut, sehr nervös.

»Oh«, fügte Mac hinzu. »Weißt du was? Er ist stubenrein.« »Du machst Witze.«

»Nö. Das verrückteste Ding, das du je gesehen hast.«

Sully starrte den kleinen Hund an. Clarisse spürte, wie seine Rute unter ihrer Jacke wedelte. Sie öffnete den Reißverschluss ein wenig, um ihn herauszuziehen und ihn Sully zu zeigen. Sie konnte doch nicht zweimal Glück haben, oder?

»Sei vorsichtig. Normalerweise beißt er Männer«, warnte sie. Sully zog eine Augenbraue zu ihr hoch. »Normalerweise?«

Mac lachte wieder. »Ich bin anscheinend der erste Typ, den er nicht gleich gebissen hat. Er liebt mich.«

Sully hielt seine Hand mit der offenen Handfläche vor den Hund. Bart schnupperte an ihm, während seine Rute an

Geschwindigkeit zunahm. Als Sully sich ihm näherte, ging er willig hin und leckte ihm das Kinn.

Clarisse schüttelte den Kopf. »Das glaube ich nicht.«

Sully hob den Hund auf Augenhöhe. »Du beschützt deine Lady gern, nicht wahr, Kumpel? Du vertraust ihr nur mit Männern, denen sie vertraut.«

Er sagte es spielerisch. Barts kleine Rute wackelte so schnell, dass er kaum sichtbar war. Aber Sullys Worte trafen sie mitten ins Herz.

Vertrauen.

Ganz ehrlich? Seit sie Bart bekommen hatte, traute sie außer ihrem Onkel und Raquels Ehemann keinem Mann mehr.

Außer diesen beiden.

Ja, sie hat Sully vertraut.

Sully kraulte den Hund am Kopf und brachte ihn zu ihr zurück. Als sie zur Gepäckausgabe gingen, hielt Sully seinen Arm um Clarisse' Taille.

Sie konnte nicht widerstehen, sich in seine warme Umarmung zu legen, während sie gingen.

Als Mac fertig war, sagte Sully: »Nun, wenn sie nicht die ausgeklügeltsten Agenturen sind, ist es vielleicht eine Panne, obwohl ich das bezweifle. Akten können verlegt werden, versehentlich in anderen Akten stecken. Dass dabei auch die digitale Version verloren geht, ist Blödsinn. Vor allem, wenn man Bryans berufliche Aufgaben bedenkt.« Er wandte sich an Clarisse. »Wir werden das in Ordnung bringen. Hast du nicht gesagt, Raquel hätte auch Fotos von dir gemacht?«

»Ja. Ich habe sie online gespeichert.«

»Digitale Bilder sind nicht so gut wie entwickelte Filme, die Verteidigung kann sich auf Photoshop berufen. Ich habe die Bilder und Kopien der Negative mitgebracht, die ich bei deiner Ankunft gemacht habe. Die sind zwar ein paar Tage nach dem Vorfall aufgenommen worden, aber sie werden mit den

Aufnahmen von Raquel übereinstimmen und glaubwürdig sein. Und sie kann es bezeugen. Jason wird eine eidesstattliche Erklärung abgeben und aussagen, wenn wir ihn brauchen. Vielleicht müssen wir einen Anwalt in Columbus engagieren, wenn wir die Sache nicht über die Staatsanwaltschaft klären können.«

Sie keuchte. »Das kann ich mir nicht leisten!« Als beide Männer sie ansahen, wurde ihr klar, was ihre Blicke bedeuteten. »Und ich kann nicht zulassen, dass du so viel Geld für mich ausgibst.«

»Es geht hier nicht um ›zulassen‹, Clarisse«, sagte Sully. Er deutete auf seine Tasche, als sie auf dem Gepäckband auftauchte. Mac schnappte sie sich, schob die Laptoptasche beiseite und wies den Weg zum Parkhaus.

Sully half ihr auf den Rücksitz. Mac öffnete Sully die Beifahrertür und hielt sie auf, bevor er sich hinter das Lenkrad klemmte. Bart saß auf ihrem Schoß, seine Rute wackelte immer noch und er versuchte vergeblich, über die Sitze zu sehen, um die Männer zu betrachten. Zwei neue Freunde für ihn.

»Es tut mir leid, dass du deine Konferenz verpasst«, sagte Clarisse. »Danke, dass du gekommen bist.«

»Ich verpasse sie nicht«, sagte er. »Ich habe bereits eine andere Tasche nach New York geschickt. Sie wird im Hotel auf mich warten. Damit habe ich hier mindestens zwei Tage Zeit, falls ich sie brauche. Ihr fahrt nach Hause, und ich bleibe in Kontakt mit den Ermittlern. Wenn die Sache bis dahin nicht geklärt ist, komme ich nächste Woche aus New York zurück und bearbeite den Fall mit einem Anwalt.«

Sie versuchte, das zu verdauen. Er hatte es in einem ruhigen, sachlichen Ton gesagt, als ob er Vorbereitungen für eine kleine Dinnerparty treffen wollte.

»Aber … das kann ich nicht von dir verlangen!«

Sully drehte sich um und sah sie über den Sitz hinweg an.

»Bryan wird das *nicht* auf sich beruhen lassen.« Der dunkle, gefährliche Ton in seiner Stimme machte ihr keine Angst. Sie wollte sich vorlehnen und ihn küssen. Er lehnte sich in seinem Sitz zurück und brach den Bann. »Wie ich schon sagte, bitte ich dich nur darum, dass du tust, was wir sagen, wenn es darum geht. Ich will nicht, dass du den Rest deines Lebens damit verbringst, über deine Schulter zu schauen.«

Im Hotel dachte sie, sie würde nicht mehr einschlafen können, aber sie ließ sich treiben. Sully lag neben Mac, sein Arm lag besitzergreifend über Mac, so wie Macs Arm über sie gelegt worden war. Sie hatte die beiden noch nie so gesehen.

Wie würde es sich anfühlen, diejenige zu sein, die mit Sully kuschelte? Oder besser, zwischen den Männern? Wie in der Nacht ihres Albtraums zu schlafen und sich sicher und beschützt zu fühlen?

AM NÄCHSTEN MORGEN WAREN CLARISSE’ Nerven bis zum Zerreißen gespannt, noch bevor sie das Zimmer verlassen hatten. Sie stellte Barts Box auf das Bett. Nachdem sie alle geduscht und sich angezogen hatten, hängte Mac die ›Bitte nicht stören‹-Karte an den Türknauf, bevor sie über die Straße zu einem Restaurant gingen.

Als sie darauf bestand, dass sie keinen Hunger hatte, bestellte Sully trotzdem für sie. Sully sprach mit Mac darüber, was passiert war und wie er die Sache angehen wollte. Als ihre Bestellung eintraf, eine kleine Mahlzeit aus Rührei und Toast, sah Sully sie über den Tisch hinweg an.

»Iss«, befahl er sanft und energisch. »Ich erwarte nicht, dass du es aufisst, aber wenigstens ein bisschen. Sonst wird dir schlecht.«

Sie dachte, sie würde nicht mehr als zwei oder drei Bissen schaffen, aber als die Männer mit dem Essen fertig waren, stellte sie zu ihrer Überraschung fest, dass sie auch das meiste von ihrem Essen gegessen hatte.

Sully bezahlte das Essen und sie fuhren schweigend zum Polizeirevier. Er scannte den Parkplatz, als sie anhielten, und wies Mac an, wo er parken sollte.

»Siehst du sein privates Auto?«, fragte Sully Clarisse. »Nein, aber das hat nichts zu bedeuten.«

»Stimmt.«

Mac ging herum und öffnete Sullys Tür, dann ihre. Die Männer flankierten sie, als sie das Polizeirevier betraten. Mac trug seinen Anzug. Sully war ebenfalls gut gekleidet mit Hose, Hemd und Krawatte. Zwischen den beiden fühlte sie sich selbst in dem schönen Kleid, das Mac für sie gekauft hatte, dick und altbacken.

Der Detective geleitete sie sofort zu seinem Arbeitsplatz zurück, wo Sully das Kommando übernahm. Clarisse saß ruhig zwischen den beiden Männern und faltete nervös ihre Hände in ihrem Schoß. Mac griff nach einer ihrer Hände und streichelte mit seinem Daumen sanft über die Rückseite ihrer Fingerknöchel.

Sie gab den Versuch auf, dem Detective zuzuhören. Sie konnte sich nur noch beherrschen, nicht zu weinen. Bryan würde versuchen, sie zu töten, ihre Männer zu verletzen, und ihr Leben war im Grunde vorbei. Das war es, worauf es hinauslief.

Das Telefon des Detectives klingelte. Er entschuldigte sich und ging ran, dann bat er den Anrufer dranzubleiben.

»Es ist die IT. Sie haben die Daten gerettet. Sie stellen sie wieder her und drucken eine Kopie für mich aus.«

Sully nickte. »Ausgezeichnet.« Clarisse brach in Tränen aus.

Sully ergriff ihre Hand. »Detective, haben Sie ein Privatzimmer?« »Da ist ein leerer Konferenzraum, gehen Sie links zur Tür hinaus, vierte Tür auf der rechten Seite.«

Sully sah Mac an. »Nimm sie und beruhige sie. Bleib bei ihr.«

Mac stand sofort auf, zog Clarisse mit sich und führte sie aus dem Raum.

BRYAN STAND am Ende des Flurs und unterhielt sich mit seinem Cousin Ed. Als er den Kerl aus Calverts Büro kommen sah, der Clarisse an der Hand hielt, konnte er nur versuchen, sie und ihn nicht zu verprügeln. Der Kerl war groß, aber er wusste, dass er es mit ihm aufnehmen konnte. Als der Kerl in seine Richtung blickte, konnte Bryan einen guten Blick in das Gesicht des Mistkerls werfen. Er würde ihn nicht vergessen.

Sie schaute nicht in seine Richtung, sah ihn nicht.

Ed bemerkte die Richtung seines Blicks und drängte ihn zurück in den Pausenraum. »Tu das nicht«, warnte er. »Geh da nicht hin. Du hast schon genug Ärger am Hals, wenn sie herausfinden, was mit den verdammten Fingern passiert ist«, flüsterte er.

»Die Schlampe schuldet mir zehn Riesen.«

»Ja, aber sie hat nicht gegen das Gesetz verstoßen, als sie es nahm. Gemeinsames Konto. Du hingegen wirst im Knast landen, wenn sie herausfinden, dass du Beweise manipuliert hast, was wahrscheinlich der Fall sein wird. Ich gehe *nicht* für dich in den Knast, Arschloch. An deiner Stelle würde ich dringend empfehlen, deine Angelegenheiten in Ordnung zu bringen, denn die beiden Typen, die sie bei sich hat, sehen wie knallharte Kerle aus.«

»Wer zum Teufel sind die? Sie kann sich keinen Anwalt leisten.«

»Ich weiß es nicht, und es ist mir auch egal. Der Blonde kam gestern mit ihr rein. Der andere Typ, den ich gesehen habe, der, der noch in Calverts Büro ist, der war nicht hier.« Er stellte sich vor Bryan, was nicht leicht war, da Bryan drei Zentimeter größer war.

»Ich habe dich immer gewarnt, dass dein verdammtes Temperament dich in Schwierigkeiten bringen würde, Arschloch. Dein erster Fehler war, sie zu schlagen, du dummes Arschloch. Dein zweiter war, sie zu verlassen, als wäre nichts passiert, und dann darüber zu lügen. Erzähl mir keinen Scheiß, dass sie nüchtern war, als du gegangen bist. Du und ich wissen, dass du sie geschlagen hast. Du hättest dich entschuldigen und um Gnade winseln sollen, Arschloch, dann hätte sie vielleicht keine Anzeige erstattet. Geh nach Hause. Verschwinde von hier.«

Bryan schob ihn aus dem Weg und stürmte durch die Hintertür hinaus. Er stieg in sein Auto, fuhr los und parkte auf der anderen Straßenseite des öffentlichen Parkplatzes.

Und wartete.

ED KÄMPFTE MIT SEINEM GEWISSEN – und einem Adrenalinstoß – als er Bryan gehen sah. Er konnte es nicht fassen, dass er sich dem Arschloch widersetzt hatte.

Nein, was im System passiert war, konnte nicht direkt auf ihn zurückgeführt werden. Er benutzte ein offenes Terminal auf dem Schreibtisch eines anderen Mitarbeiters, um sich in das System einzuloggen. Gott sei Dank für ihr altes und archaisches Computersystem. Es sollte in drei Monaten aufgerüstet werden. Sonst hätte er das unmöglich geschafft. Dass Bryan ihm einen Back-End-Zugangscode gab, hat auch nicht geschadet. Er hatte die physische Datei in einen Stapel anderer Dateien auf dem Weg ins Archiv gesteckt. Sie würde wahrscheinlich nicht so bald gefunden werden. Aber er wollte nicht, dass Clarisse verletzt wurde. Schon wieder.

Nach längerem Überlegen steckte er seinen Kopf in Calverts Büro. »Hey, Bryan Jackson war gerade hier.« Er sah den dunkelhaarigen Mann an, der mit Calvert sprach. Sofort schoss ihm Ex-Cop durch den Kopf.

Der Mann runzelte die Stirn. »Ist er weg?« »Ja.«

»Mr. Nicoletto«, sagte Calvert, »wir werden dafür sorgen, dass sie die Wache sicher verlässt, aber wir können Ihnen natürlich keine bewaffnete Begleitung zurück nach Florida geben.«

»Sagen Sie ihr nichts davon, dass er hier ist«, sagte der Mann. »Sie ist so schon aufgeregt genug.«

Ed verließ sie und ging zu seinem Streifenwagen. Er hatte darüber nachgedacht, nach Texas zu ziehen. Sein Bruder hatte gesagt, dass die Abteilung, für die er dort arbeitete, neue Mitarbeiter suchte. Er könnte in der Nähe seines Bruders sein, weit weg von Bryan.

Vielleicht war es an der Zeit, das Angebot anzunehmen.

SULLY ÖFFNETE die Tür zum Konferenzraum und neigte den Kopf zu Mac, um ihm zu signalisieren, dass er einen Moment hinausgehen sollte. Clarisse schniefte immer noch, eine Handvoll benutzter Taschentücher stapelte sich auf dem Tisch neben ihr.

Sully schloss die Tür hinter Mac und flüsterte ihm ins Ohr, was passiert war. »Behalte sie hier, bis ich zurückkomme und dich hole. Lass sie nicht aus den Augen.«

Er nickte grimmig. »Soll der Wichser doch was versuchen.«

Sully kehrte zu Detective Calverts Büro zurück. Der rekonstruierte Rollfilm wurde hereingebracht und sie besprachen den Fall. Eine halbe Stunde später konnten sie gehen. Sullys Gedanken rasten. Er musste sie sicher aus dem Polizeirevier herausbringen, ohne dass Bryan ihnen ins Hotel folgte. Bryan war von der Verwaltung beurlaubt, also sollte er keinen Zugang zu Ressourcen haben, um sie zu verfolgen.

Theoretisch. Je nachdem, wie loyal seine Kumpels waren.

Calvert ging mit ihm. »Ich kenne Bryan Jackson nicht gut, aber ich habe gehört, dass er ein böses Temperament hat. Die Dienstaufsichtsbehörde prüft ihn jetzt auch.«

» Wenn er versucht, sich mit uns anzulegen, wird er feststellen, dass es einen Kampf geben wird. Wie kommen wir durch die Hintertür raus?« Der Detective gab ihm Anweisungen. Er ließ den Detective im Korridor zurück und holte Clarisse und Mac. Der Detective hatte ihm ein Foto von Bryan gezeigt, sodass er wusste, wie er aussah, aber hatte Bryan ihn mit Clarisse gesehen?

Er bekam die Schlüssel von Mac. »Warte mit ihr an der Hintertür. Ich fahre den Wagen vor. Sei bereit, mit ihr auf den Rücksitz zu springen«, flüsterte er.

Clarisse war zu verwirrt, um darauf zu achten, ihre Angst hatte sie im Griff, und ihre Fluch-Instinkte konnten jede Sekunde ausgelöst werden.

Sully hielt vor dem Eingang inne, bevor er zur Tür hinausging. Er sah sich auf dem Parkplatz um und bemerkte keine anderen Autos in der Nähe, in denen Menschen saßen. Er ging schnell, stieg in den Mietwagen und fuhr vom Parkplatz. Er fuhr ein paar Blocks vom Bahnhof weg, bemerkte, dass ihm niemand folgte, kehrte dann aus einer anderen Richtung zurück und fuhr auf den Parkplatz. Mac und Clarisse liefen eilig nach draußen und sprangen auf den Rücksitz. Mac drückte sie nach unten, während Sully schnell in die entgegengesetzte Richtung des Hotels fuhr.

Sie waren zwei Meilen vom Bahnhof entfernt, als er ihnen sagte, sie sollte sich aufsetzen. Clarisse war wieder den Tränen nahe. »Er war da, oder? Hat er uns gesehen?«

Sully warf einen Blick in den Rückspiegel. »Ich glaube nicht, dass er uns gesehen hat.« »Aber er war da?«, fragte sie erneut, fast hysterisch, mit fester Stimme.

Mac zog sie an sich. »Schatz, hör zu. Er wird dich nicht kriegen. Mach dir keine Sorgen.«

»Ihr geht jetzt«, sagte Sully. »Sobald wir wieder im Hotel sind. Ich möchte, dass ihr den langen Weg nach Hause nehmt.«

ZWEI STUNDEN SPÄTER BEMERKTE BRYAN, dass sie es geschafft hatten zu verschwinden, ohne dass er es mitgebekommen hatte. Er fluchte und schlug gegen das Lenkrad.

Scheiß drauf.

Er kehrte zum Polizeirevier zurück und betrat es durch die Hintertür. Calvert runzelte die Stirn, als er ihn sah.

»Was machen Sie hier, Jackson? Sie sind beurlaubt.« »Ich habe ein Recht darauf zu erfahren, was hier los ist.«

»Schaffen Sie Ihren Arsch hier raus, bevor ich etwas finde, wofür ich Sie in den Knast werfen kann. Sie wollen wissen, was hier los ist? Ihr Anwalt soll es herausfinden.« Er starrte sie an.

»Ich weiß nicht, was mit den originalen Bildern passiert ist, aber wir haben die Daten zum Glück wiedergefunden. Ich bin sicher, Sie und Ihre Cousins hatten etwas damit zu tun. Glauben Sie mir, sobald dieser Fall geklärt ist, werden wir uns das genauer ansehen. Mir persönlich ist es scheißegal, wer Ihr Vater ist.«

Bryan kämpfte gegen den Drang an, den Kerl zu verprügeln. Er war seit zehn Jahren ein Polizist. Dieser Typ war erst seit zwei Jahren bei der Polizei, nachdem er von Pittsburgh hierhergezogen war. Ein Tugendbold, der sich immer an die Regeln hielt.

Er drehte sich um und ging. Jetzt musste er herausfinden, wo sie war. Er rief seinen Anwalt an.

KAPITEL NEUNZEHN

Sie packten schnell. Clarisse' Herz raste, sie war entsetzt. Mac ging auf die Toilette und ließ sie mit Sully allein. Er ergriff ihre Hand und zog sie an sich.

»Es wird alles gut«, sagte er mit dieser sanften, ruhigen Stimme. »Vertraust du mir?« Sie nickte.

»Tust du? Wirklich? Du hast mir die meiste Zeit nicht getraut.«

Sully hatte ihr allen Grund gegeben, ihm zu vertrauen. »Ja«, flüsterte sie. »Ich vertraue dir.«

»Liebst du mich? Aufrichtig?« »Liebst du mich?«

Er lächelte. »Beantworte meine Frage.« »Antworte zuerst auf meine.«

Sein Gesicht wurde weicher, sah traurig aus. »Ich liebe dich sehr. Ich würde für dich sterben, mein Schatz. Ich würde alles tun, um dich glücklich zu machen, um dich sicher zu wissen, dich zu beschützen. Und jetzt beantworte *meine* Frage. Aufrichtig.«

Sie schlang ihre Arme um seinen Hals, ihr Herz raste. »Ich liebe dich sehr.«

»Verstehst du, worum ich dich bitte?«

Sie nahm einen tiefen Atemzug. »Ich verstehe, Meister.«

Die Überraschung in seinem Gesicht war ihr nicht entgangen, auch wenn er versuchte, sie zu verbergen. Er küsste sie, lang und tief, leidenschaftlich, besitzergreifend, ganz anders als seine anderen Küsse sich angefühlt hatten. Sie schloss die Augen und genoss es, das Gefühl seines Körpers, der sich an ihren schmiegte, etwas, das sie endlich von der Panik ablenkte, die sie zu übermannen drohte.

Sie überließ ihm die ganze Kontrolle, erst drückten seine Lippen, dann seine Zunge – und sie bestand darauf, jeden Widerstand aufzugeben.

Sully kostete und erforschte sie langsam, knabberte und kniff sanft und gab ihr mehr als nur einen kleinen Vorgeschmack auf das, was die Zukunft bereithielt.

Schließlich löste er den Kuss, hielt sie aber immer noch fest. Er legte seine Hand in ihren Nacken, so wie er es bei Mac am Flughafen getan hatte. »Wir reden weiter, wenn wir alle sicher zu Hause sind«, sagte er. »Im Moment ändert sich nichts, okay? Wenn du dich dann immer noch so fühlst – und ich hoffe, das tust du – werden wir besprechen, wie es weitergeht.« Dann streichelte er ihr Haar und küsste ihren Vorderkopf. »Ich liebe dich, mein Schatz. Das tue ich wirklich. Ich glaube, ich habe mich in dich verliebt, als ich dich zum ersten Mal getroffen habe.«

Sie wollte weinen, aber dieses Mal nur Freudentränen. »Ich liebe dich auch.«

»Gehorche Mac, als wäre er ich. Kümmere dich nicht um Titel. Lass ihn sich um dich kümmern. Das ist sein Job.«

»Ja, Meister.«

Sein leises Glucksen wärmte sie. Für einen Moment war es leicht zu vergessen, dass sie sich in einem Hotelzimmer in Columbus zu Tode fürchtete, weil ihr psychopathischer Ex-Freund viel mehr tun wollte, als ihr einen Streifen aus der Haut zu reißen. »So ist es brav«, flüsterte er. »Du bist *mein* braves Mädchen, nicht wahr?«

Sie zitterte angenehm, als seine Arme sie festhielten und seine Finger sich in ihrem Nacken verkeilten. »Ja, Meister.«

Sie hörte, wie sein Atem stockte, und er drückte ihr einen weiteren Kuss auf den Kopf. »Stütze dich auf Mac, wenn du das brauchst. Lass dich nicht von der Angst auffressen, Haustier.« Er gluckste und neigte ihr Gesicht zu seinem. »Mein Haustier.« Seine Augen suchten ihr Gesicht ab. »Ich denke, das wird mein Name für dich sein. *Mein* Haustier.«

Clarisse zitterte erneut. Der tiefe, besitzergreifende Ton in seiner Stimme brannte sich in ihr Herz.

Sie *gehörte* ihm.

Sie wusste, dass sie Mac auch liebte, aber sie verstand auch, dass sie von diesem Moment an in erster Linie Sully gehören würde.

Auf jede von ihm gewünschte Weise.

Sie wusste auch, dass Mac darauf bestehen würde, dass es so bleibt.

Er ließ sie los und trat einen Schritt zurück. Bart winselte und wedelte mit der Rute. Sully setzte sich auf das Bett und hielt den kleinen Hund auf Augenhöhe. »Hör mir zu. Du hilfst Mac, sich um sie zu kümmern, okay?«

Clarisse wusste nicht, ob sie lachen oder vor Erleichterung weinen sollte.

Bart wälzte sich vor Vergnügen, als Sully ihn an seine Brust drückte und ihn hinter den Ohren kraulte. Als Mac aus dem Bad kam, zwinkerte Sully Clarisse zu.

Sie konnte sich ein Lächeln nicht verkneifen, als ein Hitzeschuss durch ihr Innerstes schoss.

»Können wir gehen?«, fragte Mac. »Ja. Sie hat schon gepackt.«

Sullys Augen hielten sie fest und zogen sie in ihren Bann.

Mac warf einen Blick auf Clarisse, dann auf Sully. Ein

wissendes Lächeln schlich sich auf sein Gesicht. »Alles in Ordnung, Meister?«

Sully schmunzelte, als er Bart an Clarisse zurückgab. »Alles ist in Ordnung, Sklave.« Er stand auf und richtete seinen Finger auf Mac, dann zeigte er auf die Tür vor ihm.

Ohne zu zögern, kniete Mac vor Sully nieder und senkte den Kopf. Sully legte seine Hand auf Macs Kopf und verknotete seine Finger fest in den Haaren des Mannes. Clarisse vermutete, dass es wehtun musste, aber Mac zuckte nicht einmal. »Sklave, ich beauftrage dich damit, auf mein Haustier aufzupassen. Und damit meine ich nicht Bart.«

»Ja, Meister.«

»Bring sie für mich sicher nach Hause. Ich mache dich persönlich für ihre Sicherheit und ihr Wohlergehen verantwortlich. Hast du das verstanden?«

»Ja, Meister.«

Sullys Finger entspannten sich in Macs Haar. Liebevoll strich er Macs Haar zurück und fuhr mit seinen Fingern sanft über die Wange des anderen Mannes und über sein Ohr.

Mac ergriff Sullys Hand, küsste sie und schmiegte sie an sein Gesicht. »Bitte hab eine gute Reise, Meister. Ich liebe dich.«

Clarisse wollte auch vor Sully auf die Knie fallen. »Ich liebe dich auch, Sklave.«

Clarisse musste noch einmal auf die Toilette, bevor sie gingen. Als sie zurückkam, lächelten beide Männer. Mac reichte ihr Bart und küsste Sully zum Abschied. Dann küsste Sully sie zum Abschied, ein weiterer leidenschaftlicher Kuss, der ihre Zehen zum Kreisen brachte. Er half ihr, in das Fahrerhaus des Trucks zu klettern und reichte ihr Bart.

Bevor er ihre Tür schloss, zwinkerte er ihr zu. »Pass auf dich auf, Haustier. Gehorche Sklave.« Sie lächelte. »Das werde ich, Meister.«

Noch vor Einbruch der Dunkelheit kamen sie in einem kleinen Motel in Memphis an. Obwohl sie Ohio mit einem positiven Gefühl verlassen hatte, sprach sie während der Fahrt kaum mit Mac, weil sie so angespannt war. Sully hatte Mac ausdrücklich angewiesen, es ruhig angehen zu lassen, sich Zeit zu lassen und auf alle Fahrzeuge zu achten, die ihnen zu folgen schienen. Er sollte sogar Ausfahrten in bewohnten Gebieten nehmen und eine Minute herumfahren, bevor er wieder auf die Interstate auffuhr, wenn er musste.

Übertrieben, sicher, aber die Männer würden ihre Sicherheit nicht riskieren.

Clarisse war überrascht, dass das Zimmer nur ein Bett hatte, aber sie beschwerte sich nicht. Mac stellte Barts Box auf. »Herrchen hat gesagt, dass ein paar Regeln außer Kraft gesetzt werden können.« Er schaute sie an. »Es sei denn, du möchtest, dass ich ein Zimmer mit zwei Betten buche?«

Sie schüttelte den Kopf.

Sie telefonierten mit Sully, bevor sie zum Abendessen auf die andere Straßenseite gingen. »Was hast du auf dem Herzen, mein Schatz?«, fragte Mac. »Du bist schon den ganzen Tag so still.«

»Hast du mit Sully gesprochen, bevor wir Columbus verlassen haben?«

Mac grinste. »Ja. Was meinst du, warum er ein paar Regeln gelockert hat?«

»Das ergibt keinen Sinn. Warum sollte er sie lockern, anstatt sie zu verschärfen?«

»Ah, die Ironie des Lebensstils«, scherzte er. »Denn du hast uns streng erlebt. Du weißt, wie das ist. Aber wirst du uns auch mit Vanille mögen?« Er zwinkerte. »Ich habe dir doch gesagt, es geht nicht nur um die Perversion. Das ist nur ein Teil davon.«

»Ein großer Teil davon.«

»Das kommt darauf an, wen man fragt. Manche würden vieles von dem, was wir tun, als nichts Besonderes bezeichnen. Andere würden uns für total pervers halten. Das ist alles relativ.«

Am nächsten Morgen machten sie sich vor neun Uhr auf den Weg. Sie hatte gut geschlafen, sich an Mac gekuschelt, aber trotz des neuen Status ihrer Beziehung geschah nichts Sexuelles zwischen ihnen. Sully rief sie an, nachdem er mit dem Detective und der Staatsanwaltschaft gesprochen hatte. Er beauftragte auch einen Anwalt, der die Angelegenheit für die beiden koordinieren sollte. An diesem Abend war Sully in New York und sie waren südlich von Atlanta. Mac hatte sich Zeit gelassen und häufig kleinere Straßen genommen.

»Nicht mehr lange, Süße«, sagte Mac. »Wir fahren von hier aus nach Hause.«

Es würde gut sein, zu Hause zu sein. Aber je näher sie kamen, desto mehr stieg ihre nervliche Anspannung. Es war immer noch Zeit, einen Rückzieher zu machen und ihre Worte zurückzunehmen.

Nicht, dass sie das wollte, wenn sie ganz ehrlich zu sich selbst war.

Am nächsten Morgen fuhren sie kurz vor zwei Uhr morgens in die Einfahrt. Mac half ihr, Barts Sachen hineinzutragen, und ging dann direkt in sein Schlafzimmer. Er schloss die Tür nicht, aber er bat sie auch nicht, mit ihm zu schlafen.

Sie wartete auf den Hauch einer Einladung und ging dann in ihr eigenes Zimmer. Obwohl es für sie sexuell frustrierend gewesen war, neben Mac zu schlafen, hatte sie sich benommen. Obwohl sie vermutete, dass Sullys Befehle an Mac ihn trotzdem ehrlich gehalten hätten.

Clarisse ging in ihr Schlafzimmer, aber sie ließ die Tür weit offen. Eine Einladung, falls er sie wahrnehmen wollte. Bart schnüffelte ein paar Minuten in ihrer neuen Wohnung herum, bevor er sich auf seinem Bett in seiner Box zusammenrollte.

Beunruhigt und ohne zu wissen warum, kroch sie unter die Decke und versuchte zu schlafen. Als ein paar Stunden später das Haustelefon klingelte, drehte sie sich um und ging ohne nachzudenken ran. Sully.

»Habe ich dich geweckt, Haustier?«

Sie warf einen Blick auf die Uhr. Fast zehn. »Das ist okay. Soll ich Mac holen?«

»Nein, ich wollte sowieso mit dir reden. In drei Tagen bin ich wieder zu Hause. Hast du noch einmal darüber nachgedacht, worüber wir gesprochen haben?«

Der Schlaf verflüchtigte sich aus ihrem Körper. »Ja.« »Und?«

»Ich will es immer noch, Meister.«

»Sehr gut. Gutes Mädchen. Sag dem Sklaven, er soll mich anrufen, wenn er aufgewacht ist. Ich liebe dich.«

Sie schluckte schwer. »Ich liebe dich auch.«

Er legte auf. Sie konnte sich ihr Lächeln nicht verkneifen.

Sie konnte auch nicht wieder einschlafen. Also kochte sie eine Kanne Tee und ging mit Bart in den Garten, um ihn herumlaufen zu lassen. Es war ein friedlicher Morgen, ein paar Boote im Bayou fuhren in den Tag hinaus. Das könnte ihr Leben für immer sein.

Das war eine gute Sache, erkannte sie. Warum es bekämpfen?

Das Bild von Sully, der mit Doreen spielte, störte ihr perfektes Bild.

Wenig später hörte sie, wie die hinteren Schieber geöffnet wurden. »Bist du da unten, Kleines?« »Ja. Sully sagte, du sollst ihn anrufen.«

»Okay.« Er ging zurück ins Haus.

Sie rief Bart zu sich und trug ihn die Treppe hinauf. Sie war hungrig. Mac würde wahrscheinlich auch etwas wollen. Seine

Schlafzimmertür war geschlossen und sie hörte ihn reden, zu leise, als dass sie es verstehen konnte. Sie backte Pfannkuchen, als er die Tür öffnete und die Küche betrat. Er trug kurze Hosen, aber kein Hemd. Das Armband mit dem Ausweis und die Halskette waren verschwunden, aber das Lederhalsband mit dem Verschluss war noch vorhanden. Er hielt etwas in der Hand.

Sie konnte seinen ernsten Blick nicht deuten. Ihr Herz hüpfte vor Angst. »Was ist los?«

»Nichts. Ich habe mit dem Meister gesprochen. Er möchte, dass ich vor seiner Rückkehr mit dir arbeite. Damit du einen Eindruck davon bekommst, wie das Leben bei uns sein wird. Bist du bereit?«

»Ja.« Sie zögerte. »Meister?«

»Nein. Du nennst mich nie Meister. Dieser Titel ist nur für ihn reserviert. In der Zwischenzeit, wenn ich toppe, kannst du mich Sir nennen, so wie du ihn auf der Party Sir genannt hast.«

Sie nickte, zu nervös, um zu sprechen.

»Ich weiß nicht, wie er dich mich nennen lässt, wenn er zu Hause ist und wir zusammen sind. Fürs Erste hat er gesagt, dass es Bootsregeln gibt, bis er nach Hause kommt. Bis auf eine Kleinigkeit.«

»Was?«

Er lächelte. »Ich darf dich nicht ficken. Er hat die Ehre, der Erste zu sein.« Er hielt hoch, was er in der Hand hielt. Ein leichtes, silbernes Kettenhalsband mit einem kleinen, silbernen Zierverschluss, ähnlich dem diskreten, formellen Halsband, das Mac trug, wenn er mit Sully in der Öffentlichkeit unterwegs war. »Aber mein Meister gab mir das Privileg, der Erste zu sein, der dir ein Halsband anlegt. Unter anderem.«

Das machte es real. Ihr Puls pochte.

Er schritt durch die Küche. »Bist du sicher, dass du das willst? Du kannst wieder aussteigen. Du kannst so lange bei uns leben, wie du willst, ohne mit uns zu tun zu haben, das weißt du.«

Sie konnte ihren Blick nicht von der langen Silberkette und dem silbernen Schloss in Herzform abwenden. »Ich will es«, flüsterte sie. »Ich liebe dich.«

»Ich liebe dich auch, Haustier.« Sein Gesicht und seine Stimme wurden wieder streng. »Du musst dich an die Regeln halten, die ich für dich aufstelle. Einschließlich der Bestrafung. Hast du das verstanden?«

»Ja.«

Er zog eine Augenbraue zu ihr hoch. »Ja, Sir«, korrigierte sie sich.

»Sehr gut, Baby. Halte dein Haar hoch.« Sie gehorchte, während er ihr das Halsband um den Hals legte. Zuerst fühlte es sich kühl an, dann wurde es schnell warm auf ihrer Haut.

»Ausziehen.«

Sie errötete. Sie wartete darauf, dass er in ein Lächeln oder einen Witz oder etwas anderes ausbrechen würde, aber er stand nur da, beobachtete und wartete.

Sie errötete und tat wie ihr befohlen. Er streckte seine Hand nach ihren Kleidern aus, und als sie völlig nackt dastand, trug er sie in ihr Zimmer.

Da sie nicht wusste, was sie sonst tun sollte, machte sie weiter Frühstück. Es machte sie verlegen und sie fühlte sich seltsam, völlig nackt zu sein, aber sie merkte auch, dass es sie mehr als nur ein kleines bisschen geil machte.

Wenig später kam er zurück, setzte sich mit der Zeitung an den Tisch und begann zu lesen. Er trug immer noch seine Shorts und saß dort, wo Sully normalerweise saß.

Ohne weitere Anweisungen zu geben, reichte sie ihm einen Teller und stellte ihn vor ihm ab, bevor sie ihren eigenen Teller reichte.

»Danke, Haustier«, sagte er, ohne sie anzusehen.

Sie setzte sich auf seinen normalen Platz, auf das Handtuch. Nach ein paar Minuten schaute er sie an. »Geht es dir gut?«

»Das ist seltsam.«

Er grinste. »Du wirst dich schneller daran gewöhnen, als du denkst.« Er rutschte in seinem Stuhl hin und her. »Aber dieses verdammte Ding ist mörderisch.«

»Welches Ding?«

»Der Cock-Blocker.« Er stand auf und zog seine Shorts so weit herunter, dass sie die durchsichtige, käfigartige Vorrichtung sehen konnte, die er über seinem Schwanz und seinen Eiern trug. Mit einem Vorhängeschloss verschlossen. Dann setzte er sich und aß weiter. »Der Meister vertraut mir, aber nur so weit.« Er lachte. »Es ist wahrscheinlich besser so«, sagte er mit einem bösen Grinsen. »Wenn ich nur eine halbe Chance hätte, würde ich dich den ganzen Tag ficken. Das wäre hundert Hiebe mit dem Rattan-Stock wert. Sogar mehr.«

Sie keuchte, als sich eine Hitzewelle zwischen ihren Beinen sammelte. Sie wusste, dass ihr Gesicht gerötet war.

An Macs Gesichtsausdruck konnte er erkennen, dass er es bemerkt hatte. »Babe, du hast noch gar nichts gesehen.« Er grinste.

Sie schluckte.

NACHDEM SIE GEFRÜHSTÜCKT und die Küche aufgeräumt hatten, gab er ihr ihre Kleidung zurück. Sie folgte ihm nach unten, wo sie begannen, den Inhalt des Trucks in den Lagerraum im Erdgeschoss abzuladen. Eine Stunde später hatten sie beide geduscht und sie fuhr mit ihm, um den Truck zurückzubringen.

Als sie nach Hause kamen, hielt er sie direkt hinter der Eingangstür auf. »Zieh dich aus, Schätzchen. Wenn du im Haus bist, wirst du nackt sein, es sei denn, Meister hat etwas anderes gesagt oder wir haben Gäste.«

Diesmal war sie mutig genug, seinem Blick standzuhalten, als sie ihre Kleider ablegte und ihm diese übergab. Als sie nackt vor ihm stand, lächelte er.

»Verdammt, Mädchen. Ich werde es *nie* satthaben, dich so zu sehen. Du bist wunderschön.«

Sie errötete, als sie ihren Blick senkte, und kämpfte gegen den Drang an, etwas Selbstironisches zu sagen. Sullys Ermahnungen klangen ihr in den Ohren.

Andererseits wäre es vielleicht gar nicht schlecht, von Mac den Hintern versohlt zu bekommen. »Danke.«

Er hob sanft ihr Kinn an. »Du bist so wunderschön, Baby.« Er beugte sich vor und küsste sie, sanft und langsam. Sie genoss das Gefühl seiner Lippen auf den ihren. Sie wehrte sich nicht, als er sie in seine Arme nahm und seine Zunge über ihre Lippen strich, schmeckte, erforschte. Sie lösten sich vor ihm. Die Zeit dehnte sich aus, verlangsamte sich, zog an ihnen vorbei. Als er sein Gesicht anhob und sie fest an sich schmiegte, stieß er einen schallenden Seufzer aus.

»Gott, das könnte ich den ganzen Tag mit dir machen.« Er vergrub sein Gesicht in ihrem Haar, während seine Hände an ihrem Körper hinunterglitten und ihre Hüften fest an seine zogen. Sie spürte das harte Plastik der Keuschheitsvorrichtung durch seine Shorts. »Verdammt gute Idee, dass er mir befohlen hat, dieses verdammte Ding zu tragen«, knurrte er. »Dir ist klar, dass ich dich jetzt auf dem Rücken im Bett hätte und dich ficken würde, oder?«

Heißes Verlangen durchströmte sie, ein dumpfer, pochender Schmerz zwischen ihren Beinen hielt ihre Aufmerksamkeit fest. Dann hob er sie in seine Arme und trug sie in sein Schlafzimmer. Sie starrte in seine süßen braunen

Augen, fasziniert von der unverhohlenen Leidenschaft darin. Bryan hatte sie noch nie so angeschaut.

Niemand hatte sie je so angeschaut. Außer Mac und Sully.

Er legte sie sanft auf das Bett und streckte sich neben ihr aus. »Der Meister hat gesagt, ich darf dich nicht ficken oder meinen Mund zwischen deinen Beinen benutzen. Er hat das Recht, dich zuerst so zu nehmen.« Er beugte sich vor und ließ seine Lippen auf die ihren gleiten, küsste sie und raubte ihr den Atem.

Ein schwüles Lächeln umspielte seine Lippen. »Er hat nicht gesagt, dass ich dich nicht zum Kommen bringen kann. Er hat mir sogar gesagt, dass ich es könnte und sollte.«

Seine Augen verließen die ihren nicht, als seine Finger langsam über ihre Wange, zwischen ihren Brüsten, über ihren Bauch und zu dem Flaum zwischen ihren Beinen wanderten. »Das«, flüsterte er, »muss weg.« Er beugte sich vor und küsste sie, bevor er seinen Kopf wieder anhob.

Seine Finger wanderten tiefer, bevor sie sich krümmten, neugierig wurden und nach Einlass drängten.

Sie schloss die Augen und krümmte ihren Rücken, um ihn zu ermutigen.

Er zog seine Hand zurück. »Nein, Baby. Halte deine Augen offen. Sieh mich an.« Clarisse zwang sich, ihre Augen zu öffnen. Flüssiges, geschmolzenes Verlangen pulsierte in seinem Blick.

In seinen Armen hatte sie sich noch nie so sicher und geliebt gefühlt.

Außer wenn sie sich nach der Session auf der Party in Sullys Arme schmiegte. »Braves Mädchen.«

Sein Blick wich nicht von ihr, als er seine Finger wieder auf ihren Schoß legte, sie langsam neckte und feucht machte. Sie stieß ein leises Keuchen aus, als er einen Finger tief in sie schob und langsam pumpte, bevor seine Hand still wurde.

»Wenn das meine Zunge wäre, würde ich sie so tief in dir vergraben«, flüsterte er.

Ihr Atem kam in kurzen Atemzügen, ihr Körper entspannte sich.

Er zog seine Hand zurück und strich mit seinem Finger über ihren Mund, dann presste er ihre Lippen auf seine. Er stieß ein leises Stöhnen aus, als er seine Hand wieder in ihre Pussy steckte.

»Gott, du schmeckst gut«, stöhnte er. Der hungrige Klang seiner Stimme verstärkte nur noch ihr eigenes Bedürfnis, während sie sich auf dem Bett wälzte und ihr Körper von seinen Fingern aufgespießt wurde.

Als er seine Finger wieder zurückzog, glitt er mit seiner Hand tiefer zwischen ihre Beine und fand ihr hinteres Loch.

Sie erstarrte, wandte aber nicht den Blick ab. »Bist du noch Jungfrau?«, fragte er. Sie nickte.

Er senkte seinen Mund auf ihren und fuhr mit seinem Finger sanft um den gewölbten Muskelring, ohne ihn zu durchbrechen. Nach einigen Minuten entspannte sie sich. Als er das spürte, glitt sein Daumen in ihre feuchte Muschi, während seine anderen Finger ihren Rand massierten.

»Komm nicht«, befahl er leise, seine Stimme war ruhig.

Schon der Befehl brachte ihren Körper der Erlösung näher, denn sie drückte sich stärker gegen seine Hand und wollte mehr.

Er knabberte an ihrem Halsansatz. »Wenn du kommst, bevor ich es dir sage, werde ich dir fünf Schläge mit dem Rattan-Stock verpassen.«

Clarisse zwang ihren Körper, stillzuliegen, versuchte, an alles Mögliche zu denken, nur nicht daran, was seine Hand mit ihrem Körper machte.

Mac spielte schmutzig. Er nahm ihre rechte Brustwarze in den Mund und neckte sie, knabberte und biss an ihr, dann wiederholte er die Aktion mit ihrer linken.

»Ich ... kann es nicht halten ...«

»Doch, kannst du«, sagte er mit strenger Stimme. Seine

Finger arbeiteten härter, neugierig, sein Daumen fickte sie langsam.

Die Verzweiflung wetteiferte mit der Not. War es die fünf Schläge wert, nicht zu gehorchen? Sie zitterte vor Anstrengung, weil sie versuchte, zu gehorchen.

»Bist du nah dran?«, fragte er. »Ja!«

Er setzte sich auf. Mit der anderen Hand griff er nach ihrem Kinn. »Komm noch nicht. Sieh mich an.«

Sie versuchte, sich auf seine Augen zu konzentrieren, auf seine Stimme, nicht auf das, was seine andere Hand zwischen ihren Beinen tat. Als sie dachte, sie könne nicht mehr, befahl er streng: »Clarisse, komm für mich jetzt!«

Ihr Körper gehorchte, die Explosion durchzuckte sie, während seine Hand sie weiter fickte. Sie hatte Mühe, ihn nicht aus den Augen zu lassen, sein Blick war streng und unleserlich. Gerade als die erste Welle abebbte, ließ er ihren Kitzler zwischen seinen beiden Fingern rollen. »Komm noch einmal, Haustier. Jetzt.«

Offensichtlich brauchte ihr Körper die Hilfe ihres Gehirns in dieser Angelegenheit nicht. Eine zweite Welle der Lust riss einen Schrei aus ihren Lippen. Diesmal fielen ihr die Augen zu, während sie ihre Hüften gegen seine Hand presste. Als sie es nicht mehr aushalten konnte und versuchte, sich zurückzuziehen, folgte seine Hand.

»Noch mal. Jetzt.«

Schmerz und Vergnügen verschmolzen zu einer Einheit, als er ihre Klitoris zwischen seinen Fingern einklemmte und ein weiterer Höhepunkt durch ihr Bewusstsein schoss. Dann brach ihr Körper zusammen und sie schluchzte.

Er legte sich neben sie und zog sie in seine Arme, um sie zu beruhigen, eine Hand strich über ihr Haar. »Das ist mein braves Mädchen«, murmelte er. »Das ist mein sehr braves Mädchen. Das war so gut. Ich bin sehr stolz auf dich.«

Sie weinte noch heftiger, Erleichterung und Dinge, die sie

sich nicht erklären konnte, purzelten durch ihr Herz und ihre Seele. Mac stellte sie nicht infrage, sondern ließ sie sich in seinen Armen ausweinen, während er ihr weiterhin zuflüsterte, was für ein gutes Mädchen sie sei und wie sehr er sie liebe.

Sie merkte erst, dass sie eingeschlafen war, als sie eine Weile später die Augen öffnete.

Mac lächelte. »Geht es dir besser?«

Sie nickte und wusste nicht, was sie sagen sollte. Eines war sicher, jetzt wusste sie, warum die Leute sich gern in Szene setzen. Sie würde das Bedürfnis nach Schmerz nie verstehen, aber wenn ihre kathartische Befreiung nur einen Bruchteil so gut war wie ihre, *dann* verstand sie das.

Er beugte sich vor und küsste sie erneut, zärtlich, süß. »Du warst perfekt, Schatz«, sagte er. »Absolut wunderschön. Ich wünschte, Meister wäre hier gewesen, um das zu sehen.«

Sie errötete, was Mac ein verspieltes Grinsen entlockte. Er berührte ihre Nasenspitze. »Was soll das rote Gesicht?«

Clarisse zuckte mit den Schultern.

Er setzte sich auf und zog sie mit sich. »Darüber kommst du ganz schnell hinweg. Komm, lass uns ein Bad nehmen.« Er führte sie an der Hand in ihr Badezimmer und ließ sie sich auf den Waschtisch setzen. »Zuerst müssen wir uns um etwas kümmern.« Er schnappte sich eine kleine Schere und kniete sich vor sie.

Sie errötete erneut, als er ihre Knie auseinanderdrückte, um sie vor ihm zu entblößen. Er grinste spielerisch. »Beweg dich nicht, Süße.« Er trimmte sie sorgfältig und beseitigte dann die Haare auf dem Boden. Er nahm sie in die Arme und küsste sie, während er sie zu der großen versenkten Wanne trug und sie auf den niedrigen Rand setzte. »Warte hier.«

Als er sich seiner Shorts entledigte, konnte sie einen besseren Blick auf die hinterhältige Vorrichtung werfen, die sie von seinem Schwanz fernhielt. Eigentlich war Sully wahrscheinlich ziemlich schlau, ihm zu befehlen, das zu tragen.

Wenn sie nur eine halbe Chance hätte, würde sie ihn sofort reiten.

Mac schnappte sich einen neuen Einwegrasierer und Rasierschaum, dann beendete er die Arbeit. Er ließ warmes Wasser in die Wanne laufen und spülte sie ab. Er lächelte, als seine Finger jede Falte und Kurve ihrer Pussy nachzeichneten. »Das ist schon viel besser, Darling.« Er füllte die Wanne und zog sie mit sich hinein, schmiegte sie zwischen seine Beine, ihren Rücken an seine Brust.

Als er sich an die Rückenlehne der Wanne lehnte, schlang er seine Arme um sie und stieß einen zufriedenen Seufzer aus. »Ich könnte hier einfach vor mich hin schrumpeln.«

Sie ließ ihren Kopf zurück auf seine Schulter fallen. »Ich auch.« Sie schloss die Augen, als er ihre Arme streichelte, seine Hände zärtlich und sanft auf ihren Fesseln.

Er küsste ihre Schläfe. »Wenn Meister zurückkommt, werden wir reden. Du verstehst, dass Meister dich auch besitzen wird, nicht wahr?«

»Ja.« Der Gedanke erregte sie.

»Ich werde nicht mit dir machen können, was ich will.« »Ich weiß.«

Er kraulte ihr den Kopf. »Ich liebe ihn, Babe. Er ist mein Leben. Ich werde dich nicht anlügen und sagen, dass du und ich eines Tages zusammen weglaufen werden. Wenn du mit mir zusammen sein willst, dann musst du auch mit ihm zusammen sein, auf die Art, die er vorgibt. Das sind die Regeln.«

»Das ist okay für mich. Zwei Kerle, die mich lieben und die meinen Ex verprügeln würden, um mich zu beschützen? Sag mir, was daran schlecht sein soll.«

Mac lächelte. »Ja, absolut. Das kannst du glauben. Wenn dieser Scheißkerl hier auftaucht, ist er ein verdammt toter Mann.« Er forderte sie auf, sich aufzusetzen, und wusch ihr liebevoll die Haare, wobei er ihre Kopfhaut massierte, während er sie einseifte.

Dann ließ er sich viel Zeit, um mit einem Waschlappen über sie zu streichen und küsste sich über ihre Schultern, nachdem er die Seife von ihr abgespült hatte.

Sie drehte sich um, nahm ihm den Waschlappen ab und küsste ihn, als sie sich revanchierte. Ihr Zwischenspiel wurde von Macs Shorts unterbrochen, die an der Tür neben der Badewanne klingelten.

»Verdammt.« Mac griff nach ihnen, fischte sein Handy aus der Tasche und ging ran, während er über dem Wannenrand hing. »Hallo, Meister.«

Clarisse zog sich über ihn, ihre Arme legten sich um ihn.

Mac hörte einen Moment lang zu. »Ja, Meister ... Wir sind in der Wanne ... Nein, ich trage es ... Ja, bleib dran.« Er reichte ihr das Telefon. »Er will mit dir reden, Süße.«

Sie errötete und nahm das Telefon entgegen, wobei sie darauf achtete, dass es nicht nass wurde. »Hallo, Meister.«

»Hallo, Haustier. Wie geht es dir?«

Ihre Hand glitt zwischen Macs Beine, ihre Finger fuhren über den Plastikkäfig. »Ich versuche, herauszufinden, wie man ein Schloss knackt.«

Sully lachte, und der Klang erregte sie. »Ich bin mir ziemlich sicher, dass du es versuchst. Umso mehr muss der Sklave dieses Ding tragen. Zu viel Versuchung für dich. Hat der Sklave dich rasiert?«

Sie errötete. »Ja, Meister.«

Sullys Stimme war sexy und leise. »Deine süße Muschi ist also völlig entblößt für mich?«

Es pochte auch wieder vor Verlangen. »Ja, Meister«, flüsterte sie. »Gut. Ich liebe dich. Lass mich wieder mit dem Sklaven sprechen.«

»Ich liebe dich auch.« Sie reichte ihm das Telefon zurück.

Macs Augen funkelten. »Ja, Meister?« Er hörte einen

Moment lang zu, dann beugte er sich vor und küsste sie, während Sully noch mit ihm sprach. »Ja, Meister. Ich liebe dich auch.« Er legte auf und legte das Telefon weg, dann zog er sie auf sich. »Okay, wo waren wir?«

Sie spreizte ihn und spürte, wie das harte Plastik gegen ihren nackten Schamhügel stieß. »Ist das Ding nicht unangenehm?«

»Verdammt, ja, das ist es. Es schneidet praktisch in mich hinein. Das ist ja der Sinn der Sache, es hindert mich daran, etwas gegen meinen harten Schwanz zu tun, aber es hält meinen Schwanz nicht davon ab, es zu versuchen.« Er küsste sie erneut, dann nahm er ihre Hand und legte sie zwischen seine Beine. »Spiel mit meinen Eiern, Babe.«

»Wird dir das nicht wehtun?«

Er grinste. »Masochist, schon vergessen?«

Sie strich mit ihren Fingern an seinem Sack entlang, wo das Plastik seine Eier hielt.

Sie waren genauso unbehaart wie der Rest seines Körpers. Mac schloss seine Augen und stemmte seine Hüften gegen sie.

»Hör nicht auf«, sagte er und schnürte seine Finger durch ihre freie Hand. »Der Meister hat gesagt, ich darf kommen, wenn ich dieses Ding trage.«

»Ist das möglich?«

»Ich weiß es nicht. Ich will es auf jeden Fall herausfinden.«

Sie streichelte seine Eier, zeichnete die Form des Plastikkäfigs nach und strich mit ihren kurzen Nägeln sanft über sein Fleisch. Nach ein paar Minuten öffnete er seine Augen. Ohne ein Wort zu sagen, ergriff er ihre Hand und drückte sie tiefer ins Wasser, drückte einen ihrer Finger in seinen Arsch.

»Ich weiß nicht, was ich tun soll«, sagte sie nervös.

Er lächelte. »Du wirst es herausfinden.« Er spreizte seine Beine weiter und hakte eines über den Rand der Wanne. Behutsam drückte sie gegen sein dunkles Loch. »Brauche ich kein Gleitmittel oder so?«

Er nickte zu einer kleinen Flasche auf dem Wannenrand. Sie ging auf Nummer sicher und nahm einen großen Klumpen von dem Zeug, dann drückte sie langsam auf den Einstieg.

Mac gab ein leises Stöhnen von sich. »Das ist es«, keuchte er. »Das ist die Stelle.« Er zog sie an sich heran und küsste sie, während sie mit ihrem Finger wackelte und auf seine Reaktionen achtete, um herauszufinden, was funktionierte. Es dauerte nicht lange, bis er sie fest umklammerte und laut stöhnte, während er sie küsste und seine Hüften sich gegen ihre Hand stemmten.

Als er sich gegen die Rückenlehne der Wanne lehnte, öffnete sie den Verschluss der Wanne, um sie ablaufen zu lassen, und rollte sich in seinen Armen zusammen. »Gut?«, fragte sie.

»Ja. Nicht so gut wie das echte, aber wenigstens zwickt es nicht so stark.«

Sie kicherte. »Ich dachte, du sagst, du magst Schmerzen.«

Er winkte ihr mit den Augenbrauen zu. »Auch ich habe meine Grenzen, Süße.«

KAPITEL ZWANZIG

Er schickte sie in ihr Schlafzimmer, um sich anzuziehen, mit der Anweisung, etwas Schönes anzuziehen. Als sie auftauchte, fand sie ihn auf dem Sofa sitzend. Er trug eine Hose, ein Hemd und eine Krawatte.

Gutaussehend und wunderschön, und der Abend gehörte ganz ihr. Er stand auf, als sie hereinkam. Das Halsband mit dem Verschluss hatte er abgenommen, aber das Armband mit dem Ausweis und die Halskette hatte er angelegt.

»Du bist wunderschön, mein Schatz.«

Sie errötete erneut, kämpfte aber gegen den Drang an, sich selbst zu beruhigen. »Vielen Dank, Sir.«

Er zog sie zu einem langen, tiefen Kuss zu sich. In diesem Moment spürte sie etwas anderes, eine lange, runde Form, die gegen sie stieß, anstatt einer harten Plastikwölbung. Sie griff ihm in den Schritt, aber er zog ihre Hand sanft weg. »Wo ist es?«

»Ich habe Meister angerufen. Er sagte, wenn ich verspreche, mich zu benehmen, kann ich es für heute Abend ausziehen.«

Sie wackelte mit ihren Hüften gegen ihn und spürte, wie sein Schwanz in seiner Hose noch steifer wurde.

Er gab ihr einen Klaps auf den Hintern, der so fest war, dass er ein wenig durch ihren Rock stach. »Hör auf, Haustier. Er hat mir auch gesagt, dass ich die Erlaubnis habe, dich einzusperren, wenn du dich danebenbenimmst. Ich werde später mit dir spielen, wenn du ein braves Mädchen bist.«

Sie nahmen den Jaguar. Er fuhr sie nach Tampa, in ein schickes Steakhaus. Sie aßen wunderbar zu Abend, unterhielten sich prächtig, und plötzlich, nach der Hälfte der Mahlzeit, wurde ihr klar, dass sich normale Beziehungen so anfühlen sollten. Bei Bryan Jackson war es ihr nie erlaubt gewesen, eine Meinung zu haben. Er zog es vor, schweigend zu essen, es sei denn, er war derjenige, der redete.

Mac bemerkte es. »Was ist los, Babe?« »Liebt Sully mich auch wirklich?«

Er griff über den Tisch und drückte ihre Hand. »Ja, das solltest du glauben. So sehr, wie ich es tue. Bist du deshalb so besorgt?«

»Nein. Mir ist klar geworden, dass ich nicht wirklich weiß, was normal ist. Ich muss es herausfinden. Ich hatte es so lange nicht mehr.«

Er grinste spielerisch. »Ich würde das nicht gerade als normal bezeichnen, Babe.« »Ich meine ...« Sie dachte darüber nach. »Gesund. Glücklich. Lustig.«

Er strich mit dem Daumen über ihre Fingerknöchel, bevor er ihre Hand losließ. »Es wird all das und mehr sein. Ich verspreche es.«

Als sie an diesem Abend gegen elf Uhr nach Hause kamen, kam ihnen Bart Rute wedelnd und mit gespitzten Ohren an der Tür entgegen. Mac nahm ihn auf den Arm und spielte mit ihm, bevor er ihn wieder absetzte. »Heute Abend bist du auf dich allein gestellt, Hündchen. Ich habe Pläne für deine Mutter.« Er zog Clarisse zu sich und küsste sie, während er ihre Handgelenke hinter ihrem Rücken festhielt. »Zieh dich aus, Süße.« Als er sie losließ, drehte er sich und sah ihr nach, wie sie durch das Wohnzimmer ging.

Da entdeckte er etwas, das in der Mitte des Wohnzimmers lag. Bevor er es untersuchen konnte, eilte Bart hinüber, schnappte es sich und zog es hinter sich her, während er in Clarisse' Schlafzimmer verschwand.

»Haustier, was hat Bart?«

Sie drehte sich um, um ihn abzufangen, aber der Hund flitzte unter die Couch, wo er sie anknurrte. »Ich weiß es nicht. Es war größer als er.«

Beide knieten sich hin, um ihn herauszuziehen, aber er flüchtete auf der anderen Seite, ohne seine Beute, in Richtung Macs Schlafzimmer.

Mac tastete unter der Couch und holte eine Reitgerte hervor.

Sie starrten es einen Moment lang an, bevor sie in Gelächter ausbrachen. »Wo war das?«, fragte sie.

»In meinem Kleiderschrank.«

Sie hörten ein Geräusch im Hauptschlafzimmer und gingen hin, um nachzusehen. Sie erwischten Bart mitten im Zimmer, einen der Rattan-Stöcke im Mund. Er verbeugte sich spielerisch über den Stock und knurrte sie an.

Mac lachte so sehr, dass er sich auf das Bett setzen musste. Er brüllte, lange und laut, bis ihm die Tränen über die Wangen liefen.

»Es ist ... Dom Dog«, brachte er schließlich hervor, bevor er noch mehr lachte.

Clarisse hoffte, dass er es immer noch lustig finden würde. Sie fand den Ständer umgekippt im Schrank und atmete erleichtert auf, dass nichts angekaut zu sein schien.

»Hey, Mac? Wie viele von denen waren es?«

Immer noch lachend stand er auf und trat zu ihr in die Schranktür. »Heiliger Scheiße, da fehlen ja mehrere.«

Sie drehten sich um, aber Bart hatte sich mit dem Rattan-Stock davongemacht. »Das verdammte Ding ist größer als er selbst!«, sagte Mac.

Sie sahen, wie er in Clarisse' Schlafzimmer verschwand. In seiner Box fanden sie die fehlenden Utensilien.

»Ich verstehe das nicht«, sagte sie, als sie sie Mac reichte. »So etwas hat er noch nie gemacht.«

Mac grinste und hob den kleinen Hund hoch. »Hey, er drückt nur seine dominante Seite aus, das ist alles.«

Clarisse erlaubte sich endlich wieder zu lachen, nachdem sie die anderen Utensilien untersucht hatte, die ebenfalls keine Zahnspuren aufwiesen. Sie nahm Bart von Mac. »Ich glaube, es ist Zeit, dass der Kleine ins Bett geht.« Sie schaltete den Food-Network-Sender für ihn ein, setzte ihn in seine Box mit einem Napf Wasser und Futter und zog die Schlafzimmertür weitestgehend zu. Mac lehnte lächelnd am Türrahmen seines Schlafzimmers, die Arme vor der Brust verschränkt.

»Was?«

Er winkte ihr mit den Augenbrauen zu. »Wo waren wir?«

Sie lächelte. »Ich glaube, ungefähr hier.« Sie begann, ihre Bluse aufzuknöpfen.

»Ja, das ist ein guter Ansatzpunkt.«

Sie zog sich verführerisch für ihn aus. Als sie nackt vor ihm stand, beugte er seinen Finger nach ihr. Sie ließ sich bereitwillig in seine Arme fallen und genoss seinen langen, tiefen Kuss. Er manövrierte sie langsam in sein Schlafzimmer und auf das Bett.

»Beweg dich nicht.« Seine Augen verließen sie nicht, während er langsam seine Krawatte abnahm und sein Hemd aufknöpfte. »Mein Meister hat mir die Erlaubnis gegeben, mit dir auf gewisse Weise zu spielen. Ich habe vor, es voll auszunutzen.« Seine Erektion zerrte an der Hose seines Kleides. Er hatte seine Schuhe ausgetreten und zog seine Hose aus, bevor er sich neben sie auf das Bett kniete. »Streichle meinen Schwanz, Babe«, befahl er heiser.

Sie gehorchte und wünschte sich, er würde sie noch viel mehr tun lassen als das.

»Spreiz die Beine.«

Als sie das tat, neckte er ihre feuchte Öffnung mit seinen Fingern und lächelte, als er sie schlüpfrig fand. »Kommt das etwas von mir?« Er tauchte zwei Finger tief in sie ein und hielt seine Hand still.

»Ja, Sir.«

Er zog seine Finger zurück und berührte sie an ihren Lippen. »Öffnen.«

Sie tat es, und er schob ihr sanft seine Finger in den Mund. »Stell dir vor, dass das mein Schwanz ist, Haustier. Zeig mir, was du tun würdest.«

Sie schloss die Augen, und während ihre Hände über das echte Ding streichelten, simulierte sie mit ihrem Mund, wie sie sich wünschte, mit ihren Lippen und ihrer Zunge über sein seidiges Fleisch zu fahren. Ihr Daumen fing eine Perle mit klarem Sperma an der Spitze seines Schwanzes auf. Sie strich damit über seinen Schaft, was ihn zum Stöhnen brachte.

Er zog seine Finger aus ihrem Mund zurück und tauchte sie wieder in ihre feuchte Muschi ein. Diesmal benutzte er seinen Daumen, um ihre Klitoris zu streicheln, während er in sie ein- und auspumpte. Sie stöhnte auf, als er seine Hand wieder zurückzog.

Mac lächelte. »Willst du meinen Schwanz lutschen, Haustier?« Sie nickte.

Macs braune Augen glühten vor Leidenschaft. »Du musst mich bitten, Haustier. Sag mir, was du willst.«

»Bitte lass mich deinen Schwanz lutschen, Sir!«

»Sehr gut, Haustier.« Er veränderte seine Position, sodass sein Schwanz ihre Lippen berührte. »Öffne.«

Ihre Lippen öffneten sich eifrig. Sie verschlang ihn, streichelte mit einer Hand seinen Sack und mit der anderen seinen Schaft.

Mac stieß ein langes, lautes Stöhnen aus. »Oh, fuck! Baby, das ist großartig!« Er hielt noch einen Moment still, bevor er begann, seine Hüften gegen sie zu stemmen.

Clarisse liebkoste seinen Schwanz mit ihrer Zunge, fuhr die Adern nach, erforschte den Kamm und die geschwollene Spitze, schmeckte seinen Schlitz. Sie schloss ihre Augen und genoss jede Sekunde.

»Bring mich zum Kommen, Haustier«, befahl er heiser.

Sie saugte ihn eifrig tiefer und härter, wollte ihm gefallen. Er griff mit einer Hand unter ihren Hinterkopf, grub seine Finger in ihr Haar und fickte ihren Mund, als seine Erlösung nahte.

»Mach dich bereit«, grunzte er.

Sie grub ihre Finger in seinen Arsch, zog ihn fester an sich, schluckte ihn tief, als er kam. Nach einem Moment zog er sich zurück und sackte auf dem Bett zusammen. Er schlang seine Arme um sie und hielt sie fest. »Heilige Scheiße, das war großartig«, flüsterte er. »Gott, das war fantastisch.«

Obwohl sie sich geil fühlte, genoss sie es, neben ihm zusammengerollt zu sein.

Bevor sie sich selbst stoppen konnte, kam die Bemerkung heraus. »Sully hat mir gesagt, dass er das nicht für dich tut.«

Mac kicherte, als er sie küsste. »Nein, das tut er nicht. Viele andere Dinge, aber das nicht.«

»Warum?«

Mac zuckte mit den Schultern. »Das hat er nie getan. Ich habe ihn nie dazu gezwungen, und ich würde ihn genauso wenig zwingen, wie er mich zwingen würde, etwas zu tun, was ich nicht tun will. Es ist besser, wenn du ihn nach dem Warum fragst, Babe.« Er streichelte ihre Schulter. »Er hat mir gesagt, dass ich dich das machen lassen kann, bis er nach Hause kommt, als Belohnung dafür, dass ich mit dir zusammenarbeite und den CB trage, wie er es mir gesagt hat.«

»Was ist, wenn er nach Hause kommt?«

»Das muss er entscheiden.« Er tätschelte ihr den Hintern. »Und da ich jetzt wieder denken kann, ohne dass mein Schwanz explodiert, ist es Zeit für ein kleines Training. Bist du noch geil?«

»Was für eine Frage.«

Er gab ihr einen leichten Klaps auf den Hintern. »Was war das?« »Was für eine Frage, Sir.«

Er grinste und rieb sich die Nasen an ihr. »So ist es besser. Du hast eine freche Ader, nicht wahr?«

»Ist das schlimm?«

»Nein, blamiere den Meister nur nicht vor den anderen. Manche Leute sind echte Arschlöcher, wenn es um das Protokoll geht, und sehen eine zickige Sub als etwas Schlechtes an. Manchen Leuten ist das egal. Du wirst lernen, wann es in Ordnung ist, frech zu sein.« Er hob die Augenbrauen. »Ein bisschen frech. Nicht viel.« Er stand auf und ging ins Bad. Einen Moment später kam er mit einer Flasche Gleitgel und einem großen Handtuch zurück. Er gab ihr ein Zeichen, dass sie sich bewegen sollte. »Dreh dich um.«

Er breitete das Handtuch aus und ließ sie sich darauflegen. Sie war ein wenig nervös, versuchte sich aber zu entspannen.

Er öffnete eine Kommodenschublade, nahm ein paar Sachen heraus und legte sie auf das Bett.

Oh, Mann. Der eine war ein großer Dildo. Der andere …

Mann, o Mann. Sie war sich ziemlich sicher, dass es ein Butt-Plug war. An seiner breitesten Stelle war er größer als Macs Schwanz.

Dann fügte er einen weiteren Gegenstand hinzu, einen großen Vibrator mit einem Kabel. »Der Hitachi Magic Wand«, sagte er mit einem bösen Grinsen. Als er ihn einsteckte und anschaltete, zuckte sie zusammen, als er zum Leben erwachte.

Er lachte und schloss sie. »Noch nicht, Haustier. Es wird bald dein neuer bester Freund sein.«

Er streckte sich neben ihr im Bett aus, beugte sich vor und küsste sie. »Mach deine Beine breit, Babe.« Er küsste sie erneut, als sie spürte, wie der Dildo ihre Muschi berührte. Er versuchte zunächst nicht, ihn hineinzuschieben, sondern neckte sie nur damit, indem er ihn von ihrer Klitoris zu ihrer Pussy und wieder zurückführte. Langsam, behutsam, begann er, auf den Eingang zu drücken.

Sie keuchte.

Seine Hand erstarrte. »Alles okay?«

»Hör nicht auf!«

Er gluckste und nahm seine Bewegungen wieder auf, fickte sie langsam, mit jedem Stoß ein bisschen tiefer, bis er fast das ganze Ding in ihre feuchte Pussy schieben konnte, fickte sie damit, drehte es sanft und stieß es in sie hinein.

Dann schob er ihn so weit hinein, wie er konnte. Während er ihn festhielt, strich er mit seinem Daumen leicht über ihre Klitoris, sodass sie sich auf seiner Hand winden konnte.

»Wie fühlt sich das an, Baby?«

Sie nickte eifrig. Es war nicht so gut, wie das echte Ding in ihr zu haben, sicher, aber mit Macs hartem Körper, der sie hielt, war es kein schlechter Ersatz.

»Dreh dich um.« Sie gehorchte.

Dann spürte sie etwas Kühles und Nasses an ihrem jungfräulichen Rand. »Entspann dich. Ich werde es langsam angehen.«

Sie versuchte, sich zu entspannen, aber das war verdammt schwer, so geil wie sie sich fühlte und mit dem Dildo in sich vergraben.

Mehrere Minuten lang massierte er sanft ihren prall gefüllten Ring, bevor er einen Finger gegen sie drückte. »Pressen, Baby.«

Sein Finger glitt in sie hinein, was sie zum Keuchen brachte. »Oh, und Haustier?«

»Nicht kommen«, knurrte er.

Sie wimmerte, fast verzweifelt. Bis er es gesagt hatte, war sie nicht nahe dran gewesen.

Jetzt, wo sie wusste, dass sie es nicht durfte, war sie dem Abgrund näher.

Langsam schob er einen Finger in sie hinein und wieder heraus, dann fügte er einen zweiten und schließlich einen dritten hinzu. Das fremde, dehnende Gefühl fühlte sich wie ein erotisches Brennen in ihren Muskeln an, das sie gelöscht haben wollte, und zwar bald.

Er zog seine Hand zurück und ersetzte sie durch etwas Warmes und Kühles. »Drücken.«

Sie gehorchte und keuchte, als sie spürte, wie der Butt-Plug mit einem leichten Brennen an seinen Platz glitt, als sich ihre Muskeln dehnten, um ihn aufzunehmen, bevor sie das Silikonspielzeug festhielt.

Mit seiner Hand, die er fest zwischen ihre Beine presste und den Dildo festhielt, befahl er ihr, sich wieder auf den Rücken zu drehen.

Clarisse wälzte sich, fühlte sich gedehnt, ausgefüllt und verzweifelt geil. Er grinste. »Bist du okay?«

»Nein!«

Aus seinem Grinsen wurde Sorge. »Tut es weh? Wenn ja, sag sofort Rot ...«

»Nein! Ich muss kommen!«

Er lachte erleichtert auf. »Oh, Baby, das wirst du. Ich verspreche es.« Er nahm den Vibrator in die Hand und drückte mit einem bösen Grinsen auf den Schalter. Er summte und ihr Herz hämmerte fast so schnell wie der Elektromotor.

Er streckte sich wieder neben ihr aus. »Komm nicht, Haustier. Nicht bevor ich es sage.« Er senkte seinen Mund auf ihre rechte Brustwarze und biss zu, nicht hart, aber auch nicht sanft.

Die Aktion schickte einen weiteren Strom von Flüssigkeit direkt zu ihrer Klitoris, während der Dildo und der Butt-Plug ihre geheimen Stellen liebkosten.

Dann strich er mit dem Vibrator über ihre Klitoris, was sie zum Durchdrehen brachte, aber nicht genug Kontakt, um sie kommen zu lassen. Er quälte sie fast eine Stunde lang auf diese Weise, ließ sie nicht kommen und zwang sie zeitweise, ganz stillzuliegen, bis sich ihr Körper beruhigte. Zu diesem Zeitpunkt war sein Schwanz wieder steinhart geworden, und sie war den Tränen nahe und flehte ihn an, sie kommen zu lassen.

Er schaltete den Vibrator aus und kniete sich über sie auf das Bett. Er streichelte ihr Haar. »Kümmere dich erst um mich, Haustier, und dann kümmere ich mich um dich.«

Sie atmete seinen Schwanz praktisch ein, begierig, verzweifelt. Er schloss seine Augen und schob sein Glied tief zwischen ihre Lippen.

»Ich kann es kaum erwarten, bis Meister mich dich ficken lässt, Babe«, sagte er. »Ich kann mir vorstellen, wie es sich anfühlen wird, wenn mein Schwanz in deine süße Muschi gleitet.«

Sie stöhnte um sein Glied herum und wünschte, es wäre genau jetzt, denn ihr Verlangen hatte einen fiebrigen Höhepunkt erreicht.

Er griff mit beiden Händen in ihr Haar und stieß mit den Hüften zu. »Nimm mich tief, Babe.« Sie tat es ihm gleich und hob ihren Kopf, um seinen ganzen Schwanz zu nehmen. Sie packte seine Eier und strich mit ihren Fingernägeln leicht über seinen Sack, was ihn in die Umlaufbahn schickte.

»Fuck!« Er pumpte seinen Schwanz in sie, als er kam, und sein Körper versteifte sich, bis er sich schließlich über sie schwang und schwer atmend neben ihr auf dem Bett zusammenbrach.

Clarisse zappelte. »Bitte, Sir!«, flehte sie. »Bitte!«

Er gluckste, als er nach dem Vibrator griff. »Du warst ein

sehr braves Mädchen. Du darfst kommen.« Er steckte ihn auf und drückte ihn an ihre Klitoris.

Clarisse drückte ihre Augen zu und schrie, als sich ihre Muskeln um das Spielzeug zusammenzogen. Sie kam so heftig wie nie zuvor, sogar noch heftiger als in der Nacht der Party. Mac ließ nicht locker und ließ sie noch zwei weitere Male kommen, bevor er den Vibrator ausschaltete und ihren zitternden Körper in seine Arme zog.

»Braves Mädchen«, gurrte er. »Das ist mein sehr braves Mädchen.«

Sie drückte ihre feuchte Stirn an seine Brust und weinte. Besorgt drückte er sich an sie. »Geht es dir gut?«

»Oh, verdammt, ja! Gute Tränen.«

Er lachte. »Ja, die hatte ich auch schon ein oder zwei Mal.«

Sie war schon fast eingeschlafen, als sie spürte, wie er ihr zwischen die Beine griff und das Spielzeug sanft entfernte, bevor er das Bett verließ. Das Geräusch von fließendem Wasser erreichte sie, und einen Moment später kam er mit einem warmen, feuchten Waschlappen zurück. Er machte sie sauber und trocknete sie ab, bevor er das Licht ausschaltete und zu ihr ins Bett kletterte.

Er zog sie in seine Arme. »Schlaf gut, mein Schatz.«

Erschöpft, zufrieden und so glücklich wie seit Langem nicht mehr, tat sie genau das.

MAC STELLTE eine dampfende Tasse Kaffee auf den Nachttisch neben ihr, bevor er sich aufs Bett setzte und ihr das Haar aus der Stirn strich. »Guten Morgen, mein Schatz.«

Verschlafen öffnete sie ihre Augen. Draußen sah es aus wie am späten Vormittag. »Verdammte Scheiße, wie spät ist es?«

Er lächelte. »Nach zehn. Der Meister hat gesagt, ich kann dich schlafen lassen.« Sie bemerkte, dass er Shorts trug. Er deutete ihren Blick richtig und klopfte vorn an seine Shorts. Sie hörte ein plastisches Geräusch. »Meister hat gesagt, dass ich es heute Morgen zur Erinnerung tragen soll. Ich kann es später ausziehen, wenn du dich um mich kümmerst.«

Sie hörte ein spielerisches Knurren. Mac sah nach unten. »Hey, Kleiner.« Er setzte Bart auf das Bett. »Ich habe mich heute Morgen schon um ihn gekümmert«, sagte Mac. »Steh auf, wenn du dich bereit fühlst. Meister hat gesagt, heute ist ein freier Tag für uns.«

»Freier Tag?«

Er küsste sie liebevoll und fuhr mit seinen Fingern über ihre Wange bis zu ihrem Kinn.

»Was immer du heute tun willst, wir werden es tun. Er hat gesagt, wir sollen den Tag nutzen und Spaß haben.«

Sie grinste. »Was für eine Art von Spaß?«

»Vanille-Spaß.« Er verschränkte seine Finger mit ihren und führte ihre Hand zu seinem Mund. Er ließ seine Lippen über ihre Knöchel gleiten. »Er will nicht, dass du überwältigt wirst. Wir sind nur Mac und Clarisse für den Tag.«

Sie machte einen Schmollmund. »Aber ich mag Sir und Haustier.«

Er grinste und rollte sich auf sie, ohne Bart zu zerquetschen. »Ich weiß. Ich auch. Wir können später Sir und Haustier spielen.«

Bart rannte auf dem Bett herum und knurrte spielerisch. Mac packte ihn und setzte ihn vorsichtig auf den Boden. Mac küsste Clarisse erneut. »Was möchtest du heute machen?«

»Ernsthaft?« »Ja.«

Sie dachte einen Moment lang darüber nach. »Können wir rüber zum Howard Park gehen?«

»Ja.« Er drehte sich um und zog sie auf sich. »Willst du zum Mittagessen ausgehen?« Aus dem Augenwinkel sah er, wie Bart aus dem Bad und aus der Schlafzimmertür rannte.

»Oooh, Plaka's?«

»Sicher.« Es war ihr Lieblingsrestaurant. »Lass uns zu Tad gehen«, schlug er vor. »Können wir ihn zum Mittagessen einladen?«

»Ja. Lass uns duschen gehen.« »Meinen Rücken einseifen?«

Er grinste. »Da musst du mich nicht zweimal fragen.« Er kletterte aus dem Bett und ging ins Bad. Als er in die Dusche griff und das Wasser aufdrehte, warf er einen Blick auf die Wanne.

Der Dildo, den er letzte Nacht bei ihr benutzt hatte, lag auf der Kante, wo er ihn zurückgelassen hatte. Aber der Butt-Plug fehlte.

»Hey, Schatz?«

»Ja.« Sie ging ins Bad, während sie an ihrem Kaffee nippte. Er sah sich um. »Hast du etwas mit dem Butt-Plug gemacht?« »Nein.«

»Er ist verschwunden.«

Sie grinste spielerisch. »Willst du mich durchsuchen?« Sie drehte sich um und wackelte ihm mit ihrem nackten Hintern entgegen.

Er rollte mit den Augen. »Nein, im Ernst, wo ist er? Ich habe ihn zum Trocknen auf den Rand der Wanne gelegt, nachdem ich ihn gestern Abend gewaschen habe.«

Sie half ihm beim Suchen. Er war nicht in die Wanne gefallen und lag auch nirgendwo auf dem Boden.

»Das ist seltsam«, sagte er.

Bart lief ins Badezimmer und rannte an ihnen vorbei. Während sie zusahen, stellte er sich auf die Hinterbeine, schnappte sich den Dildo vom Badewannenrand und begann ihn über die Badezimmertür zu schleifen.

»Hey!« Mac und Clarisse stürzten sich beide auf ihn. Er ließ seine Beute fallen und rannte aus dem Schlafzimmer.

»Ich denke, das beantwortet die Frage«, sagte Mac, während er den Dildo aufhob und ihn sicher auf den Tresen legte, außerhalb der Reichweite des kleinen Hundes. Mac suchte in Barts Box nach dem fehlenden Butt-Plug. Er fand nichts. Er setzte sich auf. »Wo zum Teufel hat er ihn versteckt?«

Sie drehten sich um und sahen Bart in der Tür stehen. Er rannte los. Bevor sie es bis zur Tür schafften, war er verschwunden.

Mac begann zu lachen. »Er ist also ein Kleptomane?«

Schockiert schüttelte Clarisse den Kopf. »Nein, ich schwöre, normalerweise ist er nicht so!« Sie fing an zu weinen. Was wäre, wenn Sully ihn jetzt nicht bleiben lassen würde?

»Hey, was ist los?« Mac zog sie an sich. »Warum bist du so aufgebracht?«

Sie schaffte es, es zwischen Schluchzern herauszubringen. »Er ist mein Baby! Was ist, wenn Sully mir nicht erlaubt, ihn zu behalten, wenn er damit nicht aufhört?«

»Hör mir zu«, sagte Mac streng. »Herrchen hat schon gesagt, dass er bleiben darf. Ich wette, der kleine Mr. Dom Dog ist froh, irgendwo zu sein, wo er nicht ständig Angst haben muss. Er ist wieder bei seiner Mutter und will sich nur die Hörner abstoßen, das ist alles.«

Sie schniefte. »Okay.« »Lass uns gehen und ihn finden.«

Sie fanden ihn schließlich in Sullys Arbeitszimmer, unter dem Schreibtisch. Mit dem fehlenden Butt-Plug.

Bart schnappte ihn sich und wich zurück, bis sein Hinterteil fast die Wand berührte. Er knurrte sie an, während seine kleine Rute wütend wedelte.

Mac lachte. »Ich schätze, er hat ein neues Kauspielzeug. Das wird ihm doch nicht wehtun, oder?«

Clarisse versuchte, ihn Bart wegzunehmen, aber er duckte sich auf der anderen Seite des Schreibtischs und rannte zur

Tür. »Solange es sauber war, sollte es das nicht. Er macht kein Kauspielzeug kaputt, er kaut nur darauf herum.«

Er klopfte ihr auf den Hintern. »Ich habe das Wasser in der Dusche laufen lassen. Lass uns gehen.«

Als sie aus der Dusche kamen, stand Bart unter dem Esszimmertisch mit seinem neuen Spielzeug. Als er sie sah, schnappte er sich seine Beute und rannte zu Sullys Büro.

Mac lachte. »Ich glaube, wir müssen heute noch im Spielzeugladen vorbeischauen und uns einen neuen Butt-Plug besorgen. Erinnere mich daran, dass wir ihn ihm wegnehmen müssen, wenn Vanille-Gäste vorbeikommen.«

SIE HATTEN EINEN SCHÖNEN, normalen Nachmittag. Mittagessen mit Onkel Tad, dann ein Ausflug zum Strand, wo sie auf einer Stützmauer saßen und auf den Golf hinausblickten. Sicher in Macs Armen geschmiegt, schloss sie die Augen und atmete tief die süße Salzluft ein.

»Was denkst du?«, murmelte er in ihr Haar. »Ich könnte den Rest meines Lebens so verbringen.«

»Das könnte ich auch.«

Sie schwieg lange Zeit, tief in Gedanken versunken. »Wenn Sully zu Hause ist, wird er uns dann erlauben, so etwas zu tun?«

»Ja. Er wird das auch mit dir machen wollen. Ich sagte doch, es geht nicht nur um die Meister/Sklaven-Dynamik. Ist das immer im Hintergrund? Sicher. Es steht nur nicht immer im Vordergrund.«

Es war ihr immer noch ein Rätsel, wie sie sich die zukünftige Dynamik vorstellen konnte. »Du wirst nicht eifersüchtig sein?«

»Und du?«

»Ich ...« Ihr Mund schnappte zu. »Nein, ich glaube nicht.«

Er gluckste und drückte sie enger an sich. »Vergiss nicht, dass es Zeiten geben wird, in denen du diejenige bist, die ihn mit mir beobachtet. Oder auf dem Boot wirst du sehen, wie ich ihn herumkommandiere und mich mit ihm vergnüge.«

So hatte Clarisse das ehrlich gesagt nicht gesehen. So gesehen, machte es durchaus Sinn.

SULLY VERBRACHTE die Fahrt vom Flughafen nach Hause mit geschlossenen Augen und versuchte, sich auszuruhen. Sein Bein hatte sich wieder aufgerichtet. Mac würde ihn ausschimpfen, wenn er es übertrieb.

Er rief Mac an, als er wusste, dass er etwa dreißig Minuten von zu Hause entfernt war. »Wir werden bereit sein, Meister«, sagte Mac.

Sully legte auf und starrte auf sein Telefon, ein Lächeln durchbrach den Schmerz.

Wir.

Er schloss wieder die Augen und dachte an Clarisse, ob sie es wirklich durchziehen würde. Er hoffte, dass sie es tun würde, aber er würde und konnte sie nicht zwingen. Er würde sich zurückhalten und sie die Entscheidung treffen lassen, die Sache auf die nächste Stufe zu heben.

Er hatte sich geschworen, sich nie wieder so verletzlich zu machen, wie er es bei Cybil war. Ihre Beziehung auf eine neue

Ebene zu heben, würde nicht geschehen, wenn Clarisse es nicht wollte.

Als sie ankamen, ließ er den Fahrer seine Koffer in den Hauswirtschaftsraum stellen. Er würde sie erst morgen brauchen, und dann könnte Mac sich um sie kümmern. Mit der Laptoptasche über der Schulter und dem Gehstock in der Hand stieg er langsam die Treppe hinauf. Die Haustür war nicht verschlossen, und als er hindurchging, blieb er bei dem Anblick stehen.

Clarisse und Mac knieten auf dem Boden. Beide nackt.

Sully starrte sie an und traute seinen Augen immer noch nicht, obwohl er wusste, dass er es erwarten würde. Sein Schwanz kribbelte in seiner Hose, während er gegen den Drang ankämpfte, sie ins Bett zu befehlen, damit er ihr das Hirn rausvögeln konnte.

Noch nicht. Zu früh.

Mac sah auf und lächelte. »Willkommen zu Hause, Meister.«

»Hallo.« Er setzte seine Laptoptasche ab. »Bekomme ich eine Umarmung und einen Kuss von euch beiden?«

Beide stürzten sich auf ihn und warfen sich ihm praktisch an den Hals.

Sully lachte. »Mein Gott, ihr zwei seid wie ein paar Welpen.« In dem Moment rannte Bart herein, sein neuestes Spielzeug im Schlepptau.

Der Butt-Plug.

Sully starrte. Nach einem Moment fragte er: »Ist es das, wofür ich es halte?«

Mac fuhr sich mit der Hand durch die Haare. »Ähm, ja, was das angeht. Ich musste einen neuen Butt-Plug kaufen.«

Sully bemerkte Clarisse' entsetzten Blick. Er zog sie an sich und küsste sie erneut. »Was ist los?«

»Bitte nicht böse sein!«

Er runzelte die Stirn. »Warum sollte ich böse sein?«

»Er hat noch nie etwas gestohlen. Ich weiß nicht, warum er ...« Sie brach in Tränen aus.

Mac seufzte. »Sul, wir müssen das Formale für eine Minute fallen lassen.« Sully nickte, während er versuchte, sie zu beruhigen.

»Würdest du ihr bitte versichern, dass sie Bart behalten darf? Sie ist deswegen fast in Panik geraten.«

Er schälte sie von ihm weg. »Warum solltest du ihn nicht behalten dürfen? Ich weiß doch, wie sehr du ihn liebst.«

Sie schluchzte. »Er stiehlt Sachen! Das hat er früher nie getan! Es tut mir so leid!« Wieder brach sie in Tränen aus.

Sully seufzte und zog sie an sich, während er über ihren Kopf hinweg in Macs braune Augen blickte. »Süße, ich verspreche dir, ich werde dich nie zwingen, ihn loszuwerden.«

»Wirklich?«

Er streichelte ihr Haar. »Wirklich. Bitte hör auf zu weinen. Es ist alles gut.«

Bart verbeugte sich spielerisch über den Butt-Plug und knurrte Sully an. Sully lächelte und versuchte, seinen Schmerz zu verbergen, als er sich auf den Boden sinken ließ. »Komm her, Bart.«

Barts Rute beschleunigte sich und er nahm den Butt-Plug in den Mund, aber er bewegte sich nicht.

Sully grinste und tätschelte den Boden vor ihm. »Bring es.«

Bart schnappte sich den Butt-Plug und brachte ihn zu Sully, wo er mit ihm Tauziehen spielte.

Sully zog ihn vorsichtig von ihm weg und warf ihn quer durch das Wohnzimmer. Bart rannte hinterher und brachte es für eine weitere Runde zurück. Nach fünf Minuten hob Sully Bart hoch und kratzte ihn am Kopf.

»Genug, Kleiner. Ich muss jetzt ins Bett. Ich werde morgen mit dir spielen.« Er reichte Clarisse den Hund und den Butt-Plug. »Geh und bring ihn ins Bett. Bring seine Box in unser Schlafzimmer, wenn du willst.«

Sie erstarrte. »Ist das dein Ernst?«

Er hielt Mac die Hand hin, der ihn auf die Beine zog. »Ich hätte es nicht gesagt, wenn ich es nicht ernst meinen würde, Babe. Oder du kannst ihn vor die Schlafzimmertür stellen, wenn du meinst, dass er dort besser aufgehoben ist. Du entscheidest. Ich meine, das setzt voraus, dass du mit uns in unserem Bett schlafen willst.«

Sie legte ihren freien Arm um Sully und umarmte ihn. »Danke!« Sie rannte in ihr Schlafzimmer.

Kaum war sie weg, ließ Sully die Fassade fallen und legte seinen Arm um Macs wartende Schulter. »Hilf mir ins Bett. Schnell.«

»So schlimm?« Er half Sully in ihr Zimmer und legte ihn vorsichtig auf das Bett.

»Ja. Wollte nicht, dass sie es sieht. Sie schien aufgebracht genug zu sein.«

Mac holte die Salbe aus dem Bad, dann sank er auf die Knie und zog Sully die Schuhe aus. »Warum hast du nicht gleich etwas gesagt, als du nach Hause kamst?«

»Die Begrüßung der nackten Sklaven hat mich irgendwie abgelenkt.« Clarisse kam herein. »Ich habe seine Box vor die Tür gestellt.«

»Geh und bring Meister eine Schmerztablette und ein Glas Wasser, bitte«, befahl Mac. Sie beeilte sich, es zu tun. Nachdem sie sich um Sully gekümmert hatte, krümmte Mac seinen Finger und zeigte auf die Tür. »Ich möchte, dass du das hier lernst.« Er half Sully, seine Hose auszuziehen, und begann dann, Sullys schlimmes Bein zu behandeln.

Sully schloss seine Augen, lehnte sich zurück und überließ Mac das Kommando. Sie brauchten ihn nicht. Sein Schmerz hatte fast die kritische Grenze erreicht. Er hörte nicht so sehr auf ihre Worte, sondern konzentrierte sich auf den beruhigenden Klang ihrer Stimmen und das Gefühl ihrer Hände. Mac, seine warme Berührung, knetete sein Fleisch und führte die Bewegungsübungen durch. Clarisse, eher zaghaft, hatte Angst, ihn zu verletzen.

»Fester, Schatz«, stöhnte er. »Es ist okay.«

Eine halbe Stunde später spürte er eine gewisse Erleichterung, als die Medikamente anschlugen und Macs magische Berührung die Muskeln lockerte. Sully zog sein Hemd aus, während Mac das Licht ausschaltete. Mac kletterte schnell in seine Position, während Sully sich an ihn schmiegte. Sully tätschelte das Bett vor ihm.

»Komm her, Liebling«, sagte er sanft.

Sie kuschelte sich an Sully. So müde er sich auch fühlte und so sehr es ihm auch wehtat, es war nicht schwer für ihn, seinen Schwanz unter Kontrolle zu halten. Er küsste ihren Nacken. »Süße Träume, Baby. Ich liebe dich.«

»Ich liebe dich, Meister.«

Er griff hinter sich und tätschelte Macs Oberschenkel. »Ich liebe dich, Brant.« Er küsste Sullys Hinterkopf. »Ich liebe dich auch, Sul.«

In dieser Nacht hatten die Schmerzmittel keinen Einfluss auf Sullys Träume.

KAPITEL EINUNDZWANZIG

Am nächsten Morgen erwachte er angenehm aus dem Schlaf und spürte ein Paar weiche, warme Lippen, die seinen Schwanz umschlossen. Er öffnete seine Augen. Mac lag aufgestützt auf einem Ellbogen neben ihm und lächelte. »Guten Morgen, Meister.«

»Morgen.« Sully hob den Kopf und entdeckte Clarisse zwischen seinen Beinen. Er ließ den Kopf sinken, bevor er seine Hand in ihrem Haar vergrub. »Guten Morgen, Haustier«, sagte er.

Sie murmelte etwas um seinen Schwanz herum, das sich wie »Guten Morgen, Meister« anhörte. Die brummende Vibration hallte durch seinen Körper.

»Ich habe Haustier gesagt, dass sie die Ehre hat, dich heute Morgen zu wecken«, sagte Mac grinsend. »Ich hoffe, das war okay?«

Sully schloss die Augen und nickte, genoss es, dass sein Schwanz trotz der Schmerzen in seinem Bein angenehm gegen ihre eifrige Zunge pochte. Sie war gut. *Verdammt* gut.

Nicht so gut wie Mac, ironischerweise, aber gut genug, dass er in wenigen Minuten spürte, wie seine Erlösung tief in ihm kochte. Er legte seine Hand um ihren Hinterkopf. »Jetzt, Haustier«, keuchte er.

Sie nahm ihn tief in ihren Rachen, als er kam. Als er sich erholte, spürte er Macs Schwanz gegen seinen Oberschenkel streichen. Als er wieder hinsah, lächelte Mac immer noch verspielt.

Er streckte Mac seinen Finger entgegen, der sich zu einem Kuss herabbeugte. »Haustier«, sagte Sully, »kümmere dich nun um den Sklaven.«

Macs Augen rollten in seinem Kopf zurück, als sie seinen Schwanz zwischen ihren Lippen saugte. Sully drehte sich auf die Seite und betrachtete das Gesicht seines Geliebten. Er hatte sich immer ein wenig schuldig gefühlt, dass er sich auf diese eine Weise nie revanchiert hatte. Clarisse hatte sicher keine Skrupel dabei.

Sully spielte mit Macs Nippel-Piercings. »Halte dich zurück, Sklave. Komm nicht, bevor ich es dir sage.«

Mac stöhnte, seine Unterlippe klemmte unter den oberen Zähnen, während er versuchte, die Kontrolle zu behalten.

»Wenn du kommst, bevor ich es dir sage«, knurrte Sully, »dann versohle ich dir deinen verdammten Arsch.«

Sully betrachtete Clarisse. Ihr Haar umspielte sie, ein schöner Anblick. Er hatte sich immer Sorgen gemacht, dass Mac das nicht schaffte, obwohl der andere Mann ihm das Gegenteil versicherte. Mit geschlossenen Augen bediente sie eifrig Macs Schwanz.

»Wolltest du deinen Schwanz in ihrer süßen Muschi versenken, während ich weg war?«, murmelte Sully in sein Ohr.

»Ja, Meister!«

»Ich wette, du hast davon geträumt, nicht wahr?« »Ja!«

Sully lächelte. Er hatte mehr als genug von dieser Art von Träumen über Clarisse gehabt.

»Ist sie schön, wenn sie kommt?« »Ja, Meister!«

»Warst du gehorsam, während ich weg war?« »Ja, Meister!«

»Sehr gut.« Er drehte Macs Nippel-Piercings, hart. »Du darfst kommen.«

Mac verkrampfte sich, als er aufschrie. Sully quälte Macs Brustwarzen weiter, bis er wusste, dass Mac seinen Höhepunkt erreicht hatte. Nachdem Mac fertig war, streckte Sully seine Hand aus und tippte sanft auf Clarisse' Kopf. »Sehr gut, Haustier. Du bist fertig.«

Sie hob ihren Kopf. Das sexy Lächeln auf ihrem Gesicht ließ seinen Schwanz fast wieder hart werden.

»Komm und leg dich zwischen uns. Sklave, ich will eine Demonstration der letzten Nacht.«

Mac grinste und sprang aus dem Bett, um das Spielzeug zu holen. Sully starrte in Clarisse' blaue Augen. Er beugte sich vor und küsste sie tief. »Ich möchte, dass du so laut nach mir schreist, wie du nach ihm geschrien hast, Süße.«

Mac kam zurück und schob ihr ein Handtuch unter. »Willst du dir die Ehre geben, Meister?« Er hielt ihr den neuen Butt-Plug hin.

Sully lächelte. »Ich will zusehen.« Er küsste sie, während Mac den Dildo langsam in sie fickte, bis er ganz in ihr steckte. Als sie sich umdrehte, streichelte Sully ihren Hintern. »Du bist wunderschön, Süße.«

Sie stöhnte leise, als Mac sie vorbereitete, und schob dann den neuen Butt-Plug hinein. Als sie sich wieder mit dem Gesicht nach oben rollte und Mac den Vibrator hochhielt, verfinsterten sich ihre Augen vor Leidenschaft.

Sully rollte ihre linke Brustwarze zwischen seinen Fingern. »Komm erst, wenn ich es sage, Haustier«, warnte er.

Wortlos nickte sie, als Mac den Vibrator anschaltete und ihn an ihre Klitoris drückte.

Sie zuckte und stöhnte und wand sich unter ihm, während er sie quälte.

Sully wechselte von einer Brustwarze zur anderen, als ihre Haut errötete und sie verzweifelt wurde.

»Bitte, Meister!« »Bitte was, Haustier?« »Lass mich kommen! Bitte!«

Er zwinkerte Mac zu, der den Vibrator für einen Moment anhob, um ihn abkühlen zu lassen. »Nein, Haustier. Ich will sehen, wie du dich für den Sklaven krümmst. Er hat sich offenbar sehr gut um dich gekümmert, während ich weg war. Er hat dich sicher nach Hause gebracht. Seine Belohnung ist, dass er dich quälen darf. Das will ich ihm nicht verwehren.«

Mac lachte. »Oh, Baby, du bist so was von am Arsch.« Er drückte den Vibrator wieder auf ihre Klitoris und quälte sie ein paar Minuten lang.

Nach zwanzig Minuten und ihrem tränenreichen Betteln, zu kommen, erbarmte sich Sully. »Lass sie kommen, Sklave. Zweimal.«

»Mit Vergnügen, Meister.«

Sully hielt Clarisse' Handgelenke fest und drückte sie über ihrem Kopf auf die Matratze, während Mac den Vibrator gegen ihre Klitoris hielt. Sie zappelte und schrie auf, als der erste Orgasmus sie erschütterte.

Sully wünschte, er könnte sie in diesem Moment ficken, beugte sich vor und küsste sie. »Noch mal! Komm jetzt!«

Obwohl sie den Kopf schüttelte und stöhnte, dass sie es nicht schafft, kam sie. Als sie sich sicher war, dass sie fertig war, nickte Sully Mac zu, der den Vibrator herauszog und ihn ausschaltete.

Sully zog sie in seine Arme, wo ihr Stöhnen in Schluchzen überging, das ihren ganzen Körper erschütterte.

»Mein gutes Mädchen«, flüsterte er. »Sehr gut. Hat sich das gut angefühlt?« Sie nickte, als Mac auf das Bett kroch, um sich neben sie zu kuscheln.

Sully strich ihr die Haare aus der Stirn. »Wenn du dich fit fühlst, gehen wir alle duschen, und dann können wir essen.«

Sie nickte erneut.

Mac fing seinen Blick auf, ein sinnliches Lächeln erhellte

sein Gesicht. Sully beugte sich vor und küsste ihn. »Ausgezeichnete Arbeit, Sklave.«

Mac winkte ihm mit den Augenbrauen zu. »Jederzeit, Meister.«

NACH DEM FRÜHSTÜCK setzten sie sich an den Esstisch und unterhielten sich. »Was genau willst du eigentlich?«, fragte Sully sie.

Sie schüttelte den Kopf. »Ich verstehe die Frage nicht, Meister.«

»Was versprichst du dir von dieser Beziehung? Was brauchst du?«

»Ich liebe dich. Ich will dich weiter lieben. Euch beide.«

»Du kannst uns weiter lieben, ohne meine Sklavin zu werden, das habe ich dir gesagt.«

Es fiel ihr schwer zu denken. Sie hatte nie versucht, es in Worte zu fassen. »Ich möchte dir gehören.«

»Sicherheit?«

»Nicht so.« Sie dachte nach. »Ich will dich nicht verlieren. Ich möchte, dass du mich so sehr liebst wie Mac.«

»Du weißt, dass ich dich immer anders lieben werde als Mac. Du bist nicht er. Er ist nicht du. Anders heißt aber nicht weniger oder mehr. Ich liebe dich, und ich liebe ihn.«

»Ich weiß.«

»Willst du, dass ich dich ficke?« Ihr Herz raste. »Ja, Meister!«

Er fasste ihr Kinn und neigte sanft ihren Kopf, sodass sie ihn ansehen musste. »Das werde ich nicht tun, wenn du dich nicht auf Lebenszeit verpflichtest. Das weißt du doch. Nicht, solange wir nicht verheiratet sind. Ich weiß, das klingt dumm und altmodisch, aber das ist es, was ich will. Du musst dir gut überlegen, ob du wirklich dazu bereit bist.«

»Das habe ich.«

»Das gibt dir auch keinen Freibrief, Mac zu ficken, wann immer du willst, wenn ich nicht zu Hause bin. Sein Schwanz gehört mir genauso, wie du und dein Körper mir gehören würden. Er versteht das. Es könnte sein, dass ich ihm manchmal sage, dass er nicht mit dir schlafen darf, wenn ich nicht zu Hause bin. Wird das ein Problem sein?«

Sie schaute Mac an. »Nein, Meister. Das ist kein Problem.«

Sully musterte sie. Als er das nächste Mal sprach, klang seine Stimme tief und sanft. »Clarisse, ich weiß, dass du uns manchmal brauchst, um für dich Vanille zu sein. Ich verstehe das. Das ist ein Bedürfnis, das du haben wirst, und wir werden das für dich tun. Aber Die meiste Zeit wird es bis zu einem gewissen Grad so sein. Die Meister/Sklave-Dynamik. Es wird Protokolle, Gehorsam und Disziplin geben.«

»Solange du fair bist, Meister.«

Er beugte sich vor, um sie zu küssen. »Ich bin immer fair.« Er sah Mac an. »Findest du, dass ich fair bin?«

»Ja, Meister. Das tue ich. Ich beschwere mich ja auch nicht.«

Sully grinste. »Aber du genießt es, wenn man dir die Scheiße aus dem Leib prügelt.«

Mac lachte. »Stimmt. Trotzdem bist du immer fair. Du warst noch nie strafend. Ich bin vielleicht nicht immer einer Meinung mit dir, aber du bist immer konsequent.«

»Ich bin gleich wieder da.« Sully ging zu seinem Arbeitsplatz und kehrte einen Moment später mit einem Notizblock und einem Stift in der Hand zurück.

Das machte es real. Sie würde es wirklich tun. Der Gedanke erregte sie.

Sully sah sie einen Moment lang an, bevor er sprach. »Sollten wir uns jemals scheiden lassen, gibt es keine zweite Chance. Ich werde dich nie dazu zwingen, bei mir zu bleiben,

wie Mac dir als Erster sagen wird. Solltest du jemals beschlie-
ßen, dass du das hier nicht schaffst und gehen willst, werde ich
dir helfen zu gehen, aber du kannst nicht zurückkommen.
Niemals. Ich werde keine Spielchen spielen.«

»Ich verstehe.«

Er hielt inne und sammelte seine Gedanken. Clarisse
erkannte den alten Schmerz und den Verrat in seinen Augen.
»Ich würde eine Beratung zulassen und an der Beziehung
arbeiten, wenn du es für nötig hältst. Ich würde alles tun, was
nötig ist, um dir zu helfen, deine Probleme zu lösen. Ich werde
jedoch diesen Aspekt unserer Beziehung nicht beenden. Du
wirst dem Namen und der rechtlichen Bezeichnung nach
meine Frau sein, aber du wirst immer in erster Linie meine
Sklavin sein, und ich dein Meister.«

»Ja.«

»Mac und ich hatten anfangs eine Menge ausgehandelter
Grenzen. Mit der Zeit haben wir die meisten von ihnen fallen
gelassen. Jetzt benutzen wir Safewords. Ich weiß, was ihn nicht
anmacht, und ich treibe ihn selten über seine Grenzen.«

Mac nickte zustimmend, sagte aber nichts.

Sully fuhr fort. »Unsere harten Grenzen. Absolute Ehrlichkeit, auch wenn es unangenehm ist. Niemals lügen. Ich bin
sicher, dass du Bryan als Überlebenstaktik anlügen musstest,
damit er dich nicht angreift. Bei mir hast du diese Angst nicht.
Du kannst jederzeit auf mich zugehen, um zu reden und zu
verhandeln. Immer. Hast du das verstanden?«

»Ja, Meister.«

»Lügen wird immer bestraft werden. Streng. In der Regel
mehr, als wenn man einfach die Wahrheit gesagt hätte. Denn
ich belohne Ehrlichkeit immer.«

Mac lächelte. »Das ist absolut richtig.«

»Das ist eine andere Sache – du wirst gelegentlich bestraft
werden. Diese Bestrafung hängt von mir ab. Manchmal wird
sie Dinge beinhalten, die dir nicht gefallen, wie zum Beispiel

Schläge. Manchmal ist es so etwas wie das Knien für eine bestimmte Zeitspanne. Oder was auch immer ich für das Vergehen für angemessen halte. Manchmal biete ich dir als Gegenleistung für die Bestrafung die Möglichkeit, etwas zu tun. Abgesehen von diesen Situationen gibt es bei der Bestrafung keine Verhandlung. Die Bestrafung wird auch niemals ein hartes Limit verletzen. Verstehst du?«

Furcht machte sich in ihr breit. »Aber ich stehe nicht so auf Schmerzen wie er.«

»Lass mich das klarstellen. Mac steht auf Schmerzen. Ich verwende sie auch als Strafe für ihn. Wenn du zum Beispiel beschließt, dass du die Prügelstrafe nicht tolerieren kannst, wird sie vielleicht nicht als Bestrafung eingesetzt. Ich würde sie nie im Spiel einsetzen, es sei denn, du wärst bereit, bis an die Grenze zu gehen. Ich muss vielleicht andere Dinge als körperliche Züchtigung finden, die du so sehr hasst, dass ich sie als Strafe einsetzen kann. Zurück zu den harten Grenzen. Wir haben keinen Sex oder intimen Kontakt mit anderen. Niemand außer Mac und mir wird dich jemals anfassen dürfen.«

Von Angst zu Verwirrung. »Was ist mit dem, was ich auf der Spielparty hier und im Club in der Nacht gesehen habe? Du und die anderen Leute?«

»Ich habe bei einer Session assistiert. Sie haben mich benutzt, wie sie einen Vibrator oder einen Flogger benutzen würden. Ich habe ihnen nur geholfen.«

Sie erinnerte sich an ihren unangenehmen Anflug von Eifersucht, als sie ihn dabei beobachtet hatte. »Totale Ehrlichkeit?«

Er nickte.

»Ich kann nicht damit umgehen, dass du das mit anderen machst. Nicht einmal, wenn du nur helfen willst. Ich könnte auch nicht damit umgehen, dass Mac mit jemand anderem zusammen ist.«

Er machte eine Notiz auf dem Notizblock. »Womit bist du zufrieden? Was ist, wenn jemand Rat oder Hilfe braucht?«

Sie dachte darüber nach. »Wenn du ihnen hilfst, eine Session einzurichten, oder sie Hilfe mit der Ausrüstung brauchen, würde mich das nicht stören. Ganz ehrlich? Es hat mich wirklich eifersüchtig gemacht, zu sehen, wie du Doreen berührt hast, auch wenn es für dich kein Sex war. Ich möchte nicht, dass einer von euch mit jemand anderem zusammen ist, auch nicht nur zum Spielen. Ich möchte die einzige Person sein, die du auf diese Weise berührst, außer Mac.«

»Warst du deshalb auf der Party so aufgebracht?«

Sie nickte schließlich. »Ja«, gab sie leise zu. »Das war es.«

»Gut. Siehst du? Das war nicht schwer, oder?«

»Was?«

»Offenheit. So einfach ist das.«

Kann es so einfach sein? »Keine Diskussion?«

»Nicht wegen so etwas.« Er lächelte Mac an. »Doreen wird enttäuscht sein, aber sie wird es verstehen.«

Mac lachte. »Sie kommt schon drüber weg.«

Clarisse starrte sie an. »Wirklich? Ist das dein Ernst?«

Sully legte den Stift weg. »Ich liebe dich. Ich bin bereit, den Rest meines Lebens mit dir zu verbringen und dich glücklich zu machen. Wenn das bedeutet, dass ich etwas aufgeben muss, das mir nicht wichtig ist, ist das für mich in Ordnung. Ich gehöre nicht zu den Idioten, die ihre Prinzipien über die Menschen stellen, die sie angeblich lieben. Wenn du nicht willst, dass wir so einen intimen Kontakt mit anderen haben, dann werden wir es nicht tun. Punkt.«

»Danke.«

»Was ist für dich noch eine harte Grenze?« Sie zuckte mit den Schultern. »Ich weiß es nicht.« »Messerspiel?«

Sie zitterte. »Nein, ganz bestimmt nicht.«

Er machte sich eine Notiz. »In Zukunft verhandelbar?« Sie zögerte. »Ich weiß es nicht. Für den Moment, nein.«

»Ich schätze auch nein zu Nadeln, Feuer und Blutspiel.« Sie zitterte wieder. »Definitiv nein.«

»Gut, denn die sind auch nicht mein Ding.« Weitere Notizen, dann sah er auf. »Von dir wird erwartet, dass du am Impact-Play teilnimmst. Natürlich werde ich nicht annähernd so hart zu dir sein wie zu Mac. Vor allem nicht am Anfang.«

»Ich verstehe.«

»Du wirst immer ein Safeword haben. Und wir werden es immer respektieren.« Sie nickte.

Sie gingen eine Einkaufsliste von Dingen durch, wobei keiner der beiden Männer etwas gegen ihre harten Grenzen hatte. Das Gespräch machte sie total feucht.

Sully ging die Liste noch einmal durch. »Möchtest du noch etwas hinzufügen?« »Was zum Beispiel?«

»Zum Beispiel, was du willst. Nicht nur Grenzen, was du nicht tun willst, sondern was du von uns brauchst. Ich möchte dich glücklich machen.«

»Kuschelzeit«.

Beide Männer lächelten. Sully notierte es in einer anderen Spalte. »Irgendwelche besonderen Zeiten?«

»Ich ... ich weiß es nicht. Daran habe ich noch nie gedacht.«

»Wir lassen es flexibel.« Er zwinkerte. »Ich bin sicher, wir werden keine Probleme haben, deine Bedürfnisse zu erfüllen. Sonst noch etwas?«

»Kann ich mich bei dir melden, wenn mir etwas einfällt?«

»Natürlich. Du kennst unsere nicht verhandelbaren Grenzen.« »Falls ich mich jemals entscheiden sollte, dass ich etwas geändert haben möchte?«

»Dann unterhalten wir uns noch mal. Es ist möglich, dass du in ein paar Jahren ein totales Safeword-Protokoll hast, so wie Mac.«

Ein paar Jahre. Sie hoffte auf eine Ewigkeit, wenn es nach ihr ginge.

»Was passiert, wenn du mich leid bist und dich scheiden

lassen willst und ich nicht? Oder wenn einer von euch genug von mir hat und der andere nicht? Werde ich dann automatisch euch beide verlieren?«

Die Männer tauschten einen Blick aus. »Ich bezweifle ernsthaft, dass das passieren wird«, sagte er. »Ich werde einen Ehevertrag aufsetzen. Um dich und mich zu schützen. Hast du ein Problem damit?«

Zum Teufel, sie verhandelte über ihr Leben als Sklavin. Ein Ehevertrag war einfach. »Das ist in Ordnung.«

»Selbst in dem unwahrscheinlichen Fall, dass wir uns trennen sollten, würde ich mich um Tad kümmern. Das ist nichts, worüber du dir Sorgen machen müsstest, nichts, was du jemals zulassen solltest, dass es deine Entscheidungen beeinflusst. Ich werde das für dich schriftlich festhalten.«

Ein unwahrscheinliches Ereignis! Ihr Herz schlug höher bei diesem Gedanken. »Ich weiß das zu schätzen.«

»Von dir wird erwartet, dass du sexuelle Leistungen erbringst, wie es dir gesagt wird. Dein Körper wird mir gehören. Und auf dem Boot, stellvertretend Mac.« Er lehnte sich vor, sein Blick war intensiv. »Wie Mac dir bereits gezeigt hat, wird von dir erwartet, dass du dich unterwirfst, egal, was wir von dir verlangen. Was wir privat tun, unterscheidet sich von dem, was wir auf einer Party oder in einem Club tun. Sexuell wird es keine Grenzen geben, außer dass wir dich nie mit jemandem teilen werden und wir werden nie eine harte Grenze überschreiten. Es wird Zeiten geben, in denen wir dich auf einer Party vor anderen Leuten ficken oder von dir verlangen, dass du mit uns vor anderen sexuell performst.«

Seine Stimme senkte sich, vertiefte sich und klang voller Verlangen. Sie vermutete, dass sich sein Schwanz in seiner Hose verhärtet hatte. »Ich kann dich in den Arsch ficken oder dein Mund dazu benutzen, oder wir können dich sogar beide gleichzeitig ficken. Wir werden dich immer lieben und uns um dich kümmern, aber du *wirst* mir gehören.«

Ihr Mund war wieder trocken geworden. »Ja, Meister.« Ehrlich gesagt, der Gedanke, dass ihre beiden Schwänze sie gleichzeitig ficken würden, ließ ihre Knie auf eine gute Art und Weise schwach werden. Sie hatte die doppelte Penetration der Dildos überlebt, und sie waren beide größer als die der Männer. Ihr Kopf war fast explodiert, aber sie hatte es überlebt.

Sie hat es geliebt.

Sie wollte das unbedingt mit ihnen ausprobieren. »Macht dir das Angst?«

»Auf eine gute Art«, gestand sie.

Er lächelte und lehnte sich in seinem Stuhl zurück. »Wenn es dir nicht gut geht, wenn du Krämpfe hast, kannst du dich so anziehen, wie du dich wohl fühlst. Ich will nicht, dass es dir schlecht geht, und ich verstehe, dass wir damit umgehen müssen. Du wirst immer mit einem Halsband versehen sein, und du musst dich an andere Protokolle halten, die wir haben. Es wird Zeiten geben, in denen ich von dir erwarte, dass du trotzdem bestimmte sexuelle Pflichten erfüllst.«

Sie nickte.

»Darüber können wir verhandeln. Ich möchte nicht, dass der Sex für dich schmerzhaft oder unangenehm ist. Sich privat zu lieben und eine Session zu spielen sind zwei völlig verschiedene Dinge, auch wenn ich manchmal Sex in eine Session einbauen werde. Verstehst du das?«

»Ja.«

»Mac wird mit dir noch einmal zum Arzt gehen. Du musst dich noch einmal auf Geschlechtskrankheiten und HIV testen lassen, nur um sicherzugehen. Ich werde unsere medizinischen Papiere holen, damit du sehen kannst, dass wir negativ sind.«

»Ich muss sie nicht sehen.«

Er runzelte die Stirn. »Doch, musst du. Ich möchte, dass du weißt, dass wir die Wahrheit sagen.« »Ich vertraue euch.«

»Tausche niemals dein Vertrauen gegen deine Leben ein,

wenn du es nicht musst.« Er sah sich die Liste an. »Mac muss mit dir die Bootsregeln durchgehen. Das ist sein Gebiet.«

Mac lachte. »Tu, was ich dir sage. So einfach ist das. Ich verletze unsere harten Grenzen nicht.«

Sie starrte die beiden Männer an, als ihr die Realität bewusst wurde. Sie tat dies wirklich. Dabei entging ihr nicht die Ironie, dass sie das Gefühl hatte, jetzt mehr Kontrolle und Mitspracherecht zu haben, als sie es jemals mit Bryan hatte.

»Wollt ihr, dass ich die Pille nehme?«

Sullys Gesicht wurde weicher, als er über den Tisch griff und ihre Hand streichelte. »Schätzchen, das ist eine Sache, bei der du *immer* die Kontrolle hast. Ich werde das nie von dir verlangen, so oder so. Deine Gesundheit hat Vorrang vor allem anderen.«

Mac nickte zustimmend, sagte aber nichts. »Was wollt ihr zwei?«, fragte sie.

Sully schüttelte den Kopf. »Oh, nein, das wirst du nicht tun. Du gibst diese Entscheidung nicht an uns weiter. Ich meine es ernst, es ist immer deine Entscheidung.«

»Wollt ihr Kinder?«

Er zuckte mit den Schultern. »Es war nie eine Option für uns, also habe ich noch nie darüber nachgedacht. Keine Chance, dass er in nächster Zeit schwanger wird.«

Mac prustete.

Sie hatte nie Kinder mit Bryan gewollt. »Wenn ich mich entscheide, dass ich Kinder will?« »Dann reden wir darüber. Man kann mit Sicherheit sagen, dass das ein Thema ist, das wir nicht diskutieren müssen. Wir haben eine Menge Verrücktheiten zu bewältigen, einschließlich des Prozesses und der Gewöhnung an die Abläufe hier.« Er zuckte wieder mit den Schultern. »Wenn du danach darüber reden willst, werden wir das tun.«

»Das ist keine Antwort.«

»Keiner von uns beiden hasst Kinder, falls du das meinst.« Clarisse nickte. »Wie lange dauert es, bis wir heiraten?«

Er zog spielerisch eine Augenbraue zu ihr hoch. »Ich habe dir noch nicht einmal einen Antrag gemacht.« Peinlich berührt stieg ihr wieder die Hitze ins Gesicht. »Tut mir leid.«

Er lächelte und streichelte ihre Hand. »Ich will nichts überstürzen. Ich möchte dich nicht unter Druck setzen. Auch wenn es Mac und mich umbringt, zu warten, möchte ich dir mindestens drei Monate Zeit geben, dieses Arrangement auszuprobieren, bevor wir über weitere Schritte sprechen. Ich möchte nicht, dass du deine Meinung änderst und das Gefühl hast, in der Falle zu sitzen.«

»Ich werde meine Meinung nicht ändern.«

»Gut. Dann wird das Warten für uns alle drei eine Qual sein. Unabhängig davon werden wir beide in drei Monaten wieder miteinander reden, um zu sehen, ob du das immer noch willst, ob du immer noch so fühlst wie jetzt. Wenn du mehr Zeit brauchst, können wir auch das tun. Oder Änderungen vornehmen. Ich bin bereit, so viel zu verhandeln, wie ich kann, damit du zufrieden bist.« Er warf einen Blick auf die Zeit. »Ihr müsst euch beide anziehen. Ihr Arzttermin ist um eins.«

Mac stand sofort auf, aber sie zögerte. »Darf ich noch etwas fragen?«

Beide Männer nickten.

»Kann ich ihn Brant nennen, wenn wir nicht spielen?« Sully lächelte. »Das bleibt ihm überlassen.«

Mac schaute Sully an, der offenbar spürte, was er wollte. Sully nickte. Mac küsste sie, indem er seine Lippen einfach über die ihren strich. »Das würde mir sehr gefallen, Süße.«

SIE WAR ÜBERRASCHT, als sie später, nach dem Abendessen, nur noch dasaßen und einen Film im Fernsehen sahen. Mac nahm seinen gewohnten Platz auf den Boden ein. Sully tätschelte die Couch neben ihm. Clarisse lag neben ihm und hatte ihren Kopf in seinen Schoß gelegt. Dem Film schenkte sie keinerlei Aufmerksamkeit. Obwohl sie nackt war, fühlte es sich richtig an, völlig normal, sich so mit ihnen zu entspannen. Sie legte einen Arm über Macs Schulter, und er verschränkte seine Finger mit ihren. Sully legte eine Hand auf ihre Taille und spielte mit der anderen mit ihren Haarsträhnen.

Sie schloss die Augen und stellte sich vor, wie sie in einigen Jahren so leben würde. Das war einfach, bis die Realität in ihre Gedanken eindrang.

»Ich muss einen Führerschein für Florida machen«, sagte sie. »Mein Name und meine Daten werden dort stehen, wenn wir den ganzen Papierkram erledigen.« Unaufgefordert stiegen ihr die Tränen in die Augen. Mit den Männern konnte sie sich in eine kleine Fantasieblase der Unsichtbarkeit und Sicherheit einschließen und sich von ihnen beschützen lassen können. »Er wird mich finden.«

Sully zog sie in seine Arme. »Hey, es ist alles in Ordnung. Mach dir keine Sorgen. Er wird sich von seiner besten Seite zeigen, denn er weiß, dass er am Arsch ist. Sein Anwalt wird versuchen zu zeigen, dass, wenn er wirklich schuldig wäre, er versucht hätte, dich zur Strecke zu bringen, was er aber nicht getan hat. Eine schwache Verteidigung, aber mehr hat er im Moment nicht.«

Sie zwang sich zu einem Lächeln, das sie nicht spürte. Sully winkte Mac auf die Couch und die Männer hielten sie zwischen sich. »Ehrlich, Süße, wenn er dich unbedingt finden wollte, dann hätte er es getan. Die Staatsanwaltschaft hat den Fall, und mit der IA im Nacken wird er sich benehmen.«

Clarisse war sich da nicht so sicher, aber sie war bereit, Sully zu vertrauen. »Okay.«

AM NÄCHSTEN MORGEN schloss Sully sich in seinem Büro ein und rief in Ohio an, um sich über den Stand der Dinge zu informieren. Zwanzig Minuten später legte er lächelnd auf. Das Arschloch hatte einen Deal angenommen. Sully hatte nicht ernsthaft damit gerechnet, aber er bekam Bewährung und Immunität vor einer Untersuchung der Dienstaufsichtsbehörde, wenn er die Sache jetzt beendete. Das bedeutete auch, dass Clarisse nicht mehr als Zeugin aussagen musste. Nein, das Arschloch würde nicht in den Knast gehen, was Sully gehofft hatte. Es bedeutete auch, dass der Kerl nie wieder ein Polizist sein konnte, seine Rente und Pensionen verlieren würde und er einer dauerhaften einstweiligen Verfügung zustimmen würde.

Er fand Mac und Clarisse in der Küche, wo sie an einer Einkaufsliste arbeiteten. Sully schloss sie in seine Arme und drehte sie herum. Der ultimative Test des Willens – er spürte ihr nacktes Fleisch unter seinen Händen und gab der Versuchung nicht nach, auf der Stelle mit ihr zu schlafen. Mac schaute amüsiert zu.

»Rate mal, Haustier?«, fragte Sully sie, als er sie wieder auf die Füße setzte. »Was?«

Er gab ihr einen leichten Klaps auf den Hintern, was sie mit einem Lächeln quittierte. »Ich sagte: Rate mal, Haustier.«

»Tier, Pflanze oder Mineral?« »Nichts von alledem. Neuigkeiten.«

Ein leichtes Stirnrunzeln überzog ihr Gesicht. »Neuigkeiten?« Er nickte. »Große Neuigkeiten.«

Ihre Augen weiteten sich. »Bryan hat eine Kugel verschluckt?«

Sully lachte. »Nein, nicht ganz. Er hat sich auf einen Vergleich eingelassen.« Ihre Augen weiteten sich. »Wird er ins Gefängnis gehen?«

»Nein, aber er bekommt fünf Jahre Bewährung, verliert seinen Job und seine Sozialleistungen, und er hat einer dauerhaften einstweiligen Verfügung zugestimmt.«

Sie löste sich von ihm und schlang ihre Arme um sich. »Aber kein Knast?«

»Nein. Der Staatsanwalt sagte, wenn es zu einem Prozess käme, bekäme er wahrscheinlich höchstens zwei Jahre mit Bewährung. Wenn der Anwalt ihn nicht frei kriegt. Es tut mir leid, Babe.«

Sie betrachtete die Tür mehrere Minuten lang, bevor sie ihn ansah. »Ist das gut?«

Sully zog sie wieder in seine Arme. »Es ist sehr gut. Du brauchst ihn nie wiederzusehen. Das heißt, du kannst aufhören, dich zu verstecken.«

»Wirklich?«

»Ja.« Er neigte den Kopf und winkte Mac zu sich. Er trat hinter sie und legte ebenfalls seine Arme um sie. »Es bedeutet, dass du dir keine Sorgen mehr um ihn machen musst.«

»Heißt das, wir können die dreimonatige Wartezeit früher beenden und heiraten?«

Er rieb sich die Nasen an ihr. »Nein, heißt es nicht, Klugscheißer. Trotzdem ein netter Versuch.«

SULLY HIELT sein Wort und ließ sich nicht von ihr drängen. Allerdings fickte er Mac in den nächsten Wochen häufiger als sonst.

Eingebunden in die Dynamik der Männer fiel es Clarisse leicht, loszulassen und zu vertrauen. Sully entdeckte bald, dass sie es hasste, lange zu knien, und so nutzte er die wenigen Male, in denen er sie für ein Vergehen bestrafen musste, dies anstelle von Schlägen.

Mit Clarisse als Teil ihrer Beziehung ließ Sully viele der Regeln fallen, die sie vorher hatten und die Mac in Schwierigkeiten brachten.

Er entdeckte, dass es für Mac eine äußerst effektive Strafe war, ihn in die Keuschheitsvorrichtung zu sperren und sich dann von Clarisse einen Lapdance geben zu lassen.

»Du *bist* ein verdammter Sadist«, stöhnte Mac eines Nachts, als sich das Gerät schmerzhaft in ihn bohrte.

Sully lehnte sich auf der Couch zurück und lachte, als er beobachtete, wie Clarisse ihren nackten Körper über Macs schlängelte. »Wie du selbst schon gesagt hast: ›Duh.‹« Er nahm einen Schluck von seinem Bier. »Aber verdammt, das ist ein schöner Anblick. Sieh zu, dass du ihn schön hart kriegst, Haustier.«

Mac schloss seine Augen und zuckte zusammen. »Scheiße!«

Sully grinste. »Du wirst mir in nächster Zeit keine Widerworte mehr geben, nicht wahr, Sklave?«

»Nein, Meister«, stöhnte er schmerzhaft.

Nach zwanzig Minuten war Sully sich ziemlich sicher, dass Mac eine ganze Menge Qualen erlebt hatte. »Haustier, geh und hol den kleinen Vibrator.«

Sie rannte los. Er konnte ihr böses Grinsen nicht übersehen. Als sie zurückkam, befahl er ihr, sich wieder auf Macs Schoß zu setzen und ihm zuzuwenden. »Bist du geil, Haustier?«

»Ja, Meister«, sagte sie kichernd.

»Sklave, hilf Haustier zu kommen.« Er lächelte, als sie den Vibrator einschaltete und ihn an ihren Kitzler drückte.

Mac stöhnte, als er ihre Brüste in seine Hände nahm und mit ihren Nippeln spielte. Er spürte ein wenig von dem Vibrator durch seine Shorts und die Keuschheitsvorrichtung, was seine Qualen noch verstärkte.

Clarisse warf ihren Kopf zurück, während sie ihrem Höhepunkt entgegen raste. Sully erhob sich von der Couch und stellte sich hinter sie, um sie zu stützen. Er öffnete den Reißverschluss seiner Shorts und streifte seinen Schwanz an ihren Lippen ab. »Nimm ihn, Haustier.«

Mac leckte sich über die Lippen, als Clarisse Sullys Schwanz schluckte. Sully hielt ihr die Haare aus dem Gesicht. »Komm für mich, Haustier.«

Sie tat es und schluckte seinen Schwanz tief, als ihr eigener Orgasmus in ihr explodierte. Er fickte ihren Mund, als sie kam, sein eigener Höhepunkt war nicht mehr weit entfernt.

Er holte tief Luft, um sich zu beruhigen, und schmiegte ihren Kopf an ihn. Macs Gesicht verzog sich vor Schmerz, während er darum kämpfte, dass sein Schwanz weich wurde.

»Alles klar bei dir, Sklave?«, fragte Sully. Mac starrte ihn an, antwortete aber nicht.

Sully lächelte. »Nimm eine kalte Dusche. Und er bleibt eingesperrt.«

Mit einem leisen Murmeln half Mac Clarisse aufzustehen und ging unter die kalte Dusche. Sully gab ihr einen leichten Klaps auf den Hintern. »Mach dich sauber und fang dann mit dem Abendessen an.«

»Willst du ihn die ganze Nacht so foltern?«

Sully blinzelte. »Nur bis zur Schlafenszeit, aber sag ihm das nicht.«

AM ENDE des zweiten Monats wusste Clarisse ohne Zweifel, dass sie in beide Männer sehr verliebt war. Sie hatten sie zu zwei weiteren Spielpartys mitgenommen, wo beide Männer sie getoppt hatten. Sie hatten auch zwei private Partys in ihrem Haus. Neben dem Sklavenaspekt ihrer Beziehung zu den beiden sorgten sie auch dafür, dass sie viel Zeit als ›normale‹ Familie verbrachten.

Wenn Tad ahnte, dass zwischen den dreien mehr vorging, ließ er es sich nicht anmerken.

Manchmal fuhr Sully mit ihnen auf das Boot, manchmal nicht, je nach seinem Arbeitsplan. Wenn Sully verreist war und sie jemanden brauchten, der auf Bart aufpasste, ließ die Einrichtung, in der Onkel Tad lebte, ihn auf den Hund aufpassen, sehr zur Freude ihres Onkels. Auch den anderen Bewohnern gefiel es.

Als Clarisse und Mac von einem Bootsausflug zurückkehrten, war Sully vor ihnen nach Hause gekommen und hatte Bart bereits abgeholt. Als sie das Wohnzimmer betrat, blieb sie stehen. »Was ist das?«

Sully saß auf dem Sofa und sah fern. Bart lag auf seinem Schoß und kaute auf dem Butt-Plug herum. Er war sein Lieblingsspielzeug geworden. Sully sah auf die Stelle, auf die sie zeigte. »Das ist eine Rampe für Hunde. Damit kann er allein auf die Couch steigen. Ich habe auch eine für unser Bett.«

Clarisse umarmte ihn. »Danke, Meister!«

Sully kratzte den Kopf des Hundes. »Ich habe sie heute in der Zoohandlung gesehen, als ich ihm neues Futter besorgt habe, und dachte, wir könnten sie gebrauchen.«

Mac lachte. »Siehst du, Schatz? Ich habe dir doch gesagt, dass er mit Bart klarkommt.«

Sie konnte ihren Blick nicht von Sullys grauen Augen abwenden. »Ich liebe dich so sehr.«

Er winkte ihr eine Augenbraue zu. »Ich liebe dich auch.« Er gab ihr einen einzigen Klaps auf den Hintern. »Warum bist du nicht nackt?«

»Oh-oh«, sagte Mac von der Schlafzimmertür aus. Er hatte sich bereits sein Hemd ausgezogen. »Ich glaube, du steckst in Schwierigkeiten.«

Sie lächelte. Als sie aufstehen wollte, zog er sie zurück. »Ich habe euch vermisst, Leute.«

»Wir haben dich auch vermisst, Meister.«

Er ließ sie los und führte einen mentalen Countdown durch. Eine weitere Woche. Sie hatte zwar mehrmals mit ihm gesprochen, um sich über einige ihrer Probleme Klarheit zu verschaffen.

Sie hatte nicht den Wunsch geäußert, ihre Beziehung zu beenden oder zu ändern, außer dass sie immer wieder andeutete, dass sie sich wünschte, die drei Monate wären schon um.

SULLY KÜSSTE Mac und Clarisse am nächsten Morgen zum Abschied. »Ich muss ein paar Besorgungen machen«, sagte er kryptisch. Mac hatte genug Grips, um ihn nicht zu fragen. Clarisse sah neugierig aus, hielt sich aber zurück. Er vermutete, dass sie Mac nach Informationen fragen würde, sobald er aus der Tür ging.

Mit dem Jaguar fuhr Sully zu einem Juwelier in Tarpon Springs, bevor er zu Tad fuhr. Er fand Tad in einem Gemeinschaftsraum, wo er sich mit einem Mitbewohner über ein Pokerspiel stritt.

Als Tad Sully entdeckte, hob er die Hand zur Begrüßung.

»Wahrscheinlich ist es gut, dass du hier bist. Ich bin kurz davor, die Schießeisen auf diesen Schurken zu richten.«

»Fick dich, Moore«, sagte der andere ältere Herr. Sully machte sich nicht die Mühe, sein Lächeln zu verbergen.

»Ja, ich wette, du würdest mich gern mehr ficken, Mickey.« Er griff sich in den Schritt. »Geh und lies dein verdammtes Regelbuch und melde dich, wenn du Lust auf ein ehrliches Spiel hast.« Er führte Sully in sein Zimmer.

»Ich dachte, du und Mickey seid Freunde.«

Tad grinste. »Oh, das sind wir. Jedes Mal derselbe alte Mist. Was gibt's?« Sein Gesicht verdüsterte sich. »Ist Risse okay?«

»Es geht ihr gut.« Sully kämpfte gegen seine Nerven an. Damals schien dieser Plan eine gute und edle Idee zu sein, aber jetzt war er sich nicht mehr so sicher. »Ich muss mit dir über etwas reden.«

Tad ließ sich mit einem Grunzen auf sein Sofa sinken. »Klar. Was?«

Sully griff in seine Tasche und holte die Ringschachtel heraus, bevor er sich setzte.

Er öffnete ihn und zeigte ihn Tad.

Tad lächelte. »Ich liebe dich, Junge, aber ich werde dich nicht heiraten. Ich glaube nicht, dass Mac damit einverstanden wäre. Außerdem bist du nicht mein Typ und du bist zu jung für mich.«

Sully lachte, dann wurde er wieder ernst. »Ich wollte dich um Erlaubnis bitten, Clarisse zu heiraten.«

Tad starrte ihn einen langen Moment lang an. »Risse?« »Ja, Sir.«

Der ältere Mann stieß einen langen, hageren Atem aus. »Was ist mit dir und Mac passiert?«

Sully errötete. Jetzt kommt der schwierige Teil. »Nun, weißt du, das ist die Sache. Wir lieben sie beide.«

»Nur einer von euch kann sie heiraten.« Sully nickte.

Tad starrte den Ring an. »Ist Mac damit einverstanden?«

»Es war seine Idee.«

»Nun, ernsthaft? Ohne Scheiß?«

»Ohne Scheiß.«

»Aber liebst du sie?«

»So sehr ich Mac auch liebe. Wir beide lieben sie. Ich verspreche, dass wir uns gut um sie kümmern werden.«

»Daran habe ich keinen Zweifel.« Tads Gesicht verzog sich zu einem schiefen Grinsen. »Also bekommt sie einen Zwei-zum-Preis-von-Eins-Deal?«

»Ja, das kann man so sagen.«

»Sie war in letzter Zeit ziemlich still bei diesem Thema. Ich habe mich schon gefragt, was los ist.« Er betrachtete den Smaragd- und Diamantring. »Er ist wunderschön. Sieht teuer aus.«

Sully schloss die Schachtel und steckte sie wieder in seine Tasche. »Ja.«

Tad lächelte und stand auf. »Warte hier.« Er torkelte in sein Schlafzimmer und kam einen Moment später mit etwas in der Hand zurück. Er reichte es Sully, bevor er sich wieder setzte. Es war ein wunderschöner Verlobungsring, Rubine und Diamanten in einer antiken Fassung. »Das war der Ring von meiner Karen«, sagte er leise. »Ich habe lange gespart, um ihn mir zu leisten.«

Er hielt seine linke Hand hoch, an deren linkem Ringfinger er einen Ehering trug, und am kleinen Finger ein zierlicheres Gegenstück dazu. »Ich werde sie bis zu meinem Todestag tragen. Dann kann Risse sie haben und mit ihnen machen, was sie will. Aber es wäre mir eine Ehre, wenn du ihr das hier schenken würdest. Ich weiß, dass es Karen gefallen hätte.«

Sully steckte ihn zusammen mit dem anderen zur sicheren Aufbewahrung in die Ringschachtel. »Ich bin derjenige, der sich geehrt fühlt.« Er lächelte. »Heißt das, du bist damit einverstanden?«

»Zur Hölle, ja, ich bin damit einverstanden. Das bedeutet,

dass sie nicht durch die Gegend galoppiert und bei einem beleidigenden Idioten landet.« Er grinste. »Keine Sorge, ich werde nicht fragen, ob ich bei euch einziehen darf und euch einen Strich durch die Rechnung machen kann.«

DAS EINZIGE PROBLEM, das Sully mit der Annahme des Rings hatte, war, dass er Mac versprochen hatte, sich einen eigenen Ring für Clarisse auszusuchen. Jetzt hatte er einen Ring zu viel. Clarisse war mit Bart beim Tierarzt, als Sully zurückkam.

Mac verschränkte sofort die Arme, sein Gesicht war finster. »Was ist los?« Sully zeigte ihm die Ringschachtel und erklärte. »Ich muss den, den ich ausgesucht habe, zurückbringen und eine Rückerstattung oder eine Gutschrift für den, den du ihr schenken wolltest, erhalten.« Mac knipste die Ringe an. »Was ist an dem hier falsch? Er ist wunderschön.«

Sully nahm die Schachtel zurück. »Weil ich möchte, dass du einen Ring für sie aussuchst.«

Er zeigte auf die Schachtel. »Der hier gefällt mir.«

»Brant, ich meine, *du* musst in den Laden gehen und einen Ring aussuchen, den sie tragen soll.«

Er trat vor. »Können wir die Formalitäten für eine Minute vergessen?« Sully nickte.

Mac ergriff Sullys Hand und öffnete die Ringschachtel erneut. »Sul, mir gefällt der Ring, den du für sie ausgesucht hast. Den hätte ich mir auch ausgesucht. Ich werde meinen Ehering für sie aussuchen. Ich finde, sie sollte Karens Ring tragen. Er ist wunderschön.«

Sully musterte ihn. »Du bist nicht sauer?« Mac lächelte. »Nein, ich bin nicht sauer, Kumpel.«

»Wie wäre es, wenn ich dich meinen Ehering für sie aussuchen lasse, um es wiedergutzumachen?«

»Herrgott, Sul, hör auf, dir darüber Gedanken zu machen.«

»Okay, dann komm wenigstens mit und hilf mir. Ich würde mich dann besser fühlen.«

Mac schnaubte. »Du machst dir wirklich Sorgen, nicht wahr?« »Verdammt, ich will fair sein!«

Mac zog Sully zu sich heran und küsste ihn ganz fest. »Du *bist* fair. Sei ehrlich. Du würdest mir den Hintern versohlen, wenn ich um so ein Thema herumtanzen würde.«

Er seufzte und nahm sich einen Moment Zeit, um seine Gedanken zu ordnen. »Ich möchte nicht, dass du mich in ein paar Jahren dafür hasst, dass ich mit ihr verheiratet bin, und du bist es nicht.«

Mac rollte mit den Augen. »Scheiß auf mich.« Er stieß Sully in die Brust. »Du, Meister.« Er zeigte auf sich selbst. »Ich, Sklave. Duh.«

»Das ist nicht lustig.«

»Nein, das ist nicht witzig. Gott, Sul, lass dir ein paar Eier wachsen, verdammt noch mal!« »Wie kannst du damit so einverstanden sein?«

Macs Gesichtsausdruck wurde weicher, als er scheinbar den Kern von Sullys Unbehagen erkannte. »Weil«, sagte er in sanftem Ton, »du mein Meister bist, und ich bin dein Sklave. Wenn du dich erinnerst, so wollte ich es haben. Und ich will es immer noch so. Und so werde ich es *immer* wollen.«

»Ich könnte nicht so großzügig sein wie du.«

»Ich weiß, dass du das nicht könntest.« Er stieß Sully wieder sanft in die Brust. »Deshalb du, Meister. Ich, Sklave.«

Sully starrte ihn einen langen Moment lang an, bevor er in Gelächter ausbrach. Er ließ zu, dass Mac ihn an sich zog und seine Arme um ihn schlang, während er seinen Kopf auf Macs Brust legte. »Was zum Teufel würde ich ohne dich tun, Brant?«

Mac schloss die Augen, während er Sully im Arm hielt und

sein Kinn über dessen Kopf strich. »Lass es uns nie rausfinden, okay?«

AM DONNERSTAG GINGEN die Männer mit Clarisse zu einem Picknick bei Sonnenuntergang am Strand im Howard Park. Mac wusste, dass Sully als Erster gehen würde, was sein gutes Recht war. Als sie sich auf die Decke kuschelten, Clarisse zwischen ihnen, starrte sie auf den Horizont hinaus.

»Das ist wunderschön, Leute.« Sully hatte ihr gesagt, es sei ein Vanille-Abend. »Danke, dass ihr das macht.«

Sully schluckte seine Nervosität hinunter und holte den Ring aus seiner Tasche, ohne dass sie ihn sah. Er verschränkte seine Finger mit ihren und beugte sich vor, um sie zu küssen. »Für dich tue ich alles, das weißt du.«

»Werd mich einfach nicht los.«

»Keine Chance.« Er steckte ihr den Ring an die linke Hand. »Ich hoffe, du wirst uns ein Leben lang begleiten. Wenn du mich heiraten willst.«

Ihre Augen weiteten sich, als sie den Ring anstarrte. Sie warf ihre Arme um seinen Hals. »Ja!«, flüsterte sie. »Für immer.«

Er lächelte und küsste sie, dann zeigte er auf Mac, der ebenfalls lächelte. Er nahm ihre rechte Hand in seine und steckte ihr den anderen Ring an den Finger. Der Smaragd- und Diamantring sah an ihrer Hand wunderschön aus. »Zwei Hände, zwei Ehemänner, zwei Ringe.« Er faltete seine Finger um ihre Hand. »Wenn du mich auch heiraten willst.« Er lachte. »Na, du weißt schon, was ich meine.«

Ihre Augen quollen über vor Glückstränen. »Ja, ich werde dich auch heiraten.«

Er küsste sie und wischte ihr dann die Tränen weg. » In guten wie in schlechten Zeiten, wie in Bootsregeln-Zeiten?«

Sie lachte. »Ja, sogar in Bootsregeln-Zeiten.« Mac hatte es sehr genossen, sie auf dem Boot zu haben, obwohl seine Fangausbeute dadurch gesunken war.

Sully änderte seine Position, sodass er vor den beiden saß. Er legte einen Arm um beide. »Wenn du mehr Zeit brauchst, ist das in Ordnung. Dann kannst du es sagen.«

Sie schüttelte den Kopf. »Nein. Ich brauche keine Zeit mehr. Ich will keine Zeit mehr.«

Er fasste ihr Kinn und neigte ihr Gesicht zu seinem. »Ich kann manchmal ein sehr strenger Meister sein«, knurrte er gefährlich. »Hast du das bedacht?«

Ihr Blick wich nicht von der Stelle. »Aber du bist immer fair, Meister.«

Seine Lippen verzogen sich zu einem Lächeln, als er sie küsste. »Ja, mein Schatz. Ich bin immer fair.«

»Dann ist das alles, was zählt.«

Bryan kaufte ein Wegwerfhandy und rief den Privatdetektiv an, den er engagiert hatte. »Was haben Sie für mich?«

»Ich habe das Boot gefunden. Bei der Küstenwache ist es als auf Sullivan Nicoletto registriert aufgeführt. Postfach.«

»Das hilft mir nicht weiter.«

»Er ist Schriftsteller und ein ehemaliger Polizist. Er wurde vor fast zehn Jahren angeschossen und ging aus dem Polizeidienst in Ruhestand. Der Kerl muss stinkreich sein, wir haben mehrere Immobilien über einen Trust auf ihn und einen anderen Kerl zurückverfolgt.

»Ich habe Sie bezahlt, damit Sie mir eine verdammte Adresse besorgen.«

»Beruhigen Sie sich. Ich habe den Jachthafen gefunden, in dem das Boot liegt.« Er las die Adresse vor. »Die Adresse von zu Hause sollte ich heute noch haben. Es ist mühsam, alles zu regeln, wenn ein Trust beteiligt ist.«

»Ich will sie, sobald Sie sie haben.« Andererseits war es vielleicht nicht der klügste Weg, in das Haus eines Polizisten einzudringen. Er wusste nicht einmal, ob Clarisse zum Boot gegangen war.

Das Boot. Wie viele beschissene Geschichten hatte sie darüber gejammert, wie sehr sie ihren Onkel und das verdammte Boot vermisste? Genug, dass er es kaum erwarten konnte, sie für den Schlamassel, den sie angerichtet hatte, windelweich zu prügeln. Er hatte die Briefe, die sie über Tads Schlaganfall erhalten hatte, weggeworfen. Das Letzte, was er brauchte, war, dass sie nach Florida fuhr, um mit einem alten, schwachen Kerl in sein Haus zu ziehen.

Er hatte gehofft, der Mistkerl wäre inzwischen gestorben.

Es hatte ihn Jahre gekostet, ihre verdammten Eltern aus dem Weg zu räumen, er dachte, er hätte sie fest im Griff, und dann ließ sie sich endlich die Eier wachsen, als er es am wenigsten erwartet hatte. Was für eine Nervensäge das gewesen war. Er hätte nie gedacht, dass sie ihn anzeigen würde. Er dachte, er hätte sie gut genug trainiert, um es einfach hinzunehmen.

Scheiße. Noch drei Monate und er hätte sie geheiratet und eine Lebensversicherung auf sie abgeschlossen, dann eine Weile gewartet und sich dann auch um sie gekümmert. Oh nein, die kleine Maus konnte einfach nicht die Fresse zu machen und sich an seinen Plan halten.

Er öffnete noch ein weiteres Bier. Es war zwar erst zwei Uhr nachmittags, aber er musste ja auch nicht zur Arbeit gehen. Seine Gedanken verfinsterten sich, als er einen langen Zug von der Flasche nahm.

Tad Moore wäre eine Möglichkeit, sich ein Stück von Clarisse' Kuchen zu sicher.

Sie hat sein Leben zum Teufel gejagt?

Sie hatte noch nichts gesehen.

KAPITEL ZWEIUNDZWANZIG

Am nächsten Morgen, einem Freitag, fuhren die drei zum Standesamt, um die Heiratsurkunde zu holen. Clarisse trug die Silberkette und das Halsband unter ihrem Hemd und genoss das Gefühl von Sullys festem Griff um ihre Hand, während sie in der Schlange standen und darauf warteten, an die Reihe zu kommen. Während sie den Papierkram ausfüllten, flüsterte er: »Du kannst immer noch aussteigen, Süße«.

Sie sah ihn an, dann Mac. »Du hast mich für eine lange, lange Zeit an der Backe. Du bekommst doch nicht etwa kalte Füße, oder?«

Mac lachte. »Oh, Mann, das wird eine wilde Fahrt.«

Sully grinste und küsste sie. »Ich würde es nicht anders haben wollen.«

Aufgrund der staatlichen Gesetze mussten sie drei Tage warten, um zu heiraten, da sie den Ehevorbereitungskurs nicht besucht hatten. Am Montagnachmittag holten sie Tad bei sich ab. Er grinste, als Mac ihm auf den Beifahrersitz von Sullys Jaguar half.

»Damit habe ich heute Abend beim Bingo ein gutes Gesprächsthema«, stichelte er.

Clarisse errötete auf dem Rücksitz. Als Mac zu ihr ins Auto kletterte, lachte er und küsste sie. »Das Stadtgespräch.«

Sully fing ihren Blick im Rückspiegel auf und blinzelte. »Sie werden reden, weil sie neidisch sind.«

In der Kanzlei trafen sie ihren Anwalt und erledigten den Papierkram, bevor sie für die Zeremonie in einen kleinen Vorraum geführt wurden. Mac und Tad fungierten als Trauzeugen, während der Anwalt zusah.

Die Angestellten zuckten nicht mit der Wimper, als Clarisse den Ehering an Sullys linke Hand steckte, wo Macs bereits lag.

Er hatte ihr gesagt, dass Macs zuerst an seinem Finger bleiben würde. Das war für sie mehr als in Ordnung. Ihr gefiel sogar der Gedanke, dass sie beide auf eine greifbare Weise an Sully gebunden waren. Da sie wusste, dass es Zeiten geben würde, in denen Mac sie toppen würde, war ihr das lieber.

»Sie dürfen die Braut küssen«, sagte der lächelnde Beamte zu Sully.

Clarisse konnte ihren Blick nicht von Sullys grauen Augen abwenden. Ihr Mann. Wie war es möglich, dass sie ihm kaum vertrauen konnte und sich ihm völlig hingab?

Es war ihr egal. Sie liebte ihn, und er liebte sie.

Sein sanfter, zärtlicher Kuss hüllte ihr Herz und ihre Seele in ihn ein. Die Angestellte bemerkte nicht, wie er seine Hand an Clarisse' Hinterkopf hinaufgleiten ließ, ihr Haar festhielt und mit einem schnellen, heftigen Ruck daran zog, dass ihr fast die Knie wegschmolzen.

Er hob den Kopf. »Für immer, Haustier« Sie lächelte. »Das kannst du glauben.«

Der Beamte ging hinaus. Der Anwalt folgte ihm, um die Papiere für die Namensänderung von Clarisse und Mac zu holen. Clarisse würde die Namen beider Männer annehmen und Clarisse MacCaffrey-Nicoletto heißen, auch wenn sie im

Alltag Nicoletto verwenden würde. Sie nutzten die Gelegenheit, Sullys Nachnamen mit einem Bindestrich zu Mac zu verbinden.

Sully legte ihre Hand in die von Mac. »Nun, küss unsere Braut, Brant«, sagte er.

Mac lächelte, zog sie in seine Arme und drückte ihr einen Kuss auf, der ihr ohnehin schon gummiartiges Skelett fast zerfetzte. Als er seine Lippen von ihren löste, wollte sie die beiden am liebsten in den nächsten abschließbaren Raum schleifen und sich von ihnen das Hirn rausvögeln lassen. Er ließ sie los, aber erst, nachdem er mit seinem Daumen sanft über ihr Kinn gestrichen hatte. »Ich liebe dich«, flüsterte er.

Sie wackelte mit den Hüften gegen ihn und spürte, wie sich seine harte Beule gegen sie drückte. »Ich liebe dich auch.«

Er wackelte mit den Augenbrauen, was sie zu einem Kichern veranlasste.

Tad lachte. »Ich habe euch Jungs immer als Söhne betrachtet. Jetzt seid ihr wirklich ein Teil der Familie.«

SULLY UND MAC gaben sich große Mühe, Clarisse während ihres feierlichen Abendessens im Plaka's mit Tad heimlich zu necken. Als sie ihn absetzten, war sie bereit, ihre beiden Männer auf dem Rücksitz des Autos zu bespringen.

Zu Hause angekommen, nahm Sully Clarisse in die Arme und trug sie die Treppe hinauf und durch die Haustür, während Mac sie aufhielt. Drinnen schloss und verriegelte Mac die Tür und begann, sich auszuziehen.

Sully stellte Clarisse auf die Beine und lehnte sich zurück, die Arme vor der Brust verschränkt, ohne zu sprechen.

Sie blickte von Mac, der bereits bis auf die Hose ausgezogen war, zu Sully. Sie erkannte, worauf er wartete.

Ein verführerisches Lächeln spielte über ihr Gesicht, als sie ihre Bluse aufknöpfte. Sully nickte. »Braves Mädchen.« Einen Moment später knieten sowohl Mac als auch Clarisse mit gesenktem Kopf vor ihm.

Sully stellte sich über sie. »Haltet euch an den Händen.«

Macs Finger legten sich um Clarisse' Hand. Er drückte sie sanft.

Sully legte jedem von ihnen eine Hand auf den Kopf. Sie hatte keinen Zweifel daran, dass er Macs Haare fester im Griff hatte als ihre.

»Ich habe heute Abend Pläne für dich, Haustier. Du wirst die Grenze überschreiten, den letzten Schritt tun, auf den dich dein Training vorbereitet hat. Bist du dazu bereit?«

»Ja, Meister.«

»Sklave, bist du bereit, alles zu tun, was ich dir befehle, um unsere Familie um Haustier zu erweitern?«

»Ja, Meister«, antwortete er.

»Ich lege das Gesetz fest. In diesem Haus bin ich der Meister, und der Sklave ist mein Alpha-Sklave. Hast du das verstanden, Haustier?«

»Ja, Meister.«

»Wenn ich nicht da bin, befolgst du seine Befehle, als ob er ich wäre.

Es mag Zeiten geben, in denen ich ihm erlaube, dich zu bestrafen.« Sie zitterte auf eine gute Art und Weise. »Ja, Meister.«

Er strich ihr sanft über das Haar. »Heute Abend erhebe ich Anspruch auf dich als meine Sklavin, die mein Halsband tragen soll. Verstehst du das und bist du damit einverstanden?«

»Ja, Meister.«

»Hol ihr Halsband, Sklave.«

Mac ließ ihre Hand los und ging zu ihr. Einen Moment

später kehrte er zurück und trug sein Lederhalsband. Er reichte Sully etwas, bevor er wieder neben ihr Platz nahm und seine Finger durch ihre Hand schnürte.

»Schaut mich an, alle beide.«

Clarisse sah, dass es sich um ein neues Halsband handelte, eine Sonderanfertigung, ähnlich dem von Mac, aber kleiner, zierlicher und mit einem kleinen Vorhängeschloss versehen. Es könnte als Gothic-Halsschmuck durchgehen.

»Ich nehme das noch ernster als das Gelübde, das wir vorhin gesprochen haben«, sagte er. »Wie wir bereits besprochen haben, wird es kein Zurück mehr geben, wenn du gehst. Ich werde dieses Spiel nicht mitspielen. Du musst mit mir reden, die Kommunikation offenhalten, mit mir diskutieren, falls du jemals unglücklich bist oder etwas brauchst. Hast du das verstanden?«

»Ja, Meister.«

Er hockte sich vor sie. »Halte ihr Haar, Sklave.«

Mac strich ihr sanft das Haar aus dem Nacken, als Sully das silberne Kettenhalsband entfernte und durch das neue ersetzte. Ihr Atem stockte, als sie das weiche, geschmeidige Leder an ihrer Haut spürte und hörte, wie der Verschluss einrastete.

Sully lächelte und strich ihr über die Wange. »Mein süßes, schönes Haustier«, sagte er sanft. »Heute Nacht darf ich dich endlich in jeder Hinsicht zu meinem Besitz machen. Du hast keine Ahnung, wie lange ich schon mit dir Liebe machen wollte.«

Er stand auf. »Ihr beide trefft mich im Schlafzimmer. Ich möchte, dass der Sklave die Handgelenkmanschetten anlegt. Hilf ihm dabei, Haustier.«

»Ja, Meister.« Mac schenkte ihr ein Lächeln, während sie sich beeilten, dem Befehl nachzukommen. Sully betrat einige Minuten später das Schlafzimmer und trug ein Glas Wasser.

Clarisse fühlte sich, als hätte jeder einzelne Nerv in ihrem

Körper Feuer gefangen, ihre Sinne waren angespannt. Sie wusste, dass Sully tun würde, was er gesagt hatte, und sie musste nur noch mitmachen.

Und geritten werden.

Sully deutete mit dem Finger auf Mac. »Auf das Bett, auf den Rücken. Den Kopf an dieses Ende.« Mac gehorchte schnell. Sully befestigte Macs Handgelenkmanschetten an den Ketten am Fußende des Bettes. Er beugte sich vor und drückte seinem Geliebten einen langen, tiefen Kuss auf den Mund. »Am Ende des Abends wirst du mich noch beschimpfen«, stichelte Sully.

Mac lächelte. »Daran habe ich keinen Zweifel.«

Sully drehte sich um und gab ihr einen Klaps auf den Hintern, nicht zu hart, nur ein kleiner Schlag. »Auf das Bett. Neben ihn, auf den Rücken. Den Arsch genau hier an die Kante.«

Nervös fügte sie sich. Die Art, wie Mac gefesselt war, ließ ihr nicht viel Spielraum, aber sie schaffte es.

Sully packte ihre Beine und zog sie näher an den Rand, schlang sie über seine Schultern. Dann sah er Mac an. »Sieh mir zu, während ich mein Haustier koste.«

Mac stöhnte leise auf und leckte sich über die Lippen. Sully senkte seinen Kopf auf ihren nackten Schamhügel und fuhr mit seiner Zunge sanft von ihrem vorbereiteten Eingang den ganzen Weg nach oben, über ihre Klitoris.

Clarisse stöhnte laut auf.

Sully lachte und hob den Kopf. »Gefällt dir das?« »Ja, Meister!«

»Halte den Schwanz des Sklaven, während ich das tue, aber lass ihn nicht kommen, sonst wirst du mit dem Stock bestraft.«

Als sie ihre Finger um Macs Schwanz schlang, stemmte er seine Hüften gegen ihre Hand.

Sully lehnte sich zu ihm hin. »Wenn du kommst, denk daran, dass *sie* die Schläge bekommt, nicht du. Ist es das wert, ihr dabei zuzusehen, wie sie sie für dich nimmt?«

Seine Hüften erstarrten. »Nein, Meister.«

»Sehr gut.« Er senkte seinen Kopf wieder in Richtung ihrer Muschi und wiederholte seine frühere Bewegung. »Übrigens, Haustier, du darfst kommen.«

Sie keuchte, sie war noch nicht so weit, aber die Tatsache, dass er ihr erlaubte, zum Höhepunkt zu kommen, löste das Bedürfnis ihres Körpers auf angenehme Weise. Sie wackelte mit den Hüften und genoss es, wie er seine Hände um ihre Schenkel gelegt hatte, das Gefühl seines heißen Mundes auf ihrer Brust.

Sully wirbelte mit seiner Zunge um ihre Klitoris, langsam, ausholend, sie erbarmungslos reizend.

Mac sah zu und leckte sich über die Lippen.

Sully schob zwei dicke Finger in sie hinein, pumpte sie ein paarmal. Er zog sie heraus, dann drückte er seine Hand auf Macs Lippen. Mac saugte gierig an Sullys Finger in seinen Mund.

»Siehst du, wie sie schmeckt?«, fragte Sully. »Wenn du sie das nächste Mal schmeckst, dann erst, wenn ich sie gefickt habe. Dann wirst du auch mich schmecken.« Er packte Macs Kinn ganz fest. »Wem gehörst du?«

»Dir, Meister!«, keuchte er. »Und wem gehört Haustier?« »Dir!«

Sully beugte sich vor und küsste ihn, hart, und zerquetschte Macs Lippen. »Alles von ihr gehört mir – ihr Körper, ihr Name, alles. Genauso wie du mir ganz gehörst. Du darfst sie nicht auf die Lippen küssen oder an ihrer Klitoris saugen oder sie ficken, es sei denn, ich sage es. Hast du das verstanden?«

»Ja, Meister!«

»Liebst du mich Haustier?« »Sehr sogar, Meister.«

Clarisse befand sich in einem emotionalen Rausch, der nicht ganz im Subraum stattfand und von ihrem sexuellen Bedürfnis genährt wurde. Sie wackelte mit den Hüften und versuchte, Sully dazu zu bringen, seine oralen Erkundungen fortzusetzen, aber er war noch nicht mit Mac fertig.

»Du darfst mein Haustier so sehr lieben, wie du willst, mit Herz und Seele. Du wirst sie beschützen und für sie sorgen, so wie sie dich lieben und für dich sorgen wird. Aber du darfst nur Sex mit ihr haben, wenn ich es erlaube. Wenn du mir nicht gehorchst, wirst du jahrelang ein CB tragen, ohne dass es dir hilft. Hast du verstanden, Sklave?«

»Ja, Meister!«

»Ich werde dafür sorgen, dass deine Bedürfnisse befriedigt werden, solange du mir gehorchst. Ich werde mit meinem Haustier großzügig sein, aber zu meinen Bedingungen. Willst du mein Haustier heute Abend ficken?«

»Ja, Meister! Bitte!«

»Wenn du dich weiter so gut benimmst, wirst du es dürfen.« Er sah Clarisse an. »Wo war ich?«

»Zwischen meinen Beinen, Meister«, keuchte sie atemlos.

Er gluckste. »Sehr gut, Haustier.« Er umspielte ihre Klitoris mit seiner Zunge, dann umschloss er sie mit seinen Lippen und saugte kräftig daran. Der beißende Schmerz, kombiniert mit der Explosion des Vergnügens, trieb sie schnell mit einem Schrei über den Rand. In letzter Sekunde wurde ihr klar, dass sie Macs Schwanz loslassen musste, sonst würde sie riskieren, dass er kommt, und darüber hinaus entglitt ihr ein logischer Gedanke, als sie ihre Hüften gegen Sullys Gesicht stemmte.

Unerbittlich bearbeitete er ihren geschwollenen Kitzler mit seinem Mund, bis sie wimmerte und zitternd auf dem Bett lag. Erst als er überzeugt war, dass er ihr das letzte Quäntchen Vergnügen abgerungen hatte, ließ er sie mit einem Kuss auf ihren Kitzler los.

»Sehr gut, Haustier. Deine Leistung hat dem Sklaven eine Belohnung eingebracht.« Er schaute an dem Körper des anderen Mannes hinunter. Macs Schwanz stand steif, die dicken Adern zeichneten sich deutlich auf der geschwollenen Oberfläche ab. »Wie hat dir das gefallen, Sklave?«

»Sie klang wunderbar, Meister.«

Sully drehte Clarisse auf den Rücken, zog sie auf die Beine und stellte sie am Ende des Bettes so hin, dass ihre Füße auf dem Boden standen und Macs Kopf direkt zwischen ihren Beinen lag.

»Lehn dich nach vorn. Kannst du den Schwanz des Sklaven mit deinem Mund so erreichen? Nimm ihn noch nicht.« »Ja, Meister.«

Sully rieb ihre Schultern, ließ seine Finger langsam über ihren Rücken gleiten und streichelte sie sanft. »Sklave, schau mir zu, wie ich mein Haustier ficke. Du wirst meine Eier und meinen Schwanz lecken, aber du darfst Haustier nicht zwischen ihren Beinen lecken oder küssen. Gelegentlicher Kontakt ist erlaubt. Hast du das verstanden?«

»Ja, Meister.« Macs Stimme klang leise, fast undeutlich. Clarisse merkte, dass er irgendwann in den Subraum gerutscht war. Ihre Augen waren fest auf seinen Schwanz gerichtet, und ihr lief das Wasser im Mund zusammen in der Erwartung, ihre Lippen um die große Eichel zu schlingen.

Sully packte plötzlich ihren Pferdeschwanz und zog ihren Kopf nach hinten, nicht grob, aber auch nicht sanft. »Nachdem ich meinen Schwanz in dich geschoben habe, wirst du dich auf den Sklaven stürzen. Wenn du ihn nicht vor mir kommen lässt, wird er keine Befriedigung mehr bekommen und dich heute Nacht nicht ficken dürfen. Du wirst ihn weiter lutschen, bis ich fertig bin, egal wie oft er kommt. Du wirst jeden Tropfen schlucken.«

»Ja, Meister.«

Seine Hände glitten langsam über ihren Rücken bis zu ihren Hüften. Mit seinen Füßen spreizte er ihre Beine noch ein wenig mehr, und dann spürte sie seinen Schwanz an ihrer Muschi. »Bitte mich, dich zu ficken, Haustier.«

Sie schloss ihre Augen: »Bitte fick mich, Meister! Ich will deinen Schwanz in mir!«

Er stieß zu, tief, dehnte sie und entlockte ihr ein Keuchen. Aber er zog sich nicht zurück.

Der Druck von Sullys Hand auf ihrem Hinterkopf erinnerte sie an seinen Befehl. Sie senkte ihren Körper auf den von Mac und saugte seinen Schwanz so tief wie möglich in ihren Mund.

Mac stöhnte auf.

Dann packten Sullys Hände ihre Hüften fest, seine Finger gruben sich in sie, während er sie langsam fickte. »Okay, Sklave. Leck meine Eier.«

Clarisse spürte eine Bewegung unter ihr. An der Art, wie sich Sullys Atmung veränderte, erkannte sie, dass Mac einwilligte. »Sehr gut, Sklave«, keuchte Sully. Er ließ sich beim Ficken Zeit, lange, langsame Stöße wechselten sich mit kurzen, stoßenden Stößen ab, die ihr auf angenehme Weise den Atem raubten. Als sie gierig an Macs Schwanz lutschte, merkte sie zum ersten Mal in ihrem Leben, dass sie sich absolut gewollt und begehrt fühlte.

Sexy.

Sie schloss die Augen und genoss den Moment, auch wenn Sully ihr ab und zu mit der Hand auf den Hintern klopfte, während er sie fickte.

Macs Schwanz pochte gegen ihre Zunge. Dann stieß er ein lautes, tiefes Stöhnen aus, und sie schmeckte seinen heißen Samen, als er zum Höhepunkt kam.

Innerhalb weniger Minuten war Mac in ihrem Mund wieder hart geworden.

Sullys Tempo änderte sich, wurde schneller, das Tempo wurde gleichmäßiger. »Das war's, Sklave«, keuchte er. »Lutsch meine Eier. Du weißt, was ich mag.«

Clarisse gab es auf, zu helfen. Sie überließ Sully die totale Kontrolle über ihren Körper und benutzte sie.

Ergriff Besitz von ihr.

Zitternd spürte sie, wie ihr eigener Aufstieg wieder begann. Bevor sie dort ankommen konnte, stieß er einen lauten Schrei aus und drang tiefer ein als zuvor. Er schlang seine Arme um sie und zog sie gegen seine Brust und runter von Macs Schwanz.

Sie spürte, wie sein Herz gegen ihre Haut schlug, ihre beiden Körper waren schweißnass. Dann drückte er seine Lippen gegen ihren Hals und murmelte: »Ich liebe dich, Clarisse. Ich liebe dich so sehr, Baby. Ich schwöre bei Gott, wir werden dich glücklich machen.«

»Ich liebe dich auch, Meister.« Sie sah in Macs Gesicht. »Und ich liebe dich.« »Du wirst ihn Sir nennen«, flüsterte Sully ihr ins Ohr.

Sie grinste. »Ich liebe dich, Sir.«

Macs Lächeln erhellte den Raum. »Ich liebe dich auch, Haustier.«

Sully, dessen Schwanz immer noch in ihr steckte, stieß sie zur Seite und mit dem Gesicht nach unten auf das Bett. Dann zog er sich zurück und spreizte wieder Macs Gesicht. Macs Mund öffnete sich automatisch. Clarisse rollte sich auf die Seite und sah zu, wie sie von dem Anblick, wie Mac Sullys Schwanz begierig aufnahm, unglaublich erregt wurde.

Sie wollte sich dort einmischen und helfen.

Sully streichelte Macs Wange. »Gefällt dir, wie sie schmeckt? Ich denke, du wirst eine Menge Zeit damit verbringen, meinen Schwanz zu streicheln, nicht wahr?«

Mac nickte, ließ aber Sullys Schwanz nicht los.

»Sehr gut. Mach mich wieder hart.« Mac bearbeitete ihn mit seinen Lippen und seiner Zunge. Clarisse sah zu, ihr Mund stand offen. Ein paar Minuten später klopfte Sully Mac auf den Kopf. »Sehr gut. Hör auf, lass mich nicht kommen.« Er stand auf und löste Macs Handgelenkmanschetten, dann zog er sie ihm aus. »Warte hier.« Er holte etwas aus dem Bad. Clarisse erkannte, dass es eine Flasche Gleitgel war.

Er stand am Ende des Bettes und studierte sie. »Haustier, rutsche das Bett hoch. Auf den Rücken, Beine gespreizt. Lass den Sklaven dich schmecken.«

Sie wechselte schnell die Position, ihr Herz raste und ihr Pussy pochte, als Mac sich zwischen ihre Beine kniete. Sully saß auf dem Bett neben ihr, wo er sie beobachten konnte. »Bring sie zum Kommen, Sklave. Steck deine Zunge tief in sie hinein.«

Mac stürzte sich auf sie und sie stöhnte auf, als sie seinen heißen, begierigen Mund zwischen ihren Beinen spürte. Sully verhedderte seine Finger in Macs Haaren und hatte ihn gut im Griff. »Schmeckst du mich in ihr, Sklave?«, knurrte er in Macs Ohr.

Er hob den Kopf. »Ja, Meister.«

»Vergiss nicht, sie ist mein Haustier, und ich erlaube dir, sie zu kosten.« Mac nickte, hob aber nicht den Kopf.

Clarisse spürte, wie sich ein weiterer, schnell herannahender Höhepunkt in ihrem Inneren abspielte.

Beim ersten Mal war sie verdammt hart gekommen, und der Anflug des zweiten Höhepunktes fühlte sich genauso stark an.

Sully ließ Macs Kopf nicht los. Er saugte an ihren Brustwarzen, knabberte an der einen, dann an der anderen, abwechselnd, gerade genug Schmerz, um das Vergnügen zu steigern, das Mac ihr bereitete.

»Komm hart, Haustier«, lockte er. »Schrei noch mal. Ich will hören, wie hart der Sklave dich kommen lässt. Er darf dich erst ficken, wenn er dich kommen lässt.«

Macs Zunge tauchte tief in sie ein, fickte sie, dann abwechselnd mit Stößen gegen ihre empfindliche Klitoris. Sie spürte, wie ihr Höhepunkt einsetzte, eine unglaubliche Welle der Lust, die in ihr explodierte und ihr den Atem raubte.

Die Welt wurde schwarz.

Als sie die Augen öffnete, schwebten beide Männer ängstlich über ihr, mit besorgten Gesichtern. Sully tätschelte ihr sanft die Wange.

»Clarisse, Schatz, komm schon. Wach auf.«

Sie nahm einen tiefen Atemzug. »Was ist passiert?« Sie versuchte, sich aufzusetzen, fühlte sich schwindelig.

Der arme Mac sah entsetzt aus. »Du bist ohnmächtig geworden. Ich glaube, du hast hyperventiliert. Geht es dir gut, Süße?«

Die Männer beruhigten sie. »Ja ... glaube ich. Wie lange war ich bewusstlos?«

»Nur ein paar Sekunden«, sagte Mac und klang erleichtert. »Ich denke, du hattest mehr als genug für eine Nacht.«

Sie schüttelte den Kopf. »Nein, weil ich mit dir noch nicht dran war.« Die Schwänze der beiden Männer waren schlaff geworden, wahrscheinlich aus Angst vor ihrem Blackout.

»Schatz, ich glaube, Mac hat recht«, sagte Sully. »Du hast uns einen Mordsschreck eingejagt.« Sein tiefer, dominanter Ton war verschwunden. Er war wieder Sully, ihr besorgter Freund.

Ihr liebender Ehemann.

»Meister, ich glaube nicht, dass das Sir gegenüber fair ist.« Sie verzog das Gesicht und starrte ihn an.

Verblüfft sah er sie einen langen Moment an, bevor er lachte. »Mein Gott, du machst uns ganz schön fertig, nicht wahr?«

Sie wollte zurück ins Spiel. Verdammt, das war ihre Hochzeitsnacht und die Jungs haben ihr die Laune verdorben. »Meister, das ist doch meine Aufgabe, oder?«

»Sie gibt nicht auf, Sul«, sagte Mac. Sein Schwanz zuckte und wurde langsam steif.

Sully schüttelte langsam den Kopf, aber nicht als Verweigerung, sondern als Resignation. »Ich weiß es nicht. Ich denke, ich sollte den Sklaven dafür bezahlen lassen, dass er dir das angetan und mich zu Tode erschreckt hat.«

»Bitte tu das nicht, Meister.« Sie beugte sich vor und küsste ihn, lang und tief. »Es hat sich so gut angefühlt.« Besser als verdammt gut, es hatte den vorherigen Orgasmus bei Weitem übertroffen, und der erste war ihr bester überhaupt gewesen.

»Hm. Nun gut, diesmal werde ich ihn nicht bestrafen, aber nur, weil du so nett darum gebeten hast.« Er kam langsam wieder ins Spiel, seine Stimme wurde leiser und tiefer.

»Danke, Meister«, sagte Mac.

Sie legte sich zurück und lächelte. »Ich bin bereit, wenn du es bist.«

Mac grinste und stürzte sich auf sie, küsste sie. »Ich werde dich so gut ficken, Baby.«

Sully gab ihm einen kräftigen Klaps auf den Hintern. »Wie hast du sie genannt?«

Mac lachte, obwohl sein Schwanz wieder ganz hart geworden war. »Tut mir leid, Meister.« Er schmiegte seine Nase an ihre. »Ich werde dich so gut ficken, *Haustier*.«

»So ist es besser.« Sully wechselte die Position und kniete sich hinter Mac.

Clarisse schlang ihre Arme und Beine um Mac. »Bitte fick mich.«

Er drängte sich vor, glitt hinein und dehnte sie. »Mein Gott, bist du feucht!«

»Wenn man bedenkt, was du ihr angetan hast, ist das keine Überraschung«, schnauzte Sully.

Mac rollte mit den Augen. Clarisse kicherte. Dann hörte sie die Ohrfeige und spürte wie Mac zusammenzuckte.

»Wofür war das?«, fragte sie.

Sully schaute über Macs Schulter. »Weil er mit den Augen gerollt hat, nicht wahr?«

Sie schnappte nach Luft. »Woher wusstest du das?«

»So wie du gekichert hast, nachdem ich diese Bemerkung gemacht habe.«

Sie starrte in Macs süße braune Augen, liebte ihn, liebte

beide Männer. Aus einem anderen Blickwinkel betrachtet, füllte sein Schwanz sie, streichelte sie und traf ganz andere Stellen als Sullys.

»Glaubst du, dass du so für mich kommen kannst, Haustier?«, fragte er.

Sie schüttelte den Kopf. Sie war müde und näherte sich rasch der Erschöpfung. »Vielleicht ein anderes Mal.«

»Okay.« Er drückte sein Gesicht an ihren Hals und verlangsamte seine Bewegungen, sein Atem war heiß an ihrer Haut. Als er sich nicht mehr bewegte, wusste sie, dass Sully etwas im Schilde führte.

Dann stöhnte Mac und ließ seine Hüften gegen sie kreisen. »Oh, du hast nicht gescherzt, als du sagtest, ich würde dich beschimpfen«, murmelte er.

Sie hob ihren Kopf und sah, dass Sully seinen Schwanz in Mac versenkt hatte. Er ließ seine Hände an Clarisse' Beinen hinuntergleiten, wo sie um Macs Taille geschlungen waren, und griff nach ihren Schenkeln.

»Über so etwas scherze ich nie, das solltest du wissen. Hör nicht meinetwegen mit dem auf, was du gerade tust.« Sie spürte, wie das Bett heftig wackelte, und wusste, dass Sully in Macs Arsch stoßen musste.

Mac stöhnte noch lauter, sein Schwanz pochte in ihr. »Mein Gott«, flüsterte er, »das ist so gut!«

»Beeil dich. Wenn ich vor dir komme, bist du fertig für diese Nacht.« Er streichelte Clarisse' Beine und begegnete ihrem Blick.

Ihr Herz pochte. Vielleicht würde sie in einer anderen Nacht in der Mitte zwischen ihnen sein. Der Gedanke jagte ihr einen angenehmen Schauer über den Rücken.

Mac begann wieder zu stoßen, aber seine Bewegungen waren ruckartig und hart.

»Du kannst kommen, wann immer du willst, Sklave«, knurrte Sully. »Aber warte nicht zu lange.«

Macs Stöße wurden stärker und schneller, während er in sie stieß. Clarisse genoss die Zeit.

»Oh, Gott, das ist so verdammt gut!« Mac stöhnte auf.

Sully fing an, ihm auf den Hintern zu klopfen. »Dann zeig mir wie gut. Ich lasse dich mein Haustier ficken. Du solltest dich erkenntlich zeigen.«

Mac schrie auf, sein Körper versteifte sich, als Clarisse ihn festhielt. Als er schlaff wurde, packte Sully seine Hüften und kam mit ein paar Stößen, bevor er auf ihnen zusammensackte.

»Alles in Ordnung, Süßer?«, fragte er, während er sich mit Mac zusammenrollte. »Wen nennst du Schätzchen?«, murmelte Mac.

Clarisse hörte eine weitere laute Ohrfeige, aber Mac gluckste. »Sie, Dumpfbacke«, klärte Sully auf.

»Mir geht es gut«, sagte sie.

Sie spürte, wie sich das Bett bewegte, und hörte einen Moment später, wie im Badezimmer Wasser lief. »Ich liebe dich, Brant«, flüsterte sie und streichelte seinen Rücken.

Er hob seinen Kopf und küsste sie. »Ich liebe dich auch, Süße. So sehr, du hast ja keine Ahnung.«

»Es stört dich nicht, dass ich mit ihm verheiratet bin?«

Er grinste. »Nö. Weil ich weiß, dass ich nirgendwo hingehen werde. Und jetzt weiß ich, dass du es auch nicht tust.« Er küsste sie erneut. »Außerdem macht dich das in gewisser Weise auch zu meiner Frau.«

Sully kam mit etwas in der Hand herein. Als er hinter Mac kniete,

erkannte sie, dass es ein Waschlappen war. Er wusch Mac und warf den Lappen ins Bad, dann streckte er sich neben ihnen aus. »Alles in Ordnung, Süße?«

»Mir geht es gut, Meister.«

Er lächelte und küsste sie. »Du musst jetzt nicht mehr förmlich sein.« Er strich ihr das Haar von ihrer feuchten Stirn. »Außerdem hat Brant etwas für dich.«

Mac lächelte und griff zum Kopfteil, wo er eine kleine Ringschachtel herausholte. Die passenden Goldringe für sie und ihn unterschieden sich von denen, die sie mit Sully ausgetauscht hatte.

Mac nahm ihre rechte Hand. »Clarisse, ich liebe dich. Rechtlich gesehen kann nur er mit dir verheiratet sein. Ich möchte, dass du immer weißt, dass ich auch dein Mann bin, im Herzen und in der Seele. Das ist das Wichtigste.« Dann schob er ihr den Ring an den rechten Ringfinger.

Sie weinte und warf ihre Arme um ihn. »Ich liebe euch so sehr!«

Sully umarmte sie von hinten und schlang seine Arme um sie beide. »Noch einer mehr.«

Sie lehnte sich zurück, wischte sich das Gesicht ab und schniefte, als Sully ihr den anderen Ring reichte. Er hielt Macs rechte Hand hoch, und sie steckte den Ring auf seinen Finger.

An Macs linker Hand würde Sullys Ring allein bleiben. Macs einziger Meister, sein Geliebter.

Sein Ehemann.

»Nur weil wir das tun«, sagte Mac und deutete auf die drei im Bett, »ändert das nichts am Kern unserer Beziehung.« Er küsste sie. »Wir lieben dich. Wir versprechen, dass wir uns immer um dich kümmern werden. Das ist es, worum es in unserer Beziehung wirklich geht, nicht um Sex oder Sessions. Verstehst du?«

Sie nickte.

Sully küsste sie. »Ein doppelter Satz Ringe ist das Beste, was wir tun können, es sei denn, sie ändern das Gesetz.« Er verschränkte seine Finger mit ihren. »Vergiss nicht, nicht jede Nacht ist wie diese, okay? Du kannst und solltest immer mit uns reden, wenn du etwas brauchst.«

»Alles, was ich brauche, seid ihr beide.«

Mac grinste. »Das kann man mehr als nur so verstehen.« Er wackelte ihr spielerisch mit den Augenbrauen zu.

»Vielleicht habe ich es auf beide Weisen gemeint.« Beide Männer lachten.

Mac löschte das Licht, und die drei kuschelten sich ins Bett. Clarisse schmiegte sich an Sully, während Mac sich dicht vor sie kuschelte, seinen Arm um sie und Sully gelegt.

Als sie einschlief, dachte sie nicht im Geringsten an Bryan Jackson.

AM NÄCHSTEN MORGEN erwachte Clarisse kurz nach sieben Uhr, eng an Mac gekuschelt. Als sie hinter sich griff, um nach Sully zu tasten, stellte sie fest, dass das Bett leer war.

»Er wird bald zurück sein«, murmelte Mac, ohne die Augen zu öffnen.

»Wo ist er hin?«

»Kaffee machen und ein bisschen arbeiten.« »Arbeiten?«

Eines von Macs Augen glitt auf. »Er wollte, dass ich etwas Zeit mit dir allein verbringe.« Er küsste sie und fuhr mit der Hand durch ihr Haar. »Du weißt schon, wie ein normales, frisch verheiratetes Paar.« Ein verschmitztes Lächeln umspielte seine Lippen.

»Bei uns dreien ist nichts normal.«

»Da hast du recht.« Er küsste ihre Halsbeuge. »Wir haben dir doch gesagt, es geht nicht nur um den Sklavenkram, das ist nur ein Teil von dem, was wir tun und wer wir sind. Ja, er ist mein Meister. Aber viel wichtiger ist, dass er mein Freund, mein Partner und mein Liebhaber ist. Mein Ehemann. All das war er für mich, bevor er mein Meister wurde. Wenn er nicht all das gewesen wäre, hätte ich ihm nie genug vertrauen können, um mich ihm so hinzugeben.«

Es machte für sie Sinn. In nur wenigen Monaten hatte sie den Wahrheitsgehalt dieser Aussage zweifelsohne erkannt. In der kurzen Zeit, die sie mit Sully und Mac verbracht hatte, hatte sie mehr Liebe, Glauben und Vertrauen in sie gesetzt als in den Jahren mit Bryan Jackson.

Er ließ seine Hand über ihren Bauch gleiten, ließ sie über ihrem Nabel ruhen. »Weil er immer mein Meister ist – das hat Priorität, weil ich es so will. Es ist schon oft vorgekommen, dass er verletzt oder müde war, oder dass ich müde oder mit dem Boot beschäftigt war, oder dass er mit einem Buch beschäftigt war, und dann sind wir nur Sully und Mac, nicht Meister und Sklave. Das funktioniert deshalb, weil selbst wenn einer von uns im ›formellen‹ Modus ist und der andere es aus irgendeinem Grund nicht sein kann, ist das okay. Er könnte mit der Arbeit überlastet sein und ich kann ihm trotzdem sein Essen bringen und mich um ihn kümmern. Ich kann damit beschäftigt sein, mich um Dinge auf dem Boot zu kümmern, und mich ihm trotzdem so unterordnen, dass das, was ich erledigen muss, nicht darunter leidet. Das wird auch dir passieren.«

»Und was machen wir jetzt?«, fragte sie, während sie sich auf ihn rollte.

Er lächelte, als sein Schwanz an ihr hart wurde. »Ich schlafe mit meiner Frau, das ist es, was ich tue.« Er legte seine Hände auf ihren Hintern, bewegte seine Hüften und sein Schwanz glitt in sie hinein. »Mmm, das wollte ich«, sagte Mac.

Sie schob ihre Lippen auf die seinen und küsste ihn, während sie jedem langsamen Stoß seiner Hüften folgte. Er ließ sie rollen, ohne den Kontakt zu unterbrechen, und verlangsamte seine Stöße noch mehr.

Seine Augen suchten ihr Gesicht ab. »Ich liebe dich so sehr«, sagte er. »Ich kann nicht glauben, dass ich für den Rest meines Lebens jeden Morgen neben dir aufwachen darf. Du schenkst mir gute Träume, Baby. Du lässt meine schlechten Träume verschwinden.«

Sully hatte ihr ein wenig davon erzählt, er wollte nicht alle Geheimnisse und Schwindeleien von Mac preisgeben, aber er wollte, dass sie mehr über den Mann erfuhr. Sie schlang ihre Beine um ihn und stützte sich mit den Fersen ab. »Ich hoffe, du träumst nur von mir. Und Sul«, fügte sie schnell hinzu.

Er rieb sich die Nasen an ihr. »Natürlich.« Er stieß lange, gleichmäßig in sie hinein. »Kannst du so für mich kommen, Baby?«

Sie fuhr mit ihren Fingern durch sein Haar. »Ich möchte es.«

Mac brachte seine Bewegungen zum Stillstand und richtete sich auf. Er griff zwischen die Beine, fand ihre Klitoris und streichelte sanft den empfindlichen Nabel des Fleisches.

Als ihr die Augen zufielen, senkte er seinen Mund auf ihre linke Brust und saugte sanft an ihrer Brustwarze zwischen seinen Lippen.

Ein atemloses, wortloses Keuchen entwich ihr, während sich ihre Hand in seinem Haar festkrallte. »Ja!«

Er hob den Kopf. »Genau da?« »Ja!«

Er griff nach ihren anderen Brust und neckte den Nippel, bis er ähnlich straff war, während seine Finger sie sanft der Erlösung näherbrachten.

»Komm für mich, Baby«, flüsterte er, sanft lockend, nicht befehlend.

Als ihre Muskeln seinen warmen, festen Schwanz umklammerten, fühlte es sich ganz anders an als sonst. Die Männer hatten herausgefunden, wie sie ihren Kopf vor Leidenschaft fast explodieren lassen konnten, aber das fühlte sich noch besser an. Das war eine Verbindung zu ihren Männern. Nun, zumindest zu einem von ihnen.

Seine Augen hielten die ihren fest, als sie spürte, wie ihr Aufstieg begann. Er berührte seine Stirn mit der ihren und küsste sie. »Gib's mir, Baby. Lass mich nicht zappeln.«

Im Gegensatz zu all den anderen Orgasmen, die er ihr

beschert hatte, war dieser sanft, zärtlich und noch süßer, weil er in ihr war.

»So ist es gut, Süße.« Er begann wieder zu streicheln und versuchte, ihr Vergnügen zu verlängern.

Sie küsste ihn und stöhnte leise auf, als seine Lippen auf ihren lagen.

Sie tat es ihm gleich und drängte ihn, härter und schneller zu stoßen.

Er stützte sich mit beiden Händen auf dem Bett ab und stieß hart und kräftig zu, während sie sich an ihm festhielt, ihrem Felsen, ihrem Mann. Dann fielen ihm die Augen zu, er schrie auf und stieß noch tiefer in sie hinein, bevor er sich in ihr festhielt.

Clarisse krallte sich noch mehr in ihn, wollte nicht, dass er ging. Er küsste den Ansatz ihres Halses. »Oh Gott, das war unglaublich.«

»Das war es wirklich.«

Sullys Stimme in der Tür ließ sie aufschrecken. Sie blickten auf und sahen ihn dort stehen, nackt, mit einem Lächeln im Gesicht, die Arme verschränkt und mit steifem Schwanz an den Türrahmen gelehnt.

Mac lachte. »Wie lange schaust du schon zu?«

»Nicht lange genug.« Er ging zum Bett hinüber und kletterte zu den beiden hinein. »Das war ... schön.«

Ein Moment der Angst durchfuhr Clarisse. Würde er wütend sein? Eifersüchtig? Sully beugte sich vor und küsste Mac, dann sie. »Ich könnte euch beiden den ganzen Tag lang zusehen.« Sein Lächeln machte sein Gesicht weicher. »Ihr seid hinreißend zusammen.«

»Ein neuer Zuschauersport zur Belustigung des Meisters?«, scherzte Mac.

Sully hob eine Augenbraue und sah ihn an. »Bring mich nicht auf zu viele Ideen, Kumpel.«

Er sah Clarisse an und streichelte ihre Wange. Sie ließ ihre

Hände über Macs Rücken gleiten, um seine Taille herum, in der Hoffnung, er würde sich noch nicht bewegen. Sie genoss das Gefühl seines Körpers auf dem ihren.

»Wenn unser Mädchen nicht zu müde ist«, sagte Sully, »möchte ich noch etwas tun«.

»Was?«, fragte sie.

»Wenn wir seine königliche Geilheit wieder hart machen können, gibt es immer noch einen Ort, den ich für mich beanspruchen kann.«

Mac grinste und rollte sich auf die Seite, nahm sie mit und brachte sie zum Lachen. »Was sagst du dazu?«

Sully lachte und griff auf dem Nachttisch nach einer Flasche Gleitmittel. »Ja, das ist gut.«

»Küss mich, Babe«, sagte Mac. »Ich werde verdammt geil, wenn ich dich nur ansehe.«

Sie küsste ihn, seine Zunge strich sanft über ihre Lippen, teilte sie, schmeckte und erforschte sie.

Vorsichtig, um ihn nicht zu verscheuchen, begann sie sich langsam an seinen Hüften zu reiben. Einen Moment später spürte sie, wie er in ihr wieder steif wurde.

Sully streichelte ihren Hintern, während seine Finger sanft kühles Gleitmittel in sie einarbeiteten. Technisch gesehen war sie dort noch Jungfrau, wenn man das Spielen mit Spielzeug nicht mitzählte.

Von beiden Männern gleichzeitig genommen zu werden … Sie zitterte angenehm in Macs Armen.

Mac streichelte zärtlich ihren Rücken und strich mit seinen Fingern ihre Wirbelsäule auf und ab, während Sully sie vorbereitete. Als sie spürte, wie sein warmer Schwanz gegen ihren Hintereingang drückte, wackelte sie mit den Hüften.

Er lachte und schlug ihr sanft auf den Hintern. »Wer hat hier das Sagen, Kindchen?«

»Ich versuche nur zu helfen.«

Er glitt langsam in sie hinein und wartete, bis sie sich an

das Gefühl gewöhnt hatte. Mac stöhnte leise unter ihr auf. »Oh ... fuck! Ich kann dich spüren!.«

Das war viel besser als mit Spielzeug zu spielen. Sie wusste nicht, ob sie noch einmal so kommen würde, müde wie sie schon war, aber es fühlte sich fantastisch an.

Sully ließ sich Zeit, stieß langsam und sanft zu, bis sein Schwanz fest in ihr steckte. »Setz dich auf, Baby«, lockte er sie.

Mac spielte mit ihren Brustwarzen, während Sully seine Arme um ihre Taille schlang. »Lehn dich an mich«, sagte er.

Sie ließ ihren Kopf an seiner Schulter ruhen, als die Männer einen langsamen Rhythmus fanden, tiefe, abwechselnde Stöße, die sich so verdammt gut anfühlten, besser als jedes Spielzeug es je könnte.

Ihre Männer.

Sully ließ eine Hand zwischen ihre Beine fallen und begann mit ihrer Klitoris zu spielen. »Ich will, dass du noch mal kommst, Baby«, sagte er, sein Ton wurde tiefer, dominanter. »Ich möchte, dass du uns spüren lässt, wie du mit unseren beiden Schwänzen in dir kommst.«

Sie fand ihren eigenen Platz in ihrem Rhythmus, drehte langsam ihre Hüften, während Sullys Finger sie der Erlösung näherbrachten.

»Sei ein braves Mädchen, Haustier«, lockte Sully. »Komm für uns.« Er ließ ihre Klitoris zwischen seinen Fingern rollen, während er in ihre Schulter biss.

Clarisse wurde aus den Angeln gehoben, als ein weiterer Höhepunkt durch sie hindurch schoss. Sullys Finger klammerten sich an ihren Kitzler, während seine Stimme stärker wurde. »So ist es gut, Haustier. Komm weiter für uns.« Er drückte seinen Schwanz tief hinein, während Mac seine Hüften von unten in sie stieß.

Sie griff hinter sich und hielt sich an Sully fest, während sich ihr Rücken wölbte und sinnliche Explosionen durch sie hindurchschossen.

Sully ließ sie auf Macs Brust sinken, während die Männer schnell stießen, härter, schneller, bis sie beide kamen. Keuchend streichelte Sully ihren Rücken, küsste ihre Wirbelsäule. »Bist du in Ordnung, Süße?«

Ohne zu sprechen, hob sie ihren Arm und drehte ihr Handgelenk. Beide Männer lachten.

»Das heißt wohl, dass es ihr gut geht, Sul.«

Sully zog sich vorsichtig zurück und ging ins Bad. Mac drehte sie um, damit er sich von ihr lösen konnte, und trug sie dann ins Bad, wo Sully ein warmes Bad einließ.

Die Männer kletterten mit ihr in die riesige versenkte Wanne und nahmen sie in die Arme. Sie schmiegte sich an Sully, während Mac ihr die Füße massierte.

Sully strich ihr eine nasse Haarsträhne aus dem Gesicht. »Geht es dir gut?«

Sie öffnete nicht die Augen, sondern lächelte, hob ihre Hand und drehte ihr Handgelenk erneut.

»Grün ist gut, Baby. Grün ist sehr gut.«

KAPITEL DREIUNDZWANZIG

Clarisse versuchte nicht, auf die Zeit zu achten. Sully hielt sich nicht an das Protokoll, und die drei verbrachten die meiste Zeit der Woche im Bett. Bis zum Samstagnachmittag, als Sully Mac bat, ihr zu helfen, sich für das Spielparty vorzubereiten.

Die Männer hatten ihr die meisten Details vorenthalten, aber sie ahnte, dass in dieser Nacht etwas Besonderes passieren würde. Mac massierte ihre Füße und lackierte ihre Zehennägel. Ihr Lederhalsband wurde gegen eine neue silberne Halskette ausgetauscht, ähnlich der von Mac, an der ein kleiner, zarter Silberanhänger hing. Darauf waren Sullys Initialen eingraviert, darunter die von Mac in Kleinbuchstaben.

Sie sah Sully fragend an.

Er lächelte. »Denn zumindest eine Sache in unserem Leben kann den Leuten genau sagen, dass du zu uns beiden gehörst, Haustier.«

Sully wies Mac an, was er ihr anziehen sollte, und als sie sich zum Gehen bereit machten, verschränkte Sully seine Finger mit ihren. »Für den Rest des Abends, wenn ich nichts anderes sage, sind wir wieder Meister, Sir und Haustier. Hast du das verstanden?«

Ihr Herz raste. Sie war begeistert und genoss diesen Teil ihrer Routine. Sie fühlte sich wertgeschätzt und beschützt sogar noch mehr, als wenn sie nur Vanille zusammen waren. »Ja, Meister.«

»Sehr gut, Haustier.«

Die Männer halfen ihr, die Treppe in ihren hohen Absätzen zu bewältigen. Sie setzten sie auf den Rücksitz des Jaguars und Mac fuhr los. Als sie kurz nach neun auf der Party ankamen, spürte sie einen ganz anderen Ton zwischen den Männern, konnte Andeutungen von gemeinsamen Blicken zwischen ihnen wahrnehmen.

Das hätte sie vielleicht nervös gemacht ... früher. Jetzt verstand sie, dass sie alles tun würden, um sie zu beschützen.

Wenn das, was passiert, zu viel ist, kann sie jederzeit Rot anrufen.

Irgendwie glaubte sie nicht, dass das passieren würde. Nicht mit diesen beiden Männern.

Zumindest nicht heute Abend.

Sully trug sie über das Gras zur Scheune, wo der Kerker wartete. Ihre Freunde waren schon da und applaudierten, als Sully und Mac mit ihr hereinkamen und jeder eine ihrer Hände hielt.

Clarisse errötete bei all der Aufmerksamkeit und nahm die Glückwünsche schüchtern entgegen. Als das Fest in vollem Gange war, wuchs ihre Vorfreude.

Sie sah, wie Sully Mac etwas ins Ohr flüsterte. Mac lächelte, nickte und verschwand in der Umkleidekabine. Einen Moment später kam er mit ihren Taschen zurück.

Sully drückte sanft ihre Hand und führte sie in die Mitte des Raumes, wo Mac ein Handtuch auslegte. Nachdem er die Aufmerksamkeit aller auf sich gezogen hatte, forderte Sully

Mac auf, sich neben ihn zu stellen. Sully sah Clarisse an und deutete auf die Tür.

Sie kniete sich auf das Handtuch und nahm einen förmlichen Kniestand ein, wie Mac es ihr gezeigt hatte.

Mac gab Sully etwas in die Hand. »Wir hatten am vergangenen Montag eine Zeremonie«, sagte Sully zu den Versammelten. »Wie ihr euch sicher alle denken könnt, obwohl es uns allen dreien sehr viel bedeutet hat, haben zwei Dinge gefehlt. Nun, drei, wenn man euch alle mitzählt.« Das Publikum lachte.

Sully fuhr fort. »Erstens, es war uns nicht erlaubt, diese Frau, die wir lieben, rechtmäßig zu beanspruchen. Und zweitens war es mir nicht möglich, Anspruch auf sie als ihr Meister zu erheben.«

Er legte seine Hand auf ihren Kopf. »Mein süßes Haustier, wir beide lieben dich. Heute Abend schwöre ich dir vor all diesen Zeugen, dass ich dich als dein Meister beschützen, für dich sorgen und dich für den Rest meines Lebens wertschätzen werde. Schwörst du, mir zu gehorchen, mich zu respektieren und mir alles zu geben, was du bist?«

»Ich schwöre es, Meister.«

Er hielt ihr Lederhalsband hoch. »Dieses Halsband ist für mich noch wichtiger als der Ring an deiner Hand. Es ist das Symbol für deine willige Unterwerfung und deinen Dienst. Willst du es tragen?«

»Ich will, Meister.«

Er reichte es Mac und richtete seine nächste Bemerkung an ihn. »Ich habe dir geschworen, als ich dir vor einigen von diesen Leute dein Halsband angelegt habe, dass du mein Partner fürs Leben sein würdest. Und heute Abend schwöre ich dir, dass das immer noch wahr ist. Als dein Meister nehme ich Haustier in unseren Haushalt auf, damit sie nicht nur mir, sondern auch dir in jeder Hinsicht dient, die ich für richtig halte.«

Mac nickte. »Ja, Meister.«

»Versprichst du, sie zu lieben, zu umsorgen, zu hegen und zu schützen?« »Ja, Meister.«

»Haustier, versprichst du, dem Sklaven zu gehorchen, wie du mir gehorchen würdest?« »Ja, Meister.«

»Indem du dieses Halsband annimmst, akzeptierst du uns beide.« »Ja, Meister.«

Er beugte sich vor und strich ihr das Haar aus dem Nacken. »Sklave, leg unserem Haustier das Halsband an.«

Mac lächelte, als er sich zu ihr hinunterbeugte und es vorsichtig um ihren Hals schloss. Er küsste sie. »Unser süßes Haustier«, flüsterte er.

Sully half ihr auf die Beine und küsste sie. »Vertraust du mir, Haustier?«, flüsterte er.

Sie nickte. Das tat sie.

Er führte sie zu einer nahe gelegenen Trapezstange, wo er sie erneut küsste. »Zieh dich aus, Haustier.«

Während ihr Blick auf seinen grauen Augen haften blieb, tat sie es, bis sie bis auf ihr Halsband nackt vor ihm stand.

Mac, der immer noch eine Jeans und ein schwarzes Hemd mit Knöpfen trug, wie Sully, befestigte die Aufhängung an ihren Handgelenken. Nachdem ihre Handgelenke an der Stange eingehakt waren, hob Mac sie so weit an, dass sie nicht mehr nachgab.

Heute Abend waren die Panikgurte nicht in ihrer Reichweite. Sully benutzte die Gurte, die er normalerweise bei Mac verwendete.

Beide Männer ließen sich Zeit, sie zu massieren, langsame, sinnliche Streicheleinheiten, die sie entspannten und ihre Gedanken in den Subraum schweifen ließen. Sie hatte es auf der letzten Spielparty, an der sie teilgenommen hatten, intensiv erlebt und sehnte sich danach, es wieder zu spüren.

Als Sully ihr die Augenbinde überstreifte, wusste sie, dass er sich vorbereitete, ernsthaft zu beginnen. Er lehnte sich zu ihr und flüsterte ihr ins Ohr: »Diesmal wird es kein Vergnügen geben, Haustier. Ich werde nie so hart zu dir sein wie zu meinem Sklaven, aber willst du heute Nacht mein Zeichen auf dir spüren?«

»Ja, zweimal.«

»Zweimal?«

»Einmal für jeden von euch.«

Er küsste sie, ebenso wie Mac. »Dann sollst du.« Er wärmte sie zuerst mit dem Flogger auf, während Mac vor ihr stand, den Kontakt zu ihr aufrechterhielt, sie küsste, mit ihren Brustwarzen spielte, ihr etwas zuflüsterte, währenddessen verstärkte Sully das Spiel.

Er wechselte zur Reitgerte, zunächst sanft, dann immer heftiger, je tiefer er sie in den Subraum brachte. Mac schob zwei Finger zwischen ihre Beine und streichelte sie langsam ein paarmal, bevor er sie an ihre Lippen presste. Sie saugte sie ein und liebkoste seine Finger mit ihrer Zunge.

»Braves Mädchen«, flüsterte er, während er die Geste wiederholte und sie jedes Mal, wenn er sie mit seinen Fingern streichelte, kurz vor dem Orgasmus brachte, bevor er sie wieder zurückzog.

Sully wechselte zu einem Rattan-Stock. Er war nicht so hart zu ihr, wie sie gedacht hatte, aber als ihr Bewusstsein in die glückliche Phase kam, in der die Endorphine einsetzten, wackelte sie mit dem Hintern und ermutigte ihn.

Sully lachte. »Verspieltes Haustier.«

Er steigerte das Tempo und die Stärke seiner Stöße, bis sie glaubte, es nicht mehr aushalten zu können.

Sie dachte kurz daran, Rot zu rufen, als er stehen blieb und dicht an sie herantrat, seinen Körper an ihren drückte. »Wie geht es uns, Haustier?«

Sie drehte ihre linke Hand.

Er packte sie am Haar und zog ihren Kopf zurück. »Sag es, Haustier.« »Grün, Meister.«

Er küsste sie und strich ihr zärtlich über das Haar. »Willst du immer noch unser Zeichen?«

»Ja!«

»Zwei Schläge, das ist alles, was ich dir gebe. Du hast mein Wort.«

Er wich zurück. Mac legte seine Hand in ihren Nacken und zog ihren Kopf nach vorn gegen seine Brust, um sie zu stützen.

»Braves Mädchen«, flüsterte er. »Atme tief ein.«

Sie hörte das Knallen einer Peitsche. Sie zuckte, aber die Peitsche berührte sie nicht.

Sully streichelte ihren Hintern mit dem Griff. »Ich werde dich hier markieren«, sagte er und zeichnete eine Linie auf ihrer rechten Arschbacke. »Und hier.« Er zog eine passende Linie auf ihrer linken.

Er machte noch ein paar Übungsschläge und ließ die Peitsche jedes Mal knallen. »Zu wem gehörst du, Haustier?«, fragte Sully.

»Zu dir, Meister!«

Bevor sie das letzte Wort zu Ende gesprochen hatte, knallte die Peitsche. Einen Sekundenbruchteil später spürte sie, wie die Peitsche in ihr Fleisch biss.

Mac hielt sie fest. »Wie geht es dir, Haustier?« Sie drehte ihre linke Hand.

»Noch einen, Haustier«, flüsterte er.

Bevor der Ton auf seinen Lippen verklungen war, knallte die Peitsche erneut. Als das Gefühl des Peitschenhiebs in ihrem Gehirn ankam, war Sully bereits hinter ihr und hielt sie fest, während Mac ihre Handgelenke losmachte. Sully nahm sie in seine Arme, während Mac eine Decke um sie wickelte. Sie wusste, dass ihr Hintern am nächsten Morgen weh tun würde, aber die Erregung war es wert.

Sully trug Clarisse in die Umkleidekabine, wo er sich mit ihr auf eine der Bänke setzte und sie schützend in seinen Armen hielt. Mac kam einen Moment später zu ihnen und trug ihre Sachen. Er nahm ihr die Strümpfe ab und kniete sich vor Sully, sodass sie von beiden Männern gestützt wurde.

»So ein braves Mädchen«, sagte Sully sanft. »Ich bin so stolz auf dich. Ich werde nie wieder so hart zu dir sein.«

»Warum nicht?« Sie riss ein Auge auf. Die beiden Stellen, an denen er sie mit der Peitsche erwischt hatte, brannten immer noch, aber der Rest war zu einem dumpfen Schmerz verblasst, von dem sie wusste, dass er am Morgen verschwunden sein würde.

Sullys Gesicht verzog sich zu einem breiten Grinsen. »Weil du nicht auf Schmerzen stehst, Haustier. Das weiß ich.«

»Ich vertraue darauf, dass du mich nicht zu weit treibst.«

Er küsste sie. Eine seiner Hände schlich sich unter die Decke und streichelte sie zwischen ihren Beinen. Mac griff ebenfalls darunter und drückte zwei Finger in sie hinein.

Sie zitterte, ihr Verlangen schwebte noch immer in der Luft, unvollständig wie zuvor.

Sully drückte seine Lippen auf den Scheitel ihres Kopfes. »Komm für uns, Haustier. Du hast es mehr als verdient.«

Clarisse wurde in ihren Armen schlaff, während sie das Gefühl ihrer Hände auf ihr genoss. Es dauerte nicht lange, bis sie sie zum Orgasmus brachten. Sie vergrub ihr Gesicht an Sullys Brust, schrie auf und ließ sich gehen, als ihr Körper das Vergnügen begrüßte, das ihr zuvor verwehrt worden war.

Während sie sich davon erholte, ließ Sully sie von Mac übernehmen. »Lass uns sie sauber machen und nach Hause bringen.«

»Was ist mit dem Sklaven?«, murmelte sie gegen Macs Brust. »Wir sind erst seit kurzem hier.«

Sully lachte und strich ihr die Haare aus dem Gesicht. »Heute Abend ging es nur um dich, Süße, nicht um ihn. Wir werden dich nach Hause bringen und dich sicher ins Bett bringen und ausschlafen. Und morgen werden wir unser süßes Haustier verwöhnen.«

Mac trug sie ins Badezimmer. Die beiden Männer kümmerten sich um sie, streiften ihr ein übergroßes T-Shirt über den Kopf und zogen ihr eine kurze Hose an, dann trug Sully sie zum Jaguar hinaus und kroch zu ihr auf den Rücksitz.

Als sie in einen tiefen Schlaf fiel, spürte sie, wie er ihr Haar um seine Finger wickelte und seine Hand auf ihre Schulter legte.

KAPITEL VIERUNDZWANZIG

Clarisse half Mac beim Ausladen der Lebensmittel und Vorräte aus dem Bug am Jachthafen. »Ich werde Bart zu Onkel Tad bringen.«

Er legte einen Arm um ihre Taille, zog sie an sich und küsste sie tief. »Beeil dich.« Er knabberte an ihrer Unterlippe. »Ich habe ein Halsband mit deinem Namen und bin in Spiellaune.« Er drückte seine Hüften gegen ihre und sorgte dafür, dass sie seinen Schwanz spürte. »In einer harten Spiellaune.«

Sie grinste. »Ich würde sagen, das bist du.«

Er gab ihr einen Klaps auf den Hintern, bevor er sie mit einem letzten Kuss entließ. »Ich liebe dich.« »Ich liebe dich auch.« Sie kletterte zurück in den Käfer und fuhr los.

Mac lächelte, als er sie gehen sah. Ein viertägiges Wochenende allein mit ihr war ein besonderes Vergnügen. Sully hätte sie mit zur Konferenz nehmen können, aber er wollte, dass sie Zeit für sich hatten.

Er kehrte zum Boot zurück, um seine Reisevorbereitungen zu beenden. In den drei Monaten seit der Hochzeit hatte das Leben ein glückliches Plateau erreicht, von dem er nie wieder herunterkommen wollte. Er hatte nicht einen einzigen

Albtraum gehabt, und Sully auch nicht. Auch Clarisse schlief jede Nacht wie ein Stein.

Sully lächelte mehr, als Mac sich je daran erinnern konnte, dass er jemals zuvor gelächelt hatte. Es kitzelte Mac, wenn Sully der strenge, unnachgiebige Meister war, sich aber später am selben Tag umdrehte und Protokolle ablieferte, um ihn unter vier Augen zu fragen, ob er mit Clarisse allein sein wollte.

Sully hatte begonnen zu akzeptieren, dass Mac nicht eifersüchtig war. Mac hatte versucht, es ihm eines Abends nach dem Essen zu erklären, während Clarisse die Küche putzte. »Könntest du dir vorstellen, dass sie versucht, mich zu schlagen oder zu dominieren?«

Eine Wolke zog durch Sullys Gesicht und verdüsterte seine Miene. »Nein.« »Du und ich, wir kennen uns schon länger als unsere Beziehung. Das weisst du. Ich *brauche* das von dir. Ich brauche die Dinge, die du für mich tust, die sie nicht tun kann. Seien wir ehrlich, du machst jede zweite Session mit ihr rot, wenn sie dich anfleht, nicht aufzuhören. Bei mir machst du das nicht annähernd so oft.«

Ein langsames Lächeln schlich sich auf Sullys Gesicht. »Du könntest den ganzen Tag mit deinem Schwanz in ihrem Mund verbringen.«

»Ach was.« Er grinste. »Das könntest du auch.«

»Das kannst du besser als sie. Sag ihr nur nicht, dass ich das gesagt habe.«

Mac umarmte ihn. »Ja, als ob ich so dumm wäre, das zu tun.«

Er kehrte in die Gegenwart zurück und sah sich um. Es gab noch eine Menge zu tun, bevor sie losfuhren, einschließlich einiger kleinerer Projekte, die er erledigen musste. Er kramte in der Werkzeugkiste und fand den Schraubenschlüssel, den er für das eine brauchte, und den Hammer, den er für das andere brauchte, und legte sie auf das Armaturenbrett. Er winkte Dan und Elise in der nächsten Box zu, bevor er ins Steuerhaus ging.

. . .

AUF DER ANDEREN Seite des Jachthafens, im Schatten eines im Trockendock liegenden Segelboots und immer noch unter dem Eindruck der drei Biere, die er zuvor getrunken hatte, beobachtete Bryan Jackson den Mann, der Clarisse zum Abschied geküsst hatte. Derselbe Mann, den er mit ihr in Ohio gesehen hatte.

Er war sich nicht sicher, ob er der Ex-Cop Nicoletto war oder nicht, aber der Typ würde Bryan Jackson bestimmt nie vergessen. Der Privatdetektiv konnte ihm bestätigen, dass Nicoletto Kohle hatte, und offensichtlich war Clarisse etwas Besonderes für ihn.

Es war ihm egal, von wem er sein Geld bekam, aber das würde er ebenso bekommen wie seine Rache, weil er sein Leben versaut hatte.

Er schaute sich um, um sicherzugehen, dass ihn niemand entdeckt hatte, und ging dann schnell über den Platz. Der Mann war unter Deck, als er den Steg hinunterging. Ohne zu zögern, sprang Bryan auf das Deck und duckte sich durch die offene Tür des Steuerhauses. Der Mann hatte ihm den Rücken zugewandt.

Bryan griff an.

Dan hörte Geräusche vom Bootsliegepltz der *Dilly Dally*, und zwar keine guten. Macs Schreie, Krachen und die wütende Stimme eines anderen Mannes.

Er hatte keine Waffe bei sich, brüllte seine Frau an und bat sie, den Notruf zu wählen, während er von ihrem Boot rannte. Als er den Steg hinauflief, um zur *Dilly* zurückzukehren, sah er einen Mann, der sich über einen auf dem Deck zusammengesunkenen Mann beugte und auf ihn einschlug.

»Hey! Was zum Teufel ist hier los?«

Der Mann sah erschrocken auf, ließ einen Hammer fallen und stürmte zum Dock. Dan hatte keine Zeit, ihm nachzulaufen, denn er entdeckte Mac, der regungslos und blutüberströmt auf dem Deck lag.

»Shit!« Elise hatte ihren Kopf über Deck gesteckt. »Mac ist schwer verletzt! Sie sollen einen Polizisten und einen Krankenwagen schicken!«, schrie er.

Von den Booten rund um den Jachthafen hoben sich die Köpfe, aber der Mann war bereits zwischen den Booten im Trockendock verschwunden. Dan konnte ihn nicht richtig sehen.

Er sprang auf das Deck der *Dilly*, um Mac zu helfen. Neben ihm lag ein blutiger Hammer.

Mac stöhnte. Dan ergriff seine Hand. »Hey, Kumpel, halte durch. Oh Gott, halte durch.«

Sein Gesicht war fast bis zur Unkenntlichkeit ramponiert, als Mac sich dem Klang von Dans Stimme zuwandte. »… Jackson.«

»Ich heiße Dan, Mac. Bleib bei mir.« Er schrie über seine Schulter. »Wo bleibt der verdammte Krankenwagen?«

Mac spuckte Blut. »Bryan Jackson … hat es getan. Sag ihnen, dass ich sie liebe.« »Herrgott, Mac, stirb mir bloß nicht weg!« In der Ferne hörte er das Heulen einer Sirene.

Macs Welt begann und endete mit Schmerz. Er erinnerte sich daran, dass er das Schwanken des Bootes gespürt hatte, das Geräusch von jemandem, der auf das Deck sprang, und er hatte angenommen, dass es Clarisse war. Er konnte einen Blick auf das Gesicht des Mannes erhaschen, als er ihn niederschlug, genug, um Bryan Jackson zu erkennen.

Als seine Sicht ergraute, versuchte er noch einmal, sich auf Dan zu konzentrieren. »Sully … Risse … ich liebe sie.«

»Das kannst du ihnen selbst sagen, Kumpel. Der Krankenwagen ist gleich da.« Seine Welt wurde schwarz.

Clarisse unterhielt sich einige Zeit mit Onkel Tad und den Krankenschwestern. »Du hast keine Ahnung, wie cool das ist«, sagte sie, als sie Bart an ihren Onkel übergab.

Eine der Krankenschwestern lachte. »Wir lieben Bart. Er ist so süß und macht keinen Ärger. Die Bewohner lieben ihn. Das ist für alle eine tolle Sache, wirklich.«

Sie küsste Bart und ihren Onkel und ging zu ihrem Auto. Sie hatte dort mehr Zeit verbracht, als sie beabsichtigt hatte. Es war schon über eine Stunde her, dass sie den Hafen verlassen hatte. Als sie anhielt und die Streifenwagen und das gelbe Tatort-Band sah, schlug ihr das Herz bis zum Hals.

Dan und Elise fingen sie mit grimmigem Blick ab. »Was ist passiert? Was ist los mit euch? Wo ist Mac?«

Dan versuchte, sie zurückzuhalten. »Schatz, er ist nicht

hier. Sie haben ihn bereits ins Harborside-Krankenhaus gebracht.«

»Was ist passiert?«, schrie sie.

Elise hatte geweint und sah aus, als ob sie jeden Moment wieder anfangen würde.

Ein Deputy und ein Detective kamen auf sie zu. Sie erkannte den Detective als Jason Callahan. Seinem ebenso grimmigen Blick nach zu urteilen, konnte es nichts Gutes bedeuten.

»Jason, bitte, was ist hier los?«

Er zog sie zur Seite und nickte dem Deputy zu. »Wir werden Sie zu ihm bringen.«

Ihre Augen weiteten sich. »Oh mein Gott. Das war Bryan, nicht wahr?« Dan nahm ihre Hände. »Er hat mir gesagt, Bryan Jackson war es.«

Sie schluchzte, als Dan und Elise sie umarmten. »Wird er sterben?«

»Sie haben ihn mit dem Flugzeug ins Harborside-Kranken-haus gebracht«, sagte Jason. »Ich weiß nicht, wie sein Zustand ist.«

Dan hielt sie auf den Beinen, als ihre Knie nachgaben. Er führte sie zu einer Bank. Elise begleitete sie auf ihrer anderen Seite. »Er hat mir gesagt, ich soll dir und Sully sagen, dass er euch liebt.«

Betäubt nickte sie.

»Gib mir deine Schlüssel. Elise und ich werden dein Auto fahren und dich dort treffen, okay? Wo ist dein Handy?«

»Meine Handtasche. Im Auto.«

Dan musste ihre Hand in seine legen, um ihr die Schlüssel aus ihren zitternden Fingern zu nehmen. Elise brachte Clarisse' Handtasche, und Dan und Jason Callahan führten sie behutsam auf den Beifahrersitz von Jasons Zivilfahrzeug. Während der Deputy in seinem gekennzeichneten Wagen mit

Blaulicht und Sirene den Weg anführte, fuhren sie zum Harborside-Krankenhaus in St. Pete.

Eine emotionale Erstarrung hatte sich eingestellt. »Wir müssen Sully anrufen«, sagte sie, als sie vom Parkplatz des Jachthafens fuhren. »Sein Flugzeug fliegt in einer Stunde.«

»Willst du, dass ich es tue?«

»Bitte.« Sie brach wieder in Tränen aus.

SULLY SASS am Tor und las, als er das Vibrieren seines Telefons spürte. Er zog es aus der Hosentasche und ging ran, ohne auf das Display zu schauen. »Nicoletto.«

»Sul, ich bin's, Jayce.«

Vielleicht war es sein Instinkt, vielleicht seine Ausbildung als Polizist, vielleicht erkannte er auch nur den Tonfall seines Freundes und ehemaligen Partners. Er saß kerzengerade in seinem Sitz, sein Herz gefror zu einem harten, kalten Ball. »Was ist passiert?«

»Der Wichser hat Mac auf dem Boot erwischt.«

»Wie geht es ihm? Wie geht es Clarisse?« *Bitte, bitte, bitte lass ihn am Leben sein! Lass ihn in Sicherheit sein!*

»Ich habe sie. Es geht ihr gut. Sie war nicht hier, als er Mac angriff. Sie haben Mac mit dem Flugzeug ins Harborside-Krankenhaus gebracht. Wir sind mit einem Streifenwagen auf dem Weg dorthin.«

Sully packte betäubt sein Gepäck zusammen und rannte zum Sicherheitskontrollpunkt, wo er ein Shuttle zum Hauptterminal nehmen würde. »Was ist passiert?« Seine Stimme brach.

»Jackson hat sich auf ihn gestürzt. Mac hat ihn identifiziert, bevor er ohnmächtig wurde und die Sanitäter ihn mitnahmen.«

»Was hat er mit Mac gemacht?« Jason wollte offensichtlich nicht antworten. »Verdammt, sag es mir!«

Jasons Stimme wurde leiser. »Es ging schnell. Er hat ihn auf dem Boot überfallen und ihm mit einem Hammer den Kopf eingeschlagen.« Er senkte seine Stimme noch tiefer. »Es ist schlimm, Sul. Ich weiß, dass er es lebend ins Harborside-Krankenhaus geschafft hat, aber ich habe keine weiteren Neuigkeiten.«

Sully spürte die Tränen auf seinem Gesicht, als er zu den Shuttles rannte. »Finde den Scheißkerl. Finde ihn, bevor ich es tue, Jayce. Denn wenn ich ihn zuerst finde, bringe ich den Mistkerl um, hörst du mich?« Er schaffte es, ein Shuttle zum Hauptterminal zu erwischen und drängte sich durch die Türen, bevor sie sich schließen konnten.

»Beruhige dich, Sul. Sag jetzt nichts ...«

»Ich sage es nicht, ich verspreche es. Gib mir Clarisse.«

Es gab eine Pause, als Jason das Telefon weiterreichte. Sully wischte sich wütend die Tränen am Ärmel weg und ignorierte die anderen Passagiere im Shuttle. Dann meldete sich Clarisse' Stimme, eindringlich und schrill, in der Leitung.

»Meister?«

Förmlich bedeutete, dass es ihr überhaupt nicht gut ging. Die Tatsache, dass sie ohne zu zögern eine formelle Sprache vor jemandem benutzte, sagte ihm nicht nur, wie aufgewühlt und schockiert sie war, sondern auch, wie sehr es sie tröstete.

Er musste für sie ruhig bleiben. Sie brauchte ihn. Brant brauchte ihn. Er zwang sich zu einer Stärke, die er nicht spürte. »Ich bin hier, Haustier. Ich verlasse den Flughafen und fahre direkt zum Krankenhaus. Ich werde in etwa fünfundvierzig Minuten dort sein.«

»Ich habe Angst.«

»Ich weiß, Haustier. Hör mir zu. Du bleibst bei Jason, bis ich da bin, hörst du? Du weichst *nicht von* seiner Seite, nicht einmal, um allein auf die Toilette zu gehen, verstanden?«

»Ja.«

Er hasste sich selbst, aber er sagte es trotzdem. »Ja, *was,* Haustier?« »Ja, Meister.«

»So ist es brav. Du bleibst bei Jason. Er wird auf dich aufpassen, bis ich da bin. Ich liebe dich.«

»Ich liebe dich auch, Meister.« »Gib mir Jayce wieder, Haustier.«

Es gab eine Pause, dann kam Jasons Stimme. »Ja.«

Sully senkte seine Stimme zu einem wütenden Knurren. »*Wage es nicht,* sie aus den Augen zu lassen, hast du mich verstanden? Dieser Wichser wird sie bis ins Krankenhaus verfolgen. Schwör mir, dass du persönlich bei ihr bleiben wirst.«

»Um Himmels willen, Sul, du weißt, dass ich es tun werde.«

Er erreichte den Taxistand und schnappte sich das erste Taxi, das ihn nach St. Pete bringen sollte. Er sprang auf den Rücksitz und überließ dem Fahrer sein Gepäck. »Ich bin schon auf dem Weg. Pass gut auf sie auf.«

»Wir sehen uns bald wieder.«

Sully legte auf, legte den Kopf zurück auf den Sitz und erlaubte sich zu weinen. Das würde der einzige Luxus sein, den er haben würde. Denn sobald er wusste, dass es Brant gut ging und er Clarisse in ein sicheres Haus bringen konnte, würde er keine Zeit mehr zum Weinen haben.

Er hätte nur Zeit zu töten.

KAPITEL FÜNFUNDZWANZIG

Jason und der Deputy begleiteten Clarisse ins Krankenhaus und übernahmen das Reden für sie. Sie klammerte sich an Jasons Arm, während der Hilfssheriff ihre Handtasche trug. Mac wurde bereits operiert, und sie konnten ihnen keine Updates geben, da man noch versuchte, das Ausmaß seiner Verletzungen zu bestimmen.

Er war am Leben. Das ist alles, was sie sagen konnten.

»Haben sie Bryan schon gefunden?«, fragte sie auf dem Weg zum Wartezimmer.

Jason schüttelte grimmig den Kopf. »Noch nicht, Schätzchen. Aber das werden wir.«

Er hatte sie gefunden. Schlimmer noch, er hatte Mac verletzt. Jetzt würde auch Sully in Gefahr sein. Wenn Mac starb, weil sie Bryan Jackson zu ihnen geführt hatte, würde sie sich das nie verzeihen.

Ein schrecklicher Gedanke durchzuckte sie. »Was ist mit Onkel Tad?«

»Ich habe bereits einen Deputy hingeschickt, um ihn zu beobachten. Die Einrichtung wurde benachrichtigt. Wir werden auf ihn aufpassen, das verspreche ich.«

Sie schlang ihre Arme um sich und schaukelte langsam in ihrem Stuhl hin und her. *Bitte sei okay … bitte sei okay.* Das sagte sie im Stillen immer und immer wieder. Dan und Elise kamen, um sich zu ihr zu setzen, und sie bemerkte es kaum. Sie konzentrierte sich in Gedanken auf Macs süßes Gesicht und betete, dass er durchkommen würde.

Als Sully ankam, stellte er sein Gepäck an der Tür zum Wartezimmer ab, rannte zu ihr und schloss sie in seine Arme, als sie schluchzend zusammenbrach. Er sank mit ihr auf den Boden und hielt sie fest.

»Pst, Haustier. Ich bin ja da. Es ist alles in Ordnung.«

Die Zeit verschwamm für sie. Obwohl sie Sully als emotionale Stütze benutzte, weigerte sich Clarisse, das Krankenhaus zu verlassen, wollte nicht von Macs Seite weichen, um nach Hause zu gehen. Auch keine meisterhaften Befehle oder ehelichen Vorschläge konnten sie umstimmen.

Sully spürte dies und erzwang das Problem nicht. Er blieb bei ihr und besorgte ein Zimmer in einem Hotel ein paar Blocks entfernt, wo er sie bei Schichtwechsel zwang, zu gehen, damit sie duschen und sich zum Schlafen hinlegen konnte. In den wenigen Fällen, in denen er wusste, dass er ein Nickerchen machen musste, um nicht zu kollabieren, kam Jason zu ihr auf die Intensivstation, um sicherzustellen, dass sie in Sicherheit war. Aufgrund der Umstände und der Tatsache, dass Mac rund um die Uhr bewaffneten Schutz brauchte, bis Bryan in Gewahrsam war, wurden die Regeln gelockert, um Clarisse und Sully rund um die Uhr Zugang zur Intensivstation zu gewähren, anstatt der üblichen begrenzten Besuchszeit.

Am fünften Tag nach dem Angriff hatte sich Macs Zustand nicht verändert. Sie stuften ihn als kritisch, aber stabil ein. Solange die Schwellung des Schädels nicht zurückgegangen war, konnte man nicht damit beginnen, seine Medikamente zu reduzieren und ihn aus dem Koma zu holen.

Sully sah, wie Clarisse' Gesicht von Tag zu Tag blasser wurde. Es war schwer für sie stark zu bleiben, wenn er nur noch seinen Kopf auf Macs Bett legen und sich in den Schlaf schluchzen wollte. Er wagte nicht, vor ihr zu weinen. Sie brauchte seine Stärke. Wenn dies nur ein Bruchteil des quälenden Leids war, das Mac empfand, wenn ihre Positionen vertauscht waren, dann fühlte er sich verdammt schuldig, Mac das angetan zu haben.

Jason betrat Macs Intensivstation kurz vor Mittag und neigte seinen Kopf zu Sully, um mit ihm unter vier Augen zu sprechen. Jason hatte dem diensthabenden, uniformierten Deputy gesagt, er solle sich ein paar Minuten Zeit nehmen, um etwas zu essen, da er da sei.

Sully beugte sich vor und küsste Clarisse auf die Stirn. »Baby, ich muss ein paar Minuten mit Jayce reden, okay?«

Sie nickte, und die tiefen Vertiefungen unter ihren Augen verstärkten seinen Kummer.

Es gab nichts, was er tun konnte, keine tröstenden Worte, die er sagen konnte.

Sie konnten einfach nur abwarten.

Zärtlich strich er ihr eine Haarsträhne hinters Ohr. »Wenn ich zurückkomme, gehen wir nach unten und essen.«

»Ich bin nicht hungrig«, flüsterte sie. Ihr Blick wich nicht von Macs Gesicht, sie wollte, dass er aufwachte, dass er aufstand und geheilt wurde.

Wenn sie in den letzten Tagen mehr als zweitausend Kalorien zu sich genommen hatte, war er Richard Nixon. Es war alles, was er tun konnte, um sie dazu zu bringen, Wasser zu trinken. Er hasste sich selbst und seine Stimme wurde härter.

»Haustier«, sagte er sanft, »du musst essen. Sir würde nicht wollen, dass du dich krank machst, das weißt du.«

Nach einem langen Moment nickte sie schließlich. »Ja, Meister.«

»Braves Mädchen.« Er küsste ihre Schläfe und drückte sanft ihre Schulter, bevor er das Zimmer verließ und die Tür hinter sich zuschob.

BRYAN BEOBACHTETE den Korridor der Intensivstation. Die Sicherheitsvorkehrungen im Krankenhaus waren erstaunlich lax, selbst der uniformierte Wachhabende neigte dazu, jeden zu ignorieren, der Krankenhauskleidung trug und einen Ausweis bei sich hatte. Wenn man in einem Kasack und einem weißen Arztkittel herumlief und eine kleine Tasche mit Phlebotomie-Zubehör und ein Klemmbrett bei sich trug, hatte man praktisch überall Zutritt, vor allem auf der hektischen Intensivstation. Das Harborside-Krankenhaus war als regionales Traumazentrum nicht gerade ein ruhiger Ort.

Er hatte sich den Ausweis eines Mitarbeiters geschnappt, der an einem unbeaufsichtigten Pullover hing, der über einem Stuhl in der Aufnahme hing. Es dauerte nicht lange, bis er auf seinem Laptop einen gefälschten Ausweis erstellte, einen kurzen Zwischenstopp an einem Fotodrucker in einem Drogeriemarkt einlegte und die Fälschung auf den vorhandenen Ausweis klebte. Mit einem sorgfältig zugeschnittenen Stück Laminierfolie darüber war er gut genug für die Arbeit der Behörden und würde die Leute lange genug hinhalten.

Lange genug, um Clarisse zu bekommen.

Er hatte sich eine Glatze rasiert. Ein Wurfkissen, das er sich um die Hüfte geschnallt hatte, ließ ihn mindestens dreißig Pfund schwerer erscheinen, und ein vorsichtiges Lächeln verstärkte die Illusion.

Im Inneren des Kissens verstaute er die Waffe.

Er schlüpfte in das Zimmer, erleichtert, dass sie allein war, und wusste, dass es nicht lange dauern würde, bis der uniformierte Deputy und die beiden anderen Männer zurückkehrten. Sie sah ihn nicht an, warum sollte sie auch? Sie war es gewohnt, medizinisches Personal kommen und gehen zu sehen.

Er konnte sich des befriedigenden Kitzelns nicht erwehren, als er die Mündung der Waffe an ihre Schläfe drückte und spürte, wie sie vor Angst erstarrte.

»Hallo, Clarisse.«

Sie sagte nichts. Er drückte fester zu. »Willst du nicht Hallo sagen?

Wo zum Teufel sind deine Manieren?« »Hallo, Bryan.«

»So wird es jetzt ablaufen. Du kommst mit mir mit, ganz leise. Sonst bringe ich dich, ihn und den anderen Kerl um, wenn er auftaucht. Du hast mein Leben total versaut. Nun, ich ficke deins. Ich will mein gottverdammtes Geld.«

»Es war mein Geld.«

Er genoss ihr schmerzhaftes Zischen, als er mit der anderen Hand ihren Arm packte und zudrückte, wobei sich seine Finger in sie bohrten. »Falsch. Es ist *mein* Geld. Ich habe hart dafür gearbeitet, und ich will es haben, du verdammte Fotze. Mit vielen Zinsen. Ich brauche es für einen Neuanfang. Wenn ich mich dann von dir verabschiedet habe, gehe ich und du siehst mich nie wieder.«

CLARISSE FÜHLTE SICH WIE BETÄUBT. Zum ersten Mal wurde ihr klar, dass sie nicht um sich selbst Angst vor Bryan hatte, sondern um Mac. Und um Sully. »Ich werde mit dir gehen. Aber ... bitte tu ihm nicht weh.«

»Ich habe schon meinen Spaß mit ihm gehabt. Gib mir dein Handy.« Sie reichte es ihm, und er fand schnell heraus, wie man es ausschalten konnte. Er steckte es in seine Tasche, bevor er sie grob auf die Beine zog und zur Tür schob. Dann zog er einen Umschlag aus der Tasche mit den medizinischen Hilfsmitteln, die er bei sich trug, und warf ihn auf das Bett. Die Waffe steckte er in seine rechte Kitteltasche, ließ sie aber nicht los. Er trug die Tasche in seiner linken Hand.

Als er dicht hinter sie trat, musste sie den Drang unterdrücken, zu schreien. »Geh nach links«, befahl er leise. »Vor mir her, bis zum ersten Gang auf der rechten Seite, dort biegen wir ab. Auf der linken Seite ist ein Treppenhaus. Dahin gehen wir.«

Sie fühlte sich mehr betäubt als verängstigt und willigte ein, denn sie wollte Bryan so weit wie möglich von Mac und Sully weglocken. Es war ihr egal, ob er sie tötete. Sully hatte versucht, ihr die Wahrheit vorzuenthalten, aber sie hatte gehört, wie die Ärzte mit ihm gesprochen hatten. Es gab keine Garantie, dass Mac jemals wieder aufwachen würde. Und wenn doch, würde er vielleicht für den Rest seines Lebens nur noch bettlägerig sein und kaum noch etwas mitbekommen. Sie konnten das Ausmaß seiner Hirnverletzungen nicht abschätzen, bevor das erste Trauma nicht vollständig verheilt war.

Aber wenn Bryan versuchen wollte, sie zu töten, würde sie ihm zur Vergeltung sicher erst einmal einen höllischen Kampf liefern, wenn sie nur die geringste Chance dazu hätte.

SULLY UND JASON kehrten zehn Minuten später an Macs Bett zurück. Keine Neuigkeiten. Das Arschloch hatte in Ohio viel Geld von seinen Kreditkarten abgehoben, einen Kredit über fünfhundert Dollar aufgenommen und war wie vom Erdboden verschluckt. Keiner seiner Familie hatte etwas von ihm gehört. Die Fahndung hatte keine Spuren ergeben, und sein Auto war nicht gesichtet worden.

Sully machte sich Sorgen, als er Clarisse nicht neben Macs Bett sitzen sah, aber er vermutete, dass sie auf die Toilette gegangen war, denn ihre Handtasche lag immer noch auf dem Boden unter seinem Bett, wo sie sie normalerweise ablegte. Er stand mit Jason in der Zimmertür und hielt seinen Blick auf die Toiletten gerichtet. Als sie immer noch nicht zurückkam, ging er den Flur entlang. Die Damentoilette war eine Einzeltoilette, ohne Kabinen, wie die Herrentoilette. Er versuchte es mit dem Türknauf und stellte fest, dass die Tür unverschlossen und unbesetzt war.

Die Angst verdrehte ihm den Magen. Sie wäre nicht ohne ihn gegangen oder ohne ihm zu sagen, wohin sie ging.

Ohne ihr Portemonnaie.

Er kehrte in das Zimmer zurück. Jason starrte ihn an. »Was ist los?«

Sully schüttelte den Kopf und sah sich nach Macs Krankenschwester um. »Haben Sie Clarisse gesehen?«

»Ja, sie ging kurz nach Ihnen. Sie hat mit einem Laboranten gesprochen.« »Labortechniker?« Jason und Sully tauschten einen Blick aus. Um sich selbst zu beruhigen, ging er an Macs Seite hinüber.

In diesem Moment entdeckte er den Umschlag. Auf der Vorderseite war ein einziges Wort gedruckt: *Nicoletto.*

Adrenalin schoss durch seinen Körper. Seine Hand zitterte, als er nach ihm griff. Er tauschte einen weiteren Blick mit Jason. Scheiß auf das Protokoll, er wusste, wer es hinterlassen hatte. Fingerabdrücke hin oder her. Der Zettel war mit einem Computer ausgedruckt worden.

WENN DU WEIßT, was gut für dich ist, wirst du warten, bis ich mich bei dir melde. Keine Sorge, ich werde ihr nicht wehtun. Nicht sehr. Spiel den einsamen Wolf oder du wirst ihren Körper nie finden. Ich melde mich später bei dir. Halte hundert Riesen in bar bereit, wenn du sie in einem Stück wiederhaben willst. Du weißt, wie es läuft. Vergiss nicht, ich weiß es auch.

DIE FARBE wich aus Sullys Gesicht, als er ihn Jason reichte.

Jason überflog die Nachricht. »Scheiße!« Er griff nach seinem Funkgerät, aber Sully legte eine Hand auf seine und schüttelte den Kopf. Er packte Jason und zerrte ihn aus dem Raum in einen Konferenzraum, wo er die Tür hinter ihnen schloss und verriegelte.

»Du kannst jetzt keine Hilfe rufen!«

»Sully, du kennst die Regeln. Ich muss einen Alarm auslösen!« »Er wird sie umbringen.«

»Er wird sie so oder so umbringen! Wir verschwenden nur Zeit! Er ist auf Blut aus. Er hat Mac fast umgebracht!«

»Er *wird* sie umbringen, Jayce. Er ist wahrscheinlich schon mit ihr aus dem Krankenhaus raus.« Seine Hände zitterten, als er sich auf einen der Stühle setzte. »Wir können das nicht melden.«

»Hör dir selbst zu! Das ist keins von deinen verdammten Büchern! Du kannst doch nicht ernsthaft glauben, dass du damit umgehen kannst.«

»Du wirst mir helfen.«

Jason schüttelte langsam den Kopf. »Du denkst nicht klar, Sul. Wir müssen uns an die Zahlen halten.«

Sullys Kiefer krampfte sich zusammen. »Du bist zwei Jahre

über die Vesting-Periode hinweg. Was werden sie tun, dich entlassen? Du kannst in Rente gehen. Das wolltest du sowieso in ein paar Jahren tun. Du bekommst immer noch deine Rente und die Sozialleistungen. Du und ich, wir können diesen Scheißkerl fangen.«

»Ähm, ja, dann kommt der Wichser vor Gericht frei und du und ich sind Zellengenossen in Raiford mit einigen unserer früheren Kumpels. Verdammt guter Plan. Nein, danke.«

Sully warf Jason einen strengen Blick zu. »Es *wird keinen* Prozess geben.«

»Hörst du dir selbst eigentlich zu! Du bist Polizist, Mann! Du hast geschworen, zu schützen und zu dienen, nicht Dirty Harry zu spielen!«

»Entweder du hilfst mir oder du gehst mir verdammt noch mal aus dem Weg, Jayce. Es gibt keine Optionen. Der Typ ist Bulle, er weiß, was wir wissen, aber wir haben den Heimvorteil. Wir können ihn ausschalten und du weißt, dass er es verdient hat. Es geht nicht darum, dass wir DNA für eine sichere Verurteilung brauchen. Wenn wir es nach Handbuch machen, verlieren wir Zeit und Handlungsspielraum und er wird sie sowieso töten. Er weiß, dass er untergehen wird, und er ist bereit, so viele von uns mitzunehmen, wie er kann.«

»Scheiße!« Jason ging auf und ab und fuhr sich mit der Hand durch die Haare. Er blieb einen langen Moment am anderen Ende des Raumes stehen, dann wandte er sich an Sully. »Du verlangst eine Menge.«

»Ich verlange gar nichts. Hilf mir, oder vergiss, dass du etwas weißt. Du wirst meine Gefühle nicht verletzen, solange du mir nicht in die Quere kommst.«

Er betrachtete Sullys Gesicht; den Blick kannte er gut: diese verbissene Entschlossenheit.

Er nickte entmutigt. »Ich helfe dir, aber nur, weil ich bei deiner Beerdigung nicht der Sargträger sein will.«

Sully stand auf. »Dann lass uns gehen. Wir werden deine Weste brauchen.«

CLARISSE KAUERTE AUF DEM BEIFAHRERSITZ. Sie weigerte sich zu weinen, zu schniefen, zu betteln oder zu flehen. Er war völlig durchgeknallt. Sie spürte, wenn sie die Fassung verlor, würde ihn das nur noch mehr anspornen und sie würde noch schneller getötet werden.

Als sie die Position wechselte, stieß sie mit den Füßen gegen mehrere leere Bierflaschen, die auf dem Boden des Vordersitzes verstreut waren. Toll, er trank auch schon wieder. Sie wusste nicht, wo er die Schrottkarre mit den Nummernschildern aus Virginia abgeholt hatte, aber es klang, als wäre es nicht mehr lang bis zu ihrem endgültigen Termin auf dem Schrottplatz entfernt. Er schlängelte sich durch den Verkehr in der Innen-stadt von St. Pete. Sie dachte, er würde die I-275 nehmen, aber er hielt sich an Nebenstraßen und kontrollierte ständig seine Spiegel. Er sprach nicht, und sie machte sich nicht die Mühe, ihn anzusprechen.

Er fuhr nach Norden, zu einem alten Motel im Stil eines Autohofs, zwei Blocks westlich der Alternate U.S. 19, in Palm Harbor, südlich von Tarpon. Er parkte auf einem Parkplatz vor dem Zimmer am anderen Ende und sah sie an.

»Ganz ruhig. Steig aus und warte auf mich, dann folge mir. Wenn du es nicht tust, erschieße ich dich und fahre weg. Dann werde ich deinen Freund töten.«

Unter seinen wachsamen Augen öffnete sie langsam die Tür und stellte sich nach dem Schließen der Tür wartend neben das Auto. Er schnappte sich eine Tragetasche aus dem

Auto und sie folgte ihm in den letzten Raum, wo ein ›Bitte nicht stören‹-Schild an der Tür hing.

Er schloss die Tür hinter ihnen und zog die Pistole aus der Tasche des Laborkittels. »Jetzt leere deine Taschen.« Er legte ihr Mobiltelefon auf die Kommode.

Sie konnte nicht länger warten. Langsam holte sie ein paar Scheine und Kleingeld heraus. Ihre Ringe hatte sie wie immer vor einer Bootsfahrt zu Hause im Waffenschrank eingeschlossen, weil sie nicht riskieren wollte, sie zu verlieren oder an etwas hängen zu bleiben.

Gott sei Dank hatte sie das. »Das war's?«

Sie nickte.

Er schnappte sich einen Stuhl von dem kleinen Tisch und zog ihn in den hinteren Teil des Raums, in die Nähe des Badezimmers. Er winkte mit der Waffe. »Setz dich.« Sie gehorchte.

Mit einer Rolle Klebeband befestigte er ihre Arme und Beine an dem Stuhl. Sie war ein wenig erleichtert, dass er sie nicht vergewaltigen würde, zumindest nicht in diesem Moment.

Wenn er versuchte, sie so zu berühren, würde sie ihn abwehren. Niemand außer ihren Männern berührte sie auf diese Weise. Selbst unter Todesgefahr würde sie nicht zulassen, dass er das mit ihr machte.

Als er mit ihren Fesseln zufrieden war, holte er aus und gab ihr eine kräftige Ohrfeige. »Du blöde Scheißfotze. Musstest du dich bei jedem ausheulen, dass ich dir wehgetan habe?«

Er studierte das Gift in ihren Augen, als sie nicht reagierte, nicht weinte. Er ohrfeigte sie erneut, fester. »Was zum Teufel? Bist du dumm und hast vergessen, wie man spricht?«

Es tat weh, und wenn er seine Fäuste gegen sie einsetzte, würde sie zweifellos weinen. Aber wenn man bedenkt, dass seine Ohrfeige nicht annähernd so weh tat wie Sullys Reitpeitsche auf ihrem Hintern, würde sie verdammt sein, wenn sie ihm die Genugtuung geben würde. »Ich habe dir nichts zu sagen.«

»Ich wette, du wirst eine Menge sagen, wenn ich dir deine Finger einzeln abschneide, während dein Arschlochfreund zuhört.« Er nahm sich ein Bier, öffnete es und nahm einen langen, tiefen Schluck davon. Dann griff er nach ihrem Mobiltelefon.

SULLY DRÜCKTE IMMER WIEDER auf die Aktualisierungsfunktion der Ortungssoftware, während Jason über seiner Schulter schwebte. Verdammt, der Bastard muss ihr Handy ausgeschaltet haben. Sobald er einen Standort hatte, sollte er, je nachdem, welche Mobilfunkmasten ihr Telefon ansprach, zumindest ein paar Blocks von ihrem Standort entfernt sein, wenn das Telefon das Satellitensignal für die GPS-Koordinaten richtig einfangen konnte.

Dann der erste Ping, als das System das Telefon fand. Nicht ihren genauen Standort; dazu würde er sie anrufen müssen. Aber er hatte zu viele Programme und Fenster auf seinem Laptop geöffnet, und er hängte sich auf, bevor er das Signal empfangen konnte.

Er fluchte und griff nach seinem Handy, während er den Computer neu startete.

C LARISSE ERKANNTE, dass es Bryan stören musste, dass sie nicht flehte, weinte und sich anbiederte, wie sie es normalerweise tat, wenn er hinter ihr her war.

Dass sie keine Angst um sich selbst zeigte.

Er stellte seine Bierflasche ab und lehnte sich dicht an sie heran. Er griff nach ihrem Kinn und grub seine Finger in ihre Wangen. »Du wirst mir später noch viel zu sagen haben, Schlampe.« Er wurde immer wütender, wenn er trank, was häufig geschah, wenn sie zusammen waren. Nach seinem dritten Bier war er auf dem Weg, sehr betrunken zu werden.

Und sehr wütend.

Er ließ sie los, nachdem er sie ein letztes Mal geohrfeigt hatte. Dieser Schlag war härter als die ersten beiden und ließ ihren Kopf wackeln, sodass sie Sterne sah. Trotzdem schaffte sie es irgendwie, ihr Lächeln zu unterdrücken.

»Du schlägst wie ein Mädchen, Arschloch.« Okay, nicht das Klügste, was sie sagen konnte, und sie wusste, dass sie es in dem Moment, in dem sie es aussprach, bereuen würde.

Er zog seinen Arm zurück, um sie zu schlagen, als ihr Telefon mit der *Mission-Impossible*-Titelmusik klingelte. Macs Telefon.

Sully. Er musste es sein, denn er hatte Macs Telefon. »Ist das dein anderer Freund?«

Sie erzwang die Lüge. »Nein.« Nun, technisch gesehen war es keine Lüge. Er war nicht ihr Freund, er war ihr Ehemann.

Er trat zurück, griff nach ihrem Telefon und sah es an. Sie konnte es nicht glauben, als er es aufklappte und es ihr vor das Gesicht hielt. Das Bier muss sein Urteilsvermögen vernebelt haben. Gott sei Dank hatte sie die Anruferkennung so eingestellt, dass Sir B statt Brant angezeigt wurde.

Sie wich nicht zurück, wandte ihren Blick nicht von Bryan ab. »Hallo, Sir. Wie geht es Ihnen?«

»Haustier, ich bin's. Wie geht es dir?« Clarisse versuchte, Sullys Stimme zu deuten, sie wusste, dass er den Zettel gefunden haben musste, den Bryan an Macs Bett hinterlassen hatte, aber sie wusste nicht, was auf dem Zettel gestanden hatte.

»Alles in Ordnung, Sir. Es ist schön, von Ihnen zu hören. Danke für Ihren Anruf. Wir kommen gut zurecht. Es war eine harte Zeit.«

Sully hielt inne, und als er sprach, klang seine Stimme sanft. »Braves Mädchen, Haustier. Ich starte meinen Computer neu. Es wird eine Minute dauern. Rede weiter. Ist er da?«

Sie überlegte schnell. »Ich beschloss, die Besuche mit Sully *alternativ* zu gestalten.« Sie sprach *alternativ* so aus, wie es die Einheimischen gewöhnlich sagten, wenn sie sich auf Alternate 19 bezogen, und betete, dass Sully es verstand. »Er sagte, ich solle um neunzehn Uhr plus/minus nach dem Schichtwechsel auf die Intensivstation zurückkommen. Vielleicht gehe ich aber etwas früher wieder hin.«

Wieder eine lange Pause von Sully. »Verstanden. Wo hält er dich fest? Gib mir einen Hinweis, falls die Verbindung weg ist.«

»Das ist schon in Ordnung. Es waren lange Tage. Ich hatte keine Lust, den ganzen Weg nach Hause zu fahren, also bin ich im Motel. Sie können ihn aber auf dem Handy anrufen.«

Wieder eine Pause. »Seminole?«

»Nein, das ist die Nummer, die er vorher hatte. Rufen Sie die neue Nummer an.«

Die Pausen wurden kürzer. »Largo? Sprich weiter, falls er dir das Telefon wegnimmt. Mein Computer ist noch nicht hochgefahren.«

»Nicht ganz, aber sie hoffen, eher früher als später.« Bryan beobachtete sie auf jedes Anzeichen von Verrat. Sie weigerte sich, den Blick abzuwenden.

»Du bist fantastisch, Haustier. Ich bin so stolz auf dich. Dunedin?«

»Nein, wenn Sie heute Abend vorbeikommen, müssen Sie dort parken, wo Sie schon einmal geparkt haben, und zum anderen Eingang des Krankenhauses gehen. Der ist weiter oben. Sie können auch ins nördliche Parkhaus, aber das ist kostenpflichtig.«

»Holiday?«

»Das wäre zu weit weg vom Krankenhaus. In dieser Gegend ist es nicht gut, weit zu Fuß zu gehen. Ich meine den Harborside-Parkplatz, wo die ganzen Palmen stehen.«

Sie hörte eine gedämpfte Männerstimme im Hintergrund und das Klappern von etwas, das wie Papier klang. »Palm Harbor? Ein Motel in Palm Harbor?«

»Ja, genau.«

»Braves Mädchen, Haustier. Bewege dich nicht vom Fleck. Hat er dir wehgetan?«

Wenn sie auch nur die geringste Chance hatte, würde Bryan derjenige sein, mit verdammt großen Schmerzen. »Nein, Sir. Ich komme ganz gut zurecht. Die Lage ist im Moment sehr angespannt.«

»Ich liebe dich, Haustier. So sehr, du hast keine Ahnung. Ich verspreche, dass ich dich holen werde. Ich *werde* dich sicher nach Hause bringen. Bleib einfach ruhig sitzen. Verdammter Computer, ich versuche mich einzuloggen, damit ich dich verfolgen kann.«

Bryan machte eine schneidende Bewegung an seiner Kehle.

»Das gilt auch für mich, Sir. Tut mir leid. Ich muss jetzt gehen. Danke, dass Sie angerufen haben. Auf Wiederhören.«

Bryan ließ sie keine Sekunde aus den Augen, als er das Telefon wegzog und auflegte. »Wer zum Teufel war das? Sir B?« Er drehte es wieder auf. »Dein Akku ist leer. Wir werden deinen kleinen Freund später anrufen.«

»Ich habe einige ... spirituelle Kurse in der griechisch-orthodoxen Kirche in Tarpon besucht. Bill. Er ist der Lehrer. Wir nennen ihn alle Sir. Er ist Brite. Er wurde zum Ritter geschlagen.«

Sie zuckte innerlich zusammen und wünschte, sie hätte

sich eine bessere Geschichte einfallen lassen. Es fiel ihr nicht mehr leicht zu lügen, nicht einmal gegenüber Bryan, und auch nicht im Angesicht des Todes. Es fühlte sich falsch an zu lügen. Ihre Fähigkeiten waren mit dem Nichtgebrauch verkümmert.

Sie hatte nie mehr einen Grund zu lügen. Sie hatte nie Angst davor, die Wahrheit zu sagen.

Clarisse kämpfte gegen die alten Ängste an, die zurückkehrten, um sie zu lähmen, wie bedrückend das Leben mit Bryan gewesen war. Wie ein dicker, ekliger Schleim wollte es all ihre Hoffnungen aufsaugen.

Sein Blick wanderte über ihr Gesicht und dann an ihrem Körper hinunter. »Du hast dich verändert, Clarisse. Ich weiß nicht, was, aber ich glaube, es gefällt mir. Schade, dass du den Glauben nicht schon früher entdeckt hast, als du mit mir zusammen warst. Es passt zu dir.« Er drehte sich um und ließ das Telefon auf das Bett fallen. »Ich gehe duschen. Ich lasse die Badezimmertür offen.«

Er riss ein Stück Klebeband von der Rolle und klebte es ihr über den Mund. »Nur für den Fall.«

Dann leerte er sein Bier, schnappte sich ein neues und machte sich auf den Weg zur Toilette.

S ULLY LEGTE auf und studierte die Karte. Sie hatten Macs Telefon auf Lautsprecher geschaltet und das Gespräch aufgezeichnet. Sully benutzte Macs Telefon, da er wusste, dass sein eigenes Telefon als ›Meister‹ in ihrer Anruferliste erschien. Er wollte nicht, dass Jasons Telefon mit dieser Sache in Verbindung gebracht wurde.

Er hoffte, sie würde eine gute Erklärung für ›Sir B‹ finden.

Sully arbeitete an seinem Laptop, um das GPS ihres Telefons aufzuspüren, und fluchte dann, als er merkte, dass das Scheißding es wieder ausgeschaltet hatte. Er versuchte, sie zurückzurufen, aber es ging direkt auf ihre Mailbox.

»Sie ist in einem Motel in Palm Harbor, an oder in der Nähe der Alternate 19«, sagte Sully und studierte weiter die Karte.

»Wie kannst du so sicher sein? Das mit Palm Harbor weiß ich, aber der Ort?«

»Sie hat ganz eindeutig ›alternate‹ gesagt, wie die Einheimischen es aussprechen. Und dann neunzehn Uhr. Alternate 19, in Palm Harbor, aber nicht auf der Alternate 19, sondern irgendwo ganz in der Nähe.«

Er schaltete zwischen den Fenstern des Computers hin und her und versuchte, Motels zu finden, die in Frage kamen. Eine Minute später zeigte er auf den Bildschirm. »Da.« Er konnte nicht glauben, dass Bryan ihr Telefon nicht weggeschmissen hatte. Noch erstaunlicher war, dass er sie ans Telefon gehen und reden ließ. Die Dreifaltigkeit, dass er sie so lange reden ließ, wie er es tat.

Gott sei Dank gibt es die Tracking-App. Das nächste Mal würde er bereit sein.

Jason schaute über seine Schulter. »Es gibt mindestens sechs verschiedene Motels in dieser Gegend. Wir wissen nicht, auf welcher Seite der Alternate sie ist.«

»Wir werden sie finden.« Er fuhr den Laptop herunter und begann zu packen. »Komm schon.«

Jason half ihm, einige Sachen zusammenzusuchen. Sully folgte Jason zu seinem Haus, wo Jason eine kugelsichere Weste und eine weitere Waffe holte.

»Hilfst du mir, meine Hypothek zu bezahlen, wenn ich deswegen meine Rente verliere?« schnauzte Jayce.

»Kumpel, ich zahle deine verdammte Hypothek.«

NACH DER DUSCHE setzte sich Bryan auf das Bett und sah Clarisse an. »Du hast dich wirklich verändert. Was zum Teufel ist mit dir passiert?« Er hatte das Klebeband brutal abgerissen und grinste, als sie ihn anfunkelte.

»Du bist mir passiert.«

»Ja, nun, ich bin gerade erst dabei, dir so richtig zu passieren. Ich habe in der Zeitung von dem Typen auf dem Boot gelesen. Ich bin froh, dass ich den Goldesel nicht getötet habe. Wir rufen deinen Schriftsteller-Cop-Kumpel an, und er wird eine kleine Abhebung bei seiner Bank machen. Wenn ich abreise, habe ich genug, um nach Südamerika abzuhauen und mich zur Ruhe zu setzen. Ich habe dort einen Kontakt, der einen Computerexperten braucht. Leicht verdientes Geld, kein Scheißstress.«

Er streckte sich auf dem Bett aus. »Also, worum geht's? Du fickst diesen Nicoletto für die Miete? Mehr bist du sowieso nicht wert.«

Sie umklammerte die Armlehnen des Stuhls so fest, wie es das Klebeband zuließ. »Er ist mein Mann, Arschloch.« Wahrscheinlich war es falsch, das zu sagen, aber sie konnte es nicht ertragen, seinem Mundwerk zuzuhören.

Bryan wölbte die Augenbrauen. »Verdammter Mistkerl! Du bist mit diesem Wichser verheiratet? Wie hast du ihm das eingebrockt?« Er lachte, lang und hart. »Armer Irrer. Nun, vielleicht kann ich ihn wenigstens zum Witwer machen.«

Er starrte sie an. »Du bist also mit ihm verheiratet, aber du stehst offensichtlich diesem anderen Arschloch nahe. Ich habe gesehen, wie du ihn geküsst hast. Was hat es damit auf sich?« Ein langsames, böses Grinsen verzog sein Gesicht. »Betrügst du schon deinen neuen Mann? Oder fickst du sie beide? War das

das Problem, dass ich dich nicht mit meinen Kumpels geteilt habe? Perverse Schlampe. Du bist eine kleine verdammte Hure, nicht wahr?«

Clarisse wehrte sich gegen ihre Fesseln. »Ich werde dich umbringen, du Mistkerl!«

Er lachte und hob die Waffe, um ihre Bewegungen zum Stillstand zu bringen. »Nein, das glaube ich nicht.«

DREI STUNDEN später wurden Sully und Jason in einem Motel in Palm Harbor untergebracht. Sully benutzte einen falschen Namen und bezahlte das Zimmer bar. Sie erkundeten alle Motels in der Nähe der Stelle, an der das letzte Ortungssignal aufgetreten war. Als Bryans Anruf eine Stunde vor Einbruch der Dunkelheit eintraf, hatte Sully die GPS-Software geladen und eingeloggt und war bereit, den Standort des Telefons zu verfolgen.

»Ist das Nicoletto?«, fragte der Mann. »Ja. Wo ist Clarisse?«

»Es geht ihr gut. Sie ist am Leben, vorerst. Sie ist also deine Frau, ja?«

Sully zuckte zusammen. Er hatte gehofft, dass das nicht herauskommen würde, weil er wusste, dass es Bryan dazu bringen würde, mehr als nur Geld von ihr zu wollen. »Ja.«

»Ich denke, das erhöht meinen Preis. Es macht mir nichts aus, sie noch ein bisschen sicher zu verwahren. Zweihunderttausend, bar. Ich weiß, es wird ein paar Tage dauern, bis du das Geld zusammen hast. Ich weiß auch, dass du mit dem FBI reden willst. Wenn du das tust, ist sie tot. Hier gibt es eine Menge Sumpfgebiete, um eine Leiche zu entsorgen, viele Müllcontainer. Jede Menge Kanäle und Wasser.«

Sully bemühte sich um einen ängstlichen Tonfall, damit er nicht bösartig wütend klang. »Bitte, tun Sie ihr nicht weh.«

»Jetzt bist du nicht mehr so hart, was?« Sully hörte eine laute Ohrfeige. »Was zum Teufel hast du mit ihr gemacht? Ich ohrfeige sie und es ist, als wäre sie eine verdammte Taubstumme.«

Im Zimmer blickte Clarisse zu Bryan auf. Das war's. Sie *würde* das Arschloch umbringen, wenn sie die Chance dazu hätte. Wenn er die Waffe weglegte, würde sie sie irgendwie bekommen. Irgendwann musste er ja schlafen. Er hatte sie einmal freigelassen, damit sie auf die Toilette gehen konnte, aber er hatte die ganze Zeit die Waffe auf sie gerichtet. Als er sie zurückgebunden hatte, hatte er nur ihre Beine an den Stuhl gefesselt. Er fesselte ihre Hände vor ihr, in ihrem Schoß. Er klebte ihr noch mehr Klebeband auf den Mund und riss es ab, damit sie ihm die Nummer sagen konnte, die er auf ihrem Telefon wählen musste, um Sully anzurufen.

»Nein! Bitte, tun Sie ihr nicht weh!«

»Dann besorg mir das verdammte Geld, Arschloch.« Bryan legte auf, klappte das Telefon zu und warf es auf das Bett. »Du wirst mich zu einem reichen Mann machen, Baby.«

»Nenn mich nicht so!«

»Nun, wie wäre es, wenn ich dich eine schwanzlutschende Hure nenne? Ist dir das lieber?«

Clarisse schaute in seine Richtung und starrte ihn an. Schließlich blinzelte er und schüttelte den Kopf. »Ich werde dir diese Mätzchen schon noch austreiben. Nur nicht jetzt. Vielleicht muss ich uns heute Abend, wenn es dunkel wird, woanders unterbringen. Ich bin schon zu lange hier.«

Ihr Herz raste. Wenn sie woanders hingehen würden, konnte Sully sie nicht mehr so schnell finden. Wenigstens hatte sie hier eine Chance, sich zu wehren. Sie konnte nur hoffen, dass Sully ihre Hinweise so gut verstand, wie er es zu tun schien.

KAPITEL SECHSUNDZWANZIG

Sully und Jason rannten zur Tür hinaus und zwei Blocks weiter, um gegenüber einem anderen Motel zu stehen. Das alte, heruntergekommene Motel aus den 1960er-Jahren lag in einer ruhigen Seitenstraße und hatte zwanzig Zimmer. Vier Autos standen auf dem Parkplatz, zwei mit Kennzeichen aus Florida, eines aus Michigan und eines aus Virginia.

Die Männer saßen auf einer Bank an der Bushaltestelle und sahen sich um, als ob sie auf den nächsten Bus warten würden.

»Siehst du etwas?«, fragte Sully.

»Nein«, sagte Jason. »Sind wir sicher, dass er das ist?«

»Ziemlich sicher. Wir müssen nur wissen, welches Auto.« Sie beobachteten und warteten. Glücklicherweise kam kein Bus vorbei. Als die Dämmerung einsetzte, sahen sie, dass in vier der Zimmer Lichter brannten, sodass sie feststellen konnten, wo sich die Insassen in Bezug auf ihre Autos befanden.

»Wie willst du die Sache angehen?«, fragte Jason. Sie hatten sich auf eine andere Bank gesetzt, die vom Motel aus nicht zu sehen war, aber sie konnten trotzdem beobachten.

»Überlege ich mich gerade.« Sie standen auf, um zu ihrem

Motel zu gehen, als ein Auto mit einem beleuchteten Pizzeria-Schild auf dem Dach vor dem Motel anhielt. Der Fahrer ging direkt zum letzten Zimmer und klopfte an. Sie beobachteten, wie ein großer Mann vorsichtig die Tür öffnete und hinausging, ohne dass der Pizzabote einen Blick in den Raum werfen konnte.

Sullys Herz pochte, aber er zwang sich, sein Tempo beizubehalten, während er weiterging. »Das ist er. Das ist der Hurensohn.«

»Bist du sicher?«

»Ja. Er hat sich den Kopf rasiert, aber das ist er.« »Lass mich ein SWAT-Team rufen ...«

»Nein, scheiß drauf. Er wird sie umbringen, dann ist es ihm scheißegal. Sie wird keine Chance haben.«

»Was dann?«

Sully biss die Zähne zusammen. »Ich habe eine Idee.«

Sobald sie außer Sichtweite waren, rasten sie zu ihrem Motel und kletterten in Jasons Auto. Die kleine unabhängige Pizzeria, die Bryan den Kuchen geliefert hatte, lag drei Blocks entfernt in der anderen Richtung. Ein anderer Pizzabote stand draußen und rauchte eine Zigarette.

Sully ließ Jason im Auto zurück und ging auf den Mann zu, sprach einen Moment mit ihm. Sully griff in seine Brieftasche und reichte ihm ein paar Scheine. Der Mann schaute sich nervös um, nahm dann das Geld und verschwand im Haus. Einen Moment später kam er zurück und reichte Sully einen Schlüsselbund, einen Pizzakarton und ein Shirt.

Sully sprang in einen anderen Lieferwagen. Jason folgte ihm zurück zu ihrem Motel, wo Sully keine Zeit damit verschwendete, in ihr Zimmer zurückzukehren.

»Was zum Teufel?«, verlangte Jason.

Sully grinste, ohne jede Freude. »Ich habe dem Jungen gesagt, dass ich einem Freund einen praktischen Streich spielen wollte, um es ihm heimzuzahlen. Hey, so was passiert.

Versehentliche Doppelbestellung.« Er zog sein Hemd aus, zog sich die kugelsichere Weste an und dann das Pizza-Shirt darüber. Er hatte eine Windjacke aus dem Auto mitgebracht, sie trug das Logo der Pizzeria. Als er sie überzog und den Reißverschluss zuzog, verbarg sie den größten Teil der Weste.

»Geh zum Motel, sieh dich hinten um, stell sicher, dass es keinen Hintereingang gibt und dass das Badezimmerfenster zu klein ist, als dass ein Mann herauskommen könnte.«

Jason rannte los, um es zu tun, und kam ein paar Minuten später zurück. »Schau mal. Ich konnte nicht durch das Fenster sehen, es war vereist, aber ich hörte einen Kerl schimpfen und fluchen.«

Sullys Magen krampfte sich zusammen. »Konntest du sehen, ob sie da ist?« »Nein, tut mir leid.«

»Scheiße.« Er lud die 9 mm, legte eine Patrone ein und überprüfte die Sicherung. Er sah Jason an. »Wenn ich da bin, gehe ich rein. Du lässt dein Auto hinten stehen, die Schlüssel unterm Sitz, und fährst mit dem anderen Auto zurück zur Pizzeria. Parke hinten, lass die Schlüssel stecken, und triff mich in unserem Motel. Packe alle Sachen zusammen und halte dich bereit.«

»Wann rufen wir die Verstärkung?« Sully starrte Jason an.

»Oh, Scheiße, Mann. Nein, komm schon. Neutralisiere ihn, verschwinde mit ihr, und dann rufen wir Verstärkung.«

Sully schüttelte den Kopf. »Auf welcher Seite stehst du eigentlich?«

»Scheiße!« Jason fuhr sich mit der Hand durch die Haare, während er im Zimmer auf und ab ging. »Das ist ein verdammter Mord! Da kann ich nicht mitmachen!«

»Und wie nennst du das, was er Mac angetan hat? Er hat versucht, ihn zu töten. Du hast gesehen, was er mit Clarisse gemacht hat. Du weißt auch, dass er wahrscheinlich etwas mit dem Tod ihrer Eltern zu tun hatte. Sein Auto wird in der Nacht gestohlen, in der sie bei einer Fahrerflucht getötet wurden? Du kannst mir nicht erzählen, dass das kein Schwachsinn ist.«

Sully weigerte sich zu weinen, trotz der überwältigenden Emotionen, die ihn mitzureißen drohten. »Es ist etwas Persönliches, Jayce. Wir wissen nicht sicher, ob Mac durchkommt. Vielleicht wird er danach kein normales Leben mehr führen können. Sag mir, was du tun würdest, wenn es deine Frau oder deine Tochter wäre, die in diesem Krankenhausbett liegt!«

Jason starrte einen langen Moment lang an die Wand. »Ich will nicht wissen, was da drin passiert«, sagte er leise.

»Du schnappst dir das Auto des Pizzaboten und fährst weg. Wenn du dich dann besser fühlst, kommst du zurück, fährst mit meinem Auto nach Harborside und wartest dort auf mich. Es wird auf dem Überwachungsvideo zu sehen sein, das gibt mir ein Alibi. Das ist sogar das Beste. Setz dich für mich zu Mac.«

»Ich habe die Wahl, ein feiges Arschloch zu sein oder ein Komplize bei einem Mord. Nicht sehr gut.«

»Du bist kein Feigling. Du hast mir geholfen, sie zu finden. Ich kann den Rest machen. Deine Hände sind sauber, und ich werde dich auch morgen noch respektieren.« Sein Gesicht verhärtete sich. »Ich werde dieses Arschloch nicht davonkommen lassen. Ich werde nicht zulassen, dass er mir die Menschen wegnimmt, die ich liebe. Außerdem«, sagte er lächelnd, »bedeutet eine Leiche weniger verdammten Papierkram und kein gottverdammtes Gerichtsverfahren oder eine Untersuchung der Dienstaufsichtsbehörde, die man über sich ergehen lassen muss.«

Das entlockte Jason endlich ein Lächeln und ein Lachen. »Mein Gott, Sull!« Er schüttelte den Kopf. »Also gut. Du rufst mich innerhalb von zwanzig Minuten an, nachdem du durch die Tür gegangen bist, oder ich setze einen anonymen Notruf ab, dass hier ein gewalttätiger häuslicher Streit im Gange ist. Abgemacht?«

»Abgemacht. Los geht's.«

SULLY LIEẞ die Waffe auf dem Sitz unter der Pizza liegen. Sie war kalt geworden, aber das war Sully egal. Es war nur zur Show.

Der Junge im Salon hatte Bryans Bestellung nachgeschlagen. Bryan hatte den Namen Smith benutzt.

Ja, natürlich.

Bar bezahlt.

Sully parkte am Ende des Gebäudes, wo Jason den Wagen leicht erreichen konnte. Bevor er ausstieg, zog er sich eine Baseballkappe, die ebenfalls das Logo der Pizzeria trug, über den Kopf und ließ die Schultern hängen. Er zog sich ein Paar Handschuhe an und balancierte die Pizza auf der Pistole, die er an den Boden des Kartons hielt.

Als er klopfte, hörte er eine wütende Männerstimme fluchen. »Wer ist da?«

Sully setzte einen falschen Bronx-Akzent auf. »Antonio's Pizza. Ich habe eine Bestellung für Mr. Smith.«

»Was zum Teufel?«

Sully hörte, wie die Tür entriegelt wurde, und dann öffnete Bryan sie einen Spalt. Sully konnte nicht an ihm vorbei in den Raum sehen, aber er sah alles, was er brauchte. Die Finger von Bryans rechter Hand legten sich um den Rand der Tür, und die Finger seiner linken Hand drückten gegen den Türpfosten.

Er hat keine Waffe in der Hand.

»Ich habe meine Pizza schon bekommen.«

Sully drückte Bryan die Pistole gegen die Brust. Er stieß ihn in den Raum und trat die Tür hinter ihm zu. »Diesmal mit

Spezialbelag, Arschloch.« Er wagte es nicht, seine Aufmerksamkeit von Bryan abzuwenden und Clarisse anzusehen, als er die Schachtel auf den Boden fallen ließ. Draußen hörte er, wie der Wagen ansprang und losfuhr.

Die Uhr tickte.

Bryan wich von Sully zurück. Sully war vorbereitet und schlug zu, wodurch der größere Mann aus dem Gleichgewicht geriet. Bryan fiel nach hinten und krabbelte zum Bett, wo Sully die Waffe auf der Bettdecke liegen sah.

Sully war sich bewusst, dass Bryan nicht so aussehen durfte, als wäre er zu einem blutigen Brei geschlagen worden, damit sein Plan funktionierte, und trat ihm zwischen die Beine, traf in die Eier. Er erwischte ihn nicht so hart, wie er wollte. Bryan kippte um, trat aus und erwischte ihn an seinem schlechten Bein.

CLARISSE SAH SCHOCKIERT ZU, wie Sully und Bryan in der Nähe der Tür miteinander rangen. Sie konnte nicht laufen, aber sie konnte hüpfen. Sie beugte sich vor und hielt sich an der Bettkante fest, um das Gleichgewicht zu halten. Als sie sich streckte, konnte sie die Waffe nicht erreichen. Sie stieß einen markerschütternden Schrei aus, als Sully zu Boden ging und Bryan nach Sullys Waffe griff. Sie zerrte an der Bettdecke, wobei ihre Bewegungsfreiheit durch die Handschellen stark eingeschränkt war, und begann, die Bettdecke zu sich zu ziehen.

Die Waffe kam ihr immer näher, während Sully und Bryan auf der anderen Seite der Tür miteinander kämpften. Endlich hatte sie sie, tastete damit herum und schaffte es dann, sie zu entsichern und zu öffnen.

Gehbehindert und um ihr Gleichgewicht bemüht, schob sie sich um das Bett herum. Sie konnte Sully nicht einmal anschreien, dass er aus dem Weg gehen sollte, und sie war keine gute Schützin, vor allem nicht mit dem Adrenalin, das sie durchströmte, um ihn nicht zu treffen.

Dann schaffte es Bryan, sich auf Sully zu rollen, und als er sich aufsetzte, holte er aus, um ihn zu schlagen.

Sie schoss.

Die Waffe schlug zurück und flog ihr aus der Hand. Entsetzt sah sie zu, wie Bryan die Augen aufriss und dann zur Seite sackte, als Sully ihn wegstieß.

Sully rappelte sich auf und schaffte es, Clarisse aufzufangen, bevor sie fiel. Er brachte sie und den Stuhl wieder in Position und zog ihr dann vorsichtig das Klebeband vom Mund.

»Bist du okay, Baby?«

Sie konnte nicht sprechen, der Adrenalinstoß traf sie hart und schnell und ließ sie in eine Schockstarre verfallen.

Er riss das Klebeband von ihren Beinen und zog sie zu sich. Sie würden nicht viel Zeit haben. Er ließ Küsse auf ihr Gesicht regnen, während er sie fest an sich drückte. »Es ist okay, Baby. Es ist vorbei. Er ist tot.«

»Das musst du überprüfen«, flüsterte sie. »Jetzt. Überprüfen.«

Er ließ sie auf dem Bett liegen und humpelte zu Bryan hinüber. Ihr Schuss hatte ihn in die Brust getroffen, in der Nähe seines Herzens. Er war noch nicht tot, aber die Wunde blutete stark. Bald würde er das Bewusstsein verlieren.

»Noch nicht.«

»Töte ihn«, gelang es ihr. »Töte das Arschloch.«

Sie hatten keine Zeit für so etwas. Sein Plan war es gewesen, es so zu inszenieren, dass es am Rande wie ein Selbstmord aussah. In Anbetracht dessen, was Bryan getan hatte, hätten die

Techniker am Tatort alle Ungereimtheiten übersehen, wenn Jason den Weg geebnet hätte.

Dies war jedoch nicht gut.

»Das können wir nicht. Wir müssen von hier verschwinden.«

Sie schüttelte energisch den Kopf. »Töte ihn, oder ich werde es tun.«

»Nur eine Minute.« Er riss die Reste des Klebebands vom Stuhl und stellte ihn zurück auf den Tisch. Er überprüfte Bryan – er atmete immer noch.

Er fand Clarisse' Telefon auf der Kommode und steckte es zusammen mit dem Wechselgeld in seine Tasche. Dann kramte er in Bryans Taschen, bis er den Schlüssel für die Handschellen fand. Er befreite sie und rieb ihre Handgelenke. »Baby, geht es dir gut?«

Sie konnte ihren Blick nicht von Bryans reglosem Körper abwenden. »Ist er tot?«

Er nahm ihr Gesicht in seine Hände und zwang sie, ihn anzuschauen. »Haustier, hör mir zu. Konzentriere dich auf mich.« Er spürte, wie sie zitterte, und ihre Gesichtsfarbe sah nicht gut aus. »Hat er dir wehgetan?« Ihr linker Wangenknochen war bereits mit blauen Flecken übersät, aber nicht schlimm.

»Nein. Er hat mich nur geohrfeigt. Verdammtes feiges Arschloch!«, schoss sie wütend über Sullys Schulter zu Bryan.

Trotz der Situation musste Sully sich ein Lachen verkneifen. Wenn er sie nur geohrfeigt hatte, dann hatte er sie nur verärgert, nicht verletzt. »Wir müssen gehen. Jetzt.«

»Ich will ihn tot sehen!«

Sully untersuchte Bryan erneut. Er zog seinen rechten Handschuh aus und berührte mit seinen Fingern die Halsschlagader des Mannes. Sein Puls fühlte sich schwach und flach an, seine Atmung war schwerfällig. Er würde nicht mehr lange durchhalten. Sully konnte nicht sehen, wo die Kugel die

Wand oder die Tür getroffen hatte, also konnte sie nicht durch ihn hindurchgegangen sein.

Er zog den Handschuh wieder an und fand Bryans Waffe, wischte sie auf der Bettdecke ab und legte sie dann in Bryans Hand, um seine Fingerabdrücke darauf zu bekommen, bevor er sie neben ihm auf den Boden legte. Er holte seine Waffe und die beiden Pizzakartons, die Klebebandreste, die Handschellen und wischte ihre Fingerabdrücke schnell auf dem Stuhl und im Badezimmer ab. Schließlich fand er Bryans Brieftasche und nahm seinen Laptop mit, zusammen mit dem gefälschten Krankenhausausweis, den er auf dem Tisch gefunden hatte. Es würde wie ein Raubüberfall aussehen. Dann stellte er sich vor Clarisse.

»Haustier, wir gehen jetzt.«

Sie sah ihn entsetzt an. »Ist er tot?«

»Er liegt im Sterben.« Er streckte seine freie Hand aus. »Komm, Haustier.«

Sie schüttelte den Kopf wie ein störrisches Kind und verschränkte die Arme vor der Brust. »Nicht bevor er tot ist.«

Sully fluchte leise. Er hatte keine Zeit für so etwas! »*Jetzt*, Haustier. Wir müssen zurück zu Sir und nach ihm sehen.«

Bei der Erwähnung von Mac fing sie an zu weinen. Er schlang einen Arm um ihre Taille und zog sie zu sich. »Ist ja gut, Haustier. Er wird es schaffen. Wir müssen gehen, falls jemand die Polizei ruft. Haustier, du musst mir gehorchen.«

Schließlich nickte sie und ließ sich von ihm vom Bett wegführen. Er machte einen großen Bogen um Bryans Körper. Als sie an der Tür stand, starrte sie ihn an und erschauderte. Sully wollte gerade die Tür öffnen, als Bryan einen röchelnden Schrei ausstieß. Clarisse kreischte.

Sully kniete sich wieder über ihn. Kein Puls.

»Okay, er ist weg. Und wir sind es auch.« Er zog sie an sich und führte sie trotz seines schweren Hinkens, das von Bryans

Tritt herrührte, schnell aus dem Zimmer und um das Gebäude herum zu Jasons Auto.

Drinnen zog er seine Handschuhe, seine Jacke und seine Mütze aus. Der Junge konnte die Jacke und die Mütze leicht durch den Tausender ersetzen, den er ihm für die Informationen, die Benutzung des Autos und den ›Verlust‹ von Bryans Original-Quittung gegeben hatte. Sully würde darauf warten, den ganzen Kram auf dem Weg zum Krankenhaus an verschiedenen Orten wegzuwerfen, aber nicht so nah am Tatort. Er schnallte Clarisse an und fuhr vom Motel weg. Er fuhr auf der Alternate 19 einige Blocks nach Norden, bevor er nach Osten abbog und auf die U.S. 19 zufuhr. Dort hielt er an einem Einkaufszentrum und rief Jason an, der nur noch wenige Minuten Zeit hatte.

»Und?«

»Erledigt. Alles klar. Sie ist in Sicherheit.«

Jason atmete erleichtert auf. »Ich bin auf dem Weg ins Krankenhaus. Ich treffe dich dort. Ich habe das Zimmer schon aufgeräumt, also komm sofort zurück. Ich habe den ganzen Kram in deinem Kofferraum. Riskiere es nicht, zurückzugehen.« Er hielt inne. »Und wirf die Waffe weg, sie ist nicht zurückzuverfolgen.«

Sully schloss die Augen. »Danke, aber ich habe sie nicht benutzt.«

»Kein Problem.« Er zögerte. »Wie wird die Geschichte lauten?«

»Das müssen die Zeitungen entscheiden. Wahrscheinlich ein Raubüberfall. Zimmerservice wird ihn in ein oder zwei Tagen finden. Ich habe die ›*Bitte nicht stören* ‹-Karte draußen gelassen.«

»Wir sehen uns bald wieder.«

Sully legte auf, und in diesem Moment begann er selbst zu zittern. Er schloss den Wagen, zog Clarisse an sich und ließ sich in ihr Haar weinen, während sie sich verzweifelt an ihn schmiegte. Eine halbe Stunde später beruhigten sie sich wieder, nachdem ihr Zittern aufgehört hatte.

»Es tut mir so leid, dass ich dich nicht beschützt habe, Baby. Es tut mir so leid.«

»Ich habe ihn getötet«, flüsterte sie.

Er nickte. »Du hast alles gut gemacht. Du hast mich gerettet.«

Ihre Augen weiteten sich, als sie ihm in die Augen sah. »Ich habe ihn getötet. Ich habe jemanden umgebracht!«

Er nahm ihr Kinn wieder in seine Hände und drückte ihr sanft einen Kuss auf den Mund, bis sie zu reagieren begann. »Selbstverteidigung. Wir haben keine Beweise hinterlassen, die man mit dir in Verbindung bringen kann. Jetzt müssen wir dich in unser Zimmer bringen und ich muss diese Kleider wegwerfen. Dann musst du duschen.«

»Rufen wir die Bullen?«

Er schüttelte den Kopf. »Nein.« Er holte tief Luft, spielte den Unschuldigen, erzählte ihr, was Jason über den Tod ihrer Eltern herausgefunden hatte. »Haustier, das ist ein Befehl. Du sollst dich deswegen nicht schuldig fühlen. Es war Selbstverteidigung.«

Schließlich nickte sie und sackte schluchzend wieder an ihm zusammen.

Er ließ sich Zeit mit der Fahrt nach St. Pete, warf die verschiedenen Sachen an verschiedenen Orten aus. In ihrem Hotel half er ihr beim Ausziehen und hielt sie fest, als sie beide unter der Dusche standen. Sie schmiegte sich schluchzend an ihn, während das Wasser den Geruch des Schießpulvers aus ihr herausspülte. Nachdem sie sich wieder beruhigt hatte, half er ihr aufzustehen und schrubbte jeden Zentimeter ihres und seines Fleisches gründlich ab, in der Hoffnung, alle Rückstände zu entfernen. Zufällige Rückstände ließen sich durch ihre regelmäßigen Zielübungen erklären, aber viele frische Rückstände nicht.

Es war fast elf, als sie auf die Intensivstation zurückkehrten. Sully nickte dem bewaffneten Deputy zu, der Wache stand. Er hatte Clarisse ein wenig Suppe eingeflößt, und ihr schockartiges Zittern hatte aufgehört. Jason sah von seinem Platz auf, an dem er ein Buch an Macs Bett las.

Ohne ein Wort zu sagen, ging sie zu Jason hinüber, als er aufstand. Sie umarmte ihn und flüsterte dann: »Danke.«

Er stieß einen tiefen Seufzer aus. »Ich bin froh, dass du in Sicherheit bist, Kleines.«

Sie blieben noch eine Stunde, bevor Sully sie ins Hotel zurückbrachte, wo sie sich im Bett aneinanderklammerten und bis weit nach Sonnenaufgang schliefen.

EPILOG

Es war ein kühler Märzmorgen, aber der klare Himmel und die Windstille versprachen gute See. Mac saß hinter dem Steuer und blickte hinaus zur Spitze des Bootes. »Komm schon, wirf sie ab.«

Sully bediente die Bug-Leine, während Clarisse das Heck besetzte. Mac steuerte die *Dilly Dally* aus dem Liegeplatz und wendete sie vorsichtig im Hafenbecken. Während Macs Reha – nach seiner Rückkehr, aber bevor er stabil und stark genug war, um wieder als Kapitän zu arbeiten –, hatten sie das Boot oft mit Clarisse als Kommandantin ausgeführt.

Obwohl Sully ihr nie die Option ›Bootsregeln‹ gab, überließ er ihr das Kommando als Kapitän. Nachdem er gesehen hatte, dass sie das Boot beherrschte, meldete er sie für die Seefahrtschule an, damit sie ihre Kapitänslizenz erwerben konnte. Mac half ihr gern beim Lernen für die Kurse.

Obwohl es Mac schon viel besser ging, wollten sie ihn nicht den langen Arbeitszeiten aussetzen, die das kommerzielle Fischen mit sich brachte. Sie schlug vor, die *Dilly* zu einem Tauch- und Hochseeschiff umzubauen, eine Idee, die Sully, Mac und Tad von ganzem Herzen unterstützten. Sie beaufsich-

tigte den Umbau, während Sully sich um Macs Reha und Arzt-
termine kümmerte.

Sie fuhren den Kanal hinunter in Richtung der Kopfmar-
kierung, als Mac sich mit etwas in der Hand vom Steuer
abwandte. »Komm her«, sagte er zu Sully.

Clarisse grinste. Sie trug bereits ihr Halsband, machte sich
aber nie die Mühe, es morgens abzunehmen, da sie wusste,
dass Mac es ihr binnen kürzester Zeit wieder anziehen würde.

Sully lächelte. »Bist du sicher, dass du mit mir zurecht-
kommst, *Captain*?«

Mac stand auf. Er packte Sullys Hemd, zog ihn an sich und
küsste ihn. »Ich kann dich auf deinen Hintern setzen.« Das
konnte er wahrscheinlich auch. Er hatte sein verlorenes
Gewicht zurückgewonnen, vor allem an Muskelmasse, seit er
mit einem Krafttrainingsprogramm begonnen hatte. Er sah
nicht aus wie eine Sportskanone, aber er hatte seinen Körper
fast wieder so aufgebaut, wie er vor dem Angriff ausgesehen
hatte, auch wenn seine Geschicklichkeit und sein Gleichgewicht manchmal ins Wanken gerieten.

Sully senkte den Kopf, als Mac ihm das Halsband um den
Hals legte und das Vorhängeschloss einrastete. »Clarisse, über-
nimm das Steuer.«

Das tat sie. Mac wies Sully nach draußen.

Sully erwartete, dass Mac ihn wie üblich an das Geländer
fesseln würde. Mac überraschte ihn, indem er den Reißverschluss seiner eigenen Jeans öffnete und sie so weit nach unten
schob, dass sein Schwanz zum Vorschein kam. Dann lehnte er
sich gegen das Geländer. »Mach dich an die Arbeit.«

Sully hob eine Augenbraue und blickte ihn an. »Wir
verschwenden keine Zeit, nicht wahr?«

Mac küsste ihn erneut. »Scheiße, nein. Du hast gesagt, du
würdest es tun.« Er zögerte. »Ich werde dich nicht zwingen,
wenn du nicht willst, aber was glaubst du, warum ich all die
Monate so hart gearbeitet habe?«

Sully lächelte, als er auf die Knie sank. »Vielleicht kann ich von Zeit zu Zeit ein wenig nachsichtiger sein.«

»Du hast gesehen, warum es mir so viel Spaß macht.«

Sully musste zugeben, dass er Recht hatte. Der intime Kontakt auf der gebenden Seite, der so viel Vergnügen bereitete, hatte etwas Gewaltiges an sich. »Ja.«

Er beugte sich vor und saugte Macs Schwanz in seinen Mund. Mac ließ seine Hände auf Sullys Kopf sinken und bewegte langsam seine Hüften. »Fuck, ja, Mann.«

Sully schloss die Augen und arbeitete hart daran, dass es sich für Mac so gut anfühlte, wie Mac es immer für ihn tat. Er drückte sanft Macs Eier in seiner Hand, massierte seinen Sack, spielte mit seinem Damm.

Mac warf seinen Kopf zurück. »Ich bin verdammt nah dran«, zischte er.

Sully packte Macs Oberschenkel von hinten und schluckte tief. Mac stieß ein lautes Stöhnen aus, als er zum Höhepunkt kam. »Fuck, fuck, fuck, das ist gut!«

Ein seltsames, warmes Gefühl durchströmte Sully. Das hatte er mit Mac gemacht. So etwas hatte Sully noch nie gefühlt.

Macs Griff in sein Haar lockerte sich. »Scheiße, Mann, das ist verdammt gut.« Sully wippte auf seinen Fersen zurück. »Zufrieden?«

»Verdammt, ja.« Er schlüpfte in seine Jeans und küsste Sully, nachdem er ihm auf die Beine geholfen hatte. »Lass uns zurück ins Steuerhaus gehen.«

Mac nahm Clarisse das Steuer ab und ließ sich auf den Sitz gleiten. »Haustier, lutsch Sullys Schwanz.«

Sie gehorchte eifrig. Mac schaute Sully in die Augen. Sully half ihr mit seiner Jeans und hielt sich am Armaturenbrett fest, als sie ihm mit der Kraft ihres Blowjobs fast die Knie aufriss.

Mac lächelte, als er ihn beobachtete. Sullys Augen verließen ihn nicht. »Komm noch nicht, Sul.«

Sully stöhnte. »Arschloch.«

»Das kommt später.« Er starrte Sully amüsiert an. »Ist sie gut?«

»Oh, Scheiße, Brant. Du weißt, dass sie gut ist.«

Das spornte Clarisse und ihre leicht böse spielerische Ader dazu an, ihn noch mehr zum Kommen zu bringen.

Mac sah sich um, um sicherzustellen, dass der Weg noch frei war, dann wandte er sich wieder an Sully. »Ich glaube, du kannst noch ein bisschen länger durchhalten.«

Sullys Fingerknöchel wurden weiß, als er das Armaturenbrett fester umklammerte. »Nein, verdammt, kann ich nicht.«

»Ich lasse dich meinen Schwanz bis zu den Middle Grounds und zurück blasen, wenn du dich nicht zurückhalten kannst.«

Clarisse' Kopf schoss in die Höhe. »Oh, ich mach es!«

»Geh wieder an die Arbeit, Haustier«, knurrte er und versuchte, nicht zu lachen. Er wusste, was sie vorhatte – ihre Unterbrechung hatte Sully genug Spielraum gewährt, um die Kontrolle zu behalten.

Er beugte sich vor, griff nach Sullys Hemd und küsste ihn. »Komm für mich«, flüsterte er in Sullys Ohr. »Zeig mir, wie sehr du mich liebst.«

Sully fielen die Augen zu, als er kam. Er schrie auf und hielt sich am Armaturenbrett fest, während Clarisse eifrig seine Erlösung aus seinem Schwanz melkte. Als er fertig war, setzte sie sich auf, nachdem sie ihm einen letzten Kuss auf die weiche Eichel gegeben hatte.

»Was jetzt?«, fragte sie Mac. »Geh und mach uns was zu essen, Haustier.«

Sullys Augen öffneten sich und er starrte Mac an. Sie ließ die beiden alleine. Mac lehnte sich zurück und beugte seinen Finger nach Sully. Nachdem er seine Jeans zugeknöpft hatte, stellte sich Sully neben ihn.

Mac schlang seine Arme um Sully. »Ich liebe dich

verdammt noch mal, Mann. Dir ist klar, dass du ein Leben lang an mich gebunden bist, oder?«

Sully lächelte. »Das hoffe ich.«

Mac lehnte seinen Kopf an Sullys Brust und genoss das Gefühl der Arme seines Geliebten um ihn.

»Ich kann nicht glauben, dass du es mit mir aushältst«, sagte Sully.

»Du bist mein sicherer Hafen«, murmelte er. »Ich gehöre nirgendwo anders hin als genau hierher.«

MEHR WOLLEN?

Von Haus aus Domme
Suncoast Society Buch 2

Ich stand vor dem Erwachsenenladen und erinnerte mich an die völlig entgegengesetzten Umstände, die mich das letzte Mal hierhergeführt hatten.

Nicely Naughty war tatsächlich ein besserer Erwachsenenladen, als man ihn in vielen anderen Orten findet. Er hielt die gesetzlichen Vorschriften ein, die einen Mindestabstand zu Kirchen und Schulen vorschreiben, war von außen lila und rosa gestrichen, verwendete viel Neon und befand sich direkt neben einem Tattoo-Studio.

Ich stand neben meinem Auto und starrte auf das Gebäude, mein pornografisches Schreckgespenst. Ich wollte das nicht tun. Aber ich glaubte an den Mann, der zu Hause auf mich wartete und sich auf meine Rückkehr freute, die Hoffnung in seinen Augen und seinen nackten Hintern in der Luft ...

Ich schloss die Augen und kämpfte mit den Tränen. Ich wollte das nicht tun.

Ich erinnerte mich daran, wie er meine Hand hielt, stark, tröstend und mehr als nur ein bisschen verführerisch, als wir das letzte Mal zusammen in diesen Laden gegangen waren. Während einer besonders heißen Nacht mit Bettgeflüster hatten wir scherzhaft beschlossen, einen Vibrator zu kaufen. Nicht, dass ich einen gebraucht hätte, denn er war der Mann mit der goldenen Zunge, wenn es nach mir ging.

Wir waren reingekommen, ich mit hochrotem Gesicht und dem Wunsch, mit seinem Körper zu verschmelzen. Ich schmiegte mich eng an ihn, als die freundliche und seltsam fröhliche junge Verkäuferin uns die Wand mit den vibrierenden Wundern zeigte. Wir gingen mit einem ziemlich schlichten, zahmen lilafarbenen Exemplar, das einem wirklichen Penis nur insofern ähnelte, als dass es leicht phallisch geformt war.

Ich starrte auf die Schaufenster, als ich mich an seinen spielerischen, sexy Tonfall an jenem Abend erinnerte. »Dieser Vibrator kauft sich nicht von selbst.«

Und jetzt war ich wieder hier. Allein.

Ich wollte das nicht tun. Ich glotzte das Gebäude an.

Dieser Butt-Plug wird sich nicht von selbst kaufen.

Ich stieg wieder in mein Auto und lehnte mich mit der Stirn an das Lenkrad. Wenn ich mit leeren Händen und einer faulen Ausrede nach Hause käme, könnte ich dann die Enttäuschung in seinen Augen ertragen? Er würde nicken, wegschauen und das Ganze mit Humor nehmen. Aber wie immer würde er wissen, dass ich lüge. Er würde mich davor bewahren, die Wahrheit auszusprechen.

Er würde ein guter Ehemann für mich sein. Ich weinte. Ich wollte das nicht tun.

Aber er wollte es.

Kleine Mädchen träumen von weißen Rittern und Superhelden, die sie beschützen und gesund und geborgen halten. Sie träumen davon, behütet und wertgeschätzt zu werden.

Wenn sie nicht gerade auf Perversionen stehen, träumen sie nicht von Peitschen, Handschellen und Butt-Plugs.

Es sei denn, es ist ihr Mann, der sie benutzt.

Normalerweise träumen sie nicht davon, diejenige zu sein, die sie in der Hand hält und sie an dem Mann anwendet, den sie lieben.

Ich lehnte mich zurück und wischte mir über das Gesicht. Ich glaubte an eine Reihe von Nachrichten, die ich über mehrere Tage hinweg mit einem Freund ausgetauscht hatte, von dem ich wusste, dass er auf den ›Lifestyle‹ steht.

Kauf ihm, was du willst. Es ist deine Entscheidung. Du hast das Sagen.

Aber ich *wollte* ihm keinen besorgen. Er wollte das. Mein Mann hatte eine tiefe innere Quelle des Mutes gefunden, sich die Seele aus dem Leib zu reden und mir das leise zu gestehen.

Ich meine, das *konnte* alles mit meinem Unbehagen koexistieren.

Ich recherchierte mit großen Augen im Internet und war entsetzt. Nicht, weil ich prüde bin. Ganz im Gegenteil.

Aber das war … nun ja, Neuland für mich und ich fühlte mich außerhalb meines Elements.

Völlig außerhalb meines Elements.

Ironischerweise hatte ich das Gefühl, dass ich so etwas nicht unbesehen kaufen konnte, weil ich Angst hatte, dass es zu groß wäre.

Tonys stets hilfreicher Rat?

Besorg ihm einen kleinen und einen mittleren und sag ihm, er soll mit ihnen spielen. Vergiss das Gleitmittel nicht. Achte darauf, dass du das richtige Gleitmittel für das Material nimmst, aus dem das Spielzeug gemacht ist. Bei bestimmten Spielzeugen kann man kein Silikon-Gleitmittel verwenden.

Ich schluckte schwer, starrte in den Laden und dachte an das Gesicht meines lieben Mannes, an die Vorfreude in seinen Augen, als ich ihm gesagt hatte, dass ich heute einkaufen ginge … für ihn.

Die Hoffnung. Die Liebe.

Ich wollte das nicht tun.

Aber als ich mein Höschen fest an seinen Platz klemmte und tief einatmete, bevor ich aus dem Auto stieg, wusste ich, dass ich es genau deshalb tun musste.

HOLEN SIE SICH IHR KOSTENLOSES BUCH!

Tragen Sie sich in unsere Mailingliste ein, um Ihr kostenloses Buch zu erhalten.

https://geni.us/jungfrauunddervampir

BÜCHER VON LESLI RICHARDSON

<u>Safe Harbor</u>

Sicherer Hafen
Von Haus aus Domme
Cardinal's Rule
Der zögerliche Dom
Der Denim-Dom

ÜBER DIE AUTORIN

Die Autorin Lesli Richardson, die besser unter ihrem erfolgreichen Pseudonym Tymber Dalton bekannt ist, lebt mit ihrem Ehepartner und zu vielen Haustieren in der Region Tampa Bay in Florida. Sie schreibt in einer Vielzahl von Hitze-Stufen und Genres, von Mainstream-Science-Fiction bis hin zu heißem Ménage. Die USA Today-Bestsellerautorin (als Tymber) und zweifache EPIC-Preisträgerin ist nebenberuflich Wikinger-Schildmaid in Ausbildung und liebt es, mit ihren Freunden Tontauben zu schießen und D&D zu spielen. Sie ist außerdem die Autorin von über zweihundertfünfzig Büchern, darunter *The Reluctant Dom*, *Cross Country Chaos*, *Her Vampire Obsession*, die Bleacke-Shifters-Serie, die Governor Trilogie, die Determination Trilogie, die Great Turning Trilogie, die Suncoast-Society-Serie, die Love-Slave-for-Two-Serie, die Triple-Trouble-Serie, die Coffeeshop-Coven-Serie, die Good-Will-Ghost-Hunting-Serie, die Drunk Monkeys-Serie und viele andere.

Sie lebt in ihrer eigenen kleinen Welt, aber das ist in Ordnung – alle kennen sie dort.

Sie liebt es, von ihren Lesern zu hören! Schauen Sie auf

ihrer Website vorbei und melden Sie sich für ihren Newsletter an, um über die neuesten Nachrichten, Sneak Peeks und Veröffentlichungen auf dem Laufenden zu bleiben.

Ehrliche Rezensionen sind immer willkommen; sie tragen zur Sichtbarkeit eines Buches bei und können seine Platzierung auf den Websites von Buchhändlern verbessern. Selbst nur ein paar Zeilen darüber, was Sie beim Lesen des Buches empfunden haben, sind hilfreich. Vielen Dank, wir wissen Ihre Zeit sehr zu schätzen!